L'heure de l'héritage

Charlotte Link

L'heure de l'héritage

ÉDITIONS FRANCE LOISIRS

Titre de l'édition originale : *Die Stunde der Erben*,
publiée par Goldmann Verlag.

Traduit de l'allemand par Theresa Révay

Édition du Club France Loisirs,
avec l'autorisation des Éditions Jean-Claude Lattès

Éditions France Loisirs,
123, boulevard de Grenelle, Paris
www.franceloisirs.com

ISBN : 2-7441-6787-8

PROLOGUE

Septembre 1957

On baptisa l'enfant Alexandra Sophie. Le bébé dormit pendant toute la cérémonie. Le long voyage de Los Angeles à Munich avait perturbé sa routine. Après une nuit passée à hurler, le nourrisson était trop épuisé pour protester contre le tissu rêche de la robe de baptême, les gouttes d'eau bénite déposées sur son front ou les relents moisis de l'église.

— Il s'agit là d'un bébé particulièrement sage, s'était félicité le curé.

Les parents, exténués eux aussi par le décalage horaire et la nuit difficile de leur enfant, lui fredonnaient des comptines ridicules et enduraient les festivités avec des visages blêmes et des yeux cernés.

En quittant l'église, Belle Rathenberg déclara d'un air agacé :

— Nous aurions dû refuser de venir. Alexandra est encore trop petite. Il aurait été préférable de la baptiser chez nous.

— Ta mère voulait en profiter pour réunir toute la famille et elle n'aurait pas pu le faire à Los Angeles, répliqua son mari Andreas. Maintenant que nous avons accepté, nous devons faire bonne figure. Secoue-toi un peu et souris !

— Il me faudrait d'abord un verre de sherry, déclara Belle en montant dans l'une des nombreuses voitures qui attendaient pour conduire l'assistance chez sa mère. Il m'en faudrait même deux ou trois !

Debout dans l'embrasure de la porte-fenêtre, Felicia Lavergne observait ses invités. Ils étaient presque tous venus. On ne pouvait pas décliner l'invitation de la vieille patriarche sans raison valable. Par ailleurs, ses réceptions estivales en Haute-Bavière, dans sa splendide propriété au bord du lac Ammersee, étaient très appréciées. Elle avait la réputation d'être une maîtresse de maison accomplie.

À la fin de la guerre, Felicia avait acheté la grande ferme, située sur la rive orientale du lac avec l'intention d'en faire un lieu où sa famille pourrait se retrouver. Sans être une femme maternelle ni très attentive à ses proches, elle possédait néanmoins l'instinct d'un chien de berger qui veille sur son troupeau. À ses yeux, la famille était sacrée – ce qu'elle prouvait d'une manière très personnelle qui, à défaut de sympathie, lui attirait une certaine admiration. Ainsi, elle pouvait passer son temps à ignorer la dépression chronique de l'un ou l'autre, mais, en cas de danger, elle surgissait juste à temps.

La maison de Felicia comptait de nombreuses pièces confortables aux parquets grinçants et aux vastes cheminées. Devant une immense terrasse, un jardin descendait en pente douce jusqu'au lac, où se trouvaient une plage, un ponton et un hangar à bateaux.

Cette journée de septembre sentait encore l'été. Le

soleil était radieux et le ciel dégagé. Felicia avait fait tondre la pelouse et disposer çà et là des parasols, des chaises et des bancs. Après le festin et les nombreux discours, les convives s'étaient dispersés dans le jardin. Un buffet de desserts était dressé sur la terrasse où chacun pouvait se servir. On proposait du café, du thé et toutes sortes de boissons fraîches. Les fleurs d'automne s'épanouissaient au soleil et quelques voiliers dessinaient des points blancs sur les eaux bleues du lac.

Le regard de Felicia glissa sur l'assemblée colorée et s'arrêta sur Belle, la mère de la petite baptisée. Alexandra était née fin mai, mais Belle n'avait pas encore retrouvé sa ligne. Autrefois, elle avait été très mince, mais elle paraissait lourde et disgracieuse dans sa robe à fleurs. Ses talons hauts ne parvenaient pas à affiner ses jambes gonflées. Felicia remarqua que sa fille buvait beaucoup et avalait les cocktails les uns après les autres. À côté d'elle, Andreas tenait dans ses bras Chris, leur fils de trois ans. Bien qu'il fût plus âgé que Belle, Andreas demeurait toujours aussi séduisant. Felicia l'appréciait beaucoup, sachant toutefois que le sentiment n'était pas réciproque. Comme la plupart des gens, Andreas était persuadé qu'elle avait été une mauvaise mère pour ses filles.

C'est possible, mais serais-je arrivée là, si j'avais fait autrement ? se demanda Felicia.

Même Susanne, la sœur cadette de Belle, s'était déplacée bien qu'elle détestât ouvertement sa mère. Elle se tenait un peu à l'écart, l'air renfrogné. Vêtue d'un tailleur gris trop épais pour la saison, les cheveux serrés en un chignon sévère, elle ressemblait à une gouvernante vieillissante. Quand quelqu'un lui adressait la parole, elle esquivait la conversation. Depuis la terrible fin de son mari – qui avait été traduit en justice comme criminel de guerre onze ans auparavant –, la honte assombrissait sa vie et l'empêchait d'établir des liens avec les autres. À Berlin, elle enseignait à des enfants qui souffraient de troubles du langage. Il n'y avait qu'avec eux qu'elle se sentait en confiance. Elle tenait même ses trois filles à distance, les traitant comme des inconnues qui risquaient de la menacer à tout moment.

Il faudra bien qu'elle oublie un jour ces vieilles histoires, songea Felicia avec agacement. La guerre est finie depuis longtemps !

Elle lissa sa robe blanche d'une main nerveuse, comme chaque fois qu'elle devait prendre une décision. Un jeune homme élégant, qui l'observait depuis un moment, s'approcha d'elle.

— À quoi penses-tu ? On dirait un général d'armée qui inspecte ses troupes.

Felicia éclata de rire.

— Ne te moque pas de moi. Je ne pensais à rien de particulier. Je ne faisais qu'observer.

Elle appréciait le charme et la gentillesse de son conseiller financier, mais ce qu'elle estimait surtout, c'était sa ténacité et sa force de persuasion.

Markus Leonberg avait bâti sa vie à partir de rien. À vingt et un ans, à la fin de la guerre, il s'était retrouvé prisonnier des Américains. Puis il avait désespérément recherché ses parents – des Silésiens disparus – et avait découvert qu'ils avaient été tués lors de l'invasion de l'Armée rouge. Le jeune homme rêveur aux cheveux foncés et aux yeux verts avait alors subitement changé. Obsédé par l'argent, il était devenu un roi du marché noir, et avait conclu des affaires brillantes, avant de se lancer corps et âme dans l'immobilier. Il était devenu l'une des plus grosses fortunes de Munich. Felicia supposait toutefois que Markus Leonberg ne parviendrait pas toujours à garder la tête froide. La mort de ses parents et la perte de son pays l'avaient profondément bouleversé. Parfois, lorsqu'il oubliait d'afficher son sourire de conquérant, il semblait si perdu et seul qu'elle avait envie de le serrer dans ses bras.

— Tu n'es pas accompagné aujourd'hui, remarqua-t-elle, car Markus avait toujours une jolie fille pendue à son bras.

— J'ai rompu avec Maren. Nous n'étions pas faits l'un pour l'autre.

— Encore ! Avec toi, une aventure ne dure jamais plus de six mois.

— Il faut croire que je n'ai pas de chance.

— Tu ne choisis pas les filles qu'il te faut, répliqua Felicia qui trouvait que les ravissantes créatures se ressemblaient toutes.

Markus haussa les épaules et s'efforça de changer de sujet.

— Et cet homme là-bas, qui est-ce ? s'enquit-il.

— Celui avec l'enfant ? C'est Peter Liliencron, un vieil ami à moi. En 1939, il a réussi de justesse à quitter l'Allemagne et il est revenu en 1945. Le jeune garçon qui se tient à son côté est son fils Daniel.

— Et là-bas, c'est bien Tom Wolff, n'est-ce pas ? Il a encore grossi.

Tom possédait la moitié de l'entreprise de jouets *Wolff & Lavergne*, l'autre moitié appartenant à Felicia. Les deux associés formaient un curieux couple qui s'était toujours soutenu dans les moments difficiles. Du reste, ils avaient peu de secrets l'un pour l'autre. Ignorant les avertissements des médecins au sujet de l'alcool, du tabac et de la nourriture trop riche, Tom

Wolff ne ménageait ni son cœur, ni sa tension. Et tous se demandaient si son corps résisterait longtemps.

— Quand Tom ne sera plus de ce monde, sa femme Kassandra héritera de sa part, soupira Felicia. Ce sera terrible quand nous serons partenaires. Elle me déteste.

Décidément, Felicia n'est pas très aimée, songea Markus. Elle compte même pas mal d'ennemis.

— Kassandra, c'est cette femme qui se tient auprès de Wolff, n'est-ce pas ? poursuivit-il. Elle est très élégante, mais elle semble... distante.

— Elle est parfaitement inaccessible, tu veux dire ! Pourtant, un jour ou l'autre, il me faudra m'entendre avec elle.

— Et où est passée l'héroïne de la journée ?

— Elle dort. Belle est inquiète parce que le décalage horaire a bouleversé sa routine de sommeil et de repas. C'est fou ce que l'on fait comme chichis autour des bébés de nos jours. Autrefois, les adultes étaient plus souples et les choses se passaient tout aussi bien.

— Quel joli bébé ! Elle porte un ravissant prénom. Alexandra Sophie... Tout à fait charmant.

— Elle s'appelle Alexandra en l'honneur du père décédé de Belle. Et Sophie est le prénom de la fille de Belle qu'elle a eue d'un premier mariage. Elle est morte quand nous avons dû fuir la Prusse-Orientale... elle n'avait pas douze ans.

Songeur, Markus contempla la silhouette rondelette de Belle qui sirotait un verre de Campari.

— Elle a dû vivre des moments difficiles.

— C'est vrai, et elle n'arrive pas à s'en remettre. Jeune fille, elle a été brièvement comédienne, mais la guerre est venue perturber ses projets. Ensuite, elle est partie pour l'Amérique. Andreas, son mari actuel, avait travaillé secrètement pour les Alliés et on lui a proposé un poste de direction dans un consortium d'armements. Elle rêvait bien sûr de Hollywood, mais il n'en a rien été. Les studios n'acceptaient pas d'Allemands à l'époque et maintenant... Regarde-la... elle ne ressemble pas à ce dont rêve la MGM.

— On dirait qu'elle boit un peu trop.

— Et je ne comprends pas pourquoi Andreas ne réagit pas.

Les filles de Susanne sortirent en courant de la maison où elles avaient vainement fouillé la collection de disques de leur grand-mère à la recherche d'enregistrements d'Elvis Presley. Elles portaient des maillots de bain et tenaient à la main des serviettes. Comme elles annonçaient qu'elles partaient se baigner, Daniel Liliencron, âgé de dix ans, leur emboîta aussitôt le pas. Et la petite troupe s'éloigna en riant.

Au même moment, Susanne décida d'aller admirer le jardin. À vrai dire, c'était une façon de demeurer seule. Andreas et Peter Liliencron se mirent à discuter de l'éclatante victoire d'Adenauer aux élections de dimanche, et Tom Wolff se servit généreusement en desserts. La légère tension du déjeuner s'était envolée et l'après-midi se dévidait tranquillement. Dans deux heures, il ferait sombre, les convives resteraient encore quelque temps à bavarder à l'intérieur de la maison, puis, chacun rentrerait chez soi avec le sentiment d'avoir passé une agréable journée.

— Je devrais peut-être parler avec Belle, fit Felicia. Dans une demi-heure, elle sera ivre morte. Excuse-moi, Markus.

Elle fit signe à sa fille de la rejoindre dans la maison et Belle s'exécuta à contrecœur. Alors que la jeune femme refermait la porte du salon derrière sa mère, on sonna. Belle se demanda qui pouvait être le retardaire, ce qui au fond, lui était indifférent...

Hanna, la gouvernante, tenta en vain d'empêcher le visiteur inattendu d'entrer.

— Êtes-vous invité ? demanda-t-elle, méfiante, en détaillant l'inconnu dépenaillé.

Il dégageait une forte odeur de transpiration qui se mêlait aux relents de la peinture à l'huile qui maculait sa veste. Il était mal rasé et ses chaussures semblaient sur le point de tomber en morceaux.

— Je ne suis pas invité, mais j'ai un rendez-vous, déclara-t-il d'un air agacé en se faufilant.

— Vous ne pouvez pas entrer comme ça ! protesta Hanna.

— Pourquoi pas ? Je ne suis pas assez élégant ?

— C'est que...

Il eut un rire amer.

— Pourtant, quand j'ai risqué ma peau en Russie, j'étais suffisamment bon pour vous ! Mes doigts de pied ont gelé pendant l'hiver, devant Moscou, puis, ils m'ont eu, sur le crâne. Là ! précisa-t-il en montrant sa tête.

Le dégoût d'Hanna fit place à une compassion embarrassée. On croisait beaucoup de ces vétérans qui avaient perdu un peu la boule. Des hommes qui n'avaient pas réussi à reprendre le cours d'une vie normale, qui souffraient des séquelles de blessures physiques ou psychologiques, et qui ne recevaient pas de l'Allemagne du miracle économique la reconnaissance dont ils auraient eu besoin pour surmonter leur traumatisme. On leur donnait de l'argent, alors qu'ils avaient surtout besoin d'être écoutés. Mais personne ne voulait plus entendre leurs histoires. Tout cela, c'était du passé et il fallait affronter l'avenir. Hanna le savait bien. Depuis qu'il avait servi dans les sous-marins, son fils était victime de graves délires et vivait dans une maison de santé.

— Accompagnez-moi à la cuisine, proposa-t-elle gentiment. Je vais vous donner quelque chose à manger. On dirait que vous n'avez pas...

L'homme lui tourna le dos, traversa l'entrée et sortit sur le perron.

Au début, personne ne le remarqua. Ils étaient tous trop occupés à manger, boire ou bavarder. La première à l'apercevoir fut Susanne qui revenait de sa promenade. En voyant une silhouette qui ressemblait à un épouvantail, elle s'écria :

— Qui cela peut-il bien être ?

Peu à peu, chacun s'avisa qu'il se passait quelque chose d'imprévu. Un silence se fit. On entendait juste les rires et les cris des enfants qui se baignaient dans le lac.

L'inconnu descendit lentement l'escalier. Il vacillait légèrement, comme s'il avait bu, mais c'était parce qu'il avait du mal à coordonner ses gestes depuis sa blessure. Arrivé au bas des marches, il déclara :

— Je suis Walter Wehrenberg. J'arrive de Munich.

Ils le regardèrent d'un air perplexe. Personne ne le connaissait. Susanne, en tant que fille de la maîtresse de maison, se rappela ses devoirs de politesse.

— Bonjour, monsieur Wehrenberg. Auriez-vous rendez-vous ?

Wehrenberg secoua la tête. Son visage avait pris une teinte livide. Des gouttes de sueur perlaient sur son front.

— J'aimerais voir Markus Leonberg.

Markus, qui s'était assis sur un banc pour admirer la vue du lac, se leva et s'approcha. Il tenait un verre de jus d'orange à la main.

— Oui ? fit-il d'un air curieux.

— Savez-vous qui je suis ?

— Non, je suis désolé. Je devrais le savoir ?

Wehrenberg partit d'un rire cynique.

— Cela serait indigne, n'est-ce pas ? Comment pourriez-vous connaître tous ceux que vous précipitez dans le malheur ?

— Je ne vois vraiment pas où vous voulez en venir, monsieur Wehrenberg, reprit Markus, un peu gêné. Peut-être pourrions-nous poursuivre cette conversation en privé...

— Entre quatre yeux, cela vous arrangerait, hein ? l'interrompit l'homme. Pour que personne ne soit au courant de vos sales intrigues. Mais je veux qu'ils sachent quel genre de type vous êtes.

— Je ne crois pas que cette maison soit le lieu indiqué pour ce genre de discussion, intervint Andreas. Peut-être devriez-vous vous voir lundi en ville ?

— Absolument, renchérit Markus. Il s'agit d'une réunion de famille. Vous feriez mieux de partir, monsieur Wehrenberg.

— Non. Je ne partirai pas ! (Une lueur douloureuse passa dans son regard.) J'ai perdu six ans en Sibérie. À construire des routes... Savez-vous ce que cela signifie ?

— Vous avez beaucoup souffert, souffla doucement Tom Wolff qui avait compris que l'on ne parviendrait pas à maîtriser ce déséquilibré par la brusquerie. Et si vous preniez un verre ? Un Martini, peut-être ? Le monde paraît alors tout de suite plus supportable.

— Non merci, rétorqua Wehrenberg. Cela ne me réussit pas. J'ai été blessé à la tête devant Moscou. Je suis resté presque un an à l'hôpital. Le médecin a prétendu que c'était un miracle que je sois encore en vie.

Personne ne sut quoi répondre. Markus se creusait la cervelle. Que lui voulait cet homme ? Il s'agissait peut-être d'une méprise.

— Ils n'auraient pas dû me renvoyer au front, continua Wehrenberg, mais à la fin, ils ont eu besoin de tout le monde. Sinon, je n'aurais pas été fait prisonnier. Six ans. Pendant ce temps, vous autres, vous avez eu la belle vie.

— Moi aussi, j'ai été prisonnier ! s'irrita Markus.

— Vous ne pouvez pas comparer ! s'écria Wehrenberg, les faisant tous sursauter. Vous n'étiez pas en Sibérie. Vous ne savez pas comment c'est, la Sibérie. Vous n'en avez aucune idée !

— Je crois qu'à présent vous devriez vraiment vous en aller, insista froidement Markus. Venez me voir lundi à mon bureau. Vous m'exposerez votre requête là-bas.

— Je suis passé hier à votre bureau, mais vous étiez déjà parti. Comme votre secrétaire refusait de me donner des renseignements, j'ai pris votre carnet de rendez-vous. Quand j'ai vu que vous seriez présent ici aujourd'hui, j'ai pensé que je pouvais très bien venir aussi.

— Impensable..., grommela Markus, furieux.

Andreas soupira.

— Puisque vous vous entêtez, dites-nous ce que vous avez sur le cœur. Mais soyez bref, je vous prie.

— Je suis peintre, déclara alors Wehrenberg avec fierté, tandis que son visage maladif prenait un air grave et digne. Eva prétend que mes tableaux sont beaux. Eva, c'est ma femme. Elle s'y connaît. Elle dit qu'un jour les autres s'en apercevront aussi, qu'ils achèteront mes tableaux, et qu'on ne se moquera plus de moi.

— Si vous promettez de filer, je vous achèterai un tableau ! s'énerva Markus. Et dès lundi je renverrai ma secrétaire pour incompétence.

— À vous, je ne donnerais pas un seul de mes tableaux, riposta Wehrenberg. Même pas pour un million.

— Alors, laissez tomber. Je n'ai plus envie de gaspiller mon temps avec vous.

Markus lui tourna le dos et alluma une cigarette. Ses mains tremblaient légèrement.

— Regardez-moi, nom de Dieu ! hurla Wehrenberg. Regardez-moi !

Markus fit volte-face. Au même moment, Wehrenberg tira un pistolet de sa poche.

— Dieu du ciel ! supplia Tom Wolff. Ne faites pas de bêtises !

— J'ai une fille ! Elle a quatorze ans et elle a besoin de moi. Je dois m'occuper d'elle. Je suis son père. Je dois peindre pour que nous puissions vivre.

— Bien sûr, bien sûr, bredouilla Tom.

— Il veut détruire la maison où nous habitons. Ce maudit requin de l'immobilier veut détruire le seul endroit où je peux peindre. Il gâche mon avenir. Et celui de mon enfant. Ce criminel sans scrupule est en train de me tuer !

Markus était devenu gris. Il savait de quelle maison parlait l'inconnu.

— C'est une ruine, expliqua-t-il d'une voix rauque. Je ne savais pas... Écoutez-moi, nous pouvons en parler... Mais cette maison peut s'écrouler d'un jour à l'autre. Elle a été trop gravement endommagée pendant la guerre...

— Ta gueule, Leonberg ! cracha Wehrenberg. Tu ne comprends pas. Personne ici ne le peut d'ailleurs. Vous êtes tous pareils.

Il leva son pistolet.

— Mon Dieu ! murmura Susanne.

— L'année prochaine, j'aurai quarante ans, décréta Belle. Je ne crois pas que tu aies le droit de me faire la leçon.

Elle avait du mal à articuler. Elle avait trop bu, trop vite, par cette chaleur... et le regrettait amèrement. Elle aurait tout donné pour ne pas avoir à affronter dans cet état sa mère, si calme et élégante. Elle essaya de fixer un point dans la pièce pour conserver son équilibre.

— Je m'inquiète, c'est tout, répondit Felicia. Il est possible que tu aies seulement bu un verre de trop aujourd'hui, mais il se peut aussi que tu souffres d'une grave dépendance. Dans ce cas, je te conseille de faire quelque chose.

— Et moi, je te conseille de te mêler de ce qui te regarde ! rétorqua Belle, en repoussant une mèche de cheveux de son visage d'un geste las. Nous n'aurions pas dû venir, marmonna-t-elle.

— Tu peux tout de même rentrer chez toi une fois tous les dix ans ! C'est ta première visite depuis la fin de la guerre.

— Ce n'est plus chez moi, maman. Je suis devenue américaine. Andreas est américain. Nos enfants aussi. Nous n'avons fait le voyage que parce que tu as insisté.

— Nous sommes une famille, et...

— Arrête, maman !

Belle agrippa le dossier d'une chaise.

— Tu ne revendiques la famille que lorsque tu as le

sentiment de perdre le pouvoir. Tu n'aimes pas l'idée d'avoir deux petits-enfants en Californie qui grandissent hors de ta portée. C'est pourquoi tu as insisté pour organiser ce baptême. Et tu profites de l'occasion pour me critiquer de la tête aux pieds.

— Pardonne-moi, j'ai seulement dit que...

— Que je bois trop ! s'écria Belle. Que je suis trop grosse. Que, professionnellement, je n'ai connu que des échecs. Et mon mari me trompe. Autre chose ? Puisqu'on y est, autant tout déballer une fois pour toutes !

— Andreas te trompe ? s'étonna Felicia. Je ne l'aurais pas cru.

— Mais tu peux le comprendre, n'est-ce pas ? Il suffit de me regarder ! Los Angeles regorge de jolies filles. Il n'a qu'à se baisser.

— C'est sérieux ?

Belle leva la main d'un geste excédé.

— Non, rien de sérieux. Une fois l'une, une fois l'autre. Des relations épisodiques. Entre-temps, il revient. Mais les filles ne lui rendent pas la tâche facile. Il est très séduisant.

Décontenancée, Felicia resta un instant silencieuse.

— Pour le bien de vos enfants, vous devriez remettre de l'ordre dans votre...

— ... vie de famille, ironisa Belle. Comme tu l'as fait pour nous ? Tu as mené ton existence comme tu l'entendais, maman... Alors ne me donne pas de conseils à cet égard. Je ne les prendrai pas au sérieux.

— Pourquoi faut-il toujours que nous nous disputions ? se désola Felicia. Je me suis peut-être habituée à ce que Susanne ne m'adresse pratiquement plus la parole, mais que tu sois devenue si agressive...

— Je reste très calme quand on ne se mêle pas de mes affaires...

— Belle, je ne désire que ton bien, mais inutile de suivre mes conseils. Je t'en prie, ajouta Felicia en lui indiquant la porte. Les boissons sont à ta disposition. Continue sur ta lancée.

Belle la dévisagea.

— Ce que tu peux être méchante, souffla-t-elle.

En quittant le salon, elle chancela légèrement dans l'entrée et jura à mi-voix. Ses talons étaient trop hauts, n'est-ce pas ?

Alors qu'elle parvenait sur la terrasse, elle s'arrêta si brusquement que Felicia faillit la renverser.

— Qu'est-ce qui... ? commença celle-ci, avant de se taire.

On eût cru une scène de cinéma. Les invités, le visage blême, se tenaient en demi-cercle devant un inconnu qui brandissait un pistolet en hurlant. Markus Leonberg tentait en vain de le calmer. L'homme semblait prêt à les abattre les uns après les autres.

— Cessez immédiatement ces sottises ! s'écria Felicia sans réfléchir.

L'inconnu se retourna. Felicia comprit aussitôt qu'il s'agissait d'un détraqué. Ses yeux furieux accentuaient l'expression fanatique de sa face livide. Ce n'est pas possible, pensa-t-elle. Je suis en train de rêver...

Markus Leonberg, conscient du danger dans lequel il avait entraîné Felicia et sa fille malgré lui, avança d'un pas.

— Écoutez, soyez...

Wehrenberg se tourna vers lui, le visage congestionné.

— Que personne ne m'approche ! On ne me chassera pas !

— Tout va s'arranger, je vous assure, insista Markus.

Il n'en dit pas plus. Wehrenberg leva son arme. Un coup éclata et Belle poussa un cri horrifié. Tom Wolff tressaillit si violemment qu'il renversa son verre sur son veston.

Mais Walter Wehrenberg ne s'en était pris qu'à lui-même. La balle l'atteignit à la tempe ; il tomba à la renverse. L'arme glissa sur les pavés. Il y avait du sang partout. Belle s'élança en hurlant vers son mari tandis que les autres demeuraient pétrifiés. Felicia se laissa choir sur la plus haute marche de l'escalier.

— Mon Dieu... mon Dieu..., murmura-t-elle.

Quand Andreas ordonna à Belle de se taire, celle-ci cessa aussi brusquement de glapir que si on l'avait giflée. Dans le silence, on entendit à nouveau résonner les rires des enfants qui jouaient près du lac.

Dans la maison, la petite Alexandra Sophie, dont la fête venait d'être gâchée de manière si dramatique, se mit à pleurer.

LIVRE I

1977-1978

1

Lorsque Chris Rathenberg quitta l'appartement du professeur Falk, il était déjà 18 heures. Jamais il n'arriverait à temps pour dîner à Breitbrunn. Son absence susciterait évidemment des commentaires agacés : après tout, sa sœur ne se marierait qu'une fois dans sa vie – du moins c'était à espérer ! –, et voilà qu'il manquait la fête ! Mais sa famille ignorait qu'un étudiant devait lutter pour maintenir la tête hors de l'eau ; il ne pouvait courir le risque de s'absenter de son travail.

Quelques années plus tôt, Chris s'était brouillé avec son père parce que celui-ci travaillait dans l'armement, et le jeune homme refusait désormais toute aide financière de sa part. Au mariage de sa sœur Alexandra, il ne pourrait pas éviter ses parents. Comme d'habitude, ceux-ci lui reprocheraient ses cheveux longs, son vieux jean et le foulard palestinien noir et blanc qu'il portait autour du cou. Il ne lui faudrait pas plus de cinq minutes pour se disputer avec Andreas, son père. Les sujets de discorde ne manquaient jamais, qu'il s'agisse de ses amis hippies, de sa sympathie pour Che Guevara ou de son refus d'accomplir son service militaire. À seize ans, Chris avait même participé à une manifestation pacifiste devant l'entreprise que dirigeait son père. Ce même jour, on fêtait le départ à la retraite d'Andreas Rathenberg. Tous les accès avaient été bloqués, puis la police avait chargé. Pendant l'affrontement, il y avait eu des voitures renversées, des vitres brisées et de nombreux blessés de part et d'autre. Le lendemain, Andreas avait dû sortir son fils de prison. À partir de ce moment, la rupture avait été consommée entre le père et le fils. Aussi, à peine sa scolarité terminée, Chris avait-il rejoint une communauté, dans les montagnes de Californie. Les jeunes gens y cultivaient leurs légumes, partageaient leur vie avec un nombre incalculable de chiens et de chats, étudiaient les multiples variations de l'amour, discutaient la nuit entière, testaient toutes sortes de drogues. Sans pourtant y être malheureux, Chris avait fini par s'y ennuyer.

Alors qu'il se sentait un peu perdu, il avait reçu une lettre de sa grand-mère Felicia qui lui proposait de venir étudier en Allemagne afin de « changer d'air ». Et Chris avait aussitôt sauté sur l'occasion. Détenteur des deux nationalités – américaine et allemande –, il n'avait eu aucun formulaire à remplir. Il avait pris l'avion pour Munich, emménagé chez sa grand-mère, obtenu son baccalauréat allemand, puis s'était inscrit en droit à l'université Ludwig Maximilian. Felicia, qui aurait préféré qu'il étudiât la gestion d'entreprise, lui avait avoué, durant une longue conversation, qu'elle songeait à le nommer un jour directeur de sa firme de jouets.

Depuis la disparition de Tom Wolff, en 1964, Felicia dirigeait l'entreprise avec la veuve de celui-ci. Or les deux vieilles dames avaient compris qu'il était temps de passer le relais. Cependant, comme elles ne parvenaient pas à s'entendre sur le choix d'un seul directeur, elles avaient décidé d'en nommer deux à la tête de *Wolff & Lavergne*. Pendant que Kassandra

Wolff continuait à tergiverser, le choix de Felicia s'était porté sur son unique petit-fils.

La philosophie de vie et les convictions de sa grand-mère auraient dû inciter Chris à décliner d'emblée sa proposition. Mais comment refuser un avenir radieux offert sur un plateau d'argent ? Durant cette fameuse conversation, Chris avait néanmoins réussi à ne pas vraiment s'engager. De son côté, Felicia restait persuadée que les choses se dérouleraient comme elle les avait prévues.

Chris avait insisté pour faire des études de droit et vivre à Munich plutôt qu'au bord de l'Ammersee. Elle y avait consenti, parce qu'elle n'avait pas eu le choix. Il avait trouvé à se loger dans un appartement communautaire à Schwabing. Pour subvenir à ses besoins, il donnait quelques cours et tapait à la machine des manuscrits pour le professeur Falk qui publiait beaucoup et payait bien.

Une contravention ornait le pare-brise de son vieux tacot. Chris la déchira et la jeta dans le caniveau. Il n'avait pas le temps de rentrer se changer. La famille n'aurait qu'à se contenter de son vieux jean, et de son tee-shirt noir. Le bandeau en cuir qui lui ceignait le front agacerait certainement son père, mais qu'il aille au diable ! À vingt-trois ans, Chris avait passé l'âge de se soucier de l'opinion paternelle.

En démarrant, Chris pensa à sa sœur. Il ne comprenait pas son choix. Alexandra l'avait rejoint en Allemagne quelque temps après son arrivée. Elle aussi n'avait alors qu'une vague idée de son avenir. Elle cherchait surtout à s'éloigner de sa mère. Les problèmes d'alcool de Belle, qui n'avaient jamais gêné Chris, avaient en revanche beaucoup fait souffrir Alexandra. Quel constat d'échec pour nos parents ! songea-t-il. Ils nous auront fait fuir l'un et l'autre.

Chris avait été heureux de retrouver Alex près de lui. Ensemble, ils avaient découvert Munich et passé des nuits entières dans les bistrots d'étudiants du quartier de Schwabing. Il aimait tendrement sa petite sœur même si ses amis ne l'avaient jamais vraiment acceptée – son allure bourgeoise déplaisait trop aux gauchistes. Puis, celle-ci avait rencontré Markus Leonberg chez Felicia.

Chris n'oublierait jamais cette journée de juin où, trois mois auparavant, alors qu'ils étaient tous les deux tranquillement installés à une terrasse de café, Alex lui avait annoncé qu'elle était amoureuse de Leonberg et qu'elle avait décidé de l'épouser. Pris au dépourvu, il était resté interloqué. Puis, il avait protesté d'une voix rauque :

— Alex... C'est une blague, n'est-ce pas ?

Elle l'avait regardé de ses yeux gris impassibles.

— Bien sûr que non.

Cela était impensable ! À cinquante-trois ans, Leonberg pouvait être son père ! Tout l'écœurait chez lui : sa grosse voiture, ses costumes coûteux, ses cravates en soie, ses tempes grisonnantes, sa société immobilière – un domaine de prédilection pour des personnes avides et sans scrupule. Chris devait se faire violence pour lui serrer la main. Bien qu'il fût un garçon ouvert et décomplexé, il avait eu du mal à imaginer sa sœur au lit avec Leonberg.

— Comment est-ce que... je veux dire... est-ce que tu couches avec lui ?

Elle avait failli éclater de rire, avant de s'apercevoir qu'il était sérieux.

— Oui. Il n'est pas un vieillard, tu sais. Tout est OK chez lui.

Évidemment ! Un ravissant jeune corps dans son lit

devait l'exciter. Est-ce qu'Alex comprenait qu'il l'utilisait ? Sa jeunesse, sa fraîcheur, son innocence... Leonberg s'emparait de quelque chose auquel il ne pouvait plus prétendre, et Alex était assez aveugle pour le lui offrir en toute confiance.

— Tu sais qu'il a eu de nombreuses liaisons, avait-il ajouté.

— Toi qui changes de fille toutes les semaines, tu oses me faire la morale, comme un petit-bourgeois ?

— C'est différent, avait répliqué Chris.

La différence, c'était que Leonberg était un salaud plein aux as qui avait toujours cru pouvoir s'acheter les femmes qu'il voulait. Chris était convaincu que cet homme était incapable d'éprouver la moindre émotion sincère.

Furieux, il appuya sur l'accélérateur et s'engagea sur l'autoroute en direction de Lindau. Il mourait d'envie de s'arrêter dans un bistrot et de prendre une cuite.

Certains jours comme celui-ci, Simone maudissait son travail. Pourtant, elle aimait bien discuter avec les gens, raconter des potins ou écouter leurs doléances. C'était fou ce qu'on pouvait confier à un chauffeur de taxi : ses peines de cœur, ses problèmes d'argent, ses soucis avec les enfants, ses contrariétés professionnelles. Étudiante en psychologie, Simone écoutait volontiers. Quelques-uns de ses clients ne voulaient même plus descendre de voiture.

Mais, aujourd'hui, son client lui faisait peur. Il était monté à la station de la Karlsplatz. Il portait un jean, un tee-shirt bleu et une veste grise à carreaux de mauvaise qualité. Il sentait mauvais – une curieuse odeur aigrelette, dont elle ne s'était aperçue qu'après un moment.

Elle venait de comprendre qu'elle avait déjà vu cet homme, sans vraiment savoir où. Alors qu'elle patientait dans la file des taxis, attendant son tour, il avait traînassé sur la place devant la fontaine. Le regard de Simone avait glissé sur lui. Il avait dû laisser partir au moins quatre taxis avant de monter dans le sien. L'explication pouvait être banale : ayant attendu en vain un rendez-vous, il avait soudain décidé de prendre un taxi. À moins qu'il ne l'eût attendue parce qu'elle était une femme.

Si elle n'était ni étranglée, ni violée, ni poignardée, elle gagnerait une jolie somme d'argent grâce à lui : il souhaitait se rendre à Hechendorf, sur le Pilsensee. Une course de quarante kilomètres. Or la localité étant desservie par le train, pourquoi gaspillait-il son argent ? D'autant qu'il ne paraissait pas bien riche. Voulait-il seulement l'entraîner hors de la ville ?

Avec anxiété, elle appela la centrale à la radio :

— Je pars pour Hechendorf, par l'autoroute de Lindau.

On entendit une hésitation au bout du fil, puis une voix enjouée :

— C'est bon !

Là-bas, on devait penser que c'était son jour de chance.

L'homme restait parfaitement silencieux, et ne la quittait pas des yeux. Chaque fois qu'elle regardait dans le rétroviseur, elle croisait son regard fixe.

Pour ne pas paniquer, elle s'efforça de penser à autre chose. Le lendemain, elle devait rendre un devoir et les dernières pages n'étaient pas encore tapées. Quand elle se serait débarrassée de ce client de mauvais augure, elle rentrerait à la maison, prendrait un bain chaud, une bonne tasse de thé, et s'installerait à son bureau. Brusquement, le calme de ses quatre murs lui manqua cruellement.

Elle alluma la radio. On y parlait de l'enlèvement du président du patronat Schleyer. Des terroristes appartenant à la Fraction de l'Armée rouge l'avaient kidnappé début septembre dans une rue de Cologne et réclamaient désormais la libération de leurs camarades politiques emprisonnés. Après les meurtres du procureur général Buback et du banquier Ponto, c'était le troisième attentat de l'année de la bande à Baader. Simone n'éprouvait aucune sympathie pour les représentants de l'économie d'Allemagne de l'Ouest tel Hans-Martin Schleyer, mais ce drame l'avait bouleversée. Depuis trois semaines, on le retenait prisonnier. Ses ravisseurs distribuaient des photos. Sur les Polaroïds, souffrant et épuisé, il semblait pitoyable. Simone espérait que cette mésaventure se terminerait bien pour lui.

Elle profita de ces dernières nouvelles pour entamer une conversation avec son passager.

— Je me demande ce que va faire le gouvernement. À mon avis, ils seront contraints de céder. Ils ne peuvent tout de même pas le sacrifier.

L'homme ne répondit pas.

— D'un autre côté, le gouvernement ne peut pas céder au chantage, poursuivit-elle, nerveuse. La Fraction de l'Armée rouge continuerait à en profiter. Les enlèvements des terroristes deviendraient une farce.

L'homme se taisait toujours. Ils avaient rejoint l'autoroute qui, en ce samedi après-midi, était pratiquement déserte. Le crépuscule commençait à tomber. Le soleil se couchait au-delà des bois aux couleurs d'automne flamboyantes. Fin septembre, les journées raccourcissaient.

— Cependant, vous ne trouvez pas qu'ils exagèrent de soupçonner tout le monde d'être un terroriste ?

Simone avait tellement peur qu'elle avait l'impression d'être à bout de souffle. Elle babillait pour combler le silence insupportable. Comment allait-elle se débarrasser de ce type ?

— Il suffit d'avoir une dégaine un peu suspecte pour qu'ils vous soupçonnent. Les mouchards et les délateurs s'en donnent à cœur joie.

Il ne répondit rien. Elle l'observa dans le rétroviseur. Ses yeux étaient tellement fixes qu'on les aurait crus en verre, avec des pupilles anormalement dilatées. Jamais elle n'avait vu de visage aussi impénétrable. C'était sûrement un psychopathe. Elle aurait dû le deviner tout de suite, et ne pas le laisser monter dans la voiture ! Brusquement, elle fut convaincue qu'il l'avait choisie exprès. Quelle idiote !

Elle avait les mains moites et des gouttes de sueur perlaient dans la nuque. Son dos commençait à la démanger, comme toujours lorsqu'elle s'énervait. Un sentiment de panique lui nouait la gorge.

— Je suis désolée, mais je ne me sens pas très bien, s'entendit-elle bafouiller. J'ai une mauvaise circulation sanguine... Cela devient risqué de rester longtemps au volant... Nous sommes presque arrivés à la sortie de Germering. Je vais vous conduire à la gare. Vous pourrez prendre le train jusqu'à Hechendorf.

Elle l'observa à nouveau, cherchant à déceler une lueur dans le regard froid. Elle avait de la peine à respirer.

L'embranchement approchait. Elle mit le clignotant vers la droite. Au même moment, elle sentit quelque chose de froid contre son cou.

— Continuez tout droit, dit-il.

Il avait une voix affreuse, bien trop aiguë pour un homme, et curieusement plaintive. Elle comprit alors qu'il la menaçait avec un couteau.

— Oh mon Dieu ! murmura-t-elle.

Simone continua de rouler, sans toutefois enlever le clignotant. Pendant quelques mètres, la voiture fit des embardées car Simone tremblait tellement qu'elle ne parvenait plus à contrôler le volant. Énervé, le conducteur d'une Mercedes lui fit des appels de phare, avant de la dépasser en lui jetant un regard furieux. Il n'avait rien remarqué. Il conduisait trop vite et les cheveux longs de Simone dissimulaient l'arme. Visiblement, il ne s'était pas demandé pourquoi le passager d'un taxi se penchait ainsi vers la conductrice.

— Que voulez-vous ? demanda-t-elle, redoutant le pire.

Elle savait qu'il n'était pas un voleur qui en voulait à sa recette du jour, mais plutôt un maniaque sexuel tel qu'on les décrivait dans les livres. Un cas classique...

— Si vous voulez de l'argent, prenez-le. Je ne vous dénoncerai pas...

Il ne veut pas d'argent, il me veut, moi !

Il se contenta d'appuyer davantage la lame du couteau contre son cou. Elle sentait son souffle chaud sur son oreille et respira sa mauvaise odeur. Il n'avait pas dû se laver depuis une semaine.

Elle ne voulait pas pleurer, ni l'implorer, pourtant les larmes lui piquèrent les yeux.

— Je vous en supplie... Ne me faites pas mal...

— Range-toi sur l'aire de repos.

Sa voix était devenue plus rauque. Il était manifestement excité. Simone songea à continuer tout droit. Est-ce qu'il la poignarderait ? C'était possible, il semblait trop perturbé pour être raisonnable.

La pointe de la lame érafla sa peau. Ralentissant, elle obliqua vers l'aire de repos. Comme il faisait plus sombre, elle alluma les phares, mais elle paya son initiative d'une douleur supplémentaire au cou.

— Éteins les lumières ! siffla l'homme.

Les larmes coulaient sur ses joues. Elle saignait : il l'avait sérieusement blessée. Elle pria qu'il y eût des gens sur l'aire de repos, mais l'endroit était désert. Pas une voiture, pas un voyageur. À sa droite, des champs s'étendaient à l'infini, à sa gauche l'autoroute était cachée par une haie de buissons touffus. Quoi qu'il arrivât désormais, aucun conducteur ne le remarquerait.

Lorsqu'elle comprit que sa vie ne tenait plus qu'à un fil, les larmes de Simone se tarirent. Elle retrouva un peu de la sérénité et de la lucidité qu'appréciaient ses amis. Elle coupa le moteur.

— Vous avez sans doute des problèmes dont vous aimeriez discuter, déclara-t-elle. Je vous écouterais volontiers. J'aurais sûrement des conseils à vous donner. Nous pourrions...

Elle hurla quand l'homme lui saisit les cheveux et lui tira brutalement la tête sur le côté. Le couteau se trouvait directement sur sa gorge.

— Ta gueule, sale putain ! On descend maintenant.

Simone reprit espoir. S'il ne la tuait pas dans la voiture, elle trouverait peut-être le moyen de s'enfuir. L'autoroute n'était qu'à quelques mètres. Si aucune voiture n'arrivait, elle pourrait courir de l'autre côté. Le trafic y était plus dense, car beaucoup de Munichois revenaient d'une journée passée au bord du lac. L'un d'entre eux finirait bien par s'arrêter.

Ne perds pas les nerfs, se réprimanda-t-elle en silence.

L'homme ouvrit la portière et descendit. Pendant quelques secondes, il fut obligé de lui lâcher les cheveux et de retirer le couteau de son cou. Saisissant l'occasion, Simone se projeta du côté du passager, sans se préoccuper de sa chaussure gauche qui resta accrochée au levier de vitesse. Elle bondit hors de la voiture et eut la présence d'esprit de ne pas se précipiter vers les champs. Mais le taxi et l'homme se trouvaient entre elle et l'autoroute. Elle se concentra pour essayer de deviner de quel côté il allait s'élancer. La vie était revenue dans son regard fixe : elle y lisait un mélange de colère, de haine et de cruauté. S'il était fou, il était sans nul doute malin. Il feignit d'aller vers le capot de la voiture, mais avant qu'elle eût le temps de contourner l'arrière, il repartit dans l'autre sens. Il lui empoigna le bras et le lui tordit. Elle poussa un cri de douleur et de terreur mêlées. Il plaqua sa bouche contre son oreille.

— Je vais te tuer, sale garce ! Je vais te tuer !

Elle se mit à pleurer comme une enfant, le suppliant de l'épargner, lui promettant tout son argent, mais il restait indifférent. Tandis qu'il la traînait par les cheveux vers les champs, elle se débattit de toutes ses forces, le cœur au bord des lèvres.

— Ne me faites pas mal ! Je vous en supplie...

Soudain, une voiture s'engagea sur l'aire de repos. Les phares balayèrent la scène fantomatique d'une jeune fille qui se débattait en pleurant, pendant qu'un homme armé d'un couteau la tirait par les cheveux. La voiture freina net dans un crissement de pneus.

L'homme poussa un juron. Il lâcha Simone qui tomba par terre et se précipita vers le taxi. Les clés se trouvaient encore sur le contact. Il démarra. Au même moment, un jeune homme bondit de l'autre voiture.

Il hésita, ne sachant s'il devait poursuivre le taxi ou s'occuper de la jeune fille affalée par terre. Il décida qu'il serait dangereux et presque impossible d'arrêter l'agresseur. De toute façon, si l'on communiquait rapidement le numéro du taxi à la police, le malfaiteur n'aurait pratiquement aucune chance de s'en tirer. Et la fille était peut-être blessée.

Recroquevillée, l'inconnue frissonnait en sanglotant, ses longs cheveux blonds répandus sur l'asphalte. Elle portait une chemise d'homme blanche, un jean délavé et une seule chaussure. Lorsque Chris s'agenouilla près d'elle, il fut effaré de voir qu'elle avait du sang sur l'épaule. Il repoussa les cheveux, trouva la blessure au cou qui ne lui sembla pas trop grave. Simone frémit quand il la toucha, et gémit tel un animal effrayé. Chris la rassura d'une voix douce :

— N'ayez pas peur, je vous en prie. Il est parti. Écoutez-moi... il est parti. Il ne vous arrivera plus rien.

De sa vie, il n'avait vu quelqu'un trembler autant. Bon sang, elle aurait pu être traînée vers ces champs et découverte morte quelques jours plus tard par un fermier ou des enfants. C'était le seul hasard qui l'avait conduit sur l'aire de repos – l'envie de griller encore une cigarette avant d'affronter son père et l'insupportable fiancé de sa sœur. Comme il roulait lui-même ses cigarettes, il avait dû s'arrêter, ce qui avait sauvé la vie de la jeune fille.

Avec précaution, il la souleva, l'appuya contre lui et écarta doucement les cheveux de son visage. Deux yeux verts, paniqués, le dévisagèrent. Elle cessa de sangloter, mais continua à trembler comme une feuille.

— Tout va bien. Vous ne craignez rien. N'ayez pas peur.

Elle hocha la tête, tâchant de reprendre son souffle.

— Avez-vous un mouchoir ? demanda-t-elle.

Chris fouilla ses poches et trouva un kleenex. Elle essuya son visage trempé de larmes.

— C'était affreux, murmura-t-elle. Il était fou, complètement fou. J'aurais dû le remarquer tout de suite. J'ai été dingue de le laisser monter.

— Vous êtes chauffeur de taxi, n'est-ce pas ?

— En fait, je suis étudiante. Je fais ce boulot pour gagner de l'argent.

Elle était incroyablement mince et fragile. Avec son visage blême et son petit nez pointu, elle ressemblait à une enfant maigrichonne. Pourtant, même bouleversée, elle paraissait intelligente et énergique.

— Nous devons trouver un téléphone, ajouta Chris. Il faut appeler la police.

— Je veux rentrer à la maison.

— Bien sûr. Mais nous devons d'abord prévenir la police. Souhaitez-vous que votre agresseur s'échappe ?

Il l'aida à se relever.

— Je veux rentrer à la maison, insista-t-elle.

— Je vous promets de vous ramener ensuite chez vous. Vous ne désirez tout de même pas qu'il recommence avec une autre femme ?

Elle secoua la tête et lui tint fermement la main lorsqu'ils se dirigèrent vers sa voiture. À un moment, elle se retourna pour contempler les champs qui se noyaient dans l'obscurité.

— Je serais déjà morte, murmura-t-elle. Je suis certaine que là, maintenant, je serais déjà morte.

Chris qui le pensait aussi lança d'un air enjoué :

— Vous avez un bon ange gardien. Comment vous appelez-vous ?

— Simone.

— Moi, c'est Chris. À présent, Simone, allons prévenir la police et leur communiquer le numéro de votre taxi. Ils voudront certainement que vous veniez leur donner une description de l'homme, mais nous essaierons de repousser cet entretien à demain. Ensuite, je vous reconduirai chez vous.

— D'accord.

Elle parut un peu rassérénée.

— J'habite Munich. Vous alliez dans l'autre direction. Je ne veux pas vous...

— Ne vous en faites pas, répondit-il en ouvrant la portière. Je n'avais rien d'important à faire. Du moins, rien d'agréable. D'une certaine façon, vous m'avez même tiré d'affaire.

Grâce à Simone, il n'aurait pas besoin de voir son père, ni de serrer la main de son beau-frère. Et personne, pas même ce dragon de Felicia, ne pourrait le lui reprocher. Il regrettait juste de faire de la peine à Alex... Mais pourquoi diable s'était-elle acoquinée avec cet exploiteur de Leonberg ? Décidément, il ne le comprendrait jamais.

2

La nuit était claire et froide, le ciel piqueté d'étoiles. La terre exhalait des odeurs humides et épicées, des senteurs de champignons et de feuilles, de baies et d'écorces mouillées. Le parfum d'une nuit d'automne.

Alexandra s'appuyait contre la voiture de Markus Leonberg, heureuse d'avoir échappé au brouhaha. La réception de mariage avait eu lieu dans la maison de sa grand-mère. En fin d'après-midi, les invités s'étaient retrouvés sur la grande terrasse ensoleillée, puis on avait servi le dîner aux chandelles, accompagné d'une musique douce. Alexandra et Markus avaient présidé aux places d'honneur, flanqués de part et d'autre d'Andreas et de Belle, les parents de la mariée. Alexandra n'avait pas quitté sa mère des yeux. Avant la cérémonie, en fin de matinée, on avait offert du sherry en apéritif et sa mère y avait fait honneur. Puis, à mesure que la soirée avançait, Belle était devenue de plus en plus silencieuse. Seul un observateur attentif aurait pu remarquer son malaise. Par ailleurs, elle bataillait avec un régime qui la rendait fébrile.

Chris n'était pas venu les rejoindre. Au dessert, Alexandra avait cessé de l'attendre. Elle savait qu'à cause de son job auprès de ce professeur, il ne pouvait assister à toutes les festivités mais il avait promis de venir dîner, bien qu'il détestât Markus et fût brouillé à mort avec leur père. C'était curieux, car il n'était pas du genre à se défiler.

Quelques minutes auparavant, Markus lui avait murmuré à l'oreille qu'ils pouvaient désormais s'en aller et laisser les autres s'amuser. Alors qu'il était parti chercher les clés de la voiture, elle s'était éclipsée. Elle espérait filer en douce. Elle ne voulait pas recevoir du riz ou des confettis, ni entendre les plaisanteries équivoques à propos du voyage de noces. Après cette journée fatigante, elle avait envie d'être seule avec Markus.

Alexandra ajusta le cardigan blanc autour de ses épaules. La journée avait été chaude, mais la nuit avait fraîchi brusquement. Elle avait renoncé à une robe de mariée classique avec une traîne et un voile, lui préférant une longue robe d'été ivoire. La jupe lui arrivait aux chevilles, le décolleté du bustier était profond et arrondi. Sa longue chevelure sombre qui lui tombait à la taille l'auréolait tel un voile.

— Tu ressembles à une hippie de Californie, lui avait déclaré Felicia d'un air sceptique le matin même. Un tailleur élégant aurait été plus approprié.

Alex avait haussé les épaules. Il ne manquerait plus que Felicia décidât aussi de sa tenue. La vieille dame avait déjà provoqué suffisamment de remous. Markus avait été furieux d'apprendre que celle-ci avait insisté pour qu'ils signent un contrat de mariage sous le régime de la séparation des biens.

— C'est impensable ! Ça ne la regarde pas ! Qu'est-ce qu'elle veut ? Que nous prenions dès à présent des dispositions en vue de notre prochain divorce ?

— Elle dit qu'elle a été mariée deux fois et qu'elle connaît ce dont elle parle, avait répondu prudemment Alexandra. Sa suggestion n'est peut-être pas si bête. Je ne crois pas qu'il y aura un jour des problèmes entre nous, mais si cela devait advenir, il serait pénible de tout devoir partager.

Markus avait semblé meurtri, pensant probablement qu'elle n'avait pas la volonté de contredire Felicia et il avait accepté à contrecœur. À cause des longs cheveux et de l'étroit visage aux traits délicats, il prenait son épouse pour une jeune fille naïve et romantique. Il ignorait qu'Alex dissimulait derrière ce front haut un sens aigu des réalités. Et, comme la jeune femme tenait à garder son mystère, elle ne lui avait pas avoué qu'elle trouvait le conseil de Felicia pertinent, bien qu'elle fût agacée que sa grand-mère intervînt une fois de plus dans sa vie privée.

Par ailleurs, Felicia l'avait priée de passer sa dernière nuit de jeune fille à Breitbrunn. Alexandra avait trouvé cette demande un peu conventionnelle, mais elle lui avait obéi. De toute façon, elle n'était pas pressée d'emménager dans la villa de Markus à Bogenhausen. Tout était allé si vite ; elle se sentait aussi essoufflée que si elle avait couru un cent mètres.

Elle entendit des pas et un homme apparut sous le halo du lampadaire de la rue.

— Ah, Dan, c'est toi ! s'exclama-t-elle, surprise.

Daniel Liliencron, le fils d'un des meilleurs amis de Felicia, était un brillant avocat de trente ans. Il avait la réputation de gagner beaucoup d'argent et d'être pourchassé par les femmes. À première vue, Dan et Markus Leonberg se ressemblaient, et pourtant, les deux hommes étaient très différents. Derrière l'ambition de Leonberg et sa brutalité souvent critiquée dans les affaires, se cachait une nature torturée, profondément blessée, qui cherchait l'âme sœur depuis toujours. Dan Liliencron, en revanche, n'avait jamais été blessé. Il était jeune, sûr de lui, optimiste et intelligent. Il voulait profiter de la vie et l'explorer au-delà de ses limites, celles de l'argent, du travail et des femmes. Il agissait avec insouciance, persuadé qu'il ne pouvait rien lui arriver de désagréable. C'était sa plus grande différence avec Leonberg. Markus flairait tous les malheurs possibles et il amassait de l'argent pour se sentir à l'abri.

— Je t'ai vue sortir, expliqua Dan, et comme je n'ai pas pu te parler de la journée...

Alexandra trouva qu'il était très pâle. Peut-être était-ce à cause de la lumière trompeuse du lampadaire. Il portait un costume sombre et la cravate d'un rouge chaleureux, semé de petits points dorés, qu'elle lui avait autrefois offerte pour son anniversaire. En y regardant de plus près, on pouvait voir que les points étaient de minuscules poissons. C'était le signe astrologique de Dan. Lorsqu'il avait ouvert le paquet, ils étaient chez lui, assis sur son lit, à boire du champagne. Des flocons de neige virevoltaient derrière la vitre. Elle se demanda pourquoi il avait choisi de porter cette cravate ce soir-là.

— Je suis épuisée. Dix minutes de plus et je me serais endormie en plein discours. Je dois absolument...

Elle se mordit la langue. Dan esquissa un sourire douloureux mêlé de colère contenue et de douleur pas toujours maîtrisée.

— Tu meurs d'envie d'aller te coucher. Avec ton mari... comme il se doit.

Elle demeura silencieuse. Une brise agita les branches des arbres, libérant un nuage de feuilles. Bientôt, elles formeraient un épais tapis qui craquerait sous les pas et les nuits deviendraient longues et sombres. Alexandra frissonna. Cette fois, en revanche, il lui sembla que le froid venait d'elle-même. Elle commençait à se sentir très seule.

Dan donna un coup de pied dans les gravillons.

— Je ne pensais pas venir aujourd'hui, mais je ne voulais pas passer pour un mauvais perdant.

— Tu n'es pas un perdant, Dan.

— Si. Je t'ai perdue, toi.

— Dan, je...

— Je t'en prie ! fit-il en levant la main. Pas d'explications et surtout pas de justifications. Tu ne me dois rien, et cela ne ferait qu'empirer les choses.

Elle détourna les yeux.

— Je ne veux pas me justifier, je veux seulement... Ah, Dan, nous ne devrions plus parler de tout cela. (Elle frissonna encore.) J'espère que Markus ne va pas tarder. Je meurs de froid.

— Tu n'es pas assez couverte.

Il retira son veston. Lorsqu'il s'approcha pour le lui poser sur les épaules, elle retrouva d'un seul coup des sensations familières. Elle connaissait son odeur, son souffle, ses mains, ses gestes, elle connaissait son rire et ses larmes, son sarcasme et sa tendresse. Elle resta décontenancée. Tous ces souvenirs avaient surgi uniquement parce qu'il se tenait devant elle et ils menaçaient de l'engloutir. Elle comprit que rien ni personne ne pourrait effacer leurs deux années passées ensemble – ni Markus Leonberg, ni son nouveau statut d'épouse. Comme s'il pouvait lire dans ses pensées, Dan ajouta à mi-voix :

— Dis-moi sincèrement, Alex, est-ce qu'entre nous tout est fini et enterré ?

Elle ne répondit pas, mais son silence trahissait la vérité : jamais ils n'oublieraient ce qu'ils avaient vécu. Tous deux songèrent aux mêmes instants... Les promenades autour du lac par un crépuscule hivernal, alors que le ciel se teintait de pourpre et que le givre recouvrait la rive. Les canards solitaires dérivant au fil de l'eau, un canot oublié, arrimé à un ponton, se balançant sur les flots. Les soirées dans l'appartement de Dan, pelotonnés sur le sofa, à boire du mousseux et à manger des spaghettis devant la télévision, bavardant, riant aux éclats, puis s'habillant soudain à minuit afin de sortir se promener en ville jusqu'au lever du soleil, lorsqu'ils se réfugiaient dans un café pour dévorer des croissants et boire du café au lait dans d'énormes tasses.

Des images d'été, des veillées de nuits d'août, trop chaudes et lumineuses pour dormir, des nuits si romantiques qu'en y repensant le cœur de Dan Liliencron menaçait d'éclater – et il savait désormais que ce poncif était parfaitement exact : quelque chose se brisait en vous, et l'on ne cessait de souffrir, malgré les autres femmes, les voyages lointains ou l'alcool. La douleur faisait partie intégrante de sa vie.

Il comprit qu'elle aussi se souvenait, et pourtant elle avait sauté le pas et épousé Leonberg. Elle ne semblait pas prête à revenir en arrière.

— Je ne comprends pas pourquoi ! lâcha-t-il, furieux et désemparé. Qu'est-ce que cet homme a de plus que moi ? Pourquoi as-tu détruit notre histoire à cause de lui ? Donne-moi une seule raison valable, une seule.

Elle leva les yeux vers lui. Dans son regard gris avait filtré une légère impatience.

— Ce genre de choses ne s'explique pas, Dan. Elles arrivent, tout simplement.

Elle avait raison. Il en avait souvent fait l'expérience lui-même, mais en général, ce n'était pas lui qu'on abandonnait. Les filles lui demandaient : « Pourquoi, Dan ? Qu'est-ce qui s'est passé ? Pourquoi ne m'aimes-tu plus ? » Comme il détestait ces scènes ! Il éprouvait de la pitié et de la colère, parce que les filles lui compliquaient la tâche. En se rappelant ces moments pénibles, il maudit sa faiblesse envers Alex. Il se jura qu'on ne l'y prendrait plus. Qu'elle soit donc heureuse avec ce type qui avait l'âge d'être son père ! Cet homme qui, le jour de son baptême vingt ans auparavant, quasiment jour pour jour, avait frappé un grand coup, lorsqu'un malheureux artiste peintre s'était suicidé à cause de lui devant tout le monde. Lui, Dan, était âgé de dix ans à l'époque. Il n'avait rien vu du drame parce qu'il était allé se baigner dans le lac, mais l'histoire avait été colportée, tachant de sang la veste de Leonberg qui était loin d'être immaculée.

Pourquoi avait-il poussé à bout ce vétéran revenu de Sibérie, jusqu'à ce qu'il n'eût pas d'autre issue que de se tirer une balle dans la tête ? Quoi qu'il en fût, Alex ne semblait pas s'en formaliser. Certes, elle était libre d'agir à sa guise, Dan espérait seulement qu'elle ne se trompait pas.

Alors qu'il la contemplait dans sa robe blanche, avec son mince visage blême, ses cheveux brun foncé avec lesquels il avait si volontiers joué, il comprit qu'à jamais il se demanderait comment il avait pu la perdre.

Elle était arrivée deux ans et demi plus tôt des États-Unis – peu de temps après son frère. Tous croyaient alors qu'elle était curieuse de découvrir le pays de ses ancêtres. Dan s'était vite rendu compte qu'en vérité elle fuyait les disputes de ses parents, l'alcoolisme de sa mère et les aventures extra-conjugales de son père. On l'avait trouvée jolie, enjouée, un peu égoïste et gâtée, très énergique pour son âge. Dan avait deviné la petite fille solitaire qui ne savait que faire de sa vie. D'emblée, il était tombé amoureux d'elle et elle avait éprouvé les mêmes sentiments pour lui. Ils étaient devenus un couple si rapidement que même la vigilance de Felicia n'avait pu l'empêcher.

Par une nuit pluvieuse du mois de mai, quelques jours avant ses dix-huit ans, Dan avait emmené Alex chez lui et ils avaient fait l'amour. Elle avait déclaré avec fougue qu'elle mourrait s'il la quittait un jour.

Elles doivent toutes dire ça à leur premier amant, songea-t-il, désabusé. Il ne faut surtout pas les prendre au sérieux.

— Veux-tu une cigarette ? proposa-t-il.

Elle hocha la tête et il lui donna du feu. Les doigts d'Alex tremblaient légèrement. Ils fumèrent quelques instants en silence, perdus dans leurs pensées, et sursautèrent quand Markus et Felicia surgirent de l'obscurité.

— Pourquoi restes-tu dans le froid, Alexandra ? demanda Markus, avec un coup d'œil glacial à Dan. Tu aurais pu attendre à l'intérieur.

Alex haussa les épaules.

— J'avais besoin d'air frais.

— Je me suis permis de tenir compagnie à votre femme, précisa poliment Dan.

Il était évident que Markus et Felicia avaient remarqué leur complicité. Markus réagit en attrapant le veston des épaules d'Alex pour le rendre à Dan.

— Merci beaucoup. Nous n'en avons plus besoin.

Ces trois-là n'en ont pas fini, pensa Felicia.

— Dan, Kassandra Wolff vous cherche, déclara-t-elle. Elle a quelque chose de très important à vous dire. Elle vous attend dans mon bureau.

— Très bien, j'y vais de ce pas. (Il se pencha et déposa un baiser sur la joue d'Alex.) Bonne nuit, Alex.

Sa voix était rauque. Il salua Felicia, ignora superbement Markus et tourna les talons. Ses pas se perdirent dans la nuit. Felicia scruta le visage de sa petite-fille qui le regardait s'éloigner. Impossible d'y lire quoi que ce fût.

— Chris vient de téléphoner, reprit-elle. Il lui est arrivé une aventure incroyable. Il venait nous rejoindre en début de soirée quand il s'est arrêté sur une aire de repos pour fumer une cigarette. Il est tombé sur un fou furieux qui essayait d'assassiner une conductrice de taxi. L'homme a pris la fuite, mais Chris a accompagné la jeune femme au commissariat où elle s'est effondrée. Il est maintenant chez elle mais il n'ose pas la laisser seule. Il te fait dire qu'il est désolé, Alex.

— C'est tout à fait le genre de mésaventure dont il est coutumier, ironisa Markus.

Il n'appréciait pas Chris. Le jeune homme avait tout fait pour convaincre sa sœur de ne pas l'épouser. Sachant par ailleurs que ni Felicia, ni les parents d'Alex n'avaient été emballés par la différence d'âge, Markus trouvait miraculeux qu'ils eussent tout de même réussi à s'unir devant l'officier de l'état civil. En se regardant à l'instant dans un miroir, il s'était trouvé très pâle. Son teint livide avait dû s'accentuer en découvrant Alex avec Dan. Ce dernier pouvait-il encore représenter une menace ?

— On y va ? suggéra-t-il.

Alex acquiesça.

— Merci pour la belle réception, Felicia, dit-elle en serrant sa grand-mère dans ses bras. Mes parents sont encore là pour quelques jours. Préviens-les que je passerai les voir demain ou après-demain. Pour l'instant, je suis morte de fatigue.

Ils montèrent dans la voiture. Felicia les regarda s'éloigner. L'esprit ailleurs, elle se demandait, avec méfiance, de quoi Kassandra Wolff voulait discuter avec Dan Liliencron.

Quatre jours plus tard, on frôla le drame familial. Belle et Andreas devaient repartir en début d'après-midi pour la Californie et la famille proche, à l'exception de Chris, s'était réunie pour un dernier petit déjeuner chez Felicia.

À 10 heures, le téléphone sonna. C'était la police. Chris avait été arrêté. On le maintiendrait en prison jusqu'au lendemain, le temps de lever les soupçons qui pesaient sur lui. Le jeune homme avait tenu à ce qu'on informe sa famille.

Exaspéré, Andreas jeta sa serviette en boule sur la table.

— La dernière fois que j'ai vu mon fils, c'était dans un commissariat de police de Los Angeles. Visiblement, rien n'a changé. Je commence à en avoir assez !

— Qu'est-ce qu'on lui reproche ? s'informa Belle, presque heureuse de pouvoir profiter de l'occasion pour prendre le premier cognac de la journée.

Markus Leonberg, qui était un ami du préfet de police de Munich, passa quelques coups de fil. Il apprit que Chris n'était pas le seul à avoir été appréhendé. On avait aussi arrêté les sept autres membres de la communauté sur une dénonciation anonyme. Depuis l'enlèvement du président du patronat, près d'un mois auparavant, les enquêteurs étaient sur les dents et la population donnait toutes sortes de renseignements sur de possibles cachettes de terroristes. Certains pensaient sincèrement avoir découvert une piste, d'autres en profitaient pour mettre des gens dans l'embarras. La communauté de Chris dans le quartier de Schwabing agaçait les voisins. Les hommes et les femmes portaient les cheveux longs, des jeans, des foulards palestiniens et des parkas vertes. Ils écoutaient du matin jusqu'au soir des chansons contestataires, se rendaient sans cesse à des manifestations ou distribuaient des tracts. Des rumeurs circulaient : on parlait de drogues, de sexualité de groupe, de perversions exotiques. On observait ces jeunes gens avec un mélange de fascination et de répulsion. Ainsi, il n'était guère étonnant qu'ils eussent été pris dans les filets de la police en cet automne 1977.

Markus apprit qu'on avait passé leur appartement au peigne fin. La police avait découvert des copies d'un tract d'étudiants de Göttingen qui faisaient part de leur « joie secrète » à l'annonce du meurtre du procureur général Buback. Ainsi qu'une affiche avec l'emblème de la Fraction de l'Armée rouge – une mitrailleuse devant une étoile à cinq branches – et des textes incriminant la peine d'isolement qui empêchait Andreas Baader et ses camarades de voir leurs avocats.

Chris et ses camarades étaient suspects ; on devait néanmoins établir qu'ils avaient eu des contacts directs avec la Fraction de l'Armée rouge. C'est pourquoi on les maintenait en prison.

— Il faut tout de suite lui trouver un avocat ! s'écria Belle.

— Je ne songe même pas à lever le petit doigt pour lui, rétorqua Andreas, furieux. Il veut toujours être seul à décider de sa vie. Qu'il se débrouille donc pour se tirer d'affaire !

— Il est ton fils unique.

— Dieu soit loué. Je ne supporterais pas d'en avoir un autre comme lui.

— Quoi qu'il en soit, Chris n'est pas un terroriste, intervint Alex. Ils ne peuvent pas le détenir sans raison.

— Ils ont trouvé chez lui de la propagande gauchiste, répliqua son père. Selon moi, il est à deux doigts de devenir lui-même un terroriste. Sa façon de vivre est une pure provocation. Quelqu'un peut-il m'expliquer pourquoi ce jeune homme séduisant se promène avec des cheveux longs et de vieilles frusques ?

— Je ne repartirai pas pour Los Angeles sans avoir parlé avec Chris, déclara Belle.

Markus proposa de conduire Belle jusqu'à Munich, afin qu'elle voie son fils. Alex décida de les accompagner. Andreas et Felicia – qui partageaient la même exaspération à l'encontre de Chris – restèrent à la maison. Sur son visage aux traits accusés, les lèvres de Felicia s'étaient étirées en une ligne mince. Alors qu'ils montaient dans la voiture de Markus, elle retint Alex un court instant.

— Préviens ton frère que je désire le voir ici dès que la police l'aura relâché. J'ai quelque chose de très important à lui dire.

Chris avait jugé grotesque d'être convoqué chez Felicia comme un petit garçon. Si elle avait envie de lui parler, qu'elle vienne donc le trouver !

— Ta grand-mère a quatre-vingt-un ans. Elle a le droit de mener les autres à la baguette, lui avait rétorqué Simone.

— C'est un droit qu'elle s'est toujours arrogé. Je suis sûr qu'elle se comportait déjà ainsi à vingt ans. Elle n'aurait jamais fait fortune si elle n'avait pas agi avec les autres comme cela lui chantait.

Lorsqu'il s'était retrouvé dans le bureau de Felicia, sa grand-mère l'avait enjoint de prendre place sur la chaise devant la table et non pas sur le canapé près de la cheminée. La conversation prenait donc un tour officiel. Puis, elle s'était excusée « pour cinq minutes ».

En l'attendant, Chris sentait la moutarde lui monter au nez. Pour qui se prenait-elle ? De quel droit lui faisait-elle perdre son temps ? Il arpenta la pièce, examinant les quatre photos posées sur le bureau. L'une d'elles montrait un jeune homme doux, vêtu d'un uniforme de cadet de l'armée de l'empereur : c'était Christian, le frère de Felicia, qui était tombé à dix-neuf ans devant Verdun. À côté se trouvait une photo de son autre frère, qui était mort sous les bombes pendant la Seconde Guerre mondiale. On reconnaissait aussi son premier mari, Alexander Lombard, le père de Belle. Ainsi que son deuxième époux, Benjamin Lavergne, le père de Susanne. Elle avait divorcé de

Lombard en 1918 – ce qui avait fait scandale à l'époque – et s'était surpassée ensuite en vivant ouvertement avec lui sans être mariée jusqu'à sa mort accidentelle en 1945. Quant à Lavergne, il s'était suicidé vers la fin des années 20, ce qui n'était guère surprenant : Chris aurait fait la même chose s'il avait eu le malheur de tomber amoureux de Felicia et de l'épouser.

Chris restait persuadé qu'elle s'était vite consolée de la mort de ses deux époux – contrairement à celle de ses frères. Elle ne s'était jamais remise de la mort prématurée de Christian. Lorsqu'elle parlait de son jeune frère, le ton de sa voix changeait, le gris de ses yeux prenait une teinte sombre.

Au-dessus de la cheminée était accroché un tableau représentant le domaine familial de Lulinn en Prusse-Orientale. Une allée de chênes, des pâturages à chevaux, une grande maison dont les murs immaculés brillaient à travers les arbres. Chris savait que cette propriété avait été le cœur de la famille. Belle lui avait souvent raconté ses étés passés là-bas : « Vous ne pouvez pas vous imaginer l'immensité de ce pays, la clarté des nuits de juin, l'épaisseur de la neige en hiver. J'entends encore crier les oies sauvages et je ne saurai jamais pourquoi le ciel y était vraiment plus haut qu'ailleurs. »

Chris comprenait cet attachement pour un lieu où l'on avait été heureux, mais puisque le domaine était désormais perdu, il fallait s'en accommoder. Felicia avait fait exécuter ce tableau prétentieux d'après une photographie. Le jeune homme soupçonnait sa grand-mère d'espérer secrètement qu'un jour les terres de l'Est reviendraient dans le giron allemand. Tout comme elle voulait absolument voir Berlin, sa ville natale, réunifiée. À ses yeux, le mur était une « souillure ».

La porte s'ouvrit et elle entra dans la pièce.

— Je suis désolée de t'avoir fait attendre, mais figure-toi que ma cousine Nicola et son mari Serguei viennent d'arriver de Berlin-Est. Comme ils sont âgés, ils ont obtenu une autorisation de sortie du territoire. Quel pays remarquable, cette Allemagne de l'Est, tu ne trouves pas ? lança-t-elle d'un air provocateur. On commence par abattre les gens s'ils essaient de franchir les frontières, puis, lorsqu'ils deviennent un fardeau dans leur vieillesse, on leur accorde le droit de partir en les gratifiant d'un baisemain. À condition, bien sûr, qu'ils abandonnent toutes leurs possessions...

Chris ne releva pas.

— Tu m'as demandé de venir. De quoi s'agit-il ?

Felicia s'installa derrière son bureau et lui indiqua une chaise.

— Assieds-toi !

Il lui obéit et l'observa longuement. Jamais on n'aurait pu croire que cette femme avait quatre-vingt-un ans. Mince, bronzée, ses cheveux blancs coupés court, elle en paraissait dix de moins. Elle portait une élégante robe vert pâle, un collier de perles à plusieurs rangs et des boucles d'oreilles assorties. Elle était à peine maquillée, contrairement à beaucoup de vieilles dames qui, dans l'espoir de rattraper leur jeunesse enfuie, transformaient leurs visages en masques grotesques. Felicia utilisait un rouge à lèvres rose pâle et soulignait ses cils. « Cette femme a dû être très belle dans sa jeunesse », disait-on d'elle. Et aujourd'hui encore elle est rudement bien ! songea Chris.

Felicia alluma une cigarette sans lui en offrir une.

— Chris, ça ne peut pas continuer comme ça.

— Pardon ?

— Lorsque tu as fini l'école en Amérique, et que je t'ai proposé de venir étudier à Munich, j'avais bien entendu une idée derrière la tête.

— Bien entendu.

Felicia ignora le sarcasme de la remarque.

— Il y a quelques jours, Kassandra Wolff m'a appris qu'elle avait demandé à Dan Liliencron de devenir le directeur de sa moitié de *Wolff & Lavergne* et qu'il avait accepté. Je suis une très vieille dame, Chris. Il est temps que je trouve moi aussi un successeur.

— Felicia, je sais que tu veux que je reprenne ta part de l'entreprise de jouets, mais il a toujours été convenu qu'auparavant...

— Erreur ! l'interrompit sèchement Felicia. J'ai changé d'avis. L'affaire est réglée.

Elle avait réussi son coup : Chris resta bouche bée. Il lui fallut quelques instants pour se ressaisir.

— Pardon ? demanda-t-il, incrédule.

— Tu m'as bien comprise. Après quelques nuits sans sommeil, je suis parvenue à la conclusion que tu ne convenais pas du tout à la situation. Je ne doute pas de tes capacités intellectuelles, mais tes convictions t'entraînent dans une autre direction. Cela n'a aucun sens, Chris. Il faut être réaliste.

Felicia le scruta avec une rare intensité. Il était très grand, comme tous les membres de la famille, et ressemblait à son père Andreas : des yeux sombres, des traits réguliers. Elle le trouvait séduisant, même si elle n'appréciait pas ses tenues vestimentaires.

— Au départ, je ne voulais pas que tu étudies le droit. J'aurais jugé plus raisonnable que tu t'intéresses au commerce ou à la gestion d'entreprise. Mais je me suis dit que le droit ne pouvait pas nuire. C'est seulement que... (Sans faire attention, elle laissa tomber une cendre de sa cigarette sur une pile de papiers.) Tu as bientôt vingt-quatre ans, et je n'arrive pas à comprendre ce que tu veux. Parfois, tu vas en cours ou tu travailles sur un devoir, mais la plupart du temps, tu participes à des manifestations, tu imprimes des tracts et tu sympathises avec la bande à Baader...

— Mais grand-mère...

— Ne m'appelle pas grand-mère !

— Felicia, il se passe tellement de choses ici. Ça bouillonne. Je vis pleinement mon époque, tu comprends. (Il ouvrit les mains dans un geste d'impuissance.) Je ne peux pas terminer mes études en me bouchant les yeux et les oreilles, puis entrer comme ça dans ton affaire.

— En effet. Parce que tu rejettes mon entreprise et ma façon de vivre. Tu es solidaire des syndicats, tu rédiges des articles contre le grand capital. Et moi, je représente tout ce que tu combats. Reconnais-le, si tu es honnête...

— Tu as probablement raison, répondit Chris d'un air las. C'est que... c'est tellement inattendu...

Felicia écrasa sa cigarette et en prit une autre. Cette fois-ci, elle en proposa une à Chris qui refusa.

Ses yeux sont tellements froids, pensa-t-il. Des yeux gris, absolument gris, sans aucune émotion...

Sa mère et sa sœur avaient ce même regard impénétrable. Toutes les femmes de la famille en ligne directe en héritaient. Il se demanda si, dans sa jeunesse, sa grand-mère avait un jour eu un sourire tendre ou une lueur de désir dans les yeux. C'était à peine concevable.

Jamais Chris ne s'était senti aussi humilié. Il était furieux contre lui-même. Cette stupide société de jouets ne l'avait jamais intéressé, et s'il avait refusé d'emblée sa proposition de l'époque, il ne serait pas là aujourd'hui, devant elle, avec le sentiment d'être un vulgaire pion sur son échiquier.

Il se leva, espérant que sa voix ne tremblerait pas.

— Alors, c'est décidé. Je peux m'en aller maintenant ?

Elle se leva à son tour.

— Je suis aussi déçue que toi, Chris. J'avais prévu tant de choses.

Allons, tu ne vas tout de même pas éclater en sanglots, vieille sorcière !

— Malgré tout, si tu as besoin d'aide..., ajouta-t-elle.

Tu plaisantes ou bien ?

— Une dernière chose, déclara-t-il avant de quitter la pièce. J'aimerais bien connaître tes projets. Qui aura le privilège d'être un jour ton héritier ?

La brutalité de la question ne troubla pas Felicia.

— J'ai pensé à Alexandra, répondit-elle posément. Je crois qu'elle est tout à fait capable de prendre ma place.

Chris éclata de rire.

— Elle vient de se marier et elle voudra sûrement des enfants. Par ailleurs, elle songe à s'inscrire à l'université. Elle n'a probablement aucune envie de travailler pour toi.

— Ça, c'est mon problème.

Ils étaient tous les deux en colère. Felicia, parce que ses projets avaient été contrariés, et Chris, parce que sa grand-mère le traitait comme un enfant. En sortant, il ne résista pas à la tentation de claquer violemment la porte derrière lui.

3

L'air de cette nuit d'avril était limpide, un croissant de lune était accroché dans un ciel moucheté d'étoiles. Julia aurait préféré une obscurité complète avec de la pluie et du brouillard, le genre de nuit qui pousse les gens à se calfeutrer chez eux.

— Il fait tellement clair, soupira-t-elle en refermant la porte-fenêtre qui donnait sur le balcon.

Elle était restée dehors cinq minutes, à contempler une dernière fois, du haut de son neuvième étage, la vue qu'elle connaissait depuis dix ans. Une chaussée divisée en son milieu par les rails du tramway, des marronniers mornes, privés de soleil même en été, plantés le long des trottoirs. Des maisons aux façades tristes et sales, autrefois joliment ornées de stuc, et désormais laissées à l'abandon. Sous la pluie, la rue étroite avait quelque chose de déprimant – et ce n'était guère mieux par beau temps. Pourtant, ici on vivait mieux qu'ailleurs. Les appartements étaient spacieux, avec de hauts plafonds et de beaux parquets anciens.

— Nous pouvons partir, annonça Richard. Je suis prêt.

— Moi aussi.

Julia s'adossa à la porte-fenêtre. Éclairée par la petite lampe posée sur le bureau, elle paraissait fragile. Blême et maigrichonne, elle était vêtue d'un jean, et d'un chandail et était chaussée de tennis. Elle avait attaché ses cheveux brun foncé. Ce soir-là, cette femme de trente-quatre ans ressemblait à l'étudiante de dix-neuf ans que Richard avait rencontrée à l'université. Il s'étonna soudain de songer qu'ils étaient mariés depuis huit ans et qu'ils avaient deux enfants.

— Ça va, chérie ? s'inquiéta-t-il.

— Très bien.

La jeune femme afficha un sourire optimiste. À vrai dire, elle se sentait très mal. Elle avait terriblement peur et, brusquement, ce départ lui pesait. Pourtant, elle n'avait jamais cessé de se plaindre – de l'appartement, des difficultés de la vie quotidienne, du manque de liberté, de l'éducation socialiste que recevaient les enfants dès le jardin d'enfants. Depuis quelque temps, sortir du système et quitter l'Allemagne de l'Est était devenu pour Julia une idée fixe.

Deux demandes d'autorisation de sortie du territoire leur avaient déjà été refusées. Et puis, un jour, Julia avait été convoquée chez le directeur du lycée de Berlin-Est où elle enseignait. Il s'était déclaré très surpris par son attitude, ne comprenant pas pourquoi elle voulait passer à l'Ouest. Est-ce qu'elle ne s'identifiait plus aux principes de la République démocratique allemande ? Julia lui avait expliqué que la majeure partie de sa famille habitait l'Ouest et qu'elle désirait les rejoindre. L'explication n'avait servi à rien. Le directeur avait déclaré qu'elle n'était plus digne d'être une éducatrice de la jeunesse. Elle avait été renvoyée de l'école. Puis, en octobre 1977, ses parents, Nicola et Serguei, étaient partis pour l'Allemagne de l'Ouest. Dès lors, Julia avait été obsédée par l'idée de s'en aller à son tour. Elle avait deviné que Richard y songeait lui aussi. Comme les conséquences pouvaient être dramatiques, ils avaient d'abord hésité à en discuter, mais leur complicité les avait poussés à se confier l'un à l'autre.

Peu à peu, les vagues idées étaient devenues un véritable plan. Même les risques et le danger n'avaient pu les détourner de leur projet.

C'est pourquoi, en cette nuit d'avril de l'année 1978, ils se retrouvaient dans leur salon, tandis que les trois sacs de voyage, contenant l'essentiel, des chaussures, des pantalons et des lainages, étaient déposés devant la porte. Ils ne pouvaient emporter ni meubles, ni tapis, ni tableaux.

Nous allons abandonner tout ce que nous possédons, songea Julia. En revanche, nous conserverons nos personnalités et nous recommencerons à zéro.

Ils réveillèrent les enfants. La petite Stefanie, âgée de cinq ans, se mit à pleurer quand elle dut s'habiller et son frère Michael, de deux ans son cadet, réclama du cacao chaud. Ils paraissaient pâles et fatigués. Leur parents ne leur avaient annoncé qu'en début de soirée qu'un voyage était prévu, afin qu'ils n'en parlent à personne.

— Nous allons descendre prendre la voiture, dit Julia. Vous serez bien sages, d'accord ?

Ils passèrent devant la cuisine où flottait encore l'odeur du dîner. À la pendule, il était presque 22 heures. Brusquement, l'appartement sembla plus accueillant, recelant les souvenirs des années heureuses, alors que dehors la nuit se faisait inquiétante.

La Traban était garée devant la porte d'entrée. À son retour du bureau, Richard avait choisi cet emplacement pour qu'ils puissent y ranger leurs valises sans attirer l'attention. Excités, Stefanie et Michael grimpèrent sur la banquette arrière.

— Où allons-nous, maman ? demanda la fillette pour la énième fois.

— C'est une surprise. Vous devez rester bien sages et faire ce qu'on vous dit.

Ils traversèrent Berlin. Peu de voitures circulaient. Les rues étaient presque désertes. Il faisait trop frais pour les promeneurs, et les concerts et les pièces de théâtre n'étaient pas encore terminés.

Richard se concentrait sur la conduite. Julia l'observait. Désormais, ils couraient tous un grand danger. Sachant qu'elle risquait de tout perdre, la jeune femme réalisa à quel point elle aimait son mari. Leur mariage se déroulait si paisiblement que les sentiments trop violents l'effrayaient. Ils vivaient ensemble, se faisaient confiance et se montraient tendres. Richard était chirurgien ; il avait la sérénité d'un homme habitué à garder la tête froide dans des moments critiques. Pour Julia, d'une nature plus vive et impatiente, il était un point d'ancrage, et elle ne pouvait envisager de le perdre un jour.

Devinant sans doute ses pensées, Richard tourna la tête vers elle.

— Tout va bien ? murmura-t-il.

— Bien sûr.

Elle avait l'impression de vivre un cauchemar. Elle espérait néanmoins pouvoir maîtriser son angoisse avant de perdre courage.

Ils contournèrent les secteurs Est et Ouest et prirent l'autoroute qui traversait la RDA et menait de Berlin-Ouest à la République fédérale. Les spasmes nerveux de son estomac devinrent plus violents. Le bruit du moteur lui sembla anormalement fort.

— Est-ce que les enfants dorment ? s'enquit Richard.

Julia se retourna sur son siège.

— Oui. Tous les deux.

À la première sortie après Potsdam, ils quittèrent l'autoroute. Le panneau indiquait « Saarmund-Michendorf ». Personne ne les vit emprunter un étroit chemin forestier vers la droite et s'arrêter.

Les enfants se réveillèrent. Ensommeillés, ils regardèrent par les vitres.

— Où sommes-nous ? demanda Stefanie.

— Nous avons pique-niqué ici il y a quinze jours. Vous vous souvenez ?

— Oui. C'était super !

Ce jour-là, Richard et Julia avaient été particulièrement attentifs. Ils avaient joué à être une jeune et joyeuse famille en excursion dominicale. Après avoir repéré un endroit où laisser la Traban, ils avaient déjeuné dans un pré. Steffi et Michael s'étaient roulés dans l'herbe, pendant que leurs parents, assis sur un tronc d'arbre, détaillaient les environs.

— Nous mettons leur avenir en péril, Richard, peut-être même leur vie, avait-elle murmuré. C'est terrible. Si quelqu'un nous découvre à la frontière, ou si l'un de nous perd le contrôle de ses nerfs...

Il avait serré sa main dans la sienne.

— D'un autre côté, nous sommes responsables s'ils grandissent dans ce pays, s'ils passent leur vie ici...

Il a raison, songeait désormais Julia. Nous devons persévérer.

Pour les enfants, l'escapade nocturne était une grande aventure. Un sac en bandoulière, Richard portait Michael et tenait la lampe de poche. Julia portait les deux autres sacs et veillait à ce que Stefanie reste près d'elle. Ils traversèrent le bois. Ils avaient mémorisé le chemin, mais ils ne devaient surtout pas s'égarer.

À leur droite se trouvait un village. Langerwisch se composait d'une rue principale bordée de petites maisons qu'il fallait à tout prix éviter.

Comme la promenade s'éternisait, Stefanie commença à rouspéter. Elle voulait être portée comme son petit frère.

— Tu vas te taire, oui ? Je ne veux plus t'entendre, c'est compris ? la gronda sévèrement Julia.

Effrayée, Stefanie se tut.

Ils atteignirent l'endroit prévu ; de là ils pouvaient apercevoir la route. Julia était impressionnée que Richard se fût aussi bien souvenu du chemin, alors qu'ils ne l'avaient repéré qu'une seule fois et en plein jour. À la lueur fantomatique de la lampe de poche, chaque arbre et chaque buisson semblaient différents.

— Nous sommes dans les temps, chuchota-t-il. Il est presque 23 heures.

— On est les meilleurs, répliqua Julia, en cachant son malaise.

Ils étaient cernés par les pins et les broussailles. Personne ne pouvait les voir de la route.

— Il sera là d'un moment à l'autre, ajouta Richard.

Julia se demanda si le tic-tac de sa montre avait toujours résonné aussi fort. Heureusement, les enfants se taisaient. L'angoisse et la tension avaient déteint sur eux.

Des phares apparurent. Un camion ralentit et s'arrêta à la hauteur du renfoncement au bord de la route. Une portière s'ouvrit. On entendit un juron :

— Merde ! Je l'savais bien, j'ai crevé !

— C'est lui, murmura Richard.

L'homme installa un triangle de signalisation et alluma les feux de sécurité qui se mirent à clignoter dans la nuit.

— C'est si lumineux, tellement visible, gémit Julia.

L'un des enfants eut un sanglot angoissé. Trois voitures arrivèrent l'une derrière l'autre, venant de la direction opposée. L'une d'elles ralentit avant d'accélérer à nouveau. Entre-temps, le conducteur avait installé le cric et soulevait le camion. Il soufflait et grognait. Julia estima qu'il faisait beaucoup trop de bruit, mais cela devait être justement son intention. S'il s'était affairé en silence, il aurait paru plus suspect à un véhicule de la Stasi passant par là.

— Quelle connerie ! s'écria-t-il.

C'était le signal. L'une des mains de Julia serra les poignées des sacs de voyage, tandis que de l'autre, elle empoignait le bras de Stefanie.

— Allons-y, fit Richard.

Ils gravirent le monticule, cachés par le camion. La porte du passager était ouverte, l'abattant derrière les sièges se leva aisément. Un réduit sombre s'offrit à eux, assez grand pour qu'un adulte s'y tînt debout, mais pas assez profond pour qu'on pût s'asseoir et étendre les jambes. Ils rampèrent dans la cavité, Richard en dernier. Il laissa retomber le battant derrière lui, le chauffeur le fixerait.

Ils ne pouvaient pas se voir. Dans l'obscurité, ils n'entendaient que le bruit de leurs respirations angoissées. Puis, le moteur démarra. Il était si bruyant qu'ils ne pouvaient pas se parler. De toute façon, ils n'auraient probablement pas osé. Pour la première fois depuis longtemps, Julia se mit à prier. *Aide-nous à réussir, doux Jésus, je t'en prie, aide-nous à réussir... À cause des enfants. Si jamais quelque chose devait...*

Elle pensa à ses parents qui habitaient chez Felicia, sur l'Ammersee. C'était sûrement un bel endroit. Elle pensa à sa sœur aînée, Anne, partie aux États-Unis après la guerre – à l'époque, Julia avait quatre ans – avec un jeune GI qu'elle avait épousé ; ils habitaient un ranch au Kentucky. Les sœurs s'étaient revues en 1950. Anne était revenue à Berlin et Julia se souvenait vaguement d'une femme superbe, possédant une quantité incroyable de vêtements merveilleux et de bijoux scintillants. Plus tard, elle avait souvent réfléchi à leurs destinées si différentes. Les jambes repliées, accroupie dans ce véhicule qui vrombissait, elle se demanda si Anne avait jamais connu de véritables épreuves dans sa vie.

Depuis qu'ils étaient montés dans le camion, elle avait perdu la notion du temps. En dépit de la tension et de la fatigue, elle finit par s'assoupir. Quand le camion se mit soudain à ralentir, puis s'immobilisa, elle fut brusquement tirée de son demi-sommeil. Le moteur s'arrêta. Ils entendirent des voix et des claquements de portières.

En silence, les lèvres de Julia formèrent le mot « Frontière ».

Le camion repartit, sembla suivre un chemin qui zigzaguait, puis stoppa à nouveau. Le moteur se tut. Ils nous ont demandé de nous ranger sur le côté, pensa Julia. C'est tout à fait normal. Ils ne laissent aucun camion sortir sans vérification. Ils vont examiner les marchandises. Seigneur Dieu, protège-nous !

Le conducteur était sûrement descendu, laissant la portière ouverte. Les occupants pouvaient entendre la conversation assourdie.

— D'après la lettre de chargement, vous transportez des cosmétiques.

— Oui.

— Fabriqués à Berlin-Ouest.

— C'est exact.

— Destinés au marché de la RFA.

— Oui.

— On va regarder ça. Ouvrez la porte arrière.

Lorsque le rabat fut relevé, un tremblement parcourut le véhicule. Les douaniers grimpèrent à l'intérieur. Pendant un long moment, les passagers ne comprirent pas ce qui se passait. Seules leur parvenaient des voix indistinctes. Le chauffeur devait probablement ouvrir des cartons pour qu'on vérifiât leur contenu. Des pas revinrent vers l'avant du camion.

— Vous avez eu une crevaison peu après Potsdam, fit quelqu'un. Que s'est-il passé exactement ?

Julia fut parcourue d'un frisson glacial. À entendre la respiration haletante de Richard, il ressentait la même panique. Pourvu que le chauffeur ait lui-même évoqué la panne ! Sinon, cela voudrait dire que la Stasi avait patrouillé le secteur et transmis le signalement du camion aux gardes frontières avec instruction de procéder à un contrôle scrupuleux. Et dans ce cas, pas un millimètre ne leur échapperait.

— J'ai remarqué que le camion avait quelque chose de bizarre, répondit le conducteur. Je me suis arrêté à la première occasion. La roue arrière droite s'était dégonflée. Il y avait probablement un trou. Alors, je l'ai changée. Une vraie corvée.

L'homme, qui appartenait à un réseau de passeurs, avait des nerfs d'acier. Il avait déjà participé plusieurs fois à ce genre d'opérations, et il savait que chaque voyage pouvait être son dernier. Un camarade d'université de Richard avait établi le contact, l'assurant que ces gens étaient « fichtrement bons ». Peut-être, mais tout le monde pouvait jouer de malchance...

— Nous allons encore examiner la cabine, grogna une voix. Poussez-vous.

Julia sentit bourdonner ses oreilles. Elle faillit s'évanouir. Ils cherchaient précisément quelque chose. Ils avaient été renseignés. Une panne sur l'autoroute de transit... Ce n'était pas original... Julia repensa à leur attente parmi les fourrés. Plusieurs voitures les avaient croisés, l'une d'entre elles avait ralenti. Peut-être des agents de la sûreté de l'État qui avaient relevé le numéro de la plaque d'immatriculation ?

Nous sommes fichus. Ça n'a pas marché.

L'abattant grinça en se soulevant. Une lumière vive déchira la pénombre. Des projecteurs et des lampes de poche fouillèrent le visage livide des fugitifs.

— Descendez ! ordonna quelqu'un.

Richard rampa pour sortir le premier. Qu'est-ce qui lui passe par la tête ? se demanda Julia en émergeant sous les regards des soldats tel un animal quittant sa tanière.

Son cœur battait à tout rompre, elle était tétanisée. Elle n'arrivait pas à réaliser ce qui leur arrivait. Richard se retourna, sortit l'un après l'autre ses deux enfants qui clignaient des yeux effrayés. Stefanie pressait son ours contre elle, comme s'il pouvait la protéger. Michael pleurait doucement. Un soldat de l'Armée nationale du peuple souleva les enfants jusqu'à la cabine du conducteur. Ils restèrent debout, désorientés, cernés par les fusils pointés sur eux.

Richard tendit la main à Julia.

— Nous survivrons. Tout ira bien à nouveau, souffla-t-il à mi-voix.

Mais dans le regard de sa femme, il ne vit qu'effroi et désespoir.

4

Markus Leonberg avait prévu d'être rentré chez lui pour 18 heures, mais il avait perdu la notion de l'heure en travaillant. À 19 heures, il n'y avait plus personne au bureau. Même sa secrétaire était partie depuis longtemps. Il repoussa une pile de papiers. Il avait projeté d'accompagner Alexandra à l'ouverture d'une nouvelle boutique de mode dans la Theatinerstrasse, mais il devait d'abord se changer. La journée de juillet avait été caniculaire et le soir n'apportait que peu de fraîcheur. Il se sentait épuisé. Ses soucis l'oppressaient car il se trouvait dans une situation financière délicate. Même si l'immobilier connaissait une belle envolée, Markus était si endetté qu'il se réveillait parfois la nuit, en sueur, persuadé qu'il n'avait plus de quoi rembourser les intérêts. Une petite voix intérieure lui conseillait alors de lever le pied, de renoncer à certains contrats et de ne plus prendre de crédits. Mais, quand une affaire intéressante se présentait, il lui était impossible de refuser. Or, contracter des emprunts et investir pouvaient devenir une drogue, un cercle vicieux.

Les bureaux de Markus étaient situés sur la Widenmayerstrasse, à deux pas de chez lui. Il décida de s'offrir un verre avant de rentrer. Il prenait souvent un verre au bureau, afin qu'Alexandra ne remarquât pas combien il buvait. S'il ne pensait pas exagérer, d'autres ne seraient pas forcément de son avis. L'alcool l'aidait à se débarrasser de cette peur qui le rongeait. Avec un Martini dans les veines, il retrouvait le courage d'entreprendre à nouveau et la petite voix insidieuse se taisait.

Il avala une première gorgée. L'alcool laissa une traînée brûlante dans sa gorge et la chaleur se répandit dans son corps. Aussitôt, il se détendit, Ernst Gruber, le directeur de la banque, serait sûrement présent à la soirée. Comme ce dernier semblait disposé à lui accorder des crédits illimités, peut-être pourrait-il lui parler d'un nouveau projet.

Il alluma la radio pour écouter les nouvelles. Le journaliste déclara que le tribunal de Hambourg avait rejeté la plainte d'Alice Schwarze, l'éditeur du magazine *Emma*, qui avait attaqué le *Stern* à cause de ses couvertures sexistes et misogynes.

Markus sourit. Il se demanda brièvement ce qu'en penserait Alexandra, mais décida de ne pas lui en parler. Sa femme était imprévisible. Soit elle rirait avec lui de la plaignante, soit elle la défendrait bec et ongles. Il ne risquerait pas une dispute.

Alexandra... Il regarda la photographie encadrée posée sur son bureau. Alexandra, pendant leur voyage de noces en Italie, assise devant les arènes de Vérone, le visage songeur, le regard fixé sur un point imaginaire dans le lointain. Elle paraissait dure, et ce portrait trahissait toutes ses contradictions. Aujourd'hui, après un an de mariage, il la trouvait toujours aussi énigmatique. Elle se montrait tour à tour tendre et distante, enjouée et mélancolique, insouciante et grave, extravertie et sérieuse. Il n'avait jamais vu quelqu'un rire avec autant d'abandon, ni prendre un regard aussi distant dans les moments les plus intimes. C'est à cause de la couleur de ses yeux, se rassurait-il, ce gris translucide qu'elle a hérité de sa mère et de sa grand-mère. Mais, au fond de lui, Markus savait qu'il se mentait. Ce regard impassible traduisait un état d'âme qu'il préférait ignorer.

Lorsqu'il l'avait rencontrée, Alex sortait avec Dan Liliencron. Il avait osé rivaliser avec cet homme séduisant, et beaucoup plus jeune que lui, parce qu'Alexandra avait donné l'impression d'être si indifférente à Dan que cela ne pouvait pas être le grand amour.

Depuis, il avait découvert qu'elle se comportait de la même manière avec lui. Il devinait qu'elle serait toujours ainsi, quel que fût son compagnon. Il était paniqué à l'idée de pouvoir la perdre aussi soudainement que Dan. Il craignait de ne pas y survivre. Il était comme possédé par elle. Et il l'aimait justement parce qu'elle le frustrait, contrairement à toutes celles qui l'avaient précédée.

Née l'année où Khrouchtchev avait proclamé la victoire du communisme dans le monde entier, Alexandra avait grandi pendant la Guerre froide. Elle avait vécu l'assassinat de Kennedy et, jeune fille, la débâcle de la guerre du Vietnam. Avec ses camarades, elle avait joué de la guitare en chantant *Blowing in the Wind* et *Ain't gonna work on Maggie's Farm no more.* Elle paraissait toujours en quête de quelque chose. Rien ni personne ne semblait pouvoir apaiser ses ardeurs, ni répondre à ses questions obsédantes. Elle troublait Markus en même temps qu'elle lui faisait peur. Ils ne vivaient pas dans le même monde. Pourtant, il avait essayé de lui faire partager son univers, celui des voyages, des soirées au champagne, d'une société huppée... Au début, avide de nouveautés, elle avait paru contente. La jeune et belle épouse de Markus Leonberg appréciait d'être fêtée, mais, depuis quelque temps, cette fascination s'émoussait. Elle avait goûté à cette vie, et celle-ci ne la comblait plus. Markus aurait donné cher pour savoir ce que désirait Alexandra. Car il avait compris que la seule manière de retenir Alex serait de répondre à ses désirs profonds.

Alors qu'il était sur le point de partir, le téléphone sonna. Il hésita avant de répondre.

— Oui ?

— Qui est là ? demanda une voix de femme.

— Leonberg. Qui est à l'appareil ?

— Voulez-vous vraiment le savoir ? demanda la personne en riant.

— Pardon ?

— Je me demandais si cela vous intéressait vraiment. D'habitude, vous vous contrefichez des autres personnes.

— Dites-moi tout de suite qui vous êtes et ce que vous voulez, sinon je raccroche.

— Ce que je veux ? Votre tête sur un plateau d'argent, voilà ce que je veux, Markus Leonberg ! répliqua la femme avant de raccrocher.

Markus reposa brutalement l'écouteur. Que signifiait cette stupide provocation ? Il ne reconnaissait pas la voix. La femme avait paru si maîtresse d'elle-même qu'on aurait presque pu prendre sa menace au sérieux...

Il avala un autre Martini pour chasser sa mauvaise impression, puis il enfila sa veste. Il devait se dépêcher.

Lorsqu'il arriva à la maison, Alexandra était installée dans le salon à lire le journal. Il s'étonna qu'elle ne fût pas encore changée. Elle portait des shorts et une chemise en jean. À cause de la chaleur, elle avait relevé ses longs cheveux. Comme toujours, elle était très pâle. Même en été, sa peau claire avait de la peine à bronzer.

En voyant Markus, elle posa le journal avant de venir l'embrasser. Puis, elle lui proposa un verre.

— Volontiers, mais un petit. Nous devons encore nous habiller.

Alexandra passa derrière le bar, remplit deux verres de glaçons.

— Est-ce que nous devons vraiment sortir ? demanda-t-elle.

Markus soupira. Comme il l'avait redouté, elle commençait à s'ennuyer. Elle n'arrivait pas à cacher qu'elle en avait assez de boire du champagne avec les mêmes personnes. Quelques semaines auparavant, alors qu'ils se rendaient à une soirée d'anniversaire, elle avait soudain déclaré dans la voiture : « Est-ce que nous ne pourrions pas acheter des hamburgers et aller aux *Englischen Garten* ? C'est une si belle soirée d'été. J'aimerais m'asseoir dans l'herbe et regarder passer les gens. » Il avait été si surpris qu'il avait failli avoir un accident.

— Gruber viendra probablement ce soir, lui répondit-il. J'aurais aimé lui parler.

— Tu peux aller le voir demain matin à la banque.

— C'est vrai.

Engourdi par la chaleur et les Martinis, Markus commençait à se réjouir à l'idée de rester tranquille. Alexandra lui tendit son verre.

— J'ai une importante nouvelle à t'annoncer.

Pourvu que ce ne soit rien de désagréable ! Avec elle, on ne savait jamais.

— Je suis allée voir Felicia aujourd'hui. Je ne t'en avais pas parlé à l'époque, mais l'année dernière, à notre retour de voyage de noces, elle m'avait proposé de reprendre ses parts de *Wolff & Lavergne*.

— Mais je croyais qu'elle les destinait à Chris ?

— Ils se sont brouillés le jour où il a atterri en prison parce qu'on le soupçonnait de conspiration avec des terroristes. Felicia n'apprécie pas le mode de vie de Chris. D'une certaine manière, elle l'a déshérité.

— Et je ne suis au courant de rien !

— Je voulais prendre ma décision en toute liberté. Au début, je me suis dit que je ne pouvais pas accepter à cause de Chris. Je ne voulais pas être déloyale. Puis, j'ai compris que, dans un sens, il était soulagé. Il est certes furieux contre Felicia, mais, au fond, ce n'était pas la vie qu'il souhaitait mener.

— Et toi, c'est ce que tu souhaites ?

Elle le regarda droit dans les yeux.

— Oui.

Il la considéra, stupéfait.

— J'en ai informé Felicia aujourd'hui, poursuivit-elle. Cependant, je l'ai prévenue que je voulais d'abord aller à l'université. Elle trouve que c'est une bonne idée.

Markus n'en pouvait plus. Il se laissa tomber dans un fauteuil.

— Et qu'est-ce que tu as décidé d'étudier ?

— La gestion. Je suis déjà inscrite. Je commence mes cours en octobre.

— Félicitations. Puis-je te demander si, par hasard, il y a encore une petite place pour moi parmi tous tes projets ?

Elle le fixa d'un air étonné.

— Évidemment. Tu es mon mari. Je vis avec toi. Si je n'avais pas été admise à l'université de Munich, j'aurais laissé tomber. Je ne veux pas te quitter.

Pour Alexandra, c'était presque un serment d'amour. Néanmoins, Markus se redressa soudain :

— Kassandra Wolff a nommé Dan Liliencron comme directeur pour s'occuper de sa moitié de la société ! Est-ce que cela n'aurait pas influencé ta décision ?

— Non. Pourquoi ?

— Ne fais pas l'innocente, je t'en prie. Vous avez eu une liaison pendant deux ans.

— Je n'y ai pas songé une seconde. Il n'y a plus rien entre Dan et moi.

— En es-tu certaine ? lança Markus d'un ton agressif.

Il s'en voulut. Le rôle du mari jaloux était indigne et humiliant.

— Dan a depuis longtemps une aventure avec une autre femme. Tout est vraiment fini entre nous.

Ils avaient croisé Dan et sa compagne au théâtre. Cette dernière se prénommait Claudine et exerçait la profession de mannequin. Quelque chose de curieux s'était passé lors de cette soirée : quand Alexandra s'était retrouvée face à Dan qui lui présentait Claudine, il y avait eu comme une étincelle entre eux. Elle avait ressenti une émotion étrange. Pour la première fois, elle s'était demandé si elle avait vraiment aimé Dan. Elle avait compris qu'elle n'aimait probablement pas plus Markus, et que tout ce qu'elle avait de sensible, de vivant et d'ardent était enseveli sous des peurs indicibles. Ce soir-là, encore elle s'était demandé si, avec le temps, Dan aurait réussi à percer ses secrets. Puis, l'impression s'était enfuie, et la porte entrouverte aussitôt refermée. Après la représentation, elle s'était dit qu'elle avait tout imaginé, mais le souvenir de cette scène continuait à la tarauder.

— Dan n'aime pas cette femme, déclara Markus. J'ai vécu la même chose que lui autrefois. C'est drôle comme Liliencron et moi nous nous ressemblons. Je te parie qu'il ne restera pas longtemps avec elle. Une fille comme ça ne laisse aucune trace dans une vie, elle n'occupe pas de place. C'est un trophée, rien de plus. Un jour ou l'autre, on veut davantage.

— Quoi qu'il en soit, Dan n'a rien à voir avec ma décision. Felicia m'a fait une proposition fantastique qu'il m'est impossible de refuser. Et par ailleurs...

— Par ailleurs ?

— Je ne pense pas que tu puisses comprendre. C'est à cause de la famille. Ma grand-mère a souvent dû recommencer à zéro. L'affaire qu'elle a créée ne doit pas tomber dans d'autres mains. Ce ne serait pas bien.

Tiens, tiens..., songea Markus. Tu as donc des attaches.

— Tu aurais dû m'en parler, Alexandra. Je suis concerné, moi aussi. J'espérais que nous aurions bientôt un bébé...

— Markus..., soupira-t-elle.

— N'oublie pas que j'ai plus de cinquante ans. Je ne vais pas pouvoir attendre éternellement.

— Tu n'es pas juste.

— Qu'est-ce qui est juste ? Ta manière de prendre des décisions sans même me demander mon avis ?

— Quand je t'ai épousé, je ne savais pas que je serais obligée de sans cesse te demander la permission !

En un clin d'œil, ils se retrouvèrent en pleine dispute. Ils se mirent à crier jusqu'à ce qu'Alexandra repose brutalement son verre.

— Je vais me promener. Il est inutile d'essayer de raisonner avec toi.

Il resta seul, triste et furieux, redoutant l'avenir qui l'attendait.

Au cours de la même soirée, à Breitbrunn, Nicola et Serguei se préparaient pour la nuit. Depuis la fin de l'année précédente, ils habitaient chez Felicia, et la situation ne semblait pas devoir changer.

Des deux cousines, Nicola était de quelques années la cadette. Autrefois, elle avait été une très belle femme. Désormais, elle paraissait amère et frustrée. Les rides profondes de sa bouche attestaient du peu d'occasion qu'elle avait eu de rire ces dernières années.

Nicola avait grandi à Saint-Pétersbourg où son père, un Balte allemand, avait été officier sous le dernier tsar. Ses parents étaient morts pendant la révolution, Nicola avait survécu à la fuite vers Berlin où elle avait été élevée par la mère de Felicia. Adolescente, elle avait rencontré un Russe exilé, Serguei Rodrov, un jeune homme séduisant et insouciant qu'elle avait épousé dans un moment d'égarement amoureux. Ils avaient eu une première fille, Anne, et, quatorze ans plus tard – Nicola avait depuis peu quitté son mari –, Julia était venue au monde. À la fin de la guerre, alors que Nicola avait enfin réussi à se libérer de Serguei, ce dernier était réapparu à Berlin, le bas-ventre criblé de balles, amputé d'une jambe, détruit et vieilli.

Nicola n'avait pas eu le choix : elle l'avait repris auprès d'elle. Depuis, elle était devenue son infirmière. Le socialisme de la RDA ne lui avait pas facilité la tâche. Après la guerre, ils avaient raté le passage à l'Ouest, refusant d'abandonner leur appartement, et pensant comme beaucoup d'autres que les choses allaient s'arranger. Puis, le Mur avait été érigé, réglant d'un seul coup les tergiversations. Nicola fut alors ravie qu'Anne eût trouvé le bonheur avec son Américain.

Malgré sa haine des socialistes, Nicola s'était résignée tant que Julia avait semblé heureuse. Après des études réussies, celle-ci s'était mariée et avait eu deux enfants. C'est à ce moment que les problèmes avaient commencé. La jeune femme ne voulait pas élever ses enfants dans un système qu'elle savait fondé sur le mensonge et la suspicion. C'était elle qui avait déclaré un jour à ses parents : « Maintenant, vous pouvez légalement partir pour l'Ouest. Faites-le. Nous vous suivrons. »

Nicola avait alors entamé les démarches et obtenu le droit de partir avec Serguei. Affolée, elle avait ensuite supplié Julia de ne pas prendre de risques. En vain. Elle avait connu des mois d'angoisse lorsque Julia n'avait plus donné signe de vie. Et enfin, quatre jours plus tôt, le frère de Richard avait confirmé ses pires craintes : la tentative d'évasion avait échoué. Julia et Richard avaient été jetés en prison, les enfants placés dans un foyer.

Désormais, Nicola était obsédée par le drame et cherchait désespérément un moyen pour les aider.

— Nous ne pouvons pas les abandonner. Julia est notre fille, dit-elle en enfilant sa chemise de nuit.

— Il n'y a rien à faire, Nicola.

Serguei, qui se sentait aussi concerné que sa femme, avait trop de problèmes personnels pour s'acharner aussi. Son corps lui donnait du fil à retordre. Il souffrait de douleurs incessantes dans le moignon de sa jambe et aucun médecin ne parvenait à le soulager.

On lui prescrivait des médicaments contre la douleur dont il devait ensuite subir les effets secondaires. Le plus pénible était de devoir renoncer peu à peu à une indépendance qu'il avait acquise avec beaucoup de mal au cours des ans. Il redevenait aussi impotent qu'au tout début, il n'arrivait plus à fixer ni à enlever lui-même sa prothèse, ni à se laver ou à enfiler ses chaussures. Il devait sans cesse demander à Nicola de l'aider. Décidément, le destin lui faisait payer cher tous ses péchés.

— Viens te coucher, dit-il.

Nicola l'avait déshabillé, puis lui avait retiré sa prothèse, mais il avait réussi à se coucher seul, – modeste victoire ! Il tourna la tête, et distingua la mince silhouette près de la fenêtre. Nicola avait conservé son joli corps.

— Demain, je vais en reparler avec Felicia, insista-t-elle. Elle a toujours été très proche de ce... comment s'appelle-t-il déjà ? Marakov ou quelque chose du genre. Quelqu'un d'important au parti socialiste unifié.

— Il est probablement mort depuis longtemps.

— On n'en sait rien. Quoi qu'il en soit, elle doit tout faire pour tenter de le joindre. Cela vaut le coup.

Serguei, qui était pessimiste de nature, ne pensait pas que cela servirait à grand-chose.

Nicola se coucha enfin. Comme chaque soir, elle s'efforça d'ignorer l'odeur âcre de la crème dont Serguei enduisait son moignon. Si au bout d'un moment elle ne la remarquait plus, les cinq premières minutes lui donnaient la nausée.

— Éteins la lumière, dit-il, et tâche de ne pas ruminer des pensées noires. Tu as besoin de dormir.

— Je ne peux pas m'en empêcher ! Serguei, que vont devenir Julia et les enfants ? Peut-être que nous ne pourrons plus jamais les embrasser...

— Nicola..., murmura-t-il, désemparé.

— Je voulais me passer des somnifères, mais je crains bien d'en avoir tout de même besoin, fit-elle en se relevant.

Dans la salle de bains, alors qu'elle cherchait les comprimés, ses yeux se remplirent de larmes. Désespérée, elle s'assit sur le bord de la baignoire et pleura.

5

Depuis leur arrestation en avril, la vie était devenue un enfer. Julia se demandait si un jour elle se réveillerait de ce cauchemar.

Dès le premier soir, on les avait interrogés pendant des heures, séparément bien sûr. Julia avait gardé Stefanie sur ses genoux. La petite fille qui gémissait doucement de fatigue refusait de s'allonger sur la chaise longue qu'on lui avait proposée, tandis que son frère dormait à poings fermés, en suçant son pouce.

Les fonctionnaires n'avaient pas essayé d'obtenir des aveux, les faits étaient là. En revanche, ils avaient été très intéressés par l'organisation du réseau de passeurs. Combien étaient-ils ? Où se trouvaient les responsables ? Quels avaient été leurs contacts ?

En répétant qu'elle n'en savait rien, Julia avait dit la vérité. L'évasion avait été préparée par Richard, ils s'étaient mis d'accord pour qu'elle ne sût rien de concret. Lui-même ne connaissait probablement que de faux noms et de fausses adresses. Mais les policiers n'avaient pas semblé les croire. Ils s'étaient succédé les uns après les autres sans accorder un seul moment de répit à Julia. Vers 6 heures du matin, on lui avait apporté une tasse de café et elle avait eu le droit d'aller aux toilettes, accompagnée par une surveillante. Dans le miroir, son visage livide l'avait effrayée. Son mascara avait coulé et lui donnait un air grotesque et dramatique. Nous risquons deux ans de prison, avait-elle pensé.

Lorsqu'elle était revenue dans le bureau, une vieille femme fatiguée l'y attendait. Une assistante sociale.

Des mois plus tard, Julia se souvenait encore qu'elle avait failli s'évanouir sous le choc.

— Qu'est-ce qu'elle veut ? Qu'est-ce qu'elle veut ? avait-elle hurlé.

Pour la première fois depuis leur arrestation, Julia avait perdu le contrôle de ses émotions, elle était restée insensible aux paroles apaisantes de l'interrogateur, et aux aboiements du jeune sous-lieutenant qui venait d'entrer dans la pièce. Elle avait reculé dans un coin, serrant contre elle Stefanie et Michael qui pleurait parce qu'elle l'avait arraché à son sommeil. Elle avait hurlé et tempêté. L'énervement des derniers jours, l'angoisse de la veille, la fatigue de la nuit, l'avaient submergée alors qu'elle réalisait que le pire lui arrivait : on lui retirait ses enfants.

Un infirmier lui avait fait une piqûre pour la calmer. Elle s'était affalée d'un seul coup, sans forces, les jambes en coton, des picotements sur le cuir chevelu. Elle était parvenue à réconforter les enfants :

— Allez avec la dame... Elle a beaucoup de beaux jouets et nous nous reverrons bientôt...

Elle les avait regardés quitter la pièce, donnant la main à l'inconnue. Elle avait voulu pleurer, mais la piqûre avait empêché les larmes.

À partir de ce moment-là, Julia s'était abîmée dans un profond désespoir. Elle n'avait revu Richard qu'une seule fois – dans la maison d'arrêt où elle avait passé quelques jours avant d'être transférée à la prison de Berlin. On l'avait autorisée à consulter le médecin, car elle souffrait de vertiges et n'arrivait plus à se nourrir correctement. Alors qu'elle longeait des corridors et des escaliers sans fin au côté d'une grosse surveillante, elle avait soudain croisé Richard, également flanqué d'un gardien. Il lui avait semblé hâve et décomposé, à moins que ce n'eût été l'effet de la lumière crue du couloir...

— Richard ! avait-elle crié en faisant un pas vers lui.

Mais, aussitôt, on lui avait saisi le poignet pour la tirer en arrière.

— Tournez le visage vers le mur ! avait ordonné la surveillante.

Sans pouvoir échanger un dernier regard, ils avaient continué chacun leur chemin.

Dans la maison d'arrêt de Berlin-Est, cinq femmes se partageaient une même cellule. L'une d'elles, comme Julia, avait été arrêtée en essayant de quitter le pays. Avec son ami, elle avait espéré fuir en bateau par la mer Baltique. Les trois autres étaient accusées de délits criminels : – vol avec blessures ou prostitution – et se conduisaient de façon brutale. Pourtant, aux yeux des gardiens, l'échelon le plus bas de la hiérarchie carcérale était réservé à ceux qui avaient tenté de fuir la République. Julia l'avait compris très vite : personne n'était plus méprisé que ceux qui avaient voulu quitter cette Terre promise, située entre l'Elbe et l'Oder.

Au début, Julia avait pensé qu'elle consacrerait chaque minute de sa journée au souvenir de ses enfants, mais le rude quotidien de la prison se chargeait de faire diversion. Elle souffrait de diarrhées et de douleurs intolérables au ventre. Elle ne parvenait pas à s'habituer à la promiscuité avec des inconnues. Elle avait beaucoup de mal à utiliser les toilettes, à se laver, à s'habiller et à se déshabiller sous le regard des autres. Elle n'arrivait pas à trouver le sommeil, alors qu'Evi et Hanne gloussaient en se racontant les préférences de leurs anciens prétendants. Infailliblement, quelqu'un venait relever le clapet du judas : « Silence en cellule huit, et tout de suite ! » Le silence se faisait, mais pas pour longtemps. La nuit était déjà avancée avant que les filles ne s'endorment. Alors, enfin, Julia pouvait penser aux enfants, à Richard, aux interrogatoires des jours précédents, aux interrogatoires à venir... Elle était généralement entendue par un colonel, un homme froid et impénétrable. Le plus souvent, il la traitait avec mépris, se montrait brutal et grossier, parfois il faisait preuve d'une exceptionnelle politesse. Il voulait à tout prix savoir quelle organisation se cachait derrière leur tentative d'évasion – cela l'intéressait bien davantage que d'apprendre pourquoi Julia avait voulu quitter la RDA. Une seule fois, il lui en avait demandé la raison. Épuisée, Julia avait failli répondre qu'elle en avait assez du système, qu'elle avait trop souffert des tracasseries et des règlements absurdes de l'État, qu'elle ne supportait plus la surveillance constante, ni les indicateurs. Mais une voix lui avait soufflé : « Méfie-toi, Julia. Ils tiennent le couteau par le manche. N'aggrave pas ton cas. »

Elle avait alors expliqué que toute sa famille résidait à l'Ouest et que la séparation lui était insupportable.

— Mes parents habitent depuis l'année dernière près de Munich. Ils sont très âgés. Mon père est gravement handicapé depuis la guerre. Il a besoin de soins constants. Ma mère ne pourra plus longtemps continuer à s'en occuper. Leurs petits-enfants leur manquent beaucoup. Nous aurions tous pu vivre ensemble. (L'homme avait écouté sans broncher.) Ma sœur aînée habite avec son mari et son fils en Amérique. Je ne l'ai pas vue depuis des années. Toute ma famille vit de l'autre côté. Ils me manquent tellement.

— Nous savons tout cela, avait-il répliqué d'un ton las. Qui vous a donné l'idée de la cachette dans le camion ?

Julia s'était sentie comme une créature privée de tous ses droits et livrée aux autres. Elle avait souffert quand ils lui avaient pris ses papiers, alors qu'une pièce d'identité ne lui aurait servi à rien dans sa situation. Elle avait l'impression qu'on lui avait dérobé son identité, qu'elle était perdue dans un labyrinthe du pouvoir étatique. Quelqu'un savait-il où elle se trouvait ? À chaque interrogatoire, elle réclamait un avocat.

— Vous ne pourrez contacter un avocat que lorsque les interrogatoires seront terminés, lui répondait-on invariablement.

Au mois de juin, enfin, elle avait obtenu la permission de recevoir une visite. Dans un premier temps, elle avait songé à faire appel à la mère de Richard, mais Julia avait craint que l'état de santé fragile de la vieille dame n'empire si elle venait voir sa belle-fille en prison. Alors, elle avait écrit à Georg, le frère de Richard – un homme qu'elle n'appréciait pas particulièrement, mais qui avait les nerfs solides. Sachant que sa lettre serait censurée, elle n'avait pas osé lui demander de prévenir sa propre famille. Elle espérait malgré tout pouvoir le lui faire comprendre de vive voix.

Le parloir ressemblait à une cellule vide : des murs nus, une petite fenêtre à barreaux sous le plafond, une table blanche, deux chaises l'une en face de l'autre. Des néons diffusaient une lumière crue. En voyant le visage choqué de Georg, Julia comprit qu'elle avait l'air d'un épouvantail. La tenue de prisonnière flottait sur son corps amaigri. Elle savait qu'elle avait les cheveux hérissés et de profonds cernes noirs autour des yeux. Georg avait connu une jolie jeune femme soignée. Sa transformation le bouleversa. Prévoyant, il avait apporté un colis avec du dentifrice, du savon, du shampooing, mais aussi des mouchoirs, des chaussettes et des sous-vêtements. Il avait ajouté des pommes, des gâteaux, des bonbons et plusieurs paquets de cigarettes. La surveillante passa chaque objet à la loupe. Julia fut certaine qu'elle n'en obtiendrait que la moitié.

— Vous vous êtes mis dans de beaux draps ! s'exclama Georg. Je ne comprends pas comment Richard a pu faire courir un tel risque à sa famille.

— Interdiction de parler du délit dont on accuse Mme Marberg ! aboya la gardienne.

— Je me suis renseigné à propos des enfants, poursuivit Georg. Ils vont bien. Leur foyer a une très bonne réputation.

Julia tressaillit.

— C'est vrai ? Est-ce que tu sais si nous leur manquons beaucoup ?

— Ils sont un peu perturbés. Heureusement, avec les autres enfants, ils sont comme des poissons dans l'eau.

Julia devinait qu'il enjolivait beaucoup les choses, mais que pouvait-il faire d'autre ?

— Tu as eu des nouvelles de Richard ? demanda-t-elle, retenant son souffle car elle craignait une réprimande de la gardienne.

Georg secoua la tête.

— Aucune. Il n'a probablement pas encore le droit de recevoir de visites.

— Il va certainement en avoir le droit bientôt...

— Oui.

Il était très pénible d'avoir une conversation quand il fallait surveiller chacun de ses mots. Néanmoins, Julia parvint à glisser sa requête au fil de la conversation.

— Ma mère n'est au courant de rien pour le moment...

La surveillante ne cilla pas. Julia scruta Georg qui hocha imperceptiblement la tête : il tâcherait de joindre sa famille à l'Ouest.

Ils parlèrent encore un peu, puis le quart d'heure fut terminé. Georg se leva et voulut donner la main à Julia.

— Pas de contacts physiques !

Ils se regardèrent, esquissèrent un sourire. Derrière lui, la porte se referma avec un claquement sinistre.

Chris fut très étonné de voir débarquer sa grand-mère dans l'appartement de la Theresienstrasse. Comme Felicia ne s'était pas annoncée, celle-ci le surprit en pleine sieste, ce qui l'exaspéra, car il était certain qu'elle serait confortée dans son idée que son petit-fils était un bon à rien.

À 15 h 30 de l'après-midi, en effet, il était au lit et ronflait tranquillement. Une vraie malchance car Chris ne se couchait jamais la journée. Il ne savait pas pourquoi il avait eu ce coup de fatigue. Le matin, il s'était même traîné jusqu'à l'université, avant de déjeuner avec Simone au restaurant universitaire. Puis, il l'avait aidée, elle et quelques amis, à rédiger un tract, avant de s'allonger pour roupiller un petit quart d'heure. Il fut réveillé par un de ses colocataires qui lui arracha la couette en lui hurlant à l'oreille :

— Tu as de la visite !

Chris se releva du matelas en gémissant, noua une serviette de toilette autour de ses hanches et sortit en chancelant dans l'entrée.

Felicia se tenait très droite, dans une robe de lin, un foulard jaune autour du cou.

— Bonjour, Chris.

— Felicia... Qu'est-ce que tu fais là ?

— Je dois te parler tout de suite. Mais en tête à tête.

— C'est difficile...

Chris se sentait affreusement humilié, à moitié nu devant sa grand-mère, ses longs cheveux emmêlés. Et merde ! Pourquoi ne se fichait-il pas comme d'une guigne de ce qu'elle pensait ? Curieusement, il aurait aimé lui prouver qu'il n'était pas le raté qu'elle imaginait. La prochaine fois, préviens avant de venir, pensa-t-il, furieux.

— Dans ce cas, allons-nous asseoir dans ma voiture, proposa Felicia. Elle est garée devant l'immeuble. Habille-toi et viens me retrouver.

Elle lui tourna le dos, ne doutant pas une seconde qu'il lui obéirait.

Lorsqu'il descendit, elle était assise dans sa voiture garée sur un emplacement interdit, et fumait une cigarette. On était fin septembre. La journée était fraîche, une pluie fine drapait les alentours d'un voile gris. Chris s'assit à la place du passager en frissonnant.

— Quel temps pourri..., grommela-t-il, de mauvaise humeur.

Il songea aux nombreux griefs qu'il avait contre la vieille dame. Il n'aurait même pas dû lui adresser la parole.

— Alors, qu'est-ce qui se passe ?

Elle lui proposa le paquet de Marlboro.

— Cigarette ?

Il en prit une et, ignorant le briquet que lui tendait sa grand-mère, l'alluma lui-même.

— J'ai besoin de ton aide, expliqua Felicia. Il s'agit de Julia, la fille de Nicola. Je ne pense pas que tu l'aies jamais rencontrée.

— Non. Je crois qu'elle habite Berlin-Est ?

— Oui, Avec son mari et leurs deux enfants.

Il songea à Nicola. Il l'avait rencontrée une fois, depuis qu'elle habitait l'Ouest, et ne l'appréciait pas vraiment. Elle prétendait sérieusement que les nazis avaient été moins terribles que les socialistes désormais au pouvoir en Allemagne de l'Est. Nicola regrettait son enfance à Saint-Pétersbourg avant la révolution bolchevique et les structures rassurantes d'un monde pétri d'anciennes traditions. Chris la méprisait parce qu'elle ne comprenait pas les changements, mais il reconnaissait que les gens de sa génération avaient vécu de profonds bouleversements.

— En juillet, Nicola a reçu un coup de fil du beau-frère de Julia, le frère de son mari, poursuivait Felicia. Julia et les siens ont été arrêtés durant une tentative d'évasion. Ils se trouvent en prison, les enfants ont été confiés à une institution. Nicola est désespérée.

— Je la comprends. C'est pas de veine...

— Il faut faire quelque chose pour les aider.

— On ne peut rien faire. Même ton fric ne te servira à rien, grand-mère.

— Ne m'appelle pas grand-mère !

— Excuse-moi. Je ne comprends pas pourquoi tu es venue m'en parler...

— Je connais quelqu'un qui a joué un rôle important à la tête du Parti unifié depuis 1945. Une sorte d'éminence grise de la présidence. Un de ces socialistes avec une conception idéaliste du monde qui mésestime complètement la nature de l'homme. Je crois qu'il n'a plus rien à voir avec la politique. Il est trop âgé. Mais il a encore d'excellentes relations. Il pourrait peut-être nous aider.

Chris la considéra, fasciné.

— Toi, tu connais quelqu'un au Parti, Felicia ? Un socialiste ?

— Pourquoi pas ? On peut connaître des gens dont on ne partage pas les convictions politiques. Je te connais bien toi !

— Par nécessité. Mais raconte-moi, qui est cet homme ? Depuis quand le connais-tu ? Comment s'appelle-t-il ?

— Il s'appelle Maksim Marakov. (Sa voix avait pris une inflexion légèrement différente quand elle avait prononcé son nom.) Nous avons passé notre enfance ensemble en Prusse-Orientale. Il a quatre ans de plus que moi. Nous avons été des compagnons de jeux. Plus tard... nous avons grandi de façon différente. Je n'ai eu aucune nouvelle depuis des années.

— Es-tu certaine qu'il est encore de ce monde ?

— Non. Mais s'il l'est encore, il sera obligé de m'aider. Je lui ai souvent rendu de grands services par le passé.

Chris tira nerveusement sur sa cigarette.

— *Okay*. Tu veux demander l'aide de ce Marakov. En quoi cela me regarde-t-il ?

— J'ai besoin de toi. Tu dois aller le trouver.

— Moi ?

— Je n'arrive pas à contacter Maksim d'ici. De toute façon, il ne faut jamais discuter de ce genre de choses au téléphone ou par écrit. Quelqu'un doit aller lui parler directement. Ce n'est pas très compliqué pour toi. Tu as un passeport américain.

— Ah ! Nous y voilà.

Chris ne put s'empêcher d'ajouter :

— Tu as dû prendre sur toi pour venir me voir après m'avoir déshérité de façon aussi dramatique.

— J'y survivrai, répliqua froidement Felicia.

— Pourquoi ne demandes-tu pas à Alex ? Elle aussi possède un passeport américain.

— Elle est trop jeune et cette histoire n'est pas sans danger.

— Je vois. Moi, on peut me sacrifier. S'il m'arrivait quelque chose, tu t'en remettrais. Cela serait plus difficile avec Alex.

— Chris, je ne veux pas en débattre pendant des heures ! s'impatienta Felicia. Est-ce que tu acceptes, oui ou non ? C'est tout ce que je veux savoir.

Il éteignit sa cigarette. Il s'était juré de ne plus jamais lever le petit doigt pour Felicia, mais cette histoire l'intriguait.

— Peut-être... Je suis curieux de connaître ce Maksim Marakov. Ton ami de jeunesse.

— Tu ne trouveras plus rien de jeune chez lui. Comme je te l'ai dit, il est encore plus âgé que moi. S'il n'est pas déjà mort.

— On doit encore en discuter, dit-il en ouvrant la portière. Je vais avoir besoin de quelques renseignements.

— Je t'appellerai.

— D'accord.

Chris se retrouva sous la bruine. Une femme policier s'approcha à grands pas.

— Il est formellement interdit de se garer ici. Cette dame doit s'en aller tout de suite. Elle a de la chance de ne pas avoir de contravention.

— La dame est déjà repartie, déclara-t-il en refermant la portière.

6

La sonnerie du téléphone tira brusquement Alexandra d'un rêve troublant. Il lui fallut quelques secondes pour reprendre ses esprits, allumer la lampe et décrocher.

— Leonberg, fit-elle d'une voix endormie.

— Qu'est-ce qu'on ressent quand on couche avec un criminel ? demanda une voix de femme.

— Comment ?

— Je me demande vraiment ce qu'on doit éprouver. Est-ce qu'on y pense de temps à autre ?

— Qui êtes-vous ?

— À moins qu'il vous saute si bien que vous l'oubliiez ?

Alexandra raccrocha brutalement. Quelle garce ! Elle avait toujours cru que seul un homme pouvait passer des coups de fil obscènes au milieu de la nuit. S'agissait-il d'une des innombrables ex-maîtresses de Markus ?

— Markus, figure-toi que...

Il n'était pas dans le lit. Elle attendit quelques minutes, mais il ne revint pas. Elle se leva, enfila sa robe de chambre et quitta la pièce. Le corridor et l'entrée étaient éclairés. Quelqu'un jouait de la musique au salon.

À la fois agacée et inquiète, Alexandra descendit l'escalier. Que s'était-il passé ? Pourquoi Markus écoutait-il de la musique en pleine nuit ?

Dans le salon, toutes les lampes étaient allumées. Un disque de Schubert tournait. Markus était affalé dans un fauteuil, la tête en arrière, les yeux clos.

Lorsque Alexandra s'approcha, elle sentit l'odeur de l'alcool et remarqua la bouteille de whisky à moitié vide et le verre sur la table.

— Oh non, murmura-t-elle. Tu ne peux pas me faire ça.

Markus ne broncha pas. Mais lorsqu'elle éteignit le tourne-disques et que la musique s'arrêta, il ouvrit les yeux.

— Qu'est-ce qu'il y a ? fit-il d'une voix pâteuse.

Elle le toisa. Les vapeurs d'alcool lui donnaient la nausée. Elle eut de la peine à dissimuler son dégoût.

— C'est plutôt à moi de te poser la question.

— Seigneur, comme je me sens mal, se plaignit-il en tâchant de reprendre ses esprits.

— Tu devrais peut-être faire un tour dans la salle de bains, ironisa-t-elle.

Il essaya de se lever mais retomba dans le fauteuil.

— Je me sens si mal, répéta-t-il, haletant.

Alexandra remarqua qu'il n'arrivait plus à respirer.

— Va dans la salle de bains, insista-t-elle.

Elle était tendue. S'il vomissait dans le salon, elle allait devoir nettoyer. Et elle détestait ça. D'ailleurs, ce soir, elle détestait tout de lui.

— J'ai peur, marmonna Markus. J'ai tellement peur. Tout est raté...

— Tu as des ennuis ?

— Des ennuis... à n'en plus finir... ça va mal se terminer. (Il leva sur elle des yeux suppliants.) Tu ne dois jamais me quitter, Alexandra. Jamais ! Je ne pourrais pas le supporter.

— Pourquoi te quitterais-je ? Là, tu broies du noir. Viens, retournons nous coucher.

Elle le força à se lever et chancela sous son poids.

— Ma douce petite Alexandra, lui murmura-t-il à l'oreille.

Elle l'aida péniblement à gravir l'escalier. Lorsqu'ils parvinrent à l'étage, il eut un haut-le-cœur. Elle le poussa aussitôt dans la salle de bains et s'écarta quand il voulut lui saisir la main.

— Débrouille-toi tout seul ! lâcha-t-elle en claquant la porte.

Dans le corridor, elle s'appuya contre le mur. Elle haïssait tellement ces visages défaits, ces plaintes, ces vomissements et cette puanteur. Jamais elle ne tolérerait l'ivrognerie, plus jamais !

Malgré les dix années écoulées, le souvenir de cet été passé dans la petite maison de Virginie était encore aigu.

Peu après la naissance de Chris, ses parents avaient acheté la maison, une ferme en bois blanc, près de Richmond, entourée de plusieurs hectares de champs et de bois. Belle avait exigé de posséder cette maison. De temps à autre, elle réclamait avec violence de s'éloigner le plus possible de la Californie. Elle prétendait que le climat la rendait folle – en vérité, elle fuyait ses problèmes.

Toute la famille aimait cette ferme de Virginie, où ils passaient leurs étés. Le vieux couple qui veillait sur la maison pendant leur absence possédait quatre gros chiens, ce qui suffisait au bonheur d'Alexandra. Le verger regorgeait de fruits, les enfants construisaient des cabanes dans les arbres, bricolaient de petits bateaux pour les faire naviguer sur les ruisseaux, montaient leurs poneys et organisaient des pique-niques dans les coins les plus reculés des montagnes. Autour d'eux, tout fleurissait et sentait bon. Pendant les heures les plus chaudes de la journée, les chiens s'allongeaient dans les hautes herbes derrière la maison.

Alexandra avait une amie à Richmond, Maureen,

une fillette du même âge à qui elle rendait souvent visite. Pour ses onze ans, Maureen donna une grande fête qui se prolongea tard dans la soirée. Le père de Maureen ramena les invités de sa fille en voiture. Aussi était-il presque 23 heures lorsque Alexandra arriva chez elle. De peur de réveiller ses parents, elle décida de ne pas sonner, et d'aller chercher la clé de la porte, cachée sous une pierre du jardin. Il commença à pleuvoir et elle revint en courant vers la maison. Quelqu'un avait été assez attentionné pour laisser brûler la lumière de l'entrée. Alex monta dans sa chambre sur la pointe des pieds, retira ses vêtements en frissonnant et enfila son pyjama. Un air frais chargé de pluie pénétrait par la fenêtre ouverte. Elle voulut aller se laver les dents avant de se coucher. En ouvrant la porte de la salle de bains, elle eut un choc.

Sa mère était assise sur un tabouret. Le teint livide, presque gris, elle avait les yeux rougis, des pommettes saillantes et son nez semblait particulièrement pointu au milieu de son visage ravagé. Ses cheveux frisés collaient à son front en sueur. Elle gémissait à mi-voix. La pièce empestait la sueur, l'alcool et le vomi.

— Maman ! s'écria Alexandra, affolée.

Belle leva la tête. Ses yeux étaient vitreux.

— Alex, fit-elle d'une voix fatiguée. D'où viens-tu ?

— J'étais à l'anniversaire de Maureen. La fête s'est un peu prolongée...

— Tu ne pourrais pas frapper avant d'entrer dans la salle de bains ?

— Je ne pensais pas y trouver quelqu'un. Maman, qu'est-ce qu'il y a ? Tu es malade ?

— Je ne suis pas malade. Ne t'inquiète pas. J'ai seulement... un peu abusé, c'est tout.

De quoi ? aurait voulu savoir Alex, mais elle n'eut

pas le temps de le lui demander. Belle fut à nouveau prise de malaise. Elle s'agrippa à la cuvette des toilettes pour vomir.

La fillette quitta la salle de bains en courant, se rua dans l'escalier, traversa le salon et ouvrit la porte qui donnait sur la véranda. Dehors, elle respira profondément. La pluie tombait comme une cascade d'eau sombre sur le toit de la véranda. Elle se recroquevilla sur un banc, entoura ses genoux de ses bras, et essaya d'oublier le froid. Elle s'efforça aussi d'oublier ce qu'elle avait vu. En vain. Elle voulait pleurer, mais ses yeux restaient secs. Une grosse boule lui nouait la gorge. Elle frissonnait en regardant la pluie s'intensifier et s'apaiser tour à tour.

Son père la découvrit vers minuit. En faisant le tour de la maison, il avait remarqué la porte du salon ouverte. Dehors, il trouva sa fille repliée sur le banc comme un petit tas misérable. Il s'assit à côté d'elle, la prit dans ses bras et elle se pressa contre lui tel un animal égaré.

— Alex, petite sotte. Tu vas attraper une pneumonie. Pourquoi n'es-tu pas au lit ?

Au lieu de répondre, elle s'enfouit dans ses bras. Il lui caressa les cheveux, et ils écoutèrent ensemble les murmures réconfortants du jardin, le clapotis de la pluie, les soupirs des frondaisons mouillées et de l'herbe trempée, et le doux gargouillis avec lequel l'eau se frayait un passage dans la terre.

Blottie contre son père, Alex se réchauffa. Les bruissements du jardin lui rendirent peu à peu sa sérénité. Enfin, elle leva la tête.

— Pourquoi est-ce qu'elle avait l'air si mal, *dad* ? Pourquoi était-elle si... laide ?

D'emblée, il comprit ce dont elle voulait parler.

— Elle est malade, Alex. Quand on a trop bu, c'est comme si on était malade. C'est pourquoi elle avait l'air si pitoyable. Demain, elle ressemblera à ta maman de tous les jours. (Avec précaution, il la repoussa.) Chérie, nous devrions rentrer. Tu ne trouves pas qu'il fait froid ?

— Où est-elle ?

— Dans son lit. Elle dort sûrement depuis longtemps.

— Tu vas la retrouver ?

— Non. Je crois qu'elle préfère rester seule pour le moment.

Il savait que Belle ne supporterait pas qu'il s'approche d'elle, mais il ne voulut pas l'avouer à Alex. Pourtant, elle le devinait. Son père paraissait nerveux, non pas joyeux et détendu comme d'habitude pendant les vacances. Ils rentrèrent à l'intérieur. Andreas regarda le canapé dans le salon.

— Il est un peu court, mais ça ira. Je vais chercher une couverture.

— Est-ce que je peux dormir avec toi ce soir, *dad* ? Je t'en supplie !

Andreas hésita, mais en apercevant le petit visage hâve de sa fille et ses grands yeux apeurés, il hocha la tête.

— D'accord. Exceptionnellement.

Ils s'allongèrent sur le sofa. Serrés l'un contre l'autre sous la couverture, ils écoutaient le crépitement rassurant de la pluie. Alex tournait le dos à son père, il l'entourait d'un bras et elle sentait son souffle dans ses cheveux. Brusquement apaisée, elle poussa un soupir et s'endormit.

Debout dans le corridor, la jeune femme entendait Markus haleter derrière la porte fermée. Elle se demanda si elle oublierait jamais ces souvenirs d'autrefois. Depuis cet été-là, il y avait eu des centaines de scènes similaires avec sa mère. Alex avait-elle été si profondément bouleversée qu'elle en souffrait encore aujourd'hui ?

Elle retourna dans la chambre, retira sa robe de chambre et s'enfouit sous les couvertures. Recroquevillée sur elle-même, elle lutta contre sa mauvaise conscience. Elle aurait dû rester auprès de Markus, lui tenir la tête, lui caresser la main, mais cela était au-dessus de ses forces. Qu'il se débrouille seul ! Elle avait l'impression d'avoir été dupée. Elle l'avait cru fort, attentionné et inébranlable. Désormais, Markus avait révélé sa faiblesse. Soudain, Alex ne sut plus si elle voulait encore d'un mari dépendant, d'un homme qui la culpabiliserait parce qu'elle ne correspondait pas à son idée, comme il ne correspondait pas à la sienne.

Et elle eut l'odieux pressentiment qu'il ne supporterait pas son départ.

Alors que sa première journée dans la capitale de la RDA n'était pas encore terminée, Chris se sentit pris au piège de la bureaucratie. Il était facilement arrivé à Berlin-Est. Au Checkpoint Charlie, lorsqu'on lui avait demandé le motif de sa visite en République démocratique allemande, il avait expliqué vouloir rendre visite à un vieil ami mourant. Selon le temps qu'il lui fallait pour le trouver, il retournerait à l'Ouest en fin de journée, ou le lendemain. On l'avait laissé passer.

Il s'était aussitôt rendu au bureau d'état civil pour savoir si Marakov, comme le supposait Felicia, vivait encore à Berlin. Peut-être le vieil homme avait-il choisi de finir ses jours dans un lieu de villégiature pittoresque sur la mer Baltique ? Je parie qu'il est mort l'année dernière, songea Chris.

Et les difficultés avaient commencé. Une dame âgée lui avait demandé de remplir une montagne de formulaires, comportant d'innombrables questions le concernant, ainsi que des renseignements sur Marakov. Par ailleurs, on voulait connaître les raisons précises de son voyage. Chris s'était bien gardé de dire la vérité. Maksim Marakov était seulement un vieil ami. Sa famille l'avait perdu de vue et cherchait à savoir s'il était encore en bonne santé. L'affaire était simple, mais Chris avait dû la répéter en détail sur chaque formulaire. Lorsqu'il avait rapporté le dossier à la vieille dame, celle-ci l'avait sommé d'attendre. Il s'était assis sur une chaise en plastique verte. Du caoutchouc jaune s'échappait d'une déchirure. Prenant son mal en patience, il avait feuilleté un journal périmé. Puis, quand la femme était réapparue avec une douzaine d'autres formulaires à remplir, Chris s'était emporté.

— Est-ce qu'on ne pourrait pas d'abord voir si M. Marakov est encore vivant ? Si je passe des heures à remplir ces conneries, pour apprendre ensuite qu'il est mort depuis longtemps, je vais me fâcher !

En entendant le mot « conneries », la vieille avait tressailli. Et son visage avait pris une expression revêche.

— J'ai des ordres. Vous devez vous y conformer ou déposer une réclamation auprès de mon supérieur. Une procédure de plainte ne peut que...

— Non, non ! s'était agacé Chris. Pour déposer plainte, je serais probablement obligé de remplir dix fois plus de formulaires et je préfère m'abstenir. Continuez ! On y arrivera peut-être avant Noël.

Sans un mot, elle avait disparu dans son bureau.

À 15 h 30, Chris eut tellement faim qu'il décida d'aller manger quelque chose. Il trouva une baraque où il acheta deux saucisses, deux petits pains et une double portion de moutarde. Il avala le tout, accompagné d'un jus de fruits en boîte au goût si artificiel qu'on se sentait empoisonné dès la première gorgée. Lorsqu'il aurait retrouvé son hôtel à Berlin-Ouest, il se promit de commander un copieux repas arrosé de champagne aux frais de Felicia. Il avait été stupide de se laisser entraîner dans cette histoire. Il était glacé jusqu'aux os. Il se sentait oppressé par les cages à poule laides et grises, le bruit et la puanteur des voitures, le ciel bas et sans espoir. Des cheminées d'usine lâchaient une fumée noire. L'endroit était épouvantable, morne et triste. Mais il ne l'avouerait sûrement pas à Felicia. Il imaginait déjà son commentaire : « Mais c'est ce que vous voulez, vous les gauchistes ! C'est l'État que vous préconisez. Alors, assumez-le ! » Décidément, des femmes comme elle ne comprendraient jamais.

Il retourna au bureau et on lui remit l'adresse de Maksim Marakov. Encore étourdi par la comédie des formulaires, et perplexe que tout se fût brusquement résolu, Chris étudia le plan de la ville.

Marakov habitait un immeuble à Pankov, non pas une villa de Wandlitz. Chris repensa à ce que Felicia lui avait raconté à propos de son idéalisme. Il était sans doute le seul au Parti à ne pas s'être rempli les poches. Chris se demanda s'il devait lui annoncer sa visite par un coup de fil, mais ce serait plus compliqué d'expliquer sa venue à l'inconnu que de le voir. Le vieux était probablement sourd et ne comprendrait rien.

Le jeune homme parvint à attraper l'un des rares taxis et se trouva bientôt devant la maison. Il commençait à faire sombre, la plupart des lampadaires étaient cassés, seules quelques fenêtres étaient éclairées. La petite pluie fine qui était tombée toute la journée se calmait. Chris en profita pour fumer une dernière cigarette, puis écrasa le mégot sous son talon. Il était 18 heures passées. Il espérait que Marakov ne dormait pas déjà.

Chris releva le col de son veston et traversa la rue. Il avait attaché ses longs cheveux. Pour une raison étrange, il voulait avoir l'air correct.

D'après les boîtes aux lettres, Marakov habitait au cinquième étage. Chris poussa la porte d'entrée et pénétra dans une cage d'escalier sordide, dont le papier peint jaune pâle était déchiré à plusieurs endroits. Des marches en pierre, pourvues d'une rampe en plastique rouge, menaient aux étages supérieures. On respirait des relents de nourriture et une vague odeur de tabac froid. Des enfants criaient derrière une porte et, de l'autre côté du palier, une femme eut un rire strident.

— Qui est là, s'il vous plaît ? fit une belle voix grave.

— Monsieur Marakov ? Je m'appelle Rathenberg. Christoph Rathenberg.

Il se dépêcha de monter, gravissant les dernières marches deux par deux avant de se trouver devant Maksim Marakov.

Le vieil homme était beaucoup plus grand qu'il ne s'y était attendu. Il paraissait aussi plus jeune que ses quatre-vingt-six ans. Chris pensa à sa grand-mère dont la vitalité épuisait tout le monde. Quelle génération coriace ! Ils avaient survécu à deux guerres – le dénouement de l'une ayant ressemblé à une fin du monde –, ils avaient connu la crise économique, les expulsions, l'exil et toutes sortes de terreurs. La vie les avait endurcis. Certains étaient devenus intraitables et beaucoup étaient restés étonnamment alertes.

En dépit de ses cheveux blancs et de son visage ridé, Marakov avait un regard vif. Il portait un col roulé noir, un pantalon gris et se tenait parfaitement droit. Christ se demanda s'il faisait un effort pour dissimuler un dos douloureux ou des articulations raides. Quoi qu'il en soit, si Marakov n'était pas en bonne santé, il se maîtrisait parfaitement. Seul son visage pâle trahissait la fatigue, et ses yeux laissaient percevoir une certaine mélancolie qui tenait sans doute à la solitude.

— Je m'appelle Chris Rathenberg. Je suis le fils de Belle Lombard. Le petit-fils de Felicia Lavergne.

— Entrez, dit Maksim.

L'appartement était grand. Cinq portes donnaient sur un long corridor. Derrière l'une d'elles se trouvait le salon, une pièce aux murs tapissés de livres où régnait un désordre confortable. Des journaux, des lettres, des carnets étaient dispersés sur les fauteuils.

— Veuillez m'excuser, dit Marakov. J'étais en train de ranger mon fatras. Un travail bien fastidieux.

— Je vous dérange sûrement, marmonna Chris, confus.

— Mais non, pas du tout. Asseyez-vous. Aimeriez-vous boire quelque chose ?

— Volontiers.

— Un sherry ?

Chris acquiesça. Il a des relations, songea-t-il. Ici, le sherry doit être une denrée rare.

L'alcool se révéla excellent, très sec, servi dans de beaux verres anciens. Chris s'assit dans un fauteuil profond, près de la fenêtre. Dehors, il faisait presque nuit.

Marakov s'installa en face de lui.

— Je suis surpris de vous voir ici. Vous n'habitez pas l'Allemagne de l'Est, n'est-ce pas ?

— Non. Je suis américain. Mes parents ont émigré en Californie après la guerre. Ma sœur et moi sommes nés là-bas.

— Je comprends. Vous arrivez des États-Unis ?

— Non, j'étudie à Munich. J'y vis depuis quelques années.

Soudain, Chris pensa à Simone. Quand il lui avait proposé de les rejoindre dans l'appartement communautaire, elle avait refusé, expliquant qu'elle ne supportait pas la promiscuité. Pourquoi Chris ne viendrait-il pas plutôt habiter chez elle ? Il n'y avait pas si longtemps, il aurait trouvé cette idée trop bourgeoise, mais à son grand étonnement, elle l'attirait de plus en plus.

Il sentait le regard perçant de Marakov.

— Felicia va très bien, déclara le jeune homme, bien que Marakov n'eût rien demandé. Elle habite une magnifique maison sur l'Ammersee. Son entreprise de jouets est florissante. Elle ne sait plus quoi faire de son argent.

Maksim sourit.

— Cela ne m'étonne pas de Felicia.

— Elle a probablement toujours été ainsi.

— En effet. Depuis que je la connais, elle a toujours su ce qu'elle voulait et, d'une manière ou d'une autre, elle l'obtenait. Parfois, il lui est arrivé de tout perdre, mais jamais elle ne baissait les bras. (Il réfléchit un instant.) Elle était si forte, poursuivit-il comme pour lui-même. On n'avait jamais besoin d'avoir peur pour elle. Felicia...

Lorsque Marakov prononça son nom d'un air rêveur, Chris comprit. Le pressentiment qu'il avait eu à Munich dans la voiture avec Felicia se transforma en certitude. Il s'était demandé si les yeux de sa grand-mère avaient un jour brillé pour quelqu'un, si elle avait parfois eu un sourire tendre et chaleureux. La réponse se trouvait chez l'homme assis en face de lui. Dans les bras de Marakov, Felicia avait dû être vivante. C'était ce regard qui l'avait émue, et elle avait espéré entendre de ces lèvres des paroles dont elle se serait moquée chez un autre.

Chris sentit qu'il venait de lever le voile sur une très ancienne histoire, qui n'était manifestement pas terminée. Soudain, Chris se sentit plus proche de sa grand-mère.

Marakov se racla la gorge.

— Qu'est-ce qui vous amène chez moi, monsieur Rathenberg ?

— Nous avons un gros problème, monsieur.

Il lui exposa brièvement la situation.

— Felicia a pensé que vos relations pouvaient peut-être aider la famille à rejoindre l'Allemagne de l'Ouest, conclut-il enfin.

Marakov avait écouté attentivement. Il tenait son verre à la main, mais ne buvait pas.

— C'est en effet un grave problème. Je ne pense pas pouvoir vous être très utile, mais je vais essayer. J'ai peu de pouvoir, vous savez. Je suis un vieil homme et je me suis retiré de la politique depuis des années.

— Complètement ?

— Oui. Je... Enfin, les raisons n'ont pas d'importance.

Il prit une gorgée de sherry. Il avait été sur le point d'expliquer quelque chose. Chris repensa à ce que Felicia avait dit de cet homme. Comment un idéaliste pouvait-il supporter le Mur ?

— Mais vous connaissez des gens influents, insista Chris. Certains sont peut-être vos amis.

— Je vais essayer. Je ne peux rien vous promettre de plus.

Maksim ne semblait pas très heureux. Il avait sans doute pris ses distances avec le Parti et l'idée de reprendre contact devait le mettre mal à l'aise. Qu'avait-il à voir avec Julia et sa famille ? Il aurait sûrement refusé d'aider, si ce n'était Felicia qui l'en priait.

Dans une autre pièce, le téléphone sonna.

— Excusez-moi un instant, fit Maksim.

En se levant, il eut une crispation douloureuse, qu'il maîtrisa aussitôt, et quitta rapidement le salon.

Chris termina son sherry. Il faisait agréablement chaud dans la pièce ; on s'y sentait chez soi. Curieux, il examina les feuilles de papier et les notes disséminées sur les meubles. Il espérait découvrir quelque chose sur la personnalité de Maksim Marakov – et, à travers lui, sur sa grand-mère et les événements qui les avaient rapprochés.

Sur l'une des étagères, le jeune homme remarqua une photographie jaunie dans un cadre en argent, – une très ancienne photo qui datait probablement des années 20. Une jeune femme aux cheveux sombres, debout dans l'herbe haute d'un champ en été, s'appuyait à une clôture. On distinguait mal les traits de son visage car les feuilles d'un arbre y jetaient une ombre. Elle portait des pantalons – ce qui devait être rare à l'époque – et un chandail. Une veste d'homme était posée sur ses épaules. S'agissait-il de Felicia ? Chris n'avait aucune idée de ce à quoi elle avait ressemblé jeune fille. Il retourna le cadre et constata qu'on pouvait facilement l'ouvrir. Au dos de la photo, il trouva une inscription à l'encre passée : « Macha, juin 1919. »

— Macha, murmura-t-il.

Qui était-ce ? Probablement quelqu'un d'important pour Marakov, puisqu'il avait conservé sa photo. Il n'y avait pas un portrait de Felicia dans toute la pièce. Macha était probablement une sœur de Marakov. Peut-être était-elle morte jeune ? À moins que celle-ci n'eût été sa maîtresse, une compagne plus importante que Felicia ? Peut-être tenait-il entre ses mains l'un des rares échecs de sa grand-mère ? Un obstacle qu'elle n'était pas parvenue à surmonter. Chris se demanda si Felicia souffrait encore des blessures que lui avaient infligées Macha et Maksim.

Avec précaution, il remit la photo dans le cadre. Un peu honteux de sa curiosité, il s'apprêtait à retourner s'asseoir quand son regard tomba sur une feuille qui portait l'en-tête de l'assurance-maladie de l'État. Il s'agissait d'un rapport médical tapé à la machine. Il le parcourut, puis laissa lentement retomber le papier.

D'après le diagnostic d'un médecin au 1er septembre de la même année, Maksim Marakov souffrait d'un cancer de l'estomac.

LIVRE II

1982-1984

1

Quand le soleil se leva sur Los Angeles et dissipa la brume matinale, seuls circulaient quelques rares voitures et des adeptes du jogging. La grande métropole sur le Pacifique se réveillait lentement. La journée de septembre promettait d'être chaude et ensoleillée.

Comme chaque fois qu'il descendait des montagnes, Andreas fut ému par la cité tentaculaire qui s'étendait à ses pieds. Il se mit à fredonner « *Good morning, sunshine...* », en pensant aux jeunes hippies de *Hair* qui pénétraient en voiture dans un New York encore endormi et chantaient « *Good morning, sunshine, the earth says good day...* » En contemplant sa ville, il lui semblait éprouver un peu de leur insouciance.

Il avait passé une semaine dans sa cabane montagnarde et il y serait volontiers resté davantage. La solitude ne le dérangeait pas. Au contraire, sa vie trépidante faisait apprécier à Andreas ces parenthèses de calme et de tranquillité.

Lorsque les enfants étaient partis pour l'Europe, ils avaient vendu leur maison en Virginie. Ils n'y auraient pas été heureux sans eux ; il fallait à cet endroit des enfants pour grimper aux arbres fruitiers, gambader dans les prés, s'asperger avec le tuyau d'arrosage ou verser quelques larmes sur un genou écorché. À l'époque, Belle et Andreas avaient prétendu redouter une certaine nostalgie, mais à vrai dire, ils craignaient de rester en tête à tête. À Los Angeles, il leur était plus facile de s'éviter, car ils comptaient suffisamment de relations pour ne pas passer des soirées seuls. Durant leur mariage, ils n'avaient cessé de rechercher des compromis. Puis, un jour, ils y avaient renoncé. Désormais, le couple s'efforçait de ne pas se disputer trop souvent. Cela signait la fin amère d'une histoire d'amour qui avait débuté en 1939 à Berlin et survécu pourtant à de nombreux orages.

Dès le début de leur liaison, Belle, qui était une jeune mariée, avait été torturée par des sentiments de culpabilité, mettant ainsi leur amour à rude épreuve. Puis, son mari avait disparu en Russie et laissé Belle sans nouvelles. Un cynique aurait prétendu qu'il s'agissait d'un coup de pouce du destin, mais la disparition de son époux et la mort prématurée de son premier enfant condamnèrent Belle à une vie de tristesse et de doute. En dépit de son départ avec Andreas pour l'Amérique, de leur mariage, de la naissance de Chris et d'Alex, elle ne s'en était jamais remise. Même lorsqu'elle riait, un voile de mélancolie brouillait son regard. Malgré une vie sociale remplie, tout, en elle, trahissait une solitude poignante. Mais cela n'eût pas été si terrible, si elle n'était pas tombée sous l'emprise de l'alcool, pensa Andreas. Dès lors, la situation avait été sans issue.

Bien entendu, Andreas avait eu de nombreuses liaisons. À Los Angeles, les jolies filles ne manquaient pas. Elles arrivaient de partout pour faire carrière à Hollywood et finir serveuses, chauffeurs de taxi ou danseuses dans les boîtes de nuit. Séduisant et fortuné, Andreas avait toujours été attirant. Mais il avait vite réalisé que ces filles représentaient pour lui la même chose que l'alcool pour Belle : un moyen de s'étourdir qui vous laissait insatisfait et amer. Chaque aventure le convainquait davantage qu'il n'aimait que Belle, et qu'il retournerait toujours auprès d'elle, quoi qu'il advînt. Lorsqu'une beauté blonde et longiligne sortait de son lit, il éprouvait chaque fois la nostalgie du regard gris de Belle, des plis de ses lèvres, nés des déceptions et des souffrances.

Sur la route sinueuse qui descendait vers Beverly Hills, il conduisait trop vite mais ne croisa aucune voiture.

Belle était-elle déjà réveillée ? Ils avaient des places réservées à 15 heures dans un avion pour New York, d'où ils repartiraient vers 23 heures pour Francfort, et enfin Munich. Tout cela à cause de l'anniversaire de sa belle-mère.

Lorsque Felicia avait eu quatre-vingt-cinq ans, l'année précédente, il avait été impossible de la fêter car celle-ci s'était offert une croisière en Méditerranée. Nicola avait donc organisé une grande réception cette année, la repoussant jusqu'en septembre pour réunir davantage d'invités, sans se rendre compte que personne n'y tenait vraiment. Belle avait protesté : le voyage était trop onéreux, trop compliqué, et parfaitement inutile.

Mais Andreas avait insisté. Pas à cause de Felicia. Que la vieille femme antipathique aille au diable ! Toute sa vie, elle s'était souciée comme d'une guigne des sentiments des autres, mais cela ferait peut-être du bien à Belle de revoir l'Allemagne et la famille... Il ne perdait jamais espoir qu'un événement inattendu la fît renoncer pour toujours au schnaps et aux vodka-martini. Au moins, le temps du voyage, elle serait obligée de se ressaisir. Il fallait toujours la surveiller, ne pas lui laisser le loisir ni la liberté de boire pendant des heures, mais il ne pouvait pas être constamment à ses côtés. Pour supporter la vie avec elle, il avait besoin de ses montagnes, de sa solitude.

Elle sera heureuse de revoir les enfants, songea-t-il, mais pour être sincère, c'était surtout lui qui se réjouissait de les retrouver. Alex lui manquait terriblement.

Il n'avait pas revu sa fille depuis son mariage, en 1977. Elle était alors si jeune dans sa robe blanche, avec ses longs cheveux ; elle semblait sortir tout droit d'un tableau de Renoir. Ce jour-là, elle paraissait étrangement grave : ni malheureuse, ni radieuse. Andreas avait été contrarié d'apercevoir sur le visage d'Alex la même expression que sur celui de sa grand-mère. Soudain, il avait eu peur que sa douce et intelligente petite fille ne ressemblât un jour à Felicia.

Il gara la voiture dans le garage. La maison était entourée de vastes pelouses, de fleurs, de palmiers et de citronniers. Au fond du jardin, l'eau de la piscine miroitait et les gouttes de rosée étincelaient sur l'herbe.

Il tourna deux fois sa clé dans la serrure, ce qui indiquait que la femme de ménage et la gouvernante n'étaient pas encore arrivées. Belle a-t-elle pensé à appeler le jardinier ? se demanda-t-il. Les pelouses ont besoin d'être tondues.

Il poussa la porte et découvrit Belle, allongée à plat ventre dans l'entrée, les jambes écartées, les bras tendus en avant, ses longs cheveux cuivrés étalés autour d'elle.

Andreas pensa aussitôt à des cambrioleurs qui s'étaient introduits dans la maison. Belle s'était réveillée et, lorsqu'elle avait essayé d'atteindre la porte, on l'avait assommée. Inquiet, il se pencha vers elle et sentit aussitôt une forte odeur d'alcool. Il toussa, puis remarqua la boîte de comprimés vide. Il se rua sur le téléphone pour appeler le médecin.

À son arrivée, la gouvernante aida Andreas à allonger Belle, inerte, sur un canapé du salon. Elle respirait encore.

— Des somnifères, constata la gouvernante après avoir examiné les comprimés. Je les lui ai achetés avant-hier parce qu'elle ne parvenait pas à s'endormir. Il y en avait cinquante.

— Où est passé ce maudit médecin ! tempêta Andreas.

Il devenait fou de voir Belle dans cet état : bouffie d'alcool, les cheveux poisseux et le visage blafard. Elle ressemblait à une vieille femme, et pourtant, aux yeux d'Andreas, elle restait magnifique. Tragiquement blessée mais toujours vivante. Une enfant qu'il fallait protéger.

Le médecin arriva enfin. Comme le pouls de Belle ne battait que très faiblement, elle fut transportée en urgence à l'hôpital où on pratiqua un lavage d'estomac. Tandis qu'il arpentait la salle d'attente, Andreas repensa à la Belle d'autrefois, rayonnante et heureuse. Il l'avait toujours trouvée plus séduisante que sa mère et, dans une certaine mesure, qu'Alex aujourd'hui. C'était à cause de son éclat. Belle n'avait pas hérité du feu glacé des femmes de sa famille. Si, auprès d'elle, un homme ne risquait pas de mourir de froid, il pouvait en revanche être lentement absorbé par sa folie.

Andreas décida d'annuler le départ pour l'Allemagne. Son épouse n'était pas en état de voyager.

— Elle venait d'avaler les comprimés, lui expliqua le médecin peu après. Vous l'avez trouvée à temps.

En fin d'après-midi, Andreas eut le droit de la voir.

Elle avait l'air au plus mal, le teint jaunâtre, les lèvres grises. Il s'assit sur le bord du lit et lui prit la main.

— Mon Dieu, Belle, pourquoi as-tu fait ça? Pourquoi ?

Elle détourna son visage.

— Je suis si lasse, murmura-t-elle. Si affreusement fatiguée.

— C'est un miracle que tu sois encore en vie. Qu'est-ce qui t'a pris ? Qu'est-ce qui s'est passé ce matin ?

— Je ne sais pas... Je ne me souviens pas...

— Pourquoi ne m'as-tu pas appelé ? Si tu avais du chagrin... Tu savais où j'étais... Pourquoi ne m'as-tu pas tout simplement appelé ?

— Je ne sais pas... Il faut reporter notre départ.

— J'ai annulé nos deux billets. Ne t'inquiète pas.

Andreas fut surpris qu'elle pensât au voyage en Allemagne. À moins que ce ne fût pas une coïncidence ? Le voyage lui avait-il paru si insurmontable ? Avait-elle voulu l'éviter à tout prix ? Pourtant, c'était là que se trouvaient sa mère, ses enfants... toute sa famille. Elle avait certes souvent dénoncé l'égoïsme de Felicia, mais elle aimait bien le clan. Ce séjour lui avait peut-être fait peur : être loin de chez soi et devoir surveiller sa consommation d'alcool... La situation paraissait beaucoup plus grave qu'il ne l'avait estimé.

— Nous allons rester ici tous les deux. Je ne vais plus te quitter des yeux, Belle. Je vais m'occuper de toi et de ton bien-être.

Elle acquiesça, apaisée.

— Tout ira bien, n'est-ce pas, Andreas ? demanda-t-elle comme une enfant.

— Bien sûr. Nous avons toujours tout maîtrisé, n'est-ce pas ?

Il mentait. Ils ne maîtrisaient plus rien de leur vie commune.

Plus tard, Andreas eut une conversation sérieuse avec le médecin.

— Malheureusement, les analyses du foie de votre épouse sont très mauvaises. Selon moi, elle est alcoolique et doit suivre une cure de désintoxication. Même si elle n'attente plus à ses jours, elle est en danger. Pour être parfaitement franc, si votre femme continue à boire autant, je doute qu'elle vive au-delà d'un an.

— Vous avez été très clair, docteur, merci. Pensez-vous que je sois à même de...

— Non. Elle doit entrer en clinique. Il n'y a rien d'autre à faire. Elle a besoin d'être soignée d'un point de vue médical et psychologique. En dépit de votre bonne volonté, vous ne pourriez faire face.

Lorsque Andreas se retrouva plus tard dans son salon, un verre de whisky à la main, il se dit qu'il avait encore deux choses à faire. Il devait avertir Felicia du changement de programme ; il donnerait l'excuse d'une mauvaise grippe ou d'une jambe cassée. Puis, dès le lendemain matin, il chercherait l'adresse de la meilleure clinique pour alcooliques des États-Unis – il songeait à la clinique Betty Ford. Pourvu qu'il obtienne une place pour Belle. Il voulait à tout prix lui sauver la vie.

En cette première semaine caniculaire de septembre 1982, Alex passait ses examens de fin d'études. La jeune femme qui d'ordinaire s'accommodait très bien de la chaleur se sentait affreusement mal. Elle était au deuxième mois de sa grossesse et les malaises avaient débuté au beau milieu des épreuves. Elle avait constamment trop chaud ou trop froid, suait abondamment et souffrait de nausées matinales.

Blême et tremblante, elle s'assit à la table du petit déjeuner, mais ne put avaler qu'une cuillerée de yaourt, un petit pain sec et deux gorgées de thé. Markus l'étudia d'un air soucieux.

— Tu vas t'écrouler si tu manges aussi peu. Tu as cinq heures d'examen devant toi. Je t'en prie, mets au moins un peu de beurre sur ton pain.

— Je ne peux pas. Rien que l'idée me soulève le cœur.

— Tu n'aurais pas dû t'inscrire à cette session d'examens, soupira Markus.

— Je n'aurais surtout pas dû tomber enceinte maintenant ! répliqua Alex, furieuse.

Markus se tut, gêné. Cet enfant lui tenait à cœur et il n'avait jamais caché qu'un diplôme lui paraissait inutile.

« Tu n'as pas besoin d'aller t'ennuyer à l'université pour reprendre l'affaire de ta grand-mère. Qu'est-ce que des études de sciences économiques peuvent t'apporter ? » avait-il dit. Alex avait insisté : elle voulait étudier.

Au début, elle était restée sourde à ses réticences, puis elle avait compris qu'il craignait de la voir prendre goût à cette vie trépidante entourée de jeunes étudiants insouciants.

Quant au bébé, Markus prétendait toujours qu'il vieillissait et qu'il ne pouvait pas attendre éternellement. De guerre lasse, Alex s'était laissé convaincre et avait accepté à la fin de ses études. Secrètement, la jeune femme espérait ne pas tomber enceinte tout de suite. Elle avait joué de malchance.

Quel *timing* parfait ! songea-t-elle dans la salle d'examens tandis qu'elle s'efforçait de se concentrer. Autour d'elle, les étudiants griffonnaient. Elle était la seule à se tourner les pouces depuis dix minutes. Il fallait absolument qu'elle se ressaisisse. Les questions étaient compliquées et elle n'avait pas de temps à perdre... Son ventre lui donnait l'impression de faire les montagnes russes. Elle n'allait pas pouvoir garder son maigre petit déjeuner... Paniquée, elle se leva d'un bond.

Le surveillant leva les yeux, étonné.

— Qu'y a-t-il ?

Elle se sentait si mal qu'elle balbutia :

— Je... je dois sortir. Je... ne me sens pas bien.

Elle devait paraître vraiment mal en point, car il l'autorisa à sortir, sans se donner la peine d'appeler quelqu'un pour l'accompagner. Alex se précipita en courant aux toilettes et rendit son repas.

Après s'être rincé la bouche et lavé les mains, elle s'examina dans le miroir. Son visage était aussi gris que son tailleur en lin.

Alors qu'elle s'appliquait du rouge à lèvres, elle fut effrayée par la colère qu'elle découvrit dans son regard. Pendant des années, Markus n'avait cessé de se lamenter, l'accusant d'être égoïste, de ne pas l'aimer assez pour lui donner un enfant. Il l'avait harcelée sans répit. Mais là, c'était contre elle-même qu'elle était furieuse. Elle avait voulu lui prouver qu'elle n'était pas aussi égocentrique et insensible qu'il le prétendait, et, aujourd'hui elle comprenait qu'il l'avait tout simplement manipulée et qu'elle avait été assez idiote pour s'être laissé faire.

Lorsqu'elle revint dans la salle d'examens, elle se sentait mieux. Elle n'eut pas d'autre malaise. Pendant trois heures, elle demeura très concentrée et ce fut avec assurance qu'elle remit son travail. Elle n'aurait peut-être pas la meilleure note, néanmoins elle espérait bien être reçue.

À la sortie, Peter, un camarade de promotion, s'approcha. Alex appréciait ce garçon sympathique que, manifestement, elle fascinait. Personne ne savait encore qu'elle attendait un enfant.

— Tu te sens mieux ? s'inquiéta-t-il. Tu avais une mine affreuse tout à l'heure.

— Une indigestion. Tout va bien maintenant.

— Tant mieux. Dans ce cas, tu peux peut-être nous accompagner ? On a organisé une petite fête.

— Qui ça « on » ?

— Une dizaine de copains. J'aimerais beaucoup que tu viennes avec nous.

Alex avait très envie de passer encore un moment avec les autres. Elle se demanda si Markus l'attendait – il avait pris l'habitude de travailler à la maison et Alex le soupçonnait de contrôler ainsi ses horaires. Néanmoins, après une courte hésitation, elle décida de suivre Peter.

La petite bande se rendit dans un café où elle passa quelques heures agréables. Comme souvent durant ces quatre dernières années, Alex constata qu'elle menait deux vies. Entourée de ses camarades étudiants, elle riait, fumait et plaisantait comme eux. Au bras de Markus, en revanche, elle devenait l'épouse d'un promoteur immobilier renommé, s'habillait haute couture, sirotait du champagne à des réceptions, bavardait avec des gens dont elle oubliait aussitôt le visage. Or quelque part entre ces deux personnalités se cachait l'authentique Alex. Et cette Alex-là ne se sentait nulle part chez elle.

Elle venait d'avoir vingt-cinq ans et songeait parfois qu'elle avait davantage été elle-même à douze ans.

Il était presque 18 heures quand Alex arriva chez elle. La voiture de Markus était garée devant la porte.

Lorsqu'elle entra dans le salon, un peu embarrassée, il était assis sur un tabouret de bar, une bouteille de vodka et un verre posés devant lui.

Alex vint l'embrasser, mais il ne réagit pas.

— Aurais-tu un verre pour moi ? demanda-t-elle d'un ton enjoué.

— Tu ne dois pas boire d'alcool dans ton état. Prends de l'eau minérale.

— Merci bien ! s'irrita-t-elle. Dans ce cas, je préfère ne rien prendre du tout.

— Où étais-tu ?

— Quoi ?

— Je veux savoir où tu étais passée.

— J'avais un examen de 9 heures à 14 heures. Puis, je suis allée dans un café avec quelques amis.

— Tu es en pleins examens et, au lieu de te concentrer sur tes livres, tu gaspilles ton temps dans des cafés ! Quand je pense au peu de temps que tu m'as consacré ces dernières années parce qu'il te fallait étudier ! Je devais me montrer compréhensif, alors que pour tes copains d'université, tu n'hésites pas à perdre un après-midi. Eux ne sont pas obligés de t'attendre !

— Je t'en prie, Markus, n'en fais pas toute une histoire. Nous sortions de cinq heures d'examens et nous avions besoin de nous détendre, c'est tout. Je vais étudier ce soir.

— Ce soir, nous sommes invités chez les Larsson.

— Seigneur, j'avais complètement oublié ! gémit-elle.

— Évidemment. Mes amis te sont parfaitement indifférents. J'ai prévenu que nous serions obligés de partir tôt, parce que tu avais une épreuve demain matin, mais j'ai accepté leur invitation.

Vas-y tout seul ! aurait aimé lui répliquer Alex.

Quelle barbe ! Foutus Larsson ! De toute façon, elle les détestait.

— À quelle heure dois-je être prête ? se résigna-t-elle.

— À 19 heures.

— Je vais vite me laver les cheveux et me changer.

— Je t'en remercie, lâcha Markus d'un air pincé.

Il la regarda disparaître dans leur chambre et l'entendit jeter son sac avec colère dans un coin. La soirée allait être pénible. Alex était à cran non seulement à cause de l'invitation, mais aussi à cause de son sermon. Il aurait dû être plus prudent et renoncer à ses interrogatoires qui exaspéraient chaque fois Alex. En l'écoutant ouvrir bruyamment les portes des placards, Markus se demanda pour la énième fois ce qu'il advenait de leur mariage. Il avait le sentiment d'avoir commis une grave erreur. La ravissante et délicate jeune fille qu'il avait épousée s'était transformée en une jeune femme rebelle et difficile. Elle lui échappait et il ne savait pas comment la retenir. Pour couronner le tout, il avait une peur atroce de la perdre. Il ne lui avait pas parlé de ses soucis financiers. Son entreprise était criblée de dettes et, ces derniers temps, il avait manqué plusieurs bonnes affaires. Il devenait hésitant, comblait des trous tandis que d'autres apparaissaient. Il avait un instant songé à demander de l'argent à Felicia, mais cela aurait été trop humiliant. Croiser les yeux gris de la vieille dame et lui dire... Impossible ! Et le regard d'Alexandra n'incitait pas davantage aux confidences.

Il glissa lentement du tabouret. Il devait encore se changer, alors que cette soirée ne le tentait pas plus qu'Alex.

2

Le village avait peu changé depuis la fin du XIXe siècle. L'électricité et l'eau courante avaient été installées, mais les maisonnettes étriquées n'avaient pas été repeintes depuis plus de cent ans. Tuiles absentes, façades lézardées, fenêtres détruites, clôtures branlantes, remises et étables à moitié écroulées entre lesquelles serpentaient des chemins ruraux et une route principale mal pavée – c'était Bernowitz, au nord-est de Berlin, à moins de deux kilomètres de la frontière polonaise. Un endroit maudit.

Après avoir coupé du bois, Julia porta les bûches dans la cuisine et les empila à côté du poêle en fonte. En ce début septembre, les journées étaient encore chaudes mais les nuits fraîchissaient vite. La veille, les enfants s'étaient plaints du froid. Julia détestait la corvée de bois, elle s'y était attelée néanmoins, tout comme elle s'était initiée à la cuisine au charbon, à se laver dans un baquet, à cultiver des légumes et à égorger des poulets. Elle avait appris tout ce qui était nécessaire à la subsistance de sa famille. Son existence avait si radicalement changé qu'elle avait l'impression de vivre un cauchemar.

Elle se redressa lentement, frotta son dos endolori et eut un rire amer – elle venait d'imiter les gestes d'une paysanne épuisée. Il ne restait aucune trace de la brillante étudiante qui avait suscité tant d'admiration et réussi avec brio tous ses examens, ni du professeur apprécié de ses élèves les plus récalcitrants, ni de la jeune fille sur laquelle tous les hommes se retournaient. De cette femme-là, il ne restait rien.

Depuis ses deux années d'incarcération à la maison d'arrêt pour femmes de Dessau, Julia avait beaucoup maigri. Son visage, devenu sévère et grave, avait perdu toute sa fraîcheur. Sa peau, au teint jaunâtre, s'étirait tel un parchemin sur ses pommettes saillantes ; les commissures de ses lèvres s'étaient affaissées. La jeune femme venait de fêter ses trente-neuf ans, mais elle paraissait beaucoup plus âgée.

Elle posa sur la table les pommes de terre destinées au déjeuner. Dans le petit magasin du village, il n'y avait pas grand-chose. On ne pouvait jamais prévoir ses achats. On achetait ce que l'on trouvait sur les étalages – comme à Berlin où Julia avait cependant mieux supporté la pénurie. Tout semblait plus facile à Berlin ! Pourtant, la situation avait été assez pénible pour prendre le risque de fuir avec sa famille.

En prison, Julia s'était résignée à ne plus jamais avoir le droit d'enseigner, mais elle avait pensé que Richard retrouverait son poste à l'hôpital. C'était un chirurgien réputé – on en comptait très peu – et le pays aurait du mal à se passer de lui. D'ailleurs, Richard restait persuadé qu'on n'avait pas autorisé leur famille de l'Ouest à acheter leur liberté à cause de sa profession : « Ils ne laissent pas un médecin partir aussi facilement. Il y en a déjà trop peu ici. »

Pourtant, on ne l'avait pas repris à l'hôpital, ni dans un autre établissement de Berlin. Il avait essayé de trouver un emploi à Dresde, Leipzig et Rostock. Sa condamnation à deux ans de prison pour avoir tenté de fuir le pays avait fait de lui un proscrit. Personne ne voulait plus l'embaucher. Finalement, on lui avait proposé la place de médecin généraliste à Bernowitz où le vieux docteur venait de mourir d'une crise cardiaque. Le cabinet était situé dans la cave de l'école. Il n'y avait pas de salle d'attente, les malades patientaient dans la cour de récréation. Lorsqu'il pleuvait, ils se réfugiaient sous l'auvent de la porte d'entrée. On y avait disposé quelques sièges, afin que les vieillards et les plus faibles puissent s'asseoir.

Richard louait la maison de son prédécesseur – la seule habitation libre du village. Au moins, celle-ci possédait une cuisine, une petite chambre pour les parents, une autre pour Stefanie, ainsi qu'une minuscule soupente sous le toit, pour Michael. Ils élevaient quelques poules dans un enclos. Derrière la maison s'étendait un jardinet où l'on pouvait planter des légumes. Les enfants, trop jeunes pour comprendre le drame, ou percevoir la tristesse désespérante de Bernowitz, adoraient jouer seuls dans le jardin, et raffolaient des poules et de leurs deux lapins. Pendant deux ans, ils s'étaient endormis en pleurant. Désormais, la famille était à nouveau réunie et leur papa avait promis de ne plus jamais les quitter.

À leur arrivée, la maison était si sale et si humide que Julia avait éclaté en sanglots. Mais elle avait serré les dents, sachant qu'il n'y avait d'autre alternative. Ils avaient mis plusieurs jours à nettoyer les murs crasseux et à récurer le bain pour qu'on pût l'utiliser sans avoir le cœur au bord des lèvres. Désemparée et aigrie, Julia avait convaincu Richard, dès le premier soir, de déposer une nouvelle demande de sortie du territoire.

— Nous n'avons plus rien à perdre. Notre situation ne peut pas empirer. Essayons encore une fois.

Six mois plus tard, ils avaient reçu une réponse négative.

Deux ans, se dit Julia. Voilà deux ans que nous vivons dans ce trou !

Un filet d'eau s'écoulait du robinet. Il lui fallut un

temps fou pour laver les pommes de terre. Ses mains de paysanne, aux ongles cassés, étaient couvertes de durillons et de crevasses. Son visage était celui d'une vieille femme rongé par le chagrin. Elle ne se regardait plus dans un miroir et elle n'aurait pas été étonnée si Richard ne l'avait plus regardée non plus. Pourtant, à son grand étonnement, chaque soir, Richard la prenait dans ses bras et lui murmurait :

— C'est merveilleux de te retrouver. Tu m'as tellement manqué aujourd'hui.

Au début, Julia avait essayé de rester positive, comme lui.

— Le plus important, c'est d'avoir survécu à la prison, répétait Richard. Nous avons retrouvé nos enfants. Nous sommes en bonne santé. J'ai un travail. La situation pourrait être bien pire.

Mais son optimisme avait fini par agacer Julia. Richard s'était résigné à son destin. Il tâchait de voir le bon côté des choses, ce qui, aux yeux de la jeune femme, ressemblait à une capitulation. Où était passé l'homme qui avait tant honni ce système et qui avait tout risqué pour demeurer libre ? Désormais, il se contentait d'être le modeste médecin d'un village arriéré. Il retirait les clous rouillés des pieds des paysans, leur prescrivait des laxatifs ou des liniments contre les rhumatismes, alors qu'autrefois il avait pratiqué des opérations si compliquées... Comment pouvait-il s'en satisfaire ? Richard prétendait qu'il était utile, que les paysans avaient eux aussi besoin d'un médecin... Qu'ils aillent au diable !

Julia les détestait tous, les vieillards aux bouches édentées et les jeunes qu'elle trouvait frustes et mesquins. La plupart étaient nés à Bernowitz, et ne connaissaient rien d'autre de la vie. Les femmes aux regards mornes accumulaient les nouveau-nés dans les bras, tandis que les hommes s'enivraient le soir au bistrot en se racontant des blagues stupides. Julia n'avait pas d'amis.

Dans la rue, elle ne saluait personne et elle se fichait de savoir ce que l'on pensait d'elle. Elle pouvait se permettre d'être impolie car elle était l'épouse de l'homme le plus indispensable aux villageois. Un privilège à ne pas sous-estimer.

Elle éplucha les pommes de terre avant de les plonger dans une casserole d'eau bouillante. Elle avait cueilli une salade dans le jardin. Elle triait les feuilles lorsque les enfants rentrèrent de l'école. Comme toujours, Stefanie, qui avait presque dix ans, surgit la première. Elle avait les larmes aux yeux.

— Maman, est-ce que c'est vrai que je ne serai jamais vétérinaire ? s'écria-t-elle.

— Et pourquoi donc ? demanda Julia, en prenant leurs cartables et en retenant Michael qui voulait jeter un coup d'œil dans la marmite.

— Mme Hofer a dit que je n'aurais pas le droit d'être vétérinaire. C'est vrai ?

— Raconte-moi cette histoire.

Il lui fallut du temps pour comprendre : Mme Hofer, la maîtresse d'école, avait demandé aux élèves ce qu'ils aimeraient faire plus tard. La plupart se voyaient paysans ou paysannes, comme leurs parents. (Typique de ces imbéciles ! songea Julia avec aigreur. Leur horizon se borne à ce maudit village !) Stefanie, pour sa part, avait déclaré vouloir devenir vétérinaire. Rien d'étonnant pour la fille d'un médecin que le moindre ver de terre fascinait. Cependant la fillette avait visiblement suscité la jalousie de ses camarades et notamment de l'institutrice. D'après Stefanie, celle-ci aurait déclaré :

« Tu peux faire une croix dessus ! Aucune université ne t'acceptera après que tes parents ont trahi notre République démocratique en voulant décamper chez les exploiteurs capitalistes de l'Ouest ! »

Stefanie avait été stupéfaite par cette attaque qu'elle avait trouvée injuste et incompréhensible. Son frère et elle n'avaient rien contre le pays dans lequel ils vivaient. Au contraire, ils l'aimaient. Or, ce que Michael ne comprenait pas encore, Stefanie commençait à l'entrevoir : ce n'était pas l'État qui leur compliquait la vie, mais leur mère. Elle refusait que ses enfants adhèrent au Mouvement de la Jeunesse allemande libre et elle se fâchait, quand ils évoquaient leur nation conquérante et les exploiteurs occidentaux.

— Tout n'est pas aussi blanc et noir, répliquait-elle, alors créant la confusion dans l'esprit de ses enfants.

Un soir, Stefanie avait entendu ses parents se disputer.

— C'est à devenir fou ! s'était exclamée Julia. Est-ce que tu écoutes parfois les enfants ? Ils débitent le vocabulaire du parfait petit socialiste et ils avalent toutes les absurdités qu'on leur raconte !

— Ils doivent construire leur vie ici, avait répondu Richard d'une voix lasse. Il vaut mieux qu'ils s'intègrent. Tu les perturbes avec tes objections...

— Bien sûr ! Ils doivent devenir de gentils assimilés bien sages. Et surtout ne jamais se rebiffer !

— Peux-tu me dire où cela nous a menés, Julia ? Veux-tu qu'ils subissent le même sort ?

Son père... Dans ce chaos, il demeurait son seul point de repère. Son père ne prétendait jamais qu'on lui enseignait des bêtises à l'école. Il écoutait patiemment, puis il lui posait des questions intéressantes. Il leur aurait sûrement permis d'adhérer au Mouvement de la Jeunesse. Malheureusement, il ne parvenait pas à convaincre leur mère. Stefanie était certaine que ce n'était pas à cause de lui que ses parents avaient essayé de fuir à l'Ouest – ce que la maîtresse dénonçait si violemment. Il n'aurait rien fait pour créer des ennuis à ses enfants. Par ailleurs, puisqu'il n'était pas un exploiteur capitaliste, qu'aurait-il bien pu faire de l'autre côté ? Mais leur mère l'avait convaincu, comme elle tentait désormais de convaincre ses enfants. Si seulement elle pouvait se taire !

Julia calma les pleurs de la fillette et l'assura que Mme Hofer racontait n'importe quoi. Stefanie se laissa consoler, car elle en avait besoin, mais Julia remarqua que sa fille lui témoignait davantage d'hostilité qu'à sa maîtresse. Puis, les deux enfants sortirent dans le jardin pour soigner leurs lapins.

Dès qu'ils eurent disparu, Julia fut saisie d'une violente crise de larmes jusqu'à ne plus pouvoir respirer. Elle dut s'asseoir. Folle de rage, elle fut obligée de reconnaître que la maîtresse avait eu raison : on pourrait facilement interdire à leurs enfants l'accès à l'université. Même si les diplômes de leurs parents les auraient désavantagés, la tentative d'évasion les marquait dorénavant au fer rouge.

Lorsqu'en fin de soirée Richard rentra épuisé, Julia lui exposa la mésaventure de Stefanie. À présent, la colère de la jeune femme était froide et contenue. Si glaciale qu'elle ne réagit même pas à l'impuissance et à la résignation de Richard.

— Laissons venir, ma chérie. Cela ne sert à rien de pleurer, lâcha-t-il d'une voix atone.

En cela, Richard avait raison : pleurer était inutile. Elle garda le silence sur la lettre qu'elle avait envoyée à Felicia dans laquelle, d'une manière détournée, elle lui demandait de l'aide. Julia était convaincue qu'en dépit des risques elle tenterait une nouvelle fois de s'enfuir.

Ce soir-là, le banquier Ernst Gruber rentra tard chez lui. Sa réunion s'était prolongée ; il était fatigué et il avait faim. En traversant son jardin, il songea comme ce serait agréable d'être accueilli par sa femme avec un verre, un feu de cheminée et un bon dîner. Mais son épouse était toujours au régime et beaucoup trop occupée par ses soins de beauté pour penser à lui. Il devait toujours se contenter de faire réchauffer au micro-ondes le repas préparé par la cuisinière et de monter une bonne bouteille de la cave. Le dîner était toujours excellent, le vin remarquable, mais il regrettait d'être seul à en profiter. Bien sûr, il y avait toujours la télévision.

— Silvie ? appela-t-il en ouvrant la porte d'entrée.

Pas de réponse. Il posa sa serviette avec un soupir et gravit l'escalier. Il trouva Silvie dans sa chambre, assise à sa coiffeuse. Elle enduisait son visage d'une crème rose. Ses cheveux blonds étaient retenus par un bandeau et elle avait retiré tous ses bijoux. Elle portait un peignoir en soie verte qui dévoilait ses jambes. Bien qu'elle passât son temps à mourir de faim, ses cuisses demeuraient lourdes et blanches. Sans doute à cause du manque d'exercice, songea son mari. Sauf pour se rendre à des réceptions, Silvie ne quittait presque pas la maison.

La crème rose – probablement anti-rides – empêcha Ernst de l'embrasser.

— Bonsoir, Silvie. Comment s'est passée ta journée ? s'enquit-il avec un sourire.

— Bien.

Occupée à humecter des compresses avant de les appliquer sur ses paupières, elle ne prit pas la peine de lever les yeux.

— Je suis allée chez la couturière pour un essayage. Quels embouteillages à Munich ! L'aller et le retour prennent davantage de temps que la course elle-même.

— Ma pauvre !

— Demain matin, j'ai rendez-vous chez le coiffeur. Toutes les personnes importantes de Munich seront présentes. Je dois être magnifique.

— Tu y parviendras aisément, affirma Ernst en s'interrogeant sur la soirée dont elle parlait.

— Tu sais bien, fit-elle, devinant son hésitation. Nous sommes invités demain à l'anniversaire de Felicia Lavergne.

— Bien sûr.

— La réception débute dans l'après-midi, alors ne rentre pas trop tard ! Je me suis occupée du cadeau.

Par maints aspects, on pouvait compter sur elle. Silvie était une parfaite épouse en société, une maîtresse de maison réputée, un planning ambulant des événements mondains. En revanche, au quotidien, n'importe quel homme l'aurait trouvée impossible à vivre.

— Tu n'as sûrement pas faim ?

S'il n'y avait eu les compresses, elle lui aurait lancé un regard indigné.

— Tu es fou ? Felicia nous offrira demain un fantastique buffet et d'excellents cocktails ! Et je veux en profiter. Aujourd'hui, je suis impitoyable. À déjeuner, je n'ai pris qu'une pomme et un jus de tomate.

Il se tourna vers la porte, frustré à l'idée de se retrouver à nouveau seul dans la salle à manger à écouter le cliquetis de ses couverts.

— Je vais au restaurant.

— Kathrin a préparé ton dîner. Il est au réfrigérateur.

— Je sais. Je lui expliquerai demain. Mais je préfère sortir.

Silvie n'ajouta rien. Cela lui était probablement indifférent. Gruber hésita un instant, avant de descendre l'escalier. En fait, il ne voulait pas aller au restaurant, il désirait voir Clarissa.

Pendant le trajet, il pria pour que la jeune femme fût disponible. Sinon, elle n'ouvrirait même pas la porte. De toute façon, elle serait de mauvaise humeur car elle détestait les visites impromptues. La plupart du temps, elle lui donnait une claque... Rien qu'à y penser, son corps frémit.

Il s'arrêta devant le joli pavillon du quartier de Munich-Laim. Des géraniums fleurissaient dans le jardinet. Clarissa attachait beaucoup d'importance à l'opinion de ses voisins – elle ne voulait pas d'ennuis. Un matin, Ernst l'avait surprise, alors qu'elle s'apprêtait à sortir faire ses courses. Elle ressemblait à une honnête ménagère : une jupe sage et un tee-shirt, des cheveux lissés, des chaussures plates. La réputation de Clarissa était fragile, car les voisins voyaient beaucoup d'hommes aller et venir. Toutefois, on ne pouvait rien lui reprocher – pas de maquillage provocant ni de comportement indécent.

D'ordinaire, Ernst arrivait toujours après la tombée de la nuit. Mais, ce soir-là, malgré le crépuscule, on aurait pu facilement le reconnaître. Clarissa lui ouvrit dès qu'il frappa à la porte. Elle était vêtue d'un jean et d'un pull-over blanc. Ses longs cheveux étaient retenus par deux peignes.

— Qu'est-ce que tu fais là ? fit-elle d'un air bougon.

Après qu'Ernst se fut faufilé dans la maison, la jeune femme examina la rue.

— Tu es venu en voiture, s'étonna-t-elle, car la plupart du temps il venait en taxi.

— J'étais pressé de te voir.

— Tu as pris des risques. Par ailleurs, tu sais que je préfère qu'on me prévienne avant de venir.

— Je sais.

— Alors songes-y la prochaine fois.

La sévérité de sa voix le fit frissonner. Sans qu'il s'en aperçût, sa bouche s'entrouvrit, sa lèvre inférieure s'allongea. En dépit de son costume bleu foncé, de ses cheveux gris soigneusement peignés, de l'épingle à cravate ornée d'un diamant, il ressemblait à un petit garçon.

Clarissa le considéra avec dédain. Elle méprisait Ernst, comme elle méprisait tous les hommes qui venaient la voir en se traînant à ses pieds avec leurs grosses bedaines. Ils avaient tous des problèmes de poids et de cholestérol, avalaient des comprimés et redoutaient les crises cardiaques. Ces directeurs, présidents et membres de conseils d'administration appartenaient aux échelons supérieurs de la société. Ils menaient des vies trépidantes. Depuis longtemps, leurs mariages étaient réduits à un bout de papier. Leurs épouses passaient leur temps chez le coiffeur, dans les magasins ou les instituts de beauté. Les jolies jeunes filles d'autrefois étaient devenues replètes ou s'affamaient jusqu'à ne plus avoir que la peau sur les os. La seule chose qui les captivait chez leurs époux était leurs chéquiers et leur situation sociale. Clarissa, elle aussi, s'intéressait à leur fortune, ainsi qu'aux somptueux cadeaux qu'ils lui offraient.

Ces hommes avaient des désirs particuliers et Clarissa les connaissait tous. Personne ne jouait la comédie avec elle. Ils n'avaient pas besoin de respecter un code moral leur dictant ce qu'ils pouvaient s'autoriser ou non. Avec elle, tout était permis. Ils ne craignaient rien. Ils payaient assez cher pour se permettre même d'être impuissants.

Clarissa entra dans le salon, avec Ernst sur ses talons. La pièce était décorée avec goût. Une grande bibliothèque recouvrait un pan entier de mur. Clarissa lisait beaucoup. Elle avait dû quitter l'école à quatorze ans pour gagner de l'argent, mais s'était largement rattrapée depuis.

Le souffle court à cause de son hypertension, le gros homme s'écroula dans le canapé. Clarissa voyait bien qu'il n'était pas en état de faire des excès ce soir. Il voulait probablement discuter. Elle soupira : il fallait qu'Ernst comprît qu'elle détestait les visites inopinées !

— Aimerais-tu boire quelque chose ? s'enquit-elle.

— Volontiers. Un Campari, s'il te plaît.

Elle se rendit à la cuisine et prépara deux Campari avec du jus d'orange et beaucoup de glace. Elle savait qu'Ernst préférait le sien pur, mais elle voulait éviter qu'il s'enivre. Lorsqu'elle revint au salon, il ne la quitta pas des yeux. Ce banquier se montrait implacable avec les débiteurs qui ne remboursaient pas leurs intérêts. Après leur avoir consenti des crédits insensés, il n'hésitait pas à réclamer leurs biens : maison et terrain. Il en avait passé plus d'un au fil de l'épée. Pourtant, en contemplant ce gros bébé joufflu, personne ne l'aurait jamais envisagé.

Dès la première gorgée, Ernst commença à se plaindre de sa femme.

— Ce n'est plus un mariage. Bien sûr, nous sortons ensemble et Silvie est splendide à regarder... pour une femme de son âge. Mais à la maison, nous n'avons plus rien en commun. Elle délaisse notre chambre à coucher depuis cinq ans...

Clarissa connaissait l'histoire par cœur, mais c'était son métier d'écouter les lamentations de ses clients. Ce soir, parce qu'Ernst lui avait gâché sa soirée elle lui compterait le double.

— Nous ne dînons jamais ensemble, nous ne regardons jamais la télévision ensemble, nous ne discutons plus. Quand je lui parle, elle ne m'écoute pas. Si je tombais gravement malade, elle ne s'en apercevrait même pas !

Il s'apitoyait sur son sort d'une voix pleurnicharde. Il se sentait maltraité par le destin et le monde entier. Il était couronné de succès, mais personne ne l'aimait. Seule Clarissa le comprenait. Tandis qu'il la contemplait, Ernst songea qu'il ne fallait pas qu'il la perde. Il tenait trop à elle.

— Viens dans mes bras, supplia-t-il de sa voix de petit garçon. Ernst a besoin de toi. Il a tellement besoin de toi.

La jeune femme se leva et s'approcha.

Ernst était étendu sur le canapé, le visage sur les genoux de Clarissa. Il ronflotait en dormant et son haleine empestait.

Il devient vieux, se dit-elle, agacée. Il devrait moins manger et faire plus d'exercice.

Ils n'avaient pas fait l'amour, Clarissa n'était pas d'humeur. Exceptionnellement, Ernst ne l'était pas non plus, il désirait seulement être consolé. Elle lui avait caressé les cheveux en le rassurant. Il avait fini par s'endormir, aux anges.

Clarissa fit un mouvement pour le réveiller.

— Je t'aime, Clarissa ! marmonna-t-il.

— Bien sûr que tu m'aimes, répliqua-t-elle en lui tirant l'oreille. Les bons garçons aiment toujours leur maman.

Ernst se redressa. Avec ses cheveux en bataille, il avait l'air encore plus stupide que d'habitude.

— Je suis sérieux, Clarissa. Je t'aime vraiment et je souffre horriblement de savoir qu'il y a d'autres hommes dans ta vie.

Cette vieille ritournelle, tous ses clients la lui chantaient un jour ou l'autre. Leur jalousie lui créait parfois des ennuis. Après plusieurs années, certains d'entre eux développaient des sentiments si possessifs qu'il fallait les étouffer dans l'œuf. Si elle en avait l'habitude, elle devait néanmoins faire attention avec Ernst Gruber car il accordait d'importants crédits à Markus Leonberg.

— Ne t'inquiète pas pour eux, susurra-t-elle. Tu représentes quelque chose de très particulier pour moi.

— Je suis vieux jeu. J'aime être unique pour une femme.

Et ce crétin choisissait une prostituée !

— Écoute, Ernst, sois sage et...

— Non !

Désormais, tout à fait réveillé, il était redevenu le banquier Ernst Gruber.

— Je suis sérieux. Je veux que tu sois ma maîtresse exclusive.

Clarissa alluma une cigarette et aspira une profonde bouffée.

— Ça te coûterait très cher.

— Tu sais que là n'est pas la question.

— Je sais.

Elle réfléchit. À ses yeux, Ernst n'avait d'autre intérêt que d'être un instrument contre Markus Leonberg et elle devait le rendre assez humble et soumis pour qu'il lui obéisse sans discuter. Fallait-il le maintenir en concurrence avec d'autres ou lui permettre d'être le seul à bénéficier de ses faveurs ? Elle ne pouvait se permettre de se tromper.

Clarissa regarda Ernst qui la dévisageait, plein d'espoir. Il ressemblait à un mouton. Sa lèvre supérieure avait une manière comique d'emboîter sa lèvre inférieure. Or il n'avait rien d'un mouton ; entre ses mains, il pouvait devenir une arme redoutable.

— Je vais y réfléchir, Ernst, mais tu sais que je ne supporte pas d'être harcelée. Et ne viens plus jamais chez moi sans t'annoncer. Ici, c'est moi qui décide !

Il baissa la tête, penaud.

— Je ne recommencerai plus, promit-il.

Elle lui pinça un peu trop fortement la joue, puis retourna à la cuisine. Elle avait besoin d'un autre verre.

3

Susanne Velin, la fille cadette de Felicia, avait soixante et un ans et ceux qui la connaissaient depuis longtemps estimaient qu'elle n'avait pas changé. Jeune fille, sa peau avait été certes plus lisse, ses cheveux blonds et non blancs, mais déjà elle avait eu la même expression, sévère et fermée. Comme si elle n'avait jamais été jeune, ni vraiment âgée, comme si elle subissait un long processus d'assèchement.

Susanne avait trois filles. Les deux premières étaient mariées et ne voyaient que fort peu leur mère. La plus jeune, Sigrid, habitait encore avec elle, bien qu'elle eût déjà trente-neuf ans et fût enseignante. Sigrid n'avait jamais connu d'homme de sa vie et semblait condamnée à rester vieille fille.

Elle accompagnait Susanne à la fête d'anniversaire donnée pour Felicia et, comme toujours lorsqu'elle se trouvait au milieu de beaucoup de monde, elle était pétrifiée de timidité. Pour cacher sa nervosité, elle affichait un air si distant que personne n'osait lui adresser la parole.

Sigrid avait hâte que la fête se terminât, mais il n'était que 17 heures et la soirée se prolongerait sûrement tard dans la nuit. Serrant son verre de champagne d'une main nerveuse, elle se demanda si elle devait rejoindre sa mère, assise avec Nicola et Serguei. Mais elle décida que ce serait ridicule. Elle ne s'y réfugierait qu'en cas de grave péril.

Sigrid examina les autres invités. À force de contempler les choses plutôt que d'y participer, elle avait développé un sens aigu de l'observation. Sa jolie cousine Alex lui parut nerveuse. Elle savait qu'Alex venait de passer des examens, elle se demanda cependant si c'était la seule raison qui expliquât son teint blême et ses yeux cernés. Son mari Markus, qui se tenait debout à côté d'elle, semblait soucieux. Il était du genre à ressasser ses problèmes pendant des insomnies.

Elle regarda Chris se servir une part de gâteau au buffet. Ce dernier avait beaucoup changé. Ses cheveux courts et sa barbe de trois jours, lui donnaient un faux air de Clark Gable ou d'Alain Delon. Depuis un an, il vivait à Francfort parce qu'il jugeait Munich trop réactionnaire ; il venait d'obtenir son premier examen d'État. Auprès de lui se trouvait son amie Simone. Depuis qu'il lui avait sauvé la vie, ces deux-là ne se quittaient plus.

Cette Simone a quelque chose de tragique, se dit Sigrid. Qui sait quel drame l'attend encore ?

Un peu plus loin, sa grand-mère Felicia bavardait avec le maire de Herrsching. Comme elle était belle ! Sigrid ressentit la même jalousie qu'éprouvait sa mère pour Felicia. À quatre-vingt-six-ans, cette femme possédait encore une vitalité pétillante et un éclat inusable. Le maire l'écoutait attentivement. Un autre homme venait de s'approcher. Comment s'appelait-il déjà ? On les avait présentés. Ah oui, c'était le banquier Gruber. Même lui admirait Felicia. Drôle de type. Sigrid n'aurait pas été étonnée qu'il eût quelques tendances perverses.

Elle se tenait depuis trop longtemps immobile et se demanda ce qu'elle pourrait bien faire. Autant aller chercher un autre verre de champagne, le sien était tiède. Elle fit volte-face et faillit renverser un homme à barbe blanche et aux épaules voûtées.

Le champagne éclaboussa son veston.

— Mon Dieu... je suis désolée..., s'exclama-t-elle.

Un sourire flotta sur le visage triste.

— Ce n'est rien.

Martin Elias n'était pas revenu en Allemagne depuis des décennies. Bien qu'il eût beaucoup voyagé, il avait toujours fait un détour pour éviter son pays natal. Et pourtant, il avait toujours eu secrètement envie de revoir sa patrie – et surtout Munich, la ville où il avait passé la première moitié de sa vie. Chaque coin de rue recelait de nombreux souvenirs qu'il guettait et redoutait à la fois. Il craignait de souffrir en rouvrant d'anciennes blessures. Si le passé était bien révolu, la plaie ne s'était toutefois jamais cicatrisée. Avec le temps, il avait réappris à rire. Il avait retrouvé le sommeil, ses rêves s'étaient apaisés et, désormais, il accomplissait des choses qu'il avait été incapable de faire pendant des années : il pouvait peindre, écouter de la musique, s'allonger dans un champ de fleurs pour contempler le ciel. Longtemps, ces gestes simples lui avaient été interdits. Le cauchemar de l'horreur ne cessait de le hanter : les miradors menaçants dressés sous un ciel plombé, les baraquements alignés le long d'allées insalubres, les clôtures électrifiées, infranchissables, telles une barrière mortelle. Les rails de chemins de fer qui menaient directement dans la gueule ouverte de la mort. Les images d'Auschwitz, un enfer devenu réalité.

En vieillissant, il éprouvait pourtant le besoin de revoir sa patrie, de retrouver ce qui était le beau et l'innocent de son pays – le ciel, les fleuves, les lacs, les fleurs et les arbres, avec l'espoir d'y puiser quelques-uns de ses sentiments d'autrefois.

Sans l'invitation de Felicia, il n'aurait peut-être pas eu l'énergie de quitter son kibboutz près de Haïfa – à plus de quatre-vingts ans, il se déplaçait avec difficulté. Ils se connaissaient depuis si longtemps... Ils avaient environ vingt ans quand ils s'étaient rencontrés. Ce n'était pourtant pas une vieille amie. À dire vrai, ils ne s'étaient jamais très bien entendus. Alors qu'il avait fréquenté des milieux de gauche, elle avait été obsédée par l'idée de gagner de l'argent. Mais à l'heure du besoin, elle ne l'avait pas laissé tomber et il avait survécu à l'Holocauste caché dans la cave de sa maison. La gratitude et la politesse exigeaient qu'il se donnât la peine de venir la retrouver avant leur mort à tous les deux.

Depuis le début des réjouissances, il se sentait seul, personne ne se souciait de lui. Felicia l'avait accueilli avec chaleur, sans toutefois avoir beaucoup de choses à lui dire. À l'époque, quand les nazis dirigeaient l'Allemagne, c'était l'horreur qui les avait rapprochés. À présent, il ne restait plus rien de ces années communes.

La gaieté des invités blessait Martin, bien qu'il essayât de lutter contre ce sentiment. Qu'espérais-tu ? se demandait-il. Qu'ils portent encore dans leur cœur ce qui s'est passé autrefois ? Qu'ils pleurent les millions de morts ? Qu'ils se sentent constamment coupables ? C'est impossible, Martin. Regarde ces jeunes gens autour de toi. Ils ont raison de rire et d'être heureux. Pourquoi devraient-ils penser sans arrêt à la culpabilité de leurs pères ou de leurs grands-pères ?

Lorsque Sigrid avait failli le renverser, il était sur le point de s'éclipser discrètement. La musique, les rires et le champagne n'étaient pas faits pour lui. Il avait envie de retrouver la tranquillité de sa chambre d'hôtel.

Sigrid devina que le vieux monsieur qu'elle avait aspergé de champagne avait envie de s'en aller. Mais elle était soulagée d'avoir enfin réussi à rompre la glace avec quelqu'un, même s'il s'agissait seulement d'essuyer avec son mouchoir le revers de son veston.

— Je suis tellement maladroite... Je suis confuse... J'espère qu'il n'y aura pas de taches...

— Cela est sans importance, je vous assure.

Elle cessa enfin de frotter.

— Que pensez-vous de la fête ? demanda-t-elle.

Martin Elias, lui aussi, possédait une intuition des gens. Il devina la solitude de cette femme qui n'était plus si jeune, comprit que cette fête la mettait elle aussi au supplice. Elle avait des cheveux blonds coupés court, d'épaisses lunettes, une jolie bouche... Impossible de savoir si elle avait une jolie silhouette, à cause de son informe tailleur en lin qu'elle avait sans doute acheté pour l'occasion. Elle avait sans doute dû le choisir dans une boutique destinée aux dames d'un certain âge qui cherchaient à dissimuler leurs courbes disgracieuses. La pauvre, s'apitoya Martin. Elle semblait si désireuse de parler avec lui qu'il n'eut pas le cœur de partir tout de suite.

— La soirée est réussie, mais je crains d'être un peu âgé pour ce genre de festivités. (Il s'inclina légèrement.) Permettez-moi de me présenter. Martin Elias.

— Velin. Sigrid Velin.

En entendant son nom, le visage de Martin se modifia. Son regard se voila et ses traits se durcirent.

— Sigrid Velin... Vous êtes une fille de Susanne Velin.

Ce n'était pas une question, mais une constatation.

— Oui. Vous connaissez ma mère ?

— Oui. Je n'ai pas encore pu lui parler aujourd'hui. Comment va-t-elle ?

— Plutôt bien. Elle vit à Berlin et enseigne dans une école pour enfants souffrant de troubles du langage.

— Est-ce qu'elle habite Berlin depuis longtemps ?

— Elle s'y est installée peu de temps après la guerre. Auparavant, elle était à Munich.

— Je sais. C'est là que je l'ai connue.

— Je me souviens très peu de cette période. J'avais trois ans quand nous sommes partis de Munich.

Malgré l'intérêt manifeste de l'homme, Sigrid eut l'impression d'être trop bavarde. Ce dernier semblait suspendu à ses lèvres.

— Et vous, vous habitez Munich ? demanda-t-elle.

— Non. Je réside à Haïfa, en Israël.

Alors, Sigrid comprit. Elle aurait dû s'en souvenir. Martin Elias. En l'observant, elle vit qu'il lisait dans ses pensées. Cet homme savait tout.

— Est-ce que l'on parle parfois de votre père dans votre famille ? ajouta-t-il.

Susanne écoutait d'une oreille distraite Nicola, qui lui parlait du sort de Julia et des conditions de vie déplorables en RDA. Elle ne quittait pas des yeux Sigrid et Martin Elias, sans toutefois pouvoir surprendre leur conversation.

Martin Elias. Si elle avait été avertie de sa présence, elle ne serait pas venue. Le voir l'avait bouleversée. Elle s'était aussitôt cachée derrière d'autres convives pour éviter de le saluer. Et voilà que Martin était tombé sur Sigrid !

Reste calme, s'intimait-elle. Sigrid savait déjà tout. Mais le vieil homme pouvait attiser les vieilles rancœurs. Il pouvait ressortir les secrets que la famille taisait obstinément depuis des années. Susanne redoutait qu'il ne réveillât les vieux démons. Tout devait rester enfoui sous l'épaisse chape de silence. Sans quoi elle n'aurait pu continuer de vivre avec le passé.

Susanne repensa au jour où, à contrecœur, elle avait révélé la vérité à ses filles, craignant que d'autres ne s'en chargent. Kristin avait onze ans. Ursula dix et Sigrid neuf. Dans son bureau, les fillettes, percevant la nervosité de leur mère, s'étaient regardées d'un air perplexe.

— Je dois vous parler de votre père. Kristin et Ursula se souviennent un peu de lui. Sigrid probablement à peine. (Elles avaient semblé surprises.) Je vous ai toujours laissé croire qu'il était mort lors des derniers jours de la guerre. C'était ce qu'il y avait de plus facile. Vous n'auriez pas compris autre chose.

— Il n'est pas mort ? s'était exclamée Kristin, tout excitée.

Ses sœurs avaient écarquillé les yeux : leur père allait-il revenir à la maison ?

— Il est mort, avait continué Susanne. Mais il n'est pas tombé à la guerre... Vous savez ce qu'étaient les nazis, n'est-ce pas ?

Toutes les trois venaient de l'apprendre à l'école, mais cela restait flou. Les nazis avaient fait la guerre à la moitié du monde, ils avaient enfermé et assassiné des millions de personnes, surtout des juifs, dans de terribles camps. Beaucoup de pères de famille étaient morts, des villes, dont on pouvait voir encore les ruines, avaient été rasées par les bombardements.

— Votre père était un nazi. Il a cru à ce qu'on lui a raconté. Beaucoup y ont cru. Il a accompli des choses qu'il n'aurait jamais dû faire. Les nazis le lui ont demandé, ils l'ont convaincu que c'était juste et important. Il n'aurait pas dû les écouter... Sa conscience aurait dû le lui interdire.

Les filles l'avaient contemplée, étonnées. Susanne avait eu envie de les rabrouer. Pourquoi ne pouvaient-elles pas comprendre sans qu'elle eût besoin d'expliquer ? Évidemment, elles ne l'avaient pas épargnée.

— Qu'est-ce qu'il a fait ? avait demandé Ursula.

— Des choses qu'il croyait nécessaires. Mais il se trompait. Il a vécu dans un terrible désarroi. À l'époque, la vie n'était pas paisible comme aujourd'hui. Partout, on se battait et on mourait. Sur tous les fronts, les soldats s'entre-tuaient ; la nuit, les villes étaient bombardées. C'était affreux, le sang coulait à flots. On a assassiné des gens que les nazis avaient déclarés ennemis du peuple.

— Des juifs ? avait demandé Kristin.

— Oui. Mais aussi des gitans, des communistes, des gens qui s'étaient rebellés contre Hitler.

L'aînée, Kristin, avait été la plus vive.

— Est-ce que papa a aidé à tuer ces gens ?

Susanne avait baissé les yeux.

— Oui. Et à la fin de la guerre, il a été traduit en justice et condamné à mort pour cela.

— Comment... comment est-ce qu'ils l'ont tué ? avait murmuré Sigrid.

— Quelle importance ! s'était d'abord agacée Susanne. Ils l'ont pendu, ajouta-t-elle.

Bien qu'elles l'eussent à peine connu, les filles avaient été choquées.

— Je vous ai raconté cette histoire pour que vous soyez au courant, pour que personne ne puisse un jour venir vous effrayer. Cependant, à partir d'aujourd'hui, nous n'en parlerons plus. C'est terminé. Cet homme n'a plus aucune incidence sur vos vies.

Le ton catégorique de leur mère avait interdit aux enfants d'évoquer à nouveau le sujet. Elle ignorait si ses filles feraient des recherches en grandissant. Elle savait peu de chose sur elles. Elles travaillaient bien à l'école et fréquentaient des milieux convenables. Susanne s'en contentait. Le reste ne la concernait pas. Si elles ont des problèmes, elles viendront me trouver, s'était-elle dit.

Elles n'étaient jamais venues. Après le baccalauréat, Kristin et Ursula s'étaient éloignées. Elles avaient trouvé des jobs pour financer leurs études, s'étaient liées avec des jeunes gens distrayants afin de profiter de la vie, comme si elles cherchaient à se libérer d'entraves. Susanne aurait été horrifiée si elle avait su ce qu'elles racontaient à leurs meilleurs amis : « C'était atroce à la maison. On n'avait pas le droit de parler de quoi que ce soit. Comme si le thème interdit du “père” avait déteint sur tout. Qu'il s'agisse de maladie, de mort, de sexualité, d'amour, de folie, de péché, d'espoir, de tristesse... on ne parlait de rien. À table, on se contentait de dire “passe-moi le sel, s'il te plaît” ou “est-ce qu'il pleuvra la semaine prochaine pour l'excursion de l'école ?” Et maman restait là, tendue, craignant qu'on n'aborde un sujet qu'elle souhaitait à tout prix oublier. » Susanne n'avait jamais entendu ses filles parler ainsi. Aussi, jugeait-elle cette génération bien ingrate. Dès que les jeunes étaient aptes à se débrouiller seuls, ils oubliaient ceux qui s'étaient dévoués pour eux...

Avec Sigrid, la benjamine, les choses s'étaient déroulées autrement, mais Susanne n'en fut pas plus heureuse. Sigrid n'arrivait pas à se construire une vie. Elle avait achevé ses études de germanistique et de philologie anglaise, obtenu son doctorat, et elle était devenue un excellent professeur. Elle habitait toujours sa chambre de jeune fille à la maison, bien qu'elle l'eût redécorée. Elle n'avait aucune intimité avec sa mère. Au contraire, les deux femmes ne se parlaient presque pas. En décembre, Sigrid fêterait ses quarante ans. Désormais, sa vie ne changerait probablement plus.

— Tu examines ta fille comme si tu ne l'avais jamais vue, remarqua Nicola. Qu'est-ce qui ne va pas, Susanne ? Tu ne m'écoutes plus.

Susanne sursauta.

— Pardonne-moi, Nicola. Je pensais à Martin Elias. Il a beaucoup vieilli.

— Comme nous tous.

Nicola regarda l'homme aux cheveux blancs et, dans son regard, passa un voile de mélancolie.

— Jeune fille, j'étais follement amoureuse de lui. Quand il a choisi d'épouser Sara, il m'a brisé le cœur.

— Tu étais amoureuse de lui ? Je l'ignorais ! Ainsi, tu le connais depuis toujours.

— C'est tellement loin tout ça. Ensuite, nous nous sommes perdus de vue. Est-ce que plus tard, Sara n'est pas... Est-ce qu'elle n'est pas morte à Auschwitz ?

— Si. Martin est parvenu à se cacher, mais Sara a été déportée. Il n'a plus jamais eu de nouvelles.

— Il ne l'a toujours pas surmonté, constata Nicola en continuant de l'observer. Il ne guérira jamais.

Ils restèrent tous les trois silencieux, puis Serguei ajouta :

— Ça suffit avec tous les souvenirs ! Nous devrions parler des jeunes gens. L'avenir leur appartient.

Au même moment, Felicia tapota son verre de champagne avec une fourchette. Le silence se fit et tous se tournèrent vers la maîtresse de maison.

— Je ne veux pas vous tenir le discours de circonstance, vous dire qu'il est merveilleux d'atteindre mon âge et d'être encore en bonne santé, avec toutes ses capacités intellectuelles... Croyez-moi, ce n'est pas une si grande chance. Bien qu'on essaie de se persuader du contraire, des centaines de petits détails nous prouvent chaque jour que l'on n'est plus ce qu'on était. La mort n'est pas loin, et il n'est pas facile de s'en accommoder. (Elle marqua une courte pause. Le silence était si lourd qu'on aurait pu entendre voler une mouche.) On m'admire d'être plus âgée que ce siècle, d'avoir survécu à deux guerres, d'avoir connu la chute de l'empire, l'avènement de la République, la dictature nazie... l'écroulement, la reconstruction. Je n'ai pas de mérite. Passons sur le fait de savoir si je me suis comportée dignement. La seule chose que je puis dire, c'est que je n'ai jamais baissé les bras et, d'une manière ou d'une autre, j'ai toujours réussi à m'en sortir. Je repartais toujours de zéro. Si j'ai quelque chose à transmettre à mes enfants et à mes petits-enfants, ce serait ceci : durant sa vie, on croit souvent vivre la fin du monde, mais, avec le temps, on s'aperçoit que ce n'était jamais une fin. Juste une évolution. Pour une raison inconnue, il faut soudain suivre un autre chemin. Et il suffit alors d'un peu de courage pour continuer à poser un pied devant l'autre.

Felicia s'interrompit à nouveau et fronça les sourcils, comme si elle en avait trop dit.

— C'en est fini désormais avec les sermons. À vrai dire, je ne voulais pas parler de moi, mais de ma petite-fille Alexandra. Elle vient de terminer ses études et elle va me remplacer chez *Wolff & Lavergne*. Je suis certaine qu'elle saura parfaitement se débrouiller et je suis heureuse d'avoir trouvé en elle un digne successeur. C'est pourquoi... (Elle leva son verre.)... je voudrais remercier Alex et lui souhaiter beaucoup de chance et de réussite. Grâce à sa présence, mon dernier bout de chemin sera plus facile.

Les invités trinquèrent et se tournèrent vers Alex qui, à ce moment précis, ressemblait plus que jamais à sa grand-mère. Celui qui avait connu la jeune Felicia avait l'impression de la retrouver avec ses yeux gris, son sourire retenu, et l'expression quelque peu sévère et égoïste de sa bouche.

— Elle réussira, murmura Nicola. Alex connaîtra quantité de succès, vous verrez.

Susanne considéra sa nièce avec amertume.

— Elle peut se montrer brutale quand il s'agit d'imposer ses décisions. Tout comme ma mère...

Il y eut un silence. Nicola et Serguei furent surpris de ces paroles si sévères.

Pourtant, songea Nicola, Susanne vit confortablement grâce à Felicia. Et quand elle héritera, elle sera une femme très riche. Peut-être refuserait-elle l'héritage ? Elle haïssait tant sa mère.

Susanne continuait de fixer sa fille et Martin Elias. Elle est bien laide, la pauvre Sigrid, se dit Nicola en suivant son regard. La malheureuse ressemble à un pot à tabac. Elle n'a probablement jamais connu d'homme dans sa vie. Si elle reste aussi vilaine, elle n'en connaîtra sans doute jamais.

Nicola secoua la tête. Elle avait de la peine à concevoir une existence comme celle de Sigrid. De quoi pouvait-elle donc discuter avec Martin ? Elle était livide. Et Susanne était grise à faire peur. Quelle tristesse de voir des gens souffrir toute une vie sans jamais trouver le bonheur.

4

À Munich, les bureaux de *Wolff & Lavergne* étaient situés dans l'élégante Maximilianstrasse, non loin de l'hôtel Vier Jahreszeiten, au cinquième étage d'un ancien immeuble en grès, doté d'un magnifique portail, de fenêtres décorées en stuc et d'une élégante cage d'escalier. Les locaux avaient été rénovés trois ans auparavant. On avait changé les fenêtres et les portes, posé une nouvelle moquette et installé des meubles modernes. Deux petites pièces avaient été transformées en salle de réunion où l'on pouvait tenir à douze autour d'une vaste table ovale. Ces dernières années, le chiffre d'affaires n'avait cessé de progresser et les bilans se révélaient très satisfaisants : *Wolff & Lavergne* n'avait pas de soucis à se faire.

Pourtant, en ce 1er octobre, alors qu'il garait sa voiture dans la cour, Dan Liliencron, sourcils froncés et lèvres pincées, semblait furieux – quoiqu'il fût surtout malheureux. Il délaissa le vieil ascenseur et s'élança dans l'escalier : il avait besoin de se défouler.

Le jeune homme était préoccupé par l'attitude de la vieille Kassandra Wolff qui, dans une certaine mesure, restait sa patronne. Il s'était toujours bien entendu avec elle, même si sa jalousie pour Felicia, sa rivale, l'agaçait. Kassandra avait été très contrariée d'apprendre qu'Alex allait entrer dans la société, et Dan jugeait cette réaction stupide. *Wolff & Lavergne* appartenait aux deux dames et il trouvait normal que Felicia se choisît un successeur. Il n'avait pas le sentiment qu'on lui retirait quelque chose. Beaucoup lui enviaient son poste de rêve, mais Dan était conscient qu'il l'avait obtenu par un coup de chance. Et il était prêt à accorder cette même chance à quelqu'un d'autre. Alors pourquoi créer des problèmes ?

La veille, Kat Wolff l'avait convoqué à une réunion à laquelle il s'était rendu à contrecœur. Kassandra souhaitait discuter d'Alex qui devait commencer le lendemain. D'ordinaire maîtresse d'elle-même, la vieille dame s'était emportée :

— Elle n'a aucune idée du métier ! Elle croit tout connaître à cause de son diplôme universitaire, alors qu'elle n'a aucune expérience. Elle va vous faire perdre du temps en posant sans cesse des questions. Pis : elle n'en posera pas et vous devrez ensuite corriger ses erreurs. Par ailleurs, elle est beaucoup trop jeune pour assumer de folles responsabilités !

— Je crois qu'elle sera un atout pour l'entreprise, avait répliqué Dan.

Kat lui avait jeté un regard soupçonneux.

— Je ne veux pas me mêler de votre vie privée, Dan. Mais chacun sait qu'autrefois vous étiez amoureux d'elle. J'espère que cela n'affecte pas votre jugement. Je ne voudrais pas que vous vous laissiez embobiner.

Dan avait réprimé la riposte cinglante qu'il avait eue sur le bout de la langue.

— On ne m'embobine pas, Kassandra. Vous devriez le savoir.

— À l'époque, vous avez été très malheureux quand Alex a épousé Markus Leonberg. Vous en êtes-vous vraiment remis ?

— Pardonnez-moi, mais je ne tiens pas à discuter de cela avec vous ! Comme vous le disiez si bien, il s'agit de ma vie privée.

Kat Wolff avait continué à se lamenter, sans toutefois disposer d'un quelconque moyen pour barrer la route à Alex. Dan avait terminé son jus d'orange, puis il était rentré chez lui avec le sentiment d'avoir gâché une soirée.

Il habitait un bel appartement de trois pièces avec terrasse à Nymphenburg. Dans le sous-sol de l'immeuble étaient installés une piscine et un sauna, mais Dan se disait parfois qu'il aurait été plus heureux dans une vieille maison à la campagne, au milieu des champs et des bois. Il rêvait d'arbres fruitiers, de chevaux, de deux ou trois chiens gambadant dans le jardin. Or cette vie-là n'avait aucun sens pour un célibataire ; il fallait une vraie famille.

Claudine, sa compagne, l'attendait de pied ferme. Ils étaient ensemble depuis bientôt cinq ans. Claudine était mannequin et passait son temps entre Paris, Rome, Londres, New York et Munich. Si elle n'était pas devenue top-model, la jeune femme avait toujours eu un travail intéressant. Pourtant, depuis peu, son étoile pâlissait. Les propositions s'espaçaient. Au lieu de visites-éclair, elle passait des journées entières chez Dan, à tourner en rond.

Elle possédait un petit appartement à Munich, mais elle s'y ennuyait davantage. La plupart du temps, elle patientait chez lui, espérant un coup de fil de son agent. Chaque soir, elle attendait le retour de Dan du bureau, avec l'espoir qu'il allait la distraire. Mais ce dernier, généralement fatigué, n'avait aucune envie de discuter avec une femme frustrée qui éclatait en sanglots à tout moment durant la soirée, car elle ne supportait pas d'être sur la touche alors qu'elle avait à peine trente ans. Malgré sa beauté, Claudine ne possédait pas suffisamment de personnalité pour devenir intéressante avec l'âge. Elle avait atteint le faîte de sa carrière sans toutefois avoir gagné assez d'argent pour mener désormais une vie insouciante. Elle s'inquiétait de son avenir et en avait conclu qu'épouser Dan était une excellente idée. Il ne restait plus qu'à l'en convaincre.

Ce soir-là, Claudine l'attendait, comme d'habitude. Elle était à bout de nerfs.

— Où étais-tu passé ? s'écria-t-elle, les yeux rougis. Pourquoi rentres-tu aussi tard ?

Dan retira son veston.

— Mon Dieu, Claudine, pourquoi m'agresses-tu déjà ?

— Je t'ai attendu ! J'avais préparé un risotto. À présent, il est froid et immangeable. Où étais-tu ?

— Chez Kassandra. Elle voulait me parler.

— Et il n'y a pas de téléphone chez elle ?

— Je ne savais pas que tu serais ici.

— Je suis ici tous les soirs.

Elle disait vrai. Il n'y avait tout simplement pas pensé. Il passa une main lasse dans ses cheveux.

— Je suis désolé, Claudine. J'ai eu une journée difficile. Je n'avais pas remarqué qu'il était aussi tard.

Comme elle faisait un effort pour se calmer, Dan la trouva touchante. Elle était très chic dans sa jupe longue en soie verte, et son tee-shirt moulant au décolleté parsemé de paillettes. Elle avait noué ses cheveux blonds avec un foulard. Elle portait des chaussures à talons plats décorées de brillants. Aux oreilles, au cou et aux poignets, des bijoux en strass scintillaient sur sa peau bronzée. Elle ressemblait à une Suédoise, alors qu'elle était originaire de Nice. Cependant, en dépit de sa tenue impeccable, elle ressemblait à une petite fille éplorée. Ses yeux étaient gonflés, des larmes avaient laissé des traces sombres sur ses joues. Elle avait dû beaucoup se moucher car son nez était rouge. Au cours des réceptions fastueuses ou, dans l'agitation des aéroports du monde entier, elle avait toujours été rayonnante et pleine d'optimisme. Or, ce soir-là, le masque était tombé. Elle n'était plus qu'une jeune femme sans avenir qui s'accrochait à un homme pour se rassurer.

Dan sentit une pointe d'irritation se mêler à sa compassion. Jamais elle n'obtiendrait de lui ce qu'elle espérait. Cela eût été plus honnête de le lui dire tout de suite, mais, redoutant la dispute inévitable, les reproches et les larmes, il ne cessait de repousser le moment de vérité.

Claudine lui prépara un verre. Encore irrité par son entretien avec Kassandra, Dan sentit le besoin d'en parler avec la jeune femme.

— Kassandra a peut-être raison, répliqua-t-elle aussitôt. Est-ce que tu éprouves encore quelque chose pour Alex ? Pourquoi ne m'as-tu pas dit qu'elle débutait demain chez vous ?

— J'ai oublié de t'en parler, mais je t'assure qu'il n'y a plus rien entre Alex et moi. Elle est mariée depuis cinq ans. Ce chapitre-là de ma vie est clos.

Claudine parut quelque peu rassérénée et alla réchauffer le risotto. Bien qu'il fût trop cuit, il avait bon goût. Ils burent du vin rouge et Claudine lui raconta qu'elle n'avait reçu aucun coup de fil.

— Je ne comprends pas. D'un seul coup, plus personne ne veut de moi. Je ne peux tout de même pas faire la tournée des agences aux côtés de filles de dix-sept ans, comme à mes débuts !

— Tu as un bon agent.

— Alors, explique-moi. Sois franc. Suis-je soudain devenue laide ? Suis-je trop vieille ?

— Bien sûr que non. Tu as longtemps été très sollicitée et les gens veulent probablement quelque chose de nouveau. C'est un métier impitoyable. Ils se servent de toi, et quand ils jugent que tu es dépassée, ils te laissent tomber.

— Alors tu penses que c'est terminé pour moi ?

— Pas forcément, répondit-il sans trop y croire.

Claudine perçut son hésitation. Elle avait passé la soirée à geindre parce qu'elle avait gâché sa vie, qu'elle n'avait pas appris un véritable métier ni mis de l'argent de côté. (Une vraie bêtise, avait pensé Dan.) Elle avait bu trop de vin rouge, ce qui la rendait toujours pleurnicharde. Quand elle avait été prête pour se coucher, elle l'avait assailli de tendresse. Dan se laissa faire, à contrecœur, redoutant une nouvelle crise de larmes. Puis, Claudine se remit à sangloter en évoquant le thème inévitable du mariage.

— N'en parlons pas maintenant, implora-t-il. C'est le milieu de la nuit, je suis épuisé. Ce n'est pas le moment de faire des projets d'avenir.

— Tu ne le veux jamais ! Soit tu es fatigué, soit tu as un rendez-vous important... En réalité, tu as une peur bleue de t'engager, de ne plus avoir de sortie de secours. Tu es un égoïste, Dan !

— Claudine, faut-il vraiment en discuter maintenant ?

— Tu es pourtant bien content de m'avoir pour te préparer un repas, coucher avec toi ou t'accompagner à une soirée. Mais rien de plus ! Il ne faut surtout pas parler mariage ou envisager d'avoir des enfants. Tu sais quoi ? Je pense que tu m'as utilisée pour oublier Alexandra. Et cela continue ! Ton histoire avec elle n'est pas terminée. Elle te hante encore et, moi, je ne suis qu'un passe-temps ! Rien de plus !

Elle s'endormit en pleurant. Heureusement, elle dormait encore le lendemain matin quand Dan se leva. Il quitta l'appartement sans lui avoir parlé, sachant toutefois que la deuxième partie de la discussion l'attendrait à son retour, en fin de journée. Cela le mit de mauvaise humeur.

J'aimerais bien prendre des vacances, songea-t-il en gravissant les dernières marches. M'offrir un long voyage, très loin, tout seul...

Il s'arrêta en passant devant le bureau d'Alex. Une petite plaque aux lettres dorées indiquait « Alexandra Leonberg ». À tout hasard, Dan frappa à la porte. Il fut surpris – l'heure était matinale – d'entendre une voix lui dire d'entrer.

Alex était assise derrière son bureau et paraissait un peu perdue. Il remarqua, amusé, qu'elle s'était donné un air sérieux. Son tailleur bleu foncé la mincissait, elle avait relevé ses cheveux, portait des bijoux et un maquillage discrets. Sa panoplie était celle d'une femme d'affaires accomplie. Seul son regard la trahissait.

— Bonjour, fit-il, se retenant d'aller l'embrasser sur la joue. Comment vas-tu ?

— Bien. Sauf que j'ai mis une demi-heure à déplacer mes affaires sur mon bureau. Je t'attendais avec impatience.

Quelques jours plus tôt, Alex avait accompagné sa grand-mère au bureau afin d'être présentée à ses futurs collègues. Elle avait réussi à prendre Dan à part et à lui murmurer :

— Tu sais ce que je redoute surtout ? Me retrouver le 1er octobre derrière mon magnifique bureau sans avoir la moindre idée de ce que je dois faire.

— Ne t'inquiète pas, je ne te laisserai pas tomber, avait-il répondu, tandis qu'elle soufflait de soulagement.

Il lui sourit.

— Dans une demi-heure, je reçois deux créateurs qui doivent me montrer des projets pour une nouvelle collection de jouets pour l'automne prochain. Je te ferais signe pour que tu participes à la réunion. Je te préviens, dans moins d'une semaine, tu auras du travail jusqu'au cou !

— Je l'espère bien ! Pour l'instant, j'ai l'impression qu'on m'a jetée dans l'eau et que je ne sais pas nager. Personne ne m'appelle, excepté ma grand-mère. On dirait qu'elle s'attend à ce que j'aie déjà transformé l'entreprise de façon sensationnelle.

— C'est typique de Felicia, s'amusa Dan. Et sa rivale Kassandra va probablement me téléphoner toute la matinée pour savoir si tu as déjà commis une erreur.

— Je finirai bien par la commettre.

— Voyons ! Tu vas très bien t'en tirer. On se voit tout à l'heure, d'accord ?

— Oui. À tout à l'heure, Dan.

Après son départ, Alex soupira. Pour la centième fois, elle déplaça la photo de Markus. Ses cours à l'université et ses camarades lui manquaient.

Dans son tailleur sévère, assise derrière l'immense bureau, elle se sentait désorientée. La journée était magnifique, elle avait envie de se promener autour du lac avec Felicia. Alex décrocha le téléphone et appela Markus au bureau. Il répondit aussitôt, sa secrétaire ne devait pas encore être arrivée.

— Leonberg.

— C'est Alex.

— Alexandra ! Je suis heureux de t'entendre. Tout va bien ?

— Oui. Je me sens un peu inutile pour le moment, mais sinon tout va bien.

— Et notre petit, est-ce qu'il se porte bien aussi ?

Alex posa la main sur son ventre.

— Je crois qu'il est en pleine forme.

— Prends soin de lui, et de toi aussi. Je n'ai que vous au monde, ajouta-t-il à mi-voix.

— Est-ce que ça va, Markus ? s'inquiéta-t-elle.

— Bien sûr. Tu sais, je vais toujours bien.

Il a des soucis, pensa-t-elle. Depuis quelque temps, il dormait mal, restait éveillé une bonne partie de la nuit.

Quelques jours plus tôt, elle s'était réveillée et elle l'avait vu, debout à la fenêtre, regardant l'aube se lever.

— Qu'est-ce qui se passe ? avait-elle demandé.

— Rien. Je n'arrive pas à dormir. Le temps va changer.

Alex ne s'était pas contentée de cette réponse évasive. Elle l'avait harcelé jusqu'à ce qu'il avouât ses soucis financiers. Elle était tombée des nues. Surtout elle s'était irritée que Markus ne songeât pas à réduire son train de vie. L'entretien de leur maison à Bogenhausen était onéreux tout comme celui d'une maison à Kampen, sur l'île de Sylt ; il l'avait achetée en 1980, expliquant que c'était un vieux rêve d'enfance – un rêve qui coûtait une fortune.

Sans oublier la grosse voiture, les repas raffinés dans les meilleurs restaurants de Munich, les caisses de champagne...

Quand elle avait abordé le sujet, il avait réagi avec colère :

— La nuit, les choses semblent toujours plus dramatiques. Comme tous les hommes d'affaires, j'ai des hauts et des bas, mais, rassure-toi, je saurai m'en tirer.

Sans être convaincue, Alex n'avait pas insisté. Ce matin-là, une nouvelle fois, elle évita le sujet épineux.

— Je me réjouis de te retrouver ce soir, dit-elle. Nous ne sortons pas, n'est-ce pas ?

— Non. Nous aurons toute la soirée pour nous.

— Alors, à tout à l'heure.

Elle raccrocha. Puis elle se leva et alla contempler la Maximilianstrasse qui commençait à s'éveiller. La journée promettait d'être magnifique. Pourquoi se sentait-elle tellement frustrée ?

La réponse lui parut soudain évidente : elle avait vingt-cinq ans, mais ne maîtrisait pas sa vie. Chacun de ses gestes dépendait d'autrui. Elle était assise dans ce bureau, car Felicia l'avait voulu. Les meubles avaient été choisis par Dan et Kat Wolff. Elle portait un tailleur car, d'après son mari, sa nouvelle activité l'imposait. Elle était enceinte parce que Markus désirait un enfant à tout prix.

Elle décida de réagir. Le lendemain, elle changerait la décoration de son bureau. Elle ne porterait plus, que cela plaise ou non à Markus, ce tailleur sombre, ni de chignon. Elle détestait cette coiffure. En ce qui concernait l'enfant, elle n'avait plus le choix. Il viendrait au monde en avril prochain, et elle devait s'y résigner.

Voilà des semaines qu'elle attendait, en vain, de ressentir des sentiments maternels. Décidément, quelque chose ne tournait pas rond chez elle. Elle espérait qu'elle ne ressemblerait pas à sa grand-mère. Selon Belle, Felicia avait été incapable d'établir une véritable relation avec ses enfants. Lorsqu'elle repensa à sa conversation avec Markus, Alex comprit que le problème n'était pas le bébé, mais Markus. L'idée que cet enfant allait resserrer les liens entre eux agaça Alex. Jamais elle n'infligerait un divorce à son enfant. Elle se rappelait trop bien ses premières années, quand elle-même redoutait celui de ses parents.

Suis-je vraiment en train de songer à une séparation ? se demanda-t-elle, surprise. Non, pas concrètement. En revanche, elle ressentait un désir impérieux de rompre tous les liens. Elle souhaitait ardemment tout recommencer différemment. Elle avait déjà connu cela quand elle s'était séparée de Dan. Serait-ce donc ainsi toute sa vie ?

Exaspérée, elle alluma la petite télévision. Elle craignit un instant qu'on ne la surprenne dès le matin... Elle pourrait toujours prétendre qu'elle écoutait les nouvelles. Après tout, c'était une journée décisive pour l'Allemagne : au Parlement, on déposait une motion de censure contre le chancelier Helmut Schmidt. La coalition des sociaux-démocrates et des libéraux avait éclaté, le FDP s'apprêtait à gouverner avec la CDU. Ce soir, Helmut Kohl serait probablement le nouveau chancelier de la République fédérale... Et une jeune chef d'entreprise se devait de rester informée.

5

Susanne et Sigrid reprirent l'avion pour Berlin tout de suite après l'anniversaire de Felicia. Lorsqu'elle lui annonça qu'elle retournerait passer une semaine de vacances en Bavière à l'automne, Sigrid surprit sa mère.

— J'en ai parlé avec grand-mère. Elle m'a proposé d'habiter chez elle.

— Tu peux faire ce qui te plaît, répliqua Susanne, perplexe. Mais je ne te comprends pas. Ne me dis pas que tu éprouves soudain de l'affection pour Felicia !

Non, parce que tu as toujours empêché que l'on se connaisse vraiment, songea amèrement Sigrid. Pourtant, même en d'autres circonstances, elle n'aurait jamais osé approcher la vieille dame. Ni Felicia ni Susanne n'étaient des personnes à qui l'on avait envie de confier ses soucis et sa détresse. Dans sa famille, Sigrid n'avait personne à qui parler.

— J'aime bien la Bavière. Il y a beaucoup de choses à visiter et l'automne est la saison la plus belle.

— Tu es assez grande pour prendre tes décisions seule, répliqua froidement Susanne.

Elle ignorait que Martin Elias avait décidé de rester à Munich jusqu'au mois d'octobre et qu'il avait proposé à Sigrid de revenir le voir pendant les vacances scolaires. « J'ai grandi à Munich. Je connais la ville et sa région par cœur. Je serais ravi de jouer au guide touristique. »

Quelques semaines plus tard, en retrouvant Munich, Sigrid s'aperçut qu'elle aussi se réjouissait de ce séjour.

En dépit de son âge avancé, Martin était en parfaite forme physique. Felicia leur avait prêté sa voiture et ils se promenaient des journées entières. Sigrid conduisait, Martin la guidait. Il possédait un véritable don de conteur. Elle apprit qu'il avait publié un roman très remarqué avant la guerre.

— Le livre a été brûlé en 1933 pendant l'autodafé. Puis, les nazis m'ont interdit de publier. Pendant les années où je suis resté caché, j'ai tout de même écrit, mais j'ai déchiré le manuscrit à la fin de la guerre.

— Pourquoi ?

— Tout avait changé. Le roman ne correspondait plus à la réalité. C'était un livre sur Sara, ma femme. Dans l'histoire, elle survivait. En vérité, elle n'est jamais revenue d'Auschwitz.

Ils traversèrent la région du Chiemsee, parée de ses couleurs d'automne. Les clochers à bulbe des petites églises baroques émergeaient des vallées. Des fermes aux toits pentus et aux balcons fleuris se blottissaient au creux des collines. Dans les jardins explosaient les merveilleuses couleurs des asters, des chrysanthèmes et des glaïeuls. Les crêtes dentelées des montagnes se découpaient sur le bleu profond du ciel d'octobre.

Auschwitz est tellement loin, pensa Martin. Et à nouveau il ressentit sa vieille crainte qu'Auschwitz ne se réduisît à une ombre dans sa mémoire. C'était ainsi depuis quarante ans. Quand il s'émerveillait d'un paysage, d'une musique ou d'un tableau, une voix intérieure lui murmurait : « Pense à Auschwitz... Il n'y a rien de beau sur terre. Pense aux morts. »

Il ne cessait jamais d'y penser. À cause de Sara.

— Pourquoi n'avez-vous pas recommencé à écrire ? demanda Sigrid.

Il haussa les épaules.

— Impossible. Je ne le pouvais plus. C'était comme si ce don était mort.

Ils continuèrent en silence. En observant Sigrid, Martin se demanda pourquoi il recherchait sa compagnie. Elle était la fille d'un officier SS. Était-ce pour cette raison qu'il voulait témoigner de cette époque révolue ?

Ils se voyaient tous les jours. Sigrid parlait de sa vie à Berlin, de son métier de professeur. Martin évoquait le kibboutz, la fondation de l'État d'Israël, les problèmes entre Israéliens et Palestiniens. Puis, il en vint à évoquer Sara.

— Elle avait très peur des nazis. À partir de 1933, elle ne cessait de me supplier de quitter l'Allemagne. Mais je n'ai pas voulu. Je ne pensais pas que les choses allaient être si atroces. Puis, nous avons reçu nos ordres de déportation. Et je me suis enfin réveillé. Felicia, qui était une amie d'enfance de Sara, a proposé de nous cacher dans sa cave. Mais les autres ont été plus rapides. Alors que je me trouvais chez Felicia pour y apporter des vêtements et des livres, ils sont venus arrêter Sara dans notre appartement. Je ne l'ai plus jamais revue.

— Quelle horreur, murmura Sigrid en pâlissant.

— Le pire, c'est que, moi, j'ai survécu.

Le 10 octobre, Martin devait repartir pour Haïfa et Sigrid rejoindre Berlin. La veille de leur départ par une belle journée encore chaude, ils se retrouvèrent dans l'Augustinergarten. Les marronniers déployaient leurs feuilles flamboyantes rouge et or. Sigrid et Martin buvaient de la bière, croquaient des bretzels et des petits pains à la ciboulette. L'odeur des feuillages et de la terre humide se mélangeait à celle de l'asphalte et de l'essence. Sigrid s'aperçut soudain que c'était la première fois de sa vie qu'elle prenait une chope de bière sur un banc en plein air. Ce fut comme si ses entraves se desserraient légèrement. Elle contempla le visage fatigué et ridé de Martin où étaient gravées tant de souffrances et décida d'aborder le sujet qu'ils avaient jusque-là soigneusement évité tous les deux.

— Je vous en prie, Martin. Parlez-moi de mon père. L'avez-vous connu ?

Un instant, elle craignit de se heurter à un visage fermé, au même mur que celui érigé par sa mère.

— Je l'ai à peine connu car je devais me cacher de lui. Je l'ai seulement croisé quelques fois durant cette courte période entre la fin de la guerre et son arrestation.

— Lui avez-vous parlé ?

— Non.

— De quoi avait-il l'air ?

— Il était beau. Très germanique. Grand et blond. À l'époque, il ne portait plus son uniforme de SS, mais je crois que celui-ci devait bien lui aller.

— Comment se comportait-il avec ma mère ? Est-ce qu'ils s'aimaient ?

Martin hésita.

— Il s'accrochait à elle. La guerre était perdue, il avait peur. J'imagine qu'il avait été un homme plutôt autoritaire et arrogant. Quant à l'amour, je n'en sais rien. Au début, Susanne a certainement dû l'aimer. Notamment parce qu'il l'éloignait de Felicia. Mais, à la fin de la guerre, elle ne l'aimait plus. Elle savait ce qu'il avait fait.

— Il y a huit ans, mes sœurs et moi avons entamé des recherches. Comme il était impossible d'en discuter avec ma mère, nous avons décidé de savoir exactement de quoi il avait été accusé. En consultant le dossier du procès, nous avons découvert que notre père avait ordonné des exécutions de masse en Pologne et en Ukraine. Il est responsable de la mort de centaines de Juifs.

— Comment avez-vous réagi en l'apprenant, vos sœurs et vous ?

Sigrid sourit avec amertume.

— Comme notre mère nous l'avait enseigné. Nous nous sommes tues. Nous n'en avons même pas discuté entre nous. La vie a continué comme avant.

— Mais, malgré ce silence, que ressentiez-vous ?

— Je pensais sans cesse à lui. J'aurais dû le considérer comme un assassin, un homme froid, impitoyable, dépourvu de conscience. Et pourtant, c'était l'homme que ma mère avait épousé et à qui elle avait donné trois enfants. Il devait malgré tout avoir quelque chose d'humain.

— Pourquoi n'en parlez-vous pas avec Felicia ? Elle l'a bien connu.

Sigrid haussa les épaules.

— Felicia est une étrangère pour moi. Jamais je n'aurai le courage de lui en parler. Vous savez, rien n'est simple dans cette famille...

Martin la considéra d'un air pensif. Sigrid était une femme sensible et intelligente, qui n'avait cependant jamais su parler de ses problèmes, ni montrer ses sentiments. Elle n'avait jamais rien fait d'insensé dans sa vie – quelque chose qui fût parfaitement inutile, simplement parce que c'était beau, drôle ou stupide. Elle était crispée. Même aujourd'hui, dans ce jardin, elle était vêtue d'un tailleur gris sévère. Elle avait tiré ses cheveux blonds en arrière, son visage pâle était dépourvu de maquillage, et, comme seul bijou, elle portait des petites perles aux oreilles. L'ombre de son père planait sur sa vie. Sa mère avait eu tort de ne pas aider ses enfants. Ils auraient dû en discuter. Encore et toujours.

— Aimeriez-vous me rendre visite en Israël ? demanda-t-il soudain. J'en serais très heureux. Ce serait l'occasion de rencontrer des gens sympathiques et de découvrir quelque chose de différent.

Entre-temps, le soleil avait disparu derrière la cime des arbres. Il faisait plus frais. Les feuilles d'automne crissaient sous les pas des promeneurs. Sigrid frissonna.

— Je ne sais pas. Je ne peux pas partir comme ça... Mon travail...

— Mettez-vous en disponibilité pendant un an et venez en Israël. L'hiver est la plus belle saison.

— Une année entière ?

— Autrement, cela ne vaut pas le coup. Vous devez prendre du recul, Sigrid. (Il hésita, craignant de se mêler de sa vie privée.) Vous devriez aussi vous éloigner de votre mère, conclut-il enfin.

Sigrid se pelotonna dans sa veste ; elle ressemblait à une petite fille perdue.

— Je ne sais pas... Je ne suis jamais... Je dois d'abord réfléchir...

— Bien sûr. Réfléchissez, mais n'hésitez pas trop. À mon avis, vous ne regretterez pas ma proposition.

Sigrid se leva brusquement.

— Il fait froid. Rentrons.

Martin se leva à son tour. Il lui prit le bras et s'y appuya car ses jambes s'étaient engourdies. Lentement, ils quittèrent le jardin du restaurant.

— Vous obtiendrez bien entendu votre crédit, monsieur Leonberg, déclara le banquier Gruber. Vous êtes l'un des meilleurs clients de ma banque depuis des années. Mais il est de mon devoir de vous faire remarquer...

— Quoi donc ? l'interrompit sèchement Markus.

Il était assis dans le bureau de Gruber et se sentait mal à l'aise car il était trempé – une averse glaciale l'avait surpris en descendant de voiture. Désormais, l'automne s'était installé. Dans peu de temps, les arbres auraient perdu toutes leurs feuilles. En pensant aux brouillards de novembre, Markus se sentit encore plus déprimé.

— Vous avez déjà de nombreux crédits chez nous, précisa Gruber. Je ne voudrais pas que les intérêts...

— Vous ai-je jamais fait défaut ?

— Non, certes non. C'est pourquoi je suis disposé à vous consentir un nouveau prêt. Mais la somme est importante, n'est-ce pas ? Un million deux...

— La maison que je voudrais acheter les vaut, monsieur Gruber. Vous pouvez vous en assurer par vous-même. Vous aurez la maison en gage. Vous ne risquez rien.

Gruber leva la main comme pour se défendre.

— Je n'ai peur de rien, monsieur Leonberg. Je tiens seulement à m'assurer que vous n'êtes pas trop entreprenant. Mais je suis stupide... Vous êtes un homme d'affaires trop avisé pour prendre des risques non calculés.

— Exactement, répliqua froidement Markus.

Aussitôt, Gruber s'efforça de détendre l'atmosphère.

— La maison se trouve entre Ambach et Ammerland, disiez-vous ? Un endroit merveilleux. Avec un accès direct au lac, n'est-ce pas ?

— Il y a un terrain, en effet. Le propriétaire précédent ne s'en est pas occupé, mais je vais engager une entreprise de jardinage pour y mettre de l'ordre. Il faudra abattre quelques arbres pour dégager la vue sur le lac.

— Je vous envie, mentit Gruber.

En continuant ainsi, Leonberg courait à la ruine. C'était de la folie de s'endetter pareillement. Une maison sur le lac de Starnberg ? Alors que celle de Kampen était loin d'être remboursée et qu'il avait dû hypothéquer celle de Munich pour trouver des liquidités. C'était comme s'il refusait de regarder la réalité en face. Sans un miracle, dans trois ans au maximum, il serait en faillite.

— L'argent est à votre disposition.

— Très bien. Je vous remercie.

Markus se leva. Ses chaussures étaient encore humides.

— Cette maison sur le lac est une surprise pour ma femme, ajouta-t-il. Aussi, je vous serais reconnaissant de n'en parler à personne pour le moment.

— Certainement, l'assura le banquier.

Gruber raccompagna son client jusqu'à la porte d'entrée, un honneur qu'il n'accordait qu'à de rares privilégiés, et le regarda s'éloigner. Il avait mauvaise conscience. Il pouvait justifier ce nouveau crédit auprès du conseil d'administration, car la maison sur le lac Starnberg valait son prix, mais il aurait dû convaincre le malheureux Leonberg d'abandonner son projet. Comment ce dernier pensait-il pouvoir rembourser les intérêts ? Jusqu'à présent, il y était toujours parvenu, mais, tôt ou tard, les choses allaient déraper.

Gruber retourna dans son bureau. La veille au soir, il avait raconté à Clarissa que Leonberg avait pris rendez-vous avec lui.

— Il a probablement encore besoin d'argent, avait-il expliqué.

Aussitôt, Clarissa avait paru intéressée, ce qu'il redoutait et espérait à la fois. Clarissa le récompenserait et il aimait être récompensé par elle.

— Excellent, Ernst ! Vas-tu lui accorder un nouveau prêt ?

— Évidemment. Mais Leonberg va droit à la banqueroute. C'est certain.

— Et toi, tu vas l'y aider.

— Bon sang, mais qu'est-ce que tu lui reproches ?

— Tu le sauras assez tôt. Ce qui est bien, c'est que personne ne se donne du mal pour le ruiner. Il se débrouille tout seul. Voilà exactement le genre d'homme qui, en jouant gros, peut tomber très bas. Il n'a aucun sens de la mesure.

— Au fond, c'est un pauvre type. Il doit sans cesse se prouver quelque chose. À lui-même et au monde entier.

— Tu lui prêtes de bien beaux sentiments ! s'était amusée Clarissa. C'est un requin. Il se fiche des autres et ne s'intéresse qu'à son propre profit. Il tuerait sa grand-mère si cela pouvait lui rapporter de l'argent. Et c'est ce qui le rend vulnérable. La cupidité des gens comme lui finit tôt ou tard par les perdre.

— Ne parlons plus de Markus Leonberg. Notre temps est trop précieux, tu ne trouves pas ?

— Tu lui accorderas le prêt ? avait insisté Clarissa.

Ernst avait acquiescé, heureux qu'elle lui demandât une faveur. D'ordinaire, c'était l'inverse. Il la suppliait de lui accorder un peu de temps, d'attention et de tendresse. Elle mesurait ce qu'elle lui donnait. Suffisamment pour l'allécher, jamais assez pour le combler. Ernst savait qu'elle était calculatrice et qu'il réagissait exactement comme elle l'avait prévu, et parfois il se méprisait. Mais cela ne durait pas. Son envie d'elle était insatiable. Envoûté par cette femme, il était parfois effrayé par ce qui se passait dans le tréfonds de son être. Il serait sans doute capable de tuer pour elle. Comment avait-elle pu obtenir ce pouvoir sur lui ? Il avait seulement cherché une compagne à qui parler et qui puisse satisfaire des appétits que son épouse ne satisfaisait pas. Il n'avait pas songé à ce qu'il adviendrait. Et la situation empirait. Au cours des sept dernières semaines, Clarissa s'était séparée de ses autres clients, et Ernst avait été fou de bonheur. Toutefois elle n'avait pu se défaire de l'un d'eux, prétendant que ce dernier était trop fragile. Depuis, Ernst souffrait davantage que si elle avait eu cent amants. Les autres hommes l'avaient agacé et rendu jaloux, mais ils ne représentaient qu'une masse grise et informe. Cet homme était devenu son principal cauchemar, le précipitant dans des abîmes de jalousie. Il ne connaissait pas le nom de son rival et n'avait même jamais vu sa photo. Il harcelait Clarissa de questions :

— Pourquoi ne peux-tu pas te séparer de lui ? Dis-moi la vérité. Tu l'aimes, n'est-ce pas ? Tu es folle de lui. Tu dois me le dire, Clarissa !

Elle se contentait de sourire.

— Calme-toi ! Je ne l'aime pas. Mais il a besoin de moi. Il n'a personne d'autre.

— Moi non plus, je n'ai personne.

— Tu as ta femme.

— Il n'y a plus de mariage...

Elle riait en lui caressant les cheveux. C'était à devenir fou. Parfois, Ernst se prenait à espérer qu'elle avait inventé l'autre pour le rendre plus docile.

Je suis comme un ours savant pensait-il, non sans amertume. Avec un anneau dans le nez et une chaîne qu'elle tient à la main.

Toute la soirée, Clarissa s'était montrée tendre et attentionnée, elle lui avait préparé son repas préféré et avait écouté patiemment ses doléances. Plus tard, il s'était endormi dans ses bras et, vers minuit, elle l'avait doucement réveillé pour qu'il rentrât chez lui.

— J'aimerais tant vivre avec toi. J'aimerais m'endormir et me réveiller à ton côté. J'aimerais partager ma vie avec toi.

Elle avait encore ri, mais il avait cru voir passer une ombre de dégoût sur son visage. Quand il le lui avait fait remarquer, elle avait nié.

En rentrant chez lui, il avait eu un sentiment désagréable : le désir qu'il suscitait chez elle n'était pas aussi intense que le sien. Elle ne prenait jamais l'initiative, gardait toujours ses distances. Elle ne se montrait soumise que lorsqu'il était question de Markus Leonberg. Elle haïssait cet homme avec une intensité qui effrayait Ernst. Jusqu'où irait-elle ? Parfois, il avait l'impression qu'elle ne s'intéressait à lui qu'à cause de Leonberg.

Plongé dans ses pensées, Ernst regagna son bureau. Par la fenêtre, il regarda Leonberg monter dans sa voiture.

Je dois oublier cet homme, se dit-il. S'il creuse sa propre tombe, ça le regarde. En quoi cela me concerne-t-il ?

Pourtant, toute la journée, il se sentit inquiet et oppressé.

6

Le premier enfant d'Alex, une petite fille, naquit le 31 mars 1983, deux semaines avant terme. Ce jour-là, Alex était partie chez sa grand-mère pour se changer les idées. Cédant à l'insistance de Markus, elle avait cessé de se rendre au bureau et s'ennuyait à périr. C'était Jeudi saint, mais le temps froid et pluvieux n'annonçait guère les fêtes de Pâques. Malgré quelques traces blanches sur les champs, la neige avait fondu, laissant une terre boueuse. En dépit du froid, Alex et Felicia avaient décidé de faire une promenade dans le jardin. Alex avait eu l'intention d'évoquer son travail et ses problèmes personnels, mais elle n'en avait pas eu le temps. Arrivée sur la terrasse, une fulgurante douleur au ventre l'avait saisie par surprise. Elle s'était agrippée à la balustrade.

— Seigneur Dieu ! s'était écriée Felicia, comprenant aussitôt ce qui se passait.

Avec précaution, elle avait raccompagné sa petite-fille à l'intérieur.

— Attends-moi ici. Je vais sortir la voiture et je t'emmène à l'hôpital.

Alex était exsangue.

— Nous n'avons pas le temps d'aller jusqu'à Munich, Felicia. Il me faut l'hôpital le plus proche.

— Alors ce sera Herrsching, mais je parie que le bébé va prendre son temps.

Felicia s'était trompée. Une heure et demie plus tard, la fille d'Alex était née.

— Comment vas-tu l'appeler ? demanda Felicia, assise sur le bord du lit d'où elle contemplait sa première arrière-petite-fille.

— Pour une fille, Markus avait pensé au prénom de sa mère : Caroline. Je trouve ça joli. Mais au fait, il faut prévenir Markus ! Il s'inquiète sûrement.

Markus conduisit à tombeau ouvert jusqu'à Herrsching et se rua dans la chambre d'Alex.

— Alex, comment pouvais-tu monter dans une voiture dans ton état et venir à la campagne ? C'était de l'inconscience ! Si je l'avais su, je ne l'aurais jamais accepté.

— C'est justement pourquoi je ne t'en avais pas parlé, rétorqua Alex.

Elle se sentait épuisée et malheureuse. Depuis qu'on lui avait mis la petite Caroline dans les bras, elle espérait en vain connaître le sentiment qui lui avait échappé pendant sa grossesse. Elle ne ressentait toujours rien.

Alex regarda les cheveux gris de Markus, son front haut, son nez droit et ses lèvres fines, tandis qu'il se penchait vers sa fille. Elle n'éprouvait plus rien pour lui, excepté un sentiment de responsabilité. Elle était convaincue que, si elle le quittait, il ne s'en remettrait pas. Tout le reste était fini, sans avoir probablement jamais existé. Pourquoi ne le comprenait-elle qu'aujourd'hui ? Et l'enfant allait tout compliquer. Brusquement, elle eut peur d'être attachée à un homme pour qui elle resterait toujours une petite fille et qui la regarderait toujours avec une expression de chien battu lorsqu'elle essaierait de s'éloigner.

— Comme elle est belle, murmura-t-il. Le plus bel enfant du monde. N'est-ce pas fantastique ?

— Oui.

Markus embrassa le front de sa femme.

— Tu dois dormir maintenant et reprendre des forces. J'ai un merveilleux cadeau pour toi. Malheureusement, il est trop grand pour que je te l'apporte ici.

Alex se sentit mal à l'aise. Il s'agissait sûrement d'un cadeau hors de prix. Pourtant, eu égard à ses problèmes, Markus aurait dû se montrer plus économe.

Elle passa les fêtes de Pâques à l'hôpital où Felicia vint la voir tous les jours. Nicola et Serguei lui rendirent également visite. Chris lui téléphona de New York où il travaillait dans un cabinet d'avocats. Dan lui apporta un bouquet de fleurs, flanqué de Claudine qui s'était pomponnée comme pour un cocktail. Celle-ci se montra débordante d'enthousiasme pour le bébé, l'étouffant presque sous ses baisers. Caroline ouvrit de grands yeux affolés et resta silencieuse. Alex eut le désagréable sentiment que Claudine se mettait en scène à l'intention de Dan, tâchant ainsi de lui faire comprendre ce qui manquait à son bonheur. Dan réagit avec distance en discutant avec Alex des bilans financiers de l'année passée.

— Je me demande où organiser notre séminaire annuel avec nos commerciaux et nos cadres. Nous avons une très bonne équipe. Je voudrais leur proposer un séjour exceptionnel.

— J'ai une idée, mais ce n'est pas bon marché, dit Alex.

— À quoi penses-tu ?

— À Sylt. Nous y avons une maison. Ils ne pourront pas tous y habiter, mais il y a un immense salon au rez-de-chaussée que nous pourrions transformer en salle de réunion. Début octobre, c'est paradisiaque là-haut.

— C'est une excellente idée !

Claudine reposa Caroline dans son berceau et se lova contre Dan.

— Je pourrais venir, Dan ? Dis oui, je t'en prie ! J'aimerais tellement t'accompagner à Sylt.

— Nous n'avons pas besoin de décider tout de suite, s'agaça Dan. Qui sait, tu seras peut-être en train de travailler ?

— Cela est peu probable. Tu sais bien qu'on ne veut plus de moi, alors n'essaie pas de me faire croire qu'il y aura un miracle avant l'automne !

Dan déclara qu'ils devaient repartir. Il se sentait fatigué. Cette visite lui avait été pénible. Il avait emmené Claudine pour éviter d'avouer à Alex ce qu'il avait sur le cœur. Désormais, il regrettait de ne pas être venu seul. Il aurait aimé pouvoir lui parler... Bah, au diable tout ça ! C'est sans espoir !

Lorsqu'il vint chercher sa femme. Markus arborait un air mystérieux. Ils roulaient depuis un moment en silence, en direction de Bogenhausen, lorsque, atteignant la Fürstenriederstrasse, au lieu de prendre à gauche, ils s'engagèrent dans la direction opposée.

— Où vas-tu ? s'inquiéta Alex.

— Tu verras bien.

Markus sifflota en parvenant sur l'autoroute de Garmisch. Il pleuvait, une neige fondue et sale giclait sous les pneus. Fatiguée et déprimée, Alex était au bord des larmes.

— Je veux rentrer à la maison, Markus.

— Attends un peu, chérie.

Ils quittèrent l'autoroute à Münsing, et Alex comprit que Markus se rendait au lac de Starnberg. Aussitôt, elle pensa qu'il avait acheté un voilier. Seigneur Dieu ! En été, ils faisaient de temps à autre du bateau, mais une location aurait amplement suffi. Désormais, il leur faudrait louer un ponton et l'entretien coûterait une fortune. Et, pour couronner le tout, il allait lui demander de visiter le bateau de fond en comble ! Elle serait trempée jusqu'aux os, elle aurait froid et serait obligée de s'agripper aux rembardes et aux cordages. Comment un homme pouvait-il manquer à ce point de délicatesse ? Ils traversèrent Münsing et prirent la direction d'Ambach. Elle avait bien deviné ! Ils s'engagèrent sur un chemin forestier, mais Alex fronça les sourcils lorsque Markus tourna vers la gauche au lieu de descendre jusqu'à la route qui bordait le lac.

— Tu ne veux pas aller directement au lac ?

— Non. Pas tout de suite.

La voiture tressautait sur le chemin. Dans son berceau posé sur la banquette arrière, Caroline commença à geindre. Bientôt, elle allait se mettre à pleurer. La pluie bruissait autour d'eux, à peine freinée par les branches nues des arbres. Par moments, le lac, aussi gris que le ciel, surgissait. Bien qu'il fît chaud dans la voiture, un froid étrange s'empara d'Alex.

— Nous sommes arrivés, dit enfin Markus.

Le chemin s'était élargi. À gauche se trouvait la forêt. À droite, des jardins descendant en pente douce jusqu'au lac. Derrière de hautes haies se dressaient des maisons qui semblaient abandonnées, sans lumière ni habitants. La plupart d'entre elles restaient vides les mois d'hiver.

Alex ne bougea pas.

— Qu'est-ce que ça signifie ?

Markus descendit, ouvrit son parapluie, et contourna la voiture pour lui tenir la portière.

— Viens, ma chérie. Nous sommes à la maison.

Alex comprit, sans pour autant oser le croire. Elle descendit lentement. L'eau glougoutait à leurs pieds. Markus sortit le berceau. Il essaya de maintenir le parapluie pour les protéger tous les trois, mais Alex fut néanmoins mouillée. Elle remonta le col de son manteau.

Ils gravirent un chemin raide qui menait à la maison. C'était une charmante demeure, bâtie à flanc de colline. Une grande terrasse orientée plein sud éveilla le souvenir de chaudes soirées d'été, de couchers de soleil sur le lac, de barbecues avec des amis, de bonheur. Mais, pour le moment, tout paraissait triste et désolé.

— C'est mon cadeau pour la naissance de Caroline. Notre nouvelle maison.

— Notre nouvelle maison, répéta Alex d'une voix blanche. Cela signifie que nous allons habiter ici ?

— C'est l'endroit le plus beau et le plus sain pour élever un enfant. Bien mieux que la pollution de Munich. Caroline adorera vivre ici.

— Mais...

— La maison est entièrement équipée. Toutes nos affaires sont déjà là. Tes vêtements aussi. J'ai eu du mal à organiser le déménagement en pleine période de Pâques, mais lorsqu'on propose assez d'argent, on trouve toujours des gens pour vous aider. Heureusement, les travaux de rénovation étaient achevés, les tapis posés, les murs repeints. C'est un rêve, un vrai petit nid...

— Est-ce que tu veux dire que l'on ne retournera pas dans notre vieille maison ?

— Elle est louée à partir du 1er mai.

Tandis qu'Alex demeurait pétrifiée, Markus ouvrit la porte d'entrée.

— Entre avant d'être trempée. Nous avons cette soirée pour nous. La nurse sera là à partir de demain... Je désirais que nous restions seuls tous les trois ce soir.

— Ce n'est pas possible, s'entendit-elle articuler d'une voix lointaine.

Markus la regarda. Elle semblait horrifiée.

— Tu n'es pas contente.

— Je suis estomaquée. Tu as décidé un changement radical de notre vie.

— Écoute, c'est une maison sur le lac de Starnberg ! Nous avons un terrain privé qui mène jusqu'au lac. La plupart des femmes m'auraient sauté au cou pour me remercier d'un tel cadeau !

Il avait adopté ce ton de voix à la fois boudeur et vexé qu'Alex ne supportait plus. À son expression, on voyait qu'il pensait qu'elle n'était qu'une petite ingrate.

— Tu ne trouves pas que les personnes concernées doivent décider ensemble de l'endroit où elles veulent vivre ?

— On dirait que je t'ai installée en Sibérie ! Je t'offre une maison sur le lac de Starnberg. Des millions de femmes...

— ... seraient enchantées, j'ai compris. Tu as voulu me faire une belle surprise, Markus, cependant tu aurais dû m'en parler avant.

— Bon, d'accord, pardonne-moi d'avoir voulu te faire plaisir. J'aurais dû demander ta permission. Nous sommes mariés depuis six ans et j'aurais dû savoir qui décide dans notre couple.

Son cynisme n'arrivait pas à cacher sa tristesse et sa déception. La pluie continuait de dégouliner sur Alex.

— Avec quoi l'as-tu payée ? reprit-elle, de plus en plus furieuse.

— Tu trouves que c'est le moment de poser cette question ?

— Oui.

— J'ai fait un emprunt.

— Encore ! Est-ce que tu as apporté du capital propre ?

— Non.

— Tu n'as pas fait d'apport personnel ? Tu as acheté toute la maison à crédit ?

— Mais oui, bon sang !

— À quel prix ?

— Alex...

— Combien ?

— Un peu plus d'un million...

Elle le dévisagea avec consternation.

— C'est de la folie, murmura-t-elle.

Brusquement, Markus eut l'air épuisé.

— Désormais, c'est trop tard pour revenir en arrière.

Alex réalisa que la pluie lui coulait dans le dos. Elle poussa Markus de côté et entra dans la maison. Une douce chaleur l'accueillit. Face à la porte, un immense bouquet de roses rouges était posé sur une table. La première impression était celle d'une élégante et confortable demeure.

Caroline, un temps apaisée, recommença à brailler.

— Je vais l'emmener dans sa chambre, proposa Markus.

Alex pénétra dans le salon. De grandes baies vitrées donnaient sur le lac. Des tapis doux et colorés couvraient le sol, des fauteuils et des divans offraient leurs bras accueillants, de jolis bouquets étaient disposés çà et là. Markus avait dû dévaliser un fleuriste. Une grande cheminée promettait de belles flambées. Et dehors la pluie continuait de tomber.

Elle contempla les vagues gris ardoise du lac. La rive opposée avait disparu derrière un mur de brouillard et d'humidité. Alex eut le pressentiment qu'un malheur s'avançait vers elle parmi les fougères et les branches détrempées. C'était probablement à cause de la pluie et des arbres dégarnis, et parce qu'elle avait été prise au dépourvu. La jeune femme eut envie d'être ailleurs... pas dans son ancienne maison à Bogenhausen – l'endroit ne lui manquait pas – ni chez sa grand-mère, ni à Los Angeles où elle avait grandi. Elle désirait être seule, tout simplement. Quitte à se retrouver dans un sombre deux pièces sur une arrière-cour. Sans mari... et sans enfant.

Jamais elle ne s'était sentie aussi désespérée qu'en ce moment précis, au milieu de cette pièce chaleureuse à écouter les pleurs de Caroline dans la pièce voisine et la voix rassurante de Markus.

— Puis-je te parler un instant, Felicia ? demanda Nicola, s'encadrant dans l'embrasure de la porte.

Felicia leva la tête d'un air contrarié. Elle étudiait les livres de comptes de *Wolff & Lavergne*. Elle faisait confiance à Alex et Dan, mais elle préférait se tenir au courant.

— Entre, dit-elle d'un air impatient.

Avec l'âge, Nicola devenait exaspérante. Elle se plaignait de tout, du temps, de la nourriture, de la politique, de l'invalidité de Serguei, des programmes de télévision, des touristes, de la pollution – et du destin qui, en général, l'avait malmenée.

Elle affichait une nouvelle fois son expression chagrinée et tenait à la main une lettre que Felicia supposa venir de Julia. La conversation risquait de s'éterniser.

— Les beaux-parents de Julia m'ont écrit. Tu sais, les parents de son mari.

Felicia hocha la tête, se retenant de dire à Nicola qu'il était inutile qu'on lui explique ce qu'étaient des beaux-parents.

— Ils font un voyage à l'Ouest en ce moment. À leur âge, ce n'est plus un problème pour eux.

— Je sais.

— Ils ont pu m'écrire la vérité. Felicia, c'est affreux ! Julia va très mal. Ils sont relégués. Ils vivent dans des conditions déplorables. Richard est le médecin du village, mais il n'a même pas les médicaments les plus ordinaires à sa disposition.

— Je suis déjà au courant. Je l'ai compris à travers la lettre que Julia m'a envoyée l'année dernière. Tu devrais être reconnaissante qu'ils ne soient plus en prison et qu'on leur ait rendu leurs enfants.

— Justement, il s'agit des enfants, poursuivit Nicola, désespérée. Julia est très inquiète pour eux. Elle pense qu'on leur mettra plus tard les bâtons dans les roues car leurs parents ont fait de la prison après avoir essayé de fuir le pays. Par ailleurs, ils sont embrigadés par le parti, surtout Stefanie. La petite croit tout ce qu'on lui raconte. D'un côté, elle est la parfaite petite socialiste, de l'autre elle est choquée chaque fois qu'on l'agresse à cause de ses parents. Julia pense que, tôt ou tard, elle tournera le dos à sa famille. Elle ne sait plus quoi faire !

Felicia repoussa les dossiers devant elle.

— Nicola, je suis vraiment désolée pour Julia, mais je ne vois pas comment l'aider.

— Mais Maksim Marakov...

— Visiblement, son influence est limitée. Déjà à l'époque, il n'avait pas pu intervenir.

— Et s'il réessayait ? Cette fois, il ne s'agit pas de les faire sortir de prison. Ils ont payé pour leur faute. Il faut seulement leur obtenir un laissez-passer pour l'étranger.

— J'ai déjà envoyé Chris à Berlin-Est à ce sujet. Je ne sais pas si...

— Et si Alex essayait ? insista Nicola.

— Non. Je ne prendrai aucun risque avec Alex, d'autant qu'elle a maintenant un enfant. Non, non, si jamais... (Elle réfléchit.) En octobre, Chris aura trente ans, il a prévu de donner une grande fête et Simone m'a invitée pour lui faire la surprise. Elle veut absolument nous réconcilier. Je vais être obligée de me rendre à Francfort. Je pourrai alors lui en parler.

— Seulement en octobre ?

— Chris est encore à New York. Il reviendra pour son anniversaire. Avant cela, nous ne pouvons rien faire.

— Alors, il faudra que je patiente, se résigna tristement Nicola. Mon plus grand souhait, c'est que Julia et sa famille vivent un jour à l'Ouest. Je serais prête à tout pour cela. Tu sais, j'ai vraiment peur que Julia tente à nouveau de s'enfuir...

— Tu crois qu'elle prendrait ce risque ?

— Sa belle-mère le redoute.

— Elle n'osera tout de même pas une telle imprudence ! s'écria Felicia. Si on l'attrapait une nouvelle fois, la punition serait beaucoup plus sévère. Ils lui retireraient peut-être les enfants pour toujours.

— C'est pourquoi j'ai tellement peur.

Les deux femmes se regardèrent. Elles étaient cousines, et si différentes. Toute sa vie, Nicola avait eu besoin de l'aide de Felicia. Elle avait toujours attendu des autres qu'ils résolvent ses problèmes. Même à son âge, elle avait le regard éploré d'un enfant. Une fois de plus, Felicia devait prendre les choses en main et les régler d'une manière ou d'une autre.

7

La matinée d'octobre était fraîche, mais le ciel bleu promettait une belle journée. À la radio, on annonçait une température proche de quinze degrés. Perchée sur un tabouret de bar dans sa minuscule cuisine, Simone buvait un café noir. Sans être une adepte des heures matinales, elle se sentait heureuse et pleine d'énergie. Normalement, à cette heure-ci, elle dormait encore, mais une journée chargée l'attendait : après être allée chercher Chris à l'aéroport, elle voulait faire un saut à l'université pour connaître le sujet de son devoir semestriel, puis rejoindre à midi une manifestation du mouvement pacifiste qui allait protester contre l'implantation de Pershing-II sur le sol allemand. L'automne 1983 allait être mouvementé. Aujourd'hui, le 13 octobre, débutait une semaine d'action pour la paix. Pendant sept jours, sur l'ensemble du territoire allemand, des actions contre les décisions d'armement de l'Otan devaient se dérouler.

Une guerre ne doit plus jamais être déclarée à partir du sol allemand, songea Simone. Et voilà qu'ils veulent installer des Pershing !

Cependant, elle était trop heureuse pour se sentir vraiment combative. D'ordinaire, lorsqu'elle se rendait à une manifestation, elle s'armait intérieurement jusqu'aux dents et se portait toujours aux premiers rangs. Aujourd'hui, la fièvre lui manquait. Elle se réjouissait trop du retour de Chris pour penser à autre chose. Elle aurait volontiers passé l'après-midi entier avec lui.

Ils avaient tous deux apprécié leurs années d'étudiants à Francfort, et s'y étaient sentis d'emblée beaucoup mieux qu'à Munich. Francfort leur paraissait plus dynamique, plus provocante que la belle ville de Munich et son confort baroque.

Ils s'étaient installés dans un petit appartement au plancher irrégulier et multipliaient les petits boulots. Traumatisée par sa mauvaise expérience, Simone refusait seulement d'être taxi. Elle n'en prenait même pas en tant que cliente. À l'époque, on avait retrouvé son véhicule, abandonné entre Inning et Buch. L'agresseur n'avait jamais été arrêté. Parfois, Simone rêvait de lui et se réveillait en hurlant.

Au printemps dernier, Chris avait réussi son premier examen de droit, avec mention spéciale – une note de rêve pour les juristes. Avant même l'examen suivant, ses projets de carrière se présentaient bien. Cette excellente note lui ouvrit les portes des cabinets renommés, ainsi que des entreprises ou de l'État. Désormais, Chris se demandait s'il ne préférerait pas être juge plutôt qu'avocat.

Avant de prendre sa décision, il devait effectuer un stage. Un cabinet d'avocats à New York, qui travaillait avec des firmes allemandes aux États-Unis, lui avait proposé un emploi. Et, bien qu'il l'eût décroché par l'intermédiaire de son père, et qu'il détestât utiliser ses relations, Chris n'avait pas pu refuser. Neuf mois passés chez Harrison, Barnes et Harrison, ne nuiraient pas à son C.V.

Peu à peu, son ambition se révèle, songeait parfois Simone. Dans cette famille, la réussite est une composante inéluctable du caractère de chacun.

Il lui avait beaucoup manqué. Sans lui, l'appartement de Bockenheim semblait vide et triste. Ni ses études, ni son engagement politique ne lui suffisaient plus. Elle se moquait d'elle-même, se comparant à une mariée langoureuse de Courth-Mahler dont la vie loin de l'aimé n'a plus de sens. Quand elle se réveillait la nuit de son cauchemar, elle déplorait qu'il n'y eût pas de corps chaud contre lequel se blottir.

Chris lui avait sauvé la vie en apparaissant ce soir-là, comme par miracle. Parfois, elle se demandait si ce n'était pas pour cette raison qu'elle lui accordait une place si romantique dans son existence. Chris était tout pour elle. Sans lui, elle n'existait plus.

Simone regarda sa montre. Elle devait se hâter de rejoindre l'aéroport.

Ils allaient atterrir à Francfort. On les pria d'attacher leurs ceintures et d'éteindre leurs cigarettes. Chris se sentait courbatu. Il n'avait pas fermé l'œil du voyage. Il avait essayé de lire, mais il avait eu de la peine à se concentrer. Il aurait aimé discuter avec quelqu'un. Il était pressé de revoir Simone, de tout lui raconter, de détailler son visage animé, ses taches de rousseur, ses longs cheveux blonds qu'elle repoussait derrière ses drôles d'oreilles pointues. « Des oreilles à la M. Spock », plaisantait-il. Il adorait lui embrasser les oreilles.

Durant ces longs mois passés à New York, il avait compris que plus rien ne le liait à l'Amérique – en dépit d'y être né et d'y avoir grandi. Il y habiterait volontiers, tout comme en Allemagne ou ailleurs. Son bonheur dépendait d'abord de Simone.

Avec elle, il pourrait vivre dans un igloo, au pôle Nord ou sous une tente, au Sahara. Elle comptait plus pour lui qu'il ne l'aurait pensé. Ses factures de téléphone avaient atteint des sommes astronomiques et il lui avait écrit des lettres qui le faisaient rougir lorsqu'il y repensait.

Il avait fermement l'intention de la demander en

mariage dès son retour. Nous aurons probablement des enfants, pensa-t-il, et une maison à la campagne. Mais nous ne tomberons pas dans le piège d'une vie de petit-bourgeois. Jamais nous n'oublierons ce qui a compté pour nous.

Les roues de l'avion se posèrent sur la piste. La machine commença à ralentir. Chris prit une profonde inspiration : il était revenu en Allemagne chez lui.

— Je peux te déposer à la maison, proposa Simone. Malheureusement je dois repartir aussitôt pour l'université. Plus tard, il y a une manifestation contre les Pershing.

Elle conduisait la vieille Coccinelle au milieu des embouteillages de Francfort. L'avion avait eu du retard et l'emploi du temps de Simone se trouvait bouleversé. Elle se sentait nerveuse. Ils avaient tous les deux attendu ces retrouvailles avec impatience et, à présent, ils ne savaient plus quoi se dire.

— Et tes études ? demanda Chris, cherchant désespérément un sujet de conversation.

— Je passe mon examen à la fin du prochain semestre. Je crois que je serai reçue.

— Je n'en doute pas une seconde.

Simone tourna la tête pour le regarder.

— Est-ce que tu as pu voir tes parents ou était-ce trop loin ?

— Je n'ai pas été obligé d'aller à Los Angeles. Pas pour voir ma mère... Sa maison de repos se trouve au Texas.

— Ce n'est pas tellement plus près.

— C'est vrai.

— Tu lui as rendu visite ?

Simone était au courant pour Belle et elle savait que

Chris n'aimait pas en parler. C'est pourquoi elle hésita en posant sa question.

— Oui, je suis allé la voir le temps d'un week-end. Le centre se trouve près de Dallas. C'est très beau et élégant. Le séjour doit coûter une fortune.

— Ta mère a dû être ravie de te voir.

— Elle était enchantée. Elle m'a tout fait visiter. On a passé deux belles journées.

— Alors, elle va mieux ?

— Je n'en sais rien... Elle m'a semblé en bonne santé. Son visage n'était plus aussi bouffi et elle avait minci. Mais sa vivacité et son charme m'ont semblé artificiels. Et il doit bien y avoir une raison s'ils continuent le traitement, non ? Elle m'a raconté qu'elle était sortie en février, mais qu'elle avait dû revenir trois semaines plus tard. Je crois qu'elle a fait une rechute. Son état n'est probablement pas tout à fait stabilisé.

— Elle s'en sortira, Chris. Elle est très bien soignée.

— Je l'espère. Tu ne peux pas savoir comme je l'espère.

Ils arrivèrent près de la maison. Simone se gara devant l'immeuble.

— Je vais t'aider à monter tes valises.

— Mais non, dépêche-toi d'aller à l'université.

Simone regarda sa montre.

— Je ne suis pas si pressée que cela, ajouta-t-elle en descendant de voiture.

Elle remarqua le soulagement de Chris. Il parut heureux de ne pas se retrouver tout seul dans l'appartement.

Ils montèrent les valises, les sacoches et les sacs en plastique. Chris revenait deux fois plus chargé qu'à son départ. Ils déposèrent les bagages dans la plus grande des deux pièces qui tenait lieu de salon et de bureau.

— Je m'en occuperai plus tard, dit-il. J'espère que tu ne m'en veux pas de ne pas t'accompagner à la manif ? Je suis épuisé...

— Bien sûr que non. Par ailleurs, ajouta-t-elle d'un air taquin, comme ta famille a profité d'armes comme les Pershing, tu ne peux pas vraiment t'y opposer maintenant.

Chris eut une grimace.

— Tais-toi ! Toute mon adolescence, j'ai combattu mon père à cause de son travail... Tu le sais bien.

— Oui, bien sûr. Aimerais-tu une tasse de thé ?

— Mais...

Simone avait déjà disparu dans la cuisine. Elle demanderait à un camarade d'études de photocopier le sujet du devoir, se dit-elle. En attendant que l'eau se mette à bouillir, elle sortit du fromage, du beurre et coupa du pain. Chris avait sûrement pris un repas dans l'avion, mais peut-être qu'un deuxième petit déjeuner lui ferait plaisir... Que dirait-il d'œufs brouillés ?

Elle retourna dans la chambre pour le lui demander. Il avait retiré son jean et son pullover, et déboutonnait sa chemise. Elle contempla son corps nu. Le soleil avait légèrement bruni sa peau, ses cheveux foncés n'avaient jamais été aussi bien coupés. Son air sérieux le rendait diablement séduisant. Elle fut troublée de se sentir soudain bien effacée. Maintenant que Chris avait abandonné ses longs cheveux et ses tenues dépenaillées, il révélait sa vraie nature : il était le rejeton d'une grande famille dont les ancêtres, depuis des générations, choisissaient leurs épouses pour leur beauté et leur élégance. Les enfants de cette lignée ne pouvaient être que beaux, et l'argent ne serait jamais un problème pour eux ; ils absorbaient comme une éponge le luxe et l'insouciance matérielle, dont ils étaient abreuvés quoi que la vie leur accordât. De la même manière Simone portait en elle le minuscule appartement de ses parents ouvriers, les pleurs de sa ribambelle de frères et sœurs, l'exiguïté oppressante, les odeurs d'oignons et de pommes de terre sautées, le visage endurci de sa mère, les ronflements de son père qui s'endormait le soir pendant le repas et sentait toujours la transpiration, la vue sur une cour morne, le linge qui séchait sur un cordeau au milieu de la pièce à vivre et qui rendait les murs humides... Tout cela était gravé dans son âme, sa chair et son cœur. Elle se demanda à quel moment Chris commencerait à s'habiller chez Armani et à s'acheter des cravates en soie.

Mais les choses n'en étaient pas encore là. Pour l'instant, Chris se tenait devant elle, vêtu d'un slip en coton avec un vieil élastique, et des chaussettes pas tout à fait propres.

— Tu me regardes comme si tu voyais un homme pour la première fois.

— Cela faisait longtemps que je n'en avais pas vu un comme toi.

— J'allais prendre une douche.

— Moi aussi, j'ai envie d'une douche, déclara-t-elle en commençant à se déshabiller.

Ils n'atteignirent pas la salle de bains et firent l'amour à même le beau tapis berbère que Felicia avait offert à Chris pour la réussite de son examen. À leur grande joie, ils s'aperçurent que le corps de l'autre n'avait pas changé. Ils en connaissaient chaque centimètre par cœur, savaient comment il réagissait aux caresses. C'était comme s'ils venaient à peine de se quitter. Ils murmurèrent des mots qu'ils avaient tus depuis une éternité. Jamais leurs gestes n'avaient été aussi tendres. Ils se désiraient, ils avaient besoin l'un de l'autre. La séparation leur avait infligé les affres de la solitude et de la jalousie. Désormais, ils savaient que leur couple n'était pas une évidence, mais un cadeau.

Lorsque enfin ils se relevèrent, ils coururent jusqu'à la salle de bains et jouèrent sous la douche à s'asperger d'eau et de mousse. Bientôt, toute la pièce fut inondée et la buée recouvrit le miroir et les vitres.

Chris noua une serviette autour de ses hanches et vint s'asseoir, humide et décoiffé, à la table de la cuisine, afin de faire honneur au petit déjeuner. Il remit de l'eau à bouillir et but un jus d'orange. Simone apparut enfin. Elle s'était rhabillée, elle avait mis du rouge à lèvres et brossé ses longs cheveux mouillés.

— J'ai une surprise pour toi. Ta grand-mère arrive demain soir. Pour ton anniversaire.

— Quoi ?

— J'espère que tu ne m'en voudras pas, mais je trouve que c'est l'occasion de vous réconcilier.

— Je ne t'en veux pas, bien sûr, mais crois-tu que ça va l'amuser de voir tous ces jeunes gens ?

— À mon avis, peu de chose l'intimide...

— Tu as raison, conclut-il en souriant.

Chris savait que donner cette grande fête, deux jours après son retour, était une idée saugrenue. Il avait tout organisé de loin et Simone s'était donné beaucoup de mal – un ami leur prêtait la luxueuse maison de ses parents, une belle demeure située dans le quartier huppé de Königstein.

— Malheureusement, Alex s'est décommandée. Elle doit assister à une conférence à Sylt.

— Évidemment. Ma richissime sœur, chef d'entreprise, a toujours des obligations importantes.

— Tu pourrais être à sa place, s'amusa Simone. Est-ce que tu le regrettes ?

— Non, répondit Chris sans hésiter. Je ne supporterais pas de vivre un seul jour comme Alex. Je suis très heureux comme cela.

Ils se dévisagèrent et Simone soupira.

— J'aimerais tellement rester avec toi, Chris, mais j'ai promis...

— Va à ta manifestation. L'un d'entre nous, au moins, continuera de s'engager politiquement. Je vais dormir un peu... Et, ce soir, quand tu reviendras, je te préparerai les meilleurs spaghettis de ta vie.

Elle lui décocha un sourire radieux.

— Je rapporterai du vin rouge, d'accord ? Chris... je suis tellement heureuse que tu sois revenu.

Il décida de lui demander le soir même sa main.

L'avion pour Hambourg décollait à 17 heures. Alex avait emporté sa valise au bureau le matin, afin de partir directement pour l'aéroport. Comme toujours, la nurse s'occuperait de Caroline à qui sa mère ne manquerait sûrement pas. Pour l'enfant, la nouvelle maison était un endroit de rêve. L'été avait été chaud et sec. La journée, on plaçait son landau, à l'ombre, sous les arbres ou au bord du lac. Alex n'avait pas travaillé jusqu'à la fin juillet et avait passé son temps à paresser et à se baigner. Ils avaient donné quelques belles soirées sur la plage. Markus avait reçu avec plaisir les compliments des invités sans que personne remarquât les silences d'Alex.

La jeune femme regarda sa montre et décida de prendre un verre avant de commander le taxi qui l'emmènerait à Riem. Elle s'examina dans le miroir, placé au-dessus du petit bar dans un coin de la pièce. Elle avait retrouvé sa silhouette d'avant la grossesse, le jean serré lui allait comme un gant. Elle portait un pull-over de couleur claire, car il y avait toujours un vent frais à Sylt. Alex se réjouit du voyage et de s'y retrouver seule, sans Markus. Dan et les autres collaborateurs ne devaient arriver que le lendemain soir. Elle aurait la paix jusque-là. Une nuit et une demi-journée rien que pour elle.

Alors qu'elle se servait un sherry, on frappa à la porte et Markus fit son apparition sans que la secrétaire l'eût annoncé. Alex fut surprise et réagit en conséquence.

— Markus ! Je ne savais pas que tu serais en ville aujourd'hui. Tu avais dit que tu restais travailler à la maison.

— C'est ce que j'ai fait. Mais j'espérais encore te voir.

— Je dois partir dans une minute. Veux-tu un sherry ?

Il acquiesça.

— Tu es très belle, Alex, murmura-t-il.

Elle lui tendit son verre.

— Ce ne sont que de vieilles frusques...

Markus était nerveux. Alex le connaissait assez bien pour deviner qu'il avait quelque chose sur le cœur. Flûte, alors qu'elle était pressée !

Markus vida son verre d'un trait et alluma une cigarette. Il a maigri, pensa-t-elle, et il a pris un coup de vieux.

— Alexandra, j'ai longtemps hésité avant de t'en parler. Je me sens très mal à l'aise et je suis désolé de t'importuner avant ton départ...

— C'est *okay*, mais je dois commander mon taxi.

— Oui, bien sûr, c'est que... j'ai un besoin urgent d'argent.

Alex reposa lentement son verre.

— Mon Dieu... Ce n'est vraiment pas le moment...

— C'est pour ma société. Il me faut huit cent mille marks. Je les rembourserai rapidement. Je dois seulement faire face aux six semaines à venir.

— Huit cent mille marks ? C'est une somme importante.

— Je sais. Tu toucheras bien entendu des intérêts.

— Je n'accepterai pas d'intérêts venant de toi, mais je n'ai pas autant d'argent, Markus.

— Toi, non, mais ton entreprise, oui.

— Je ne peux pas retirer une telle somme. Il faudrait que j'en discute avec Dan et...

— Je t'aurai remboursée dans six semaines !

Alex avait besoin d'un autre sherry. Huit cent mille marks ! Comment pourrait-elle justifier une somme pareille auprès de Dan ?

— Pourquoi est-ce aussi urgent ?

— Je dois rembourser des intérêts. Je suis en retard. Mais je vais me refaire. J'ai un excellent projet en cours. Il s'agit seulement de six semaines...

Alex détestait voir une personne supplier et devoir lui faire des remontrances, mais elle ne pouvait pas passer cela sous silence.

— Est-ce que tu continues de t'endetter, Markus ? Tu ne crois pas que tu devrais faire une pause ?

— Je ne suis pas né de la dernière pluie. Accorde-moi un peu d'expérience dans mon métier. Les prix de l'immobilier à Munich vont continuer à grimper jusqu'à la fin des années 80. On peut faire fortune. Je serais un imbécile si je ne saisissais pas ma chance.

— Tu en fais trop. Markus, il faut savoir parfois refuser une occasion alléchante. Sinon, tôt ou tard, les banques te mangeront.

Markus tira nerveusement sur sa cigarette.

— Toi, c'est les jouets ! Moi, c'est l'immobilier, d'accord ? Je ne me mêle pas de tes affaires.

— Je ne t'ai jamais réclamé d'argent.

Ils se regardèrent, honteux et tristes. Markus fut le premier à détourner les yeux.

— Je n'ai pas d'autre solution que de te demander cet argent, fit-il, désemparé. Que tu me le donnes ou non, la situation ne changera plus.

— Je comprends, répondit-elle d'un air sombre.

En réfléchissant, elle se mordit la lèvre. Dan était absent, et elle ne pouvait attendre son retour sans rater son avion. Par ailleurs, il était fort probable qu'il refuserait d'accorder ce prêt à Markus. Il exigerait des garanties. Or Alex savait que Markus n'était déjà plus en mesure de donner des garanties.

— Je vais demander à ma secrétaire de faire le nécessaire, annonça-t-elle.

Tu es folle ! se dit-elle dans le même temps. Pourquoi fais-tu cela ? Tu n'es même plus amoureuse de cet homme !

Markus lui prit les deux mains.

— Je ne l'oublierai jamais, Alexandra. De toute ma vie. Et je te promets...

Elle se détourna, agacée de ne pas avoir agi en femme d'affaires responsable. Mais comment ne pas aider ce vieil homme grisonnant, au visage fatigué ? Tandis qu'elle le regardait noter son numéro de compte, Alex comprit qu'elle allait bientôt le quitter. Craignant de lui faire de la peine, elle venait de s'acheter un peu de tranquillité d'esprit.

8

La manifestation avait débuté dans le calme. Environ deux mille personnes défilaient en un long cortège et appelaient à l'arrêt immédiat de la course à l'armement entre l'Est et l'Ouest, tout en brandissant des banderoles et des pancartes qui proclamaient : « Non aux missiles Pershing et Cruise » ou encore « Plutôt rouge que mort ». La police escortait le défilé sans intervenir. Des passants criaient de temps à autre : « Canailles rouges ! » « Le camp de travail vous ferait du bien ! ». Mais les manifestants restaient impassibles. Après avoir traversé la ville, ils devaient se disperser en fin d'après-midi devant la préfecture principale.

Alors qu'ils atteignaient le Tribunal de la Région, les premières pierres heurtèrent la grille de fer qui avait été prudemment abaissée devant le portail. De l'autre côté de la rue quelques vitrines volèrent en éclats. Des sachets de peinture éclaboussèrent les murs des immeubles, lâchant des traînées rouges qui dégoulinèrent jusqu'aux trottoirs. Aussitôt, les commerçants se dépêchèrent de verrouiller leurs portes et les passants se réfugièrent dans les rues avoisinantes et sous les porches des maisons.

Un malaise se répandit chez les manifestants. Personne n'avait remarqué que des provocateurs s'étaient infiltrés parmi eux. Disséminés dans tout le cortège, ils pouvaient agir à tout moment. En dépit de l'interdiction, ils avaient dissimulé leur visage sous des foulards et brandissaient des pierres et des bâtons. Saisissant leurs matraques, les policiers s'avancèrent. En moins de cinq minutes, la situation dégénéra.

Simone se trouvait dans les premiers rangs. Elle ne comprit pas tout de suite ce qui se passait, puis elle entendit des cris, le fracas du verre brisé, le hurlement d'une sirène de police. Elle sentit un mouvement, reçut un coup dans le dos et se retourna. Une jeune fille paniquée essayait de se frayer un chemin parmi la foule.

— Je veux m'en aller ! Laissez-moi passer !

Les policiers approchaient au pas cadencé en direction du cortège. Une volée de pierres les accueillit. Simone vit un agent s'écrouler, le visage en sang.

— Oh, merde ! s'écria-t-elle.

Pourquoi en était-il toujours ainsi ? Les agitateurs gâchaient le mouvement pacifiste... Elle devait filer sans attendre, afin d'éviter de se retrouver coincée entre les policiers et les perturbateurs et prendre le risque de recevoir un mauvais coup. Mais tout le monde essayait de fuir. Les policiers avançaient en rangs serrés protégés par leurs casques d'acier et leurs boucliers.

— Ces salauds ont sorti les canons à eau ! hurla quelqu'un.

Simone paniqua. Elle avait déjà subi l'assaut d'un canon à eau et elle en avait une peur bleue. Elle se faufila sous le bras d'un homme, dérapa et faillit perdre l'équilibre. Quelqu'un lui décocha un coup de pied dans le tibia. Elle se retint de hurler de douleur mais ne put réprimer ses larmes. Elle clopina jusqu'à un mur rugueux et s'arracha les paumes de main en l'escaladant. Derrière elle, la foule déferlait en hurlant. Elle leva les yeux. C'était un magasin de jeans. La porte était fermée. Elle longea la vitrine, remarqua une ruelle qui s'éloignait du Zeil. Elle faillit sangloter de bonheur : saine et sauve, enfin !

La pierre lui frôla la tête. Elle n'était pas bien grosse, mais lancée avec force. On visait probablement la devanture. Simone ressentit une douleur aiguë qui lui coupa le souffle. Prise de vertige, elle trouva néanmoins la force de se traîner loin de la foule en furie. Sa tête menaçait d'imploser. Autour d'elle, tout était baigné d'une étrange lueur blanche. Elle avait perdu son sens de l'orientation. La douleur l'empêchait de respirer. Lorsqu'elle entendit le klaxon et le crissement des freins, elle fut prise d'étouffements et, quand la voiture la heurta de plein fouet et la projeta en l'air, elle ne s'en rendit même pas compte.

Chris s'était couché peu de temps après le départ de Simone et il s'était aussitôt endormi. Lorsqu'il se réveilla, il faisait presque nuit. Sa montre indiquait 18 h 30.

Se rappelant qu'il avait promis de préparer le dîner, il se leva et enfila un tee-shirt. Il s'attendait à trouver Simone dans la cuisine, le repas prêt, se moquant gentiment de lui parce qu'il avait une nouvelle fois oublié de tenir ses promesses. Mais l'appartement était plongé dans l'obscurité. Il s'étonna de ne pas la voir, car il avait pensé qu'elle se dépêcherait de rentrer à la maison, même si la manifestation s'était prolongée. Il mourait d'envie de la prendre dans ses bras et se réjouissait de passer la soirée, puis la nuit, avec elle. Il se réjouissait de passer toute sa vie avec elle.

Elle avait dû faire des courses avant son retour car Chris trouva tous les ingrédients dont il avait besoin dans les placards : des pâtes, des tomates, des oignons, du fromage, des herbes fraîches. Il se mit au travail en fredonnant. C'était merveilleux d'être revenu à la maison. Ce petit appartement ne lui avait jamais semblé aussi sympathique.

Bientôt, un délicieux parfum embauma l'atmosphère. L'eau était en train de bouillir ; il pouvait y jeter les spaghettis... Chris commença à s'inquiéter. Cela ne ressemblait pas à Simone de disparaître une partie de la soirée, alors qu'ils avaient prévu de dîner ensemble. Elle avait même promis d'apporter une bouteille de vin. Il ressentit une pointe d'irritation. Ils ne s'étaient pas vus depuis plus de six mois et voilà qu'elle le laissait seul lors de leur première soirée ! On aurait dit qu'elle prenait son temps, maintenant qu'elle avait assouvi sa faim la plus pressante.

Puis, il commença à s'alarmer sérieusement. Il alluma la radio. Peut-être parlerait-on aux nouvelles de la manifestation ? Mais ce n'était pas encore l'heure des informations. Il décrocha le téléphone et appela deux amis de Simone. Personne ne répondit.

Résigné, il retourna à la cuisine. Puis, le téléphone sonna.

C'était l'hôpital. Une infirmière lui expliqua qu'on leur avait amené une Simone Braun et qu'ils avaient trouvé ce numéro dans son carnet d'adresses. Chris eut des sueurs froides.

— Que s'est-il passé ? demanda-t-il, la gorge nouée.

— Un accident de voiture.

L'infirmière hésita.

— Vous devriez peut-être venir, monsieur. Mme Braun est gravement blessée.

Chris lâcha l'écouteur, attrapa les clés de la voiture et se précipita dans l'escalier. À mi-chemin, s'apercevant qu'il était en caleçons et tee-shirt, il se dépêcha de remonter pour enfiler un jean et un pull-over. Il frissonna. Il avait l'impression de vivre un cauchemar. Il sentait encore les lèvres douces de Simone sur les siennes, son corps lisse sous le sien ; il entendait son rire joyeux et sa voix lui murmurer à l'oreille. Il était impensable qu'elle fût désormais entre la vie et la mort... Chris refusa d'envisager le pire.

À l'hôpital, il apprit que Simone se trouvait dans l'unité de soins intensifs. Une infirmière l'y accompagna. Chris essaya en vain de savoir ce qui s'était exactement passé.

— La voilà, dit-elle après qu'ils eurent franchi plusieurs portes affichant « interdiction d'entrer ».

Derrière une vitre, Chris vit une pièce blanche. Un frisson lui parcourut l'échine lorsqu'il découvrit Simone.

Il ne l'aurait pas reconnue si l'infirmière ne le lui avait pas expliqué. Excepté pour le bout de son nez, chaque centimètre du corps de Simone était recouvert de pansements ou dissimulé sous un drap. Des tuyaux la reliaient à d'innombrables machines qui clignotaient en bourdonnant autour d'elle. Sa fragile silhouette paraissait sans vie.

— Simone, murmura-t-il.

— Vous êtes le mari ? s'enquit une voix derrière lui.

Chris se retourna. Un médecin au visage fatigué, vêtu d'une blouse verte le regardait.

— Non... je suis son compagnon. Christoph Rathenberg.

— Bonsoir, monsieur Rathenberg. Je suis le docteur Steinert. La situation est critique.

Chris humecta ses lèvres sèches.

— Comment est-ce arrivé ?

— Elle a été renversée par une voiture. Selon le conducteur, elle a surgi en trébuchant d'une ruelle, sans regarder ni à droite ni à gauche. D'après lui, elle était déjà blessée et saignait de la tête. Il n'a pas eu le temps de freiner ou de l'éviter.

— Au milieu de la ville ? Il devait conduire drôlement vite !

— Ce n'est pas mon problème, l'interrompit doucement Steinert. Mon travail ne consiste pas à chercher les responsables, mais à recoller les morceaux.

Bien entendu. Et, pour l'instant, rien d'autre n'avait d'importance.

— Non loin du lieu de l'accident se déroulait une manifestation pacifiste. Il y a eu de violents affrontements. Si Mme Braun venait de cette direction, il est possible qu'elle fût déjà blessée.

— Elle participait à la manifestation, précisa Chris.

— Elle a dû recevoir un coup à la tête. Un jet de pierre... D'après le conducteur, elle chancelait devant sa voiture comme si elle était sur le point de s'évanouir.

— De quoi souffre-t-elle ?

Steinert poussa un soupir désolé.

— Elle a subi une grave commotion cérébrale avec fracture du crâne. Elle a un poumon écrasé et plusieurs côtes brisées. Nous lui avons retiré la rate qui était en charpie. Nous avons arrêté l'hémorragie de l'estomac que nous espérons maîtriser maintenant. S'il n'y a pas d'hémorragie cérébrale pendant la nuit, elle a une chance de s'en tirer.

— Et si cela arrivait ?

— Il nous faudra opérer. Mais... vous voyez dans quel état elle se trouve.

Chris hocha la tête. Une quelconque intervention lui paraissait impensable.

— Si elle est encore en vie demain matin, elle s'en sortira, n'est-ce pas ? demanda-t-il d'une voix hésitante.

Le docteur Steinert contempla le visage désemparé

du jeune homme. Il aurait aimé lui redonner espoir – dans un cas comme celui-ci, la victime avait une chance sur cent de survivre.

— Après un accident pareil, les douze premières heures sont les plus critiques. Si elle passe ce cap, nous aurons franchi une étape importante.

— Puis-je la voir ?

— Non, pas maintenant. De toute façon, elle ne s'en rendrait pas compte.

— Est-ce que je peux attendre ici ?

Le médecin le prit doucement par l'épaule.

— Rentrez chez vous et essayez de dormir un peu. Ici, vous ne pouvez rien faire.

— Je ne désire pas dormir. J'aimerais rester ici.

— Comme vous voulez. Nous nous reverrons plus tard, fit-il en s'éloignant.

Les jambes en coton, Chris longea le corridor jusqu'à quelques chaises. Il avait l'impression de ne plus savoir marcher. Il devait pourtant se ressaisir et trouver un téléphone. Les parents de Simone avaient le droit d'être informés. Mais que pourrait-il leur dire ? « Dépêchez-vous de venir à Francfort. Simone risque de... » Non ! Il ne fallait pas formuler cette phrase, même en pensée.

Les minutes, puis les heures s'égrenèrent lentement. Une infirmière de garde lui apporta un café chaud.

— Pourquoi ne rentrez-vous pas chez vous ? Vous avez l'air épuisé.

— Ça va, merci.

Ses doigts se refermèrent sur le gobelet en plastique. La chaleur se répandit dans ses mains, ses bras, son corps entier. Il trouva la force de se lever et de retourner voir Simone. Seule brillait une petite lumière. En cas d'urgence. Désespéré, Chris ne décela aucun changement. Moins de douze heures auparavant, ils avaient été dans les bras l'un de l'autre, se réjouissant de passer la soirée ensemble, d'allumer des bougies, d'écouter de la musique, de déguster un bon vin... Et voilà qu'un maudit automobiliste et un stupide lanceur de pierres avaient tout détruit.

Épuisé, il se mit à pleurer en retournant s'asseoir. Jamais il n'oublierait cette nuit.

Vers 3 heures du matin, en dépit de son angoisse, de la chaise en plastique inconfortable et de l'odeur prégnante de l'hôpital, sa tête tomba sur sa poitrine et il s'endormit. Pendant quelques heures, il fut délivré de ses pensées obsédantes.

Chris se réveilla brutalement. Quelqu'un lui secouait l'épaule. Il lui fallut deux secondes pour émerger de son profond sommeil, deux secondes pour que son esprit se souvienne de l'affreuse réalité.

Toutes les lumières étaient allumées. Des portes claquaient. Le couloir sentait l'encaustique, l'éther et les médicaments. Le docteur Steinert se tenait devant lui. Le visage gris et mal rasé, il semblait encore plus fatigué que la veille. Ses yeux congestionnés prouvaient qu'il n'avait pas dormi.

Chris se leva d'un bond.

— Docteur...

L'homme le regarda avec bonté et compassion.

— Je suis vraiment désolé. Nous avons lutté, mais nous n'avons pas réussi à la sauver. Elle a eu une grave hémorragie cérébrale. Elle est décédée ce matin vers 7 heures.

Felicia n'avait aucune envie de prendre un avion pour Francfort et encore moins de participer à une soirée où la plupart des invités auraient un demi-siècle de moins qu'elle. Pourvu qu'elle n'ait pas à s'asseoir sur des matelas ! Et pourvu qu'on lui épargne ces bâtonnets d'encens qui lui donnaient mal à la tête ! Sa présence à cette fête lui parut brusquement si absurde qu'elle songea à se décommander. Simone l'avait suppliée de venir. Si elle refusait ce geste de réconciliation, Felicia risquait de se brouiller avec le jeune couple à jamais. Son sens prononcé de la famille s'imposa à elle. Chris était son petit-fils, et il se réjouissait qu'elle vînt à son anniversaire. Alors, elle s'y rendrait, quitte à devoir s'asseoir avec des hippies aux cheveux longs. Par ailleurs, elle désirait lui parler d'un autre voyage à Berlin pour voir Maksim. Elle avait aussi un rendez-vous avec une entreprise de jouets de Francfort. Elle ne serait pas obligée de rester très longtemps à la soirée – un des avantages de l'âge. Personne ne vous en voulait si vous prétendiez être fatigué.

Elle composa le numéro d'Alex à Kampen. Sa petite-fille décrocha aussitôt. Elle semblait essoufflée.

— Nous préparons le buffet froid. Nos collaborateurs arrivent ce soir. Est-ce que tout va bien pour toi, Felicia ?

— Oui. Je pars pour l'aéroport. Cet anniversaire m'inquiète un peu, mais tout se passera sans doute bien.

Alex éclata de rire.

— Tu leur sembleras bizarre. Très élégante et un peu empruntée. Ils vont tous t'admirer.

— J'en doute. Je croise les doigts pour toi, Alex. Est-ce que Dan est déjà arrivé ?

— Il arrive dans trois heures. Au revoir, Felicia. Bon voyage !

Ni Chris ni Simone n'étaient à l'aéroport. Pourtant, l'avant-veille, Simone lui avait promis au téléphone de venir l'accueillir : « Inutile de prendre un taxi ! C'est hors de question. Nous avons une voiture. »

Après avoir attendu un moment, Felicia se dirigea vers la sortie. L'irritation la gagnait : ils allaient prétendre être restés coincés dans les embouteillages du vendredi soir – ce qu'ils auraient pu prévoir ! À leurs yeux, la ponctualité était probablement considérée comme réactionnaire et dépassée. Pourtant, ils étaient convenus de dîner tous les trois, avant de la déposer à son hôtel...

— Au *Frankfurter Hof*, indiqua-t-elle au chauffeur de taxi.

Elle fut vite agacée par le bavardage du chauffeur qui parlait un dialecte à couper au couteau et s'échauffait à propos d'un combat de rue qui avait eu lieu la veille dans le centre ville. Il y avait eu de nombreux blessés, des vitrines brisées et des voitures brûlées.

— Adolf, il aurait su comment nous débarrasser de ces types-là ! s'exclama-t-il. Autrefois, ça se passait pas comme ça !

— Et en échange, nous recevions des bombes sur la tête et les soldats s'entre-tuaient, répliqua sèchement Felicia. Sans oublier ce qui se passait dans les camps de concentration...

L'homme la scruta dans le rétroviseur.

— Tout ça est exagéré, grommela-t-il à mi-voix.

Mais au moins, il se tut jusqu'à l'hôtel.

Après avoir défait ses valises, Felicia appela Chris. Personne ne répondit. J'espère qu'ils ne m'attendent pas à l'aéroport, songea-t-elle. Mais l'avion s'était posé à l'heure. S'ils étaient partis la chercher, ils étaient sûrement sur le chemin du retour. Auraient-ils au moins l'intelligence d'appeler l'hôtel ? Elle prit une bouteille d'eau minérale dans le mini-bar. J'ai eu raison de confier l'entreprise à Alex, se répéta Felicia. Visiblement, on ne pouvait toujours pas compter sur Chris.

Trois quarts d'heure plus tard, elle téléphona à nouveau. En vain. Furieuse, elle raccrocha brutalement. S'il n'avait pas une bonne excuse, Chris fêterait son anniversaire sans elle ! Elle irait à son rendez-vous d'affaires et repartirait aussitôt pour Munich.

Elle avait faim et décida de s'offrir un bon dîner. Elle vérifia sa tenue : une robe en soie grise ajustée, un foulard Hermès, un collier de perles. Comme elle était sérieuse ! Elle fit une moue ironique en pensant à la jeune fille si peu raisonnable d'autrefois. À l'époque, elle avait eu bien peu de scrupules. Si sous les cheveux blancs, les rides, les vêtements luxueux et le maquillage impeccable, on devinait l'ancienne Felicia, les perles lui conféraient aujourd'hui, une dignité sereine. Elle n'était plus l'enfant qui courait pieds nus dans les champs de Prusse-Orientale, ni l'amoureuse qui se blottissait dans les bras de Maksim Marakov. Tant de choses n'étaient plus...

Le téléphone sonna, elle décrocha.

— Felicia Lavergne, fit-elle de sa voix grave.

— Felicia...

On aurait dit un sanglot réprimé. Elle ne reconnut pas la voix.

— Qui est à l'appareil ?

— Felicia...

— Allô ? Qui est-ce ?

Son interlocuteur ne parvenait plus à contenir ses sanglots.

— Je vous en prie, calmez-vous. Dites-moi votre nom.

— C'est moi. Chris.

À présent, le jeune homme pleurait comme un enfant. Un violent sentiment de panique envahit Felicia. Était-il arrivé un malheur à Belle ? Mon Dieu, pas à Belle !

— Chris, qu'y a-t-il ? Parle-moi !

— Viens ici...

— Ne veux-tu pas m'expliquer...

— Viens, je t'en supplie !

— Très bien. Je serai là dans dix minutes.

Felicia reposa le combiné. Ses mains tremblaient. Elle attrapa son sac, sa clé et quitta la chambre. L'ascenseur s'arrêtait justement à son étage. Alors qu'il descendait lentement, un frisson la parcourut. Elle était certaine qu'il s'agissait de Belle.

— Vite, un taxi ! cria-t-elle de loin au concierge.

9

Le buffet était dressé, les verres sortis, les bouteilles alignées dans le réfrigérateur. Alex avait tout vérifié douze fois avant de monter se changer dans sa chambre.

Elle s'était levée à l'aube, alors qu'il y avait encore de la brume. Après avoir enfilé un jean, des bottes en caoutchouc et un épais pull-over, elle était sortie se promener. Elle avait longtemps marché parmi les dunes parfumées dont les senteurs de bruyère se mêlaient à l'odeur du sel marin. Sur la plage, elle avait croisé un homme qui faisait un jogging et un autre qui promenait son chien. La mer du Nord était aussi sombre et agitée que le ciel, les vagues se brisaient haut sur le sable et laissaient derrière elles une épaisse écume blanche. Courant dans l'écume, Alex avait ramassé quelques moules et trouvé un morceau de bois poli par la mer qui ressemblait à un étrange animal préhistorique.

À son retour, elle avait allumé un feu et s'était blottie devant la cheminée en buvant son thé. Puis, elle avait écouté de la musique de méditation et fait quelques exercices de yoga. Pour la première fois, depuis la naissance de Caroline, elle se sentit à la fois détendue et pleine d'énergie.

À présent, elle s'examinait dans le miroir de la salle de bains. Bien qu'un peu fatiguée par les préparatifs, elle avait bonne mine. Ses yeux brillaient, ses pommettes étaient roses. Elle avait posé sur ses lèvres un rouge profond, assorti à sa robe en maille. Elle se détailla d'un œil critique et se trouva séduisante, excepté pour ses cheveux... Ils lui arrivaient à la taille. Elle les avait toujours portés longs, parce que son père les préférait ainsi, mais elle estimait que cette crinière, qui lui donnait un air à la fois angélique et mystérieusement séducteur, ne lui correspondait plus. Si elle se faisait couper les cheveux, Markus aurait une attaque... Peut-être allait-elle tout de même prendre le risque.

Alors qu'elle rêvassait, on sonna à la porte.

Elle prit une profonde inspiration et quitta sa chambre. Anja, la femme de chambre, avait déjà ouvert. Alex vit Dan pénétrer dans le vestibule, une valise à la main, suivi de Claudine en manteau de cuir, un chapeau de feutre incliné sur l'œil.

— Où est Mme Leonberg ? demanda-t-il d'un ton énervé.

— Je suis là. Dan. Bonjour, Claudine. Bienvenue à tous les deux.

Alex fut surprise que Dan eût amené sa petite amie. Claudine ne lui avait sans doute pas laissé le choix.

Il leva la tête.

— Alexandra, puis-je te parler un moment ? questionna-t-il, l'air soucieux.

— Je descends.

— Je vais plutôt monter. Nous avons besoin d'être seuls.

— Anja, montrez la chambre d'amis à Claudine, dit Alex. Dan, allons dans le bureau de Markus.

Le bureau aux murs tapissés de livres se trouvait sous le toit. La vue sur le Watt était magnifique, mais il faisait trop sombre pour en profiter. Alex alluma une ancienne lampe à pétrole de bateau qui avait été électrifiée. Dan referma la porte.

— Alex, je suis un peu surpris. Je ne pensais pas que tu disposerais de l'argent de l'entreprise sans m'en parler.

Elle comprit aussitôt ce qu'il voulait dire.

— Je pensais t'en parler dès ce soir.

— Ce soir ? N'est-ce pas un peu tard ? (Il passa une main nerveuse dans ses cheveux.) Pardonne-moi, Alex. Je ne veux pas te faire la leçon comme à une écolière, mais ce que tu as fait... n'est pas correct. Huit cent mille marks ! Et sans me tenir au courant !

— Je sais, mais tu étais absent et il me fallait prendre une décision rapidement.

— Alex, il s'agit d'une somme trop importante pour en décider entre deux portes. Tu aurais dû pourtant le savoir.

Appuyée contre le bureau, elle fit tourner un crayon entre ses doigts.

— Je comprends que tu sois fâché, mais...

— ... ton mari avait besoin d'argent, et tu n'as pas pu le lui refuser.

— Alors, tu sais ça aussi, soupira-t-elle.

— Bien entendu. J'ai vu l'ordre de virement.

Il s'approcha d'elle comme s'il allait lui prendre les mains.

— Comment as-tu pu m'ignorer ? Nous sommes associés, Alex. Je n'ai jamais rien fait sans t'en parler. Et je ne t'ai jamais mis les bâtons dans les roues quand tu es venue me trouver. Et cette fois encore, je t'aurais aidée.

— Excuse-moi, Dan. Je suis sincèrement désolée. J'ai eu tort et je te promets que cela ne se reproduira plus. J'étais seulement obligée de faire vite...

— Oui, mais il y avait bien vingt-quatre heures...

Dan sourit. Il lui prit les mains.

— Oublions ça. Le seul problème est de savoir ce que je vais raconter à Kassandra. Elle n'attendait qu'un incident de ce genre.

— Peut-être aurons-nous récupéré la mise avant qu'elle ne s'en aperçoive ? Markus aura remboursé au plus tard dans huit semaines.

Dan la considéra avec un drôle de regard.

— Qu'est-ce qu'il y a ? fit-elle, agacée.

Il lui lâcha les mains.

— Alex, les problèmes de Markus Leonberg ne me regardent pas, et s'il ne s'agissait pas de l'argent de l'affaire, je n'en parlerais même pas... Es-tu certaine que ton mari pourra rembourser les huit cent mille marks ?

— Que veux-tu dire ?

— Il a visiblement des difficultés, n'est-ce pas ? Sinon, il n'aurait pas besoin de cet argent.

— Et toi, tu n'as jamais pris un crédit ?

— Si. Mais je l'ai obtenu d'une banque. C'est la procédure habituelle.

Alex ne comprit pas pourquoi elle ressentait le besoin de défendre Markus.

— Tu penses qu'un homme ne devrait pas demander de l'argent à sa femme. Que sa fierté devrait le lui interdire.

— Arrête ces bêtises ! s'emporta-t-il. Ce n'est pas ce que j'ai voulu dire. Je crains seulement que Markus n'obtienne plus rien des banques. Ce qui est mauvais signe. Par ailleurs...

— Quoi ?

— Peu importe...

— Attends ! Qu'allais-tu dire ?

— Des rumeurs prétendent qu'il a de graves difficultés financières, grommela-t-il.

Alex blêmit. Si certains indices l'avaient déjà alertée, elle fut néanmoins choquée de s'apercevoir que les problèmes de Markus étaient de notoriété publique.

— Les personnes qui ont du succès font toujours des envieux. Quelqu'un lance ce genre de ragots et nombreux sont ceux qui sont ravis de s'en emparer.

— Qu'est-ce que tu insinues ? Que j'ai pris plaisir à t'en parler ?

— Tu n'as jamais supporté Markus.

— Sois raisonnable, Alex. Que je trouve Leonberg sympathique ou pas... je ne lui envie rien du tout ! conclut-il.

— En es-tu certain ?

Un bref instant, le regard de Dan le trahit, mais il se ressaisit aussitôt.

— Si tu songes à notre relation, répondit-il avec calme, je m'en suis remis depuis longtemps. Elle m'a fait souffrir, c'est vrai. Et tout cela fait partie du passé. Personnellement, je n'ai rien contre ton mari. Je m'inquiète seulement qu'il obtienne, sans mon autorisation, de l'argent de l'entreprise que je dois ensuite justifier auprès de Kassandra Wolff.

Elle le dévisagea froidement.

— Vraiment, Dan ?

— Vraiment quoi ?

— C'est du passé ?

Il sourit.

— Cela te dérange ? Aurais-tu préféré que je te regrette toute ma vie ?

— Non, mais j'aimerais savoir si tu as été sincère à l'instant.

— Pourquoi ?

— Je veux le savoir.

— À quoi bon ? s'impatienta Dan. À l'époque, tu as pris une décision que j'ai dû accepter. Alors ne commence pas à remuer tout ça.

Ils furent troublés de découvrir une tension nouvelle entre eux. Alex voulut ajouter quelque chose, mais elle se tut en voyant Dan la supplier du regard. Tais-toi ! semblait-il lui dire. Oui, je t'ai menti à l'instant. Si tu parles maintenant, tout va éclater à nouveau. Et je ne laisserai plus aucune femme me faire souffrir autant. Plus jamais !

Le silence fut rompu par la sonnerie grêle du téléphone. Ils sursautèrent tous les deux. Alex décrocha.

— Leonberg... Felicia, bonsoir ! Es-tu..., demanda la jeune femme.

Dan la regarda. Ses joues étaient devenues étonnamment rouges. Elle avait l'air très jeune – à peine plus âgée que lorsqu'il l'avait connue. Puis son expression changea soudain. La couleur quitta son visage pour laisser place à l'effroi.

— Mon Dieu, Felicia..., fit-elle à voix basse. C'est affreux... Est-ce que je peux lui parler ?... Oui, je comprends, si tu penses qu'il vaut mieux... Tu restes auprès de lui ? Appelle-moi s'il te plaît quand...

Alex reposa doucement l'écouteur.

— Que s'est-il passé ?

— C'est affreux. Mon frère, Chris...

— Un accident ?

— Sa compagne. Elle a été renversée par une voiture. Elle est morte..., répondit-elle sans pouvoir contenir davantage ses larmes.

Dan la prit dans ses bras. Ils restèrent ainsi, serrés l'un contre l'autre, pendant de longues minutes.

— Tiens, bois ça, dit Felicia en tendant un cognac à Chris.

Elle n'avait pas trouvé de verre à cognac dans l'appartement et elle avait même eu de la peine à dénicher de l'alcool. En farfouillant dans les placards, elle avait découvert toutes sortes de Muesli, de Kefir et de fruits secs. Elle avait secoué la tête, intriguée par cette étrange génération qui ne disposait même pas d'une bonne bouteille de schnaps. Puis, elle avait déniché ce cognac dans un coin. Elle avait pris une bonne gorgée avant de l'apporter à Chris dans un verre ordinaire. Il était recroquevillé sur le matelas de la chambre à coucher.

— Bois un peu, insista-t-elle. Ça te fera du bien.

— Je ne peux pas.

Il posa le verre sur le sol, près de lui, pressa ses mains entre ses genoux pour contrôler les tremblements qui le secouaient.

— Quelle heure est-il ? demanda-t-il.

— 22 h 30. Il y a de la sauce pour spaghettis dans la cuisine. Aimerais-tu des pâtes ? Il me suffira de dix minutes pour les préparer.

— Merci, mais je n'ai pas faim.

— Tu devrais manger quelque chose.

— Non.

Felicia débarrassa une chaise d'un tas de linge sale et s'assit. Elle contempla la petite chambre avec le matelas et les couvertures en désordre. Sur la porte droite de la vieille armoire se trouvait punaisée une photo en noir et blanc de Simone. Le vent agitait les cheveux autour du petit visage pointu au nez piqué de taches de rousseur. Felicia se sentit un peu coupable ; elle n'avait jamais trouvé la jeune femmes très sympathique. Simone ressemblait à une enfant rachitique qui n'était pas parvenue à se défaire de ses origines. Elle était fille d'ouvriers, pâle et maigre, mais tenace et aguerrie. En la regardant, on devinait l'arrière-cour, le salon moisi, la mère épuisée, le père faible et une longue liste d'hommes qui l'avaient sûrement regardée grandir avec intérêt et concupiscence. Même l'université et ses études n'avaient pas réussi à gommer son héritage.

— Chris, nous devons annuler la soirée. Qui puis-je appeler pour faire prévenir les invités ?

Jamais Felicia n'avait vu son petit-fils aussi abattu.

— Appelle Oliver. Il doit habiter chez ses parents. Il sait... qui a été invité.

Sa voix se brisa ; il avait du mal à se concentrer.

— Où vais-je trouver son numéro ?

— Dans le carnet d'adresses. Près du téléphone.

— Quel est son nom de famille ?

— Schmidt. Tout simplement. Oliver Schmidt.

Felicia s'approcha du téléphone. Un morceau de papier annoté par Simone était posé près de l'appareil : « *Felicia, Frankfurter Hof* », suivi du numéro de téléphone de l'hôtel et de trois points d'exclamation.

Simone s'était visiblement réjouie d'avoir convaincu Felicia de venir.

Elle appela Oliver et lui expliqua la situation. Elle eut de la peine à terminer la conversation car le jeune homme la bombarda de questions affolées. Après lui avoir expliqué qu'elle devait s'occuper de son petit-fils, elle raccrocha. En revenant vers Chris, elle constata qu'il tremblait de la tête aux pieds. Felicia lui entoura les épaules d'une couverture dans laquelle il se pelotonna comme un petit animal gelé.

— Est-ce que tu as prévenu ses parents ?

Il hocha la tête.

— J'ai appelé un de ses frères. C'est lui qui s'en est chargé. (Il se tut un instant.) Simone aimait tellement l'automne. C'était sa saison favorite, alors que la plupart des gens préfèrent l'été. Simone aimait les couleurs et l'idée que les jours raccourcissaient. Elle disait que la vie sentait tellement bon par une belle soirée d'automne. Parfois, nous allions nous promener dans la forêt. Elle pouvait rester dehors pendant des heures, comme une enfant qui vient de recevoir un cadeau...

Felicia fut soulagée de l'entendre parler ainsi, avec plus de facilité. Elle avait craint qu'il ne fût en état de choc et s'était demandé si elle devait appeler un médecin. Peut-être se consolait-il en parlant de Simone.

Mais Chris se tut à nouveau et fixa le verre de cognac à ses pieds. Alors que Felicia cherchait un sujet de conversation, le téléphone sonna. C'était une amie de Simone, en larmes, qui venait d'apprendre la nouvelle par Oliver. Felicia prononça quelques mots de réconfort, puis retourna auprès de Chris.

— C'était une jeune fille appelée Birgit, l'informa-t-elle. Une proche de Simone. Elle semblait désespérée.

Elle fut heureuse de voir Chris réagir.

— Birgit ? C'est sa plus vieille amie. Elles sont allées en classe ensemble à Hambourg.

— Est-ce que Simone a toujours habité Hambourg avant de venir à Munich ? demanda Felicia, tâchant de maintenir une conversation.

— Oui. Jusqu'à son baccalauréat.

— Est-ce que tu es déjà allé chez elle ?

— Oui, bien sûr. Deux fois. Nous avons rendu visite à sa famille.

Dans le regard désespéré de Chris brilla une étincelle.

— C'était tellement triste, Felicia... Un quartier à l'abandon, des immeubles d'après-guerre qui ressemblent à des casernes, gris de rouille et de pollution. À peine un arbre. Mais le pire, c'était le manque d'espace. Ils se partageaient deux chambres, et une cuisine où se trouvait la douche. Les toilettes étaient sur le palier. Simone avait cinq frères et sœurs... Tu t'imagines ? Huit personnes entassées dans soixante mètres carrés ? Les enfants les plus âgés dormaient dans une chambre, tandis que les petits restaient avec les parents qui n'avaient plus aucune intimité.

Chris s'interrompit un instant avant de reprendre.

— Quand j'ai rencontré la mère de Simone, j'ai eu un choc. Si l'alcool n'a pas non plus épargné Belle, il y a une immense différence entre ces deux femmes. La mère de Simone est une vraie épave. Elle a quarante-sept ans, mais elle en paraît vingt de plus.

— C'est le milieu social. Il ronge les gens. Surtout les femmes.

— Que sais-tu de ce milieu ? répliqua le jeune homme avec un regard courroucé. Avec ta maison sur l'Ammersee et ton flair pour les bonnes affaires ?

Même lorsque tu as eu des difficultés, tu n'as jamais connu ce côté-là de la vie. À moins de l'avoir vraiment vécu, personne ne sait ce que c'est.

— C'est toi qui dis ça ? Et, bien sûr, tu es tout à fait qualifié pour en parler, n'est-ce pas ? Il y avait un obstacle entre Simone et toi – la fille d'ouvrier de Hambourg et le fils de millionnaire de Los Angeles. Je reste convaincue que cela a dû lui poser un problème.

— Quand nous avons rendu visite à ses parents, leur minable appartement était plein comme un œuf. Pourtant, les enfants étaient adultes, mais les trois sœurs de Simone avaient toutes des bébés. Elles étaient tombées enceintes à seize, dix-sept ans – sans être mariées bien sûr –, et habitaient avec leurs enfants chez leurs parents, parce qu'elles n'avaient pas le moyen de faire autrement. Les bébés hurlaient et la télévision marchait sans arrêt. Simone m'a pris par la main et nous nous sommes enfuis. Nous avons marché deux heures sous la pluie. Elle était devenue hystérique à l'idée de devoir y retourner. Simone m'a alors raconté qu'elle-même avait avorté à dix-sept ans pour ne pas subir le même sort. Elle était si forte, Felicia. Elle avait choisi son chemin et personne ne pouvait l'arrêter. Je l'admirais.

Et tu avais besoin d'elle, songea Felicia en regardant le jeune homme séduisant au visage un peu trop doux. Tu avais besoin de cette fille obstinée qui savait jouer des coudes.

La vieille dame se leva de la chaise branlante et vint s'asseoir à côté de son petit-fils sur le matelas. Elle passa un bras autour de ses épaules vigoureuses et elle sentit combien il tremblait.

— Je ne peux pas le croire... Ce n'est pas vrai..., haleta-t-il tandis que de grosses larmes roulaient sur ses joues.

Elle lui caressa tendrement les cheveux. Des générations les séparaient et jusqu'à aujourd'hui, Felicia avait été certaine qu'il y avait un monde entre eux. Pourtant, d'un seul coup, elle se sentit très proche de lui. Ses propres douleurs lui revinrent, une immense souffrance qui, bien que des décennies se fussent écoulées, lui faisait mal comme au premier jour.

— Je sais, fit-elle d'une voix douce. Je comprends...

— Tu ne comprends rien ! Qu'est-ce que tu connais à l'amour, toi ?

Elle continua de le caresser.

— J'ai aimé mon petit frère qui est tombé en 1916 à Verdun. J'ai aimé mon père qui a été abattu sous mes yeux, en 1916, par un soldat russe en Galicie. J'ai aimé mon oncle et ma tante qui sont morts pendant la guerre. J'ai aimé ma grand-mère et il m'a fallu l'aider à se suicider avant l'arrivée des Russes. J'ai aimé mon frère aîné qui est mort sous les bombardements de Berlin, en 1944, Benjamin Lavergne, mon mari, s'est suicidé. Ma petite-fille Sophie, le premier enfant de ta mère, est morte dans mes bras, en 1945, dans la gare d'Elbing, alors que nous étions en train de fuir devant l'Armée rouge. J'ai dû accepter tout cela. Je ne pouvais pas le croire, mais j'ai dû l'accepter.

— Je ne peux pas. Je ne peux pas !

— Dans la vie, on nous prend beaucoup de choses. Des choses auxquelles notre cœur tient beaucoup. J'ai pensé que jamais je ne surmonterais la perte de Lulinn, notre propriété en Prusse-Orientale. Pour moi, ce domaine représentait tout : ma patrie, ma famille, ma maison et mon refuge. Quand nous nous sommes enfuis, j'espérais de tout cœur revenir bientôt. Et puis j'ai dû accepter cette perte.

— Ce n'est pas aussi grave que de perdre quelqu'un.

— On peut souffrir affreusement de devoir abandonner sa patrie pour toujours. Tu n'en as jamais fait l'expérience, c'est tout.

Les larmes de Chris redoublèrent. Néanmoins, Felicia sentit que sa tension se relâchait quelque peu.

— Le pire, ce fut Alex Lombard. Quand il est mort, j'ai pensé que ma vie était finie.

Quelque chose dans le ton de sa voix vint toucher le cœur de Chris. En dévoilant une partie de son âme, Felicia bouleversa profondément le jeune homme. Il repensa à la vie compliquée de sa grand-mère : elle avait épousé Alex Lombard à dix-huit ans, mais ils avaient très vite divorcé. Benjamin Lavergne, son second mari dont elle portait encore le nom, s'était suicidé. Or Lombard n'avait jamais complètement disparu de sa vie. En 1945, il avait trouvé la mort dans un bistrot de Munich au cours d'une bagarre avec un soldat américain des troupes d'occupation.

Chris leva les yeux. Ses larmes s'apaisèrent.

— Mais vous étiez divorcés.

— Oui, c'était cela le pire. Ce fut là mon erreur, lâcha-t-elle, le regard vide.

Chris comprit la vérité, et aussi que le sort pouvait s'acharner sur quelqu'un.

— Tu ne t'en es jamais remise, n'est-ce pas, Felicia ?

— Non, jamais, reconnut-elle avec le sentiment d'être une vieille femme pleurnicharde.

Il hocha lentement la tête.

— Et quel rôle a joué Maksim Marakov dans ta vie ?

Elle eut un sourire triste.

— Ça aussi, c'était une tragédie.

Puis, elle le serra contre son cœur. Chris se remit à pleurer, mais il se sentait étrangement réconforté. Il n'aurait jamais pensé que sa grand-mère eût des bras si forts, si apaisants et si maternels.

10

— Je ne pensais plus vous revoir, dit Martin Elias. Quand nous nous sommes quittés dans ce jardin à Munich, j'ai pensé que, si vous ne veniez pas tout de suite, vous ne viendriez jamais. Que si vous laissiez passer du temps, vous n'auriez plus le courage. Je vous avais mal jugée.

— Je réagis lentement, répondit Sigrid. J'ai toujours besoin de prendre mon élan avant de me lancer.

Elle semblait fatiguée. Était-elle épuisée par le voyage ou les longs mois d'hésitation ?

Martin était venu la chercher à l'aéroport de Tel Aviv. Maintenant, ils roulaient sur la route côtière en direction de Haïfa. Martin conduisait. En Allemagne, il n'avait pas osé, mais ici, il se sentait en sécurité. Sigrid en profita pour admirer tranquillement les alentours.

Ce 1er décembre 1983 était une belle journée ensoleillée. Sur la gauche, la mer étincelait tandis que sur leur droite s'étendaient les plantations d'orangers et de citronniers. En Israël, c'était l'époque de la récolte. Une fois les fruits cueillis, ils étaient rangés dans de grandes caisses et expédiés dans le monde entier. En Allemagne, les oranges décoreraient les assiettes pour la Saint-Nicolas et les fêtes de Noël. Martin s'efforça de penser à autre chose ; le Noël allemand lui rappelait trop de souvenirs qui avaient eu une fin brutale.

— Je suis beaucoup trop chaudement habillée, dit Sigrid. Je savais que le climat n'était pas le même que chez nous, mais ce matin, à Berlin, il faisait si mauvais temps que je n'ai pas osé me vêtir plus légèrement.

Dès qu'il l'avait vue, Martin avait remarqué l'affreux tailleur en laine dont la couleur gris-vert rappelait les feuilles poussiéreuses d'une plante d'appartement. D'épais collants noirs et des chaussures solides complétaient l'image d'une femme parfaitement inélégante.

Dans la jeep qui roulait sur la route poussiéreuse, entre la plage, les vagues et les fruits mûrs, elle avait l'air grotesque.

— Vous vous changerez quand nous serons arrivés au kibboutz. Vous avez sûrement apporté un jean et des pullovers ?

Elle regarda droit devant elle.

— Je n'en possède malheureusement pas.

— Nous trouverons quelque chose, la rassura Martin.

Elle fouilla dans son sac à main et en sortit une paire de lunettes de soleil étonnamment chics.

— Je les ai achetées à l'aéroport de Berlin, dit-elle, presque en s'excusant.

— Vous avez eu raison. La luminosité est très forte.

Ils croisèrent de nombreux véhicules – beaucoup de militaires, des femmes en uniforme dans des jeeps décapotables. Quelques Arabes voilées marchaient le long de la route, portant des paniers ou des cruches. L'une d'elles conduisait un âne maigrelet.

— C'est un monde complètement différent, murmura Sigrid. Tout me semble tellement insolite. J'ai peut-être beaucoup lu sur la création de cet État, sur le problème palestinien, Gaza ou l'histoire de Jérusalem, je ne me sens toutefois pas préparée.

— Vous ressentez une foule d'impressions neuves. Vous ne pouvez pas tout maîtriser d'un seul coup.

— Il y a quelques heures, je prenais mon petit déjeuner avec ma mère, comme chaque matin. Du pain complet, du thé pour moi, du café pour elle. Des œufs à la coque dans des coquetiers rouges. Un concert de violons de Bach sur la stéréo, le son très bas bien entendu. Maman est une experte en mises en scène harmonieuses.

— D'après tout ce que vous m'avez raconté, votre mère a tendance à occulter les problèmes.

Sigrid hocha la tête.

— Comment a-t-elle réagi à votre décision de rester en Israël jusqu'en février ?

— Elle a été abasourdie. Elle s'est agacée une première fois quand j'ai décidé de prendre six mois de congé à partir de septembre. Puis, une nouvelle fois, lorsque je lui ai parlé de mon projet de voyage. Heureusement, elle a eu du mal à en débattre avec moi.

À dire vrai, les choses ne s'étaient pas passées ainsi. Sa mère avait été si bouleversée que Sigrid avait même redouté une crise cardiaque.

— Pourquoi ? avait hurlé Susanne. Donne-moi une raison valable qui justifierait une chose aussi insensée ?

— J'en ai besoin, maman. Je ne peux pas continuer comme ça. Regarde-moi ! Je suis une vieille fille, terne, grise et respectable. Ma vie est... (Elle avait cherché des mots pour ne pas blesser sa mère, mais elle ne pouvait plus mentir.) Ma vie est un enfer. Il doit exister une autre Sigrid en moi et je veux essayer de la trouver.

Elles avaient pleuré. Elles s'étaient lancé des paroles blessantes.

— Pourquoi Israël ?

— Je pense que tu le sais très bien, avait répondu Sigrid en détournant les yeux.

Désormais, sur cette route ensoleillée qui reliait Tel Aviv à Haïfa, Sigrid ne savait plus ce qu'elle était venue chercher. Sa routine familière lui manquait, ses élèves, sa chambre, un paquet de cahiers à corriger et une grosse théière. Dans la soirée, elle aurait écouté des chants de Noël avec sa mère, puis elle aurait allumé la première bougie de la couronne de l'Avent. Elle regrettait toutes ces choses qu'elle ne supportait plus.

Comme s'il avait lu dans ses pensées, Martin ajouta :

— À notre arrivée, nous boirons une bonne tasse de thé. J'ai déjà parlé à Lea qui dirige notre école. Elle serait heureuse si vous acceptiez de donner quelques leçons.

— Mais je ne parle pas la langue des enfants.

— Ils comprennent tous l'anglais. La plupart d'entre eux parlent aussi l'allemand. Beaucoup de Juifs originaires d'Allemagne habitent dans notre kibbouz. Les plus âgés sont des survivants de l'Holocauste comme moi.

— Et ils continuent néanmoins à parler l'allemand et à transmettre la langue ?

— C'était la leur. Ce n'est qu'ici, en Israël, que j'ai compris ce que signifie une langue d'origine pour quelqu'un. C'est le dernier lien avec la patrie. L'ultime parcelle de patrie que l'on ne peut pas vous retirer.

Des survivants de l'Holocauste ! Sigrid frissonna.

— Est-ce qu'on sait dans le kibboutz que je...

Martin posa une main rassurante sur les doigts tremblants de la jeune femme.

— Personne ne sait qui était votre père, Sigrid. N'ayez pas peur.

Le kibbouz se trouvait à deux kilomètres au sud de Haïfa. Bientôt, ils quittèrent la route et roulèrent sur un chemin de terre ; la lourde voiture oscillait. Des plantations d'orangers s'étendaient à perte de vue.

— Tout cela appartient à notre kibboutz, expliqua Martin. Notre principale source de revenus est la culture et la vente des oranges. Nous possédons aussi des volailles et du bétail, qui sont réservés à notre seule consommation. Notre dernière acquisition est une maison d'hôtes, presque un hôtel. Ainsi, nous pouvons également accueillir des touristes. Vous aurez le plus bel appartement – et vous êtes bien sûr notre invitée.

— Merci beaucoup, marmonna Sigrid.

— Voici l'école, indiqua Martin tandis que les premières habitations apparaissaient. La petite maison en face est le jardin d'enfants. Vous voyez là-bas une rangée de serres, puis les étables. À droite se trouvent les cuisines et les salles à manger.

— Si chacun possède un appartement, pourquoi les gens n'y prennent-ils pas leurs repas ?

— Théoriquement, ce serait possible, mais la plupart n'utilisent leur coin-cuisine que pour prendre un en-cas. Nous avons d'excellents cuisiniers et personne n'a envie de préparer ses repas pour lui seul.

— Je pensais que...

Sigrid s'interrompit et se mordit la lèvre. Martin devina ce qu'elle avait voulu dire.

— Vous vous demandez comment nous supportons de vivre constamment en communauté, n'est-ce pas ? Autrefois, moi non plus, je n'aurais pas pu l'envisager.

Mais, quand je suis arrivé ici, c'était la solitude que je ne supportais plus. Le kibboutz était la seule forme de vie possible. Aujourd'hui, je m'y suis habitué.

La voiture s'arrêta devant une grande maison fleurie entourée de vastes pelouses entretenues. Les vitres renvoyaient la lumière du soleil couchant. Tout était calme et paisible.

— Tous participent à la récolte des oranges, expliqua Martin. Même les enfants donnent un coup de main.

Une femme souriante, d'une soixantaine d'années, vêtue d'un jean délavé et d'une chemise à carreaux, sortit de la maison.

— *Shalom !*

Elle saisit le bras de Sigrid avec ses deux mains et l'aida à descendre de voiture.

— Bienvenue ! Je m'appelle Judith Stern. Vous venez de Berlin, n'est-ce pas ? Je suis née à Berlin. Mais c'était il y a bien longtemps !

Elle éclata de rire.

Martin avait mis du temps à descendre de voiture. Quand il restait longtemps assis, ses articulations protestaient. À son tour, il s'esclaffa :

— Et voilà que Judith recommence à faire la coquette. C'est elle qui s'occupe de la maison d'hôtes. Elle va vous montrer votre chambre et vous aider à défaire votre valise si vous le souhaitez. Vous pouvez toujours lui demander de l'aide ou un conseil. Judith règle tous les problèmes ici.

— Merci, murmura Sigrid.

Judith empoigna la valise et sortit les deux sacs du coffre.

— Venez, Sigrid. Martin va aller se reposer chez lui. Nous le retrouverons plus tard.

Sigrid la suivit telle une sage petite écolière. Elle était logée au premier étage, dans un petit appartement avec une vue magnifique sur les plantations. Au loin, elle crut même apercevoir la mer. Un petit salon ouvrait sur un balcon où étaient disposées une chaise longue, une table et deux chaises de camping.

— J'espère que vous vous sentirez bien ici. Si vous avez besoin de quoi que ce soit ou si vous désirez juste un peu de compagnie, n'hésitez pas à venir me trouver.

— Merci beaucoup.

— Vous devriez vous changer. Vous devez avoir trop chaud dans votre tailleur. Les jupes ne sont pas très pratiques par ici. Vous feriez mieux d'enfiler un jean.

— J'ai bien peur de m'être mal préparée de ce point de vue-là, avoua Sigrid. Je n'ai pas apporté de pantalons. Seulement des vêtements comme ceux que je porte.

— Ce n'est pas grave. Je vous prêterai ce qu'il faut. Nous avons à peu près la même taille.

Sigrid n'avait jamais porté d'habits qui n'étaient pas les siens. Bien qu'elle trouvât l'idée déplaisante, elle n'osa pas refuser. Judith se pencha au-dessus du sac qu'elle avait posé sur le lit. Lorsqu'elle tira sur la fermeture Éclair, la manche de sa chemise glissa et Sigrid aperçut le numéro bleu tatoué sur son bras droit. Elle détourna aussitôt les yeux mais Judith l'avait remarqué.

— Treblinka. J'y suis arrivée en 1943 et y suis restée jusqu'à la libération.

Sigrid n'eut pas le courage de la regarder dans les yeux. Elle sortit sur le balcon et inspira profondément. Jamais elle ne tiendrait trois mois ! Peut-être trois semaines, puis elle s'en irait. Elle serait rentrée à la maison pour Noël.

À Noël, Julia comprit qu'elle devait tenter une nouvelle fois de franchir la frontière de la RDA, au risque de devenir folle.

La jeune femme était maigre comme un clou, de profonds cernes bruns creusaient son visage au teint jaunâtre. Sa nervosité avait pris des proportions inquiétantes, elle sursautait au moindre bruit et éclatait en sanglots dès qu'on lui adressait la parole. La nuit, il lui fallait des somnifères pour lutter contre les cauchemars qui la torturaient. Au réveil, elle avait besoin de remontants. Elle savait que sa santé était en péril. Elle se procurait les médicaments grâce à Richard, dont les remontrances l'agaçaient de plus en plus. S'il avait souvent hésité à lui donner ce qu'elle réclamait, ces derniers temps il s'y était résigné par peur de ses crises de nerfs. Elle était probablement dépendante depuis longtemps. Néanmoins elle arrivait encore à préparer les repas, à nettoyer la petite maison, à couper du bois, à tuer les poules.

Quand elle regardait ses enfants, son cœur se brisait. Elle aurait pu tout endurer, le village perdu, la maison délabrée, le froid, le travail, le manque d'amis et l'interdiction d'exercer son métier adoré, en revanche elle ne supportait pas de voir ce qu'on faisait de ses petits. Stefanie venait d'avoir douze ans. À ses yeux, l'État socialiste était paré de toutes les vertus. Pleurant et tempêtant, elle exigeait d'entrer au Mouvement de la Jeunesse.

Julia avait fini par céder, car elle avait compris que, si elle continuait à s'y opposer, elle perdrait sa fille.

Michael posait moins de problèmes. C'était un enfant rêveur encore indifférent à l'idéologie. Pourtant, tôt ou tard, il connaîtrait la même évolution que sa sœur. Julia en discutait souvent avec Richard.

— Nous habitons ce pays, Julia, répondait-il invariablement. Pourquoi souhaites-tu faire de nos enfants des opposants au régime ? Leur vie n'en sera que plus difficile.

— Veux-tu qu'ils adhèrent à un système qui nous a tout pris, qui est responsable de notre malheur ?

— Ils doivent s'en accommoder, et le plus tôt sera le mieux. Je ne veux pas qu'il leur arrive la même chose qu'à nous.

— Comment peux-tu supporter que l'on transforme ainsi tes propres enfants ? Tu connais pourtant ce pays. Tu vois bien de quelles bêtises on leur remplit la tête !

Autrefois, elle avait admiré Richard, mais aujourd'hui sa confiance en lui se fissurait. Comment pouvait-il être aussi aveugle ? Alors que les années de prison avaient développé chez Julia une haine du régime, une amertume et une colère sans bornes, elles avaient en revanche anéanti toute volonté chez lui. Docile, il accomplissait son travail de médecin auprès des paysans, sans se plaindre. Son argument – « il faut bien que quelqu'un s'en charge » – rendait Julia hystérique.

— Bien sûr ! s'était-elle écriée un jour. N'importe quel charlatan peut s'occuper de ces conneries ! Ils n'ont pas besoin d'un chirurgien doué comme toi.

Il avait eu un sourire épuisé, comme d'habitude.

— Ne sois pas aussi arrogante, Julia. J'aide les gens et il ne faut jamais regretter cela.

Pourtant, comme elle le regrettait ! Pour elle et ses enfants ! À Noël, elle avait décidé que les choses devaient changer et elle avait choisi la veille du Nouvel An pour l'annoncer à Richard.

Ils fêtaient le réveillon entre eux – bien sûr, où

auraient-ils pu aller ? Il y avait bien une soirée au bistrot du village où étaient conviés tous les paysans des environs. Richard avait proposé d'y faire une apparition, mais Julia avait catégoriquement refusé. Elle ne rêvait même pas de danser avec des imbéciles en bras de chemise, ni de se presser avec des grosses femmes en robes tape-à-l'œil autour d'un buffet de huitième ordre. Ils étaient donc restés à la maison. À minuit, au son du carillon de l'église, ils avaient ouvert une bouteille de mousseux et trinqué sans joie ni espoir. À 1 heure, les enfants étaient montés se coucher. Richard était resté dans le salon, à bayer aux corneilles.

Une nouvelle fois, Julia songea qu'il avait vieilli et changé. Mais, à présent, sa faiblesse ne lui inspirait plus ni compassion ni sympathie, seulement de la colère. Désormais, elle méprisait ses yeux rougis, son expression souffreteuse, sa soumission au destin, sa résignation, sa crainte des tracasseries administratives, ses efforts pour s'intégrer au village... Ils finiront par détruire notre amour, songea-t-elle, désolée.

— Que dirais-tu si nous allions nous coucher ? demanda-t-il d'un air inquiet.

Au lieu de répondre, elle leva son verre vide.

— J'en aimerais encore un peu.

Il remplit son verre d'une main tremblante. Julia se dépêcha de boire, sachant qu'elle serait malade tout à l'heure. Depuis qu'elle prenait tous ces médicaments, elle ne supportait plus l'alcool. Mais, avant de ressentir les premières nausées, elle éprouvait un état de légèreté qui lui donnait le courage de dire la vérité.

Dehors, on entendit une légère explosion. Un voisin avait réussi à dénicher quelques feux d'artifice.

— Richard, je ne vais pas rester ici. Et les enfants non plus.

— Chérie, tu...

— Ne m'appelle pas « chérie ». Ce n'est pas le moment. Je suis sérieuse et ma décision va bouleverser nos vies. Comme je ne pense pas que tu veuilles nous accompagner, nous allons devoir nous séparer.

Elle voyait bien qu'il était sur le point de mettre sa décision sur le compte de l'alcool et de l'abus de médicaments, mais elle ne lui laissa pas le temps de parler.

— Je ne suis pas ivre, Richard. J'ai toute ma tête et je sais ce que je dis. Il est inutile d'essayer de m'en dissuader.

— Tu veux partir pour l'Ouest ? demanda-t-il en jouant avec son verre de mousseux.

— Oui, et j'emmène mes enfants avec moi.

— Comment espères-tu y parvenir ?

— Par la Tchécoslovaquie. Beaucoup ont réussi à franchir la frontière par là.

— Beaucoup ont échoué aussi. Tu risques la vie de tes enfants.

Prise d'un léger vertige, elle renonça à lui tendre son verre une nouvelle fois. D'ici à quelques minutes, elle se sentirait affreusement mal.

— Je prends également des risques pour eux en restant ici, Richard. Pourquoi refuses-tu de le comprendre ?

Il prit son temps pour répondre. Julia reprit espoir. Il allait relever la tête, les yeux brillants comme autrefois. Sa voix serait plus ferme, il allait faire des projets...

Le miracle n'arriva pas. Lorsque Richard se remit à parler, il était aussi résigné et las qu'auparavant.

— C'est trop dangereux, tu le sais bien. Cette fois-ci, tu t'exposes à bien plus que deux ans de prison. Les enfants nous seront retirés pour toujours. Sais-tu ce qu'ils font des enfants dans les maisons d'éducation de l'État ? Des estropiés de l'âme !

Il avait raison d'être prudent et de la mettre en garde, cependant elle n'avait pas le choix. En restant à Bernowitz, elle deviendrait folle ou mourrait. Ou les deux.

— Inutile de me retenir, Richard. Personne ne le peut. Je sais que je prends un risque, mais je ne peux pas faire autrement.

Lorsqu'il se leva pour la serrer dans ses bras, elle eut un haut-le-cœur. Elle ouvrit la porte du jardin et vomit sur le sol gelé du potager. Debout dans le froid de la nuit étoilée du Nouvel An, elle s'agrippa à la clôture, ses jambes ne la soutenaient plus. Elle inspira profondément, goûta les relents aigres dans sa bouche. Au loin, deux ivrognes braillaient, quelques étoiles vertes éclatèrent dans l'obscurité.

— Doux Jésus !

Ce n'était pas une prière. Elle avait besoin de dire quelque chose pour contenir ses larmes. Pourtant, elle se mit à pleurer. Elle sanglota plus violemment encore quand Richard l'attira contre lui. Elle pleura sur son épaule parce qu'elle allait le quitter et qu'il ne le comprendrait pas. Elle pleura de solitude, d'épuisement, et de peur.

LIVRE III

1984

1

Alex avait terminé ses rendez-vous d'affaires à Hambourg. Quand elle s'aperçut qu'il lui restait trois heures jusqu'au départ de son avion, elle décida de faire ce dont elle avait toujours eu envie : elle appela l'un des meilleurs coiffeurs de la ville – qu'on citait souvent dans les journaux – et demanda, un peu intimidée, s'il était possible de se faire couper les cheveux tout de suite. Elle eut de la chance : une cliente venait de se décommander.

On était en avril. Le soleil était radieux, le ciel dégagé, mais il faisait encore frais. En se promenant le long de l'Alster, elle avait grelotté dans son manteau trop léger. Depuis quelque temps, elle ne se sentait pas bien. Pâle et amaigrie, elle avait des traits fatigués et un regard terne. Le matin, elle devait se forcer à sortir du lit et ne se sentait pas vraiment en forme avant midi. Elle mettait son malaise sur le compte de ses querelles avec Markus. Ils se disputaient souvent – principalement parce qu'il n'avait presque rien remboursé des huit cent mille marks.

Dan avait eu une discussion houleuse avec Kassandra sur le sujet et Felicia n'avait pas mâché ses mots avec sa petite-fille. Bien que Dan ne lui eût jamais fait de reproches, Alex avait la sensation qu'il était devenu plus distant depuis cet incident. Leur complicité des premiers jours semblait s'être envolée.

Lorsque Alex lui expliqua ce qu'elle voulait, le coiffeur s'inquiéta. Il brossa la longue chevelure sombre.

— Vous avez des cheveux magnifiques. Beaucoup de femmes vous les envieraient. Vous désirez vraiment les couper ?

— Oui. J'en ai besoin.

— Quelle longueur souhaitez-vous ?

— Au menton.

— C'est vous qui décidez, soupira-t-il. Ensuite, il ne faudra pas m'en vouloir !

Il se mit à couper les cheveux d'Alex, par degrés, espérant sans doute que la jeune femme lui dirait d'arrêter. En vain. Celle-ci demeura stoïque, jusqu'à ce que ses cheveux recouvrissent totalement le sol autour de son fauteuil. Avant que le coiffeur ne prît la brosse et le séchoir, Alex eut l'impression de ressembler à un poulet déplumé. Mais, quand les cheveux furent secs, ils retrouvèrent leur soyeux et leur gonflant. La coupe s'arrêtait exactement à la hauteur de son menton.

— Voilà, vous êtes une autre femme, déclara le coiffeur, non sans une pointe de regret.

Alex s'examina sous tous les angles. Elle avait obtenu ce qu'elle désirait : son visage avait perdu toute expression de douceur. Il paraissait plus moderne, plus insolent et plus provocant. Pourtant, elle ne se sentit pas plus jolie. Au contraire, sa pâleur s'était accentuée. Son nez semblait encore plus pointu, ses joues s'étaient creusés, ses cernes étaient plus prononcés. Depuis quand avait-elle des traits aussi anguleux ? Décidément, elle devait songer à se remplumer, elle était aussi maigre qu'un chat efflanqué.

Elle prit un taxi pour l'aéroport où elle courut se réfugier aux toilettes pour tenter de donner à son visage un air plus avenant à l'aide du blush et du rouge à lèvres. Puis, elle s'acheta un foulard car son cou lui paraissait soudain très nu. Dans l'avion, afin de se préparer à affronter la colère de Markus, elle commanda deux Martinis.

Markus, qui était venu la chercher à l'aéroport, blêmit en la voyant.

— Seigneur Dieu, qu'est-ce que tu as fait ? s'écria-t-il, horrifié.

— Je suis allée chez le coiffeur, c'est évident, non ?

— C'est incroyable !

— Ne t'énerve pas. Je ne me supportais plus.

— Tu aurais dû m'en parler.

— Je ne pense pas avoir besoin de ta permission pour ce genre de choses.

Le visage de Markus se crispa.

— Tu veux me démontrer que tu te fiches de mon avis, n'est-ce pas ?

— Pas du tout, mais nous ne serions jamais tombés d'accord sur ce sujet, et, en dernier ressort, c'est à moi qu'appartient la décision finale.

Il attrapa sa valise sans ajouter un mot. Pendant tout le trajet jusqu'au lac de Starnberg, il resta silencieux. Mal à l'aise, Alex s'efforça de ne rien laisser paraître.

Brusquement, un peu avant Seeheim, il rompit le silence.

— Caroline va bien. Au cas où cela t'intéresse.

— Bien sûr que ça m'intéresse, rétorqua-t-elle sèchement. Je ne suis pas une mauvaise mère uniquement parce que je n'attends pas ta bénédiction pour le moindre de mes gestes.

— Ne sois pas cynique, je te prie. N'importe qui trouverait ton attitude insensée.

— Alors, je ne peux rien y changer, soupira Alex, épuisée.

Elle n'était même plus capable de se disputer avec son mari. Elle passa la nuit dans la chambre des invités et, le lendemain, elle ne descendit prendre son petit déjeuner qu'après le départ de Markus pour le bureau.

Plus tard, au bureau, Dan la dévisagea à son tour.

— Tu as l'air plus âgée, Alex.

Elle devina qu'il pensait : « Ça te vieillit. »

Ce jour-là, la froideur de Dan lui fit particulièrement de la peine. Heureusement, le téléphone, qui ne cessa de sonner, l'empêcha de trop y réfléchir. Elle n'eut pas une seconde de répit et ne trouva même pas le temps de déjeuner. Elle avala un yaourt debout. Vers 16 heures, elle se sentait si mal qu'elle était au bord des larmes. Probablement la faim... Par deux fois, en se levant trop vite de son fauteuil, elle avait eu un vertige.

— Vous avez très mauvaise mine, madame Leonberg, remarqua sa secrétaire. Vous devriez rentrer chez vous et vous reposer.

— Cela ne servirait à rien, Bettina. Appelez le docteur Reinsdorfer et demandez-lui s'il pourrait me recevoir aujourd'hui.

Le docteur Reinsdorfer était le médecin de Markus et Alex avait toute confiance en lui.

— Il vous attend tout de suite, annonça Bettina, quelques minutes plus tard. Il vous recevra entre deux patients.

— Mon Dieu, vous avez coupé vos magnifiques cheveux ! s'exclama le docteur en la voyant. (Puis, il la scruta attentivement.) Vous avez une mine épouvantable. Je vais prendre votre tension.

Il l'ausculta avec soin.

— Je ne suis pas gynécologue, mais je pense que vous attendez un enfant.

— C'est impossible ! s'exclama Alex, effarée.

— Qu'y a-t-il ?

— Depuis un an, je n'ai pas... (Gênée, elle détourna les yeux.) Les choses ne sont pas au mieux entre mon mari et moi, docteur.

— Vous voulez dire que vous n'avez pas eu de rapports depuis un an ? Alors, je me trompe bien sûr...

— Enfin, si. Trois ou quatre fois. Mais rien n'aurait dû arriver ces jours-là.

Le médecin secoua la tête.

— Vous savez bien que tout calcul est incertain. Rien ne devrait se passer... et pourtant.

— Oh, mon Dieu..., murmura Alex.

— Ne perdez pas espoir, fit-il avec un sourire encourageant. Vous devriez toutefois appeler votre gynécologue.

— Merci, docteur, je n'y manquerai pas.

De retour au bureau, afin de ne pas alerter sa secrétaire, elle prit elle-même rendez-vous avec son gynécologue pour le lendemain matin, puis elle rentra à la maison. Un vent chaud avait chassé les nuages. Le ciel était limpide et les montagnes semblaient à portée de main. La sueur perlait sur le front d'Alex. Une légère douleur lui martelait les tempes. Elle fut convaincue que le docteur Reinsdorfer avait raison. Pourquoi ne l'avait-elle pas deviné plus tôt ? Depuis toujours ses règles étaient irrégulières, aussi ne s'était-elle pas alarmée de son retard.

Une fois arrivée à la maison, elle enfila un jean, des chaussures de tennis, et partit se promener au bord du lac. L'air frais et la marche lui éclaircirent les idées. Elle n'allait pas accepter sa grossesse comme un destin inéluctable. Elle trouverait quelqu'un pour l'aider. Évidemment, Markus ne devait jamais être mis au courant.

Sur leur plage privée, elle s'assit sur un rocher et contempla le lac. En dépit des parfums du printemps, elle se sentait remplie de tristesse et d'inquiétude. Tu es prisonnière..., songea-t-elle. Enchaînée à un homme écrasé par les soucis financiers et dont elle redoutait la réaction si jamais elle le quittait. Enchaînée aussi à une enfant dont elle était responsable... Pour rien au monde, je ne laisserai la situation s'aggraver en me collant une entrave supplémentaire !

Le lendemain, le médecin confirma le diagnostic du docteur Reinsdorfer.

— Vous êtes à la fin du deuxième mois, madame Leonberg. Toutes mes félicitations.

Alex se réfugia dans la petite cabine pour se rhabiller. À l'abri du rideau vert, elle osa dire ce qu'elle avait sur le cœur.

— Je ne veux pas garder cet enfant, docteur. Pouvez-vous m'aider ?

Elle n'obtint aucune réponse. Espèce de lâche ! pensa-t-elle, furieuse.

Elle ajusta sa jupe, referma son sac à main et repoussa le rideau.

— Docteur ?

Il s'était assis à son bureau.

— Je vous ai comprise.

— Alors ?

— Madame Leonberg, il ne s'agit pas de savoir ce que je pense personnellement de l'avortement, mais je risque la prison pour une intervention de ce genre.

— Seulement si quelqu'un l'apprend.

Il secoua la tête.

— Je suis désolé. Je refuse de courir ce risque. Je n'ai pas envie d'être radié de l'ordre.

— Il faut m'aider.

— C'est impossible, s'irrita-t-il. Vous pourriez faire l'effort de le comprendre.

— Dans ce cas, pouvez-vous m'indiquer quelqu'un qui le pourrait ?

— Non, je ne connais personne. Madame Leonberg, vous êtes mariée, vous avez une situation très confortable. Je ne comprends pas pourquoi vous ne voulez pas d'un autre enfant...

— Je ne le veux pas, c'est tout, l'interrompit-elle. Cela devrait vous suffire.

— Dans ce cas..., ajouta-t-il en se levant. Au revoir, madame Leonberg. Quoi que vous fassiez, je vous conseille de bien réfléchir.

Quel emmerdeur ! pensa Alex. Elle était furieuse et déprimée. C'était les années 80, le XXe siècle, et elle se retrouvait, comme les femmes du siècle dernier, à implorer l'aide d'un homme qui la lui refusait. Humiliée, elle quitta le cabinet la tête haute, sans ajouter un mot.

Elle passa sa matinée à rechercher le numéro de téléphone d'une amie étudiante qui avait autrefois avorté. À l'époque, son médecin avait pris le risque car il trouvait qu'il fallait aider les femmes dans sa situation. Alex appela la terre entière, avant d'obtenir enfin les coordonnées de la jeune femme. Elle était mariée et habitait Cologne. Alex composa le numéro, priant qu'elle fût à la maison. À la dixième sonnerie, on décrocha.

— Eva Mahler, fit une voix de femme énervée.

Un bébé pleurait en arrière-fond.

— Eva, c'est moi, Alex. Il faut absolument que tu m'aides.

À Prague, Julia, Stefanie et Michael descendirent à l'hôtel Le Lion d'Or. Le voyage en train avait été interminable. Lors des deux correspondances, elle avait dû porter les valises et rassurer les enfants qui ne comprenaient pas ce qui se passait. Ce matin-là, dès que Richard eut quitté la maison, Julia leur avait expliqué qu'ils n'iraient pas à l'école, qu'ils devaient se dépêcher de s'habiller.

— Qu'est-ce qui se passe ? s'était inquiétée Stefanie en découvrant les deux valises près de la porte d'entrée.

— C'est une surprise, ma chérie. Nous partons en voyage, avait répondu Julia d'une voix enjouée. Elle était si nerveuse qu'elle se sentait comme une poupée mécanique remontée à fond.

Ces dernières semaines, elle avait réservé la chambre à l'hôtel et acheté les billets. Heureusement, on n'avait pas besoin de visa pour la Tchécoslovaquie. Jusqu'à la dernière seconde, elle avait craint que Richard ne découvrît son projet. Elle aurait été incapable d'affronter une nouvelle discussion avec lui. Lorsqu'il aurait compris qu'elle avait décidé de sacrifier leur vie commune pour l'avenir de leurs enfants, il l'aurait regardée de ses grands yeux effarés, puis l'aurait harcelée en lui expliquant combien tout cela était dangereux et insensé. Elle aurait fini par céder et elle n'aurait jamais plus eu le courage d'essayer.

Au petit déjeuner, elle n'avait rien pu avaler. Même les enfants avaient grignoté leur tartine sans conviction.

— Nous aurons des problèmes à l'école, s'était lamentée Stefanie. Pourquoi faut-il aller à Prague ? Pourquoi n'as-tu rien dit ? Est-ce que papa est au courant ?

— Évidemment. Mais il ne peut pas nous accompagner parce qu'il doit travailler. Je voulais vous faire une surprise. Bon sang, combien d'enfants seraient enchantés de passer quelques jours en Tchécoslovaquie ! Ne faites pas ces têtes d'enterrement !

Ils atteignirent Prague en fin de journée, à peu près à l'heure à laquelle Richard rentrait du travail. Julia avait laissé un mot sur la table : « Je dois faire ce que je crois juste. » Elle n'avait rien ajouté, au cas où quelqu'un trouverait le papier. Richard comprendrait le sens caché de la phrase. Il se demanderait comment l'en empêcher : quoi faire sans alerter la police ? Comme il rejetterait l'idée de signaler leurs disparitions, il serait obligé de se résigner à leur départ.

Le lendemain matin, elle était censée se rendre à l'arrêt des bus touristiques qui parcouraient la ville.

— Vous y trouverez aussi des taxis, avait expliqué son contact à Berlin, qu'elle avait joint par l'intermédiaire du collègue de Richard qui les avait aidés lors de leur première tentative d'évasion. Les taxis attendent surtout les visiteurs venant de l'Ouest. L'un des chauffeurs sera votre guide.

— Comment le reconnaîtrai-je ?

— C'est lui qui vous reconnaîtra. Il viendra vous parler.

— Comment vais-je le payer ?

— De quelle somme pouvez-vous disposer ?

— Pas beaucoup. Je n'ai presque pas d'argent.

— Des bijoux ?

Julia possédait encore les boucles d'oreilles en émeraude que sa mère lui avait offertes pour sa confirmation. Nicola les avait elle-même reçues de sa mère – à l'origine, ces boucles avaient été un cadeau du tsar russe à sa famille. Ces bijoux, qui avaient survécu aux bolcheviques, aux nazis et au Parti socialiste unifié de la RDA, finiraient entre les mains d'un passeur tchèque.

— Vous les donnerez à cet homme, avait indiqué son contact. C'est pour ça qu'il fait le travail.

— Et vous ?

— Je ne m'enrichis pas avec ces histoires.

À Prague, allongée dans sa chambre d'hôtel, Julia repensait à tout cela. Et si le passeur ne venait pas le lendemain ? Depuis que le rendez-vous avait été pris en février, huit semaines auparavant, elle n'avait eu aucun contact avec l'homme de Berlin. Elle décida que, si le passeur ne venait pas, ce serait un signe du destin. Elle passerait alors deux belles journées avec les enfants, puis elle rentrerait chez Richard.

Réconfortée par cette pensée, elle s'assoupit à l'aube.

2

— Vous pouvez venir me voir le 28 avril, madame Leonberg, proposa le docteur Meerling. C'est un samedi. Venez vers 14 heures.

— Est-ce que quelqu'un d'autre sera présent ? s'inquiéta Alex.

Le médecin hocha la tête.

— Une de mes assistantes. J'ai toute confiance en elle.

Probablement l'assiste-t-elle toujours dans ces cas-là, songea Alex. Le médecin lui inspirait confiance. Approchant de la cinquantaine, il n'était plus très jeune. Eva Mahler lui avait donné son adresse. Le cabinet se trouvait dans le quartier cossu de Bogenhausen, au premier étage d'une belle villa en grès du début du siècle. Une moquette claire, des lumières tamisées, de superbes tableaux aux murs dont certains paraissaient être de grande valeur. Le docteur Meerling était visiblement très riche. En pratiquant des avortements illégaux, il prenait de grands risques ; il avait beaucoup à perdre.

Meerling avait pris son temps. Il avait commencé par lui parler afin de connaître les raisons de son choix. Il n'avait pas essayé de la faire changer d'avis, il lui avait laissé l'occasion de réfléchir posément.

— Certaines patientes paniquent, avait-il expliqué. Elles demandent un avortement, mais regrettent ensuite leur décision.

— Je ne panique pas, docteur. Je sais ce que je veux. Mon mariage bat de l'aile et ce serait un désastre si j'avais un autre enfant.

Meerling avait compris. Ils étaient convenus du rendez-vous, mais il s'était abstenu de lui rappeler qu'il fallait conserver le secret absolu. Elle lui en avait été reconnaissante. Ainsi, elle avait moins le sentiment de se comporter comme une criminelle.

En quittant le cabinet, elle se sentit beaucoup mieux. Ce médecin allait l'aider, et lorsque cette regrettable histoire serait finie, elle pourrait penser à son avenir – un avenir sans Markus. Il était absurde de persister dans ce mariage.

L'homme attendait déjà. Appuyé contre sa Lada verte, portière ouverte, il fumait une cigarette parmi une douzaine de taxis qui attendaient des clients. Quand son regard insistant se posa sur Julia, elle n'eut aucun doute qu'il était le passeur. Il y avait beaucoup d'agitation sur la place, des autobus allaient et venaient, des touristes prenaient des photos sous la surveillance de leurs guides. En dépit de la puanteur des gaz d'échappement, on sentait l'arrivée du printemps. Tandis que les rayons du soleil réchauffaient son visage, Julia songea qu'elle avait encore la possibilité de renoncer. Rien ne la forçait à monter dans la voiture.

Elle transpirait. Comme elle avait décidé de ne pas prendre les valises, elle portait deux pull-overs sous sa veste en cuir. En revanche, elle n'avait rien imposé aux enfants qui risquaient d'attirer l'attention en se plaignant.

L'homme écrasa son mégot sous son talon. Il ressemblait à un Gitan hongrois – plus tard, Julia apprendrait que sa famille était bien originaire de la Puszta. Des cheveux noirs, un peu trop longs, un teint mat, des pommettes hautes et des yeux espacés. Il portait une chaîne autour du cou et une grosse bague en or au petit doigt de sa main droite. Il était plutôt séduisant, malgré des manières un peu frustes. Un passeur comme au cinéma : téméraire, habile et sans scrupule.

— Stefanie, Michael, que diriez-vous si l'on s'offrait un taxi pour visiter la ville ? demanda-t-elle d'un air enjoué. En voilà un qui est libre.

Les enfants étaient encore de mauvaise humeur. Prague ne les intéressait pas, ils n'avaient aucune envie de jouer aux touristes. Ils suivirent néanmoins leur mère en traînant les pieds.

— Voulez-vous venir avec moi ? proposa l'homme.

Son allemand était impeccable, mais il parlait de

façon heurtée. Quand il ouvrit la portière arrière, sa bague étincela au soleil.

— Asseyez-vous derrière, les enfants, dit Julia. Moi, je m'installe devant.

Elle s'étonna d'avoir une voix aussi calme. Seules ses jambes vacillaient légèrement.

— Je m'appelle Karim.

— Julia.

Il hocha la tête.

— Je sais, fit-il en démarrant.

Karim leur fit faire un tour des monuments, expliquant ce qu'il y avait à voir, mais Julia ne l'écoutait pas. Alors qu'elle songeait à lui demander de les ramener à l'hôtel, ils s'arrêtèrent sur le parking devant le Hradschin.

— Descendez ! Du haut des remparts, on a une vue magnifique sur toute la ville, expliqua Karim.

— Pourquoi ? murmura Julia tandis que les enfants obéissaient.

— On ne sait jamais. Il vaut mieux donner l'impression que nous faisons vraiment du *sightseeing*.

Le mot anglais sonna étrangement dans sa bouche. Julia inspira profondément.

— Ce sont mes nerfs...

Karim posa brièvement la main sur son bras.

— N'ayez pas peur. Je suis très bon à mon travail.

Sa voix et son geste lui redonnèrent confiance. Ils visitèrent le palais et admirèrent les toits de Prague et le long ruban vert de la Moldau. Les voitures qui circulaient dans les rues semblaient minuscules. Sans vraiment les voir, Julia contempla les anciennes maisons imbriquées les unes dans les autres de la vieille ville. À la pensée de Richard, elle eut à nouveau les larmes aux yeux.

Bon sang, Richard, pourquoi est-ce que tu me forces à déchirer la famille ? Pourquoi es-tu tellement lâche ?

— J'ai faim, se plaignit Stefanie pendant qu'ils retournaient à la voiture.

— Nous allons bientôt déjeuner, répondit Julia qui ne pouvait rien avaler.

Karim fit encore quelques détours, puis les maisons s'espacèrent et le trafic se fit moins dense. Comme les enfants somnolaient, ils ne se rendirent pas compte qu'ils quittaient Prague.

Julia était assise très droite, les mains pliées sur ses genoux.

— C'est loin ? murmura-t-elle.

— Environ cent cinquante kilomètres. Dans deux heures et demie, nous serons à la frontière allemande.

— Est-ce qu'on nous suit ?

Amusé, Karim sourit, puis jeta un coup d'œil dans le rétroviseur.

— Non. Je ne vois pas de mystérieuse voiture noire, ni d'hommes avec des lunettes de soleil et des chapeaux à large bord.

— Pardonnez-moi. Je dois vous agacer.

— Pas du tout. Croyez-moi, il y a des gens bien pires que vous.

Autour d'eux, la campagne était vallonnée. Dans les bois, les frondaisons vert tendre des arbres frémissaient. L'herbe nouvelle poussait parmi les fougères. De temps à autre, une ferme délabrée surgissait. Ils croisaient très peu de voitures.

Les enfants finirent par remarquer qu'ils avaient quitté la ville depuis longtemps.

— Où allons-nous ? s'affola Michael.

— J'ai pensé que nous pourrions visiter les alentours de Prague, répondit Julia d'un ton joyeux. Nous descendrons quelque part à l'hôtel.

Michael s'en contenta. Pas Stefanie.

— Où ça à l'hôtel ? C'est désert, par ici. On ne trouvera même rien à manger.

— Ne t'énerve pas, ma chérie. Tout est...

Désormais parfaitement réveillée, Stefanie devint très méfiante.

— Tu nous caches quelque chose ! Ce voyage bizarre, sans nous avoir prévenus... sans papa... et maintenant cette excursion... Qu'est-ce qui se passe vraiment ?

Karim examina Stefanie dans le rétroviseur.

— Vous devriez peut-être dire la vérité aux enfants, Julia. Nous ne pourrons pas nous permettre une scène tout à l'heure.

Stefanie agrippa le siège avant.

— Maman ! Qu'est-ce que ça signifie ?

Julia se tourna pour regarder les enfants. Elle fit un effort pour prendre un ton détaché.

— Je vais tout vous expliquer. Karim va nous faire traverser la frontière avec l'Allemagne de l'Ouest. Nous ne retournerons plus à la maison. Nous allons commencer une nouvelle vie.

Pendant quelques secondes, un silence profond s'installa : les enfants essayaient de comprendre. On n'entendait que le ronronnement du moteur.

— Quoi ? fit Michael.

— Non ! C'est pas vrai ! Tu ne peux pas faire ça ! s'écria Stefanie.

Julia posa une main sur celle de sa fille qui la retira aussitôt. Elle fusilla sa mère du regard.

— Maman, non !

— Les enfants, vous ne devez pas paniquer, je vous en prie. Vous devez seulement m'obéir. Faites-moi confiance. Tout ira bien.

— Pourquoi tu ne nous as pas prévenus ? cria Stefanie. Tu nous traînes jusqu'ici sans rien dire.

Elle était au bord des larmes. Son visage livide effraya Julia.

— Stefanie...

— Je ne suis pas d'accord. N'espère pas une seconde que je vais t'obéir !

Effarée, Julia regarda sa fille tenter d'ouvrir la portière. Karim, qui s'en aperçut lui aussi, freina si brusquement qu'ils furent tous projetés vers l'avant.

— Julia ! lança-t-il, furieux. Ramenez tout de suite cette gamine à la raison, sinon je fais demi-tour. Nous sommes tout près de la frontière et je ne veux prendre aucun risque.

Stefanie avait réussi à ouvrir la portière, et essayait de descendre. Julia la retint par le bras.

— Assieds-toi, Stefanie ! ordonna-t-elle.

— Pas question ! Je veux m'en aller ! Tout de suite !

Stefanie s'arracha à sa mère, trébucha et tomba sur la route.

— Crénom de Dieu, il fallait régler tout ça avant ! jura Karim.

Julia sauta de la voiture et rattrapa Stefanie alors qu'elle tentait de s'enfuir.

— C'est de la folie ! Où veux-tu aller ?

— À la maison. Je veux voir papa. Laisse-moi !

— Papa n'est pas à la maison. Lui aussi va franchir la frontière. Il est peut-être déjà de l'autre côté !

Instinctivement, Julia avait compris comment retenir sa fille. Elle lâcha Stefanie qui haletait.

— Karim ne peut pas faire passer plus de trois personnes, insista Julia. C'est pourquoi papa tente sa chance à Berlin. Il nous attend de l'autre côté.

Stefanie hésita.

— Tu me le jures ?

Julia inspira profondément.

— Oui. Je te le jure.

— Il faut continuer, intervint Karim avec nervosité.

Lentement, Stefanie remonta en voiture. Julia sut qu'elle n'opposerait plus aucune résistance. Elle n'oserait pas faire échouer leur évasion, si son père se trouvait déjà de l'autre côté. Cependant elle semblait perdue, choquée, et méfiante.

— Ça ira ? murmura Karim.

— Tout est réglé, répliqua Julia. N'ayez pas peur.

Ils redémarrèrent. Karim commença à scruter les alentours. Lorsqu'un petit chemin forestier apparut sur leur gauche, il quitta la route et s'engagea sur le sentier qui semblait impraticable. La petite Lada fut tellement secouée qu'un instant Julia craignît une panne, mais comme Karim restait imperturbable, elle se tut. Elle préféra ne pas penser aux conséquences d'une crevaison.

— Vous êtes certain que personne ne peut nous voir de la frontière ? questionna-t-elle.

— Non. Tout a été contrôlé.

Le sentier se termina dans des broussailles. Karim coupa le moteur.

— On continue à pied. Il reste mille mètres jusqu'à la frontière.

Alors que Julia ouvrait la portière, Karim la rappela à l'ordre.

— Madame, fit-il en souriant, nous devons maintenant régler la partie financière.

— Bien sûr.

Elle sortit les boucles d'oreilles de son sac et les lui donna. Il les examina attentivement.

— C'est bon, fit-il en glissant les bijoux dans la poche de son jean.

Julia et les enfants descendirent. Le cœur de Julia battait à tout rompre. Son corps était parcouru de violents tremblements. Elle fut étonnée de voir que ses mains restaient calmes.

— À partir de maintenant, plus un mot, ordonna Karim. Et restez collés à moi. C'est compris ?

Ils hochèrent la tête. Julia remarqua que ses enfants étaient terrifiés. Elle sourit pour leur donner du courage.

Karim s'engagea dans les fourrés. Ce n'était pas facile de le suivre. Des branches leur fouettaient le visage, leurs pieds s'emmêlaient dans des racines. Michael trébucha et tomba. Lorsqu'il se releva, une écorchure saignait sur son front. Mais il resta silencieux.

Brusquement, sur leur droite, surgit un mirador. Julia se retint de crier.

— Karim, murmura-t-elle.

Il se tourna vers elle et fronça les sourcils pour lui indiquer qu'elle devait se taire. Elle eut de la peine à déglutir. Sa bouche était desséchée, sa langue gonflée. En pensant aux articles qu'elle avait lus qui parlaient des mines disséminées le long de la frontière, la terreur la saisit à la gorge. Richard avait eu raison : elle était folle. Assez folle pour faire courir ce danger à ses enfants. Elle n'aurait jamais dû s'entêter.

Ils progressaient très lentement, s'abritant derrière chaque buisson et chaque arbre. Karim marchait plié en deux et les autres l'imitaient. Puis, la forêt se clairsema et Julia aperçut les barbelés.

— Ça ne va pas, Karim. Ils vont nous voir. Ça ne va pas.

Celui-ci ne se retourna même pas. Il fixait la clôture et son corps entier était tendu vers l'objectif. Pour rien au monde, il ne ferait demi-tour. Désormais, ils n'avaient plus le choix.

Cet arbre-là, c'est l'Ouest ! Ce buisson, aussi. Et ces pierres. Malgré le danger, j'y suis presque, se répétait-elle. Je vais y arriver d'un moment à l'autre...

Devant eux, le terrain descendait en pente douce. L'endroit était à découvert, dénué du moindre arbrisseau. Julia comprît que leur position devenait plus risquée. Il restait une dizaine de mètres jusqu'à la clôture en contrebas. La tour de contrôle surveillait tout le coin.

— Attendez-moi ici, déclara Karim. Je vais couper les barbelés.

— On va vous apercevoir.

— Peut-être que oui, peut-être que non.

— Karim, le mirador ! Pourquoi n'essayons-nous pas un peu plus loin ?

— Parce qu'il y en a un autre... Vous avez compris ?

Julia hocha la tête. Elle entendait la respiration sifflante et paniquée de Stefanie. Elle voulut lui caresser les cheveux, mais n'osa pas.

Karim se laissa glisser le long de la pente. Il tira une pince de sa veste et commença discrètement à sectionner les fils. Allongé dans l'herbe, il se confondait avec la terre, tandis que le trou de la clôture s'agrandissait peu à peu. À chaque instant, Julia s'attendait à entendre des sirènes et des coups de feu, mais rien ne se passait. Aucun mouvement dans la tour de garde, pas même le scintillement d'une paire de jumelles.

La respiration de Stefanie s'apaisa. Julia en fut soulagée. Il leur restait vingt pas, peut-être quinze, jusqu'à la liberté. Une distance de quinze pas, pendant laquelle ils pouvaient être tirés comme des lapins.

Karim leva la tête et leur fit signe d'approcher. Julia poussa Stefanie.

— Toi d'abord ! chuchota-t-elle. Rampe à travers le trou.

Stefanie ne bougea pas. À nouveau, sa respiration se fit plus saccadée.

— Stefanie !

Son visage était devenu gris. Elle était incapable de bouger. Affolée, Julia se tourna vers Michael.

— Alors, vas-y, toi ! Cours, vite !

En regardant son frère filer ventre à terre comme un petit animal apeuré. Stefanie sortit de sa transe. Avant que sa mère pût l'en empêcher, elle s'élança à son tour et arriva au même moment que Michael devant la clôture, provoquant ainsi la situation que Karim avait voulu éviter : ils ne pouvaient pas se faufiler à deux par le trou.

Au même moment, un coup de fusil partit de la tour de garde. Une voix masculine résonna dans un mégaphone. Du tchèque ! Si Julia ne le comprit pas, il semblait évident qu'on leur ordonnait de ne plus bouger. Poussée par Karim, Stefanie se faufila à travers l'ouverture. Michael la suivit et déboucha de l'autre côté. Au même moment, un deuxième coup de feu fit voler les pierres et les feuilles sur le sol.

— Julia ! cria Karim.

Dès qu'elle entendit les chiens aboyer, elle s'élança. La voix stridente continuait de hurler dans le mégaphone. Un troisième coup de feu claqua. Elle courait pour sauver sa vie, elle courait vers ses enfants, vers la liberté, ignorant les coups de feu, les hurlements et les aboiements des chiens. Elle se glissa à travers le trou et se retourna en arrivant de l'autre côté.

— Karim ! Vite, venez avec nous !

— Allez-vous-en ! hurla Karim, qui savait que Julia n'était pas encore en sécurité.

Des soldats apparurent en haut de la pente. Julia sut qu'ils seraient perdus si elle attendait davantage. Puis elle vit du sang s'écouler de l'épaule de Karim, glisser le long de son bras et s'égoutter dans l'herbe. Il avait été touché ! Elle ne pouvait plus attendre. Elle recommença à courir. Un nouveau coup de feu claquait lorsqu'elle faillit tomber sur les enfants qui avaient eu l'intelligence de se réfugier derrière un affaissement de terrain. Ils s'embrassèrent en sanglotant, puis ils se relevèrent et reprirent leur course. Julia essaya de ne pas penser à Karim qui devait avoir été fait prisonnier. Pourvu qu'on s'occupe de sa blessure ! Que risquait-il ?

En dépit de ces minutes affreuses, Julia s'aperçut qu'elle courait de plus en plus vite, qu'elle respirait de mieux en mieux. Sa tension nerveuse s'évanouit. Elle avait réussi l'impossible : elle avait fait passer ses enfants à l'Ouest !

3

En avril 1984, Sigrid se trouvait encore en Israël. À son arrivée, elle avait eu quinze jours de terrible cafard, puis, un matin – le 14 décembre –, elle s'était réveillée et avait réalisé, à sa grande surprise, qu'elle n'avait aucune envie de retourner chez sa mère – du moins pas pour Noël, ni les semaines suivantes. Et, lorsque arrivèrent février et la fin de son congé officiel, Sigrid compris qu'elle avait vaincu sa nostalgie du pays. Elle avait retrouvé le sommeil et son appétit. À présent, elle savait qu'elle ne retournerait jamais à son ancienne vie. L'idée de retrouver l'étroitesse et le conformisme de son quotidien l'effrayait. Aujourd'hui, elle constatait combien ceux-ci l'avaient étouffée. D'un seul coup, sa petite chambre bien rangée à la maison était devenue une prison et le visage de sa mère, rongé par le chagrin et les frustrations, un fardeau qu'elle ne désirait plus assumer.

Bien qu'elle ne fût pas tellement plus heureuse en Israël, elle en aimait la luminosité, son ciel profond, le parfum de l'eau et du désert que transportait le vent. Elle avait du mal à s'habituer à la vie communautaire du kibboutz, mais elle jouissait d'une liberté qu'elle n'avait jamais connue auparavant. Si au début, cette liberté lui avait fait peur, désormais elle ne pouvait plus s'en passer. Lorsqu'elle se réveillait le matin, elle avait l'impression que tous ses sens se ranimaient après un long engourdissement, comme si des milliers de capteurs sensoriels se dressaient dans son corps. Jamais plus elle ne laisserait ses sensations s'endormir.

Sigrid décida de se confier à Judith Stern. Bien qu'elle n'osât toujours pas lui parler de son père. Elle avait une grande confiance en la vieille dame. Elles avaient beaucoup discuté ensemble et Sigrid se sentait protégée par Judith. Un après-midi, alors qu'elles se promenaient le long de la rivière, Sigrid évoqua ses inquiétudes.

— J'ai toujours eu l'intention de repartir un jour à Berlin. Je pensais qu'après ce voyage passionnant, je reprendrais mon travail revigorée. Mais il s'est passé quelque chose. Je suis devenue quelqu'un d'autre. Je ne peux pas y retourner. Au début, je rêvais tout le temps de la maison, mais aujourd'hui je sais que les choses ne seront plus comme avant.

— Je comprends, fit Judith en hochant la tête. D'ailleurs, je l'avais deviné. Tu te transformes à vue d'œil.

— Vraiment ?

— Bien sûr. Je le vois à ton regard et à tes gestes, je l'entends à ton rire. Peu à peu, tu commences à te libérer. Tu as cessé de prendre la vie trop au sérieux et tu apprends enfin à l'apprécier. Tu es en train de découvrir ce que tu veux, toi, au lieu d'écouter ce que les autres veulent de toi.

Sigrid s'arrêta.

— C'est tellement difficile de savoir ce que l'on veut, soupira-t-elle.

Judith la considéra d'un air songeur. Sigrid avait vraiment changé, même physiquement. Ses cheveux courts avaient poussé et lui arrivaient presque aux épaules, révélant une douce blondeur. Au soleil d'Israël, ils avaient pris une teinte presque argentée qui accentuait sa peau hâlée. Avec son jean délavé et son tee-shirt, elle était beaucoup plus séduisante qu'à son arrivée. Judith avait remarqué que plusieurs hommes du kibboutz cherchaient à mieux la connaître, mais la jeune femme n'était pas encore prête. Dès qu'un homme l'approchait, elle se montrait froide et distante.

Pourtant, cela lui ferait du bien, songea Judith. Si elle tombait amoureuse, la moitié de ses problèmes s'envolerait. Elle se mettrait enfin à vivre, plutôt que de se poser des questions.

— Ce serait peut-être une bonne chose que tu t'éloignes du kibboutz, reprit Judith. C'était parfait pour un début, mais en fin de compte, c'est un univers clos qui ne reflète pas vraiment la réalité. Par ailleurs, cette vie n'est pas pour toi. Elle ne te plaît pas. Tu cherches autre chose... que tu ne trouveras pas si tu restes ici.

— Je ne sais pas...

— Pourquoi est-ce que tu ne partirais pas à la découverte des autres villes d'Israël ? Tu ne connais que Haïfa. Tu dois au moins visiter Jérusalem.

— Martin voulait me faire visiter le pays.

— Martin est un très vieux monsieur, Sigrid. Il a sûrement de bonnes intentions, mais, au fond, il est trop fatigué. Je crois que tu devrais prendre toi-même les choses en main.

— Tu as sans doute raison, acquiesça Sigrid d'un air abattu.

Pour commencer, elle écrivit à l'inspection académique en demandant de prolonger de six mois sa mise en disponibilité. Sa requête ne serait pas reçue d'un très bon œil – surtout de cette manière cavalière, rédigée à la dernière minute de l'étranger. Elle refusa néanmoins de penser aux reproches qu'on lui ferait à son retour. Puis, elle exposa à Martin son intention de passer quelques semaines à Jérusalem. Tandis qu'il se demandait comment il pouvait l'accompagner – il ne parvenait pas à se débarrasser d'une bronchite et il toussait depuis l'hiver – Sigrid l'assura qu'elle saurait se débrouiller seule.

— Il faut d'abord que tu guérisses, Martin. À mon retour, nous ferons d'autres choses ensemble.

Cependant Sigrid ne pensait pas demeurer encore longtemps en Israël. Au kibboutz, elle avait pu vivre avec peu d'argent, mais ses économies fondaient à vue d'œil. Après quelques semaines à Jérusalem, il ne lui resterait guère plus que de quoi acheter un billet de retour. À moins qu'elle ne trouvât un travail.

Judith lui réserva une chambre à l'*American Colony*.

— Après le King David, c'est le plus bel hôtel de Jérusalem. On y croise des personnes intéressantes, surtout des journalistes qui peuvent y rencontrer des Palestiniens sans être importunés. Il est situé dans l'ancienne partie arabe de la ville.

Ensuite, Judith convainquit Sigrid de louer une voiture pour s'y rendre.

— Comme ça, tu seras beaucoup plus indépendante et tu pourras t'arrêter en chemin si le cœur t'en dit.

Jamais Sigrid ne se serait crue capable de vivre une pareille aventure. Qui aurait pensé qu'elle oserait s'installer seule dans une ville inconnue, habiter l'hôtel, louer une jeep et se promener à travers tout Israël ! Pourtant, elle se retrouva sur la route poussiéreuse qui longeait la côte entre Haïfa et Tel Aviv, cette même route qu'elle avait empruntée en sens inverse cinq mois auparavant. À l'époque, elle avait pensé qu'elle ne la reprendrait que pour retourner chez elle, à Berlin. Et voilà qu'elle allait bientôt obliquer vers l'intérieur des terres en direction de Jérusalem. Elle abaissa la vitre, sentit le vent chaud lui caresser la peau et les cheveux, et éprouva un formidable sentiment de liberté.

Ce vendredi soir-là, Dan Liliencron était sur le point de quitter son bureau de la Maximilianstrasse. Il était de mauvaise humeur car Claudine l'attendait pour discuter de leurs problèmes. Il était fatigué et avait la migraine. Il mourait d'envie de boire un whisky et de s'asseoir tranquillement pour lire les journaux. Pour couronner le tout, sa secrétaire venait de lui rappeler un rendez-vous important.

— Vous devez partir pour Hambourg lundi, monsieur Liliencron. Vous avez un entretien avec M. Grawinski à l'hôtel Atlantik.

— Ah, oui ! Merci de me l'avoir rappelé.

Dan avait tellement de soucis qu'il avait oublié ce voyage à Hambourg. Kurt Grawinski, un quinquagénaire intelligent, l'avait approché quelques semaines auparavant, car il avait beaucoup entendu parler de *Wolff & Lavergne* et du chiffre d'affaires en progression de la société. Au téléphone, il avait déclaré à Dan qu'il se réjouissait d'apprendre que deux jeunes gens avaient repris les rênes de la vénérable entreprise de jouets. Il s'étonnait d'autant plus que *Wolff & Lavergne* continuât de produire en Allemagne à des coûts infiniment supérieurs.

— Il existe des pays où les travailleurs gagnent une fraction des salaires allemands, avait-il prétendu. Si vous saviez comme cela diminue les coûts de production.

— Je sais, mais la qualité des produits s'en ressent, avait répliqué Dan.

— Pas du tout ! Cette époque-là est révolue. Je travaille avec une entreprise basée à Hong-Kong qui produit en République populaire de Chine, et notamment des jouets. Je connais tout cela comme ma poche. Si vous le désirez, je pourrai vous faire quelques propositions.

Et empocher une coquette somme d'argent, avait songé Dan. Il était réticent. La réputation de *Wolff & Lavergne* était fondée sur sa production d'excellente qualité. Bien que le marché se l'arrachât, il n'aimait pas la camelote plastifiée chinoise. Mais le moment était peut-être venu d'abandonner les vieilles traditions et d'explorer de nouvelles perspectives. De toute façon, il serait intéressant de rencontrer ce Grawinski. D'où leur rendez-vous à Hambourg.

— Est-ce que Mme Leonberg vous accompagnera ? demanda sa secrétaire.

— Ce n'était pas prévu, mais, à la réflexion, c'est une excellente idée. Ce Grawinski est malin et nous ne serons pas trop de deux. Je vais lui en parler.

Dan se leva, attrapa son attaché-case et quitta le bureau. Il avait de la chance : un rai de lumière filtrait encore sous la porte d'Alex.

Il la trouva assise à son bureau, fumant une cigarette et paraphant le courrier qu'elle avait dicté dans la journée. Comme souvent ces derniers temps, Dan trouva qu'elle avait très mauvaise mine. Elle maigrissait à vue d'œil et était extrêmement pâle.

— Tu es bien studieuse aujourd'hui. Il est presque 20 heures.

— Je sais. Je veux seulement finir cette paperasserie.

Elle était tendue. Dan, qui la connaissait bien, nota l'inflexion de sa voix et son regard troublé. Elle est comme moi, songea-t-il, elle ne veut pas rentrer chez elle. Bientôt, nous passerons nos nuits au bureau.

— Alex, j'ai bien peur d'avoir besoin de toi lundi.

Il expliqua son rendez-vous. Alex était au courant pour Grawinski, mais elle avait pensé que Dan s'en occuperait seul.

— Je ne sais pas... Est-ce que nous devons vraiment y aller tous les deux ?

Alex était toujours partante pour l'accompagner ; cette fois néanmoins sa requête tombait mal. Le lendemain, elle avait rendez-vous chez le docteur Meerling. Il n'y aurait que le dimanche entre l'intervention et le départ pour Hambourg et il n'était pas raisonnable de voyager aussitôt.

— Comme ça, tu seras aussi bien informée que moi et tu te seras fait une opinion de ce Grawinski, insista Dan.

Comme il la voyait hésiter, il s'impatienta :

— À moins que tu n'aies un rendez-vous plus important ?

Elle n'en avait pas, bien sûr. Et elle ne souhaitait pas en inventer. Depuis l'incident à propos de Markus, Alex adoptait un comportement exemplaire.

— Je t'accompagnerai. À quelle heure partons-nous ?

— Le vol est à 18 heures. Nous avons un petit déjeuner le lendemain avec Grawinski. Ce sera le 1er mai, mais c'était la seule possibilité.

— C'est noté. Je serai là.

Lorsqu'elle se réveilla le lundi matin, Alex se sentait affreusement mal. L'opération s'était bien déroulée, et elle n'avait souffert d'aucun malaise pendant la journée de dimanche. Prétextant un début de rhume, elle était restée couchée à feuilleter des magazines et elle avait beaucoup dormi. Le soir, elle s'était félicitée d'avoir surmonté le problème.

Ce lundi matin, en revanche elle ne se sentait plus aussi vaillante. Bien qu'elle ne souffrît pas de douleur précise, elle redoutait de devoir prendre l'avion pour Hambourg.

Au petit déjeuner, elle déclara à Markus qu'elle se rendrait directement à l'aéroport.

— Tu es très pâle, s'inquiéta-t-il. Tu as dû attraper quelque chose. Tu es sûre de vouloir partir ?

— Je suis obligée. Ce soir, je me sentirai sûrement mieux. Je vais prendre quelques vitamines.

Elle but deux tasses de thé sans pouvoir rien avaler.

La nourriture lui donnait la nausée. Elle songea à appeler le médecin, mais y renonça en repensant à ses paroles : « Il est hautement improbable que vous ayez des complications. Mais il ne faut pas prendre de risques. Reposez-vous et ne bougez pas pendant quelques jours. Si vous avez des saignements, venez tout de suite me voir. » Il lui interdirait sûrement le vol pour Hambourg. Alex se raccrocha au « hautement improbable ». Il était idiot de se faire du souci. Son malaise était sûrement psychosomatique.

Après le petit déjeuner, Markus partit pour le bureau, affichant son air soucieux habituel. Alex se recoucha. La nurse veillait sur Caroline.

Elle dormit jusqu'à 13 heures. Malheureusement, à son réveil, elle se sentit encore plus souffrante. Elle avait envie de rester au lit et savait que c'eût été raisonnable, mais elle devait à tout prix prouver à Dan qu'il pouvait compter sur elle. Dans la salle de bains, la tête lui tourna. Le miroir lui renvoya l'image de son visage blême et de ses yeux rougis.

Elle prit une douche brûlante, s'habilla lentement, se maquilla avec soin, tâchant en vain de dissimuler sa mauvaise mine. Ses cheveux étaient plats et ternes. Je ne serai d'aucun soutien pour Dan, songea-t-elle. En tout cas, pas physiquement. Je suis incapable de me concentrer.

— Vous avez l'air très mal en point, dit la nurse lorsqu'elle vint lui dire au revoir. Avez-vous déjeuné ?

Alex mentit en affirmant qu'elle avait pris des œufs brouillés. Elle mourait de soif. Elle avait vidé une théière et se retenait de boire goulûment au robinet.

Sur le chemin de l'aéroport, il se mit à pleuvoir. Alex commença à ressentir une douleur diffuse, presque imperceptible.

Tu es idiote, se raisonna-t-elle pour se donner du courage. Tu es en pleine forme. Et demain, tu te sentiras comme un poisson dans l'eau.

Elle avait donné rendez-vous à Dan à la porte d'embarquement. Les passagers montaient déjà dans le bus quand elle arriva hors d'haleine.

— Où étais-tu passée ? s'impatienta-t-il. Je pensais que tu ne viendrais plus.

Alex marmonna une vague excuse et s'empressa de passer avant qu'il ne remarquât son visage grisâtre et les gouttes de sueur qui perlaient sur son front.

Dans l'avion, elle redemanda trois fois du jus d'orange, puis elle se rendit aux toilettes. Elle remarqua une tache brunâtre dans sa culotte. Certainement du sang. Si la situation empirait, elle serait contrainte d'appeler un médecin. Peut-être pourrait-elle attendre l'après-midi du lendemain et son retour à Munich... Meerling l'aiderait. Pourvu qu'elle puisse surmonter cette épreuve sans que Dan s'aperçoive de quelque chose !

Elle retourna à sa place et se plongea dans son journal. Au moins, elle n'avait plus mal. Elle aurait peut-être un coup de chance.

Plus ils s'éloignaient de Munich et de Claudine, plus Dan sentait sa bonne humeur revenir. Il flirta avec une jolie hôtesse de l'air et fit des projets optimistes pour leur collaboration avec Grawinski.

— Ce soir, j'aimerais t'inviter dans un bon restaurant, Alex. À moins que tu n'aies un autre rendez-vous ?

— Non, j'en serais ravie, répondit-elle, avec un haut-le-cœur.

Ils prirent un taxi jusqu'au Vier Jahreszeiten, l'hôtel qui donnait sur l'Alster. Ils arrivèrent peu après 20 h 30.

— Je vais prendre une douche et me changer, dit-il. Je passe te chercher à 21 heures, d'accord ?

— Parfait.

Elle disparut dans sa chambre, voisine de celle de Dan. Jamais elle ne parviendrait à supporter cette soirée.

4

Dan frappa à la porte d'Alex à 21 h 10. Elle lui ouvrit en peignoir. Elle ne pouvait pas l'accompagner à dîner. Elle n'avait pas eu de nouveaux saignements, les douleurs avaient disparu, mais le moindre geste lui coûtait et elle était en nage. Elle s'était remaquillée mais des cernes noirs ombraient ses joues et son visage semblait encore plus aigü que d'habitude.

— Je me suis trompé d'heure ? demanda-t-il, avant de l'examiner de plus près. Qu'est-ce qui ne va pas ? Tu es malade ?

— Rien de grave, fit-elle avec un sourire. J'ai mangé une sauce au champignons qui ne m'a pas réussi.

Petite fille, elle avait déjà été malade à cause d'une sauce aux champignons. L'excuse lui parut plausible.

— Tu as une mine affreuse.

— Merci beaucoup.

— Est-ce qu'on ne devrait pas appeler un médecin ?

— Oui. Si cela devait empirer. Peut-être suffira-t-il que je sois malade une ou deux fois pour me sentir mieux.

Elle serra son peignoir autour d'elle et essaya de prendre un air joyeux. Elle tâchait de se persuader qu'elle n'était pas en danger. Les saignements n'avaient pas recommencé et elle n'avait pas beaucoup de fièvre.

— Je t'assure, Dan, je serai guérie demain matin.

Il l'observa attentivement. Ses yeux gris étaient aussi froids qu'un lac sous un pâle soleil d'hiver. Ses lèvres minces et déterminées n'avaient rien de doux, ni de tendre. Elle ressemblait à sa grand-mère Felicia, cette vieille femme sévère. Son visage conservait néanmoins les traces de la jeune fille qu'il avait connue dix ans plus tôt. En cet instant précis, tandis qu'Alex se tenait souffrante devant lui, il fut obligé de reconnaître la vérité : ses sentiments pour elle n'avaient pas changé et ne disparaîtraient jamais. Il l'aimerait toujours, la regretterait toujours. Elle lui manquerait à jamais. Il ne cesserait pas non plus de haïr Markus Leonberg parce qu'il lui avait pris quelque chose qui lui appartenait à lui seul. À l'époque, il avait été si stupide de la laisser partir sans se battre. Il avait agi par orgueil, parce qu'il ne s'abaissait pas à courtiser une femme qui lui en préférait un autre. Drapé dans sa douleur, il l'avait laissée partir sans réagir. Depuis, il n'avait plus jamais connu le bonheur.

Quoi qu'il en fût, ce n'était pas le moment de lui en parler.

— Prends soin de toi, Alex. Je vais descendre dîner au restaurant de l'hôtel. Si tu te sens mal, tu peux me faire appeler. J'irai chercher un médecin.

Alex sourit.

— C'est fou ce que tu es attentionné, Dan.

Il repoussa une mèche qui avait glissé sur le front d'Alex.

— Imagine si je devais aller trouver Felicia et lui dire qu'il t'est arrivé quelque chose ! Je préfère encore veiller toute la nuit à ton chevet.

Il lui sourit et quitta la chambre. Épuisée, Alex s'assit dans un fauteuil et alluma la télévision. Qu'importait le programme... Elle voulait seulement se changer les idées.

Dan fut réveillé au milieu de la nuit par la sonnerie du téléphone. Comme il avait le sommeil léger, il alluma tout de suite sa lampe de chevet et décrocha.

— Allô ?

Il entendit la voix d'Alex, certes faible mais déterminée.

— Dan ? C'est moi, Alex. Je vais très mal. Est-ce que tu peux venir me voir s'il te plaît ?

— Bien entendu. Donne-moi deux minutes. Est-ce que tu peux te lever pour m'ouvrir ?

Pas de réponse.

— Tu dois m'ouvrir, Alex, répéta-t-il d'un air inquiet. Tu m'as compris ?

— Oui, souffla-t-elle d'une voix souffrante. Je vais t'ouvrir.

Dan sauta de son lit, enfila un jean et un col roulé. Dans le corridor brillait une faible lumière. Tout était paisible, comme si l'immense hôtel était mort.

La porte de la chambre d'Alex était entrouverte. Lorsqu'il entra, elle était en train de se recoucher. Elle brûlait de fièvre, ses lèvres étaient blanches, son visage trempé de sueur.

— J'ai pris deux pilules antidouleur, marmonna-t-elle. Mais ça ne suffit pas.

Dan n'osa pas s'asseoir sur le bord du lit, craignant de lui faire mal. Il s'accroupit et lui prit la main.

— Alex, ce n'est pas une indigestion, n'est-ce pas ?

— Non. Écoute-moi, Dan, j'ai besoin d'un médecin. Tout de suite. Je perds beaucoup de sang et je crois que j'ai de la fièvre.

— Oui, je...

— Je t'ai menti. Samedi, j'ai subi un avortement. Visiblement, il y a des complications.

— Quoi ?

— N'aie pas l'air aussi horrifié. Je ne pouvais pas faire autrement.

— Merde ! s'exclama-t-il en passant une main nerveuse dans ses cheveux. Tu n'aurais jamais dû m'accompagner !

— Maintenant, c'est fait, s'impatienta-t-elle.

Elle essaya de se redresser pour trouver une position moins inconfortable et la couverture glissa. Dan vit qu'elle était allongée dans une mare de sang. Le drap était inondé.

— Seigneur Dieu ! s'écria-t-il en se relevant d'un bond. Je vais tout de suite appeler le médecin.

À bout de forces, elle le retint d'une main.

— Dan, écoute-moi. Je vais peut-être m'évanouir et ne pas pouvoir parler au médecin. Tu dois lui faire comprendre que Markus ne doit surtout rien savoir de l'avortement. As-tu bien compris ? Il ne doit absolument rien savoir !

— Pour l'instant, le plus important, c'est...

— C'est très important ! le coupa-t-elle brutalement. Tu y veilleras, n'est-ce pas ?

— Je te le promets.

Elle essaya de bouger. En vain.

— Dépêche-toi, Dan, murmura-t-elle faiblement.

Elle avait l'impression qu'autour d'elle tout s'évanouissait dans un bain de sang. Elle entendit vaguement la voix de Dan dans le lointain :

— Je vais appeler une ambulance. Tu dois aller à l'hôpital.

Elle voulut ajouter quelque chose, mais ne trouva pas les mots. Puis, elle perdit connaissance.

Comme le médecin avait exigé qu'elle demeurât quelques jours en observation, Alex dut prolonger son séjour à Hambourg. Elle avait eu une transfusion, les douleurs avaient disparu et elle s'ennuyait ferme à l'hôpital.

Le lendemain de la nuit dramatique, Dan était venu lui raconter le petit déjeuner avec Grawinski qui s'était très bien passé.

— As-tu parlé de Markus au médecin ? avait-il demandé.

Elle avait hoché la tête.

— C'est un homme compréhensif. Il a prétendu qu'il s'agissait d'une fausse couche.

— Tu as eu de la chance.

— C'est vrai. Si l'on peut encore parler de chance avec une pareille infection. Normalement, tout aurait dû bien se passer.

— Je suis content que tu ailles mieux. Je me suis fait du souci.

— Tout va bien maintenant. Merci pour tout, Dan.

Elle lui avait souri. Depuis la veille, ils avaient retrouvé un peu de leur ancienne complicité.

C'est à cause de ce qui s'est passé, songea-t-elle. Lorsqu'on gémit de douleur devant un homme, dans une mare de sang, impossible de conserver ses distances.

Elle frémit en pensant au spectacle qu'elle avait dû donner. Si Dan éprouvait encore un quelconque désir pour elle, celui-ci avait dû s'envoler définitivement.

— As-tu prévenu ton mari ? avait-il demandé avant de s'en aller.

— Oui. Je ne pouvais pas faire autrement. Markus s'est mis dans tous ses états et je crains qu'il ne veuille venir me voir.

Elle ne s'était pas trompée. En fin d'après-midi, alors que Dan avait repris l'avion pour Munich, Markus arriva à l'hôpital.

— Pourquoi ne m'as-tu pas dit que tu étais enceinte ? Je ne t'aurais jamais laissée partir pour Hambourg !

— Justement, répliqua Alex d'un air morne. Je voulais éviter d'être enfermée à double tour.

Une infirmière apporta un vase pour les roses de Markus qui commençait déjà à agacer et épuiser Alex. Mais, en voyant sa mine de déterré, elle eut mauvaise conscience. Son regard las, son visage défait lui rappelaient qu'elle l'avait abandonné à ses problèmes depuis de longs mois. Secrètement, elle se savait trop lâche pour lui en parler. Elle redoutait ce qu'il pouvait lui dire. Seul un homme en train de sombrer aurait l'air aussi mal en point.

Markus demanda à voir le médecin ; il voulait savoir si Alex pourrait avoir d'autres enfants. Il fut soulagé lorsque le médecin lui expliqua qu'il ne voyait pas de contre-indications.

Ils demeurèrent seuls. Alex allongée dans le lit, adossée à deux oreillers, Markus assis sur une chaise en plastique réservée aux visiteurs. Le silence pesant fut interrompu par l'infirmière qui apportait le dîner. Lorsqu'elle fut sortie, Alex repoussa le plateau.

— Tu peux manger. Je veux seulement une tasse de thé.

— Tu es beaucoup trop maigre. Il faut te nourrir...

— Je n'ai pas faim.

— Alex, tu devrais vraiment...

— Bon sang, je te répète que je n'ai pas faim ! lâcha-t-elle d'un ton brusque. Est-ce que tu dois toujours me contredire ?

Il ne répondit pas, et ne toucha pas non plus au repas. Puis, il se leva.

— Ce serait une bonne idée si tu allais te reposer quelques jours à Kampen, dit-il sans la regarder dans les yeux.

— Pourquoi pas, acquiesça Alex.

— Peut-être trouveras-tu aussi le temps de réfléchir.

— À quoi ? fit-elle, alors qu'elle savait parfaitement où il voulait en venir.

— À notre couple. Je crois que quelque chose ne tourne plus rond entre nous.

Debout devant la fenêtre, il regardait la pluie tomber. Elle examina sa silhouette qui continuait à lui plaire. Il avait de longues jambes, il était resté très mince. D'un coup, sa colère tomba. Elle se sentit émue par ses cheveux gris, par ses épaules qui n'avaient jamais été assez larges pour son corps. Les larmes qu'elle n'avait pas encore versées lui piquèrent les yeux. Une profonde tristesse teintée de compassion la gagna. L'amour peut se perdre aussi facilement, qu'un stylo ou une paire de chaussettes, songea-t-elle. Quand était-ce arrivé ? Elle n'y avait pas prêté attention. Elle comprit soudain que quelque chose s'était dissous, comme dans la brume, et qu'il était inutile de chercher à le rattraper. Tout comme il était absurde de se demander pourquoi. Il n'y avait pas réponse. Autant se demander pourquoi la terre tournait.

— Markus ? murmura-t-elle.

— Oui ?

Il revint vers elle, et elle fut saisie d'une terrible angoisse en voyant son regard plein d'espoir. Cet homme ne lui avait jamais fait de mal. Brusquement elle se fit horreur. Le monde et la vie lui parurent abominables. Elle éclata en sanglots et cacha son visage entre ses mains. Markus s'assit sur le lit et la serra contre lui. Elle posa le front sur son épaule et continua de pleurer, laissant des traînées humides sur sa chemise blanche. Elle pleura jusqu'à épuisement, jusqu'à ce que ses larmes se tarissent, et demeura blottie, près de lui, sachant que c'était la dernière fois. Car elle allait renoncer à ce sentiment de sécurité, parce qu'il l'empêchait de respirer librement.

Depuis quelque temps, Felicia trouvait qu'une mauvaise étoile régnait sur la famille. Elle venait de téléphoner à Alex très déprimée, qui refusait de parler de ses problèmes. À peine avait-elle raccroché qu'elle appelait Chris, se sentant un peu coupable de ne pas lui avoir fait signe depuis longtemps. Tout aussi déprimé que sa sœur, il n'arrivait pas à se remettre de la mort de Simone. Il se tuait au travail et fuyait tout divertissement.

Felicia espérait qu'il reprendrait bientôt sa vie en main. Elle se rendait compte qu'il était plutôt faible et enclin à remâcher ses problèmes, un trait de caractère qu'il avait hérité de sa mère. Autrefois, il l'avait dissimulé sous des propos rebelles et un comportement provocateur, alors qu'il était incapable de faire du mal à une mouche.

Alex, en revanche, était plus dure. Comme elle s'était trompée de mari, elle devait désormais en tirer les conséquences. Felicia savait que la situation était difficile, car Markus n'allait pas bien. La veille, il était venu lui demander conseil concernant une affaire bancaire. Il ne devait pas avoir fermé l'œil depuis des semaines. On racontait qu'il était au bord de la faillite. Cependant, quand Felicia avait abordé le sujet, il avait nié avec un mouvement de mauvaise humeur. Il était impossible de discuter avec lui. Comment allait-il réagir si Alex le quittait ?

Felicia se servit un cognac qu'elle sirota à petites gorgées, sans se sentir revigorée pour autant. Depuis le début de l'année, sa forme laissait à désirer. Le médecin n'avait rien trouvé de précis, prétendant que c'était l'âge.

— Jusqu'à présent, vous avez eu une forme éblouissante, Felicia. Bien meilleure que beaucoup de femmes plus jeunes. C'est un miracle d'être encore en aussi bonne santé. Mais votre corps commence à renâcler. Vous devez vous ménager. Et arrêter de fumer !

Elle fumait depuis son adolescence et elle n'avait aucune intention d'y renoncer pour prolonger sa vie d'un an ou deux. À partir d'un certain point, quelle importance que cela dure un peu moins ou un peu plus. Désormais, elle pensait tous les jours à la mort. Elle ne la redoutait pas. La plupart des gens qu'elle avait aimés étaient partis, du moins ceux qui avaient partagé sa vie. Sa relation avec ses petits-enfants était différente. Elle les aimait, mais de manière protectrice, en vieille dame sage qui savait qu'elle ne pourrait pas les accompagner sur leur chemin. Que connaissaient-ils d'elle ? Que pouvait-elle raconter à Alex de son existence, des deux guerres, de la crise économique, de l'inflation, des bombes, de la faim et de l'exil ? Que signifiaient les noms d'autrefois pour une jeune femme d'aujourd'hui ? Comment pourrait-elle comprendre la douleur que Felicia ressentait encore aujourd'hui, lorsqu'elle pensait à son frère Christian, tombé à dix-neuf ans devant Verdun ? Pour Alex, il était un grand-oncle qu'elle n'avait jamais connu, pour Felicia, Christian demeurait à jamais ce jeune garçon aux cheveux sombres qui n'avait pas eu le droit de vivre. La plus grande solitude de l'âge était sans doute ces souvenirs qu'on ne pouvait partager avec personne.

Elle alluma une cigarette, la fuma rapidement pour ne pas sombrer dans la morosité qui lui tendait ses griffes. Autrefois déjà, elle ne supportait pas les vieilles femmes sentimentales et elle ne voulait surtout pas leur ressembler. Elle cessa de regarder par la fenêtre car la journée ensoleillée de mai la rendait nostalgique ; le ciel était éclatant, des crêtes d'écume ourlaient les vagues sur le lac. La lumière qui tombait soudain d'entre les nuages, illuminant brièvement des parcelles de terre avant qu'elles ne replongent dans l'ombre, lui rappelait Lulinn. Un jour comme aujourd'hui, elle aurait sellé un cheval et elle serait partie au galop. Si elle fermait les yeux, elle pouvait encore sentir le vent sur son visage.

Lorsqu'on sonna à la porte, elle sursauta et attendit que quelqu'un aille ouvrir. Mais la maison resta silencieuse. Serguei devait être couché – il ne quittait presque plus son lit – et Nicola avait dû sortir se promener. La femme de ménage était rentrée chez elle depuis longtemps. Felicia réalisa soudain qu'il était déjà 17 heures. Elle éteignit sa cigarette, posa son verre et sortit dans le vestibule. Elle ouvrit la porte et se trouva face à face avec Maksim Marakov.

Il la regarda d'un air incertain.

— Felicia ?

Près de quarante ans s'étaient écoulés depuis leur dernière rencontre, pourtant ils se reconnurent aussitôt. Même par la nuit la plus noire, ils n'auraient pu se croiser sans ressentir quelque chose d'exceptionnel.

Assis dans le bureau de Felicia, ils s'observaient à la dérobée. Il est malade, pensa-t-elle. Il n'a pas seulement l'air d'un vieil homme, mais d'un homme malade. Il a toujours été mince, mais maintenant, il semble friable. Mon Dieu, ces mains squelettiques et ces veines saillantes sur ses tempes... Sa peau est aussi fine que du papier de soie.

Quand elle lui tendit le paquet, il prit une cigarette. Après avoir aspiré une longue bouffée, il se cala dans le fauteuil.

Felicia n'a pas changé, songea-t-il. Même quand elle aura cent ans, je la reconnaîtrai à ses yeux, à ce sourire, à cette façon de s'asseoir...

Il se ressaisit. Lorsque Felicia aurait cent ans, il ne serait plus en état de reconnaître quoi que ce fût. Il ne resterait alors plus rien de Maksim Marakov.

— Depuis quand te trouves-tu à l'Ouest ? demanda-t-elle.

— Seulement depuis quinze jours. Je suis resté quelque temps à Hambourg, avant de venir à Munich.

— Tu t'es mis en congé provisoire du socialisme ? se moqua-t-elle. Ou as-tu choisi de rester pour toujours à l'Ouest ?

— En effet. À moins d'un miracle.

— Tu es malade ?

Avec elle, il était inutile de tergiverser. Maksim était toujours venu la voir quand il avait eu des difficultés et il les lui avait toujours exposées sans attendre.

— J'ai encore quatre mois à vivre. Au mieux, six.

Un long silence suivit ses paroles.

— Ce n'est pas possible, murmura-t-elle, sachant pourtant qu'il lui avait dit la vérité.

— À moins que tous les médecins ne se soient trompés. J'ai vu trois spécialistes chez nous, et deux professeurs à Hambourg. Ils ont tous fait le même diagnostic.

— Qu'est-ce que tu as ?

— Un cancer. Des métastases dans tous les organes vitaux. On ne peut plus rien faire.

Felicia s'empara de la bouteille de cognac.

— Je dois boire quelque chose. Toi aussi ?

Maksim hocha la tête. Elle leur servit deux verres.

— Depuis quand le sais-tu ?

— Depuis assez longtemps. En 1977, ils ont découvert une première tumeur à l'estomac et ils m'ont opéré. Le danger semblait endigué. Au début de l'année dernière, j'ai eu à nouveau mal. Les cinq années critiques étaient passées, mais la tumeur était revenue. Ils m'ont opéré à nouveau. L'année dernière, à l'automne, lors d'un contrôle, ils ont découvert que la chose s'était étendue. Intestin, pancréas, foie... Rien n'est épargné. Ils ont dit qu'ils pouvaient seulement m'aider à mourir.

— Espérais-tu trouver quelqu'un qui puisse t'aider, ici à l'Ouest ?

Maksim sourit, avec ce même sourire embarrassé qu'il avait eu jeune homme, lorsqu'il se détournait du chemin socialiste et qu'on le prenait en flagrant délit.

— Je sais que cela aurait été plus logique de rester de l'autre côté. Mais... j'étais très seul là-bas et je...

Il se tut. Il savait quels sentiments Felicia avait éprouvés pour lui toute sa vie. Elle jugerait l'ironie du sort plutôt amère, s'il lui expliquait, à l'âge de quatre-vingt-onze ans, que c'était l'envie de la revoir qui l'avait incité à venir à l'Ouest. C'était la vérité, mais elle lui semblait déplacée.

— Où habites-tu ?

— À Munich. Au Carlton.

— Tu vas emménager ici.

Maksim secoua la tête.

— C'est une mauvaise idée. Nous deux sous le même toit – ça se termine toujours en fiasco.

— Entre-temps, nous avons vieilli et mûri.

— Je préférerais qu'il en fût autrement.

Elle ne comprit pas.

— Tu préférerais que nous soyons plus jeunes ?

Il éclata de rire.

— Ça aussi, répondit-il en riant. Mais je voulais dire que je préférerais rester à l'hôtel.

— As-tu assez d'argent ?

— Suffisamment pour vivre six mois et m'offrir une mort convenable.

Felicia le considéra longuement.

— Et merde, finit-elle par murmurer en se levant.

À son tour, Maksim se leva, avec tellement de difficulté que Felicia se demanda, furieuse, comment diable il pouvait songer habiter seul à l'hôtel. Pourquoi ne venait-il pas chez elle ?

— C'est tout de même fou, fit-il à mi-voix. D'être si vieux et d'avoir tant de mal à tout quitter.

— Je sais.

Elle s'approcha de lui et l'enlaça. Sa maigreur était effrayante. Elle devinait ses côtes. Les os de ses hanches et de ses épaules saillaient affreusement. Il utilisait une excellente eau de Cologne et pourtant elle eut l'impression de respirer la maladie et la mort. Sa gorge se noua. Mais elle n'avait pas pleuré depuis vingt ans, alors elle n'allait pas commencer.

La sonnerie du téléphone la sauva de cette étreinte bouleversante. Elle décrocha.

— Lavergne.

Tandis que Felicia écoutait son interlocuteur, ses yeux s'agrandirent.

— Oui, bien sûr. Venez ici tout de suite. Bien sûr... c'est évident. Dites-moi combien il vous faut pour le voyage, je réglerai tout, conclut-elle, tout excitée.

Elle raccrocha, abasourdie.

— Nicola va avoir une attaque...

— Qu'est-ce qui se passe ?

— C'est à peine croyable. De l'autre côté du mur, votre pays tant aimé, se vide peu à peu. C'était Julia, la fille de ma cousine Nicola. Elle a traversé la frontière tchèque avec ses deux enfants. Elle appelait d'une pension de famille à Regensburg.

— N'est-ce pas à leur sujet que ton petit-fils est venu me voir à Berlin ?

— Oui.

— N'y avait-il pas aussi un mari ?

— Richard. Visiblement, Julia l'a abandonné.

Maskim éclata de rire et son visage reprit des couleurs.

— Voilà une attitude typique des femmes de cette famille ! Elles ont toujours traité les hommes comme ça.

Après un temps d'hésitation, Felicia se mit à rire à son tour. Il avait raison. En ce qui la concernait, en revanche, il y avait exception à la règle : elle était toujours restée disponible pour Maskim. Toujours. Lui, elle ne l'avait jamais abandonné, même au péril de sa vie. Il l'avait souvent quittée, mais, chaque fois qu'il lui revenait, elle l'accueillait les bras ouverts. En cela, rien n'avait changé.

5

En revenant du marché, Clarissa remarqua que la voiture d'Ernst Gruber était garée devant son garage. Elle lâcha un juron. Il venait la voir nuit et jour, le plus souvent en taxi. Parfois cependant il ne prenait aucune précaution et arrivait au volant de sa propre voiture. Il s'obstinait dans leur relation. Il était devenu tellement dépendant que peu lui importait à présent de sauver les apparences. Clarissa savait que l'on se débarrassait très difficilement de ce genre d'hommes. Ils menaçaient de se suicider, vous harcelaient au téléphone, espionnaient ou vous abreuvaient de reproches ou de menaces. Gruber ne reculerait devant rien.

Comme il n'avait pas de clé, il était assis dans l'inconfortable chaise à bascule qui se trouvait sur la terrasse à l'arrière. Quand Clarissa ouvrit la porte du salon, il se leva d'un bond.

— Clarissa, enfin ! J'attends depuis une heure.

— Je suis allée faire des courses. Je t'ai déjà dit cent fois que tu devais appeler avant de venir ! Enlève tes chaussures, je n'ai pas envie de nettoyer derrière toi.

Ernst s'exécuta et pénétra en chaussettes dans le salon.

— Le soleil est trompeur. Il fait frais dehors.

Sans répondre, Clarissa fila à la cuisine pour déballer ses paquets.

— Est-ce que je peux avoir quelque chose à boire ? Un sherry peut-être ?

— Tu ne trouves pas que c'est un peu tôt ?

— Une gorgée, je t'en prie.

— Tu sais où sont les bouteilles. Sers-toi.

Toujours aussi excédée, elle revint au salon où Ernst buvait son sherry, assis dans le canapé. Il avait l'air ridicule sans chaussures, et puis il avait encore forci.

— Ne devrais-tu pas être au bureau ? Que diras-tu si ta femme appelle alors que personne ne sait où tu te trouves ?

— Ma femme ne téléphonera pas. Elle se fiche de ce que je fais, tant que je lui assure son train de vie. Veux-tu un sherry ?

— Non.

— Autre chose ?

— Non, fit-elle avec un soupir. Je voudrais prendre un bain, Ernst.

— Je vais t'accompagner.

— Je veux prendre mon bain toute seule. Je désire rester tranquille. Essaie de me comprendre, s'il te plaît. J'ai la migraine.

— Tu es malade ?

— On peut avoir mal à la tête sans être malade, non ?

— Bien sûr, Clarissa, je crois savoir quelque chose qui va te remettre d'aplomb.

Ernst avait prévu d'utiliser son atout beaucoup plus tard, mais il devinait que Clarissa n'aurait pas la patience d'attendre.

— Qu'est-ce que c'est ? Ces derniers temps, tu m'as offert tellement de bijoux que je commence à être gênée.

— C'est encore mieux qu'un bijou. (Il vida le verre d'une lampée.) Je t'apporte la tête de Markus Leonberg sur un plateau.

Encore méfiante, Clarissa se fit néanmoins plus attentive.

— Pas de comédie, je te prie. Nous ne sommes pas dans un théâtre de boulevard. Que veux-tu dire ?

— Leonberg est à bout. Demain, je vais lui annoncer que ma banque annule tous ses crédits.

— C'est possible ?

— Et comment ! Tu sais ce qu'il a fait, l'imbécile ? La chose la plus idiote que l'on puisse accomplir dans sa situation. Pour s'acquitter de ses énormes intérêts et redresser sa société en déconfiture, il est allé voir l'un de ces usuriers sans scrupule.

Clarissa retint son souffle.

— Ah !

Ernst se délecta de son étonnement.

— D'une certaine façon, c'est moi qui lui en ai donné l'idée. Lorsqu'il est revenu me demander de l'argent, il y a deux mois, je lui ai répondu que je ne pouvais malheureusement plus lui accorder de crédits. Il a prétendu pouvoir s'adresser à d'autres banques, tout en sachant que personne ne le recevrait, car il ne dispose plus d'aucune garantie. « Il ne vous reste plus qu'un usurier ! » lui ai-je dit. Et j'ai ri. Personne ne peut prouver que je l'y ai incité, n'est-ce pas ? Ce n'était qu'une blague. Et qu'est-ce qu'il fait ? Il se rend dare-dare chez l'un de ces rapaces et accepte un prêt important avec des intérêts exorbitants.

— C'est lui qui te l'a raconté ?

— Il n'est pas si bête ! Mais les rumeurs circulent. On m'a averti il y a trois jours. Naturellement, j'ai dû en informer le conseil d'administration de la banque. Ils ont été effarés. En agissant ainsi, Leonberg rompt notre accord. Désormais, nous avons le droit et le devoir de dénoncer ses crédits.

— Est-ce qu'il est au courant ?

— Je ne crois pas. Il a rendez-vous avec moi demain matin, mais il doit penser que je vais lui parler de ses retards de paiements. Il va certainement m'exposer ses projets, me persuader qu'il maîtrise la situation, qu'il a seulement besoin d'un peu de temps... (Ernst éclata de rire.) La tête qu'il fera quand je vais lui annoncer la nouvelle !

Clarissa prit un verre et se servit un sherry. Ses mains tremblaient légèrement. Elle attendait cet instant depuis près de trente ans, et voilà qu'il arrivait de manière inopinée. Elle avait souvent pensé que le piège ne se refermerait jamais. Au début, elle s'était rendu compte qu'elle aurait du mal à convaincre Ernst de nuire à Markus. Bien qu'il lui fût entièrement dévoué, Ernst avait ses limites. Il n'était pas certain qu'il puisse facilement ruiner un client de sa banque. Pourtant, il avait fait de son mieux en incitant Markus à prendre des crédits inconsidérés. Puis, il avait fallu attendre que Leonberg creuse lui-même sa propre tombe, sachant néanmoins qu'il pouvait encore se ressaisir. Plus d'une fois, elle avait retenu son souffle.

Désormais, l'heure de la vengeance avait enfin sonné. Curieusement, Clarissa n'éprouvait aucun sentiment de triomphe. Elle avait pensé que cette nouvelle la transporterait de bonheur. Elle se sentait juste épuisée, courbatue, les membres aussi lourds que du plomb. Cette fatigue elle la portait en elle depuis longtemps, mais, pour la première fois, elle comprit qu'elle ne trouverait peut-être jamais la paix.

Elle souhaitait qu'Ernst s'en aille.

— N'est-ce pas fantastique ? se contenta de demander celui-ci avec un sourire.

— Oui, marmonna-t-elle. C'est une victoire.

— Tu l'attendais depuis si longtemps. Es-tu heureuse ?

Seigneur, comme elle avait envie d'être seule ! Seule avec ses souvenirs. Son père... Elle le revoyait se décomposer sous ses yeux, miné par les soucis, accablé qu'on le prît pour un détraqué. « Le peintre fou ! » disait-on. Personne ne s'était donné la peine de l'écouter. Son père... Surgi un jour de nulle part, alors qu'elle pensait qu'il était perdu à jamais.

Lorsqu'il s'était tiré une balle dans la tête, elle n'avait pas eu le temps de le pleurer. Elle avait quitté l'école et commencé à travailler dans un bureau pour subvenir à ses besoins et à ceux de sa mère. Elles avaient toujours manqué d'argent. Rongée par les soucis et les privations, sa mère était tombée malade. Par la suite, Clarissa était devenue obsédée par l'argent. Elle aurait vendu son âme pour en obtenir. Et elle avait fini par vendre son corps. Elle avait seize ans lorsqu'elle avait couché la première fois avec un homme pour de l'argent. Elle avait été la maîtresse de son patron pendant quatre ans. Sa mère avait pu quitter son travail et elles avaient emménagé dans un appartement plus spacieux.

Lorsque Clarissa avait eu vingt ans, sa mère avait succombé à une pneumonie. Clarissa s'était alors séparée de son patron car l'épouse, ayant découvert la liaison, avait exigé de son mari qu'il y mît un terme.

Elle avait ensuite emménagé à Munich où elle s'était rapidement constitué une clientèle régulière. Les hommes la dégoûtaient, mais elle serrait les dents et acceptait l'argent. Puis, elle avait rencontré Ernst Gruber. Un jour, elle avait appris par hasard qu'il connaissait Markus Leonberg. Clarissa l'avait pressé de questions, découvrant que Leonberg était un important client de sa banque. À partir de ce moment-là, sa vie avait retrouvé un sens. Le destin avait tourné en sa faveur, en lui donnant les bonnes cartes. Il lui avait suffi de bien jouer.

Clarissa ne supportait plus le visage radieux de Ernst.

— Tu t'es très bien débrouillé, déclara-t-elle. Je suis heureuse et fière de toi.

Ernst se leva. Si son costume, bien coupé, cachait quelque peu sa bedaine, il gardait une allure grotesque dans ses chaussettes grises.

— Tu n'as pas l'air ravie, fit-il.

— Je ne me sens pas bien aujourd'hui. C'est peut-être un début de rhume. J'aimerais aller m'allonger.

— Moi aussi, mon ange.

— Ce n'est pas ce que j'ai voulu dire. Je veux rester seule, Ernst. Je dois demeurer seule ! (Elle lui caressa le bras.) Je t'en prie, comprends-moi. Je te suis très reconnaissante... Cependant tout cela me bouleverse. Reviens demain soir, d'accord ? Nous fêterons ça. Nous boirons du champagne devant la cheminée. Tu me raconteras ce que Leonberg t'aura répondu et tu me décriras l'expression de ses yeux.

C'étaient les mots qu'il voulait entendre, mais Clarissa avait menti. Elle se sentait vide et épuisée. Elle ne souhaitait pas connaître la réaction de Leonberg, elle aurait préféré savoir si son père pouvait voir ce qui se passait et ce qu'il en pensait. En revanche, elle n'avait pas envie d'en discuter avec Ernst et elle doutait qu'il pût la comprendre. Elle désirait seulement qu'il s'en aille.

Lorsqu'il fut enfin parti, elle referma la porte derrière lui et s'y adossa un instant, comme pour s'assurer qu'il ne reviendrait pas.

Puis, sans bruit, elle se mit à pleurer.

Markus n'avait pas fermé l'œil de la nuit. En se levant, il se sentit brisé de fatigue. Un violent mal de tête battait contre ses tempes. Le soleil brillait. Au sud, les montagnes se détachaient toutes blanches. Il faisait chaud. Un vent tiède soufflait sur le lac, les feuilles des arbres bruissaient. Bien qu'il habitât depuis longtemps en Haute-Bavière, il ne s'était jamais habitué au foehn.

Caroline, qui avait un peu plus d'un an, vint le rejoindre dans la salle de bains où il se rasait. Depuis deux mois, elle marchait avec fierté en se dandinant. Markus, qui trouvait que sa fille promettait d'être ravissante, songea que tous les pères devaient penser la même chose. Caroline lui ressemblait. Avec elle, l'héritage des redoutables yeux gris de sa famille maternelle disparaissait. Dans le visage poupin, ses propres yeux verts le contemplaient. Ses cheveux blonds avaient la couleur d'un miel foncé. Elle portait son pyjama bleu et, lorsqu'il la souleva dans ses bras, il huma son odeur sucrée et familière – celle d'un pudding à la vanille. Elle l'embrassa de sa manière énergique et possessive. Pour la première fois, Markus comprit que, lorsqu'il se séparerait d'Alex, il risquait de perdre aussi son enfant. Si Alex n'avait rien d'une mère possessive, Markus ne pensait pas qu'elle abandonnerait sa fille sans créer de difficultés. Et, la vie sans Caroline lui semblait impensable.

Il reposa la fillette et lui proposa ses jouets de bain avec lesquels elle se mit à s'amuser, assise par terre. Lorsqu'il eut fini de se raser, Markus examina son visage livide dans le miroir. Il avait perdu sa fortune, sa femme, et probablement son enfant. Il était inutile d'essayer de comprendre comment il en était arrivé là. La question était de savoir comment il allait le supporter.

Il s'habilla avec un soin particulier : un costume bleu foncé, une cravate de marque d'une couleur discrète avec sa pochette assortie, des boutons de manchette en or. Avec ses cheveux gris et sa haute stature, Leonberg avait l'allure sérieuse d'un homme à succès en qui l'on pouvait avoir confiance. Hélas, il n'était plus possible de duper Ernst Gruber.

Markus fut tenté de joindre Alex à Kampen. Pour entendre sa voix, pour lui dire qu'une terrible épreuve l'attendait. Mais il lui avait proposé de ne pas se parler pendant qu'Alex réfléchissait à l'avenir. Désormais, il le regrettait mais il ne voulait pas faire preuve de faiblesse, ni la mettre sous pression. Elle devait prendre sa décision en toute liberté.

Après avoir confié Caroline à la nurse, il quitta la maison. Une merveilleuse journée de début d'été l'accueillit, l'air était chaud, limpide et parfumé. Une odeur humide et fraîche montait du lac. Une nouvelle fois, il éprouva un sentiment de colère et d'impuissance. Ils auraient pu être si heureux ici, Alex, Caroline et lui. Et l'enfant qu'Alex avait perdu.

En chemin, sa migraine devint si vive qu'il dut s'arrêter pour avaler deux comprimés.

Ernst Gruber constata d'emblée que Leonberg paraissait au bout du rouleau. Il était pâle comme un linge et des gouttes de sueur perlaient sur son front. Visiblement conscient de ressembler à un revenant, il s'excusa :

— Je souffre beaucoup du *foehn* et cela se voit, hélas.

— Le climat bavarois pose un problème à beaucoup de gens, répliqua Gruber en lui indiquant un fauteuil.

Ils discutèrent de la météo, Ernst Gruber ne se montrait pas pressé d'en arriver au motif de leur rendez-vous. Tendu, Markus tâchait de garder un ton normal.

— J'ignore si vous savez pourquoi je vous ai demandé de venir, monsieur Leonberg ? finit par lancer Gruber.

— Le paiement de mes intérêts...

— ... est en retard, en effet. Vu l'importance de vos crédits, on arrive vite à des sommes considérables. Mais ce n'est pas précisément la raison pour laquelle je voulais vous parler.

Markus le considéra, intrigué. Sa migraine reprit de plus belle.

Ernst s'aperçut avec étonnement qu'il avait du mal à poursuivre. Ces derniers jours, il s'était imaginé la scène avec plaisir – probablement parce qu'il désirait s'attirer la bienveillance de Clarissa. En réalité, le triomphe avait un goût amer.

— Monsieur Leonberg, commença-t-il prudemment. Nous savons que vous êtes allé voir un usurier en dehors de notre établissement et qu'il vous a avancé une somme considérable.

Markus blêmit davantage.

— Que signifie ce « nous savons » ?

— J'ai été contraint d'en parler au conseil d'administration. Des rumeurs circulent... Je suppose que vous ne le niez pas ?

— Non.

— Monsieur Leonberg, je devais en aviser le conseil, reprit Ernst Gruber, se demandant pourquoi il se sentait obligé de se justifier. Autrement, cela m'aurait coûté ma place.

— Je comprends.

— Comment avez-vous pu faire une chose pareille ? Vous m'aviez pourtant assuré n'avoir aucun autre emprunt que ceux contractés auprès de notre banque. J'en suis désolé, mais vous avez rompu notre engagement...

— Je...

— Vous auriez dû savoir que, tôt ou tard, on l'apprendrait. Par ailleurs, c'est de la folie furieuse ! L'homme que vous avez sollicité est impitoyable.

— Dites-moi, je vous prie, quelle est la décision...

Gruber évita son regard.

— Nous n'avons pas le choix. Si vous ne vous acquittez pas de vos dettes sous huit jours, nous allons résilier vos crédits. Je peux vous assurer que nous en avons le droit.

Un silence de plomb tomba sur la pièce. Markus fixa un point sur le mur comme s'il y découvrait quelque chose de fascinant. Seul le ronronnement de la climatisation se faisait entendre.

Markus regarda soudain le banquier dans les yeux.

— Vous savez parfaitement que je ne peux pas réunir une somme pareille en huit jours. Tous les crédits et les intérêts...

— Je crains que huit semaines ne vous suffisent pas davantage. Aucune banque sérieuse ne vous donnera cet argent. Bien sûr, vous avez des biens immobiliers. Mais on ne vous prêtera qu'à hauteur de cinquante pour cent de la valeur, alors que je vous avais avancé jusqu'à quatre-vingt-dix pour cent. Vous ne parviendrez jamais à réunir la somme. Vous êtes sur la liste noire de toutes les banques.

— Monsieur Gruber, si vous annulez maintenant mes crédits, je suis fini.

— Je ne peux pas faire autrement, je suis désolé.

— Pouvez-vous me laisser un délai supplémentaire ?

Ernst poussa un soupir douloureux. Pourquoi essayaient-ils tous de repousser l'échéance fatale ?

— Je ne vois pas en quoi cela pourrait vous aider, mais je peux vous accorder quinze jours.

— Ce n'est pas beaucoup, mais je vous en remercie, déclara Markus en se levant.

— J'espère que vous ne m'en voudrez pas personnellement, ajouta Ernst en se levant à son tour. L'intérêt de ma banque...

— Je sais, l'interrompit Markus.

Ils se serrèrent la main. Celle de Markus était glacée. Ernst ne put s'empêcher d'éprouver pour lui une certaine admiration. Il avait vu des hommes, dans une situation comparable, le supplier, l'implorer, lui promettre l'impossible pour qu'il leur accorde une dernière chance. Leonberg maîtrisait parfaitement ses émotions. Seuls son visage défait et le tressautement nerveux de sa paupière droite le trahissaient.

Resté seul, Ernst se retint d'appeler Clarissa. La scène l'avait touché au vif, il devait d'abord prendre un schnaps.

6

Dan descendit de l'avion à Hambourg, alors qu'il aurait tout donné pour retourner aussitôt à Munich. Il se demanda d'où lui était venue l'idée saugrenue de rendre visite à Alex, à Kampen. Elle serait probablement stupéfaite de le découvrir sur le seuil de sa porte. « Je voulais seulement te voir, je m'inquiétais après tout ce qui s'est passé... »

Il avait des sueurs froides en imaginant ses balbutiements.

Il prit un taxi pour Altona, puis un train pour le Westerland ; comme la saison n'avait pas encore débuté et que peu de gens se rendaient dans le nord, Dan occupa seul son compartiment. Il ne parvint pas à se concentrer sur les quelques livres qu'il avait emportés. Aussi admira-t-il le paysage en donnant libre cours à ses pensées.

Il allait être forcé de dire à Claudine qu'il désirait mettre un terme à leur relation. Elle ne comprendrait pas et en serait certainement blessée. Mais il était amoureux d'Alex. Il l'aimait depuis le premier jour et, à présent, il ne pouvait plus taire ses sentiments. Depuis cette nuit mémorable à l'hôtel, ceux-ci n'avaient cessé de le tarauder. Cela n'avait plus de sens de faire semblant de n'être qu'un ami. Ne l'avait-il pas tenue dans ses bras, autrefois ? Il connaissait par cœur le grain de sa peau, la texture de ses lèvres, de ses cheveux, son parfum, la sensation des mains d'Alex sur son corps. Il savait que sa voix changeait de tonalité lorsque, la nuit, elle murmurait des paroles qu'elle n'aurait jamais prononcées le jour.

Pendant toutes ces années, il n'avait osé s'avouer qu'il éprouvait toujours pour elle une forte attirance sexuelle. Il souhaitait l'embrasser, la caresser, la pénétrer, partager à nouveau avec elle cet embrasement qui le bouleversait.

Mais comment lui prouver sa détermination et ses sentiments ? Serait-il obligé de lui dire ce qu'il ressentait ou pouvait-il espérer qu'elle le devinerait d'elle-même ? Éprouvait-elle la même chose pour lui ? Nerveux, il essaya de ne plus y penser. Il serait fixé bien assez tôt.

Lorsqu'il avait décollé de Munich, il s'était senti plutôt serein en songeant à Markus Leonberg. Il présumait depuis longtemps que leur mariage battait de l'aile. Et il en avait été certain quand Alex s'était fait avorter de l'enfant de Markus, sans que celui-ci ait même été au courant de sa grossesse. Cependant, il arrivait parfois à Dan de se demander s'il ne s'était pas trompé. Peut-être Alex avait-elle pris une décision qui pouvait signifier un nouveau départ pour le couple.

Le train traversa un paysage solitaire qui, par cette belle journée, n'avait rien de mélancolique. De belles fermes en briques rouges apparaissaient de temps à autre. L'atmosphère de la région frappa Dan. Il avait beaucoup voyagé, il avait connu des paysages magnifiques, mais celui qui se déroulait devant lui l'émut particulièrement. Ici, on pouvait vivre heureux, en toute sérénité... Pourtant, lorsque le train s'arrêta à Niebüll, Dan admit qu'il s'était rarement senti aussi désorienté de sa vie.

Les joues roses, les cheveux emmêlés par le vent, Alex venait de rentrer de la plage. Anja, la gouvernante de la maison, la regarda d'un air satisfait.

— M. Leonberg serait content de voir comme vous vous êtes bien reposée. Il faut seulement que vous repreniez un ou deux kilos. Je vous ai préparé un bon dîner. Vous n'aurez qu'à le réchauffer un peu plus tard.

— Merci, Anja. Je présume qu'il y en a encore pour un régiment.

— Bah, vous avez un appétit d'oiseau ! s'exclama Anja en attrapant le panier vide dans lequel elle apportait tous les matins des montagnes de victuailles. Si vous n'avez plus besoin de moi, je vais y aller. Mon mari va rentrer plus tôt aujourd'hui et je voudrais encore un peu cuisiner.

— Bien entendu.

Alex referma la porte derrière Anja. Puis elle retira ses tennis, son pantalon de jogging et son coupe-vent. Bien que le soleil fût chaud, un vent frais soufflait près de la mer.

Elle monta dans la salle de bains et prit une douche, savourant la sensation de l'eau chaude sur son corps. Puis, elle s'emmitoufla dans un peignoir et sécha ses cheveux. À son reflet dans le miroir, elle voyait qu'elle allait mieux, malgré sa pâleur persistante.

Dix-huit heures venaient de sonner. Elle décida de prendre un verre et de s'asseoir sur la terrasse pour profiter des derniers rayons du soleil. Depuis sa mise au point avec Markus, elle se sentait libérée d'un grand poids et elle lui était reconnaissante de ne pas téléphoner. Chaque journée supplémentaire lui permettait de se reposer, de reprendre des forces et de retrouver la santé.

Elle se prépara une vodka avec beaucoup de jus de citron et de la glace. Tandis qu'elle traversait le salon, la sonnette de la porte d'entrée retentit. Elle eut un instant d'hésitation avant d'aller ouvrir.

Dan se tenait devant elle. Il était vêtu d'un jean et d'un veston gris et tenait un sac de voyage à la main.

— Bonsoir, Alex.

Elle le regarda, étonnée.

— Aurais-tu un autre verre comme celui que tu tiens à la main ? demanda-t-il en souriant.

— Pardonne-moi. Entre donc.

Il la suivit au salon.

— Assieds-toi. Je vais te chercher quelque chose.

Pieds nus, elle se rendit à la cuisine où elle prépara un autre verre. Lorsqu'elle le lui tendit, il respira son parfum.

— J'espère que je ne te dérange pas trop.

— Pas du tout. Seulement, tu me vois sans maquillage et plutôt mal fagotée.

— C'est plutôt un privilège.

Alex s'installa en face de lui.

— Dans ce cas, je ne vais pas monter me changer. À ta santé, Dan !

Ils prirent tous deux une gorgée.

— Tu passais par hasard ? reprit Alex.

— Non, répondit-il, agacé de se sentir aussi mal à son aise. Je voulais juste savoir si tu allais mieux.

— Et tu es venu exprès de Munich pour le savoir ?

— Oui.

— Alors ? quel est le verdict ?

— Tu as l'air beaucoup mieux. En pleine forme et très attirante.

Ils se dévisagèrent. Alex avait compris son ton de voix. Quelque chose revenait... quelque chose qui avait existé autrefois et qui, un jour, avait disparu sans raison.

— Est-ce que tu restes longtemps ? s'enquit-elle, soudain gênée.

— Peut-être deux jours. Ne t'inquiète pas, je ne te dérangerai pas. Je vais dormir, faire de longues promenades. Je te laisserai tranquille.

— Mais je suis heureuse d'avoir de la compagnie ! Nous pourrions dîner ensemble ce soir. La gouvernante m'a préparé un repas pour dix.

— J'accepte volontiers l'invitation. Mais il faut d'abord que je trouve où me loger.

— Voyons, Dan, nous avons deux chambres d'amis dans la maison.

Elle se leva et Dan l'imita. Elle lui montra la chambre que, l'année précédente, il avait partagée avec Claudine.

— Ne suis-je pas un peu importun ?

— Pas du tout. Je suis heureuse de ne pas être seule.

— Alex...

Elle se retourna.

— Oui ?

— Est-ce que ma présence ne va pas te créer des ennuis ? Que dira la gouvernante demain matin ?

— Elle n'est pas comme ça. Tu es mon associé et nous avions à discuter de choses importantes. Je ne crois pas qu'elle imaginera autre chose.

Elle quitta la chambre. Dan se sentit rasséréné. Alex paraissait heureuse de le voir.

Ils passèrent la soirée à la maison. La gouvernante avait préparé un poulet au curry avec du riz, une salade verte et une tarte aux pommes. Tandis que Dan descendait chercher une bouteille de vin à la cave et préparait une flambée dans la cheminée, Alex mit la table, choisit de la musique et alluma les bougies. Pendant leur copieux dîner, Dan raconta des aventures de ses voyages et la fit rire à plusieurs reprises. Plus tard, ils débouchèrent une bouteille de mousseux et reprirent de la tarte aux pommes. À minuit, ils regardèrent une comédie à la télévision qui, sans être vraiment drôle, les amusa beaucoup.

Ils étaient assis l'un auprès de l'autre dans le grand sofa. Alex s'appuyait contre lui en riant. Elle avait un peu bu. Très doucement, il prit son visage entre ses mains et déposa un léger baiser sur ses lèvres. Aussitôt, elle eut un geste de recul.

— Pardonne-moi, murmura-t-il.

Il se serait giflé. Pourquoi avait-il essayé de profiter de cet instant de grâce ?

— Je suis sincèrement désolé, répéta-t-il. Cela n'arrivera plus.

— Nous devrions aller nous coucher, bredouilla Alex en se levant brusquement.

— Tu as raison, fit-il en l'imitant. Bonne nuit, Alex. J'ai passé une merveilleuse soirée.

Les jours suivants, ils ne se quittèrent pas. Ils se promenaient pendant de longues heures sur la plage, s'asseyaient parmi les dunes pour prendre le soleil. Tandis qu'Alex en était encore à se tartiner de crème solaire pour ne pas brûler, Dan prit très vite une teinte hâlée.

Ils faisaient des courses la journée et cuisinaient le soir. « Ma nourriture ne vous plaît plus ! » se plaignait Anja, vexée. Ils passaient leurs soirées devant la cheminée à discuter comme autrefois, de politique, de littérature, de musique, de films, de leurs amis. Le seul sujet tabou était eux-mêmes. Ils ne parlaient ni de leurs sentiments, ni du passé, ni de l'avenir.

Ils n'allèrent que rarement au restaurant. Un soir, après avoir vu un film au cinéma, ils prirent des hamburgers et des frites chez MacDonald, puis revinrent de nuit au bord de la mer. Ils restèrent longtemps seuls devant les brisants, tandis qu'un vent violent leur volait leurs paroles.

— Je t'aime, Dan, dit Alex.

Il ne l'entendit pas et elle en fut soulagée car ses sentiments l'effrayaient.

Elle savait qu'elle ne devait pas le faire souffrir une seconde fois. Il fallait qu'elle se décide une fois pour toutes ou taire à jamais ses sentiments.

Le lendemain matin, ils se levèrent tôt et partirent se promener à travers les prés brumeux le long du Watt. Ils n'avaient pas fermé l'œil de la nuit. Dan ne se trouvait à Kampen que depuis cinq jours et, entre eux, la tension était devenue insoutenable. Ils ne supporteraient plus longtemps cette camaraderie joyeuse.

Ils marchèrent en silence dans le brouillard. Des mouettes criaillaient au loin, des oiseaux surgissaient, puis disparaissaient. L'eau se dérobait à leurs regards, des arbustes sortaient de temps à autre de la brume. Ils étaient seuls au monde... les derniers survivants.

— On se croirait en novembre, fit remarquer Alex. Et pourtant nous sommes au mois de mai.

Qu'est-ce que je raconte comme platitudes ! songea-t-elle.

— C'est vrai.

Les cheveux de Dan étaient humides, tout comme le foulard bleu qu'il portait autour du cou. Une mèche avait glissé sur son front, lui donnant un air juvénile.

— Alex, je ne sais pas si tu as remarqué...

— Quoi ?

— Je... (Il rit, enfonçant les mains dans ses poches.) Seigneur, je bafouille comme si j'avais quinze ans. Alex, tout est revenu comme autrefois. À moins que rien n'ait jamais changé. Je ne sais pas. Le problème, c'est que je ne peux pas vivre sans toi. J'ai beaucoup lutté contre ce sentiment, depuis le jour où tu m'as annoncé que tu étais amoureuse de Markus Leonberg, que tu couchais avec lui depuis des semaines et que tu souhaitais mettre fin à ce double jeu. Ce jour-là, j'ai pensé que jamais je ne pourrais le supporter... je me suis aussitôt juré de ne pas te le dire, de me débrouiller avec ma souffrance. Mais maintenant... Maintenant, c'est pire qu'avant.

— Dan...

— Tu ne m'as jamais expliqué pourquoi. Et moi, par fierté, je n'ai pas voulu te poser de questions. Bon sang, Alex, j'avais pourtant le droit de connaître la vérité ! Après deux ans, après tout ce que... Peut-être ai-je commis une faute grave. Peut-être t'ai-je blessée, heurtée. Je l'ignore. Je t'en prie, dis-le-moi. Je dois savoir s'il n'y a plus aucune chance pour... Dans ce cas, je te jure que je te laisserai en paix pour toujours. À moins que...

Il ne termina pas sa phrase, mais Alex devina ses pensées. Dan se demandait s'ils avaient encore une chance tous les deux.

Bouleversée, elle évita son regard.

— Tu n'as commis aucune faute, Dan. Pas une seule. Tu étais tendre et attentionné. (Elle rougit violemment.) Un merveilleux amant. J'étais une enfant gâtée qui ne savait pas ce qu'elle désirait. Et très peu sûre de moi. Je ne sais pas ce qui m'a soudain attirée chez Markus. Parfois, je me dis...

Hésitant un instant à le confronter à la brutalité d'une vérité banale, elle décida qu'il méritait l'honnêteté.

— Parfois, je pense que j'étais tout simplement curieuse. Je n'avais jamais connu d'homme avant toi, et j'avais envie de découvrir autre chose. Markus était là. Il me suffisait de le conquérir. Lui qui aurait pu être mon père. Il n'y avait pas autre chose, Dan. Je voulais savoir si je pouvais le conquérir, si je pouvais convaincre ce célibataire endurci de me demander en mariage. C'était un jeu, et j'étais trop jeune et trop stupide pour comprendre que le prix à payer serait aussi élevé.

Il la considéra, abasourdi.

— Tu te demandes s'il y a encore une chance pour toi. Oh Dan, soupira-t-elle en le regardant enfin dans les yeux. C'est plutôt l'inverse. Est-ce que moi, après tout cela, j'ai encore une chance auprès de toi ?

Markus se demandait comment un être humain aussi désespéré pouvait encore vivre et respirer. Il s'étonnait, alors que sa vie avait déraillé, d'accomplir encore des gestes ordinaires. Il se levait le matin, se rasait, prenait une douche puis son petit déjeuner, avant de partir au bureau, bien qu'il trouvât absurde de s'y rendre. Il n'avait pas encore osé dire la vérité à ses employés et feignait d'être débordé. Pourtant, dès qu'il se retrouvait seul dans son bureau, il reposait les stylos et les papiers, et contemplait le vide. Cinq jours s'étaient écoulés depuis son entretien avec Ernst Gruber et il avait pratiquement perdu le sommeil. La nuit, il restait éveillé et réfléchissait, retournant la situation dans tous les sens. Il se savait perdu. Il n'avait aucun espoir de réunir les fonds dont il avait besoin. Il avait appelé plusieurs banquiers, qui avaient tous fait la sourde oreille : « Nous sommes désolés, mais nous ne pouvons pas vous aider. » La nouvelle de sa faillite s'était répandue comme une traînée de poudre. Personne ne lui accorderait plus un sou. Il n'avait à offrir que les vêtements qu'il portait sur le dos.

Un instant, Markus songea à s'adresser à Felicia. Mais quelque chose le retenait. Par ailleurs, il savait que la vieille dame disposait de peu de liquidités. Sans doute aurait-elle pu le dépanner... Cependant, dans cinq ou six semaines, il se retrouverait au même point, avec des dettes supplémentaires envers Felicia. Il lui fallait trouver quelqu'un qui serait prêt à investir dans sa société, sachant que, pendant des années, il n'y aurait que des pertes. Qui risquerait cela ? Sûrement pas Felicia. Elle était devenue riche en évitant soigneusement ce genre de mésaventures.

Nuit et jour, ces réflexions tournaient dans sa tête, pour en revenir toujours au même point : Alex. D'après ses renseignements, *Wolff & Lavergne* dégageait d'importants bénéfices. Mais Markus ne connaissait pas exactement les compétences d'Alex – pouvait-elle disposer du capital sans l'accord de Liliencron ? Felicia lui avait sûrement délégué les pleins pouvoirs. Néanmoins, Alex voulait le quitter, et il semblait peu probable qu'elle acceptât une alliance d'affaires à long terme avec un homme qui avait, depuis des années, travaillé à sa propre faillite. Il serait obligé d'être sincère avec elle, et elle connaîtrait alors chacune de ses erreurs, chaque mauvais investissement et l'étendue dramatique de ses dettes. Pourtant, elle restait sa dernière chance. Ils avaient vécu l'un à côté de l'autre, chacun obsédé par sa propre carrière. Même dans leur vie privée, ils avaient eu peu d'occasions d'accomplir quelque chose ensemble. S'ils avaient un problème à résoudre tous les deux, s'ils se battaient côte à côte, pourraient-ils se rapprocher enfin ?

Sans éprouver de véritable sentiment euphorique, Markus se raccrochait à cette dernière planche de salut. Alex.

Il avait cent fois saisi le combiné, avant de le reposer aussitôt. Ce n'était pas un sujet dont on pouvait discuter au téléphone. Que pouvait-il lui dire ? « Alex, j'ai besoin de toi. Je suis au bord de la ruine. Ou plutôt : je suis ruiné. Je t'en prie, aide-moi. Essayons ensemble de sauver ce qui peut encore l'être. Ne me quitte pas ! »

C'était hors de question. Il devait lui faire face pour lui parler. Il s'imagina entrant dans la maison à Kampen, respirant son parfum, la prenant dans ses bras et puisant des forces dans le réconfort de son étreinte.

Il appela sa secrétaire.

— Réservez-moi, pour demain après-midi, une place sur un avion pour Hambourg. Je veux aller passer deux jours à Kampen.

Il ferma ses yeux qui brûlaient de fatigue. À mi-voix, il se promit que tout allait s'arranger.

— Et voici notre ancienne maison, déclara Felicia.

Ils s'étaient arrêtés sur l'une des voies de droite dans la Prinzregentenstrasse. Derrière eux, les conducteurs agacés klaxonnèrent jusqu'à ce qu'ils montent sur la bordure du trottoir.

Felicia contempla la grande demeure aux nombreuses fenêtres. Sa couleur jaune pâle rappelait les demeures italiennes ; les tuiles rouges du toit qui venait d'être refait juraient quelque peu avec la patine des murs.

— Tout a tellement changé, dit Maksim.

— Oui. Autrefois, cette rue était plutôt paisible. Et la maison avait un jardin devant l'entrée, tu te souviens ? Après la guerre, ils ont tout réaménagé à cause des cratères laissés par les bombes... De toute façon, je ne voulais plus y habiter.

— Qui y vit désormais ?

— La maison était beaucoup trop grande pour une seule famille. Au milieu des années 50, je l'ai divisée en quatre appartements. Ils sont tous en location.

— Mais le petit jardin à l'arrière existe toujours ?

— Oui. Tu veux le voir ?

Maksim secoua la tête.

— Je suis fatigué. Je préfère rester dans la voiture et traverser Munich avec toi, en quête de souvenirs.

Ils échangèrent un sourire complice.

— J'avais dix-huit ans quand je suis arrivée dans cette maison, ajouta-t-elle à voix basse. C'était en

1914. Je venais d'épouser Alex Lombard. Et j'avais quarante-neuf ans quand...

Elle s'interrompit.

— Tu avais quarante-neuf ans quand Lombard est mort et que tu as quitté définitivement cette maison, poursuivit Maksim qui lut dans ses pensées.

— Oui. Je ne pouvais plus vivre ici.

Il détourna les yeux pour regarder les voitures qui les dépassaient.

— Quand as-tu compris que c'était toujours lui que tu avais aimé, et non moi ?

Felicia prit son sac à main posé sur la banquette arrière, trouva une cigarette et l'alluma. Elle aspira une bouffée et abaissa la vitre.

— C'est tout de même drôle ! fit-elle. Nous sommes assis ici comme deux vieillards gaga et c'est cette question-là que tu me poses !

— Tu n'es pas obligée d'y répondre.

— Surtout, elle n'est pas bien formulée. J'ai su très tôt que j'aimais Alex. Tout comme je t'aimais, toi aussi, mais d'une autre manière. Quand il est mort, j'ai compris qu'il avait été la réalité et toi seulement une illusion. J'aurais dû profiter de la réalité, au lieu de lui préférer une illusion.

Brusquement, Maksim sembla très las.

— En fait, le destin a mal fait les choses. Tu aurais été plus heureuse si tu ne m'avais pas connu.

— Il m'est arrivé de le penser, c'est vrai. Mais maintenant que je suis une très vieille dame, je vois les choses différemment. Quand on est jeune, on croit que le but de la vie est d'être heureux à n'importe quel prix. Et on se bat pour ce bonheur. Lorsqu'on en saisit enfin un morceau, on est si content qu'on embrasserait le monde entier, puis on sombre dans le désarroi car ce bonheur se révèle illusoire. Plus tard, avec le recul, on s'aperçoit que...

Elle hésita. Maksim se tourna vers elle. Il avait une expression très douce. Rarement, il l'avait regardée avec autant de tendresse.

— De quoi s'aperçoit-on ? Quel est finalement le but ?

— De se créer une foule de souvenirs, et que certains sont assez beaux pour vous réconcilier avec tous les autres.

— Une foule de souvenirs, répéta Maksim. Nous les avons, en effet. Et quelques-uns ne sont pas si mauvais.

— En effet.

Tous deux savaient qu'ils pensaient à la même chose, aux journées d'été de leur enfance à Lulinn, aux années pendant lesquelles leurs chemins s'étaient croisés puis séparés, lorsqu'ils avaient été assez jeunes pour croire que le temps n'avait guère d'importance et qu'ils auraient une multitude d'occasions pour corriger leurs erreurs.

À leur vie à Berlin... Maksim avait habité une chambre sombre dans une maison délabrée qui donnait sur une arrière-cour. Après avoir travaillé dur la journée, Felicia venait le retrouver le soir, élégante et parfumée, comme surgie d'un autre monde. Quand dormaient-ils à l'époque ? Ils passaient leurs nuits à discuter, ils faisaient l'amour, buvaient du vin, regardaient les revues scintillantes des années 20... Rien n'avait pu entamer leur énergie. Et Maksim avait d'épais cheveux noirs...

Elle le considéra. Pourquoi avait-elle soudain pensé à ses cheveux ? Désormais, ils étaient blancs et fins, sa peau ridée piquetée des taches brunes qui viennent avec l'âge.

— Je crois que tu devrais maintenant me ramener à l'hôtel, dit-il. Je me sens un peu faible.

— Ne vaudrait-il pas mieux consulter un médecin ?

— Non. Je dois seulement m'allonger et dormir un peu.

Felicia éteignit sa cigarette et mit le contact.

— Je ne suis pas heureuse de te savoir dans cet hôtel. Pourquoi ne vas-tu pas à la clinique ? Il y a une place libre pour toi.

Et voilà qu'elle reparle de la clinique ! pensa-t-il, agacé. J'aurais dû m'en douter. Comme ça, elle m'aurait sous son contrôle.

Il s'agissait d'une clinique privée, située sur la rive sud-ouest de l'Ammersee et dirigée par des religieuses. Des malades en phase terminale venaient y terminer dignement leurs jours. Le soutien médical était présent. Personne n'avait à redouter d'être relié à des appareils pendant des mois. Le médecin chef avait été traduit deux fois en justice pour avoir aidé un patient à mourir, mais, chaque fois, il avait été innocenté. Il était très difficile d'y obtenir un lit – bien entendu, Felicia y était parvenue. Grâce à ses relations et à son argent, rien n'était impossible. Maksim était parfaitement conscient de l'image qu'il donnait de lui, celle d'un socialiste convaincu qui envisageait une mort privilégiée grâce aux finances d'une capitaliste invétérée. Heureusement, Felicia ne le taquinait pas à ce sujet. Et il lui en était reconnaissant.

— Je ne souhaite pas me rendre encore à la clinique, s'obstina-t-il. Plus tard...

— Viens au moins habiter chez moi. Tu auras une chambre à toi, une infirmière nuit et jour, des médecins si tu veux...

— Je sais. L'argent n'est pas un problème.

— Exactement. Et inutile d'ironiser. Je veux seulement t'aider. Maksim.

Ils avaient retrouvé les embouteillages de fin d'après-midi. Maksim était blême et paraissait épuisé.

— C'est peut-être stupide, Felicia, lança-t-il. Mais cela ne me facilitera pas les choses si je viens chez toi. Un vieillard mourant n'est pas très reluisant et...

— Et quoi ?

— Après m'avoir plus ou moins admiré toute ta vie, j'ai peur que tu ne te transformes en infirmière de mes derniers jours et que ne s'envolent tes dernières illusions.

— C'est la chose la plus stupide que j'aie jamais entendue, Maksim ! Et Dieu sait que j'en ai entendu de ta part !

— Je savais que tu ne comprendrais pas. Comme d'habitude.

— Ah ! Nous en sommes donc au règlement de comptes ?

— Non, mais c'est un fait que tu as toujours imposé tes opinions sans jamais écouter celles des autres.

— Et toi ? Tu brandissais ta maudite idéologie comme une épée et tu insultais ceux qui ne la partageaient pas !

— Et toi, depuis que je te connais...

Ils se disputaient encore en atteignant l'hôtel. Maksim avait repris des couleurs. Il se força à descendre sans demander d'aide, luttant contre la douleur. Alors qu'elle regardait le vieillard clopiner, Felicia comprit que jamais son amour pour Maksim n'avait été plus fort qu'en cet instant précis.

7

Le manque d'argent commença à poser de sérieux problèmes à Sigrid plus tôt que prévu. Sa chambre à l'*American Colony* et ses repas pris au restaurant revenaient très cher. Les factures s'accumulaient. Vers la mi-juin, au plus tard, elle n'aurait plus un sou. Elle se trouvait au pied du mur : soit elle cherchait du travail, soit elle reprenait l'avion pour l'Allemagne. Pendant deux jours, elle se sentit paralysée. Elle n'était pas vraiment certaine de vouloir prolonger son séjour en Israël. En revanche, rentrer en Allemagne signifiait mettre un point final à son aventure pour retrouver son quotidien. L'harmonie et la sécurité.

Au kibboutz, elle s'était dit qu'elle ne pouvait pas partir sans avoir visité Jérusalem. Et désormais, elle connaissait la ville. Elle avait vu le mur des Lamentations et la mosquée Al-Aksa, elle s'était promenée sur le mont des Oliviers et dans le Mea Sharim – le quartier des juifs orthodoxes. Elle avait visité les bazars des quartiers arabes et fait quelques excursions jusqu'aux couvents du désert de Judée. Elle avait vécu des journées ensoleillées, baignées d'une indescriptible lumière. Elle avait admiré le ciel, d'une beauté à couper le souffle, grisée par le chamsin, ce vent chaud du désert qui pouvait tourner la tête aux personnes les plus raisonnables.

Durant de longues et chaudes soirées, assise dans la cour intérieure de l'hôtel, elle avait siroté son verre de vin, en prêtant l'oreille aux murmures de nuits si vivantes qu'elles semblaient interdire le sommeil. Fascinée, elle avait observé les gens autour d'elle, les Juifs, les Palestiniens et les touristes venus du monde entier. L'hôtel était un véritable microcosme au cœur de cette ville fascinante – l'Orient et l'Occident s'y mélangeaient, des civilisations séculaires se côtoyaient, juifs, chrétiens et musulmans tâchant de vivre ensemble. Ici, tout lui semblait extrême : la terre, le ciel, la lumière, les gens, les odeurs des ruelles, et le parfum que le vent apportait du désert.

À présent, elle avait tout vu. Elle pouvait repartir. Cependant, quelque chose la retenait, comme si ce pays n'était pas prêt à la relâcher.

Sigrid finit par chercher un emploi. Une école anglaise lui proposa un poste de remplaçante – ce qui lui évita d'obtenir un permis de travail. Elle avait déjà enseigné l'anglais en Allemagne, aussi son cours sur Shakespeare ne lui posa-t-il aucun problème. Le salaire étant modeste, elle quitta l'hôtel pour une chambre dans une petite pension. De cette manière, elle parvint à maintenir la tête hors de l'eau et cessa de réfléchir à son départ. Le matin, elle se rendait à l'école, l'après-midi, elle se promenait en ville, le soir, elle sirotait un verre de vin dans un café. Il lui semblait qu'elle attendait quelque chose. Elle ne savait pas quoi.

Un jour, alors qu'elle buvait un cacao entre deux cours, elle lut une annonce sur le tableau d'affichage de l'école qui proposait un week-end dans le Negev. C'était le hasard qui l'avait conduite près du tableau. Parmi les bicyclettes à vendre, les demandes de baby-sitters, et les cinq chiots labradors qui attendaient un foyer, un certain Moshe Chebin proposait une excursion de deux jours dans le désert du Negev. Il restait une place de libre.

Séduite par l'annonce, Sigrid éprouva néanmoins l'appréhension qu'elle ressentait dès qu'elle se trouvait confrontée à quelque chose de nouveau. S'en aller dans le Negev pendant deux jours, avec des inconnus, dans des conditions certainement spartiates... À Berlin, lorsqu'elle était petite fille, elle détestait les excursions à la campagne et, plus tard, en tant que professeur, elle ne supportait pas d'organiser des sorties en pleine nature. Quel genre de personnes suivrait ce Moshe Chebin ? Sigrid hésita longuement, puis finit par noter le numéro accroché au panneau.

Dès qu'elle revint à la pension, elle téléphona. Moshe Chebin décrocha aussitôt. Il parlait un anglais parfait et se montra très chaleureux. Sigrid se présenta, précisant qu'elle était allemande et qu'elle passait quelque temps en Israël pour visiter le pays. Ainsi, si Chebin n'aimait pas les Allemands, il pourrait le dire tout de suite, ce qui éviterait de mauvaises surprises. Il se contenta de déclarer que trois personnes étaient déjà intéressées et qu'ils seraient donc cinq pour l'excursion. Ils tiendraient tous dans sa grande jeep. Il se chargerait d'apporter les tentes, les couvertures et les provisions.

— Prenez vos plus vieilles affaires, conseilla-t-il. Un jean, des tennis, des tee-shirts. Pour le soir, un pullover chaud. Vous n'avez pas besoin d'autre chose.

Lorsque Sigrid lui donna son adresse, il proposa de passer la chercher.

— Alors, c'est d'accord ? Vendredi, à midi ?

— Oui, répondit-elle, un peu prise au dépourvu.

Elle raccrocha. Qu'est-ce qui lui avait pris ? Elle allait s'angoisser jusqu'à vendredi. Toutefois, elle ressentait un certain plaisir à avoir quelque chose de prévu pour le week-end. Les fins de semaine étaient souvent difficiles. Ses collègues et certains parents d'élèves l'invitaient volontiers, mais elle refusait généralement par timidité. Lorsque le repos du shabbat enveloppait Jérusalem, elle se sentait très seule, et attendait avec impatience le lundi matin pour retourner à l'école.

Après sa conversation avec Chebin, elle sortit se promener dans la ville. Elle essaya une paire de boucles d'oreilles à un étal. La vendeuse, une Palestinienne, parut enchantée, et s'efforça de le lui faire comprendre dans une langue incompréhensible avec force mimiques. Elle tendit un miroir à Sigrid, puis, d'une main timide, souleva les cheveux blonds qu'elle laissa glisser entre ses doigts d'un air admiratif. Sigrid se regarda dans le miroir. Avec étonnement, elle découvrit qu'elle était devenue très séduisante. Son regard pétillait et ses cheveux rappelaient le reflet argenté des roseaux au soleil. Son teint hâlé faisait ressortir ses yeux, particulièrement verts et lumineux. Les anneaux d'or à ses oreilles lui donnaient un éclat nouveau, gai et incisif. Elle avait l'air plus jeune.

Sigrid acheta les bijoux qu'elle garda aux oreilles. Sur le chemin du retour, elle s'arrêta chez l'opticien Samuel Rosentau et commanda des verres de contact. Elle en avait assez de ses lourdes lunettes à monture d'écaille. Rosentau lui promit que ses lentilles seraient prêtes pour la matinée de vendredi.

Lorsqu'elle quitta le magasin, elle jubilait. Son achat ferait certainement un trou dans ses économies, mais la dépense en valait la peine. Elle n'aurait jamais pensé que l'on pût savourer ainsi d'être jolie. Un bref instant, elle regretta d'avoir attendu plus de quarante ans pour s'en apercevoir.

Lorsque Markus descendit du train, il pleuvait si fort qu'il fut trempé avant d'atteindre le toit de la gare. L'eau coulait dans ses cheveux dégouttaient jusqu'aux chaussures, à l'image de son humeur morose. Il venait voir Alex en tant que quémandeur et il en avait l'air. Sa costume luxueux n'y changeait rien.

Alors qu'un taxi l'emmenait à Kampen, la pluie s'arrêta brusquement. Le vent de la mer déchira les nuages. Le soleil couchant vint darder ses rayons poudreux sur le paysage. L'herbe scintillait. Les mouettes filaient telles des flèches à travers le ciel bleu, en poussant des cris aigus.

— C'est toujours comme ça à Sylt, dit le chauffeur du taxi. En une journée, le temps peut changer plusieurs fois. Regardez, il n'y a plus un seul nuage !

Markus contempla le ciel limpide. À l'horizon, un dernier petit nuage rouge s'évanouissait. Le chauffeur avait baissé la vitre. Markus respira profondément. Pourquoi transpirait-il ? De quoi avait-il tellement peur ?

Le taxi s'arrêta à l'entrée de la propriété. La maison était cachée par les arbres et les buissons en fleurs. On apercevait juste le toit et les volets striés de bleu et de blanc.

— Jolie baraque, fit le chauffeur. Vous l'avez louée ?

— Elle m'appartient, répliqua Markus en descendant de voiture.

Il fit une grimace. Il n'était qu'un imposteur. Cette maison appartenait depuis longtemps à la banque. Comme tout le reste.

Il poussa la barrière en bois blanc du jardin, remonta le chemin jusqu'à la porte d'entrée. Des branches détrempées effleurèrent son visage.

Lorsqu'il introduisit sa clé dans la serrure, il hésita

un instant. Devait-il sonner ? Non, ce serait plus sympathique d'entrer sans s'annoncer et de faire une surprise à Alex. Peut-être était-elle pelotonnée devant la cheminée, plongée dans un roman, sa petite ride de concentration lui barrant le front.

Alex...

Il entra dans le vestibule. Il entendit de la musique dans le salon. Sinatra.

Il ouvrit la porte en affichant un large sourire.

Alex et Dan étaient allongés sur le sofa, Dan adossé aux coussins, la tête d'Alex sur les genoux. Ils portaient tous deux des jeans et des pull-overs. Ils étaient échevelés, comme s'ils revenaient de la plage. Une bouteille de vin et deux verres étaient posés par terre à côté d'eux. Le soleil couchant baignait la pièce d'une lumière rose. Cette scène innocente était bien plus éloquente que ne l'eût été un baiser fougueux, car elle exprimait la tendresse et la sérénité.

En apercevant Markus, Alex se redressa d'un bond. D'un geste nerveux, elle essaya de remettre de l'ordre dans ses cheveux courts. Dan se leva à son tour. Son visage bronzé se décomposa.

— Pardonnez-moi de vous déranger, fit Markus en posant son sac de voyage par terre.

Alex éteignit la musique. Ils se regardèrent tous trois en silence.

Désespéré, Markus comprit qu'il avait perdu Alex. Dan Liliencron, le perdant d'autrefois, avait gagné, de manière irrévocable. Et Markus n'y pouvait rien changer. Alors qu'il se tenait devant eux, trempé, éreinté, vieux, il réalisa qu'Alex n'avait jamais été aussi jeune, ni aussi belle et vivante.

— Je voulais te faire une surprise, Alex. On dirait que j'ai réussi.

— Markus, ce n'est pas ce que tu crois.

Il aurait préféré qu'Alex ne niât pas. Aussi éprouva-t-il un profond mépris. Le prenait-elle pour un crétin ? Elle est comme toutes les femmes. Elle essaie de sauver sa peau, alors que tout est perdu.

— Tant mieux, lâcha-t-il d'une voix glaciale.

Une telle situation, pourtant si courante dans les films ou les romans, devenait singulière lorsqu'elle surgissait dans la vie réelle. Que devait dire le mari trompé ? Et l'amant ? Et l'épouse ?

— Aimerais-tu prendre un verre, Markus ? demanda Alex, d'une voix posée.

Il se détendit quelque peu.

— Oui, merci.

Liliencron s'approcha du bar et prit un verre sur l'étagère. Markus remarqua que ses mains tremblaient légèrement. Tant mieux ! Au moins, ce type était mal à son aise.

Alex servit le vin. Ses mains tremblaient aussi.

— Tiens, Markus.

La colère l'enflamma d'un seul coup, si bien que le sang se retira de son visage et qu'il entendit un bourdonnement dans ses oreilles. Il agrippa si fort le verre qu'Alex lui tendait que ce fut un miracle s'il ne se brisa pas.

— Asseyons-nous, proposa-t-il.

Dan et Alex s'assirent sur le sofa, Markus s'installa en face d'eux dans un fauteuil. Il leva son verre.

— À votre santé !

Ils l'imitèrent d'un air hésitant. Comme ils sont troublés, songea Markus avec haine. Comme ils sont pitoyables !

Il avala une gorgée et dévisagea sa femme.

— Tu as l'air en pleine forme. On dirait que tu as repris des forces.

— Merci.

— Tu as dû passer beaucoup de temps dehors ?

— Oui. C'est formidable de se promener lorsqu'il n'y a personne.

Combien de temps allaient-ils encore rester à bavarder sottement tels trois comédiens dans une mauvaise pièce de théâtre ? Aucun n'avait appris son texte et, à force de respecter les convenances, ils étouffaient dans leur corset de politesse.

Si j'avais suivi mon instinct, j'aurais cassé la figure de ce Liliencron, pensa Markus.

Le ventre noué, il sentit revenir sa colère.

— Quelle chance que l'endroit soit désert, n'est-ce pas ? lança-t-il. Ainsi, M. Liliencron n'a eu aucun mal à trouver une chambre d'hôtel.

La constatation était une question déguisée. Alex comprit qu'elle ne ferait qu'empirer les choses en mentant. Markus ne se laisserait pas embobiner. Il trouverait indigne d'aller vérifier ses dires – ce qu'il ferait tout de même car, pour lui, ce n'était plus une question de dignité.

— Dan n'est pas à l'hôtel. Il habite ici.

— Alex a eu la grande gentillesse de me proposer la chambre d'amis, précisa Dan.

Vraiment ? Et pour la remercier, tu l'as sautée, hein ?

Markus se leva lentement, contourna la table et s'approcha de Dan. Puis, d'un mouvement rapide du poignet, il lui jeta le contenu de son verre de vin à la figure. Dan se redressa d'un bond.

— Markus ! cria Alex.

— Vous avez dix minutes pour ramasser vos affaires et quitter ma maison, monsieur Liliencron, déclara froidement Markus. Et si vous revenez, j'appelle la police.

Dan posa son verre et se dirigea sans un mot vers la porte. Alex courut derrière lui et lui saisit le bras.

— Ne t'en va pas, Dan !

— Ton mari a raison. C'est sa maison et je ne peux pas y rester contre sa volonté. Tu m'accompagnes ?

Elle secoua la tête.

— Je dois lui parler.

Dan hocha la tête. Alex devina qu'il aurait aimé l'embrasser ou lui caresser les cheveux. Mais, craignant d'envenimer la situation, il se contenta de lui presser la main avant de quitter la pièce.

Ivre de colère, Alex se tourna vers Markus.

— Tu n'aurais pas dû faire ça. On peut se conduire en adulte responsable même dans ce genre de cas.

Markus était aussi pâle qu'elle.

— C'est toi qui me fais des reproches ? Après tout ce qui s'est passé, tu critiques mon comportement ?

— Qu'est-ce qui s'est donc passé ? Nous avions décidé de nous séparer...

Markus blêmit davantage.

— Je ne savais pas que ta décision était irrévocable.

— Il n'y a plus rien entre nous, Markus. Sur quoi pourrions-nous bâtir quelque chose ?

Markus se détourna et se frotta l'arête du nez d'un geste las.

— Tu ne trouves pas que notre relation – ainsi que moi – aurait mérité que tu attendes au moins quelques semaines avant de choisir un autre homme ?

Alex resta silencieuse. Elle n'avait rien à répondre. De toute façon, il trouverait toutes ses excuses lamentables.

— À moins que votre histoire ne date pas d'hier... À moins qu'elle n'ait jamais cessé ?

Cette fois, elle pouvait nier, la conscience tranquille.

— Je te jure qu'il n'y avait plus rien entre nous depuis des années. Vraiment rien. Il est venu me voir, et j'ai compris...

Elle se tut.

— Quoi donc ?

— J'ai compris que je l'aimais. Que je l'avais toujours aimé.

Markus la regarda.

— Mon Dieu...

Ils entendirent une porte se refermer. Dan avait quitté la maison.

— Si tu désires partir avec lui..., dit Markus avec un geste de la main. Je ne te retiens pas.

Alex alluma une cigarette.

— Nous ne sommes pas dans un mélodrame, reprit-elle avec humeur. Je ne vais pas courir après lui en le suppliant de rester. Markus, je t'en prie, réglons cette histoire comme des adultes.

Elle veut en finir avec moi. Le plus vite possible et sans souffrir. Elle ne veut pas non plus me faire mal. Mais c'est ce qu'elle fait.

Par le passé, de nombreuses femmes l'avaient quitté, sans que leur départ l'ait vraiment touché. Seule Alex... Alex le blessait profondément. Tous les sentiments, toute la tendresse qu'il possédait, il lui en avait fait cadeau. Il ne pourrait jamais se libérer d'elle. Avec détachement, comme s'il songeait à quelqu'un d'autre, Markus comprit qu'il était fini et qu'il ne s'en remettrait pas.

— Je ne veux pas passer la nuit ici, dit-il. Je vais chercher une chambre et repartir demain matin.

— Moi aussi, je peux trouver une chambre. C'est ta maison...

— Laisse donc. Reste ici.

Il la considéra d'un air tellement étrange qu'elle frémit. Que lui rappelait ce regard ? Quelque chose dans les yeux de Markus l'effraya.

— Adieu, fit-il.

Il prit son sac de voyage et sortit du salon.

8

Sigrid jugea que Moshe Chebin aurait dû la prévenir qu'elle serait la seule femme de l'expédition. Elle n'avait guère envie de se retrouver dans le désert avec quatre hommes. Au moins, le teint hâlé et débarrassée de ses lunettes, elle n'avait pas l'air trop mal. Elle avait noué ses cheveux, ses boucles d'oreilles oscillaient à chaque mouvement de tête, elle portait un jean moulant qui soulignait ses jolies jambes, ce qui la rassurait sans lui donner pleinement confiance en elle. Malgré tout, elle regrettait de s'être embarquée dans cette aventure.

Chebin était un homme filiforme et plein d'allant, le visage bruni sillonné de rides. Il expliqua qu'il était un sabra – un natif d'Israël – et qu'il en était fier. Depuis des années, il organisait des excursions dans le désert.

— Celui qui veut vraiment connaître le Negev doit en découvrir l'intérieur, expliqua-t-il. Tout le reste est ennuyeux. Mais pour cela, il faut un guide. Et je dois avouer que moi, Moshe Chebin, je suis le meilleur.

Parmi les trois autres hommes, il y avait deux Anglais et un Américain. Tom et Steve venaient de Cambridge où ils étudiaient l'histoire et les langues moyenâgeuses. Ils aimaient tous deux Israël et avaient longtemps économisé pour s'offrir ce voyage. Sigrid leur donnait environ vingt-cinq ans.

L'Américain se nommait Jonathan David, mais on l'appelait John. C'était un Juif d'origine polonaise. Sigrid devina que ses parents avaient quitté la Pologne à cause des nazis et, comme toujours depuis son arrivée en Israël, lorsqu'elle dut se présenter, elle fut prise de panique. « Sigrid Velin. » Elle s'attendait toujours à ce que quelqu'un fronce les sourcils : « Velin... mais voyons... Êtes-vous de la famille du capitaine SS Velin qui a été exécuté pour crimes de guerre en 1946 ? »

Dieu soit loué, elle fut épargnée une nouvelle fois.

— Sigrid Velin ? répéta John gentiment. Vous êtes allemande ?

— Oui.

Toujours ce sentiment de devoir aussitôt demander pardon... Mais John n'attendait rien. Il raconta que l'Allemagne lui plaisait et qu'il connaissait Hambourg. Sigrid respira plus calmement. Cet homme lui inspirait confiance. Elle l'examina plus attentivement. Il était un peu plus âgé qu'elle, grand et mince, avec des cheveux et des yeux sombres, et une peau très blanche. C'est un homme de bureau, pensa-t-elle, rassurée de trouver dans le groupe quelqu'un qui semblait aussi peu sportif qu'elle.

Ils partirent en direction du sud, à travers le désert de Judée, le long de la mer Morte. Tom était assis à côté de Moshe qui conduisait. À l'arrière, Sigrid, John et Steve avaient pris place sur les deux banquettes qui se faisaient face. Le soleil tapait fort sur le toit en toile de la Jeep. Il n'y avait aucun nuage dans le ciel.

— Il fait chaud pour un mois de mai, constata Steve.

John leva les yeux du guide touristique qu'il était en train de lire.

— Attendez d'être dans le désert. Là, il commencera à faire vraiment chaud.

Leur premier arrêt fut pour la forteresse de Massada. Les ruines imposantes dominaient les falaises de la mer Morte. En l'an 70 après Jésus-Christ, plus de neuf cents zélotes juifs ont défendu la place forte pendant deux ans contre les Romains. Lorsque la défaite fut évidente, ils se suicidèrent, préférant la mort à l'esclavage.

— Il faut avoir vu Massada, déclare Moshe en descendant de la voiture. C'est un symbole pour tous les peuples qui résistent à leurs oppresseurs. Il ne faudra jamais oublier la mort héroïque de ces gens.

On pouvait accéder à la forteresse par un téléphérique, ou monter à pied. Les hommes choisirent de marcher. Pour ne pas gâcher l'ambiance, Sigrid annonça qu'elle les accompagnerait. Mais l'ascension, dans la canicule, fut longue et éprouvante. Ses nouvelles chaussures commencèrent à la faire souffrir.

Flûte, je vais avoir des ampoules, pensa-t-elle lorsqu'ils arrivèrent enfin au sommet.

Heureusement, la visite valait la peine. Moshe proposa qu'ils se retrouvent une heure plus tard à l'entrée. Massada fermait les vendredis à 14 heures, et il ne leur restait que peu de temps.

Sigrid se promena à travers la forteresse, escalada les murs, les escaliers et les tours, oubliant ses pieds douloureux. Du haut des créneaux en direction de l'est, elle pouvait apercevoir les eaux de la mer Morte. Sur l'autre rive, dans la brume légère de la mi-journée, se dressaient les montagnes de Jordanie. Le sable clair scintillait sur la presqu'île Lashon. Sous les falaises de Massada, des ombres s'étendaient sur l'âpre désert caillouteux et crevassé. Ce paysage n'avait rien de bienveillant, ni d'hospitalier. Pourtant l'air chaud sentait l'été, le sel, l'eau... La liberté et la vie. Brusquement, elle éprouva un formidable sentiment de délivrance.

Appuyée contre les murailles séculaires, Sigrid éclata de rire, d'un rire profond et inextinguible. Un rire de pur bonheur.

— Vous devez penser à quelque chose de très beau ou de très drôle, fit une voix derrière elle. Quoi qu'il en soit, j'ai rarement vu quelqu'un afficher si clairement sa bonne humeur.

Sigrid se retourna. Jonathan David se tenait derrière elle, un appareil photo autour du cou, un guide touristique à la main. Il lui souriait.

— Pardonnez-moi, dit-elle, gênée. Je croyais que j'étais seule.

— Surtout ne vous excusez pas ! J'aime bien voir une femme rire à gorge déployée.

— Tout ça m'a bouleversée. Les montagnes, là-bas. La mer, le vent chaud. Cet endroit chargé d'histoire. Près de mille personnes sont mortes ici pour leur liberté. Celle-ci était si importante à leurs yeux que... (Elle hésita un instant.) C'est bien ce qu'il y a de plus important dans la vie, n'est-ce pas ?

— Je pense que oui et je vous avoue que, moi aussi, je me sens très ému. Mais l'heure est venue de retrouver les autres.

— Dommage. J'aurais pu passer toute la journée ici.

Sigrid prit la main qu'il lui offrait et sauta à pieds joints de son rocher. Lorsqu'elle atterrit, elle ne put retenir un gémissement.

— Qu'est-ce qu'il y a ? s'inquiéta John.

— Rien de grave. Mes pieds me font mal.

— Puis-je regarder ?

Elle protesta, mais John insista. Lorsqu'elle retira ses chaussures, elle fut effrayée de découvrir ses orteils meurtris et recouverts d'ampoules.

— Seigneur ! Vous devez souffrir l'enfer. Vos chaussures ne sont-elles pas trop petites ?

— Elles sont neuves, expliqua-t-elle, honteuse. J'aurais dû faire attention...

John sortit de sa poche un petit paquet de pansements et l'aida à protéger ses pieds.

— Voilà. Cela devrait vous soulager. Mais il faudra descendre avec le téléphérique.

— Je ne veux pas que les autres s'en rendent compte. Je me sens tellement bête.

— Dites que vous êtes fatiguée.

Il l'aida à se relever.

— Ça va ? demanda-t-il quand elle eut fait quelques pas.

— Oui, nettement mieux.

Au cours de l'après-midi, ils pénétrèrent dans le Negev. Sigrid n'avait jamais vu d'endroit dépouillé et solitaire. Des galets bruns, du grès, pas un buisson ni d'arbre aux alentours. À perte de vue, des vallées et des collines offraient un paysage monotone. Le soleil brûlait. Ils virent passer une famille de bédouins dans le lointain, un homme chevauchait un âne, les autres allaient à pied, suivis de deux douzaines de brebis et d'un grand chien. Moshe leur indiqua un lynx, couleur sable, tapi entre deux rochers. Toute autre vie semblait absente.

— Beaucoup d'animaux vivent ici, les contredit Moshe. Comme ils sont craintifs et très intelligents, ils se dissimulent.

Fatigués, les corps meurtris par les cahots de la voiture, ils ne cessaient de s'émerveiller. Plus la journée avançait, plus la lumière devenait exceptionnelle. Lorsque le soleil se coucha, Moshe s'arrêta. Ils descendirent de voiture pour admirer le spectacle. Le ciel et la terre rayonnaient, rivalisant de couleurs. Les galets s'enflammèrent d'un rouge profond qui vira au violet, et le ciel rose leur fit écho en se teintant de pourpre, avant de basculer d'un orange lumineux à un carmin dramatique. Autour d'eux, tout se mit à palpiter. La lumière du soleil couchant chassait les ombres, éclairant chaque recoin du désert. Et soudain, la nuit tomba d'un coup.

Tous se taisaient. Puis, peu à peu, ils sortirent de leur extase.

— Fantastique, soupira Steve.

— Indescriptible, renchérit Tom.

Moshe sourit.

— Vous avez eu de la chance. Ce fut particulièrement beau aujourd'hui. Alors, est-ce que nous passons la nuit ici ?

Ils acquiescèrent tous. Moshe leur expliqua comment dresser les deux tentes. Après quelques tâtonnements, ils y parvinrent. Il se gratta la tête.

— L'idéal serait que Sigrid ait une tente pour elle et que nous partagions l'autre, mais nous serions un peu à l'étroit. Pourriez-vous concevoir de partager votre tente avec un homme, Sigrid ?

Bien qu'elle l'eût redouté, Sigrid savait qu'elle passerait pour une idiote en refusant.

— Bien entendu.

La température baissa. Ils enfilèrent leurs chandails. Moshe confectionna un feu à l'aide de petits branchages qu'il avait apportés. Ils firent rôtir de la viande et des pommes de terre, se partagèrent le pain au sésame, la salade, le fromage et les olives. À la lumière des deux lampes à pétrole et du feu de bois, ils burent du vin israélien et dévorèrent des beignets et des noix en guise de dessert. Le hurlement d'un coyote déchira la nuit. De tous les côtés, on entendait les murmures, les chuchotements, les glissements furtifs des animaux qui sortaient à l'abri de l'obscurité. Courbatus mais apaisés, les voyageurs se turent et se plongèrent dans leurs pensées. Un peu grisée par le vin, Sigrid avait le sentiment agréable que la vie était bien simple.

Plus tard, lorsqu'elle se glissa dans son sac de couchage – elle avait retiré son jean mais conservé son pull-over –, alors que John était allongé à son côté, elle ne trouva pas la situation aussi déplaisante qu'elle l'avait craint. Elle s'endormit aussitôt, en se demandant, un peu gênée, ce que penserait cet Américain s'il savait qu'elle n'avait jamais passé la nuit auprès d'un homme.

Le lendemain après-midi, ils tombèrent en panne, en plein désert, alors qu'ils n'avaient croisé ni habitation ni être humain depuis des heures. Une chaleur presque insoutenable écrasait le paysage. Tom et Steve prenait des photos.

— Dans deux heures, nous serons à Elat, dit Moshe. Sur la mer Rouge. C'est le plus bel endroit sur terre pour faire de la plongée.

Ils s'étaient juste brossé les dents le matin avec de l'eau minérale. Poussiéreux et trempés de sueur, ils songèrent avec délices à une mer translucide. Ils firent une pause pour prendre du fromage et des raisins, mais lorsqu'ils voulurent repartir, la voiture ne démarra pas. Quand Moshe tourna la clé de contact, il y eut un léger cliquetis, puis la voiture se tut complètement et ne réagit plus.

— Bon sang, qu'est-ce qui se passe ? grommela Moshe en ouvrant le capot.

— Peut-être qu'il n'y a plus d'essence, suggéra Sigrid, tandis que Steve secouait la tête.

— Je crains que ce ne soit la batterie.

Steve vint se pencher lui aussi sur le moteur, et ils descendirent tous de voiture. Sigrid constata que ses pieds avaient gonflé avec la chaleur et recommençaient à la faire souffrir. Pourvu qu'on ne soit pas obligé de marcher, pria-t-elle, anxieuse. Je n'arriverai pas à faire plus de cinq mètres !

Une demi-heure plus tard, les quatre hommes déclarèrent forfait. Impossible de découvrir la raison de la panne. Moshe était furieux.

— Ça ne m'est jamais arrivé ! Jamais ! Maintenant, on est coincés ici. (Il donna un coup de pied dans un pneu.) Nous devons marcher jusqu'à Elat. Un mécanicien me ramènera ici et la fera démarrer.

— Combien de temps mettrons-nous ? questionna Steve.

— Environ cinq heures. Nous ne pouvons pas partir tout de suite. Il faut attendre la tombée de la nuit.

— Je n'y arriverai pas, dit Sigrid.

Ils se tournèrent vers elle.

— Pourquoi ? demanda Moshe.

— À cause de mes pieds. Je ne voulais pas en parler, mais j'ai de terribles ampoules depuis hier. Je peux à peine marcher.

Moshe jura en israélien avant de se calmer.

— *Okay*, fit-il. Vous attendrez ici jusqu'à ce que je revienne avec le mécanicien. Mais cela peut durer jusqu'à demain matin. Qui de ces messieurs accepte de tenir compagnie à la dame ? Monsieur David ?

— Bien sûr, fit John.

Ils installèrent un toit avec la grande bâche pour s'abriter du soleil et y attendirent le crépuscule. Puis, ils préparèrent les sacs à dos et Moshe vérifia les provisions du couple qui allait rester.

— Vous pouvez soutenir un siège, mes amis. Je vais vous allumer un feu. Il ne vous arrivera rien si vous ne vous éloignez pas de la voiture.

— C'est promis, dit Sigrid. De toute façon, j'en serais incapable.

Lorsque le soleil atteignit les collines, Moshe, Tom et Steve s'en allèrent. Ils emportaient des sacs à dos avec de l'eau et des provisions. Chacun avait une lampe de poche et Moshe sa boussole. Il espérait croiser une voiture sur l'une des routes qui traversaient le désert. Il était contrarié de laisser derrière lui deux personnes de son groupe, mais après avoir examiné les pieds de Sigrid, il ne tenta pas de la convaincre de les suivre. Avant de partir, il leur recommanda une dernière fois de ne pas s'écarter de la voiture. Puis le petit groupe s'éloigna, rapetissant jusqu'à disparaître derrière la première colline.

— Et voilà, à présent nous sommes seuls, annonça John. Nous n'avons plus qu'à attendre.

— Je suis désolée que vous soyez coincé ici à cause de moi. Vous auriez pu avoir une douche et un lit douillet, à l'hôtel, ce soir.

— Je préfère peut-être passer la nuit ici avec vous.

Sa voix eut une intonation que Sigrid ne lui connaissait pas. Son visage pâle s'était coloré à la lumière du soleil couchant.

— À moins que vous n'ayez trouvé épouvantable de partager hier soir votre tente avec moi ? ajouta-t-il en souriant.

— Non. Pas du tout. Je suis heureuse de vous avoir rencontré, John.

Sigrid s'aperçut qu'elle rougissait. Elle en fut agacée et espéra que John ne le remarquerait pas.

— Moi aussi, j'en suis heureux. Mais, avant que nous ne préparions quelque chose à dîner, je vais refaire vos pansements, proposa-t-il en fouillant dans sa trousse de secours. Peut-être accepterez-vous de me revoir à Jérusalem ? Quand vous serez guérie, nous pourrions faire beaucoup de choses ensemble.

9

Markus quitta Sylt le lendemain matin de très bonne heure. Il avait passé la nuit au *Miramar*, et il craignait qu'Alex ne refasse une apparition dans la matinée. Il n'avait pas la force de la voir ni de lui parler. Elle ne manquerait pas de lui expliquer les sentiments qui l'avaient poussée à retrouver les bras de Liliencron. Puis, elle éclaterait en larmes et, de manière absurde, il se sentirait obligé de la consoler alors que c'était elle qui le faisait souffrir. Pour le bien de tous les deux, il fallait à tout prix éviter ce genre de scène.

Il n'avait pas fermé l'œil de la nuit. Bien qu'il eût vidé le minibar, il n'en avait retiré qu'un violent mal de tête sans même parvenir à profiter des bienfaits de l'engourdissement de l'alcool. Désormais, il lui fallait affronter la vérité et même une caisse de whisky ne lui permettrait pas de s'y dérober.

De l'hôtel, Markus avait téléphoné à l'aéroport de Hambourg. Il avait eu la chance d'obtenir une place sur un avion pour Munich en début d'après-midi. À la manière d'un animal blessé regagnant sa tanière, il avait hâte de se retrouver chez lui.

La lucidité étrange qui s'était emparée de lui persista pendant le vol. Cette lucidité lui permit d'examiner les choses sans les enjoliver, sans espoir. Il voyait un homme de soixante-deux ans à bout sur tous les plans – psychique, financier et professionnel. Après son désarroi des derniers mois, il s'étonna que la réalité ne l'émût pas davantage. La douleur se heurtait à une cuirasse invisible qui, ces dernières heures, avait enveloppé son cœur. Désormais, il analysait sa situation avec le détachement d'un simple observateur. Il savait enfin ce qu'il allait faire. Et cela lui avait rendu sa sérénité.

Il récupéra sa voiture, garée au parking de l'aéroport, et prit l'autoroute de Garmisch. Un ciel bleu limpide s'étendait au-dessus de la campagne munichoise. Les Alpes semblaient à portée de main.

Sortie Münsing/Wolfratshausen. Des prés verts. D'un jour à l'autre, les vaches y brouteraient à nouveau. Les arbres de mai se dressaient décorés sur les places des villages. Bientôt, on fera de la voile sur le lac, on boira des chopes de bière dans les jardins des auberges et les marronniers seront en fleurs.

Il s'arrêta près de la clôture de sa propriété et descendit de voiture. La barrière grinça. La maison était paisible, la gouvernante avait dû sortir avec Caroline. Avant son départ, elle avait prévu de rendre visite à Felicia avec l'enfant. « Son arrière-grand-mère sera heureuse de la voir... » Il esquissa un sourire cynique. La jeune femme ne connaissait pas Felicia. Les enfants ne l'avaient jamais intéressée, ni les siens, ni ses petits-enfants, ni ses arrière-petits-enfants. Elle était l'archétype des femmes de cette famille. Dure et égoïste. À côté de ces femmes-là, les hommes dépérissaient en silence – à moins qu'ils ne possédassent l'intelligence et la volonté de s'éloigner à temps.

Lentement, il parcourut les différentes pièces. Il avait acheté cette maison à la naissance de Caroline, pour faire une surprise à Alex, mais c'était surtout un cadeau qu'il s'était offert à lui-même. Elle devait être le berceau d'une famille heureuse. Il aurait tellement souhaité avoir d'autres enfants... Il n'avait jamais osé en discuter avec Alex. Elle avait trop changé. Où était passée la jeune fille timide qu'il avait épousée ? Avec le temps, elle était devenue plus renfermée et plus sévère. Même son visage s'était transformé.

Dan Lilencron parviendrait-il à redonner à son rire sa douceur et sa magie ? Cette seule pensée lui fit si mal que Markus ne put retenir un gémissement.

Il pénétra dans son bureau et regarda les dossiers posés sur les étagères. On y découvrait l'amère vérité sur son fiasco financier ; il les avait peu à peu emportés à la maison pour que sa secrétaire, en les feuilletant, ne découvrît pas l'étendue du désastre. Dans la société si chacun savait que les affaires n'allaient pas bien, ils n'avaient néanmoins aucune idée de la gravité du problème. Puisque Markus avait toujours pensé qu'il s'en sortirait, pourquoi aurait-il pris le risque d'alerter les autres ?

Il effleura du doigt les dossiers et s'étonna de ne rien ressentir, hormis une profonde sérénité. Il s'installa devant son bureau et ouvrit le tiroir de gauche, qui était rempli de médicaments. Des tablettes contre les migraines, l'asthénie, les ulcères, les troubles de la circulation, la tension, les palpitations, les angoisses, les dépressions...

« Vous prenez trop de médicaments, monsieur Leonberg, lui avait souvent répété le docteur Reinsdorfer. Ils ne résolvent pas les problèmes. »

Ils seraient pourtant la solution définitive. Il ignora la photographie d'Alex dans son cadre en argent, de peur qu'elle ne l'empêchât d'accomplir son dessein. Du moins l'image de cette jeune fille aux cheveux longs, vêtue de robes folkloriques aux couleurs vives, dont il était tombé amoureux.

Il se leva et ouvrit une armoire où se trouvait un bar. Les bouteilles étaient alignées sur de la feutrine verte. Dans le miroir, Markus vit son visage blême, ses lèvres décolorées. Il prit un verre et la bouteille de whisky et retourna à son bureau. Une légère angoisse le gagna. La torpeur qu'il éprouvait depuis le matin ne durerait pas éternellement. S'il recommençait à réfléchir, à ressentir, il perdrait courage. Son visage ravagé lui avait rappelé le terrible désarroi des derniers mois, et Markus savait que la peur talonnait le désarroi. Il ne pouvait plus se permettre d'avoir peur.

Il choisit des somnifères et des calmants. Ils étaient de la même taille, les uns roses, les autres blancs. Cent douze pilules. Cela devrait suffire avec le whisky.

Il but le premier verre sans rien, et, contrairement à la veille, l'alcool l'apaisa. Une douce chaleur réconfortante se répandit dans son corps.

Avec le deuxième verre, il commença à avaler les médicaments dix par dix. Comme il n'avait jamais eu de mal à avaler des pilules, la quantité ne lui posa aucun problème. Alors qu'il se demandait quand il ressentirait les premiers effets, il éprouva bientôt une agréable torpeur. Il avait du mal à se concentrer, mais songea que c'était dû à l'alcool. Ces puissants calmants arrosés de deux grands verres de whisky sur un ventre vide... Il décida de patienter quelques instants avant d'avaler un troisième verre avec les derniers comprimés... Il devait seulement se reposer... Deux ou trois minutes... Il n'allait pas s'endormir...

Il se cala dans son fauteuil... Comme c'était agréable merveilleux de fermer les yeux... Ses paupières étaient si lourdes... Seulement un instant... Un court instant...

En fin de matinée, Dan appela Alex et fut soulagé de l'entendre à l'appareil.

— Alex, c'est Dan. Peux-tu me parler ?

— Oui. Markus est reparti hier soir. Je suis seule.

— Qu'est-ce qu'il a dit ?

— Pas grand-chose. Qu'y avait-il à dire ? Je n'ai pas dormi de la nuit. Ce matin, j'ai appelé tous les hôtels de l'île et j'ai trouvé celui où il avait passé la nuit, mais il était déjà reparti. Sûrement pour Munich.

— Probablement.

— Il n'est pas encore arrivé. J'ai appelé à la maison. Il n'y avait que la nurse. Elle veut rendre visite à Felicia. C'est peut-être préférable qu'il soit seul à son retour.

— Sûrement. Il ne voudra voir personne.

— D'un autre côté... (Alex paniqua soudain.) J'espère qu'il n'est pas...

— Je t'en prie, Alex, ne crains rien. Je viens tout de suite et nous en discuterons. D'accord ?

Dan reposa le combiné. Dix minutes plus tard, il était auprès d'Alex. Il avait passé la nuit dans une petite pension – la première qu'il avait trouvée. Il paraissait fatigué.

— Je n'avais jamais vécu ce genre de situation. Le

mari apparaissant tout à coup à la porte... C'est aussi la première fois que j'ai une aventure avec une femme mariée. Je me suis senti tellement ridicule hier.

— Et moi, je me suis fait l'effet d'être un monstre.

Elle portait un pantalon de jogging, un chandail et des baskets. Elle ne s'était pas maquillée.

— Il a dû tellement souffrir, poursuivit-elle. Il doit souffrir encore. J'aurais préféré qu'il l'apprenne autrement... Pas de cette façon si vulgaire.

— Moi non plus, mais, tôt ou tard, tu aurais été obligée de le lui dire. De toute façon, cela aurait été un moment pénible.

— Je sais, mais...

Elle s'interrompit. Elle ne parvenait pas à expliquer l'appréhension qui la gagnait. Qu'est-ce qui l'angoissait ? Que redoutait-elle ?

— Dan, murmura-t-elle.

Il l'attira à lui.

— Tout ira bien. Ne t'inquiète pas, la rassura-t-il.

Mais la voix douce de Dan ne réussit pas à la réconforter. Par-delà son épaule, elle contempla la belle journée de printemps, sans pouvoir apaiser son inquiétude.

Ce n'était pas que Felicia n'aimât pas son arrière-petite-fille, mais l'idée de passer toute la journée avec une petite fille l'agaçait. D'autant qu'il fallait également supporter la gouvernante idiote qui gazouillait et roucoulait tel un pigeon amoureux : « Et maintenant, la petite Caroline va aller se promener un peu dans le jardin... Et maintenant, la petite Caroline va descendre jusqu'au lac... Et maintenant, on boit gentiment une gorgée du bon cacao... »

Felicia se demanda pourquoi des adultes bêtifiaient tant lorsqu'ils s'adressaient à des enfants.

Enfin, vers 16 h 30, elle put les mettre à la porte. Elle voulait aller à Munich voir Maksim à son hôtel. Peut-être arriverait-elle à le convaincre d'aller dîner. Ces derniers jours, il ne se sentait pas très bien. Il était resté au lit en refusant de s'alimenter. En dépit de son optimisme, Felicia savait que sa mort se rapprochait. Il ne fallait plus compter en mois, mais en semaines.

Elle fut étonnée que cette journée l'eût épuisée à ce point. Décidément, elle était vraiment une vieille dame. Elle décida de s'allonger une heure avant de partir pour Munich et s'endormit aussitôt.

La sonnerie du téléphone la réveilla brusquement. Ensommeillée, dans le silence de la fin d'après-midi, elle eut un mauvais pressentiment – probablement parce qu'elle ne cessait d'attendre une mauvaise nouvelle. Depuis l'arrivée de Maksim, elle craignait le téléphone.

— Lavergne.

Elle entendit des sanglots affolés. Aussitôt, Felicia se rappela le terrible soir où Chris l'avait appelée pour lui annoncer la mort de Simone. Mon Dieu ! pensa-t-elle. Son cœur se mit à battre la chamade.

— Qui est à l'appareil, je vous prie ?

— C'est moi, Britta...

Qui diable est Britta ? Ah oui, cette gouvernante idiote !

— Caroline va bien ?

— Oui, mais c'est...

— Calmez-vous, bon sang ! Qu'est-ce qui se passe ?

— M. Leonberg...

— Qu'est-ce qu'il a ?

— Je crois... Je crois qu'il est mort...

Sigrid descendait la rue avec un sac rempli de petits pains chauds et croustillants. À Rechavia, le quartier allemand de Jérusalem, on trouvait toutes sortes de spécialités allemandes, et Sigrid était heureuse que John y ait loué un appartement.

À vrai dire, chez lui, tout lui plaisait !

Elle n'aurait jamais pensé que sa vie pût changer de façon aussi radicale, inattendue et grandiose. Elle n'aurait jamais imaginé marcher un jour dans une rue avec la sensation de voler, ni se réjouir autant d'une matinée de printemps, ni s'endormir tous les soirs auprès d'un homme et se réveiller le lendemain en se disant que c'était la chose la plus merveilleuse qui lui fût jamais arrivée.

La nuit solitaire passée dans le désert les avait rapprochés. Ils étaient restés assis autour du feu à parler, puis John avait pris le visage de Sigrid entre ses mains et lui avait embrassé les lèvres. Elle avait senti son corps entier se raidir et John avait souri.

— Qu'est-ce qu'il y a ? Tu n'aimes pas ?

Elle avait aimé. Tout comme elle avait aimé s'allonger sur la terre dure et sentir ses mains parcourir son corps. Elle avait adoré tout ce qu'elle avait tant redouté. Voilà longtemps qu'elle n'espérait plus connaître l'amour. Elle s'était convaincue qu'elle n'avait pas besoin d'un homme, qu'il y avait des choses plus importantes et intéressantes dans la vie. Or, ce soir-là, elle avait découvert tout ce à quoi elle avait renoncé. Parce qu'elle avait refusé une partie de la vie, celle-ci s'était vengée en la privant de ces émotions si riches. Elle avait manqué de peu devenir l'un de ces pauvres bourgeons qui se fanent avant même d'éclore.

Enlacés, ils s'étaient endormis sous leur tente dans le désert et un soleil radieux les avait réveillés le lendemain. Ils avaient fait chauffer des œufs et du café sur le réchaud. Pendant deux heures, ils avaient pris leur petit déjeuner en bavardant à cœur ouvert. Sigrid avait appris que John était reporter, qu'il travaillait pour un journal new-yorkais et vivait en Israël depuis un an.

— J'ai eu envie de rompre avec la routine. New York me tuait. Puis, j'ai eu une histoire d'amour malheureuse... J'avais toujours souhaité habiter quelque temps en Israël. Le moment était venu. Mon patron m'a nommé correspondant en Israël.

Il parla aussi de ses origines. Il était né en 1941 à Cracovie, mais n'avait aucun souvenir de la Pologne.

— Mes parents ont réussi à me faire partir pour l'Angleterre en 1942, avec l'aide d'amis qui se sont ensuite occupés de moi. Beaucoup plus tard, j'ai voulu savoir ce qu'il était advenu de mes parents. Ils ont vécu tous deux dans le ghetto de Varsovie. Ma mère a été déportée à Treblinka puis assassinée. Mon père est mort durant le soulèvement du ghetto. Personne de ma famille n'a survécu, ni mes grands-parents, ni mes oncles et mes tantes. Seulement moi. Plus tard, j'ai quitté l'Angleterre pour les États-Unis. J'ai fait mes études là-bas.

Alors qu'il parlait, Sigrid avait blêmi. John s'en était aussitôt aperçu.

— Ce genre d'histoires t'émeut, n'est-ce pas ? Je suis désolé. Je n'en parlerai plus.

— Tu dois en parler. Comment pourrais-tu vivre autrement avec ce passé ? C'est seulement que...

— Quoi donc ?

— C'est peut-être parce que je suis allemande, murmura-t-elle, sachant qu'il lui était impossible de lui dire la vérité tout de suite.

Elle lui avait menti, faisant de son père un soldat tombé au front lors de la Seconde Guerre mondiale, un homme solide, professeur de métier, englouti comme tant d'autres par les projets mégalomaniaques d'Hitler.

— Il est tombé en Russie. Je ne me souviens pas de lui.

John n'avait pas douté une minute de l'histoire. Comment aurait-il pu ? Ce qu'elle racontait paraissait si évident. Un cas parmi des milliers d'autres.

Sigrid poussa la barrière qui donnait sur le jardin de la petite maison louée par John. Rechavia ressemblait à un quartier allemand, bien entretenu. Chaque terrain était soigneusement délimité, les maisons étaient joliment fleuries. Même le chemin en pierre sur lequel marchait Sigrid était bordé de fleurs. John s'en moquait toujours. « C'est affreusement petit-bourgeois, disait-il, mais je me sentais un peu perdu à mon arrivée et ce quartier m'a rassuré, alors je m'y suis installé. »

Comme c'est beau ici, pensa Sigrid. J'aime ce lieu et je t'aime toi, John.

Elle adressa une prière au ciel pour que John ne découvrît jamais la vérité sur son passé et qu'il ne se rendît jamais en Allemagne. Il ne devait surtout pas rencontrer sa mère, ni ses sœurs, ni aucun membre de sa famille.

Il avait déjà dressé la table sur la terrasse au soleil, préparé le café et le jus d'orange frais. Une bonne odeur d'œufs et de bacon flottait dans l'air.

Sigrid déposa les petits pains dans une corbeille. John éclata de rire.

— Il y en a encore pour un régiment ! Tu ne peux pas savoir, Sigrid combien je suis heureux de ne plus prendre mon petit déjeuner tout seul.

Sigrid n'en revenait pas d'avoir rencontré un

homme qui, comme elle, trouvait que le petit déjeuner était le repas le plus important de la journée – l'occasion idéale pour bavarder. Ils en étaient à leur deuxième cafetière quand le téléphone sonna.

— Laisse tomber, dit-il. Nous sommes dimanche.

Comme la sonnerie persistait, il finit par se lever et décrocher.

— C'est pour toi, Sigrid.

Probablement ma mère, songea-t-elle. Elle a dû obtenir le numéro à la pension où Sigrid l'avait laissé. Et c'est John qui a décroché ! Elle va insister pour savoir qui est cet homme...

Ce n'était pas sa mère, mais sa sœur Kristin.

— Sigrid, heureusement que j'ai réussi à te joindre !

— Il est arrivé quelque chose ? s'affola-t-elle.

— Oui, mais rassure-toi, il ne s'agit pas de maman, ni d'Ursula. Seulement, j'ai pensé que tu devais être mise au courant. Figure-toi que le mari d'Alex s'est suicidé en avalant des somnifères.

— C'est affreux ! Pourquoi ?

— Lorsque j'ai parlé avec Felicia, elle est restée assez vague. Je sais juste qu'il avait de graves problèmes financiers, et que son mariage avec Alex battait de l'aile depuis quelque temps.

— Quelle horreur ! As-tu des nouvelles d'Alex ?

Sans être très liée avec sa cousine, Sigrid éprouva de la peine pour elle. Il était toujours atroce de perdre un proche et d'autant plus de cette manière si brutale.

Sigrid remercia sa sœur de l'avoir prévenue et raccrocha.

— Tu es toute pâle. Qu'est-ce qui se passe ? demanda John lorsqu'elle revint sur la terrasse.

Elle lui expliqua, puis elle contempla les fleurs du jardin.

— Pauvre Alex ! J'espère que cette histoire ne va pas trop la perturber.

10

Comme elle est pâle et maigre ! se désola Andreas. Et ces traits creusés, alors qu'elle n'a même pas trente ans !

Il regardait sa fille traverser l'aéroport de Los Angeles. Elle portait un tailleur noir et, bien qu'elle eût toujours été très mince, ses vêtements flottaient autour de son corps. Comme unique bijou, elle arborait son alliance à la main droite. Son visage dépourvu de fard semblait nu et torturé.

— *Daddy* ! (Quand elle l'enlaça, Andreas sentit ses côtes.) Tu as adorable d'être venu me chercher.

— Évidemment que je suis venu ! Pour une fois que ma fille nous rend visite... Donne-moi ta valise. Tes poignets sont si menus qu'on ne devrait même pas te laisser porter un sac à main.

Lorsqu'ils sortirent à l'air frais, Alex ferma brièvement les yeux.

— Ah, l'odeur de Los Angeles... Elle est unique.

— En effet. Le meilleur *smog* du monde.

— Est-ce que maman est à la maison ?

— Oui, mais d'abord, allons rendre visite à Giuseppe. Comme autrefois... Tu dois manger beaucoup de pâtes pour te remplumer.

Alex regarda tendrement son père. Il avait l'air plus âgé que dans son souvenir. Cet homme séduisant, et si élégant, avait perdu de son éclat. Pour la première fois, elle se demanda quel genre de vie il avait eu au côté d'une femme comme Belle. Jusqu'à aujourd'hui, elle n'avait été préoccupée que par les effets que sa mère avait eus sur son frère et elle. Désormais, elle devinait l'épuisement et la frustration de son père. La situation n'avait pas dû être facile pour lui.

Pauvre papa, pensa-t-elle.

Chez Giuseppe, Andreas insista pour commander à Alex une large portion de spaghettis au pesto, précisant qu'elle n'aurait le droit de se lever de table que lorsqu'elle aurait terminé son assiette. Alex se mit à rire et, à nouveau, les larmes lui piquèrent les yeux. Elle se força à avaler quelques bouchées de pâtes, puis elle reposa sa fourchette.

— Je suis désolée, *dad.* Je ne peux pas.

— Tu as envie d'en parler ?

— Je ne sais pas... Après l'enterrement et les entretiens avec les banquiers, je n'ai eu qu'une envie : partir. Revenir à la maison, auprès de toi et de maman. Et maintenant que je suis là... Je m'aperçois que j'ai toujours aussi mal. Il en sera toujours ainsi.

— Non, ma chérie. Aujourd'hui, cela te semble sûrement improbable, mais cette douleur cessera un jour. Tu seras à nouveau heureuse.

Elle baissa les yeux sur son assiette. Une larme coula sur sa joue. Elle repensa à l'enterrement.

Le terrible cercueil noir.

Sa grand-mère Felicia, le visage caché par un chapeau noir à large bord, ses gants en dentelle noire...

Caroline, qui ne comprenait rien, et serrait son nounours contre elle...

Nicola et sa fille Julia, sérieuse et silencieuse. Serguei était resté à la maison car il souffrait trop.

Chris... Chris avait été si merveilleux ! Il lui avait donné le bras quand ils avaient suivi le cercueil jusqu'à la tombe. Une année plus tôt, Simone... Désormais, c'était Markus.

Dan n'était pas venu. À sa demande. Elle ne l'avait plus revu depuis le drame, et elle ne voulait pas qu'il l'appelle au téléphone.

— J'ai besoin de temps, je t'en prie, comprends-le, l'avait-elle supplié.

Elle avait tué l'enfant de Markus. Et elle l'avait tué, lui. Voilà ce qu'elle pensait tandis qu'on descendait le cercueil dans la tombe.

— Si tu as envie de pleurer, murmura son père, ne t'en prive surtout pas.

— Je veux rentrer à la maison, *dad.*

— *Okay*, on y va, fit Andreas en posant l'argent sur la table.

Alex n'était pas revenue chez elle depuis près de dix ans, mais rien ne semblait avoir changé. La maison blanche se dressait toujours parmi des buissons et des fleurs. Les mêmes tableaux étaient accrochés dans le vestibule, les mêmes tapis recouvraient le sol.

— Vous n'avez rien modifié. C'est bien.

— Ton ancienne chambre est toujours pareille. Tes livres sont encore à la même place. Tu veux la voir ?

— Oui.

Elle gravit l'escalier derrière son père. Sa chambre se trouvait sous les combles, elle était mansardée et deux lucarnes donnaient sur le jardin. La salle de bains attenante était décorée de carreaux de faïence bleu ciel. Sur l'un d'eux se trouvait encore la décalcomanie de Lassie qu'Alex y avait collée à l'âge de dix ans.

— Tu souhaites sans doute défaire tes valises. Descends quand tu seras prête. Je serai au salon.

Il referma la porte derrière lui et ses pas résonnèrent sur les marches. Soudain épuisée, Alex posa son sac à main sur le lit. Elle était arrivée jusqu'ici en puisant dans ses dernières réserves. Désormais elle était à bout de forces. Elle se sentait même trop brisée pour pleurer, alors que cela lui aurait fait du bien. Elle n'avait pas vraiment pleuré depuis la mort de Markus. Les larmes montèrent, mais elle n'eut pas de sanglots libérateurs. C'était comme si tout se mourait en elle... Un froid terrible et un vide immense s'étaient emparés de son corps. Une souffrance insidieuse la rongeait de l'intérieur, redoublant la solitude qui l'étreignait depuis la mort de Markus. Pour fuir tout cela, elle avait traversé l'Atlantique et tout le continent américain jusqu'à sa maison d'enfance. En vain. Pis, les lieux, les objets familiers aggravaient sa détresse. Son bureau d'écolière, la banquette sous la fenêtre où elle s'était pelotonnée des nuits entières avec son amie Peggy pour bavarder, le miroir dans lequel elle s'était contemplée d'un œil critique, la chambre où elle était devenue adulte...

Adulte ? Non, elle n'était pas adulte quand elle avait rencontré Markus. Peut-être était-ce aujourd'hui qu'elle le devenait vraiment.

Comme un automate, elle défit sa valise et rangea ses affaires dans l'armoire. Elle porta sa trousse de maquillage dans la salle de bains. Cette image de Lassie sur le carreau. Elle avait tellement aimé ce chien de la série télévisée ! Même ce souvenir heureux ne suffit pas à apaiser sa douleur et son sentiment de culpabilité.

Malgré son épuisement, elle décida de descendre

retrouver ses parents. Elle devait saluer sa mère et son père serait déçu si elle se retirait tôt.

Elle trouva Belle dans la véranda – les mêmes baies vitrées, son sol en tommettes, ses fauteuils en rotin et ses nombreuses plantes en pots. Autrefois, durant les longues soirées d'hiver, ils avaient grillé des steaks et des pommes de terre dans la cheminée en briques rouges.

Belle était étendue sur un canapé blanc, entre deux palmiers. Elle portait une ample robe d'intérieur pour dissimuler son corps. Seuls ses yeux étaient maquillés, ses lèvres semblaient très pâles. Sa chevelure était déployée sur les coussins.

— Tu as coupé tes cheveux ! s'exclama-t-elle en voyant sa fille.

— Oui. Il y a quelques semaines déjà. Bonjour, maman, fit-elle en embrassant sa mère.

Alex fut soulagée de ne pas sentir de vapeurs d'alcool. Belle se redressa et s'installa dans un fauteuil. Elle ne savait pas par où commencer, et pendant quelques minutes, il y eut un silence.

— C'est bien de te revoir à la maison, mon enfant.

— Je suis heureuse d'être là, répondit Alex d'une voix lasse.

— Tu n'as pas amené Caroline ?

— Sa nurse s'en occupe très bien. Felicia les surveille. Rien ne peut lui arriver.

— J'aurais aimé voir la petite.

— Je suis désolée.

— Aurais-tu une cigarette ?

Alex dénicha un paquet dans son sac à main et le lui tendit. Belle alluma une cigarette et aspira une longue bouffée.

— Tu as l'air très triste, Alex.

— Cela t'étonne ?

— Je voulais venir te chercher à l'aéroport, mais ton père a préféré y aller seul. Tu sais pourquoi ? Pas moi. De toute façon, il n'en fait qu'à sa tête.

— Il a dû penser que cela serait trop fatigant pour toi.

— Je ne le pense pas, répliqua Belle d'un ton agressif.

À cet instant, Alex eut envie de courir s'enfermer dans sa chambre et de s'enfouir sous les couvertures. Belle à jeun était aussi difficile à vivre que Belle ivre – peut-être même davantage.

— Quel sont tes projets ? Tu restes ici ou tu retournes en Allemagne ?

— Je ne sais pas encore. Je désirais seulement partir très loin.

— C'est terrible ce que la vie nous fait subir, n'est-ce pas ? Je comprends ta souffrance. Et ton sentiment de culpabilité. Tu te sens coupable, c'est ça ?

— Oui, murmura Alex.

— Je connais cela. Regarde-moi, Alex, et tu verras ce que ces sentiments font d'une femme.

Alex soupira. Toute conversation avec sa mère finissait toujours par l'évocation du drame de la vie de Belle. Comme si elle devait sans cesse remâcher les mêmes histoires.

— Quand Max a dû partir autrefois pour la Russie, je m'étais juré de ne plus jamais regarder un autre homme. Et pourtant…

Désormais, il était impossible de l'arrêter. Tout remontrait à la surface : son premier mariage avec l'acteur de théâtre Maximilian Marty, leur vie malheureuse.

— Nous étions trop différents, Alex. Lui était si sérieux et engagé. Moi, j'étais plutôt superficielle.

Sa rencontre avec Andreas. Sa fascination, son incapacité à rester fidèle à Max.

— Tu te rends compte, Alex ? Pendant que Max se trouvait au beau milieu de ce micmac sur le front de l'Est, moi je passais toutes mes nuits avec un autre homme. Une fois, il est revenu sans prévenir en permission à la maison. Je venais de partir en voyage avec Andreas. Max est retourné au front sans que nous nous soyons revus.

Max s'était retrouvé avec la 6e Armée à Stalingrad. Ils avaient été encerclés par les Russes. Obéissant aux ordres d'Hitler, le général Paulus avait mené une bataille impossible et ne s'était rendu que lorsque son armée avait été décimée aux deux tiers... Les survivants avaient été faits prisonniers.

— Nous n'avons plus jamais eu de nouvelles de Max. Plus jamais. Est-il mort ? A-t-il été fait prisonnier ? Est-il mort en captivité ? À moins qu'il ne soit revenu...

— Cesse de te torturer, maman.

Même après la fin de la guerre, Belle n'avait pu se séparer d'Andreas. Sans connaître le destin de son mari, elle avait suivi son amant en Amérique. Là-bas, son sentiment de culpabilité s'était transformé en obsession. Et si Max était revenu, s'il avait tout appris ? Comment aurait-il réagi ? Là était le pire cauchemar de Belle.

— Il aurait fait signe à quelqu'un de la famille, maman. Sinon personne n'aurait pu lui donner de tes nouvelles. Et alors, on t'aurait prévenue. Crois-moi, il n'est pas revenu. Il est probablement tombé à Stalingrad. Tu as dit toi-même qu'on ne prévenait plus les familles parce qu'il régnait un tel chaos là-bas.

— En 1953, j'étais enceinte de Chris, poursuivit

Belle. Alors, j'ai fait déclarer Max décédé et j'ai épousé Andreas. Je pensais que c'était mieux pour l'enfant.

— Évidemment. Tu as bien fait, répéta Alex pour la énième fois.

Une fois de plus, malgré sa propre souffrance, il lui fallait consoler sa mère. Il en serait toujours ainsi. Belle avait fait de son chagrin le pivot de sa vie. Même si quelqu'un agonisait à ses pieds, elle continuerait sans doute à parler d'elle.

Pourtant, ce jour-là, Alex eut le sentiment de comprendre sa mère. En l'écoutant, elle n'éprouvait plus seulement de l'irritation ou de l'ennui, elle essayait d'imaginer la jeune Belle.

Elle était beaucoup plus belle que moi, songea Alex. Je parie qu'elle était ravissante même au saut du lit. Pour être devenue cette femme aux rides sévères autour de la bouche, elle a dû beaucoup souffrir, plus que je ne l'avais pensé.

— C'est vrai, maman, dit-elle à voix basse. Parfois, il vous arrive des choses qui font trop mal.

Belle éteignit sa cigarette et en alluma une autre. Ses mains tremblaient légèrement.

— J'aimerais te donner un conseil, Alex. Moi, je me suis laissé étouffer par ma culpabilité. Mais tu ne dois pas suivre mon exemple. Ne gâche pas ta vie à cause de cette histoire. J'ai détruit ma vie et celle de ton père, et j'ai été une mauvaise mère pour Chris et toi. Je n'ai pas cessé de me torturer avec mon passé. Tâche de ne pas faire la même chose. Ton mari s'est suicidé. Si tu penses être responsable d'une manière ou d'une autre, il faut que tu l'assumes et que tu ailles de l'avant. Pense à ton avenir. À celui de Caroline. Peut-être y a-t-il un autre homme qui...

— Non ! s'écria Alex d'un ton déterminé. Il n'y a personne.

Belle l'observa d'un air songeur.

— Mais, s'il existe, tu ne dois pas lui faire supporter ce que j'ai infligé à Andreas.

Alex se leva.

— Est-ce que tu sais où est papa ? Je crois qu'il espérait que je viendrais le voir après avoir défait mes bagages.

Belle s'étendit à nouveau sur le sofa. Alex comprit à l'expression de sa mère, qu'elle était retournée à ses problèmes.

— Nous nous verrons tout à l'heure pour dîner, n'est-ce pas, maman ? Maman, tu m'as entendue ?

— Oui, oui... Pour dîner..., répondit-elle, l'esprit ailleurs.

Allongé sur le lit de sa chambre d'hôtel, Maksim savait qu'il devait appeler l'hôpital. Il ne pouvait plus rester tout seul. Il n'avait presque rien mangé depuis une semaine. Ce qu'il avait pu avaler, il l'avait aussitôt vomi. Il mesurait plus d'un mètre quatre-vingts et pesait à peine soixante kilos. Lorsque, dans la matinée, il sortait pour une courte promenade, le temps de laisser la femme de chambre faire le ménage, d'atroces douleurs l'assaillaient. Hier, Felicia était venue le voir et il avait eu du mal à le lui cacher. Désormais, il devait admettre que l'ultime phase de sa vie avait commencé.

Il avait pensé pouvoir accepter sa fin en toute sérénité, et pourtant, depuis qu'il avait revu Felicia, quelque chose en lui refusait la mort, avec violence. Il n'aurait pas dû venir la retrouver. Quelle sensiblerie ! Souhaiter revoir son amie d'enfance. La femme qui avait accompagné sa vie, qui avait toujours été présente. Dans les moments les plus difficiles et les plus dangereux, elle l'avait toujours soutenu, sans jamais renoncer. Elle était restée aussi solide qu'un roc dans sa vie. Elle s'était peut-être moquée de ses idées, l'avait traité de fou, sans le comprendre, mais elle lui était demeurée fidèle. Lorsqu'il avait eu besoin d'aide, c'était vers elle qu'il s'était tourné. Comme maintenant, alors qu'il allait mourir. Le moment était venu. Il tiendrait une ou deux semaines, peut-être trois. Pas davantage.

Brusquement, il fut pris de panique. Il allait crever ici, sans que personne le sache ! Ses douleurs étaient devenues intolérables.

Il empoigna le téléphone, composa d'une main tremblante le numéro du standard, puis celui de Felicia.

Pour l'amour du ciel, faites qu'elle soit à la maison ! J'ai besoin de toi, Felicia, j'ai toujours eu besoin de toi, mais jamais autant que maintenant. Réponds-moi !

Ce fut Nicola qui décrocha :

— Rodrov ?

— Felicia, haleta Maksim. S'il vous plaît, Felicia...

— Un moment.

Elle était là. Il s'effondra sur ses oreillers. Elle viendrait.

11

Les quinze premiers jours à Los Angeles furent longs et pénibles pour Alex. Elle se sentait curieusement lointaine, comme coupée du monde. Les bruits lui parvenaient assourdis. La nourriture, insipide et sans saveur, avait un goût de varech.

Mais elle comprit qu'elle ne reprendrait jamais le dessus si elle continuait à se laisser dominer par ses sentiments de culpabilité et de remords. Elle refusait de ressembler à sa mère, qui, un jour, avait cessé de croire en l'avenir. Elle devait commencer à se battre, d'abord contre sa propre résignation, puis contre tous ceux qui tenteraient de bafouer le souvenir de Markus. Elle devait protéger Caroline ; orpheline de père, la petite fille avait à présent besoin de sa mère. Elle n'avait pas le temps de s'enfermer dans sa douleur.

Pour l'aider, Alex pensa à sa grand-mère, qui ne s'était jamais laissée aller à ressasser ce que l'on ne pouvait pas changer. Felicia avait persévéré malgré les mauvais coups du destin. « À quoi bon culpabiliser ? se serait-elle dit à la place de sa petite-fille. Cela ne sert ni à lui, ni à moi. »

Aussi, Alex essaya-t-elle d'examiner froidement les choses. Qui était responsable ? Markus, qui s'était aveuglément enfoncé dans son désastre financier, ignorant les avertissements, ainsi que les possibilités de redressement ? En étudiant le dossier, Alex s'était rendu compte qu'il aurait pu corriger ses erreurs. Ou elle-même qui, soupçonnant un malheur, avait évité toute conversation et évité de lui proposer son aide ? En fait, ils s'étaient tous deux empêtrés dans leurs omissions, leurs peurs et leurs silences. Désormais, il était inutile de démêler l'écheveau.

Peu à peu, Alex finit par sortir de sa léthargie. Elle joua au tennis avec son père, rendit visite à des amis d'autrefois, accompagna sa mère faire des emplettes. Elle reprit du poids, son visage retrouva ses couleurs. Celui-ci, toutefois, avait changé : il n'y avait plus trace d'enfance, la douceur avait disparu de son sourire, et de ses yeux gris impassibles. La mort de Markus l'avait cruellement blessée et, bien qu'elle refoulât sa douleur, elle n'avait pas pour autant commencé à en guérir.

Dan appela plusieurs fois.

— Je sais que je ne devais me manifester que s'il y avait des problèmes dans la société... Je m'inquiète pour toi. Et tu me manques affreusement !

— Dan, je...

— Je ne veux pas te mettre sous pression, Alex. Mais je me sens tellement impuissant. Je voudrais tant être auprès de toi pour te serrer dans mes bras.

Comment pouvait-elle lui dire que cela ne serait plus possible ? Ils n'avaient plus d'avenir commun. Il ne fallait pas que Dan espère reprendre là où ils en étaient restés avant la mort de Markus. Pour elle, le monde avait basculé. Dan devait le comprendre.

Par un très chaud après-midi de mai, Alex tâchait de lire un livre dans le jardin, lorsque son père surgit soudain devant elle. La jeune femme sursauta.

— *Dad*, je ne t'avais pas entendu approcher !

— Je voulais savoir si tu voulais m'accompagner. Je vais rendre une visite.

— À qui ?

— À un ancien collègue. Tu viens avec moi ?

Quoiqu'elle n'en eût guère envie, Alex sentit que son père n'en démordrait pas.

— Personne n'ose se mêler de tes problèmes, Alex, dit-il dans la voiture, mais je me fais du souci pour toi. Tu es fermée comme une huître. Si tu as besoin d'aide...

— Tu m'as aidée en me proposant de venir ici.

— C'était normal, répondit-il en posant sa main sur le bras de sa fille. Tu peux rester ici aussi longtemps que tu le souhaiteras. Cependant, je crois que tu dois réfléchir à ton avenir...

— Je sais, *dad*. Ne t'inquiète pas, je ne ressemble pas à maman.

Andreas resta silencieux.

Ils atteignirent le centre ville, puis Andreas prit la direction des collines de Hollywood. Peu à peu, les habitations devenaient plus modestes. Ils s'arrêtèrent devant une maison.

— Nous sommes arrivés, fit Andreas en descendant de voiture.

Le jardin était clôturé par une barrière blanche. Un petit chien aboyait. Quelques oiseaux effrayés s'envolèrent.

— Qu'est-ce que nous sommes venus faire ici ? demanda Alex, mal à son aise.

— Tu vas voir, dit-il en appuyant sur la sonnette.

Une femme âgée aux cheveux gris désordonnés et vêtue d'une robe couverte de taches leur ouvrit. Son visage s'éclaira en découvrant Andreas.

— Monsieur Rathenberg ! Quelle joie ! Entrez donc. Mandy, cesse d'aboyer !

— Madame Quincey, voici ma fille, Alexandra. Alex, voici Mme Quincey.

Les deux femmes se serrèrent la main. Alex devina l'étonnement de Mme Quincey. Comment cette silhouette maigre, vêtue d'une robe noire informe, pouvait-elle être la fille de l'élégant Andreas Rathenberg ? Alex sentit à nouveau le trouble la gagner et regretta d'être venue.

À l'intérieur, ils furent accueillis par M. Quincey. Comme son épouse, il parut enchanté de voir Andreas. Sans le désespoir qui se lisait dans leurs regards, Alex aurait pu les prendre pour un couple modeste d'âge moyen, passant son temps à bricoler, à cultiver ses légumes et à regarder *Dallas* à la télévision. Cependant, il y avait autre chose. Ces gens-là vivaient une tragédie.

— Est-ce que Pete peut recevoir des visites aujourd'hui ? s'enquit Andreas.

Mme Quincey acquiesça.

— La nuit a été très mauvaise, mais il va mieux désormais.

— D'ailleurs, M. Rathenberg peut toujours le voir. Il vous adore, vous savez, ajouta le mari.

Andreas regarda sa fille.

— Est-ce qu'Alex peut aussi...

— Bien sûr, assura Mme Quincey. Pete aime les visites. Et la plupart de ses anciens amis de classe ne viennent jamais.

Alex se sentait de plus en plus gênée.

— Si je dérange..., commença-t-elle.

— Pas du tout, l'interrompit Andreas. Suis-moi.

Tu pourrais au moins me dire ce qui m'attend, dad.

Ils gravirent les marches d'un étroit escalier. Au premier, les murs étaient légèrement mansardés et tapissés de vert. Une étrange odeur de désinfectant flottait, rappelant l'hôpital. M. Quincey ouvrit une porte laquée de blanc.

— Pete, tu as de la visite. M. Rathenberg et sa charmante fille.

Alex pénétra dans la petite chambre. Tout d'abord, elle ne vit qu'un lit, haut et large, comme dans une clinique, couvert d'une couette épaisse. Mon Dieu, il doit étouffer par cette chaleur ! pensa-t-elle.

Son père s'avança. Avec son costume d'été, le col de sa chemise ouvert, Andreas était très élégant. Pourtant, lorsqu'il se pencha vers le lit, tout en lui suggérant la compassion. Alex découvrit avec stupeur une nouvelle facette de son père. Elle ignorait qu'il pouvait se montrer si chaleureux et attentionné avec des étrangers.

Une main squelettique, attachée à un poignet fragile, se tendit vers lui. Des doigts essayèrent péniblement de lui prendre la main.

— Bonjour..., fit une voix rauque.

— Pete, je venais prendre de vos nouvelles. Comment allez-vous ?

Alex ne comprit pas la réponse.

— Je sais, répliqua Andreas. La journée, vous vous sentez un peu mieux, non ?

À nouveau, des murmures incompréhensibles.

— Le pire, c'est l'essoufflement, expliqua Mme Quincey. Cela l'empêche de dormir.

— Je croyais que les médecins avaient réussi à le maîtriser, s'étonna Andreas.

— Pendant un certain temps, poursuivit-elle d'un air désolé. Le docteur Harper fait des essais avec de nouvelles préparations, mais rien ne semble concluant pour le moment.

Alex vit que Mme Quincey avait les larmes aux yeux. La femme tourna les talons et quitta la pièce.

— Pete, j'ai amené ma fille, Alex. Elle habite en Allemagne et elle est venue me rendre visite.

Il fit signe à Alex d'approcher. Elle avança vers le lit d'un pas hésitant.

Un homme était adossé aux oreillers. Alex avait compris qu'il s'agissait du fils des Quincey. Il ne devait pas avoir plus de trente ans, mais ressemblait déjà à un vieillard. La peau parcheminée de ses bras était couverte de taches brunes et de blessures purulentes. Ses yeux étaient enfoncés dans leurs orbites, son nez paraissait démesuré dans son visage ridé. Ses lèvres s'étiraient sur une denture proéminente, sans parvenir à se toucher, ce qui renforçait l'expression de douleur. Son cou ressemblait à celui d'un oisillon tombé trop tôt du nid. Avec peine, le malade retira sa main griffue de celle d'Andreas et la tendit à Alex. Ses lèvres se retroussèrent sur ses dents, esquissant un sourire.

— Alex, murmura-t-il.

La gorge nouée, la jeune femme dut faire un effort pour la saisir. Étrangement, le contact ne fut pas déplaisant. La main était légère, comme une plume emportée par le vent.

— Bonjour, Pete, articula-t-elle péniblement.

Elle eut un regard désespéré pour son père.

— Qu'est-ce que... ? commença-t-elle avant de se taire.

S'agissait-il de ce nouveau mal mystérieux dont on parlait depuis peu ? Le sida. Une maladie qui présentait une déficience immunitaire mortelle. Tous les mécanismes de défense du corps s'effondraient sans aucune chance de guérison.

Andreas répondit à son interrogation muette.

— Oui, Pete a le sida.

Les doigts se mirent à trembler dans la main d'Alex. Effrayée, elle lâcha prise. Un râle s'échappa de la poitrine du malade. Brusquement, sa respiration s'arrêta. Les yeux exorbités, il chercha de l'air.

Andreas se dépêcha de le redresser, soutenant sa poitrine d'enfant rachitique de ses bras.

— Ses voies respiratoires sont totalement encombrées de mycoses et de bactéries, expliqua M. Quincey. C'est pourquoi il étouffe. Les médecins ne parviennent plus à le soulager.

Alex considéra la frêle silhouette qui s'étranglait. Brusquement, cela devint insupportable. Elle quitta la chambre en courant et se rua dans l'escalier.

Désorientée, elle poussa une porte et déboucha sur le jardin à l'arrière. Le petit chien se mit à aboyer en bondissant autour d'elle. Sur un banc adossé à la maison, Mme Quincey était assise à côté d'un gros chat noir et blanc. Elle tamponnait ses yeux avec un mouchoir.

— C'était trop dur pour vous, mademoiselle Alex, n'est-ce pas ? Vous êtes toute pâle.

— Je n'étais pas préparée, c'est tout.

Alex sentit ses jambes se dérober sous elle. Elle s'assit auprès de la mère de Pete, espérant qu'une brise se lèverait.

— C'est terrible à voir. Cependant aujourd'hui, vous avez de la chance. Il est parfois beaucoup plus mal. J'ai souvent pensé que le moment de sa mort était arrivé. Et j'ai souvent prié qu'il puisse enfin partir...

— Depuis quand est-il malade ?

— Nous ne savons pas quand il a contracté le virus. La maladie s'est déclarée au printemps de l'année dernière. Vous savez ce que c'est ?

— Le sida.

— La maladie des homosexuels. Mais ce n'est pas vrai. Tout le monde peut l'attraper. Pete n'est pas homosexuel. Et il n'a pas fait n'importe quoi avec les filles. Il aimait bien s'amuser, c'est sûr... et les filles lui facilitaient la tâche. Difficile à croire quand on le voit aujourd'hui, mais Pete était un garçon très séduisant. Grand et vigoureux, avec d'épais cheveux noirs...

Sa voix se brisa.

— Quel âge a-t-il ? demanda Alex.

— Vingt-cinq ans. Ce n'est pas un âge pour mourir. Et il n'y a plus d'espoir. Les médecins lui font essayer toutes les thérapies possibles, mais ils ne peuvent pas le guérir, ils tâchent seulement de rendre la maladie un peu plus supportable. Il y a trois ans, il était en Europe. En Espagne. Il avait économisé pendant des mois pour s'offrir ce voyage. Il y a rencontré une fille. Un flirt de vacances... C'est peut-être elle qui l'a contaminé. Comment savoir ?

— On cherche un médicament. Peut-être le découvrira-t-on à temps et Pete pourra guérir.

Mme Quincey secoua tristement la tête.

— Je n'ai plus d'espoir, mademoiselle. Mon Pete va mourir. Et je prie pour qu'il ne souffre pas trop.

Silencieuse, Alex regarda le chien qui creusait un trou dans la terre. Le chat sauta du banc et rentra dans la maison.

— Mon mari travaillait dans l'entreprise que dirigeait votre père. Il n'était qu'un petit comptable mais M. Rathenberg s'est toujours montré très gentil avec les gens simples. Il a été désolé lorsque votre père a pris sa retraite. Et puis, quand Pete est tombé malade et que nous avons appris la terrible vérité, il a décidé d'aller voir M. Rathenberg. Il pensait qu'il pouvait peut-être nous aider, qu'il connaissait les meilleurs médecins. Votre père s'est merveilleusement occupé de nous. Il nous a conseillé un professeur sur la côte Est et il nous a payé le voyage à tous les trois. Il a aussi payé pour un séjour en sanatorium quand Pete était vraiment mal. Et puis, vous voyez, il vient encore nous rendre visite. C'est très important pour Pete. Personne d'autre ne veut le voir, tout le monde a peur d'être contaminé.

Elle se tut un instant.

— Votre père est quelqu'un de formidable, reprit-elle avec ferveur. Vous pouvez être très fière de lui.

Sur le chemin du retour, Alex resta longtemps silencieuse.

— Pourquoi m'as-tu emmenée avec toi ? demanda-t-elle brusquement.

— C'est affreux, n'est-ce pas ?

— Je n'avais jamais rien vu d'aussi atroce.

Andreas se concentra sur la route qui s'étendait devant eux.

— Je ne souhaitais pas me servir de Pete comme prétexte, Alex, mais je sais que tu te fais des reproches à cause de la mort de Markus. Tu dois sans doute te sentir responsable. Or je crois qu'il faudrait que l'on se demande aussi si Markus avait vraiment une raison de se suicider. Pete aurait un motif beaucoup plus valable, et il s'accroche avec un courage extraordinaire à sa vie misérable. Ce que je veux dire... (Il se rangea sur le bas-côté et arrêta le moteur.) Tu ne dois pas seulement envisager Markus comme une victime. Il avait d'autres solutions que celle qu'il a finalement choisie.

— Je sais, répondit Alex, tandis qu'elle fouillait dans son sac. Aurais-tu une cigarette pour moi ?

— Tu fumes trop, lui reprocha-t-il en lui proposant néanmoins une cigarette.

Andreas lui offrit la flamme de son briquet. Alex abaissa la vitre et lâcha une bouffée de fumée dans la chaleur de l'après-midi qui pénétra brutalement dans l'habitacle climatisé.

— Je vais tirer un trait sur tout ça, *dad*.

— Que veux-tu dire par « tout ça » ?

— L'Allemagne. Tous les chapitres de ma vie là-bas ont commencé sous une mauvaise étoile. Je vais revenir en Amérique. Ici, je suis chez moi.

— Tu en es certaine ?

— Oui.

Andreas hocha lentement la tête et fixa la route.

— Et *Wolff & Lavergne* ?

Alex secoua sa cendre.

— J'y ai réfléchi. Felicia sera déçue, mais je dois d'abord penser à moi. À ma place, elle ferait de même.

— C'est vrai.

— Je vais retourner en Allemagne pour discuter avec elle. Je ne vais pas la laisser tomber du jour au lendemain. Nous chercherons ensemble le meilleur remplaçant. Lorsque nous l'aurons trouvé et qu'il se sera habitué à ses fonctions, je quitterai Munich.

— Ce ne sera pas facile pour Felicia. Elle voulait quelqu'un de la famille.

— Certes, mais les choses ne se passent pas toujours comme on le souhaiterait, répliqua Alex, impatiente. Au mieux, elle cessera cette rivalité stupide avec Kassandra Wolff et elle offrira la direction de toute la société à Dan Liliencron. Il a de l'expérience, il s'y intéresse et, d'une certaine façon, il appartient aussi à la famille.

Andreas la considéra d'un air songeur.

— Dan Liliencron... Il n'y a plus rien eu entre vous, après ce grand amour d'adolescence ?

— Non.

Sa réponse fut un soupçon trop vive.

— En effet, Liliencron ne serait pas si mal..., se contenta d'ajouter Andreas.

Alex jeta sa cigarette à demi entamée par la fenêtre et remonta la vitre.

— Rentrons. Je dois préparer ma valise. Je veux retourner en Allemagne et mettre au plus vite les choses en ordre.

Sous le ciel bleu, le bâtiment aux façades claires, situé au milieu du parc, ne ressemblait pas à une clinique pour cancéreux – plutôt à un petit hôtel particulier joliment entretenu. Un chemin de gravier, jalonné de bancs, menait jusqu'au bord du lac. De gros arbres centenaires apportaient une ombre bienfaisante.

Malgré la chaleur de cette journée de juin, Felicia frissonna en descendant de voiture devant l'entrée. Elle haïssait cet endroit dont la beauté séduisante contrastait avec la souffrance des gens qui y luttaient pour vivre ou pour mourir.

Pourtant, elle s'y rendait tous les jours. Elle arrivait tôt dans la matinée et repartait tard le soir. Dehors, la nature s'épanouissait, mais elle ne la remarquait pas. Ses pensées et ses sentiments convergeaient vers une petite chambre de cette maudite maison. Une chambre où un très vieil homme, abruti par la morphine, attendait la mort. L'homme qu'elle avait aimé toute sa vie.

Ces quinze derniers jours, la situation s'était rapidement dégradée. Après une courte pause, la maladie s'acharnait à nouveau sur lui. Elle semblait décidée à ne plus lui laisser de répit. Chaque journée était pire que la précédente.

Felicia lui apportait des fruits et des boissons, bien plus qu'il ne pouvait consommer – elle avait dit aux infirmières de se partager les restes. Un jour, comme il se plaignait du froid, elle lui apporta deux coussins chauffants à poser sur son ventre et sous ses pieds. Elle passait son temps à chercher ce dont il pourrait encore avoir besoin. Ce n'était pas grand-chose. Il désirait avoir chaud, que ses souffrances fussent réduites au minimum et ne pas sentir venir l'instant de la mort.

— Il dort la plupart du temps lui disaient les infirmières. Vous vous fatiguez inutilement à rester assise ici toute la journée.

Felicia restait persuadée que Maksim s'en rendait compte. Quelque part, au plus profond de lui-même, il sentait sa présence. Quand, de temps à autre, il ouvrait les yeux, il la reconnaissait. Parfois, il prononçait son nom.

Felicia prit une profonde inspiration et pénétra dans le bâtiment. Comme tous les jours, elle avait soigné sa tenue. Elle portait une robe d'été seyante à fleurs vertes et blanches, des sandales blanches et des perles aux oreilles ainsi qu'autour du cou. Maksim, qui méprisait les bijoux et les vêtements luxueux, savait qu'elle appréciait ces « frivolités inutiles ». Il ne devait pas croire qu'elle se laissait aller parce qu'il était inutile de se faire belle pour un homme dans son état.

Dans le corridor, elle croisa d'autres malades dont elle connaissait le destin. Une jeune fille de dix-sept ans atteinte de leucémie qui avait perdu ses cheveux à la suite d'une chimiothérapie. Une jeune avocate à qui l'on avait retiré les deux seins. Un homme séduisant aux cheveux gris qui souffrait d'un cancer des poumons incurable. Felicia échangea quelques mots avec chacun d'entre eux, avant de s'engouffrer dans la chambre de Maksim.

Comme chaque matin, elle le trouva si pâle et si tranquille qu'elle fut prise de panique à l'idée qu'il fût déjà mort. Puis, elle remarqua qu'il respirait et que ses paupières fines bougeaient. Une canule fixée dans son bras droit continuait de distiller la morphine dans ses veines.

— Bonjour, Maksim, c'est moi, Felicia. (Elle embrassa sa joue creuse et repoussa une mèche de cheveux qui avait glissé sur son front.) Je t'ai apporté des fraises de mon jardin. Elle sont très sucrées. Tu les goûteras tout à l'heure.

Elle disposa les fruits dans un bol. Puis, elle déplia le journal. C'était leur rituel quotidien. Elle lui lisait les nouvelles – qu'il les comprît ou pas – lentement et avec application, comme ont coutume de le faire les vieux couples.

Aux États-Unis, un fou était entré dans un restaurant MacDonald et avait abattu vingt personnes. Le chancelier Kohl et le ministre président bavarois Strauss s'étaient promenés dans les Alpes. On notait une accalmie passagère dans la guerre entre l'Iran et l'Irak... Lorsqu'elle eut fini, il lui restait encore de longues heures devant elle. Souvent, Maksim se réveillait et marmonnait quelque chose. Pas aujourd'hui. Rien ne laissait voir qu'il était conscient de sa présence.

Felicia avait pris l'habitude de lui parler du passé, même si ses questions restaient généralement sans réponse.

— Est-ce que tu te souviens, en 1914, quand la guerre a éclaté... Tu m'as trouvé une place dans un convoi de blessés pour Berlin ? J'ai sangloté pendant tout le voyage et je les ai rendus fous !

» Et Leningrad, en 1917 ? Toi et ta Masha que tu m'as toujours préférée, vous faisiez la grande révolution... Et quand tu as été blessé, elle s'est mise en sûreté et, moi, je t'ai sauvé la vie. Pourtant, tu as continué de l'aimer, mais tu ne dois pas oublier que tu me dois une fière chandelle !

» Et Berlin dans les années 20, tu te rappelles ? Notre appartement pourri sur l'arrière-cour ? Tu avais accroché un portrait de Lénine. Nous buvions du champagne que tu trouvais détestable, et que tu avalais pourtant comme de l'eau.

» Et avec les nazis ? Tu as caché des camarades dans

la maison de la Prinzregentenstrasse... Moi, je mourais de peur, mais je ne pouvais rien te refuser, jamais, quitte à risquer ma peau.

» Tu te souviens... tu te souviens... tu te souviens...

Elle se rappelait leurs étés d'enfance à Lulinn en Prusse-Orientale, des étés qu'ils partageraient à jamais. Les oies caquetant, le vent apportant les parfums de blé mûr et de fruits sucrés... Et Jadzía, la bonne polonaise, qui grommelait parce que les enfants salissaient la maison.

Et Grand-père qui se promenait quelque part, pendant que cousine Modeste hurlait comme si on l'écorchait vive, parce qu'elle venait de trouver les vers de terre que Felicia avait glissés dans son placard... Le frère cadet de Felicia et son ami Jorias flânant dans les prés, leurs jambes nues et bronzées griffées par les branches et les épines des bois : « Felicia ! Maksim ! Venez vous baigner avec nous ! »

Ils faisaient alors la course jusqu'à la mer. Les longues nattes de Felicia volaient au vent, tandis qu'elle s'élançait à côté de Maksim.

Elle avait l'impression qu'un siècle s'était écoulé. Désormais, Maksim, étendu devant elle, était en train de mourir.

Une infirmière vint vérifier si la sonde fonctionnait bien. Maksim bougea légèrement sans ouvrir les yeux.

— Aujourd'hui, il ne se réveille pas, s'inquiéta Felicia. Son état semble avoir empiré.

— Ça évolue tous les jours, madame Lavergne. Mais cela ne va plus durer longtemps. Il est très, très fatigué.

Lorsque l'infirmière fut repartie, Felicia se leva et arpenta la chambre. Bien qu'elle vécût depuis longtemps avec la certitude que Maksim allait bientôt mourir, les paroles de l'infirmière l'avaient bouleversée. Elle eut l'envie insensée de le retenir et d'empêcher de mourir ce vieil homme pour lequel la mort était désormais une grâce. Elle s'approcha du lit.

— Maksim ! appela-t-elle doucement.

Peut-être était-ce dû à son mouvement brusque ou au ton de sa voix, mais, pour la première fois de la matinée, il l'entendit. Il ouvrit les yeux.

— C'est bien que tu sois là, murmura-t-il. Que tu aies toujours été là... Felicia...

Quand avait-elle pleuré pour la dernière fois ? Elle ne s'en souvenait même plus... Elle ne recommencerait pas aujourd'hui. Pour rien au monde. Pourtant, ces paroles remuèrent quelque chose de profondément enfoui en elle, un noyau resté jeune, tendre et sensible. Il y avait des années qu'elle n'avait été si touchée. Lui y parvenait toujours, chaque fois... Et c'était peut-être ce qui expliquait son désir inextinguible pour Maksim. Sa voix et son regard effaçaient les années et la débarrassaient en un clin d'œil de toutes les déceptions, les amertumes et les épreuves que la vie lui avait infligées. Auprès de lui, elle redevenait la jeune Felicia, l'adolescente qui l'adulait sans retenue, qui l'aimait et le convoitait. Une jeune fille convaincue que le destin lui avait donné les armes pour obtenir ce qu'elle voulait.

— Maksim, répéta-t-elle sans parvenir, cette fois, à réprimer un sanglot. Maksim, nous n'en avons pas profité, nous avons...

Il l'interrompit. Bien que mourant, il se montrait toujours aussi impatient lorsqu'elle devenait trop possessive.

— Crois-moi, c'était bien comme cela.

Elle aurait voulu le contredire. Elle se tut car Maksim semblait très sûr de lui.

— C'était bien, insista-t-il. Autrement, cela n'aurait pas été pareil.

Felicia comprit ce qu'il voulait dire. Maksim avait raison. Entre eux, il y avait eu quelque chose de particulier car leurs sentiments n'avaient jamais été confrontés à l'épreuve de la routine et de la banalité. Ils n'avaient pas eu à débattre des problèmes scolaires de leurs enfants, ni à partager des dimanche après-midi ennuyeux, ou des dîners professionnels fastidieux. La vie leur avait épargné les pleurs des bébés, les couches... et les soucis financiers. Ils avaient sans doute raté beaucoup de moments, mais avaient conservé quelque chose de précieux : leur désir était resté vivant. Même après toutes ces années, entre la vieille dame aux cheveux blancs et le vieillard mourant, il demeurait aussi vivace.

Felicia s'assit sur la chaise et lui prit la main.

— Tu as raison. Tout était bien ainsi. Il n'aurait pas fallu que ce soit autrement.

Elle vit son regard se voiler, alors qu'il s'endormait à nouveau. Pour la dernière fois, Felicia fit ce qu'elle avait fait toute sa vie : elle le protégea, le rassura et, lui permit de fermer les yeux en sachant que rien de mal ne lui arriverait tant qu'elle serait là.

Alex était heureuse de n'avoir prévenu personne de son retour de Los Angeles. On ne l'attendait pas à l'aéroport de Munich. Elle prit un taxi jusqu'à la Maximilianstrasse où elle avait laissé sa voiture dans le parking du bureau. Elle fit une prière pour éviter de croiser Dan – ce qui était peu probable. Que ferait-il dans le garage à 11 heures du matin ?

Elle rangea sa valise dans le coffre et monta dans sa voiture avec soulagement. Il fallait vite s'en aller.

En s'engageant sur l'autoroute de Lindau, elle tâcha de se concentrer sur la conversation à venir. Ce ne serait pas facile, Felicia n'abandonnerait pas sans se battre son rêve de toujours : Alex, son héritière, à la tête de *Wolff & Lavergne*. Elle allait être furieuse d'apprendre que sa petite-fille voulait y renoncer.

À Inning, Alex quitta l'autoroute et prit la direction de Breitbrunn en longeant le lac. La journée était idéale pour tomber sous le charme de la Haute-Bavière, mais la jeune femme ne voyait rien et ne voulait rien voir. Elle n'était pas chez elle ici. Elle était américaine, et elle aurait mieux fait de le comprendre des années auparavant.

Elle se gara devant la maison de sa grand-mère et descendit de voiture. Les chiens de Felicia, qui jouaient dans le jardin, vinrent l'accueillir en aboyant. Alex les caressa et sortit sa clé. Elle entra en hésitant. Elle détestait l'idée de faire de la peine à sa grand-mère.

Il n'y avait personne. Le silence était si profond qu'elle se demanda si tout le monde était sorti. Puis, elle entendit une porte se refermer doucement. Deux femmes chuchotaient. Alex crut reconnaître Nicola et Julia.

— Il est inutile de lui parler. Elle désire être seule. Elle a toujours voulu rester seule quand les choses allaient mal. Nous devons la laisser tranquille.

— Elle ne mange plus depuis trois jours. On ne peut pas la laisser faire !

— Elle recommencera à manger. Nous ne pouvons pas la forcer.

Les voix se turent, les pas s'éloignèrent. Il s'était certainement passé quelque chose de dramatique... Alex prit peur. Personne ne s'inquiéterait jamais pour sa grand-mère, elle était le roc solide sur lequel tous s'appuyaient. Personne n'avait imaginé ce qui adviendrait si ce soutien d'airain venait à se fissurer. Cela était impensable.

Alex frappa à la porte du bureau de Felicia. Pas de réponse. Elle frappa plus fort. Enfin, une voix fatiguée lui dit d'entrer.

Felicia était assise derrière son bureau. Alex, dans un premier temps, fut soulagée. Cependant, lorsqu'elle s'approcha, elle s'alarma : sa grand-mère était devenue une vieille femme ! Jusqu'à présent, la vitalité de Felicia, son opiniâtreté et sa soif de pouvoir l'avaient rendue étrangement intemporelle.

Ce jour-là, tout avait changé. Elle avait les mêmes cheveux blancs et son visage n'était pas plus ridé, mais l'étincelle de son regard s'était éteinte et sa bouche avait pris un pli de lassitude que n'effaceraient ni le repos ni le sommeil.

— Alex, fit-elle, d'une voix qui avait perdu son ton à la fois insistant et nerveux. C'est bien que tu sois revenue.

Alex referma la porte derrière elle.

— Felicia... Que s'est-il passé ? Tu as l'air... différente.

— Maksim est mort.

Il fallut quelques instants à Alex pour se rappeler qui était Maksim. Puis, elle se souvint : l'ami d'enfance de Felicia, qui avait fait carrière au Parti socialiste unifié. Il était venu depuis peu à l'Ouest. Avant son départ pour l'Amérique, elle l'avait croisé chez sa grand-mère. Elle avait été frappée de voir combien il était malade.

— Je suis désolée.

— Il était hospitalisé, il ne pouvait plus se passer de morphine. Le cancer le rongeait.

Alex hocha la tête.

— Je venais le voir tous les jours. Le soir précédant sa mort, il n'était pas trop mal, il semblait plus éveillé que d'habitude. J'ai parlé au médecin. « Ce soir, il ne se passera sûrement rien », m'a-t-il dit. Et je l'ai cru.

Alex approcha une chaise et s'assit.

— Je comprends.

— Le lendemain, poursuivit la vieille dame d'un ton monocorde, alors que j'étais sur le point d'aller le retrouver, ils m'ont appelée. Maksim était mort pendant la nuit. Il était seul.

— Tu ne pouvais pas le savoir, Felicia.

Felicia releva la tête. Comme ses yeux sont vides, pensa Alex.

— Je sais. Je ne me fais pas de reproches. Nous nous étions tout dit.

Quelque chose empêcha Alex de poser la question qui lui brûlait les lèvres : qu'est-ce que cet homme a signifié pour toi ?

— Désormais, tout est fini, reprit Felicia.

Alex resta silencieuse. Elle ne parvenait pas à trouver des paroles de réconfort. Elle s'en sentait incapable. Elle était venue pour dire à sa grand-mère qu'elle allait quitter son entreprise. Elle s'était préparée à des protestations furieuses et à de multiples tentatives pour la faire changer d'avis, et voilà qu'elle découvrait une femme brisée... Tous ses projets se trouvaient contrariés. Flûte ! La mort de ce Maksim tombait au plus mauvais moment.

— J'ai préparé un papier, dit Felicia en désignant des feuilles posées devant elle. Nous devons simplement nous rendre chez le notaire et l'affaire sera réglée.

— Quelle affaire ?

— Je te lègue mes parts de *Wolff & Lavergne*. Tu n'es plus seulement directrice. Tu deviens propriétaire.

Alex blêmit et se releva d'un bond.

— Qu'est-ce que tu racontes ?

— Il est temps que je lâche la barre. Je vais avoir quatre-vingt-dix ans. Tu es jeune et forte. Tu dois prendre les choses en main.

— Je ne suis pas forte, tu te trompes. Je suis...

Alex se tut en voyant que sa grand-mère ne l'écoutait plus. Elle ne s'intéressait plus à ses problèmes. Felicia avait cessé d'être le patron de la famille. Elle était fatiguée. Désormais, elle ne se préoccuperait plus que d'elle-même. Jusqu'à sa mort.

À son âge, c'est légitime, songea Alex avant de réaliser soudain qu'à présent elle ne pouvait plus repartir. Elle était devenue la plus forte des deux femmes, ce qui impliquait des responsabilités et des devoirs. En croisant le regard gris de Felicia, Alex comprit ce que signifiait vieillir et voir partir, les uns après les autres, ceux que l'on avait aimés.

Elle ne pouvait pas laisser tomber la vieille dame. Ni aujourd'hui, ni jamais.

Elle se rassit.

— Très bien, Felicia. Étudions ces documents... Mais, nous allons d'abord prendre un whisky... Je crois que nous en avons besoin toutes les deux.

LIVRE IV

1988-1991

1

Depuis longtemps, Chris avait cessé de chercher Simone chez toute femme qui l'intéressait. Sachant qu'il ne devait pas demeurer dans le passé pour le restant de sa vie, il tâchait de se montrer ouvert.

Or, cette fille qui se tenait devant lui avait bien quelque chose de Simone. Une silhouette menue, un visage pâle et pointu, une épaisse crinière de cheveux châtain foncé – et non pas blonds. Même sa façon de parler faisait penser à Simone : un débit rapide, accompagné de mimiques et de gestes de la main. Elle portait un jean, des tennis et un sweat-shirt rayé bleu et blanc. Elle s'appelait Laura Martelli et Chris ne lui donnait pas plus de dix-huit ans.

— Le problème, c'est que nous ne sommes pas riches. Alors, prévenez-moi tout de suite si vous avez l'intention de réclamer d'énormes honoraires.

Il éclata de rire.

— La personne qui vous a donné mon nom a dû vous dire que, lorsque je crois à un dossier, je travaille souvent pour rien quand le client a des difficultés de paiement.

— C'est juste. Mais, entre-temps, vous avez pu changer d'avis.

— À vrai dire, ce serait plutôt une bonne chose. Je travaille seize heures par jour, y compris les week-ends, et j'ai de la peine à boucler mes fins de mois.

— Au moins, vous ne trahissez pas vos convictions. Vous êtes l'avocat des écologistes et des gauchistes. Combien y en a-t-il de votre âge ? La plupart sont corrompus depuis longtemps par l'argent et le pouvoir !

— Oui, et ils ont moins de soucis que moi.

Après avoir brillamment réussi ses examens et obtenu son diplôme, Chris aurait facilement pu trouver un emploi dans un cabinet d'avocats renommé de Francfort. Cependant, il avait préféré ouvrir son propre cabinet, en louant un appartement à Westend, dont il avait transformé deux pièces en bureau. Bien que l'appartement fût en mauvais état, le propriétaire exigeait un loyer élevé. Aussi, Chris s'était-il d'abord passé de secrétaire, mais il eut très vite beaucoup trop de travail. Il avait fini par engager Birgit, une femme affreusement laide de quarante ans, qui travaillait sans compter et dédiait sa vie à son patron. Si Chris était reconnaissant au destin de lui avoir permis de trouver Birgit, il avait le sentiment qu'il ne pourrait pas continuer ainsi encore longtemps. Le plus souvent, il défendait des militants écologistes – dont il partageait les convictions – sans le sou. Il sortait d'un long procès coûteux, durant lequel il avait représenté les opposants à la construction d'une piste d'atterrissage supplémentaire sur l'aéroport de Rhein-Main. Pour cela il n'avait perçu que huit cents marks – la somme couvrait à peine les frais de dossier. En cette fin d'été 1988, à bientôt trente-cinq ans, Chris se demandait parfois s'il en serait toujours ainsi lorsqu'il aurait quarante ans.

— Vous acceptez ou non ? questionna Laura.

Chris soupira. Une fois encore, on lui proposait un travail non rémunéré. Des amis de Laura étaient entrés par effraction dans un laboratoire d'une entreprise chimique des environs de Francfort pour libérer trois chiens, huit chats et un nombre considérable de lapins et de rats. Alors qu'ils rangeaient la dernière cage dans leur camionnette, ils avaient été surpris par le veilleur de nuit qui avait tenté de les arrêter. Durant une empoignade, l'homme avait été jeté à terre. Les jeunes gens avaient réussi à s'enfuir avec les animaux. Le gardien avait néanmoins eu le temps de noter le numéro de la plaque d'immatriculation.

— Le lendemain, la police a sonné chez le propriétaire de la voiture, expliqua Laura. Malheureusement, les cages étaient encore chez lui et il a été arrêté sur-le-champ. Les trois autres se sont alors spontanément présentés à la police, pour que Stefan ne soit pas le seul à trinquer.

— Est-ce que les animaux ont été rendus au labo ?

— Non. Et nous ne le ferons jamais. Ils sont en sécurité. J'ai même récupéré un des chiens.

— Vous savez que vous tombez aussi sous le coup de la loi ?

Laura releva le menton d'un air de défi.

— Et alors ! Nous avons raison, même si les lois sont contre nous. Mais la loi et le droit ne sont pas toujours identiques, n'est-ce pas ?

— Certainement. Cependant, nous devons malheureusement considérer que les lois promulguées sont le droit.

Laura eut un ricanement méprisant.

— Dans la plainte que vous m'avez apportée, reprit Chris en feuilletant le dossier posé devant lui, le veilleur de nuit prétend qu'il a été brutalement agressé. Est-ce exact ?

— C'est absurde ! Pendant la bagarre, il a trébuché et il est tombé. Personne ne l'a frappé. D'ailleurs, il n'a pas pu montrer de blessures... Puisque vous prenez tous ces renseignements, est-ce que cela signifie que vous acceptez l'affaire ? demanda-t-elle avec un sourire qui donna à son visage un air plus doux.

Chris ouvrit les mains dans un geste d'impuissance.

— Que puis-je faire ? Vos amis ont besoin d'aide. Je vais sans doute bientôt mourir de faim, mais... j'accepte.

Laura rayonnait.

— Vous êtes merveilleux. Merci beaucoup.

Elle se leva et lui tendit la main.

— Au revoir. Je dois tout de suite aller le dire aux autres.

Chris s'était levé lui aussi. La main de Laura était aussi menue que celle d'une petite fille.

À peine avait-elle atteint la porte que Laura faisait demi-tour.

— Je ne voudrais pas que vous mouriez de faim, maître Rathenberg, déclara-t-elle. Aimeriez-vous venir dîner demain soir chez moi ?

— Oh ! fit Chris, surpris.

— Je suis plutôt bonne cuisinière. Alors, si vous n'avez rien de prévu...

Il n'avait rien de prévu. La soirée du lendemain s'annonçait identique aux autres : un repas surgelé, de l'eau minérale pour garder ses idées claires, les informations de 20 heures à la télévision. Puis, il s'installerait à nouveau à son bureau, travaillerait sur ses dossiers, dicterait des mémos pour Birgit. À 23 heures, il regarderait un film, dont il ne saisirait que la moitié tellement il serait épuisé. Entre minuit et 1 heure, il se coucherait. Dans un lit vide et froid. Parfois, il avait l'impression que sa vie s'écoulait sans aucune perspective. Un ancien camarade, qu'il voyait de temps à autre, lui avait déclaré qu'il menait une existence très peu saine.

— Tu te rends physiquement et psychiquement malade, Chris. Personne ne tiendrait à ce rythme, l'avait-il averti. Tu ne penses qu'au travail. Tu ne t'amuses jamais. Tu ne sors jamais avec une fille. Bon sang, accepte quelques dossiers bien payés et offre-toi de longues vacances ! Tu pourrais partir dans l'un de ces clubs de vacances et t'amuser avec les jolies filles. Tu es trop jeune pour vivre comme un moine !

Un club de vacances ! Chris avait éclaté de rire. S'agiter avec une foule de gens surexcités aux ordres d'un animateur... très peu pour lui ! Et il n'avait guère envie d'une amourette de vacances.

Cela serait différent d'aller dîner avec cette fille sympathique. Demain, c'était vendredi. Pourquoi ne prendrait-il pas un rendez-vous un vendredi soir ?

— Je viendrai volontiers. Merci beaucoup.

— Il y a mon adresse sur l'enveloppe avec les photos, dit-elle en montrant la pile de photos d'animaux de laboratoire, 20 heures, ça vous convient ?

— Parfait. À demain.

— À demain !

Et elle disparut.

Coincé dans les embouteillages munichois de fin de journée, Ernst Gruber fouillait sa mallette d'une main tremblante à la recherche de ses pilules contre l'hypertension. Son médecin lui avait conseillé de toujours les avoir sur lui.

— Vous buvez trop et mangez trop gras, monsieur Gruber. À force, vous risquez d'avoir des problèmes.

L'imbécile ! Évidemment qu'il allait en avoir, mais que savait ce médecin de sa situation ?

Il trouva enfin la plaquette et avala deux comprimés d'un coup. Derrière lui, le conducteur klaxonna parce que la file de voitures avait avancé d'un mètre. Il sursauta, ses mains devinrent moites et son cœur se mit à battre la chamade. Gonflé de pilules et d'alcool, il allait s'écrouler tôt ou tard. Et cela lui arriverait probablement par une journée comme celle-ci, alors qu'il était prisonnier d'un embouteillage par 25 degrés, sans secours possible.

Tandis qu'il se demandait pourquoi la maudite climatisation ne fonctionnait pas, il s'aperçut qu'il avait tourné les mauvais boutons. Entre-temps, la voiture s'était transformée en fournaise. Heureusement, la température baissa rapidement et il put à nouveau respirer. Les pilules ralentirent les battements de son cœur. Il repensa à sa journée à la banque.

Le porte-parole du conseil d'administration était venu lui annoncer que le conseil le convoquait lundi pour une discussion importante. Sans obtenir de détails, Gruber avait compris que son poste était menacé. Ses problèmes de santé, dus à ses abus d'alcool, à sa mauvaise nourriture et au manque de sommeil, avaient fait de lui un homme à risques. Depuis qu'il avait pris deux mauvaises décisions, par manque de concentration, il savait qu'il serait tôt ou tard renvoyé.

Tout avait commencé quatre ans plus tôt. Après avoir poussé Markus Leonberg à la ruine puis au suicide, Clarissa était brusquement devenue une autre personne. Choqué par la mort de Leonberg, Gruber avait cessé de retourner chez elle pour trouver le réconfort et l'amour qu'il pensait avoir mérités : « Tout s'est déroulé comme tu le voulais, Clarissa, je t'en prie... »

Gruber n'avait pas compris son indifférence. N'avait-il pas réalisé le rêve de Clarissa ? De lui-même, il ne serait jamais allé aussi loin. Mais pour elle, il aurait été capable d'envoyer une bombe sur le Vatican.

Au fur et à mesure que la jeune femme se montrait plus distante, le banquier avait mesuré à quel point il était dépendant d'elle. Sa quête désespérée d'attentions et de soutien ne recevait que du mépris en réponse. Elle évitait les rendez-vous et lorsque, parfois, ils se retrouvaient, elle ne faisait plus l'effort de cacher son impatience.

Il s'était mis à boire davantage, à manger comme quatre, à avaler des antidépresseurs. Il n'était plus lui-même – ce que ses collègues avaient remarqué. On murmurait à son sujet. Il avait essayé de se ressaisir. En vain. Il était pris au piège.

Lentement, le cortège de voitures s'ébranla. En arrivant au feu rouge, Ernst sut qu'il n'y résisterait pas : il devait voir Clarissa.

Un camion de déménagement était garé devant la maison de Clarissa. Deux hommes transportaient le canapé en daim beige. Ernst descendit de voiture, le visage empourpré. Il était en nage.

— Que se passe-t-il ? s'écria-t-il, affolé.

Les deux hommes, qui haletaient sous le poids du meuble, ne purent lui répondre. Ernst se dépêcha d'entrer dans la maison. Plus de tableaux aux murs, les tapis roulés, des cartons partout. Assise sur une caisse, Clarissa fumait une cigarette. Elle portait un short poussiéreux, un tee-shirt bleu. Elle n'était pas maquillée et elle avait noué ses cheveux. Elle semblait épuisée.

— Que se passe-t-il ? Clarissa, au nom du Ciel...

— Tu le vois bien. Je déménage.

— Mais tu ne m'as rien dit ! Où vas-tu ? Pourquoi ?

Il avait de plus en plus chaud. Clarissa demeurait imperturbable.

— Dans une autre ville. Je commence une nouvelle vie.

— Quoi ?

— J'ai terminé depuis longtemps ce que j'avais à faire à Munich. Je vais chercher un emploi et vivre comme une femme normale.

— Mais... tu ne peux pas faire ça ! Je ne peux pas quitter Munich. Je...

— De toute façon, tu ne viens pas avec moi.

— Mais nous sommes faits l'un pour l'autre. Après toutes ces années, tu ne peux pas t'en aller comme ça.

— Bien sûr que si, tu le vois bien. Entre nous, ce n'était qu'un arrangement professionnel. Je couchais avec toi et tu me donnais de l'argent. Je pouvais rompre cet engagement à tout moment et c'est ce que je fais maintenant.

— Et de quoi vas-tu vivre désormais ?

— Je vais trouver un travail. Je n'ai pas besoin de grand-chose. Ne t'inquiète pas pour moi.

Il s'écroula dans le dernier fauteuil qui restait dans la pièce.

— Seigneur, ce n'est pas vrai...

Clarissa le contempla froidement, sans compassion. Il avait été l'instrument d'une bataille qu'elle avait entamée bien des années auparavant, et elle n'avait ni la force, ni l'envie de le lui expliquer. Elle n'avait jamais su lui faire partager sa souffrance, ses peurs ou son effroyable solitude. Ni sa haine. La mort de Leonberg ne lui avait pas apporté la sérénité dont elle avait rêvé. Comment pourrait-elle exprimer à Ernst le vide qu'elle ressentait depuis le suicide ? Ou son besoin de trouver un autre sens à sa vie ? Cet homme ne s'intéressait qu'à lui-même. Au début de leur relation, il ne voyait en elle que la maîtresse qu'il payait pour ses services. Malheureusement pour lui, elle lui était devenue indispensable. En comblant ses désirs les plus secrets, Clarissa avait entrouvert une porte dangereuse qu'il ne pouvait plus refermer. Une fois dévoilés, ces désirs étaient devenus incontrôlables. Un sourire sans chaleur flotta sur le visage de Clarissa. Gruber avait besoin d'elle comme un drogué de sa dose. À présent, elle s'en fichait comme d'une guigne.

— Et c'est justement ce moment que tu choisis pour t'en aller ! se lamenta Ernst. Alors que j'ai d'affreux soucis.

Les déménageurs revinrent dans le salon.

— Nous avons besoin du siège...

Ernst se leva en gémissant. Ils soulevèrent le fauteuil et l'emportèrent. Il resta debout, les genoux tremblants, au bord du malaise.

— Je crois qu'ils veulent me renvoyer de la banque. Ils me le diront lundi.

— J'en suis désolée pour toi.

— J'ai fait des erreurs. J'ai des problèmes de santé. Beaucoup veulent ma place. Ils guettaient la première occasion.

— C'est partout pareil.

— Cela n'aurait pas dû m'arriver. Je suis parfaitement capable.

Il s'attendait à ce que Clarissa se moquât de lui, mais elle demeura impassible.

— Toi, tu sais pourquoi je vais aussi mal, n'est-ce pas, Clarissa ?

Elle éteignit sa cigarette dans une petite assiette et en alluma une autre.

— Je n'y ai pas réfléchi. Ça ne m'intéresse pas vraiment.

— C'est à cause de toi. Parce que tu m'as laissé tomber. Je ne comprends toujours pas pourquoi. Comme je ne comprends pas ton départ. Je ne t'ai rien fait. Au contraire, je t'ai apporté la tête de Leonberg sur un plateau. Tu as eu ta vengeance. Elle a même été plus éclatante que prévu. Leonberg est mort. Je t'ai donné ce que tu voulais.

— Je t'en ai remercié.

— C'est ce que tu appelles des remerciements ? Depuis ce jour-là, tu t'es détournée de moi. J'avais pensé que nous...

— Quoi ?

— J'avais pensé que notre amour deviendrait encore plus beau.

Elle secoua la tête.

— Tu n'as rien compris.

— Alors, explique-moi.

— Ça n'a aucun sens. Tu ne m'as jamais comprise et ce n'est pas aujourd'hui que tu vas commencer.

— Il y avait tellement de choses entre nous, Clarissa. Tu étais la première femme à me comprendre. La première qui...

Elle eut ce rire ironique qu'il redoutait tant.

— J'ai été la première à satisfaire tes penchants pervers. Si tu savais comme ça m'a dégoûtée !

Ernst en fut abasourdi.

— Tu as toujours dit que tu t'amusais avec moi...

— Ça fait partie de mon fichu travail de prétendre de telles choses ! Crois-tu que j'aurais touché autant d'argent si je vous avais dit à tous ce que je pensais de vous ?

— Clarissa...

— Arrête de pleurer. C'est terminé. Tu dois l'accepter.

— Tu ne peux pas me laisser tomber maintenant ! Je suis à bout ! Je suis malade. Je vais perdre mon emploi. J'ai tout risqué pour toi...

— Quels risques ? Ce n'était pas risqué de pousser Leonberg à la ruine. La banque a gagné beaucoup d'argent avec lui. Vous avez récupéré une bonne partie de ses biens immobiliers. Alors, ne joue pas au martyr !

— Est-ce que tu t'es jamais demandé si je ne me sentais pas coupable ? demanda Ernst d'une voix rauque. J'ai poussé un homme au suicide.

Clarissa se leva.

— Veux-tu que je te dise, Ernst ? Je me fiche de savoir ce que tu ressens. Je me contrefous de toi. Si tu devais mourir aujourd'hui, cela me serait totalement égal. Je t'en prie...

Brusquement, sa voix perdit sa dureté.

— Je t'en prie, supplia-t-elle d'un ton las, laisse-moi enfin en paix. N'essaie pas de savoir où je pars. Laisse-moi vivre ma vie.

Elle tourna les talons, quitta la pièce, et s'élança dans l'escalier.

Ernst était décomposé. Il ne remarqua même pas l'inquiétude des déménageurs.

— Clarissa ! appela-t-il d'une voix rauque.

Les hommes haussèrent les épaules et emportèrent une caisse. Ernst sentit ses jambes se dérober. Les larmes lui piquèrent les yeux.

— Clarissa !

Pas de réponse. Il n'en obtiendrait jamais. Brusquement, il ressentit pour lui-même le même dégoût que celui que la jeune femme avait toujours éprouvé à son égard. Il s'assit sur une caisse qui craqua et pensa à ce qui l'attendait lundi à la banque. Il se demanda si Markus Leonberg avait connu ce même désespoir insondable avant de mourir.

« Tôt ou tard, on payait pour ses actes », disait-on. En ce qui le concernait, cela se réalisait.

— C'est tout pour aujourd'hui, déclara Julia. La cloche va sonner dans cinq minutes.

Les trente-deux élèves de la classe se levèrent d'un bond, fourrèrent leurs livres dans leurs cartables et sortirent en courant en lui souhaitant tous un bon week-end. Julia était une maîtresse très aimée – elle donnait rarement de mauvaises notes et laissait souvent les enfants partir avant l'heure. Elle rangea ses livres et quitta la classe la dernière.

Depuis deux ans, elle avait repris son ancien métier. Les Dames anglaises de Nymphenburg l'avaient engagée comme collaboratrice libre – c'est ainsi qu'une Allemande de l'Est enseignait dans une école religieuse. Jamais elle ne pourrait leur exprimer toute sa reconnaissance. Elle gagnait enfin de l'argent et se sentait utile. Même si elle avait aimé son séjour chez Felicia, auprès de ses parents, elle avait eu le sentiment d'être une invitée abusant de la patience et de la générosité de son hôte. Désormais, elle louait un petit appartement de trois pièces dans le quartier de Pasing. Les environs étaient plutôt déprimants, mais nettement mieux que leur logement à Berlin et bien supérieurs à Berrowitz. Michael et Stefanie avaient chacun une chambre, tandis qu'elle dormait sur un canapé-lit dans le salon. Ils pouvaient même profiter d'un petit balcon orienté à l'ouest sur lequel ils pouvaient parfois dîner et prendre le petit déjeuner le dimanche. À vrai dire, seuls Julia et Michael le faisaient. Stefanie, qui évitait soigneusement sa mère, ne s'installait jamais avec eux.

Lorsqu'elle avait décidé de fuir, Julia avait été obsédée par l'idée d'emmener ses enfants sains et saufs à l'Ouest. Désormais, elle découvrait qu'elle avait sous-estimé leur réaction face à la séparation et au déracinement. Michael avait mis du temps à trouver sa place parmi les camarades de son âge. Un an après leur évasion, il continuait de bégayer, rongeait ses ongles jusqu'au sang et s'isolait de plus en plus. Mais vingt heures passées avec un psychologue de l'école l'avaient aidé à se sentir mieux.

En revanche, il était inutile d'aborder le sujet d'un soutien psychologique avec Stefanie. Elle avait moins de problèmes que son jeune frère, mais sa haine pour sa mère ne cessait de grandir, au grand désespoir de Julia. En apprenant que son père était resté à l'Est, et que Julia lui avait menti sur ce point, la fillette avait eu une crise de nerfs.

— Tu m'as trompée ! avait-elle hurlé. Tu m'as menti pour que je t'accompagne. Tu ne nous as pas demandé notre avis. Tu nous as emmenés de force !

Pendant des mois, Julia avait vainement essayé d'expliquer à sa fille ses motivations. Mais celle-ci continuait de pleurer parce que son père lui manquait. Elle ne comprenait pas non plus les changements de règles et de valeurs. À l'Ouest, on se moquait de certaines de ses réflexions pour lesquelles, de l'autre côté, on l'aurait félicitée. Stefanie avait vite constaté que ses camarades de classe la trouvaient bizarre. Si elle réagissait de manière trop agressive pour qu'on osât l'attaquer, elle ne se faisait pas pour autant des amis. Redoutant ses reparties acerbes, les autres enfants ne l'approchaient pas.

Stefanie éprouvait le besoin fréquent de parler avec son père. Si elle avait pu, elle aurait dépensé l'intégralité du salaire de Julia en appels téléphoniques. Comme les communications étaient difficiles à obtenir la journée, elle passait ses nuits à tenter de joindre son père.

— Stefanie, tu ne peux pas le réveiller ainsi tous les jours, disait Julia. Il a besoin de se reposer. Son métier l'épuise.

— Tu ne pourras pas m'empêcher de parler avec lui, rétorquait Stefanie. Tu es jalouse parce qu'il m'aime encore et pas toi !

Julia, en effet, ne parvenait pas à atteindre Richard. Elle le bombardait de lettres qu'elle confiait à des voyageurs en partance pour l'Est, afin d'éviter la censure. Elle y expliquait son départ, ses motivations... Ses lettres étaient restées sans réponse. Au début, elle n'avait pas téléphoné, sachant qu'après la fuite de sa famille il risquait d'avoir du mal à prouver son innocence. Elle ne voulait pas lui créer des problèmes en reprenant contact avec lui. Puis elle avait fini par céder. Elle l'avait appelé à son cabinet et avait répété, désespérée, ce qu'elle lui avait déjà écrit. Le cœur battant, elle avait senti ses joues s'empourprer. Il l'avait écoutée poliment, avant d'ajouter d'une voix lasse :

— Julia, ne m'en veux pas, mais j'ai des patients qui m'attendent. Je dois m'occuper d'eux.

Les années avaient passé. Richard refusait toute conversation. Était-ce par peur de se savoir écouté ? Craignait-il de montrer sa tendresse pour une femme qui s'était enfuie avec ses deux enfants ? À moins qu'il ne lui pardonnât pas son geste... Elle n'en tirait rien : ni compréhension, ni colère, ni regrets. Il était devenu parfaitement indifférent.

Il ne parlait qu'avec sa fille. Il l'écoutait, la consolait ou l'encourageait.

— Il ne l'avouera jamais, mais il est complètement seul, déclara Stefanie après une de ces conversations. Tu n'aurais jamais dû lui infliger une chose pareille.

Puis, elle avait violemment claqué la porte de sa chambre derrière elle. Julia avait ravalé ses larmes. Elle ne savait plus quoi faire. Séparée de Richard, confrontée aux problèmes de ses enfants dont elle était responsable, elle avait parfois l'impression de crouler sous les soucis. Parfois, elle ne dormait pas la nuit et réfléchissait, inquiète, à son avenir. Elle devait user de toute sa volonté pour maîtriser ses pensées folles.

— Je vais vivre au jour le jour, se promettait-elle dans le silence de la nuit.

Lorsqu'elle atteignit le parking, Julia ouvrit toutes les portes de sa Golf blanche pour rafraîchir l'habitacle.

Lorsque Nicola avait donné sa voiture à sa fille, celle-ci avait été ravie. Elle n'en avait nul besoin pour se rendre tous les jours à l'école, mais elle était ainsi libre de passer ses fins de semaine à la montagne ou près du lac. Dimanche dernier, elle avait emmené les enfants au Chiemsee. Elle avait été la seule à profiter de l'excursion. Michael et Stefanie avaient boudé toute la journée.

Une sonnerie retentit dans l'école. Aussitôt, on entendit des voix d'enfants et des bruits de pas. Comme elle attendait Stefanie, Julia s'adossa à la voiture, ferma les yeux et laissa le soleil lui chauffer le visage. Sa fille, qui avait d'abord refusé d'entrer dans ce lycée – c'était une école qui s'occupait d'enfants en difficulté –, avait fini par reconnaître qu'il demeurait sa seule chance d'obtenir un jour son baccalauréat. Pourtant, la jeune fille semblait se ficher de ses études.

À 13 h 30, Julia attendait encore. Le parking s'était vidé, l'école était devenue silencieuse. Au loin, une chorale répétait dans une salle. Julia tâcha en vain de se rappeler si Stefanie lui avait parlé d'un changement d'horaires. Lorsqu'elle décida de rentrer, elle était dans une colère noire.

Une fois parvenue au bas de chez elle, elle entendit résonner de la musique dans la cage d'escalier. Alors qu'elle gravissait lentement les marches, la voisine, Mme Kleiber, sortit en trombe de son appartement.

— On pourrait peut-être baisser le son ! C'est l'heure du déjeuner et les autres locataires ont droit à un peu de calme. J'ai tambouriné en vain contre le mur. Il y a pas mal de gens qui vont se plaindre au propriétaire, vous savez.

— Je m'en occupe, répondit Julia.

Elle referma la porte de l'appartement derrière elle. Cette vieille idiote ! Que connaissait-elle des problèmes d'une mère célibataire ?

— Stefanie !

La musique était à son maximum. Julia avança dans le corridor. Au même moment, un jeune homme inconnu émergea de la cuisine. Il ne portait qu'un vieux caleçon et ses cheveux poisseux lui arrivaient aux épaules. À la main, il tenait une bouteille de mousseux.

— Salut, fit-il en apercevant Julia.

— Qui êtes-vous ?

— Wolfgang.

— Et que faites-vous ici ?

Il sourit.

— Je suis un copain de Steffi.

Julia fit deux pas en direction de la chambre de sa fille dont elle ouvrit brusquement la porte. Elle découvrit la jeune fille nue, allongée sur le matelas qui lui servait de lit. Un nuage de fumée de cigarettes flottait dans la pièce. Furieuse, Julia débrancha la stéréo, tandis que Stefanie s'enroulait dans la couverture.

— Que se passe-t-il ici ? hurla Julia.

— Pas si fort, maman..., objecta Stefanie avec une grimace.

— La maison est sur le point de s'effondrer à cause de ton vacarme et tu me demandes de baisser la voix ? Et vous, de quel droit prenez-vous une bouteille de mousseux dans mon frigidaire ?

— Steffi a pensé que...

— Vraiment ? Il se trouve que vous êtes dans *mon* appartement et qu'il s'agit de *ma* bouteille. (Elle se retourna vers sa fille.) Qu'avez-vous fait ? Depuis quand es-tu à la maison ? Je t'ai attendue une demi-heure devant l'école !

— Je n'étais pas bien. Je suis rentrée plus tôt.

— Mais tu te sens assez bien pour te vautrer sur un matelas avec ce type. Est-ce que tu sais au moins ce que tu fabriques ?

Stefanie se redressa, serrant la couverture contre sa poitrine.

— Wolfgang n'est pas n'importe qui.

— C'est à moi d'en décider. Quant à vous, Wolfgang, rhabillez-vous et allez-vous-en !

— S'il part, je pars aussi ! lança Stefanie d'un ton dramatique.

Julia eut l'impression que sa tête allait exploser. Elle était partagée entre la colère, l'affolement et le désarroi. Elle ramassa un jean et un tee-shirt bleu délavé posés sur une chaise.

— C'est à vous ? (Quand il hocha la tête, elle lui jeta les affaires à la figure.) Disparaissez !

Elle quitta la chambre en claquant la porte. Elle transpirait à grosses gouttes. Rarement dans sa vie elle s'était sentie aussi démunie que devant ces adolescents insolents et prétentieux, convaincus d'être dans leur bon droit. Qu'avaient-ils fait sur ce matelas, au son de cette musique infernale ? Avaient-ils au moins pris leurs précautions ? Depuis quand durait cette relation ? Comment avait-elle pu l'ignorer ? Une nouvelle fois, un violent sentiment du culpabilité la gagna. Avait-elle trop travaillé ? Avait-elle été si absorbée par ses problèmes qu'elle en était devenue aveugle ?

La porte de la chambre s'ouvrit. Wolfgang et Stefanie s'étaient habillés. Stefanie portait un sac sur l'épaule.

— Stefanie, tu restes ici !

— Je t'ai dit que, si Wolfgang partait, je partais avec lui.

— Non, tu restes ici. Je t'interdis de quitter la maison.

Stefanie considéra froidement sa mère.

— Tu ne peux rien m'interdire. Et je ne te conseille pas d'essayer.

— Stefanie !

— Viens, Wolfgang, on y va.

Julia comprit qu'elle ne retiendrait sa fille qu'en usant de la force, mais elle en fut incapable. Elle leva les bras dans un geste désespéré.

— Qu'est-ce qui ne va pas, ma chérie ? Qu'est-ce que j'ai donc fait ?

Stefanie avait la main sur la poignée de porte.

— Tu plaisantes ? Après nous avoir tant menti, à Michael et à moi, tu oses demander ce que tu as fait ? Je crois que tu ne comprendras jamais.

Avant que Julia pût réagir, Stefanie avait quitté l'appartement, Wolfgang sur ses talons. La porte se referma. Leurs pas précipités résonnèrent dans la cage d'escalier.

2

Alex signa le virement avec un léger soupir. Tous les mois, on lui réclamait des sommes astronomiques. Grawinski et son partenaire à Hong-Kong faisaient construire une usine flambant neuve en Chine pour *Wolff & Lavergne*. Le montant des factures lui donnait le frisson. Cependant, tant qu'il n'y avait pas d'incident là-bas, l'investissement valait le coup. Elle aimait prendre des risques. La société jouait le tout pour le tout. Elle connaîtrait une réussite fulgurante, ou bien l'échec. Et la faillite.

Ces dernières années, le travail avait été le pivot de sa vie. Après la mort de Markus, Alex s'était consacrée avec encore plus de détermination à l'entreprise dont elle possédait désormais la moitié des parts. Lorsqu'elle n'était pas à son bureau, elle voyageait et négociait de nouveaux contrats. Le soir, elle rentrait épuisée chez elle, prenait une douche, un whisky, quittait son tailleur pour une robe élégante et repartait pour un dîner ou une réception. Parfois, elle était accompagnée de Dan ou de Grawinski – quand celui-ci était de passage à Munich. Mais, la plupart du temps, elle sortait seule, car elle avait remarqué qu'ainsi elle manipulait les hommes plus aisément. Elle était de ces femmes qui embellissent avec l'âge. À trente et un ans, elle n'avait jamais été plus séduisante. Son visage impassible, dépourvu de toute innocence, intriguait les hommes et leur donnait envie de mieux la connaître et de la défendre. Le temps de s'apercevoir qu'Alex n'avait aucun besoin d'être protégée et qu'elle demeurait insaisissable, ceux-ci avaient signé un contrat avec elle. La relation n'allait jamais au-delà.

Après la mort de Markus, ses différentes demeures avaient été vendues aux enchères et vidées de leurs meubles. Alex se débarrassa également de la société de son mari, au bord de la faillite, puis emménagea avec Caroline dans l'immeuble de sa grand-mère sur la Prinzregentenstrasse. Elle y occupait un appartement au premier étage. Felicia avait refusé d'accepter un loyer mais Alex se montrait inflexible – elle payait le loyer normal, au mark près. Elle avait engagé une jeune fille pour s'occuper de Caroline les après-midi. Le matin, la fillette allait au jardin d'enfants, parce que Alex redoutait qu'elle ne devînt trop gâtée. L'année prochaine, elle entrerait à l'école, Caroline n'avait aucun souvenir de son père. Comme ses camarades de jeux avaient tous des papas, elle était un jour venue trouver Alex pour lui demander, troublée, pourquoi elle-même n'en avait pas. Alex lui avait alors expliqué que le sien était mort trop tôt – sans toutefois lui en préciser les circonstances – et lui avait donné un portrait de Markus. Ravie, Caroline l'avait gardée sur elle pendant quelques jours. Puis la photo avait été punaisée au mur où elle prenait la poussière.

Alex se concentra à nouveau sur le courrier que sa secrétaire lui avait apporté à signer. On frappa.

— Est-ce que je te dérange ? demanda Dan.

— Non, entre, répondit Alex, avec une légère impatience.

Pourvu qu'il se dépêche ! songea-t-elle. Elle avait encore tellement de choses à faire.

Dan referma la porte derrière lui. Il resta debout, bien qu'Alex lui indiquât un fauteuil. Elle ne remarqua pas qu'il avait l'air fatigué. Obsédée par son travail, elle ne s'intéressait pas aux autres.

— On a emmené Kassandra à l'hôpital. Son cœur

est si faible que les médecins pensent qu'elle n'en a plus que pour quelques jours.

Depuis deux ans, Kassandra Wolff souffrait de problèmes cardiaques. Tous savaient depuis longtemps que sa fin approchait.

— Je suis désolée. C'est une très vieille dame. Il fallait bien que cela arrive un jour.

— Certes, Alex. Pour moi, cependant sa disparition aura des conséquences décisives. À sa mort, je vais hériter de ses parts de la société.

— Tu as les pleins pouvoirs depuis des années, Dan. Tu n'as plus besoin de sa signature. Cela ne changera rien.

— Si. Tout va changer.

Alex se demanda s'il parlait de ses sentiments pour la vieille dame. Serait-il ému de voir mourir la fantasque Kassandra ?

— De son vivant, je ne pouvais pas quitter mon poste, parce qu'autrefois je lui avais donné ma parole. Désormais, ce qui me retenait ici va disparaître. Je vais vendre mes parts, Alex. Tu as un droit de préemption, alors je te fais une proposition.

S'il lui avait dit qu'il allait entrer à l'Armée du Salut, Alex n'aurait pas été plus stupéfaite. Il lui fallut quelques secondes pour se ressaisir.

— Ne raconte pas de sottises, Dan !

— Tout ce qui te déplaît n'est pas forcément idiot, Alex.

— Excuse-moi, mais tu as perdu la tête ! Tu étais tout jeune quand tu es entré dans cette société, tu y as consacré ta force et ton énergie. Il était de notoriété publique que tu allais un jour hériter. Et, à présent que l'heure a sonné... Je ne te comprends pas, Dan.

Il se détourna, blessé par l'incompréhension qu'il

lisait dans son regard. Elle n'avait nulle conscience de sa souffrance quotidienne.

— Tu ne le comprends vraiment pas, Alex ?

Elle hocha lentement la tête.

— C'est donc cela.

— Je suis désolé, Alex. C'est la seule solution pour moi. Cette situation est trop pesante. Depuis quatre ans, je n'ai pas connu un seul jour de bonheur. Je ne peux pas continuer à vivre ainsi.

Alex demeura silencieuse. Qu'aurait-elle pu dire ?

— Au début, j'ai pensé que tout s'arrangerait entre nous, qu'avec le temps tu te remettrais de la mort de Markus. J'étais prêt à attendre le temps nécessaire. Mais, peu à peu, j'ai perdu tout espoir, car tu t'es peu à peu éloignée de moi. Tu évites de me voir en dehors du bureau. Je ne peux même plus t'inviter à dîner.

— J'ai un enfant, je dois...

— Arrête ! Tu as suffisamment de famille à Munich et dans les environs. Ne me raconte pas que personne ne serait prêt à garder un enfant pour une soirée !

Alex se leva et s'appuya des deux mains sur le bureau.

— Dan, je ne pouvais pas continuer comme avant. Si tu me condamnes à cause de ça...

— De quel droit est-ce que je te condamnerais ? En revanche, moi je dois savoir où j'en suis. J'ai quarante-deux ans. Je ne veux pas rester seul toute ma vie. Je veux me marier, avoir des enfants. Mais si je continue à te voir tous les jours au bureau, je ne parviendrai pas à t'oublier. Je suis si empêtré dans cette histoire que je suis complètement bloqué avec les autres femmes. Je veux retrouver ma liberté.

— Tu n'aurais peut-être pas dû te séparer de Claudine.

— Je suis resté longtemps avec Claudine, parce que je redoutais la séparation. Il n'y avait plus rien entre nous depuis longtemps. Elle n'était pas la femme avec laquelle je désirais partager ma vie.

Cette fois, ce fut Alex qui baissa les yeux. Elle essaya de ne pas penser à Kampen, ni aux journées passées ensemble. C'était fini. Les souvenirs étaient trop douloureux. Il fallait les oublier.

— Où vas-tu aller ? demanda-t-elle, en cherchant désespérément un argument pour le retenir.

— Je ne sais pas encore. Très loin. À l'étranger... Peut-être en France. Ma famille a beaucoup d'amis là-bas car mon père y a vécu en exil.

— De quoi vivras-tu ?

— Quand j'aurai vendu mes parts, je serai riche. J'achèterai peut-être autre chose, ou alors je deviendrai avocat pour une entreprise allemande. Je ne sais pas encore. Je n'ai pas de projet précis.

— Tu vois bien que c'est de la folie ! On ne lâche pas tout sans savoir où aller. Vraiment, Dan, je ne t'aurais pas cru aussi irresponsable. Tu es un adulte, pas un enfant !

Pour la première fois depuis qu'il était entré dans le bureau, l'expression de Dan se modifia pour laisser place à la colère et à l'irritation.

— Alex, c'est toi qui as décidé qu'il n'y avait pas d'avenir possible pour nous... Tu n'as qu'à assumer. Mes décisions ne concernent que moi. Je n'ai pas à les justifier auprès de toi.

— Mais... nous sommes associés ! Ce que tu fais me concerne.

— C'est pourquoi je t'en parle. Tu peux acheter mes parts et étendre ton influence. Ou alors je vendrai à quelqu'un d'autre et tu devras t'habituer à un nouvel associé. Je reste parfaitement correct.

Effrayée, Alex comprit qu'il ne plaisantait pas. Elle vit à son regard qu'elle n'arriverait pas à le faire changer d'avis.

— Tu choisis bien ton moment pour me laisser tomber ! On racle déjà les fonds de tiroir pour financer le projet chinois, et, si je dois en plus racheter tes parts... Je ne sais pas si j'en ai les moyens.

— Je te les offrirai à bon prix. Tu peux en payer la moitié maintenant, et nous étalerons le reste sur cinq ou six ans. Comme ça, tu n'auras pas à prendre de crédits trop importants.

— Des crédits... Des dettes...

— Vu sous cet angle, ce ne sont pas des dettes. Tu as en contrepartie la valeur de l'entreprise.

— Quoi qu'il en soit, ce seront des charges supplémentaires. Si cela pouvait m'être épargné.

— Je peux aussi proposer mes parts à Grawinski. Ce pourrait être une manière d'injecter du capital frais dans la société et ton nouvel associé serait un homme avec lequel tu travailles déjà.

— Pas question ! Le cas échéant, c'est moi qui les rachèterai. (Elle baissa la voix.) Tu sais, si tu avais voulu te venger de moi, tu n'aurais pas pu trouver mieux.

Dan sourit, mais son visage était crispé. Bien qu'elle le vît tous les jours, Alex réalisa soudain combien il avait changé. Le jeune homme insouciant et plein de vitalité avait disparu. Son visage portait les marques de la souffrance.

— En ce qui te concerne, Alex, je n'ai jamais songé une seconde à la vengeance. C'est seulement que...

Il se tut.

— Quoi donc ?

— Ça n'a pas d'importance, ajouta-t-il en secouant

la tête. J'ai pris les choses trop au sérieux, et cela reste mon problème.

Il s'approcha de la porte.

— Rien ne sera décidé du jour au lendemain. Prends le temps de réfléchir quelques semaines. D'accord ?

— Y a-t-il un moyen de te faire changer d'avis ?

— Non, déclara-t-il avant de quitter la pièce.

Laura Martelli habitait un appartement au bout de la Zeppelinallee, près de la cité des étudiants, non loin de chez Chris. L'immeuble était une construction sans âme des années 50, aussi laide à l'extérieur qu'à l'intérieur. La pollution de la ville avait strié de gris l'enduit jaune pâle. Dans l'espoir d'égayer le paysage, les locataires avaient orné de fleurs leurs petits balcons. Au-dessus de la porte d'entrée, un auvent en tôle ondulée protégeait de la pluie.

Chris sonna au nom « Martelli » et la porte s'ouvrit. Dans le hall, il contourna l'enchevêtrement de bicyclettes et de poussettes, puis emprunta l'escalier en bois qui craqua à chaque pas. Des relents de nourriture flottaient dans l'air. Les portes des appartements possédaient de grandes ouvertures en verre dépoli et, par deux fois, il entendit quelqu'un respirer derrière le judas.

Laura habitait sous les toits. Tandis qu'elle se penchait au-dessus de la rambarde de l'escalier, le visage rayonnant, sa jeunesse et son entrain chassèrent les sentiments désagréables que Chris avait ressentis en pénétrant dans l'immeuble. Par cette chaude soirée de septembre, elle portait un short kaki, des tennis et un tee-shirt blancs. Ses jambes bronzées étaient aussi graciles que celles d'un jeune cheval. Un cordon bariolé retenait ses longs cheveux bruns.

— Vous êtes parfait ! Peu de gens sont aussi ponctuels.

— C'est pourtant la moindre des choses quand on est invité à dîner, répondit Chris, un peu essoufflé.

Il se demandait comment la saluer quand elle résolut le problème en l'embrassant sur les deux joues.

— J'espère que vous ne m'en voudrez pas pour cet affreux immeuble, mais le loyer est tout juste abordable. Le propriétaire néglige peut-être l'entretien, mais, en contrepartie, il n'est pas trop cupide.

— Comment pouvez-vous croire que je vous jugerais sur une chose pareille ? s'étonna Chris, en prenant conscience qu'il mourait de faim.

Les délicieux effluves de basilic, d'ail et de sauge embaumaient le petit appartement composé de deux pièces mansardées et arrangées avec goût. Laura avait peint les murs en blanc et punaisé des posters. Dans un coin du salon se trouvait un matelas recouvert d'un tissu indien aux couleurs vives. Sous la petite fenêtre se dressait une table en bois avec quatre chaises. Elle avait disposé des bougies et des assiettes bleues à fleurs.

— Si vous voulez voir l'autre pièce, dit-elle en ouvrant une porte.

Chris aperçut un matelas qui lui servait de lit, d'autres posters et une tringle pour vêtements. Il remarqua surtout un chien noir couché parmi les coussins qui se dressa pour les saluer joyeusement.

— Voici Max, le chien du laboratoire. Je ne peux pas le laisser sortir quand on sonne parce que les animaux sont interdits dans l'immeuble. Personne ne doit savoir qu'il se trouve là.

Max virevoltait autour d'eux. En se baissant pour le caresser, Chris remarqua que le ventre de l'animal avait été rasé. La peau rose était couturée d'affreuses cicatrices.

— Seigneur, qu'est-ce que c'est ?

Le visage de Laura se rembrunit.

— Ils ont fait des expériences avec des produits chimiques... C'est déjà beaucoup mieux qu'avant. Vous avez regardé les photos ?

— Pour être sincère, je n'en ai pas eu le courage.

— Elles ont été prises par un soigneur il y a cinq mois. C'est lui qui nous a ouvert la porte du laboratoire et renseignés sur les horaires du veilleur de nuit. Sur les photos, Max a l'air encore pire. Personne ne peut imaginer les atrocités qui se déroulent là-bas.

— Soyez assurée, Laura que je verrai ce que je peux faire comme avocat.

Elle sourit.

— D'abord, nous allons dîner.

Chris avait apporté une bouteille de vin rouge et Laura avait préparé un repas digne d'un régiment. Du pain de pizza cuit au four, une salade de tomates et mozzarella, des entrées aux artichauts, zucchini et champignons, différentes pâtes avec trois sauces. En dessert, elle proposa une glace vanille avec des framboises chaudes.

Bientôt, Chris ne put plus avaler un morceau. Curieusement, il ne s'était pas senti aussi détendu depuis longtemps. Il avait oublié le plaisir qu'on éprouvait à s'asseoir devant une jolie table pour manger un délicieux repas. Joan Baez chantait d'une voix douce et l'air tiède de la chaude soirée pénétrait par la fenêtre ouverte. Il faisait nuit. À la lumière des bougies, Laura paraissait encore plus fragile et délicate.

Elle avait beaucoup parlé d'elle. Ses parents avaient divorcé quand elle avait cinq ans, son père était parti pour l'étranger et elle n'avait plus jamais eu de ses nouvelles. Elle avait grandi chez sa mère. Lorsqu'elle avait eu huit ans, sa mère s'était remariée.

— D'emblée, je n'ai pas pu le supporter. Il ne m'aimait pas. Il voulait être seul avec ma mère. Une enfant de huit ans le gênait.

La petite fille avait été laissée de plus en plus souvent chez ses grands-parents, où elle avait fini par s'installer. Elle avait été heureuse, mais, en grandissant, elle avait eu le sentiment d'étouffer.

— Ils m'aimaient beaucoup, mais avaient tout le temps peur pour moi. Lorsque j'avais dix minutes de retard en revenant de l'école, grand-père faisait de l'hypertension et grand-mère avait des palpitations. Cela me perturbait parfois.

Puis, sa grand-mère lui avait un jour fait une merveilleuse proposition : pour les dix-sept ans de Laura, elle lui avait offert d'emménager dans son propre appartement.

« Comme je n'arrive pas à me détacher de toi, ça va te rendre folle, avait-elle déclaré. Tant que tu vivras chez nous, nous te protégerons trop, parce que nous craignons toujours qu'il ne t'arrive quelque chose. »

— C'est comme ça que j'ai pu louer cet endroit, expliqua-t-elle. Mes grands-parents paient une grande partie du loyer. Moi, je m'occupe du reste. Je fais tous les petits boulots possibles : du baby-sitting, des cours de soutien, des distributions de journaux. Je suis aussi serveuse.

— Vous n'avez pas la vie facile et vous m'avez invité à ce repas fantastique...

— J'adore cuisiner. Mais ce n'est pas drôle quand on est tout seul. Je vous assure, j'adore recevoir du monde.

Chris ne fut pas étonné d'apprendre qu'elle venait de fêter ses dix-huit ans. Elle semblait si jeune qu'à côté d'elle il se faisait l'impression d'être un vieillard. Et elle possédait cette ardeur idéaliste pour s'investir dans des causes qui lui semblaient essentielles. Le groupe auquel elle appartenait se tenait à l'écart de tout mouvement écologiste officiel. Ils étaient autonomes et plutôt extrémistes.

— Sinon, nous n'arriverons jamais à rien, expliqua-t-elle.

— Vous risquez de gros ennuis. Vous avez eu de la chance de ne pas avoir été mêlée directement à cette opération. Autrement, vous vous retrouveriez devant un tribunal.

Elle haussa les épaules.

— J'ai déjà un avocat si les choses tournent mal. Je vais nous préparer des cappuccinos. Puis, nous irons nous promener avec Max. La nuit, on ne risque rien.

De vastes champs s'étendaient derrière la cité des étudiants. Galopant comme un fou. Max disparaissait puis revenait. La nuit était claire, les étoiles brillaient dans le ciel, l'air frais apportait les senteurs de l'automne. Les arbres fruitiers répandaient le parfum enivrant des mirabelles mûres. Chris se demanda depuis quand il n'avait pas fait une chose aussi inutile que de promener un chien, la nuit.

Brusquement, Laura s'arrêta. Son tee-shirt blanc ressortait dans l'obscurité.

— Je vous suis très reconnaissante de nous aider. Toutefois, ce n'est pas pour cette raison que je vous ai invité... Je vous ai trouvé très sympathique. Et je voulais vous demander si... Appelez-moi Laura, je vous en prie, et cessez de me vouvoyer !

— Volontiers... Alors, appelez-moi Chris.

— D'accord.

Les mirabelles distillaient leur odeur sucrée. J'aimerais bien l'embrasser, pensa-t-il.

Ce fut étonnamment simple. Alors que, depuis six ans, Chris pensait qu'il ne pourrait jamais plus approcher une jeune fille sans que le triste souvenir de Simone vienne le tarauder... Il n'éprouva rien de tel. Les lèvres de Laura étaient douces et fraîches. Elle se pressa contre lui. Ils s'embrassèrent avec prudence, surpris. Puis, elle recula d'un pas.

— Chris, murmura-t-elle.

Il lui prit la main.

— Je suis heureux de t'avoir rencontrée, Laura. Je ne pensais pas revivre un jour un tel instant.

La nuit était assez claire pour qu'il vît l'étonnement sur le visage de Laura.

— Je n'ai parlé que de moi, et je ne sais rien de toi, constata-t-elle. Pourtant, j'avais deviné qu'il y avait quelque chose qui te faisait souffrir. Je l'ai pensé dès que je t'ai vu. La prochaine fois, il faudra que tu me racontes. On se reverra, n'est-ce pas ? ajouta-t-elle, inquiète.

Tout bascula à ce moment-là. Plus tard, Chris comprendrait que c'était cette nuit-là qu'il avait recommencé à vivre.

— Bien entendu. As-tu quelque chose de prévu pour le week-end ?

— Dimanche, je vais rendre visite à mes grands-parents. Autrement, je suis libre.

— Nous pourrions aller demain soir au cinéma.

Voilà si longtemps qu'il n'était pas allé au cinéma.

À la grande joie de Max, ils poursuivirent leur promenade jusqu'à ce que pointent les premières lueurs de l'aube. À ce moment-là seulement, ils rebroussèrent chemin.

3

Après son départ fracassant de chez elle, Stefanie avait disparu pendant trois jours. Julia avait cru mourir d'angoisse. Dès qu'elle décrochait le téléphone pour prévenir la police, Michael la persuadait de raccrocher.

— Il ne lui est sûrement rien arrivé, disait-il. Elle prend du bon temps avec ce mec et s'amuse que tu te fasses du mauvais sang. T'inquiète pas, elle reviendra.

Le mercredi soir, en effet, Stefanie sonna à la porte. Elle avait des cheveux poisseux et un cou noir de saleté. Sans dire un mot, elle passa devant sa mère et se dirigea vers sa chambre.

Julia lui saisit le bras.

— Où étais-tu ?

Stefanie se débattit violemment.

— J'étais avec Wolfgang. Lâche-moi !

— Est-ce que tu te rends compte que je me suis fait du soucis ?

— C'est ton problème. Je n'y peux rien si tu es aussi stupide. J'ai quinze ans et je suis capable de veiller sur moi-même.

— Justement pas, sinon tu saurais que tu ne peux pas t'absenter comme ça de l'école. Comment espères-tu réussir tes examens ?

Stefanie parvint enfin à dégager son bras.

— Je ne retournerai plus à l'école.

— Quoi ? Tu as perdu la tête ? Tu n'es pas encore majeure et tu vas m'obéir. Demain, tu retourneras en classe et tu ne reverras jamais ce Wolfgang.

— Je ferai ce que je veux !

Une fois de plus, Stefanie claqua la porte de sa

chambre derrière elle. Se retenant d'entrer lui donner une paire de claques, Julia essaya de se calmer. Au moins, Stefanie était revenue, ce qui prouvait que tout n'était pas rose avec ce Wolfgang. À la voir, ils avaient dû traîner dans des endroits plutôt désagréables et Julia espéra que sa fille se laisserait séduire par le confort de sa maison.

Pendant quinze jours, tout se déroula bien. Stefanie se rendit à l'école sans sourciller. À défaut de travailler, au moins assistait-elle aux cours, se disait Julia. Les après-midi et les soirs, elle restait à la maison à écouter de la musique en ignorant son frère et sa mère.

Septembre passa. À la mi-octobre, elle recommença à disparaître les après-midi, sans prévenir, mais revenait toujours en début de soirée. Elle avait très mauvaise mine, elle avait beaucoup maigri et fumait sans arrêt. Julia tenta de lui parler, mais Stefanie s'obstina dans son silence. Vers la mi-novembre, elle partit pour l'école comme d'habitude, sans toutefois revenir ni dans l'après-midi, ni le soir. Le lendemain, constatant qu'elle était toujours absente, Julia appela la police. Elle expliqua que sa fille se trouvait probablement en compagnie d'un certain Wolfgang, dont elle ignorait l'adresse et le nom de famille, mais dont elle donna une description.

— Vous savez, il n'y a pas grand-chose à faire, se désola le policier. Nous ne savons pas où la chercher... Si j'étais vous, je ne m'inquiéterais pas trop. Je ne pense pas qu'il s'agisse d'un crime. Votre fille est tombée amoureuse et a sans doute fait une fugue. C'est très fréquent. Tôt ou tard, elle en aura assez et reviendra chez vous dans ses petits souliers.

— Mais elle n'aura seize ans qu'en décembre ! Elle doit aller en classe.

— Au pire, elle redoublera. Ne vous en faites pas. Si nous apprenons quelque chose, nous vous préviendrons aussitôt. Vous devriez aussi vous adresser à l'Assistance sociale. Ils vous aideront à résoudre vos problèmes avec votre fille.

Julia n'utiliserait cette aide qu'en dernier recours. Elle craignait de ne plus pouvoir se débarrasser de l'Assistance sociale si elle les contactait. Même après quatre années passées à l'Ouest, l'administration lui faisait toujours peur.

Elle décida d'obtenir elle-même des renseignements. Elle interrogea les amies de classe de Stefanie pour leur demander où habitait ce Wolfgang. Une camarade connaissait l'adresse du bar où il traînait le plus souvent. Julia se rendit à Schwabing et traversa l'air saturé de fumée de cigarettes d'une cave transformée en bar. Elle ne trouva ni Stefanie ni Wolfgang. Lorsqu'elle montra la photo de sa fille à plusieurs personnes, la plupart haussèrent les épaules. Il était fréquent que des parents viennent chercher là leurs enfants perdus, mais personne ne jugeait nécessaire de les aider. Pourtant, une jolie jeune fille aux yeux fiévreux eut pitié de la pauvre Julia. Elle prétendit que Wolfgang était parti pour quelques jours en Autriche.

— Savez-vous s'il était accompagné de ma fille ? s'affola Julia.

La fille haussa les épaules. Elle semblait distante et fatiguée.

— J'en sais rien. S'ils sortent ensemble, c'est probable.

Julia était au bord des larmes.

— Que dois-je faire ?

— N'aie pas peur. Wolfgang est un type bien. Il n'arrivera rien à ta fille.

Julia ne se sentit pas rassurée pour autant. Elle informa la police que les jeunes gens se trouvaient peut-être à l'étranger et les fonctionnaires promirent d'alerter leurs collègues autrichiens.

Deux semaines passèrent. Julia allait très mal. Elle ne dormait plus et avait perdu l'appétit. À l'école, elle se montrait irritable et parfois injuste avec ses élèves. La nuit, elle imaginait les pires atrocités. Parfois, elle se relevait, s'habillait et retournait dans le bar à Schwabing.

Bien entendu, elle n'y trouvait jamais l'adolescente.

Début décembre, on sonna à la porte de l'appartement. Julia venait de se coucher. La pendule indiquait 23 heures. Elle fut certaine qu'il s'agissait de Stefanie. Sa fille revenait peut-être... ou bien la police venait lui annoncer... Elle enfila sa robe de chambre et courut ouvrir.

Stefanie était encadrée de deux policiers. Son état avait empiré depuis sa première fugue. Elle était maigre comme un chat écorché et son visage avait un teint gris. Ses vêtements étaient noirs de crasse. Elle sentait la sueur, la bière et l'urine. À chaque inspiration, un râle menaçant résonnait dans sa poitrine, elle devait avoir attrapé une mauvaise grippe. Son nez était rouge et enflammé, ses yeux larmoyaient. Elle fixait le sol d'un air bougon.

— Madame Marberg ? s'enquit l'un des policiers.

— C'est moi.

— Nous vous ramenons votre fille. On l'a arrêtée à la frontière autrichienne. Comme elle était portée disparue, on nous a avertis.

— Stefanie, fit Julia d'un air suppliant.

La jeune fille releva brièvement la tête. Son regard était éteint.

— Elle était accompagnée d'un jeune homme, poursuivit l'autre policier. On n'a pas trouvé d'héroïne, ni sur votre fille ni sur lui, ni dans la voiture, mais le garçon est visiblement dépendant. Depuis peu, certes, mais tout de même. Il a des piqûres d'aiguille dans les saignées du coude.

Julia sentit le sang se retirer de son visage.

— Mon Dieu, murmura-t-elle.

Les policiers la regardèrent avec commisération.

— Ne vous inquiétez pas trop, madame Marberg. Votre fille n'est pas droguée. Mais il faut que vous l'éloigniez de cet homme. Sinon, elle finira elle aussi par prendre de l'héroïne.

— Je sais, murmura Julia.

Après le départ des policiers, Julia s'activa. Elle déshabilla Stefanie qui était totalement apathique, examina son corps à la recherche de traces de piqûres. Elle n'en trouva pas. Elle la coucha, la borda, glissa une bouillotte sous ses pieds car l'adolescente frissonnait de fièvre. Puis, elle courut à la cuisine lui préparer un jus de citron chaud et réchauffer au micro-ondes le potage qui restait du dîner. La petite ne paraissait pas avoir beaucoup mangé depuis son départ. Un plateau sur les genoux, Julia s'assit sur le bord du lit.

— Bois, Stefanie. Pour soigner ton rhume. Et avale un peu de soupe, je t'en prie. Tu ne guériras pas si tu ne reprends pas des forces.

Stefanie but le jus de citron, mais refusa la moindre cuillerée de potage.

— Bon, je ne vais pas te forcer. Je m'inquiète tellement pour toi, Steffi. Qu'est-ce qui ne va pas ? Tu disparais pendant des semaines, sans dire un mot. Et maintenant j'apprends que tu fréquentes des drogués. Pourquoi ?

Stefanie ne répondit pas.

— Est-ce à cause de ce Wolfgang ? Tu es amoureuse ? Est-ce que tu l'aimes suffisamment pour le suivre partout, quitte à être malheureuse ?

Une lueur brilla dans les yeux de Stefanie.

— Oui, je l'aime, et je ne le quitterai jamais.

— Si tu l'aimes, tu devrais essayer de le sortir de ce milieu de drogués. Cela n'a aucun sens de le laisser s'enfoncer dans sa dépendance et de l'y accompagner. Crois-moi, Stefanie, tu risques aussi de t'y perdre.

Stefanie lui tourna le dos. Julia comprit que sa fille ne redoutait pas la souffrance ni la mort. Elle s'était probablement imaginé une fin romantique tragique avec Wolfgang.

— Pourquoi, Stefanie ? insista Julia, tout en sachant qu'elle n'obtiendrait pas d'explication. Qu'est-ce qui t'attire chez un homme qui joue avec sa vie ? Pourquoi es-tu tombée amoureuse de lui ? Si j'en suis responsable, j'aimerais qu'on en parle. Je sais que j'ai déchiré cette famille. Je l'ai fait pour vous. Pour Michael et toi. Là-bas, vous n'aviez aucun avenir et votre père n'était pas prêt à nous suivre à l'Ouest. Pendant des mois, j'ai tenté de le persuader. J'ai discuté avec lui, je l'ai supplié, nous nous sommes disputés... Jusqu'à ce que je ne voie aucune autre solution. Je t'assure qu'il ne s'agissait pas de moi, Steffi, mais de vous.

Aucune réaction. Julia patienta quelques minutes, puis elle se leva.

— Tu es malade et épuisée. Tu dois te reposer. Nous avons encore tout le temps de discuter, n'est-ce pas ?

Cependant, en quittant la chambre, Julia savait que ce n'était pas vrai. Dès que Stefanie se sentirait mieux, elle partirait retrouver Wolfgang.

Le procès des membres du commando de libération des animaux eut lieu en décembre devant le tribunal régional de Francfort. Jamais Chris ne s'était préparé avec autant de soin pour un procès. Son plaidoyer brillant convainquit facilement le juge. Les jeunes gens reçurent un avertissement, et, dans les attendus du jugement, on recommanda aux scientifiques d'étudier systématiquement l'absolue nécessité de leurs expériences, afin de ne pas tomber dans une indifférence dangereuse envers des créatures sans défense. En examinant les visages fermés des deux représentants du groupe industriel, Chris eut néanmoins le sentiment qu'il était inutile de faire appel à leurs émotions. Ces derniers estimaient qu'ils étaient dans leur bon droit et avaient perdu depuis longtemps toute sensibilité.

— Des surveillants de camps de concentration, déclara un membre du public, provoquant quelques applaudissements.

Les deux hommes se détournèrent avec des mines indignées. Je ne pense pas qu'ils comprennent ce qu'ils font, pensa Chris.

Durant les interrogatoires, le veilleur de nuit se contredit si souvent qu'il finit par retirer sa plainte. Toutefois, si les défenseurs des animaux estimaient avoir gagné, ils n'exultèrent pas. Ils avaient sauvé quelques chiens, chats et autres rats de laboratoires, et avaient évité une condamnation... Une goutte d'eau dans l'océan, car les coupables continueraient de mener leurs expériences, aucune législation ne les en empêchant.

Plus tard, Laura avoua son admiration à Chris. Il l'avait invitée à déjeuner au restaurant et elle loua les qualités de sa plaidoirie.

— Arrête, tu vas me faire rougir, protesta-t-il. Je n'ai fait que mon travail.

— Personne ne l'aurait fait aussi bien que toi. Tu étais superbe dans ta robe noire. Tu sais, autrefois, je ne supportais pas les hommes en costume-cravate. Je les trouvais trop bourgeois. À toi, ça te va bien... De toute façon, chez toi, tout me plaît. C'est dingue, non ? Je n'avais jamais connu un tel sentiment.

Chris sourit.

— Chez toi aussi, tout me plaît. Ta façon de parler, de bouger, de rire. J'aime tes yeux, tes cheveux, ton visage. Tu as une bouche merveilleuse.

Elle s'empourpra.

— Maintenant, c'est toi qui vas me faire rougir.

Depuis leur première soirée de septembre, ils s'étaient revus au moins deux ou trois fois par semaine. Ils aimaient aller au cinéma, promener Max, ou rester cuisiner à la maison. Ils trouvaient toujours un sujet de conversation qui les intéressait. Chris découvrait, ravi, que la jeune Laura savait écouter et, chaque fois, par une courte phrase ou une question, elle lui prouvait qu'elle avait parfaitement saisi ce qu'il avait voulu dire. Il s'ouvrait facilement à la jeune fille. Pour la première fois, il put évoquer Simone. Il ne se sentait plus seul, aussi sa souffrance devint-elle supportable. En quatre mois, sa vie avait basculé. Parfois, néanmoins, il se mettait à craindre que tout ne disparaisse à nouveau.

Alors qu'ils prenaient leur café, après déjeuner, Laura le considéra avec sérieux.

— Je crois que je suis tombée profondément amoureuse de toi, déclara-t-elle.

— Moi aussi, je t'aime, répondit-il simplement.

Ils décidèrent de se retrouver en fin de journée chez lui. Tout l'après-midi, Chris eut du mal à se concentrer sur le procès qu'il préparait. Il avait hâte de la rejoindre. Lorsque, vers 19 heures, Birgit lui proposa de travailler encore, il la convainquit de rentrer chez elle. Étonnée et un peu blessée, elle rangea ses affaires et rentra chez elle.

Laura apparut à 20 heures, avec Max sur ses talons. Elle était fatiguée. Elle avait passé cinq heures à s'occuper de trois enfants turbulents. Quelques flocons de neige restaient accrochés dans ses cheveux.

— On dirait que tout est recouvert de sucre en poudre dehors. On se croirait déjà à Noël.

Chris l'aida à se débarrasser de son manteau, de son écharpe et de ses bottes. Il avait préparé des *Piña colada* dont Laura raffolait et mit son disque préféré des arias de *La Tosca*. Ils s'assirent au salon avec leurs cocktails et discutèrent du procès sur lequel Chris travaillait. Puis, lorsqu'ils n'y tinrent plus, ils allèrent se coucher et firent l'amour.

Ce fut magique. Pour Laura c'était la première fois. De son côté, Chris, qui pensait ne jamais plus éprouver de telles émotions revenait à la vie, grâce à la jeune fille.

Vers minuit, ils retournèrent au salon pour boire du vin et écouter de la musique. Dehors, les flocons de neige virevoltaient dans la nuit. Chris avait enfilé un pull-over, Laura un sweat-shirt blanc qui lui arrivait presque aux genoux. Radieuse, excitée comme une enfant, elle ne cessait de parler, tandis que Chris l'écoutait tendrement. Elle peignait l'avenir de toutes les couleurs de l'arc-en-ciel.

— Tu vas te joindre à nous, n'est-ce pas ? demanda-t-elle soudain.

— Comment cela ?

— Tu vas rejoindre notre groupe.

— Je vais certainement vous soutenir. En revanche,

je ne ferai rien d'illégal. Je suis juriste, rappelle-toi, dit-il en lui prenant la main. N'en parlons pas ce soir, je t'en prie.

— Si, justement ! Je suis certaine de t'aimer profondément et de vouloir rester à tes côtés. Mais, après toi, le groupe est ce qu'il y a de plus important dans ma vie. Je veux que tu y prennes part.

— Je ne peux pas commettre des délits. Toi aussi, tu dois faire attention. Crois-tu que je souhaite te rendre un jour visite en prison ?

— Il ne faut pas craindre les représailles. Nous avons raison d'agir comme nous le faisons. Ce sont les autres qui sont dans leur tort, pas nous !

Sa voix avait pris un ton plus résolu. La tendresse s'était envolée. Chris la comprenait. À dix-huit ans, il avait parlé et pensé comme elle.

— Tu as raison, bien sûr. Cependant, si nous nous mettons dans notre tort, nous ne pouvons pas leur rendre de plus grand service.

— Mais comment faire autrement ? Essayer de les convaincre ? Comment espères-tu faire réagir ces monstres ? Ils vont nous rire au nez ! Tu sais, ils ne nous prendront vraiment au sérieux que lorsqu'ils auront peur de nous. Lorsque nous deviendrons un danger imprévisible. Le seul langage qu'ils entendent est celui de la force.

— Ce n'est pas notre langage, Laura. Ni le tien, ni le mien...

— Alors, il faudra que nous nous y mettions ! s'écria-t-elle si vivement que Chris posa un doigt sur ses lèvres.

— Chut ! Tu vas réveiller toute la maison.

Laura se releva d'un bond.

— Viens ! Allons promener Max.

Elle disparut dans la chambre pour s'habiller et Chris soupira. S'il avait beaucoup apprécié les dernières semaines passées avec Laura, il avait encore du mal à supporter sa fébrilité. Certains jours, elle ne parvenait pas à rester tranquille. Parfois, comme maintenant, elle s'emportait pour un rien et, ne tenant plus en place, n'hésitait pas à se promener la moitié de la nuit avec son chien.

Dix minutes plus tard, ils étaient dehors. Francfort ressemblait à une ville enchantée. Les lampadaires éclairaient le tapis de neige, encore immaculé. Les immeubles s'étaient parés de jolis chapeaux blancs et les rues étaient silencieuses. Les pas de Chris, de Laura et de Max laissèrent les premières empreintes sur la surface vierge des trottoirs. Ils marchèrent jusqu'à l'Opéra qui rappelait une vieille relique. Le portail croulait sous les décorations de Noël et les lampadaires de la grande place étaient tous allumés.

— Quelle nuit merveilleuse ! murmura Laura. Je n'en ai jamais vécu de pareille. Mais j'ai peur...

— De quoi ?

— Je crains que ça ne marche pas entre nous. Nous nous comprenons si bien et pourtant nous sommes deux personnes différentes qui ne savent pas si elles vont réussir à s'entendre.

— Au début d'une relation, personne ne le sait d'avance. Il y a toujours un risque... que nous devons prendre, puisque nous nous aimons.

— Je suis certaine que cette entreprise chimique a commis suffisamment d'infractions pour qu'on la fasse fermer.

Chris songea que Laura était une fille bien étrange. Ils se promenaient main dans la main, comme dans un conte de fées, en discutant de leurs sentiments, après avoir fait l'amour pour la première fois, et Laura revenait sans crier gare à des sujets graves qui lui tenaient à cœur. Elle pouvait dire dans un même souffle qu'elle passait là plus belle nuit de sa vie et planifier une nouvelle action pour la défense des animaux. Il songea que ce n'était pas contradictoire. Le groupe était sa vie. Il lui était impossible de le distinguer de ses sentiments pour lui. À son tour, Chris éprouva la même peur qu'elle. Laura avait raison de redouter qu'il ne fût pas prêt à partager cette vie et que leur relation n'y résistât pas.

Pourtant, il la serra contre lui.

— Laura, nous y parviendrons. Ensemble. Je te le promets.

— D'après nos renseignements, ils fabriquent des armes chimiques. Et il est probable qu'ils les revendent illégalement.

— Cela me semble un peu exagéré.

— Et si nous avions raison ?

— Qui prétend cela ?

— Le soigneur qui nous a ouvert les portes pour qu'on libère les animaux.

— Je ne crois pas qu'un modeste soigneur puisse avoir accès à ce genre d'informations. Et s'il cherchait seulement à faire l'intéressant ?

— Et s'il avait raison ?

— De toute façon, vous ne le saurez jamais.

— Si nous découvrons la vérité, ils devront mettre la clé sous la porte.

Chris s'immobilisa, soudain très sérieux.

— Si tu as raison, Laura, ce dont je doute, vous aurez affaire à des gens très dangereux qui risquent non seulement la faillite, mais aussi la prison. Ils ne laisseront personne détruire leur travail.

— Que veux-tu dire ?

— Ne t'en mêle pas. Libérer quelques animaux est une chose... Le reste est une affaire trop importante.

Elle détourna la tête. Elle ne voulait pas l'écouter et craignait de se disputer avec lui.

— J'ai déjà perdu d'une manière atroce une femme que j'aimais. Je t'en prie, ne me fais pas revivre ce cauchemar, je ne sais pas si j'y survivrais, ajouta-t-il, gêné du tour dramatique que prenait la conversation.

Elle le considéra avec une légère impatience.

— On ne peut pas se protéger de tout, Chris. Tu as vécu quelque chose de difficile. J'espère que nous ne connaîtrons pas le même sort. Cependant, nous ne pouvons nous contenter d'une petite vie tranquille. Je ne suis pas faite pour cela. Je dois suivre mon chemin. Et j'aimerais beaucoup que tu m'accompagnes.

Elle lâcha sa main, enfonça les poings dans les poches de son manteau et s'éloigna dans la neige sans se retourner. Elle savait que Chris lui avait emboîté le pas.

4

Les Américains diraient de Kurt Grawinski qu'il était le type même du *self-made man.*

Il était né à Hambourg sous les bombardements de 1941. Lorsqu'il était âgé de seulement deux jours, l'immeuble dans lequel vivait sa famille avait reçu un obus de plein fouet. Sa sœur aînée était morte, sa mère avait pu échapper de justesse aux flammes et à l'effondrement des murs. Ils s'étaient réfugiés chez des amis qui leur avaient proposé une minuscule chambre sous les toits qui leur servait de remise. Ils y avaient habité pendant dix ans. Son père n'était jamais revenu de la guerre, sa mère avait trouvé un emploi dans une usine de textile où elle ourlait des sous-vêtements pour un salaire de misère. L'été, dans leur soupente, la chaleur devenait intolérable tandis que l'hiver, ils mouraient de froid. Kurt avait fini par dénicher un poêle à bois. Il leur était possible d'utiliser la salle de bains de leurs amis – seulement à des heures précises –, et on ne les tolérait qu'à contrecœur dans la cuisine. À la moindre occasion, on leur faisait comprendre qu'ils dérangeaient. Kurt, qui avait souvent une réplique insolente au bord des lèvres, avait juré à sa mère de se taire. « Comment ferons-nous s'ils nous jettent à la rue ? Sois poli et gentil. Nous avons besoin d'eux », répétait-elle.

Une lucarne donnait sur le toit. Dès qu'il faisait beau, Kurt y grimpait, se pelotonnait entre deux cheminées et laissait le soleil lui chauffer le visage. Parfois, un chat noir et blanc venait lui tenir compagnie. Kurt lui faisait des confidences : « Un jour, j'aurai beaucoup d'argent. J'achèterai une belle maison avec un jardin. Je sais que tu as de la peine à l'imaginer, mais tu peux être sûr que j'aurai ce que je veux. »

Puis, le jour où Kurt apprit qu'ils vivaient aussi mal parce que sa mère économisait sa pension de veuve de guerre en prévision de ses études, il se mit en colère : « On habite dans ce trou pour que je puisse un jour faire des études ! C'est absurde. Je vais te prouver que je peux obtenir une bourse. Et, en attendant, on va louer un logement décent. »

Sa mère s'était laissé convaincre. Ils avaient emménagé dans un petit appartement avec deux chambres, une minuscule cuisine et des toilettes sur le palier – un vrai paradis...

Kurt avait tenu sa promesse et travaillé comme un acharné à l'école. Il lui fallait de bonnes notes pour réaliser son rêve. Par ailleurs, il se débrouillait pour gagner de l'argent. Il était livreur de journaux, baby-sitter, serveur, laveur de voitures, jardinier. Il promenait les chiens de vieilles dames, décorait des appartements, lavait des carreaux... Parfois sa mère lui demandait, inquiète, quand il trouvait le temps de dormir. Il ne le savait pas lui-même. Il était fort, coriace et très orgueilleux. Cette vie ne lui posait aucun problème.

Il avait offert à sa mère un voyage sur la mer Baltique, acheté une télévision, un tourne-disques et de nouveaux meubles. Pour finir, il avait gagné tellement d'argent qu'ils avaient emménagé dans un appartement plus spacieux, doté d'une salle de bains et d'une petite terrasse.

Kurt avait décroché le meilleur baccalauréat de son école, obtenu une bourse pour étudier le droit, puis réussi ses examens avec mention. Il était entré dans une entreprise commerciale, car il estimait que c'était dans le commerce que l'on pouvait faire fortune. Il n'avait jamais oublié son enfance pauvre. Hanté par le souvenir de la misérable mansarde, il n'était jamais fatigué. En vieillissant, il continuait à se passer de sommeil et de repos.

Après s'être créé un réseau de relations en Orient, il était devenu, à quarante ans, multimillionnaire. Désormais, près de dix ans plus tard, il avait des parts dans toutes les entreprises rentables de l'Asie.

Beaucoup de femmes étaient passées dans sa vie, bien sûr, mais aucune de ces relations n'était devenue une véritable histoire d'amour. Au début, il se l'était interdit par peur d'abandonner sa mère. Toutefois, après la mort de celle-ci, Kurt avait poursuivi ses aventures sans lendemain. Il n'avait aucun mal à trouver de nouvelles compagnes. Les femmes l'appréciaient. Il était grand, athlétique, et ses cheveux grisonnants lui donnaient un air intéressant. S'il n'avait plus besoin de gagner sa vie depuis longtemps, il continuait néanmoins à travailler d'arrache-pied – il n'aurait pas su quoi faire d'autre. Il redoutait seulement qu'un contretemps ne l'empêchât un jour de continuer à sillonner le monde.

— *The Clan of the Badenbergs. The European style of country life*, proclama d'un air satisfait M. Roth, le producteur de cinéma. Voici le titre que portera la série dans toute l'Europe. Je vous parie que ce sera le succès de la décennie !

C'était la troisième fois qu'il s'exclamait ainsi. Alex s'agitait sur sa chaise avec impatience.

— Monsieur Roth, comme je vous l'ai dit, je suis très intéressée par les droits dérivés des *Badenberg*.

— Ils seront élevés car chacun sait que ce projet sera une réussite, renchérit Roth. Les Badenberg sont l'équivalent européen des Ewing ou des Carrington. En mieux... Des banquiers internationaux, avec une fabuleuse propriété, d'immenses domaines... Ils sont doués pour l'élégance comme pour les intrigues... Je pense que...

— Je pense que *Wolff & Lavergne* est le partenaire idéal pour vous, l'interrompit Grawinski. Nous ne voulons pas seulement produire des tee-shirts, des stylos et des sacs avec le logo *Badenberg*. Nous voulons offrir le monde des *Badenberg* aux enfants. Les acteurs auront leurs figurines, dotées de superbes vêtements, ainsi que les chevaux, les voitures, les calèches, les yachts, les voiliers... Leur demeure de famille sera une maison miniature avec les meubles, les tapis, les tableaux, comme dans le film. Du tableau de Chagall accroché au mur au moindre seau à champagne, il ne manquera rien.

L'idée sembla plaire à Roth.

— Il ne vous reste pas beaucoup de temps. Nous sommes en février 1989. La série débute en septembre 1990 dans toute l'Europe.

— En République fédérale, en Angleterre, en France, en Belgique et en Espagne, précisa Alex. Je sais que le temps nous est compté pour fournir tous ces pays.

— Il reste vingt mois.

— Nous ferons tout fabriquer en Chine où nous venons de faire construire une usine flambant neuve, insista Grawinski. Nous respecterons les délais.

— Un million et demi d'avance, et un bon pourcentage, déclara Roth.

— Un million d'avance et nous discuterons des pourcentages au cas par cas, répliqua Alex.

— Envisagez-vous de faire de la publicité ?

— Nous vous communiquerons les détails le moment venu.

— Vous rendez-vous compte de l'importance de l'investissement ?

Alex ne cilla pas.

— Ne vous inquiétez pas pour cela.

Grawinski l'observa du coin de l'œil. Il était impressionné de la voir si impassible alors qu'il la savait inquiète. Elle avait été la première à envisager le projet

Badenberg. Cependant, durant leurs discussions, elle avait failli y renoncer par deux fois :

— C'est trop important pour nous, avait-elle dit. Si cela tourne mal, nous ferons faillite.

— En revanche, en cas de succès, nous dominerons tous nos concurrents, avait rétorqué Grawinski.

L'assurance d'Alex convainquit Roth. Elle était la réussite personnifiée : le tailleur blanc, le sac Chanel, les cheveux brun-roux aux épaules. *Voilà une femme qui sait ce qu'elle veut.*

— Je ne peux pas encore vous donner mon feu vert, car je dois d'abord en discuter avec mes coproducteurs. Je pense toutefois que vous avez les meilleures cartes en main. Combien de temps restez-vous à Berlin ? demanda-t-il en se levant.

— Jusqu'à ce que le contrat soit signé, précisa Alex en se levant à son tour et en lui serrant la main. Au revoir, monsieur Roth. Vous savez où nous joindre.

Il hocha la tête.

— Au Kempinski. Je vous ferai signe.

Ce soir-là, Alex et Grawinski dînèrent dans un restaurant chinois de la Tauentzienstrasse – le restaurant préféré de Grawinski à Berlin. Il commanda d'emblée une bouteille de champagne pour fêter leur succès.

— Je suis certain que tout se passera bien, Alex. Nous avons les droits dans la poche. Il faut trinquer à notre victoire !

Alex éclata de rire.

— Vous êtes encore plus belle quand vous riez... Mais vous ne riez pas souvent. Vous travaillez peut-être trop ? Une jeune femme comme vous devrait s'amuser davantage.

Elle prit une gorgée de champagne.

— Je n'ai pas le temps. Encore moins qu'autrefois.

— Je sais. Depuis le départ de Liliencron, vous ne quittez plus le bureau. Je ne comprendrai jamais pourquoi il est parti. Alors que Kassandra Wolff venait de décéder et qu'il devenait enfin son propre maître.

— Là était justement la raison. Il n'était pas parti plus tôt pour ne pas heurter Kassandra.

— Pourtant, cette entreprise est une mine d'or ! Il y avait consacré tellement d'énergie.

— Que peut-on savoir des motivations de quelqu'un ? murmura Alex.

Elle regarda fixement le menu. Grawinski plissa les yeux. Il devinait qu'Alex ne lui avait pas tout avoué. Doucement, il lui retira le menu des mains.

— Permettez-moi de commander. Je m'y connais et je crois pouvoir choisir ce qui vous plaira.

— Très bien.

Grawinski étudia la carte.

— Avez-vous eu de ses nouvelles ? demanda-t-il.

— De qui ?

— Liliencron.

— Oui, il y a quelques jours. À présent, il vit à Londres.

— Il semble avoir la bougeotte. Je croyais qu'il souhaitait s'installer en France.

— Un ami lui a proposé un poste de conseiller financier dans une maison de production de disques. Il n'a pas voulu rater cette occasion.

— Est-il satisfait ?

— Je crois que oui.

— Quoi qu'il arrive, vous n'avez pas besoin de lui, dit Grawinski avec un sourire. Vous menez l'affaire toute seule avec brio.

— Vous êtes là, vous aussi.

— Certes, mais mon rôle est mineur.

— Il est suffisamment important. Je suis heureuse de votre présence.

— Voilà un point que nous avons en commun, Alex. Moi aussi, je suis très heureux de travailler avec vous.

Elle le fascinait. Depuis leur première rencontre, des années auparavant, peu de temps après le rendez-vous manqué de Hambourg – quand elle était brusquement tombée malade –, il avait toujours été attiré par elle. À l'époque, son mari venait de se suicider. Il avait admiré son sang-froid, son courage, sa manière de mener sa vie et son entreprise. Cependant, en dépit de son succès, Kurt devinait chez la jeune femme une mélancolie qui trahissait sa solitude. Et cette solitude ressemblait à la sienne.

Plus tard, en revenant à l'hôtel, il lui prit le bras. Le vent froid de février avait ébouriffé sa chevelure. Il respira son parfum. Alors qu'ils étaient presque arrivés à l'hôtel, il l'attira à lui.

— Tu es une femme fantastique, Alex. Tu es très belle et très forte. J'aimerais beaucoup ne pas te quitter jusqu'à demain matin.

Elle aussi l'appréciait. Elle aimait son odeur, sa voix, sa manière de la serrer contre lui. Alex s'aperçut que les bras d'un homme lui avaient manqué. Lorsqu'il l'embrassa, elle sentit son cœur s'emballer, comme si c'était la première fois. Quelques instants, elle s'abandonna à ses sentiments. Une douce chaleur la parcourant, lui redonnant un peu de l'insouciance d'autrefois.

Mais la réalité la rattrapa aussitôt. Elle s'écarta de Kurt.

— Je ne peux pas, murmura-t-elle. Ne me demande pas pourquoi... je ne peux pas.

Il prit doucement son visage entre ses mains.

— Toujours méfiante, toujours prudente, Alex. Quand t'es-tu laissée aller la dernière fois ?

— Je ne sais pas. Il y a longtemps.

Il embrassa une dernière fois la jeune femme, à présent raide et crispée.

— C'est difficile, n'est-ce pas, Alex ?

— Oui, très.

Ils rentrèrent lentement à l'hôtel. À la réception, on leur donna leurs clés et un fax de Roth qui confirmait que la maison *Wolff & Lavergne* avait obtenu les droits dérivés des *Badenberg*.

5

Il était 23 heures et Laura n'était toujours pas rentrée à la maison. Chris commençait sérieusement à s'inquiéter. Il essaya en vain de se rappeler si elle lui avait parlé d'un baby-sitting... D'habitude, elle prévenait toujours lorsqu'elle serait en retard.

Deux mois plus tôt, en juillet, elle avait emménagé chez lui. Chris payait le loyer mais Laura avait insisté pour partager les frais annexes. Elle continuait à travailler, mais moins souvent qu'auparavant.

Chris avait préparé le dîner qu'il lui faudrait désormais réchauffer. Il finit par grignoter pour apaiser sa faim. Pour se changer les idées, il alluma la télévision. Les informations parlaient de ce qui se passait à l'Est.

La Hongrie avait laissé tous les réfugiés de la RDA présents sur son territoire quitter le pays et des milliers de personnes avaient rejoint l'Ouest. En revanche, le destin des réfugiés d'Allemagne de l'Est qui s'étaient rendus aux ambassades de la RFA à Varsovie et à Prague était encore incertain. Chris regarda les images en provenance de Prague : des gens qui n'avaient que leurs vêtements sur le dos escaladaient le mur d'enceinte de l'ambassade. Près de quatre mille personnes y avaient déjà trouvé asile. Qu'allait-il se passer ? Combien de temps le gouvernement de Berlin-Est tolérerait-il de se laisser ainsi humilier devant le monde entier ?

Peu après minuit, alors qu'il songeait à alerter la police, la clé tourna dans la serrure. C'était Laura. La nuit de septembre était fraîche et elle semblait frigorifiée dans son tee-shirt et son short en jean effrangé.

— Tu es encore réveillé ? s'étonna-t-elle.

Visiblement, elle n'avait pas envisagé une seconde qu'il se fût inquiété. Chris était furieux.

— Tu pensais que j'irais me coucher tranquillement pendant que tu traînais Dieu sait où ?

Elle fit une moue.

— Je n'ai *traîné* nulle part. Tu parles comme mes grands-parents. Décidément, vous autres, plus de trente ans, passez votre temps à vous inquiéter !

— Si tu as été aussi insouciante avec tes grands-parents, il n'est pas étonnant qu'ils soient devenus cardiaques. Tu ne peux pas traiter les autres comme ça ! Tu aurais dû téléphoner. D'habitude, tu es toujours rentrée avant 18 h 30.

— Justement. Tu le dis toi-même : je suis rarement dehors après 18 h 30... Et tu réagis comme si je t'abandonnais tous les soirs.

Chris passa une main dans ses cheveux.

— Ce n'est pas d'être resté seul, Laura. Je me suis fait du souci. J'ai pensé que tu avais eu un accident. Tu peux le comprendre, non ?

Sans répondre, elle alla dans la cuisine. Elle vit la table dressée et le repas froid.

— Tu avais préparé le repas ! s'exclama-t-elle, consternée.

— Je peux le réchauffer.

Elle courut vers lui et l'enlaça. Elle était glacée.

— Je suis désolée, Chris. Tu avais tout fait et je ne suis pas venue.

Curieusement, elle semblait davantage remuée par l'idée qu'il eût cuisiné pour rien que par son inquiétude.

— Tout est allé si vite. J'ai même laissé tomber le cours d'anglais que je donnais. Rolf m'a appelée cet après-midi alors que tu étais au tribunal.

Rolf était l'un de ses amis protecteurs des animaux. Chris eut un mauvais pressentiment.

— Ils avaient obtenu des informations que des camions avec des armes chimiques allaient quitter Virochem.

Virochem était l'entreprise où, un an plus tôt, elle avait libéré les animaux.

— D'où venaient ces informations ? demanda-t-il, agacé.

À l'entendre, les membres du groupe étaient tous des agents secrets voués au secret.

— Il y a des gens dans la société qui nous filent des tuyaux. On n'a pas hésité. On s'est posté près du portail d'entrée et, un peu plus loin, au premier croisement.

— C'est pour cela que tu es gelée.

— Après le coucher du soleil, il a commencé à faire plus froid. Il ne fallait pas bouger et je n'avais pas de veste. J'ai sûrement attrapé un rhume. Mais ça en valait la peine, Chris !

Elle tira de sa poche trois Polaroïds qui montraient un camion passant un portail.

— Les voilà ! Ils sont sortis il y a une heure environ et nous avons pu les photographier !

— Et alors ?

— On y voit les plaques d'immatriculation. Virochem ne pourra pas nier qu'il s'agit de leurs camions.

— Les camions pourraient tout aussi bien appartenir à quelqu'un d'autre. Par ailleurs, on ne distingue pas bien le portail. Cela pourrait se passer n'importe où.

— Les photos de Rolf sont bien meilleures que les miennes.

— Ça ne prouve toujours rien.

— Il est pourtant suspect que trois camions sortent d'une entreprise chimique en pleine nuit.

— Au pire, on pensera que Virochem fait travailler ses chauffeurs au noir. Il peut s'agir tout bêtement de transports de nuits, qui sont plutôt fréquents.

Laura essaya de masquer sa déception.

— C'est un premier pas. Il faut rassembler d'autres preuves. Sers-moi un whisky. J'ai besoin de me réchauffer.

Chris s'exécuta et ajouta des glaçons. Puis, il l'enveloppa d'un gros chandail.

— Tiens, tu as la chair de poule.

— Tu te comportes en vrai papa, fit-elle avec un sourire.

— Je sais, et ce n'est pas fini. Je ne veux pas que tu

te mêles de cette histoire. Tu es trop jeune et inexpérimentée pour prendre ce genre de risques. Ce n'est pas un jeu.

Son sourire s'effaça.

— Je t'en prie, Chris. Je croyais qu'on en avait déjà parlé.

— Tu as toujours refusé de réfléchir à ce que je t'ai dit.

— Rien ne m'empêchera de suivre mon chemin. (Sa main tremblait légèrement en tenant le verre de whisky.) J'accepte que tu ne participes pas à notre action, ce qui me déçoit beaucoup... En revanche, ne me mets pas les bâtons dans les roues, je te prie.

— Ce n'est pas mon intention. Je refuse qu'il t'arrive quelque chose, c'est tout.

En l'écoutant soupirer, Chris comprit qu'il l'agaçait autant que ses grands-parents qu'elle avait fini par quitter.

— Nous sommes tous les deux fatigués. Et tu meurs de froid. Allons nous coucher.

Elle hocha la tête. Lorsque Chris eut fini dans la salle de bains, elle dormait déjà, Max allongé auprès d'elle. Elle avait enfoui son visage dans ses poils. Chris se retint de la réveiller. Laura avait besoin de repos.

Le 30 septembre, tous les citoyens de RDA, réfugiés à l'ambassade d'Allemagne de l'Ouest à Prague, eurent le droit de quitter le pays par trains spéciaux. Après la création du « Nouveau Forum », le premier mouvement d'opposition en Allemagne de l'Est, d'autres associations antigouvernementales avaient vu le jour, comme « Démocratie maintenant », « Renouveau démocrate » et le Parti social-démocrate.

Tous les lundis, dans l'église Saint-Nicolas de

Leipzig, on priait pour la paix, et des milliers de manifestants défilaient dans la ville. Début octobre, la République démocratique allemande fêta ses quarante ans. Une nouvelle fois, des milliers de personnes descendirent dans la rue pour protester. Le président d'Union soviétique vint en visite chez son petit frère socialiste, la RDA. Les pontes du Parti socialiste unifié l'écoutèrent, les visages graves, tandis qu'il les exhortait à ne pas s'opposer à de nouvelles réformes. « La vie punira celui qui vient trop tard ! »

Le Parti ne pouvait plus ignorer les manifestations incessantes, l'exode en masse qui agitaient le pays. Le 18 octobre, il y eut un changement à la tête de l'État : Erich Honecker quitta son poste de secrétaire général, pour de prétendues raisons de santé. Egon Krenz, membre du Politburo – « prince héritier » potentiel depuis longtemps –, fut désigné comme successeur. Mais le pays ne s'apaisa pas pour autant. Comme aucune réforme de la part du fils spirituel de Honecker n'était à prévoir, les citoyens ne songèrent pas un instant à se calmer.

Pendant toutes ces années, la tristesse ne l'avait jamais quitté. Même si, par miracle, Julia lui revenait, il pensait qu'elle ne l'abandonnerait jamais. Il en avait déduit que l'âme humaine était compliquée ; elle pouvait guérir, même pardonner, mais jamais oublier.

C'est ainsi que Richard n'oublierait jamais le terrible moment où il avait compris que Julia et les enfants s'étaient enfuis à l'Ouest.

Il avait eu l'impression de sombrer dans un précipice. Passé le premier choc, il avait paniqué, redoutant qu'ils n'échouent une nouvelle fois. On allait les arrêter. Julia finirait en prison et, comme elle était récidiviste, la peine serait beaucoup plus sévère. On mettrait les enfants dans des maisons d'éducation dont ils sortiraient brisés. Personne ne croirait qu'il n'avait été au courant de rien et lui aussi finirait en prison. Bien qu'il en eût honte, l'idée de se retrouver à nouveau dans une cellule le rendait fou. Julia ne s'était pas rendu compte que la prison l'avait anéanti. De son côté, elle était revenue de captivité, amaigrie et affaiblie, mais plus indomptable que jamais. Lui avait irrémédiablement changé. Jamais il n'avait pu surmonter cette épreuve. Lorsque Julia avait commencé à le harceler en lui demandant de tenter une seconde fois de s'échapper, il avait été désespéré. Les forces lui manquaient.

La semaine qui avait suivi la fuite s'était écoulée lentement, sans que les hommes de la Stasi soient venus frapper à sa porte. Peu à peu, Richard avait compris que l'impossible était arrivé : Julia et les enfants avaient réussi.

Quelques jours plus tard, convaincu qu'il s'attirerait les pires ennuis s'il ne déclarait pas la disparition de sa famille, il les avait fait porter disparus.

On l'avait interrogé pendant des jours. Au début, ils n'avaient pas cru qu'il ignorait tout et ils avaient essayé de savoir s'il connaissait un réseau de passeurs. Ils l'avaient mis sous surveillance. Il avait croisé des inconnus dans la rue et quelques patients lui avaient posé d'étranges questions. Il avait compris que la Stasi avait des hommes partout, même parmi les paysans. Mais comme il ne savait rien, il n'avait pas eu à prendre de précautions particulières.

L'agitation avait duré six mois, puis on l'avait laissé en paix. Il savait qu'il était toujours surveillé, ce qui lui était égal.

Par l'intermédiaire de voyageurs de l'Ouest, il avait

reçu les lettres de Julia où elle expliquait les raisons de son geste. Puis il y avait eu ses coups de fil où elle continuait à se justifier. Elle aurait tout donné pour qu'il lui pardonne, mais il ne disait jamais rien. Il n'éprouvait ni colère ni haine. Juste un sentiment de vide. Lorsqu'il parlait avec Stefanie, il parvenait, pour quelques minutes, à rompre ce silence. Sa fille avait besoin de lui, il lui manquait et elle n'arrivait pas à s'habituer à l'Ouest. Richard tâchait de l'aider de son mieux. S'il n'avait eu un sentiment de responsabilité, il aurait demandé à sa fille de ne plus l'appeler. Après chaque conversation avec sa famille, sa solitude lui pesait d'autant plus.

Le 4 novembre 1989, à Berlin, eut lieu la plus grande manifestation de l'histoire de la RDA. Des centaines de milliers de personnes défilèrent dans les rues. « *Nous sommes le peuple* », lisait-on sur les pancartes. Richard regarda les images le soir à la télévision – la télévision d'État n'admettait plus la censure. On avait même retransmis en direct le grand rassemblement sur l'Alexanderplatz. La plupart des orateurs supplièrent les citoyens de ne pas rejoindre les vagues d'immigrants ; il fallait endiguer l'hémorragie.

Le 9 novembre au soir, Richard mangeait une part de gâteau que lui avait offerte un patient reconnaissant. Trop fatigué pour lire le journal, il regarda l'horloge qui se trouvait sur une étagère, à côté d'une photo de Julia. Il ignora le visage souriant encadré de cheveux sombres. Presque 22 h 30 ; l'heure d'aller se coucher.

On frappa à la porte. Encore un patient ! Or ce n'était pas un patient, mais Kathi, la femme de ménage qui nettoyait le cabinet de médecin.

— Est-il arrivé quelque chose, Kathi ?

Elle pénétra dans le petit vestibule.

— Et comment ! s'exclama-t-elle, surexcitée. Ma tante de Berlin vient de m'appeler.

Dans le village, peu de maisons avaient le téléphone. Kathi avait la chance d'habiter au-dessus de la poste. On pouvait toujours la joindre.

— Le Mur est tombé ! N'importe qui peut obtenir un visa. À la frontière, c'est la folie. Des milliers de gens veulent passer de l'autre côté. Ma tante prétend que Berlin est sens dessus dessous !

— C'est impossible, murmura Richard, incrédule.

— Si, c'est vrai. Personne n'y croyait, mais toutes les frontières sont ouvertes... Vous m'entendez ? Elles sont ouvertes partout.

Elle l'observait, rayonnante, comme si tout cela avait dépendu d'elle.

— Avez-vous quelque chose à boire ? J'ai besoin d'un remontant.

Elle entra dans le salon avec Richard, tétanisé, sur les talons. Kathi attrapa la bouteille de vodka dans une armoire.

— Pour vous aussi, docteur ?

— Non, merci.

Elle se versa un verre qu'elle vida d'un trait.

— Vous savez ce que cela signifie ?

— Peut-être qu'ils refermeront tout demain matin, avança prudemment Richard.

— Mais non, le gouvernement a fait une déclaration officielle. Ils ne peuvent plus revenir en arrière. Si vous voulez mon avis, ajouta-t-elle en baissant la voix, bientôt, nous serons à nouveau un seul peuple.

— C'est de la pure spéculation, Kathi.

— Vous verrez ! Croyez-vous que je pourrais

prendre deux jours de congé ? J'aimerais aller chez ma tante à Berlin, et puis, de l'autre côté, voir le Kurdamm. Il paraît qu'on peut tout y acheter. Tout !

— Bien sûr, Kathi. Le cabinet survivra à deux jours de poussière.

Alors qu'elle allait se verser un troisième verre d'alcool, Richard lui reprit doucement la bouteille des mains.

— Attention, Kathi, si vous continuez à boire, vous aurez si mal à la tête demain que vous ne profiterez pas de votre voyage.

— Qu'allez-vous faire, docteur ? Vous allez pouvoir rejoindre votre femme et les enfants. Vous n'allez pas rester ici, n'est-ce pas ?

Elle semblait attristée. Elle aimait bien le docteur au regard mélancolique.

— Je ne sais pas, dit lentement Richard. Pour être sincère, je ne sais vraiment pas.

6

Depuis la chute du Mur, Julia s'attendait tous les jours à voir surgir Richard. Elle savait qu'il pouvait obtenir son adresse par Felicia. Elle ne cessait de harceler au téléphone la vieille dame qui avait fini par s'impatienter.

— Tu peux être certaine que je te l'enverrai dès son arrivée. Mais, pour l'instant, il ne s'est pas manifesté.

La possibilité de voir apparaître son père d'un moment à l'autre donnait une bonne raison à Stefanie de demeurer dans l'appartement. Julia souffrait de voir sa fille suivre les informations avec des yeux fiévreux et sursauter chaque fois qu'on sonnait à la porte.

Peu de temps avant Noël, le 22 décembre, la porte de Brandebourg fut ouverte. Désormais, les citoyens des deux pays pouvaient se déplacer librement. A priori, rien n'empêchait plus Richard de rejoindre l'Ouest.

Par deux fois, Julia tenta de l'appeler. En vain. De toute façon, une conversation téléphonique avec lui ne servait à rien. Il s'était toujours montré froid et distant. Si elle voulait obtenir quelque chose, elle devait lui parler face à face. Le 23 décembre, elle prit la décision d'aller le voir. Comme Stefanie déclarait qu'elle souhaitait l'accompagner, Julia lui expliqua que ce ne serait pas une bonne idée.

— Ton père et moi avons beaucoup de choses à nous dire. Notre relation est compliquée. Je dois lui faire comprendre qu'en m'enfuyant je ne désirai pas lui faire de mal. Nous aurons davantage de chance de redevenir une famille si je peux lui parler tranquillement, tu comprends ?

— D'accord, acquiesça Stefanie, les yeux baissés. Mais, à ton retour, c'est moi qui irai le voir, seule.

— Nous en reparlerons.

Michael accepta à contrecœur d'aller passer Noël chez Felicia, tandis que Stefanie insista pour rester seule dans l'appartement. Wolfgang ne tarderait probablement pas à la rejoindre.

Tant pis, je ne peux pas m'en occuper pour le moment, songea Julia.

Elle franchit la frontière à Hof. Il lui fut difficile de

retourner dans ce pays qu'elle avait fui six ans auparavant. Un pays où elle était restée deux ans en prison. Elle se mit à trembler, et dut s'arrêter sur le bord de la route. Elle repensa aux barbelés, à la blessure de Karim. D'ordinaire, elle évitait de penser au passeur. Était-il même encore vivant ?

Les routes étant mauvaises, elle avançait lentement. Après plusieurs années à l'Ouest, la saleté et la pauvreté des villes et villages lui sautèrent aux yeux. Les maisons n'avaient pas été repeintes depuis des années, les barrières des jardins étaient rafistolées avec du papier et de la ficelle. Les toits menaçaient de s'effondrer à la première averse. Tout était gris. Elle repensa avec amertume au luxe qu'on avait découvert dans les villas des environs de Wandlitz où les hommes du Parti avaient vécu comme des princes, tandis que le peuple, lui, n'avait que le droit de jouir de la faillite perpétuelle du système socialiste. Bien qu'elle fût partie depuis des années, Julia sentit la colère et l'indignation la gagner. Elle avait trop longtemps fait partie de ceux que l'on avait dupés et trahis.

Un panneau indiqua Dessau, la ville où elle avait été en prison. Elle frissonna mais ne ralentit pas. Il lui fallait une fois pour toutes exorciser ses fantômes.

Peu avant Potsdam, elle obliqua vers l'est, contourna Berlin et prit l'autoroute en direction de Stettin. Le crépuscule hivernal tombait sur le pays. Lorsqu'elle emprunta les routes nationales, elle traversa les villages où les lampes s'allumaient peu à peu. Ces petites routes avaient été la seule chose qu'elle avait appréciée à l'époque. En été, les frondaisons laissaient à peine entrevoir le ciel, les rayons de soleil scintillaient, formant des petits dessins étranges sur l'asphalte. Ce jour-là, les arbres se découpaient sur le ciel de plomb, tels de sombres squelettes. Au-delà, les champs s'étendaient dans un silence solennel. Pas un souffle de vent n'agitait une branche ou un brin d'herbe. La nuit serait froide et limpide.

Quand apparut enfin le panneau indiquant Bernowitz, il faisait complètement nuit. Le cœur de Julia se mit à battre la chamade. Comme elle avait haï ce village ! Pourtant, elle éprouva le curieux sentiment de revenir chez elle. Elle avait eu raison de quitter la RDA et elle ne l'avait jamais regretté, et pourtant elle comprenait soudain qu'elle ne se sentait pas chez elle à Munich. Elle demeurait trop attachée à Richard pour pouvoir se sentir « à la maison » ailleurs qu'avec lui. Elle venait seulement de s'en rendre compte.

Elle s'arrêta devant la maison où elle avait cru devenir folle. Tout était sombre. Richard devait se tenir dans la cuisine qui donnait sur le jardin, à l'arrière.

Julia descendit de voiture. Elle se sentait si nerveuse qu'elle avait la bouche sèche. Jamais elle ne parviendrait à lui parler.

Elle portait un jean, un col roulé gris, des bottes noires, mais pas de bijoux... Hormis son alliance et la montre que Richard lui avait donnée quand il avait été un jeune médecin assistant.

Elle frappa à la porte. Dans la maison voisine, la lumière s'éteignit. Quelqu'un désirait mieux voir dans l'obscurité. Au village, tous devaient déjà savoir qu'une voiture était arrivée. Le bruit des moteurs continuait d'intriguer. En cela, rien n'avait changé.

La porte s'ouvrit. Richard se dressa devant elle.

Pendant quelques secondes, ils restèrent silencieux, à se dévisager. Richard parla le premier.

— Aimerais-tu entrer ? proposa-t-il poliment, comme à n'importe quel visiteur.

— Volontiers, merci, répondit-elle en pénétrant dans la maison.

Richard et Julia. Julia et Richard. À l'époque, leurs camarades s'étaient moqués d'eux. Dans les années 60, dans les universités d'Allemagne de l'Est, il était exceptionnel d'afficher un amour aussi romantique. Inévitablement, quelqu'un les avait surnommés « Roméo et Juliette ». Ils avaient été inséparables. À la moindre occasion, Julia le rejoignait lors des cours magistraux de médecine et Richard lui rendait visite en germanistique. Lorsqu'ils étaient séparés, ils ne songeaient qu'à se retrouver. Ils s'attendaient aux portes des amphithéâtres, se promenaient main dans la main. Leurs logeuses respectives interdisaient les visites, et pourtant, ils parvenaient à passer toutes leurs nuits ensemble. Durant les défilés du 1er mai, ils étaient absents, perdus l'un dans l'autre. Ailleurs. Même lorsqu'ils brandissaient le drapeau rouge, ils ressemblaient à un couple d'amoureux du siècle passé.

Leur mariage n'avait pas surpris. Personne cependant n'aurait pu deviner leur destin, ni qu'un jour Julia s'enfuirait à l'Ouest en abandonnant Richard. Personne ne l'en aurait crue capable.

Au premier regard, Julia vit que rien n'avait changé dans la petite cuisine. Six ans plus tard, elle retrouvait les mêmes meubles usés, le tapis mité, les rideaux à fleurs rouges. Sur l'étagère s'alignaient des photos d'elle et des enfants. Un feu crépitait dans le poêle. Il faisait trop chaud. Julia se rappela qu'on mourait de froid pendant des heures jusqu'à ce que l'appareil se mette à fonctionner, tel un monstre infernal. Elle regretta son col roulé. Les mains moites, elle se mit à transpirer.

— Assieds-toi, dit Richard. Veux-tu quelque chose à boire ?

Il ne semblait pas irrité de la voir débarquer et se maîtrisait parfaitement. Il n'avait pas changé, il était toujours trop maigre pour sa taille et il n'avait pas perdu le regard avide qu'il avait déjà eu étudiant. On avait toujours envie de l'inviter à manger.

Julia s'assit sur le bord du sofa.

— Oui, je boirais volontiers quelque chose.

Il lui offrit un cognac français de bonne qualité. Un cadeau d'un patient, expliqua-t-il. Sa main tremblait légèrement.

— Pourquoi n'es-tu pas venu ? demanda-t-elle.

Avec une grande concentration, il reboucha la bouteille. Puis, il s'assit et prit son verre.

— Est-ce que tu pensais sérieusement que j'allais le faire ?

Oui, mais maintenant qu'il lui posait la question, elle comprit qu'elle avait été stupide.

— Je ne sais pas... Je l'avais espéré.

— Je ne pouvais pas le deviner. Tu aurais pu vivre depuis longtemps avec un autre homme.

— Seigneur Dieu ! Il n'y a personne d'autre. Il n'y a jamais eu personne. L'idée ne m'aurait même pas effleurée.

Il se tut.

— Tu ne pensais tout de même pas qu'il y avait un autre homme ? reprit Julia avec insistance.

— De toute façon, mon opinion n'a aucune importance.

Remarquant qu'elle agrippait son verre, Julia desserra légèrement ses doigts.

— Richard, je n'ai pas cessé d'attendre le jour de nos retrouvailles.

— C'était plutôt naïf. L'évolution de la situation était imprévisible. Tu as dû envisager qu'on ne se reverrait plus.

— Mais tout a changé à présent. Mon rêve s'est réalisé. Le Mur est tombé. Tu pourrais nous rejoindre.

Il ne répondit pas, tourna son verre entre ses mains. Brusquement, Julia pensa que le moment était venu de poser la question essentielle.

— Richard, peux-tu me pardonner ?

— Je n'ai rien à te pardonner. Tu es libre. Tu as le droit de faire ce que tu veux.

— Ce n'est pas la question. Il s'agit de savoir si tu penses pouvoir encore vivre avec moi.

— Comment vont les enfants ?

Julia comprit qu'il esquivait sa question.

— Bien, fit-elle d'un ton qu'elle souhaitait détaché. Ils ont beaucoup grandi. Michael est un bon élève. Il s'intéresse beaucoup à la physique. Je crois qu'il choisira un métier dans ce domaine.

— Et Steffi ?

— Steffi a un ami. Je ne l'apprécie pas beaucoup, alors nous nous disputons de temps à autre. Ce n'est pas quelqu'un de mauvais, mais il l'empêche d'étudier et il a une allure un peu particulière.

— Ce sont des amitiés normales pour une adolescente.

— Oui, c'est normal. Chez nous, tout est très normal.

— J'en suis heureux pour toi.

Son ton courtois lui fit de la peine. Elle fit une nouvelle tentative.

— Richard... Dis-moi si tu m'aimes encore ou si tu me détestes... Ne me traite pas comme une étrangère.

Il la considéra, étonné.

— Pourquoi est-ce que je te détesterais ? Non, je ne te déteste pas. Vraiment pas.

— Et l'amour ? Est-ce que tu ressens encore de l'amour pour moi ? ajouta-t-elle, avec angoisse.

Son regard fixa un point sur le mur derrière elle.

— Cela a été trop pénible, Julia. Trop atroce.

Que diable voulait-il dire ? « Trop atroce » pour recommencer tous les deux ?

— Je ne veux rien enjoliver, Richard, mais...

— Tu ne croyais tout de même pas que nous allions reprendre là nous en étions restés il y a six ans.

Ce n'était pas une question mais une constatation.

— J'ai pensé que nous pouvions recommencer à zéro.

Il secoua lentement la tête.

— Nous ne pouvons pas oublier ce qui s'est passé. Les souvenirs sont là. Tu peux lutter contre eux autant que tu veux, ils finiront toujours par te rattraper.

— Je ne suis pas d'accord. On peut toujours tout réparer. À l'époque, je ne voulais pas partir sans toi. J'ai tout essayé pour te convaincre de nous accompagner. J'en ai parlé pendant des mois... Je n'ai pas trouvé d'autre solution.

— Tu n'as nul besoin de te justifier. Tu as fait ce que tu pensais être juste. C'était ton droit le plus absolu.

— Bon sang, cesse de parler comme cela !

Julia reposa son verre si brusquement que le cognac versa. Elle se leva et se remit à transpirer.

— Arrête de faire la morale ! On dirait un prêtre. C'était mon bon droit... Je n'ai pas besoin de me justifier... Que dois-je faire pour que tu me tendes enfin la main ? Nous sommes toujours mariés. Richard. Nous formons une famille. En cela, rien n'a changé. Mes sentiments pour toi sont toujours là.

Richard se leva à son tour. Il était impassible. Ses mains ne tremblaient plus.

— Mes sentiments à moi ont peut-être changé, Julia. Ce serait possible, non ?

— Quoi ? fit-elle, perplexe.

— Comment crois-tu que j'aie pu endurer toutes ces années ? En restant attaché à toi par toutes les fibres de mon cœur ? En pensant à toi tous les jours ? En rêvant de toi ? Est-ce que tu peux imaginer mon angoisse à l'époque ? Est-ce que tu as conscience de ce que j'ai vécu pendant des jours ?

Sa voix était calme. Depuis sa libération de prison, celle-ci conservait la même sérénité lasse et maladive.

— J'ai pensé que vous aviez été arrêtés ou abattus par des gardes frontières ou que vous aviez sauté sur une mine. (Il détourna les yeux.) Puis, j'ai fini par comprendre que vous aviez réussi. La Stasi m'a interrogé pendant six mois. Ils ont reconnu que je n'étais au courant de rien et m'ont laissé tranquille. Alors, j'ai découvert la solitude. Je ne savais pas qu'on pouvait se sentir aussi seul. C'était sans fin.

— Je t'ai si souvent écrit.

— Des lettres et des coups de fil, Julia ! Ça ne remplace pas une vie commune.

— J'aurais tant voulu que tu me comprennes.

— Bien sûr, mais cela n'est pas le cas. Et alors ? Nous n'avons plus besoin d'en discuter.

Debout devant elle, dans ses vêtements élimés, au milieu de cette misérable pièce surchauffée, Julia comprit quelle terrible solitude il avait éprouvée. Cette maison oppressante suintait le malheur. Brusquement, elle s'aperçut que le visage de Richard avait changé. Elle n'avait pas tout de suite remarqué sa tristesse. Tout ce qu'elle avait voulu dire mourut sur ses lèvres. Elle demeura devant lui, les bras ballants.

— As-tu faim ?

Bien qu'elle n'eût rien avalé depuis le petit déjeuner, elle secoua la tête.

— Non.

— Est-ce que tu retournes demain matin auprès des enfants ?

— Je pensais... passer Noël avec toi.

— Je ne crois pas que ce soit une bonne idée.

— Richard, accorde-nous une nouvelle chance. Viens avec moi à Munich. Tu peux commencer par habiter dans un appartement séparé. Nous pouvons prendre le temps. Il ne faut pas se précipiter. J'ai eu tort de débarquer à l'improviste. Tu dois t'habituer à l'idée de partager à nouveau ma vie. À Munich, tu trouveras tout de suite un emploi dans un hôpital. Tu es un médecin remarquable...

— Crois-tu que je vais partir maintenant, alors que tout le monde s'en va ? Qui va s'occuper des gens de la RDA si tout le monde fiche le camp à l'Ouest ?

Le sort des autres lui était indifférent, mais pour retrouver Richard, elle était prête à tout.

— Dans ce cas, allons tous vivre à Berlin-Est comme autrefois. Tout va changer. Je pourrai sûrement retrouver un poste de professeur...

— Non, Julia, vraiment...

— S'il le faut, je reviendrai ici, dans cette maison !

Mais en regardant autour d'elle, la laideur de la pièce lui fit monter les larmes aux yeux.

— Si tu ne veux pas faire autrement, Richard. Je reviendrai ici.

— Je ne le veux pas. Cela n'aurait aucun sens.

— Tu penses que je repartirai un jour, n'est-ce pas ? Je te jure que je ne le ferai plus. Je t'en supplie, Richard ! Comment puis-je te le prouver ?

L'expression du visage de Richard se modifia légèrement. Malgré tout, Julia comprit qu'il souffrait encore de devoir lui faire mal.

— Ça n'a plus de sens, insista-t-il. Tout est fini entre nous.

Pourquoi ne comprenait-il pas qu'il parlait d'une chose impossible ? Alors qu'elle avait pensé dormir dans ses bras, elle se trouvait face à un inconnu. Richard avait traversé l'enfer, il était devenu un autre. Il resterait peut-être seul. De toute façon, elle n'avait plus sa place dans ses projets. Elle devait l'admettre.

Une bouffée de colère monta en elle. Une colère contre lui, contre elle-même, contre cette situation affreuse.

— On peut aussi trop s'apitoyer sur soi-même, Richard. Tu crois que ça a été facile pour moi ? D'une certaine manière, c'est toi qui as brisé notre couple, parce que tu as changé. Tu m'as laissé tomber. Tu ne t'es plus préoccupé de mes sentiments. Tu t'es arrogé le droit de revenir brisé de prison et de t'enfermer dans ton silence. Bon sang, j'aurais pu parfois te secouer comme un prunier !

Il esquissa un sourire.

— Ah, on passe à l'offensive.

— Je ne vois pas pourquoi on m'attribuerait le rôle de la pécheresse, lança-t-elle, avant de se corriger. De la seule pécheresse.

Il n'était pas prêt à discuter. Il avait trop souvent réfléchi à ces choses-là ces dernières années.

— Parfait. Nous sommes tous les deux coupables. Mais cela n'y change rien. Nous devons nous en accommoder d'une façon ou d'une autre.

Julia reconnut cette résignation qu'elle avait tant haïe et redoutée avant sa fuite. D'un seul coup, elle ne supporta plus son indifférence, ni cette chaleur intolérable. Elle allait s'évanouir si elle ne respirait pas un peu d'air frais.

— Pardonne-moi de t'avoir dérangé, dit-elle en prenant son sac et en quittant la pièce.

Elle ouvrit la porte et prit une profonde inspiration. D'une main tremblante, elle sortit les clés de la voiture. Lorsqu'elle atteignit la barrière du jardin, elle sentit une main sur son bras. Richard l'avait suivie.

— Où vas-tu ?

— Je ne sais pas. Qu'est-ce que ça peut te faire ? Je veux m'en aller, c'est tout.

— Tu ne peux pas repartir ce soir pour Munich. Et il n'y a toujours pas d'auberge dans le village.

— Je sais. Il n'y a rien ici. Rien en dehors de cette maudite solitude. Je le sais mieux que personne.

Elle essaya de se libérer mais Richard l'en empêcha.

— Je ne te laisserai pas partir comme ça. Tu es épuisée. Tu n'es pas en état de conduire.

— Ne joue pas au protecteur ! Tu as décidé que tout était terminé entre nous. Alors ne t'inquiète pas pour moi.

— Nous n'avons pas besoin d'en débattre dans la rue.

Elle éclata de rire.

— En effet, parce que ces imbéciles ne laisseront pas échapper un mot ! Je m'en fiche ! Qu'ils entendent ! Qu'ils apprennent tout, je m'en fous !

Elle criait. Dans les maisons silencieuses, on pouvait presque deviner les oreilles qui se tendaient. Richard tira Julia vers la maison et claqua la porte derrière eux.

— Calme-toi ! lui ordonna-t-il. Est-ce que tout le monde doit être au courant de nos affaires ?

— Et maintenant que vont-ils penser ? Tu crois que ça fait bien de me traîner comme ça dans la maison ?

Il la lâcha.

— Tu as raison. Nous ne devrions pas nous préoccuper des autres.

Ils se regardèrent, épuisés, vidés, par-delà une montagne de débris et de ruines.

— Passe la nuit ici, dit Richard. Tu peux avoir la chambre. Je vais dormir sur le sofa.

— C'est hors de question. Je prendrai le sofa. Il est beaucoup trop petit pour toi.

Elle éclata en sanglots. Elle ressemblait à une enfant désespérée. Richard ne parvint pas à la prendre dans ses bras pour la réconforter. Sa douleur se dressait entre eux tel un mur infranchissable. En silence, il la regarda pleurer.

7

La journée avait été ensoleillée, et la nuit d'avril était limpide et fraîche. Les arbres, recouverts de jeunes pousses, se découpaient sur le ciel. Les oiseaux ne piaillaient plus.

À 23 h 30, Laura quitta la chambre sur la pointe des pieds. Dans le lit, Chris se retourna sur le côté sans se réveiller.

Elle avait préparé ses vêtements dans le salon pour ne pas avoir à s'habiller dans la chambre. Un jean, des tennis, un pull-over gris foncé. Max sautillait autour d'elle, ravi d'aller se promener.

— Non, tu dois rester ici, lui souffla-t-elle à mi-voix. Sois gentil. Va te coucher !

Déçu, il sauta sur le canapé et la considéra d'un œil attristé. Elle lui caressa la tête et s'éclipsa.

Si elle n'avait craint que Chris ne veuille la retenir, elle l'aurait volontiers tenu au courant. Il la soutenait dans son combat pour défendre les animaux et la nature. Cependant il essayait toujours de l'empêcher de participer à des actions illégales. Désormais, tous deux évitaient ces discussions qui finissaient toujours en disputes.

Laura avait rendez-vous avec Rolf devant le poste de police. Ils devaient ensuite se rendre en voiture jusqu'au complexe industriel de Virochem. Ils avaient l'intention d'obtenir des preuves infaillibles. Bert, le soigneur, les laisserait entrer – s'il ne perdait pas courage. Par deux fois, il avait tout annulé à la dernière minute. Après la libération des animaux, comme tous les employés de Virochem, il avait été interrogé plusieurs fois, avant d'être innocenté. Il ne s'était pas encore remis de sa frayeur. « J'ai une femme et des enfants. Si je perds mon job... »

Mais Rolf l'avait convaincu de les aider une dernière fois.

Lorsque Laura atteignit le poste de police, son ami l'attendait déjà. La journée, on ne trouvait jamais une place pour se garer, mais le soir, il n'y avait personne. Il alluma ses phares en la voyant et elle courut vers la voiture.

— Tu es en retard, lui reprocha-t-il.

— Désolée. J'ai perdu du temps en quittant l'appartement parce que je ne devais pas faire de bruit.

Ils démarrèrent. Rolf était mécontent car son emploi du temps avait été chamboulé. C'était un perfectionniste qui prétendait qu'une minute de retard pouvait tout faire capoter. Ancien professeur de mathématiques, il travaillait pour les défenseurs des animaux autonomes, mais il était aussi membre de Greenpeace et des Verts. Dans la mer du Nord, il s'était opposé à des baleiniers sur un canot et il s'était enchaîné devant un laboratoire d'expérimentation. Il avait aussi participé au blocus des casernes de l'armée américaine et protesté contre la voie d'atterrissage de l'aéroport. Ses activités lui prenaient tellement de temps qu'il avait dû quitter son poste de professeur. Il gagnait sa vie comme chauffeur de taxi. De temps à autre, il était livreur de pizza ou travaillait à la réception de l'auberge de jeunesse de Francfort.

— J'ai appelé Bert cet après-midi, dit-il. Je crois que c'est bon pour cette fois. Il était moins nerveux que d'habitude.

Ils prirent le soigneur devant son appartement de la Eschersheimer Landstrasse. Il semblait blême et inquiet. Rolf avait songé à se rendre sans lui dans les bureaux de Virochem, mais la société était trop grande et ils auraient mis trois quarts d'heure à trouver leurs repères.

Bert monta dans la voiture. Bien qu'il n'eût que quarante ans, il était maigre avec des cheveux gris et des épaules voûtées. Pendant des années, il avait vivoté grâce à des boulots précaires avant d'être engagé comme soigneur d'animaux à Virochem. Il ne gagnait pas beaucoup d'argent, mais pour la première fois il pouvait offrir à sa femme et à ses enfants une vie stable. C'était ce qui incitait Bert à conserver son emploi, même si la souffrance des animaux le rendait malade. Il ne pouvait pas s'empêcher de s'attacher à ses petits protégés. Quand ils revenaient des expériences comme d'une salle de torture, les corps entaillés, la peau infectée ou les os brisés, il croyait devenir fou. Désespéré, il s'était rendu dans un centre de protection animale où il avait rencontré Rolf et il s'était confié à lui. Saisissant cette chance, Rolf l'avait convaincu de les aider à libérer les animaux.

— Qu'avez-vous dit à votre femme, Bert ? demanda Rolf, tandis que Bert se rongeait les ongles sur la banquette arrière.

— La vérité. Sinon, j'aurais éveillé sa méfiance.

— Est-ce qu'on peut avoir confiance en elle ?

— Absolument. Pourtant, elle a peur que je perde mon emploi, alors qu'on aimerait louer un appartement plus grand.

— Elle n'a pas essayé de vous faire changer d'avis ?

— Si, mais je suis resté intraitable. Maintenant, elle pleure. Mais je ne voulais pas vous décevoir une nouvelle fois.

Alors qu'ils approchaient des bureaux, Bert devenait de plus en plus nerveux.

— Nous devrions laisser la voiture ici, dit-il à Rolf non loin du portail. Sinon, le veilleur de nuit risque de nous entendre.

Ils descendirent de voiture et parcoururent les derniers mètres à pied. La première fois, Bert avait eu une clé du portail car ils avaient dû faire entrer une camionnette pour sauver les bêtes. Cette fois-ci, il les guida jusqu'à un escalier réservé aux employés.

La porte s'ouvrit avec un léger grincement. Quelques lampadaires éclairaient la cour d'une lumière bleutée. Rolf avait expliqué à Bert qu'ils voulaient accéder à l'étage du conseil d'administration.

Les superbes locaux se trouvaient dans un bâtiment moderne de quatre étages, jouxtant les laboratoires et les garages. Bert s'était procuré une clé pour une entrée dérobée.

Ils évitèrent de prendre l'ascenseur pour ne pas alerter le veilleur de nuit et montèrent à pied. La lumière des lampadaires pénétrait par les hautes fenêtres et ils n'eurent pas besoin d'allumer leurs lampes de poche. Chaque fois qu'ils passaient devant une fenêtre, ils se baissaient pour qu'on ne vît pas leurs silhouettes de l'extérieur. Au quatrième étage, ils ouvrirent une porte vitrée qui donnait dans un corridor recouvert d'une moquette beige. Rolf alluma sa lampe de poche et éclaira les portraits d'anciens membres du conseil qui décoraient les murs. Des hommes respectables avec des tempes grises, des costumes sombres et des cravates discrètes.

— Élégants et cupides, grommela Rolf à mi-voix. Une belle coquille qui dissimule des profiteurs et des gens sans scrupule. Laura, tu t'occupes des bureaux du côté gauche. Tu sais ce que nous cherchons. Ce sont surtout les armoires fermées qui nous intéressent. Si tu n'arrives pas à en ouvrir une, tu m'appelles, d'accord ?

— D'accord, dit Laura.

Elle serra plus fort le crochet en acier qui était l'un des outils essentiels des membres de son groupe d'action. Rolf leur avait appris à faire sauter des serrures. Elle eut une pensée fugitive pour Chris qui ne l'aurait jamais toléré.

— Bert, tu restes ici devant les ascenseurs, ajouta Rolf. Si le veilleur de nuit les utilise, tu nous préviens aussitôt. Surveille aussi l'escalier.

— C'est bon, dit Bert d'une voix rauque.

Il avait une peur bleue, mais il songea aux animaux souffrants : il leur devait de se ressaisir.

Chris se réveilla vers 1 heure du matin. Ils avaient eu un dîner indien et Laura avait été généreuse avec le curry. Il mourait de soif. Il alluma la lampe de chevet et remarqua que le lit était vide. Il pensa que Laura était dans la salle de bains ou se versait un verre d'eau. Il se leva et l'appela. Seul Max sauta du canapé et vint vers lui. Chris le prit dans ses bras.

— Où est Laura ?

Max gémit. Chris commença à avoir peur.

Il devina qu'elle était sortie à cause de Virochem. Elle devait patienter quelque part pour prendre des photos inutiles de camions. Au moins, elle ne courait pas un trop grand risque. Il décida de ne pas s'inquiéter.

Il but un verre d'eau et s'allongea. Un quart d'heure plus tard, il était encore réveillé. Il alluma la lampe et prit un livre, mais il ne réussit pas à se concentrer sur une seule phrase. D'ordinaire, il ne croyait pas aux pressentiments, mais une petite voix lui murmurait que Laura était en danger. En se traitant de tous les noms, il s'habilla et prit les clés de la voiture. Il irait à Virochem voir s'il n'y avait pas de problèmes. Puis, il discuterait sérieusement avec elle pour savoir si leur relation avait un sens. Après toutes ces années, il avait enfin retrouvé le bonheur, mais l'amour l'avait rendu fragile. Le désir de liberté de Laura l'épuisait, il n'arrivait pas à s'y faire.

Il quitta l'appartement. Max, frustré, se retrouva seul.

Laura se demandait comment elle avait pu être assez naïve pour croire qu'ils découvriraient des documents compromettants.

S'ils fabriquent des armes chimiques, ils ne seront pas assez stupides pour laisser traîner des notes, pensa-t-elle. Le cas échéant, elles sont enfermées dans un coffre-fort que nous ne trouverons pas.

Résignée, elle pénétra dans un autre bureau. Il appartenait sûrement à l'un des patrons. Même à la lueur de la lampe de poche, on voyait l'immense table en acajou satiné, les étagères jusqu'au plafond. Dans un coin se trouvait un bar derrière une vitre. Il y avait aussi un canapé en cuir sombre et une table basse en verre. Aux murs des tableaux modernes. Le tout certainement aménagé par un architecte d'intérieur.

Elle pouvait probablement faire l'impasse sur cette pièce. À première vue, il n'y avait rien d'intéressant. Pourtant, elle ouvrit les placards. Des cigares, un rasoir électrique, des boutons de manchette et deux cravates. Sous les cravates, elle découvrit des magazines porno et un petit sac en soie dans lequel se trouvait un soutien-gorge en dentelle noire. Il n'appartenait sûrement pas à l'épouse du patron. Soit il avait une maîtresse, soit il avait besoin de lingerie pour s'exciter. Le mépris de Laura pour l'inconnu grandit. En remettant le sac à sa place, elle s'aperçut que l'armoire n'avait pas de fond. Dans le mur se dissimulait un coffre-fort.

Son cœur se mit à battre la chamade. Elle décida d'essayer de le forcer avant d'appeler Rolf à la rescousse. Alors qu'elle plantait son crochet dans un coin du coffre-fort, une alarme retentit.

Elle fit un bond en arrière, mais l'alarme ne s'arrêta pas. Elle n'avait jamais entendu un son aussi strident. Il lui faisait éclater les tympans. Soudain, la pièce s'éclaira comme en plein jour. Toutes les lumières s'étaient allumées.

— Rolf, viens vite ! hurla-t-elle.

— Qu'est-ce qui s'est passé ? cria-t-il.

— J'ai trouvé quelque chose ! Un coffre-fort dans le mur.

Il regarda dans l'armoire, mais elle lui saisit le bras.

— Il faut s'en aller ! Ils vont nous arrêter.

— De toute façon, c'est trop tard. Il faut qu'on ouvre ce machin... Comme ça, nous aurons au moins des preuves.

Le visage décomposé, Bert entra dans la pièce. Il leur cria qu'il fallait s'enfuir, mais Rolf s'acharnait sur le coffre-fort. Laura poussa Bert :

— Allez-vous-en ! Nous vous suivrons !

Bert hésita. Devait-il s'enfuir ou attendre d'être arrêté avec les autres ? Puis, le veilleur de nuit fit irruption dans le bureau, brandissant son pistolet. Il renversa Bert et les deux hommes roulèrent à terre. Bert se montra étonnamment vigoureux en luttant avec l'agent de sécurité. La peur décuplait ses forces. Il voulait s'enfuir à tout prix avant que l'homme ne vît son visage. Il lui décocha un coup de poing, puis un coup de feu claqua. Brusquement, Bert cessa de lutter. Avec un regard étonné pour Laura, il tomba sur le côté. Le sang coulait d'une blessure à sa gorge.

— Ça y est ! cria Rolf. Je l'ai ouvert !

Le veilleur de nuit se releva, effrayé. Il menaça Laura avec son arme.

— Pas un mouvement ! Restez où vous êtes !

Sa main tremblait. Il ne se sentait pas du tout sûr de lui, ce dont aurait dû se méfier Laura. Au lieu de quoi, elle l'ignora et s'approcha de Bert qui gisait sans bouger sur le sol. Le veilleur de nuit tira une seconde fois. Laura sentit une douleur sous son cœur, comme si elle avait été frappée par une balle de tennis. Abasourdie, elle toucha l'endroit de l'impact. Un liquide poisseux coula entre ses doigts. Puis, ses jambes se dérobèrent sous elle et elle glissa lentement à terre. Sa main était couverte de sang. Dans le lointain, elle entendait la voix effrayée de Rolf et la sonnerie de l'alarme. La lumière faiblit, comme si un nuage était passé devant le soleil. Puis vint la nuit.

Chris surgit en même temps que la police. Il sauta de sa voiture et fut aussitôt arrêté par un policier.

— Où allez-vous ?

— Mon amie est à l'intérieur. Je veux la voir, s'exclama-t-il en brandissant sa pièce d'identité. Maître Christoph Rathenberg. Je suis avocat.

— Vous ne pouvez pas entrer.

— Laissez-moi passer, je vous en prie ! Je ne voudrais pas qu'il arrive un malheur.

Le policier se laissa amadouer et Chris se faufila par le portail. Au même moment, Rolf sortit des bureaux, les mains en l'air, cerné par des policiers armés.

— Ne tirez pas ! hurla-t-il.

Il dut se plaquer contre un mur et on le fouilla à la recherche d'une arme.

— Il faut appeler une ambulance. Il y a eu des coups de feu. Il y a deux blessés.

— Où est Laura ? s'écria Chris.

Il se mit à courir vers le bâtiment des bureaux. Un policier tenta de lui barrer le passage, mais il lui décocha un coup de poing. Il entendit des cris, on lui ordonna de s'arrêter, mais il se rua dans l'escalier. À mi-chemin, il croisa le veilleur de nuit livide.

— Ils sont là-haut... Je ne voulais pas tirer... Je ne sais pas ce qui s'est passé...

Chris le poussa de côté et parvint au quatrième à bout de souffle. Les deux premiers bureaux étaient déserts. Dans le troisième, il trouva deux personnes allongées par terre et couvertes de sang. L'une d'elles était recroquevillée dans une position étrange, l'autre était Laura.

La sirène hurlante se tut brusquement. Dans le silence profond, Laura gémissait. Il s'agenouilla, lui souleva la tête et lui caressa les cheveux. Il n'entendit pas un policier lui dire que l'ambulance n'allait pas tarder à arriver. Il tenait Laura dans ses bras et marmonnait des prières.

8

— Chris semblait très heureux, dit Alex à sa grand-mère au téléphone. Laura s'est bien remise. On n'a plus à s'inquiéter.

— Tant mieux. Je ne crois pas qu'il aurait pu survivre une seconde fois à une pareille tragédie. Je me demande s'il va enfin nous la présenter.

Alex hésita, mais elle voulut faire plaisir à Felicia.

— J'avais promis à Chris de ne rien dire, mais il va épouser Laura au printemps.

— C'est bien. J'espère que je serai encore là pour le voir.

— Évidemment ! Tu seras sûrement centenaire.

— J'espère bien que non. Une femme de cent ans n'apporte pas grand-chose à son entourage. Tu le verras plus tard. Mais ne parlons pas de moi. Est-ce que tu pars pour Hong-Kong demain ?

— Oui. J'ai rendez-vous avec l'associé de Grawinski, M. Li Fao Deng.

— Grawinski t'accompagne ?

— Oui. Li Fao Deng veut nous présenter la collection entière des Badenberg.

— Vous arriverez à respecter vos délais ?

— Heureusement. Je ne vois pas ce qui pourrait nous en empêcher.

Felicia perçut la tension nerveuse que subissait Alex depuis des mois.

— Tu as misé gros sur ce projet, n'est-ce pas ?

— S'il y a un problème, c'est une catastrophe. En revanche, si nous réussissons, je serai la femme d'affaires de l'année. La campagne publicitaire a coûté une fortune. Des spots télévisés, des encarts dans les journaux et les magazines de cinq pays différents... Il faut absolument que je recouvre ma mise.

— Tu as hérité ça de moi, déclara fièrement Felicia. Moi aussi, j'ai toujours vu grand.

— Croise les doigts pour moi. Je dois aller faire mes valises. Je t'appellerai à mon retour.

Elles se dirent au revoir, puis Alex se mit à préparer ses affaires. Heureusement, Julia avait proposé d'aller chercher Caroline à l'école pour le déjeuner et de l'emmener chez elle. La pauvre Julia avait beaucoup de soucis. Richard ne voulait pas venir la rejoindre et sa fille Stefanie, qui avait eu dix-huit ans en décembre, avait quitté l'école pour s'installer avec son petit ami drogué. Parfois, quand elle avait besoin d'argent ou qu'elle voulait faire laver son linge sale, elle revenait chez sa mère. Alex avait conseillé à Julia de lui couper les vivres pour lui faire entendre raison, mais Julia craignait de la faire fuir.

« Au moins comme ça, je ne perds pas tout contact,

disait-elle. Stefanie ne se drogue pas encore. Peut-être qu'elle s'y mettrait si sa vie se compliquait. »

En triant ses papiers, Alex trouva la lettre de Dan qu'elle avait reçue la veille. C'était sa première lettre depuis longtemps. Le ton n'était plus le même ; il semblait distant. Elle ne retrouvait pas la tristesse qu'elle avait toujours devinée entre les lignes. La lettre la renseignait de manière impersonnelle. Dan avait surmonté le pire. Il ne parlait que de banalités. Sa vie a changé, songea-t-elle en la relisant. Il a trouvé une femme. Et elle est suffisamment importante pour qu'il ne m'en parle pas.

— Tant mieux, dit-elle à voix haute. Il était temps qu'il reprenne pied.

Elle rangea son passeport et les billets d'avion dans son sac. Elle n'avait pas le temps de penser à Dan Liliencron. Bientôt, elle allait récolter les fruits du plus dangereux pari de son existence et elle voulait avoir les idées claires.

On était le 29 juillet 1990.

L'après-midi du 30 juillet, Ernst Gruber avait un entretien chez *Kessler et Morton*, un magasin en gros qui vendait du thé, de la marmelade et des épices. Le patron du département financier venait de se tuer dans un accident et le vieux Kessler ne trouvait personne pour le remplacer. On prétendait que c'était infernal de travailler pour lui. Il était autoritaire, arrogant, et au courant de tout ce qui se passait dans la maison. Il savait que le mari de sa secrétaire avait des ulcères et les emballeuses des peines de cœur, mais il ne s'intéressait pas à leurs problèmes, il redoutait seulement que ses employés ne fissent pas bien leur travail. Il se montrait impitoyable, n'hésitait pas à licencier le cas échéant. On ne travaillait pour Kessler qu'en dernière extrémité.

Ernst n'avait pas le choix.

Il avait été renvoyé de la banque. On lui avait reproché ses absences, ses erreurs, ses voyages annulés. Il jouissait d'une retraite confortable et il n'avait pas de soucis pécuniaires, mais sa crise existentielle menaçait de l'achever. Clarissa avait disparu sans laisser de traces. Il passait ses journées chez lui à regarder les murs et à subir les jérémiades de sa femme.

Puis un jour, après deux mois d'inactivité, Ernst n'était plus arrivé à se lever de son lit. Il lui avait fallu de l'alcool pour se traîner jusqu'à la télévision. En puisant dans ses dernières forces, il s'était rendu chez un psychologue.

Un an plus tard, il allait mieux. Il ne buvait plus et il arrivait à se détacher de son obsession pour Clarissa. Avec l'aide de son thérapeute, il reprenait une vie normale, mais il avait besoin de travailler. Depuis qu'il avait perdu du poids, il se sentait plus énergique.

L'un de ses anciens collègues lui avait arrangé l'entretien car il connaissait Kessler.

Aminci et élégant, Ernst se sentait plutôt bien en arrivant dans la Theatinerstrasse pour son rendez-vous. Les bureaux spartiates occupaient deux étages de l'immeuble. De vieux meubles, pas de tableaux ni de plantes vertes. Les employés semblaient anxieux.

Quand il se trouva en face de Kessler, sa sérénité vola en éclats sous le regard intraitable. Il se demanda ce qu'il y avait de plus intimidant dans ce visage. Les lèvres fines, les yeux rapprochés, le petit nez ? Tout était rétréci chez cet homme. En dépit de son âge, il n'avait pas un pouce de graisse. Kessler pratiquait un sport, ne buvait pas, ne fumait pas et ne prenait que des douches froides.

Aussitôt, il parla à Ernst de son problème avec l'alcool.

— Chacun sait que c'est à cause de cela que vous avez perdu votre emploi. Est-ce que vous buvez encore ?

Ernst ne s'était pas attendu à une pareille franchise, mais il essaya de rester détendu.

— Non. J'ai suivi une thérapie. Je ne bois plus une goutte.

— Aussi strict ? Ainsi, vous êtes toujours en danger. Vous craignez une rechute ?

Un alcoolique vit avec ce danger jusqu'à sa mort, c'est connu, songea Ernst. Pourquoi pose-t-il une question aussi stupide ?

— Je ne pense pas. L'alcool était devenu un ennemi mortel. On évite son ennemi mortel.

— Des problèmes psychiques ?

— Non, pourquoi ?

— On ne commence pas à boire par hasard.

— J'ai eu des problèmes, mais ils sont résolus.

Il pensa à Clarissa ; il en souffrait encore.

— Je n'ai aucune patience avec les maladies à la mode. Ce ne sont que des âneries. Si les gens travaillaient vraiment, ils n'auraient pas le temps d'y penser. Autrefois, on n'aurait jamais songé à s'allonger chez un psychiatre pour déverser son âme.

Ernst voyait son thérapeute toutes les semaines, mais il préféra se taire. Il s'aperçut que les vieux symptômes revenaient : les palpitations, les mains moites, les tressaillements dans les jambes.

— Chez moi, il faut travailler, poursuivit Kessler. Je suis un homme d'affaires, je ne paie pas les gens pour qu'ils se tournent les pouces.

— Bien sûr.

Ernst était frustré de se laisser humilier. Kessler le traitait comme un écolier à qui l'on apprenait la vie sérieuse. J'ai dirigé une banque, avait-il envie de protester, et j'étais un excellent directeur avant mon histoire avec Clarissa. J'ai seulement besoin d'une seconde chance.

— Vos anciens problèmes m'indiffèrent et je crois que vous en avez fini avec eux. (Ernst se redressa sur sa chaise.) J'ai pris le temps de vous recevoir pour vous dire qu'en dépit de vos difficultés d'autrefois je vous aurais engagé, mais il y a quelque chose qui m'en empêche.

— Monsieur Kessler...

D'un geste de la main, Kessler l'interrompit.

— Je joue au tennis, vous savez. C'est un sport à conseiller, surtout si l'on veut perdre du poids.

Merci ! songea Ernst. Et maintenant, dis ce que tu penses.

— Il y a deux ans, l'un de mes partenaires m'a raconté une histoire intéressante à propos d'un homme que vous connaissiez aussi. Voyez-vous de qui je veux parler ?

— Non.

— Il était un ami de Markus Leonberg, reprit Kessler tandis qu'Ernst blêmissait. Après sa mort, cet homme a aidé la jeune veuve à régler ses différentes affaires. Il a étudié tous les dossiers. Vous lui avez accordé des crédits insensés, monsieur Gruber, alors que chacun savait que l'entreprise de Leonberg était en mauvaise posture. Ce comportement ne s'explique que si vous aviez l'intention de mener Leonberg à la ruine.

Ernst refréna l'envie de desserrer sa cravate.

— Je sais que je me suis mal comporté avec Leonberg, déclara-t-il d'une voix altérée. C'était insensé de lui accorder de tels crédits. Je ne voulais pas le ruiner. Il me suppliait de lui avancer de l'argent. Je le mettais en garde, mais il croyait toujours arriver à sauver sa société...

— Il y a deux possibilités, monsieur Gruber. Soit vous l'avez fait exprès, et vos motivations étaient d'ordre personnel, ce dont je ne veux pas dans ma société. Soit vous avez agi par pitié, et cela je ne le tolérerai pas non plus. Je crois que je me suis clairement fait comprendre.

Kessler se leva. Ernst fit de même.

— Et c'est pour me dire ça que vous m'avez fait venir ?

— J'ai pris le temps de vous expliquer les choses, plutôt que de vous envoyer une lettre de refus.

— Vous m'avez donné un espoir.

— C'est vous qui avez cru avoir une chance. J'ai un autre rendez-vous, ajouta Kessler en regardant sa montre.

Il n'offrit pas sa main à Ernst et ne le raccompagna pas.

Il me traite comme si je n'étais rien, pensa Ernst.

Il se retrouva dans la rue. Les passants avaient des tenues légères, des chapeaux de paille, et bavardaient dans différentes langues. Aux terrasses des cafés, ils buvaient de la bière que leur apportaient des serveuses aux joues roses. Ernst détourna les yeux. Pas d'alcool ! Il se sentait frustré, amer et humilié. Il rêvait de prendre un schnaps.

Il devait faire quelque chose. Il entra dans une cabine téléphonique et chercha le numéro du bureau d'Alexandra Leonberg. Sa secrétaire lui apprit qu'elle venait de s'envoler pour Hong-Kong. Elle ne reviendrait qu'en août.

9

Au premier abord, Hong-Kong déplut à Alex, mais c'était probablement à cause du climat. Le baromètre indiquait trente-trois degrés à l'ombre et l'humidité rendait tout geste pénible. Il avait fait beau à leur arrivée, mais il s'était mis à pleuvoir en fin de journée et depuis, le mauvais temps persistait.

— Il pleut toujours beaucoup en juin et en juillet, expliqua Grawinski. Tu n'as pas choisi le meilleur moment pour venir. Octobre aurait été mieux.

— Je ne suis pas venue en vacances, répliqua Alex.

Grawinski considérait Hong-Kong comme sa ville et il se mit en quatre pour rendre agréable le séjour d'Alex. Il lui avait réservé une suite au Peninsula Hôtel, l'un des plus beaux et des plus célèbres palaces au monde. Il l'emmena visiter Hollywood Road où elle acheta tellement d'antiquités qu'elle se demanda comment les transporter en Europe. Puis, ils se promenèrent dans le vieux marché chinois et virent les baleines, les requins et les dauphins de l'Océan Park ; ils admirèrent le musée historique, les temples des dix mille bouddhas et celui de Tin-Hau. Au marché de jade, à Kowloon, ils achetèrent un collier pour Felicia, après que Grawinki eut vérifié l'authenticité des pierres avec l'œil d'un connaisseur.

La ville était excitante. Alex n'arrivait pas à oublier l'atterrissage à Kai Tak, quand elle avait cru que l'avion allait se poser en pleine ville en arrachant les balcons des immeubles. L'architecture à la fois fascinante et effrayante des gratte-ciel lui donnait le vertige.

En flânant avec Grawinski sur le port de Kowloon,

lors de sa première soirée, Alex fut impressionnée en dépit de la pluie, de la chaleur, du bruit et des odeurs de gaz d'échappement. Comme à Manhattan, elle avait l'impression que l'éclat et la misère du monde se côtoyaient ici de manière exacerbée. C'était une ville où seuls les plus forts pouvaient survivre. On y trouvait des hôtels et des bureaux luxueux, mais aussi des familles entassées dans les gratte-ciel de Kai Tak où chaque avion menaçait de faire s'envoler leur linge. La ville était en proie à une agitation incessante. En dépit de l'interdiction, on y tuait encore des chiens et des singes. Des serpents étaient pendus vivants à des crochets, des poissons frétillants grillés sur le feu. À table, on proposait des escargots vivants.

— Tout cela se passe dans les arrière-cours, lui précisa Grawinski.

Les Chinois ne croyaient pas que les animaux avaient une âme. Ainsi, ils ne pouvaient pas souffrir.

— Mais alors comment expliquent-ils les cris et la panique des bêtes ?

— Ils ne l'expliquent pas.

— On ne peut pas tolérer ce genre de choses, poursuivit-elle, indignée. Les religions et les traditions doivent s'adapter, comme l'ont fait les chrétiens. Un jour, les bouddhistes devront s'y plier également. Tu ne penses pas que les religions servent parfois à justifier des atrocités ?

— Tu ne changeras pas le monde, Alex.

— Évidemment, mais ce n'est pas une raison pour l'approuver.

Le lendemain matin, ils avaient rendez-vous avec Li Fao Deng. Ses bureaux se trouvaient au trentième étage d'un gratte-ciel en verre, bâtis autour d'une cour intérieure au milieu de laquelle trônait un ascenseur, lui-même en verre, et déconseillé à ceux qui souffraient du vertige.

Grawinski sembla content de voir qu'Alex était impressionnée.

— C'est un homme qui a beaucoup de succès.

— Les loyers doivent être astronomiques, soufflat-elle.

— Oui, et les bureaux de Fao Deng occupent un étage entier. Il a une centaine d'employés.

Li Fao Deng accueillit ses invités à l'arrivée de l'ascenseur, ce qui était une faveur rare, comme l'expliqua plus tard Grawinski à Alex. De petite taille, il avait une tête de moins qu'Alex. À côté de Grawinski, il avait l'air d'un nain. Vêtu d'un élégant costume, il parlait un anglais parfait, se montrait poli et sympathique, mais en scrutant son visage, Alex comprit que cet homme était parfaitement insensible. Elle avait rarement vu un visage qui trahissait aussi peu ses émotions. À la moindre occasion, il se transformerait en un adversaire redoutable.

— Je suis enchanté de vous connaître, madame, dit-il en lui baisant la main. M. Grawinski m'a souvent parlé de vous. Je savais que vous étiez une femme couronnée de succès, mais j'ignorais que vous fussiez aussi belle. Voulez-vous bien me suivre ? Nous vous avons préparé un échantillon de la production Badenberg.

En entrant dans la pièce, Alex fut abasourdie par la vue de Hong-Kong qu'on découvrait à travers les murs en verre, ainsi que par les jouets disposés dans la pièce.

— Seigneur ! s'exclama-t-elle.

— C'est fantastique, renchérit Grawinski.

Une superbe maison de poupée à colonnades, ceinte d'une vaste véranda et bordée d'écuries et de granges, était disposée sur un tapis de feutrine. Des chevaux broutaient dans les pâturages et deux voitures luxueuses étaient garées devant la porte. Une jeune fille en tenue d'équitation s'adossait à un châtaignier. Un peu plus loin, un garçon était installé sur une chaise pliante devant un chevalet. Deux chiens gambadaient autour d'eux. L'arrière de la maison avait été retiré, et l'on voyait les aménagements de chaque pièce, les coussins en soie sur les canapés, les tableaux, les tapis persans, le bar avec des bouteilles et des verres miniatures, les bûches dans les cheminées, le service à thé dans une armoire vitrée, la coiffeuse ornée de poudriers et de rouges à lèvres minuscules. Un chat persan se prélassait sur le lit de la maîtresse de maison.

L'appartement du fils dissolu, dont Alex connaissait les péripéties d'après le synopsis de la série télévisée, était tout aussi détaillé. Dans la salle de bains, on voyait un rasoir et le peignoir de l'une de ses compagnes. Un peu plus loin, le yacht était ancré au port et une jeune femme élégante faisait un parcours d'obstacles à cheval dans une carrière de sable fin.

— C'est merveilleux, dit-elle.

— Si vous désirez voir les vêtements, ouvrez les armoires, proposa Li Fao Deng.

Dans les armoires miniatures étaient accrochées les copies des robes de grands couturiers – tenues de soirée, costumes, tailleurs, jeans et pull-overs. Tout ce dont pouvaient rêver les Badenberg et leurs amis.

— Voici la robe bleue nuit que porte Mme Badenberg dans la première scène du film, expliqua Fao Deng. C'est la copie conforme de l'original. Nous avons même le collier de saphirs – en verre, bien entendu.

— Ce sera l'affaire de notre vie ! s'exclama Grawinski. Les gens en seront fous.

Une secrétaire, vêtue d'un tailleur Chanel vert pastel, apporta un plateau avec trois flûtes à champagne.

— S'il vous plaît, madame Leonberg, dit-elle dans un parfait anglais. M. Li Fao Deng aimerait trinquer avec vous.

— N'y aura-t-il pas de problèmes avec les délais de livraison ? demanda Alex.

— Je tiens toujours mes promesses, répondit Fao Deng, avec un sourire. Le transport pour l'Europe part dans les prochains jours. Vous pourrez livrer en temps voulu.

— Merci, monsieur Deng, dit Alex en levant son verre. Buvons à notre succès !

Comme elle n'avait pas pris de petit déjeuner, elle se sentit quelque peu euphorique quand elle se retrouva avec Grawinski sur le trottoir. Il pleuvait et il faisait chaud. Son tailleur en lin lui collait au corps.

— Je me sens merveilleusement bien. J'ai bu un peu trop de champagne, mais c'est la première grande affaire que je traite sans Dan. Je ne m'étais pas sentie aussi bien depuis...

Elle s'interrompit, mais Grawinski termina sa phrase.

— Depuis que ton mari est mort. Je n'avais jamais vu cet enthousiasme dans tes yeux.

— Retournons à l'hôtel. Je dois prendre une douche. Comme cette ville est excitante !

Ils coururent sous la pluie et, lorsqu'ils arrivèrent à l'hôtel, sans même se concerter, ils montèrent dans la suite d'Alex. Elle jeta son sac à main sur un fauteuil, retira les chaussures qui la gênaient, puis ils commencèrent à se dévêtir avec hâte. Ils étaient humides à cause de la pluie et de la chaleur tropicale, leur peau salée. Alex n'avait jamais encore éprouvé un désir sexuel aussi limpide. Avec Dan, elle avait eu une liaison romantique, avec Markus, tant qu'ils s'entendaient, elle avait essayé d'être une bonne amante. Cette fois, elle n'était pas amoureuse. Indifférente au bien-être de Grawinski, elle ne songeait qu'à elle-même. Elle vivait chastement depuis six ans et elle avait besoin de sentir un homme la pénétrer, de jouir et de s'endormir entre ses bras.

Plus tard, elle se regarderait dans le miroir de la salle de bains, un peu étonnée, en repensant à la jeune fille d'autrefois qui n'aurait jamais cru désirer un jour une chose pareille. Mais, pour le moment, elle écoutait sa respiration haletante et une onde de chaleur la parcourait telle une traînée de feu.

Grawinski était un amant attentif. Il attendait ce moment depuis longtemps et son désir pour Alex était devenu presque insoutenable depuis la veille. Ils firent l'amour sans préliminaires, de façon presque brutale, car il avait deviné ce qu'elle voulait. Peut-être l'aimerait-il plus tard avec tendresse, mais pour le moment, cela l'aurait agacée.

Ils s'endormirent, épuisés, et à leur réveil, l'air conditionné avait séché leurs corps humides. Ils s'aimèrent à nouveau, avec davantage de tendresse, puis ils se servirent un verre et fumèrent une cigarette. La pluie glissait sur les vitres. Un brouillard humide flottait sur la ville.

— Si c'était possible, je t'épouserais sur-le-champ, Alex, murmura-t-il sans la regarder.

Elle rit.

— Tu n'es pas obligé de dire ça. Il m'arrive de dormir avec des hommes sans les traîner jusqu'à la mairie.

— Ce n'est pas vrai, Alex, s'agaça-t-il. Ne fais pas semblant. Depuis la mort de ton mari, tu n'as même pas regardé un homme.

— C'est vrai. Si cela peut te faire plaisir – tu as vécu une expérience plutôt rare.

— Tu cherches toujours à être *cool*, n'est-ce pas ?

— Pas en ce moment.

Il lui caressa la jambe.

— En effet. Mais tu pourrais me dire quelque chose de gentil, du genre : « Je t'aime bien. »

Son regard s'adoucit et elle lui sourit.

— Je t'aime bien, c'est vrai. Et ce fut merveilleux. Je suis heureuse de te connaître.

— Tu ne peux pas envisager davantage ?

— Et toi ? Ta vie est remplie de femmes. Tu deviendrais fou avec une seule.

— Pas s'il s'agissait de toi.

Elle se leva et enfila un peignoir.

— C'est ce que tu penses maintenant.

— Non, je le penserai toujours. Tu es belle, intelligente et tu réussis dans ton métier. Tu es très sensuelle. Je pourrais refaire l'amour avec toi tout de suite.

— Plus tard. Je meurs de faim. Allons manger quelque chose.

— Nous devons dîner avec Fao Deng. On aurait pu rester au lit jusqu'à ce soir, mais puisque tu as besoin de reprendre des forces...

Li Fao Deng les avait invités au Tai Pak, l'un des restaurants flottants du port. On leur proposa d'excellents vins et un choix de plats chinois exquis.

Li Fao Deng était un hôte amusant. Il raconta des anecdotes sur la ville sans jamais être pesant.

— Notre plus grand problème, ce sont les réfugiés. Hong-Kong est une île qu'ils veulent tous habiter. Surtout les Chinois et les Vietnamiens. Ils espèrent connaître une vie meilleure et terminent dans de terribles camps de réfugiés.

— On ne refoule personne ? demanda Alex.

Fao Deng secoua la tête.

— Comment faire ? Renvoyer les *boat-people* affamés à la mer, les livrer aux tempêtes, aux requins et aux pirates ? Quant aux autres, ils arrivent par la frontière de Chine ou de Macao. Certains traversent la baie à la nage, mais la plupart se noient ou sont mangés par les requins.

— Mais beaucoup arrivent à bon port.

— Oui. Le pire, ce sont les Nouveaux Territoires. Un problème insoluble. Pour beaucoup de Chinois, l'évasion n'est pas difficile. Pékin se tait et les gardes frontières ferment les yeux. Ils sont heureux de se débarrasser des gens. Bien qu'on n'en parle jamais, la Chine connaît un chômage important.

— C'est pourquoi notre usine a trouvé facilement des ouvriers en Chine du Sud.

— En effet. Les gens y sont très pauvres. Ils travaillent dur pour peu d'argent.

— C'est l'argument avec lequel j'avais convaincu Dan Liliencron à l'époque, dit Grawinski. Et aujourd'hui, on voit que j'avais raison.

Alex sourit, un brin ironique de l'entendre se vanter, mais aussi avec une certaine tendresse. Elle savait qu'il ne la quittait pas des yeux. Elle était superbe dans sa robe rouge. Ses joues avaient repris des couleurs, sa peau semblait rayonner, ses yeux pétillaient. Dans son rire et chacun de ses gestes, on découvrait la joie et la vivacité d'une femme sûre d'elle.

Et pourtant, elle est toujours seule, songea Grawinski. C'est une femme d'affaires formidable, son corps est revenu à la vie, mais elle est encore solitaire.

Un jour ou l'autre, elle aura besoin de quelqu'un et je serai là pour elle.

Il répondit à son rire par un sourire, oubliant un instant les gens, la musique et les éclats de voix. Li Fao Deng, à qui rien n'échappait, commanda une nouvelle bouteille de champagne.

Chris et Laura revinrent des États-Unis le 2 août. Ils avaient passé trois semaines en Californie, dont une semaine avec les parents de Chris, pendant laquelle il s'était encore querellé avec son père au sujet de la chasse aux phoques et de la pêche à la baleine. Au fond ils n'avaient pas des opinions tellement éloignées, mais il suffisait que Chris vît son père pour devenir agressif. Entre eux, la communication était impossible. Les années n'avaient rien changé au problème.

Puis, ils avaient loué une voiture et sillonné la région. Laura avait eu besoin de se reposer. L'effraction manquée chez Virochem l'avait plus sérieusement secouée qu'elle ne l'avait pensé. D'abord, elle avait été affaiblie par sa blessure. La balle avait été arrêtée par une côte. Elle était restée plusieurs semaines à l'hôpital, et depuis, elle n'avait pas encore retrouvé toutes ses forces. Elle avait maigri, se sentait souvent fatiguée, et elle avait perdu l'énergie et la joie de vivre que Chris avait tant aimées chez elle. Elle luttait contre la dépression et s'enfonçait dans une inquiétante apathie.

Le pire avait été le décès de Bert. Le soigneur était mort sur le chemin de l'hôpital, laissant une veuve éplorée et trois enfants en bas âge. Pendant tout le voyage, Laura en avait parlé, surtout le soir, quand ils dînaient dans de petits restaurants ou préparaient un feu de bois dans les montagnes.

— Pourquoi lui ? C'était quelqu'un de bien. Il nous

a aidés, même s'il avait très peur. Il craignait de perdre son emploi, mais il a pris le risque. Il ne pouvait pas supporter les tortures qu'ils infligeaient aux animaux.

Chris l'avait écoutée patiemment. Parfois, il l'avait tenue dans ses bras quand elle parlait, mais en général, elle le repoussait et se tenait très droite, tendue.

— C'est injuste, Chris. Cet homme n'aurait pas dû mourir. C'est de notre faute, à Rolf et à moi...

— Non, Laura. C'est lui qui est venu vous trouver. Il voulait agir. Il a cherché de l'aide auprès de vous et vous la lui avez apportée.

— Et tout cela a été en vain !

Leur action, en effet, n'avait rien donné. Les papiers que Rolf avait trouvés dans le coffre et remis à la police ne permettaient pas d'incriminer Virochem. Il s'agissait de dossiers secrets qui ne contenaient rien d'illégal. L'entreprise pouvait continuer ses activités. On accusa en revanche le veilleur de nuit d'avoir tiré trop vite sur trois personnes désarmées. Rolf et Laura furent condamnés à une peine avec sursis.

Chris la contempla, endormie dans l'avion. Elle réussirait à surmonter le drame de la mort de Bert. Elle avait seulement besoin de temps, de patience et de tranquillité.

Elle ouvrit soudain les yeux.

— Je crois que je me suis endormie, dit-elle avec un sourire.

— Tu as dormi trois heures. Nous sommes presque arrivés à Francfort.

— Dommage ! Je m'étais habituée à nos balades en Amérique. On aurait pu continuer comme ça indéfiniment.

— Après ton bachot, nous recommencerons. L'été prochain.

— Alors il faudra que tu trouves quelques bons clients !

— La plupart du temps, je suis occupé à te tirer d'affaire, s'amusa-t-il. Ce qui ne me rapporte pas grand-chose.

Brusquement, Laura prit un air grave.

— Chris, je vais continuer. Tu le sais, n'est-ce pas ? En dépit de tout, je ne peux pas arrêter. Tu me comprends ?

Il poussa un soupir.

— Oui.

— Je sais que nous avons raison. Nous ne pouvons pas abandonner parce qu'ils ont gagné cette fois-ci.

Pas seulement cette fois-ci, songea-t-il. Ils gagneront encore souvent.

— Crois-tu que tu pourras quand même me supporter ?

— À vrai dire, je ne pourrais pas supporter de vivre sans toi, Laura. Tu m'agaces parfois, mais si nous devions nous séparer aujourd'hui, je te courrais après.

Depuis cette nuit fatidique, elle éclatait en larmes à la moindre émotion. Elle pleura sans faire de bruit pour ne pas attirer l'attention des autres passagers. Chris laissa faire. Les larmes étaient nécessaires à sa guérison. Mais Laura souffrirait toute sa vie. Avec sa nature à fleur de peau, elle verrait toujours la partie sombre de la vie, plutôt que la joyeuse. Accablée par un sentiment de responsabilité, elle éprouverait toujours le besoin de lutter contre la souffrance, quel qu'en fût le prix.

L'avion atterrit et ils s'engouffrèrent dans un taxi avec leurs bagages.

— Max sera heureux de nous voir, dit Chris d'un air fatigué.

Le chien avait été confié à sa secrétaire.

— Il m'a tellement manqué, ajouta Laura.

Le chauffeur alluma la radio. C'était l'heure des informations. « ... la nuit dernière, des troupes irakiennes sont entrées au Koweit et elles ont occupé l'Émirat du golfe. Pour l'heure, la situation n'est pas claire. Les radios du pays sont aux mains des Irakiens. Les aéroports sont fermés. Après l'attaque contre l'Iran en août 1980, c'est une nouvelle tentative du président Hussein d'occuper des territoires dans la région du golfe Persique. On pense qu'il y a entre huit et neuf cents ressortissants allemands en ce moment au Koweït. »

— Ce type-là, faudrait lui lâcher quelques bombes sur la tête, déclara le chauffeur de taxi. C'est le seul langage qu'il comprenne.

Il ronchonna encore quelque temps, puis Chris se pencha en avant :

— Taisez-vous un instant ! ordonna-t-il.

— « ... incendie a complètement dévasté, disait le journaliste. L'usine travaillait pour l'entreprise allemande de jouets *Wolff & Lavergne* et elle avait été fondée il y a deux ans. On ne sait pas encore si un responsable en Allemagne savait que les ouvriers étaient enfermés la nuit dans l'usine. On parle déjà de deux cents victimes. »

— Ça aussi, c'est une saloperie, persista le chauffeur. Enfermer des ouvriers !

Chris était devenu blême.

— Alex... Son entreprise... As-tu entendu, Laura ? Seigneur, elle a fait fabriquer les jouets dérivés de cette série télévisée. Le contrat était énorme. Elle a tout misé sur une seule carte...

— Moi, je trouve surtout affreux que des gens

soient morts, dit Laura. On peut toujours reconstruire le reste.

— Reconstruire ? Avec quoi ? Si la marchandise était toujours là, Alex sera ruinée.

Il se passa une main sur le visage. Laura ne l'avait jamais vu aussi agité. Lorsqu'ils arrivèrent devant chez eux, il sauta de la voiture.

— Peux-tu payer, Laura ? Je dois appeler Alex.

— Va vite.

Laura sortit son porte-monnaie. Elle ne trouvait pas Alex sympathique, car son style de vie était trop différent du sien, mais elle ne lui aurait pas souhaité ce malheur.

L'Isar s'écoulait, joyeuse et limpide, sur les rochers plats. Des algues vert foncé étiraient leurs cheveux et les poissons filaient en bandes argentées. Le ciel bleu du mois d'août se reflétait dans l'eau. Au loin, dans la chaleur de midi, on entendait le bruit des voitures.

— C'est fou ce que c'est allé vite, dit Alex. Hier, nous avons quitté Hong-Kong en pensant qu'il ne pouvait plus rien nous arriver. Et aujourd'hui...

Elle se tut et contempla la rivière comme pour y trouver une réponse.

Grawinski retira ses lunettes de soleil. Ses yeux étaient rougis de fatigue. Il avait l'air vieux et accablé.

— Je ne parviens pas à y croire, murmura-t-il.

Comme Alex ne supportait plus l'ambiance du bureau, ils étaient descendus jusqu'au fleuve. Ils étaient assis sur l'herbe, encore épuisés par le décalage horaire, Grawinski dans son costume bleu foncé et sa cravate de soie, Alex en tailleur, avec des collants et des chaussures inconfortables à talons hauts. Une ride s'était creusée entre ses deux yeux et elle avait les lèvres pincées.

Le coup de fil de Li Fao Deng avait réveillé Grawinski à 3 heures du matin et il avait aussitôt quitté son hôtel pour aller prévenir Alex. Personne ne savait comment l'incendie avait éclaté dans l'usine. On soupçonnait un câble défectueux.

— Environ deux cents ouvriers sont morts, avait expliqué Fao Deng.

— Et qu'en est-il de la marchandise ? avait hurlé Grawinski.

— Détruite. On n'a rien pu sauver. Si quelque chose a été épargné, vous le saurez, mais je doute que cela puisse améliorer la situation.

— Vous rendez-vous compte ? Nous ne pourrons pas livrer nos clients ! Nous avons investi des millions !

— Je le sais bien, avait répliqué froidement Fao Deng. Je vous rappellerai quand j'aurai des informations plus précises concernant les dommages.

— Vous êtes concerné, vous aussi, monsieur Deng, avait précisé Grawinski, furieux, mais il n'avait entendu qu'un léger soupir.

— Non, monsieur Grawinski, et vous le savez parfaitement. Vous aussi vous êtes protégé. C'est Mme Leonberg qui a tout risqué. Non seulement elle ne pourra pas livrer ses clients dans les délais, mais l'usine est inutilisable. Un investissement manqué sur toute la ligne.

— Nous sommes assurés.

— L'assurance va vous faire des difficultés. Il y aura sûrement plusieurs procès. La question est de savoir si Mme Leonberg tiendra le coup.

Avec un juron, Grawinski avait raccroché. Le cœur battant, il s'était habillé et il avait pris un taxi garé devant l'hôtel. Quand il était arrivé chez Alex, il s'était aperçu qu'il avait oublié son portefeuille. Il avait dû la réveiller et lui demander de l'argent pour payer le chauffeur.

En voyant son visage blême, elle avait aussitôt compris qu'il était arrivé un malheur. Il lui avait réclamé un whisky, s'était effondré dans le canapé avant de lui expliquer le drame. Alors, elle aussi avait eu besoin d'un whisky.

Ils s'étaient rendus au bureau à la première heure. Les informations de 6 heures du matin avaient relaté le drame et les premiers fax de clients inquiets avaient commencé à crépiter. À partir de 7 heures et demie, le téléphone s'était mis à sonner sans interruption. Alex avait confirmé la mauvaise nouvelle. On avait appelé des avocats, reçu des menaces de plainte. Les journalistes avaient commencé à harceler les secrétaires. C'était surtout le sort des ouvriers décédés qui marquait les esprits. Désormais, la nouvelle était confirmée : la nuit, les ouvriers avaient été enfermés dans l'usine, afin de s'assurer que l'équipe complète soit bien présente chaque matin et que personne ne s'absente pour cause d'ivrognerie, de raisons familiales ou de prétendues maladies.

Alex n'avait réussi à joindre Fao Deng qu'à sa quatrième tentative. Elle était folle de rage. La veille, il était venu à l'aéroport avec un bouquet de roses jaunes pour lui souhaiter un bon voyage, et aujourd'hui, il l'évitait telle une vulgaire mendiante.

— Étiez-vous au courant ? lui avait-elle demandé d'emblée, sans même le saluer, quand elle avait enfin réussi à l'avoir au bout du fil. Saviez-vous que ces gens étaient enfermés ?

— C'est plutôt fréquent, madame Leonberg.

— Vous ne répondez pas à ma question. Je vous ai demandé si vous étiez au courant.

— Bien sûr. Mais je ne voyais pas en quoi cela pouvait vous intéresser.

— Je ne l'aurais jamais toléré !

— En êtes-vous certaine ?

— Évidemment.

— Ce n'est pas l'impression que j'ai ressentie en vous rencontrant. Pour vous, ce qui compte avant tout, c'est le résultat, non ? Vous vous indignez maintenant, mais si je vous avais dit que la production serait retardée de trois mois si l'on n'enfermait pas les ouvriers, je suis convaincu que vous auriez été la dernière à brandir la bannière des droits sociaux.

Malgré elle, Alex s'était dit qu'il avait probablement raison.

— Savez-vous ce que la presse allemande va faire de moi ? Elle va me déchirer. C'est une aubaine pour elle !

— Vous y survivrez. Le monde a les yeux braqués sur le Koweït. Vous ne ferez pas les gros titres, madame Leonberg. Par ailleurs, je présume que votre réputation est le cadet de vos soucis en ce moment.

Alex lui avait raccroché au nez.

Alors qu'Alex parlait avec l'un de ses clients ulcérés, Felicia avait téléphoné. Elle avait laissé un message pour qu'Alex la rappelle, mais celle-ci n'était pas d'humeur à discuter avec sa grand-mère. D'un seul coup, elle avait perdu toute son énergie et son courage. Elle avait demandé à Grawinski de l'emmener loin du bureau, afin de fuir les coups de fil incessants et retrouver la chaude journée d'août.

Grawinski se leva, ramassa une pierre plate et essaya de la faire ricocher sur l'eau. La pierre coula à pic.

Il haussa les épaules.

— Autrefois, j'y arrivais.

Il se tourna vers elle. Sa silhouette se dressait devant le soleil.

— Ce n'est pas la fin du monde, Alex.

— Non, sûrement pas.

— As-tu des réserves financières ?

Pourquoi est-ce que je lui pose la question, alors que je connais la réponse ? se demanda-t-il dans le même temps.

— Aucune. Je n'ai plus que des dettes. Je suis à peu près au même point que Markus avant sa mort, sauf qu'il a mis des années à se trouver dans cette situation, et moi seulement douze heures. En ce qui concerne la rapidité de ma faillite, je détiens probablement un record.

— C'est aussi une performance, non ?

Elle n'était pas prête à plaisanter. Elle se prit la tête à deux mains.

— Pourquoi est-ce que tout s'est joué à la dernière minute ?

— Quelques semaines plus tôt n'auraient rien changé, dit-il en retirant son veston. Seigneur, ce qu'il fait chaud !

Un jeune homme insouciant à bicyclette les dépassa en sifflotant. Alex et Grawinski l'observèrent comme s'il venait d'une autre planète.

— As-tu déjà parlé avec Felicia ?

— Non. J'ai parlé à Chris. Quand il a commencé à me consoler, j'ai failli éclater en sanglots. Je ne veux pas recommencer avec ma grand-mère.

— Je ne la connais pas bien, mais d'après ce que tu m'en as dit, crois-tu qu'elle te consolerait ?

— Peut-être pas. Elle me demanderait probablement ce que je compte faire, et pour le moment, je n'en sais rien.

— Elle aussi a connu des coups durs. À ta place, qu'aurait-elle fait ?

Alex sourit.

— Felicia ? Au pire des cas, elle aurait épousé un homme riche. Puis, après avoir redressé la situation, elle l'aurait délaissé ou elle aurait demandé le divorce. Mais c'était une autre époque. Aujourd'hui, on agit différemment.

— C'est-à-dire ?

— Je ne peux pas trouver une solution en claquant des doigts, s'agaça-t-elle.

Il dessina un cercle dans les gravillons avec la pointe de sa chaussure.

— Je suis un homme riche, Alex, mais malheureusement pas assez pour sauver *Wolff & Lavergne*.

— Je sais. Tu ne peux pas m'aider. Pour l'instant, personne ne peut m'aider. (Elle frappa du poing par terre.) C'est tellement injuste ! Quand on m'a proposé de reprendre cette entreprise, je ne savais rien de rien. Plus tard, à la fin de mes études, j'étais un peu plus astucieuse, mais au fond, ma tête était pleine de théories abstraites, pas de vraies connaissances qu'on n'obtient que par l'expérience. Alors, j'ai travaillé comme une folle. J'étais assise à mon bureau, croyant perdre la tête parce que je ne savais pas dresser des bilans, mais j'ai tenu le coup, et je crois que je n'ai pas été trop mauvaise.

— Personne ne le sait mieux que moi, dit-il d'une voix douce.

— Et voilà que d'un moment à l'autre, tout est détruit. À cause d'un incendie. Un incendie stupide qui, en arrivant deux ou trois jours plus tard, m'aurait coûté de l'argent mais pas la ruine. C'était une question de deux jours !

— Je sais que la réflexion peut sembler banale, mais c'est le destin, Alex.

— C'est trop difficile à accepter. Je ne peux pas me contenter de mettre ça sur le compte du destin.

— Ce que je cherchais à te dire... (Il aurait tout donné pour avoir une cigarette.) Tu ne dois pas redouter l'avenir. J'aimerais bien veiller sur toi. J'aimerais bien t'épouser.

— Quoi ?

Il rit, mais sa réaction l'avait vexé.

— On dirait que je t'ai fait une proposition indécente.

Alex essaya de dissimuler son étonnement.

— Pardonne-moi, je ne voulais pas être impolie. Je ne m'y attendais pas, c'est tout.

— Même après ce qui est arrivé à Hong-Kong ?

— Kurt, je...

Il s'accroupit et lui posa les mains sur les épaules.

— Ne refuse pas tout de suite, Alex. Tu es la femme avec laquelle j'aimerais vivre – du moins le temps qu'il me reste. Je n'ai jamais ressenti pour une autre les sentiments que j'éprouve pour toi.

Elle cherchait désespérément des mots pour ne pas le blesser. Elle l'aimait bien et elle redoutait de le faire souffrir. Lorsqu'il lui avait demandé à Hong-Kong si elle voulait l'épouser, elle ne l'avait pas pris au sérieux. Ils venaient de faire l'amour et il était probablement sous le coup de l'émotion. Mais aujourd'hui, ce n'était plus la passion qui le guidait. Ils venaient tous deux d'essuyer un terrible échec et Grawinski n'était pas dans le même état euphorique que la première fois.

— Ce n'est pas le moment.

— C'était pourtant bien à Hong-Kong, non ? Je ne crois pas que tu aies fait semblant. Nous étions en parfaite harmonie.

— Sexuellement, oui.

Elle se leva et épousseta sa jupe. Grawinski se redressa à son tour. Son regard était triste.

— Moi, cela me suffit. Qu'est-ce qui me manque à tes yeux ?

Une sourde douleur commença à battre contre ses tempes. Il ne lui manquait plus qu'une migraine. Elle était dans les ennuis jusqu'au cou et il parlait mariage. Comme si elle n'avait d'autres soucis !

— Tu as tout ce qu'il faut pour plaire, Kurt. Il ne s'agit pas de cela. Je t'en prie, ne me mets pas sous pression. Je sais que tu veux m'aider. Mais cela ne me faciliterait pas la vie si je me réfugiais sous ton aile pour vivre une existence insouciante. Je dois surmonter cet échec, sinon je ne m'en remettrai jamais. Crois-moi, nous ne serions pas heureux.

— Je comprends. J'en souffre, mais je te comprends.

Elle lui effleura tendrement le bras.

— Nous devons retourner au bureau. Nous avons beaucoup à faire.

Elle fit quelques pas, tandis qu'il demeurait immobile.

— Tu ne viens pas ? demanda-t-elle en se retournant.

— Accorde-moi quelques minutes, d'accord ?

— Bien sûr.

Préoccupée, elle continua seule. Il devait y avoir un moyen. Il y en avait toujours un. Mais il serait difficile à trouver.

10

— Figure-toi qu'Alex risque de tout perdre à cause de l'incendie de cette usine, dit Julia.

À sa grande surprise, le téléphone avait sonné chez elle un samedi soir. Comme Michael était sorti avec des amis, et que Stefanie avait de toute façon disparu, Julia s'était demandé qui pouvait bien l'appeler.

C'était Richard. Il l'appelait de Berlin-Ouest où il avait participé à un congrès. Il avait passé la journée à visiter la ville et il allait rentrer chez lui. Très émue, Julia avait désespérément cherché un sujet de conversation.

Richard sembla choqué par la nouvelle.

— Ce serait un coup terrible pour la famille, non ?

— Surtout pour Felicia. Cette entreprise est l'œuvre de sa vie, la dernière chose qu'elle ait rebâtie après avoir tout perdu.

— J'en suis désolé. Comment vont les enfants ? ajouta-t-il après une courte pause.

— Bien. Ils ne sont pas là. Le samedi soir, ils sortent toujours avec leurs amis.

— C'est normal.

— Parfaitement normal.

Julia se mordit la lèvre. Si elle insistait trop en assurant que tout allait bien, Richard se douterait qu'il y avait un problème avec Stefanie.

— As-tu beaucoup de travail ?

— Plutôt. Tu sais bien que là-bas, un docteur est à la fois médecin, vétérinaire, confesseur et psychologue. La semaine dernière, j'ai aidé une vache à mettre bas. Ça a duré dix heures. Ensuite, j'aurais pu dormir trois jours et trois nuits d'affilée.

— Mon pauvre !

— C'est curieux, non ? Nos deux pays vont être réunifiés. Si nous l'avions su...

— Tu veux dire qu'on aurait agi autrement ?

— Je n'en sais rien, s'agaça-t-il.

Ils demeurèrent silencieux quelques instants.

— De toute façon, ça n'a pas d'importance, dit-il enfin. Je voulais seulement prendre de vos nouvelles.

Julia savait qu'elle allait bientôt lui dire « au revoir » et raccrocher. La solitude du samedi soir lui parut soudain insupportable. Elle se demanda comment retenir encore quelques instants la voix au bout du fil.

— Richard ?

— Oui.

— Est-ce qu'on pourrait se voir bientôt ? Pour parler ?

— C'est inutile, Julia. Nous finirions encore par nous disputer. Je n'aurais pas dû appeler.

Comme elle ne disait rien, il ajouta :

— Au revoir, Julia. Je te souhaite une bonne soirée.

Et il raccrocha. Elle reposa l'écouteur, s'attarda quelques minutes près de l'appareil, avant de retourner au salon. La porte-fenêtre qui donnait sur le balcon était grande ouverte. La soirée était chaude. Elle entendait les bruits de la ville, les moteurs, les klaxons, les voix et les rires. Les gens se promenaient dans la rue, personne ne tenait à rester chez soi ce soir. Julia repensa à la nuit de décembre, lorsqu'elle s'était retrouvée en plein désarroi dans la cuisine surchauffée de Richard et qu'elle lui avait proposé de revenir à Bernowitz. Quelle folie ! Elle ne pourrait plus jamais y habiter. Pourquoi avait-elle proposé une chose pareille ?

Elle se sentait seule et désemparée, et pourtant,

même pour en finir avec cette solitude douloureuse, elle ne retournerait pas là-bas. Aurait-elle été heureuse si Richard était venu la rejoindre ? Pendant tant d'années, elle avait imaginé leurs retrouvailles, elle avait prié pour que les choses évoluent et que la vie leur accorde une nouvelle chance. Désormais, la situation avait changé, tout comme Richard. Puis, pour la première fois, elle réalisa qu'elle aussi avait changé.

Elle se versa un verre et sortit sur le balcon où elle resta longtemps à regarder les lumières de la ville.

C'était le 6 août 1990. John était rentré tard à la maison. Le travail s'amoncelait au bureau de presse. Il fêtait ses quarante-neuf ans mais Sigrid trouvait qu'il avait l'air malheureux. Ils trinquèrent au champagne, puis elle servit le dîner qu'elle avait passé des heures à préparer. Pour fêter l'occasion, elle avait même acheté une robe moulante en soie verte qui laissait deviner la naissance de ses seins. À la lumière des bougies, ses longs cheveux blonds scintillaient. Mais John était distrait. Le monde entier avait les yeux braqués sur le Koweït. On s'attendait à une intervention militaire des Américains. Saddam Hussein avait occupé le deuxième pays pétrolier au monde et les prix de l'essence ne cessaient de grimper.

— Il va y avoir la guerre. Il ne quittera pas le Koweït de son plein gré.

— Crois-tu qu'Israël y sera mêlé ? Nous ne sommes pas très loin.

— Qui sait ? fit-il en haussant les épaules. Mais nous sommes habitués à vivre avec la violence.

C'était la vérité. Le pays avait connu trois ans d'Intifada. Depuis le soulèvement armé des Palestiniens, la vie avait changé, surtout à Jérusalem. La ville était à nouveau divisée. Non seulement par les murs et les barbelés, mais par la peur des gens. On ne se rendait plus si facilement dans le quartier arabe. Les pierres pouvaient pleuvoir, des coups de feu éclater. On avait appris à faire attention.

Lorsque l'Intifada avait débuté, Sigrid s'était trouvée à Haïfa pour assister à l'enterrement de Martin Elias, ce vieil homme qui avait bouleversé sa vie. Tu as enfin retrouvé ta Sara, comme tu l'avais attendu toute ta vie, avait-elle pensé devant sa tombe, à la fois triste et heureuse.

Sur le chemin du retour, elle avait croisé plusieurs colonnes de militaires. On l'avait arrêtée deux fois pour lui demander ses papiers. Une femme sergent israélienne lui avait expliqué que les Palestiniens s'étaient soulevés. Sigrid avait été soulagée de retrouver sa maison saine et sauve.

— Nous devrions parler de choses plus gaies, puisque c'est ton anniversaire, dit-elle d'un ton enjoué.

— Qu'appelles-tu des choses gaies ? Tu ne parles pas de nous, n'est-ce pas ? Je ne trouve pas cela particulièrement gai.

Elle reposa sa fourchette.

— Qu'est-ce qui ne va pas, John ? Tu es bizarre depuis le début de la soirée. Est-ce que j'ai fait quelque chose de mal ?

— Bien sûr que non. Je suis désolé que tu aies cette impression. (Il roula sa serviette en boule et se leva.) La vie est belle avec toi et je t'aime, dit-il sans la regarder dans les yeux. Mais j'ai encore vieilli d'un an sans que rien change. Tu sais ce que je veux dire : je ne comprends pas pourquoi tu refuses de m'épouser.

Il leva les yeux sur elle.

On entendait le tic-tac de la pendule. Le bourdonnement d'une mouche. Quelque part, un robinet gouttait.

— Si seulement tu m'expliquais pourquoi ! Je ne veux pas te mettre sous pression. Je ne veux pas non plus qu'une femme m'épouse parce que je l'ai harcelée pendant des années. Je respecterai n'importe laquelle de tes raisons, mais tu dois m'en donner une !

Il se frotta les yeux d'un air fatigué.

— S'il y a quelque chose chez moi qui te dérange si profondément que tu refuses de m'épouser, je ne pourrai jamais y remédier puisque tu ne m'en parles pas. C'est injuste, Sigrid. Après tout ce temps, tu devrais être sincère envers moi.

— Rien ne me dérange chez toi. Rien du tout. Tu es la meilleure chose qui me soit jamais arrivée dans ma vie.

Il la regarda d'un air désemparé.

— Tu ne me dis jamais ce qu'il y a dans ton cœur, Sigrid. Tu ne veux pas m'épouser ni me présenter ta famille. Je n'ai pas pu rencontrer ta mère ni tes sœurs. On dirait que tu n'as pas vécu avant de me rencontrer.

— C'est la vérité !

Elle se leva et s'approcha de lui.

— Avant, ce n'était pas une vie.

— Tu n'étais peut-être pas heureuse ni libre, je n'en sais rien. Mais tu étais vivante. Et cela m'intéresse car c'est une partie de toi. Même s'il y a des sombres secrets, ils font partie de toi. Il n'y a vraiment rien que tu aies besoin de me cacher.

Elle le contempla d'un air torturé.

— John, pourquoi ne pouvons-nous pas continuer comme avant ? Nous sommes si heureux...

Elle se tut, car elle se mentait. John n'était pas heureux, pas comme il l'aurait souhaité.

— Tout ça parce qu'il manque un certificat de mariage, marmonna-t-elle.

— Ce manque est un symbole de ce qui ne va pas au plus profond de nous.

Ils se faisaient face, silencieux, près de la table dressée où brillaient les bougies.

— Je crains d'avoir gâché la soirée. Je suis désolé. Tu t'étais donné beaucoup de mal.

— Ce n'est rien, dit-elle, avant d'éclater en larmes.

Lorsque John voulut la prendre dans ses bras, elle le repoussa et se réfugia dans la chambre. Elle avait besoin d'être seule.

Le 3 octobre 1990, on célébra la réunification de la République démocratique et de la République fédérale. Une cérémonie à Berlin marqua la fin de la séparation des deux États allemands.

Le 19 novembre, les chefs d'État et de gouvernements de trente-quatre pays se réunirent à un sommet. Dans une charte, ils déclarèrent la fin de la partition de l'Europe et de la Guerre froide. L'OTAN et le Pacte de Varsovie se mirent d'accord pour entamer un processus de désarmement.

Le 2 décembre eurent lieu les premières élections générales en Allemagne réunifiée. Les partis de l'union du chancelier Kohl remportèrent une grande victoire et les sociaux-démocrates connurent un échec cuisant.

Le 15 janvier 1991, l'ONU adressa un ultimatum au dictateur irakien Saddam Hussein pour qu'il retire ses troupes du Koweït. Puis, aux premières heures de la matinée, des bombardiers américains, britanniques et saoudiens attaquèrent des cibles en Irak et au Koweït occupé.

— Notre but, dit le président américain George Bush à la télévision, est de libérer le Koweït...

Saddam Hussein lui répondit que la guerre des guerres venait d'éclater.

— Maintenant, vous savez tout, dit Ernst Gruber.

Alex se cala dans son fauteuil. Elle semblait épuisée.

— Maintenant, je sais tout, répéta-t-elle. C'était un jeu pipé dès le début. La fille du peintre. Comment s'appelait-il déjà ? Walter Wehrenberg. Comme elle a dû haïr Markus !

— Elle n'a jamais surmonté la mort de son père. Longtemps, j'ai ignoré la raison de sa haine pour Markus Leonberg. J'ai dû faire des recherches compliquées. Puis, j'ai compris pourquoi elle l'avait poursuivi avec tant de hargne.

— Elle a eu beaucoup de chance de vous rencontrer. Sans vous, elle n'aurait pas pu se venger aussi facilement.

— Je ne sais pas si elle en avait même éprouvé le désir avant de me connaître. Elle a paru étonnée quand je lui ai raconté que Leonberg était l'un des clients de ma banque. Ensuite, elle a dû réfléchir à la meilleure manière de se venger. Mais peut-on appeler cela de la chance ? Elle n'a jamais semblé heureuse.

Bien que sa voix restât sans émotion, il souffrait toujours autant de leur séparation. Il étudia Alex. En ce jour gris de janvier, il faisait sombre dans son bureau. Elle n'avait pas allumé de lampe. Elle fixait une photo de son mari posée sur la table.

— Je suis venu vous voir pour vous dire que je regrette. Je suis sincèrement désolé pour ce qui s'est passé. Je ne voulais pas que M. Leonberg se suicide. Si je l'avais deviné...

Alex leva les yeux sur Gruber.

— Ne me dites pas que vous auriez agi autrement.

Vous étiez à la merci de cette femme. Vous étiez prêt à tout pour elle. Il n'avait aucune chance contre vous deux. Pas contre tant de haine et de désir de vengeance.

— Je ne le détestais pas. Au contraire, je l'aimais bien.

— Mais Clarissa Wehrenberg vous manipulait. Qu'est-ce qui vous a tant lié à cette femme ?

N'attendant pas de réponse, elle scruta le visage de Gruber à la recherche d'une explication. Un visage troublé et fatigué, avec des poches sous les yeux, des rides profondes autour de la bouche. Une mollesse dans les bajoues. Quels étaient les abîmes chez cet homme et comment Clarissa avait-elle pu les sonder ? Peut-être la haine rendait-elle clairvoyant. En tout cas, elle libérait des énergies insoupçonnées.

— Je me demande pourquoi vous êtes venu me raconter tout cela après six ans, déclara-t-elle froidement.

Même si elle avait toujours su que Gruber avait poussé Markus à la ruine en lui accordant des crédits faramineux, Alex était révoltée que Markus eût été livré à un calcul impitoyable. Le drame n'en était que plus sordide. Et, curieusement, elle haïssait cet homme bien davantage que Clarissa. Peut-être parce qu'il était assis devant elle, mais peut-être aussi parce que Clarissa, au moins, avait eu une raison pour agir de manière aussi perfide. Elle était une petite fille quand son père s'était suicidé. Alex pouvait imaginer la douleur qu'elle avait ressentie à l'époque. La souffrance de cette femme la touchait, mais elle n'était pas prête à excuser celle d'Ernst Gruber.

— Vous savez que je ne travaille plus pour la banque. J'ai passé des moments difficiles. Je... je m'y connais bien en matière financière. Avant que ma vie ne déraille, j'étais même très doué.

Il prit une profonde inspiration, se disant qu'il avait été fou de venir la voir.

— J'aimerais travailler pour vous.

— Pardon ?

— Je sais que vous avez beaucoup de problèmes depuis cet accident en Chine.

— C'est un euphémisme.

— Je ne sais pas si M. Grawinski peut vraiment vous aider. J'ai quelques idées...

— Tandis que moi, je n'en ai pas, ironisa-t-elle.

— Bien sûr que si.

Alex se leva.

— Je ne comprends pas ce que vous attendez de moi.

— Vous êtes mon dernier espoir.

— Sinon vous allez mourir de faim ?

— Non... mais il y a des choses aussi terribles. Ou même pires. Je ne peux pas continuer à vivre ainsi. J'ai besoin de m'accrocher à quelque chose.

— Et vous avez pensé à moi ?

Gruber se leva à son tour. Il était blême.

— Madame Leonberg...

— Épargnez-vous cela, monsieur Gruber. Je n'ai pas besoin de vous. Je n'ai pas besoin d'un conseiller car, dans mon cas, il n'y a rien à me conseiller. Je suis liquidée. Personne n'y peut rien.

Elle prit une cigarette.

— Et, même si les choses étaient différentes, vous seriez la dernière personne avec laquelle je voudrais travailler. J'apprécie votre sincérité et je suis contente de connaître la vérité, mais je ne peux pas vous pardonner. Je suis désolée.

— Mais que vais-je faire désormais ?

— Mon mari a dû se poser la même question autrefois. C'est une question que nous nous posons tous au courant de notre vie. Moi aussi. Que dois-je faire, monsieur Gruber ? J'essaie de me sortir d'un mauvais pas, tout comme vous. Mais à l'avenir, j'aimerais éviter que nos chemins se croisent.

Elle s'approcha de la porte et l'ouvrit.

— Je vous comprends, dit Gruber à voix basse. J'ai trop mal agi. Je suis désolé.

Alex ne répondit pas et referma résolument la porte derrière lui. Il faisait sombre dans son bureau. Elle s'assit sur une chaise, regarda la vitre où se reflétait le bout rougeoyant de sa cigarette, frêle espoir luisant dans la nuit. Elle se demanda s'il y en avait encore un pour elle.

11

Le 18 janvier eut lieu la première attaque de roquettes irakiennes contre l'État d'Israël. Une partie des scuds tomba à la mer, les autres sur Jérusalem et Tel Aviv où ils ne firent que des dégâts secondaires. Mais la menace de Saddam était plus inquiétante : les prochaines roquettes seraient porteuses d'explosifs remplis de gaz mortels.

Ce matin-là, la rédaction new-yorkaise du journal de John l'appela pour lui demander de se rendre aussitôt à Tel Aviv où se prenaient les décisions politiques.

Le monde retenait son souffle. Comment Israël allait-il réagir à l'attaque ? En cas de riposte, Saddam aurait atteint son but et rompu le front uni des États arabes dirigé contre lui. Il parviendrait probablement à déclencher une guerre arabo-israélienne et à détourner ainsi les regards de son agression au Koweït.

— Il est malin, dit John à Sigrid. Si les Américains n'arrivent pas à convaincre les Israéliens de rester tranquilles, cette guerre va connaître une escalade qui va déstabiliser toute la région.

Sigrid paraissait fatiguée. Elle ne dormait plus à cause des attaques nocturnes.

— Je ne veux pas que tu ailles à Tel Aviv. S'ils utilisent vraiment les gaz...

— On va distribuer des masques. Je dois y aller, chérie. Je suis journaliste. Je ne peux pas prendre mes jambes à mon cou dès que la situation devient inconfortable.

Sigrid réfléchit un court instant.

— Dans ce cas, je t'accompagne.

John s'y opposa. Non seulement c'était dangereux, mais elle ne pouvait pas interrompre ses cours.

— Je vais prendre des vacances. Tant pis s'ils me mettent à la porte. Soit nous allons tous les deux à Tel Aviv, soit tu restes ici.

Comme il n'avait pas le temps de discuter, John céda, tout en lui répétant que son comportement était insensé.

L'hôtel de Tel Aviv était moderne et confortable, mais Sigrid n'aimait pas particulièrement la ville qu'elle jugeait bruyante et agitée, comme la plupart des métropoles.

Elle se retrouva seule tout de suite, car John avait des rendez-vous. Elle sortit se promener et croisa à tous les coins de rue des personnes qui discutaient de la situation. La prudence et la sérénité côtoyaient l'ardeur patriotique qui exigeait des représailles immédiates. La tension était si forte que Sigrid décida de rentrer. À la réception, on lui apprit que des masques à gaz seraient distribués aux clients dans l'après-midi et qu'on leur en expliquerait le maniement. On s'attendait à de nouvelles attaques nocturnes. Sigrid monta dans sa chambre et fit couler un bain. Des sels au romarin et un verre de mousseux l'aideraient peut-être à se calmer.

Allongée dans le bain, alors qu'elle sirotait le mousseux en regardant le plafond, elle songea que ce n'était pas les scuds qui l'inquiétaient au premier chef, même si elle en avait très peur et qu'elle regrettât de ne pas pouvoir convaincre John de s'écarter du danger. Elle réalisait qu'elle avait vécu ces dernières années dans une bulle d'air en dehors de la réalité, savourant son bonheur avec John dans leur petite maison. Comme autrefois en Allemagne, elle avait voulu empêcher tout changement, redoutant de rompre un fragile équilibre.

Tu as toujours aussi peur, pensa-t-elle.

Et sa peur venait de son père, un homme qu'elle n'avait pas connu et qui pesait sur sa vie comme une fatalité. La première fois qu'elle avait réussi à rompre cet engourdissement, c'était en discutant ouvertement de lui avec Martin Elias.

Elle sortit de la baignoire et s'enroula dans un drap de bain blanc. Si seulement j'étais assez courageuse pour m'en libérer, se dit-elle.

Elle retourna dans la chambre et regarda par la fenêtre. Tel Aviv brillait sous le soleil hivernal de midi. De nouvelles bombes, armées peut-être de gaz mortels, risquaient de tomber cette nuit. Les habitants se réfugieraient dans les caves avec leurs masques à gaz. Le visage de la vie pouvait changer si rapidement, un jour il était beau, le lendemain atroce, mais il ne restait jamais figé. Elle ne pouvait pas rejeter tout ce qui était dangereux ou désagréable. Son père, l'inconnu aux multiples visages, le criminel de guerre, mais aussi l'homme qui avait aimé sa femme et ses enfants, était un élément incontournable de sa vie. Si elle voulait garder John, elle devait le confronter à l'image de son père. Sinon, elle le perdrait.

Le 20 janvier, l'armée américaine installa des roquettes défensives sur le sol israélien pour abattre les missiles irakiens. Les bombardements sur l'Irak n'arrêtaient pas. Plusieurs quartiers de Bagdad étaient déjà détruits. En Israël, on redoutait les gaz et les voix s'élevaient pour exiger des représailles.

Le soir du 22 janvier, il y eut une nouvelle alerte. Sigrid se trouvait toute seule dans sa chambre d'hôtel. Elle regardait à la télévision un reportage de CNN à Bagdad. Lorsqu'elle entendit la sirène, elle se leva d'un bond, saisit son masque à gaz et quitta la chambre.

Dans la cave de l'hôtel, une grande pièce servait d'abri. On y avait installé des fauteuils et un téléviseur. En descendant, Sigrid chercha John en vain. Il n'était pas encore rentré.

Il n'y avait plus beaucoup de clients à l'hôtel. La plupart étaient partis dès les premières attaques. C'était surtout des journalistes qui restaient. Sigrid avait discuté plusieurs fois avec un jeune reporter de Hambourg. En voyant son visage décomposé, il s'écria :

— Ne vous inquiétez pas comme ça. Votre ami a l'air débrouillard.

— J'espère que vous avez raison.

Ils ne s'aperçurent de rien pendant le raid, mais ils apprirent ensuite qu'une roquette avait explosé en plein milieu de Tel Aviv, détruisant des immeubles et faisant beaucoup de victimes. Les gaz n'avaient pas été employés. Deux heures plus tard, alors que John n'était toujours pas revenu, Sigrid fut prise de panique. Était-il mort ? Blessé ? Devait-elle le chercher dans les hôpitaux ? Quelques journalistes la retinrent. C'était un quartier résidentiel qui avait été touché. Qu'y aurait-il fait ?

— Peut-être qu'il passait par là... Peut-être qu'il...

— Attendez encore un peu. Venez boire un verre avec nous au bar.

Ils s'installèrent au bar, le masque à gaz dans une main, un Martini dans l'autre. L'atmosphère était tendue. Une équipe de la télévision anglaise interviewait les clients. Sigrid refusa de parler.

John apparut enfin vers minuit, fatigué et couvert de poussière. Il s'était trouvé non loin du point de chute, mais il n'avait pas été touché. Il avait ensuite aidé les blessés et cherché des rescapés. Ses mains étaient couvertes de sang.

— Tu aurais pu essayer de m'appeler. J'étais tellement inquiète.

Pendant qu'il prenait une douche, elle lui versa un Campari. Elle était à bout de nerfs. Elle ne devait pas le réprimander. Ce serait injuste après la soirée difficile qu'il avait passée. Il avait l'air épuisé en sortant de la salle de bains.

— Je suis désolé, dit-il d'un air vague. Je n'ai pas eu le temps.

Elle lui tendit son verre. Il but en regardant la nuit par la fenêtre.

— John, dit-elle d'une voix hésitante.

— Oui.

— J'ai tellement peur de te perdre.

— Je ne peux pas m'en aller, répliqua-t-il, agacé. Je ne peux pas vivre pendant des années comme correspondant en Israël, puis me défiler quand la situation devient périlleuse.

— Je ne parlais pas des roquettes.

Il la regarda d'un air étonné. Elle serra les poings.

— J'ai été injuste envers toi. Tu as eu raison à l'époque, le jour de ton anniversaire. Je n'ai pas été assez franche. Tu as le droit de tout savoir sur moi...

Il se sentait beaucoup trop épuisé pour affronter ce genre de conversation.

— Sigrid, nous n'avons pas besoin d'en parler maintenant. Oublie ce que j'ai dit.

— Je ne peux pas. Il y a vraiment un obstacle entre nous. Nous n'en parlons pas, mais il est là. Tu t'éloignes de moi...

John vida son verre d'un trait.

— Il y a parfois des choses inexplicables. Continuons comme ça, d'accord ?

— Non. Je t'aime, John. J'aimerais t'épouser. Mais il y a quelque chose que tu dois savoir...

— Quoi ?

La voix de Sigrid s'affaiblit jusqu'à devenir un murmure.

— J'avais tellement peur de te le dire. J'ai encore peur. Il s'agit... de mon père.

— Qu'est-ce qu'il a ?

— Je t'avais raconté qu'il était tombé à la guerre. Comme soldat allemand. Ce n'est pas vrai.

En dépit de sa fatigue, l'intérêt de John fut éveillé.

— Il est encore vivant ?

— Non. Il est mort. Il a été condamné en 1946.

Il lui fallut quelques secondes pour comprendre le sens de la phrase.

— Il a été condamné ? Mais alors...

— Oui. C'était un criminel de guerre...

Elle hésita, mais en dépit de sa peur, parler ressemblait à une délivrance.

— Il était capitaine dans les SS jusqu'en 1944, puis son asthme devint si mauvais qu'il fut réformé. Il a ordonné des exécutions. Des exécutions de masse de Juifs. Surtout en Pologne et en Ukraine. Il appartenait aux plus fervents partisans d'Hitler. C'était un nazi convaincu.

Elle fit une pause pour reprendre son souffle.

— J'avais neuf ans quand ma mère nous l'a avoué. Elle redoutait qu'on l'apprenne de quelqu'un d'autre. À partir de ce jour-là, nous n'avons plus eu le droit d'en discuter. La première fois que j'ai prononcé à nouveau le nom de mon père fut lors de ma rencontre avec Martin Elias il y a huit ans. Je lui dois beaucoup.

Elle se tut une nouvelle fois, espérant que John allait dire quelque chose, mais il restait muet. Elle n'arrivait pas à déchiffrer son regard. Était-ce de l'horreur, de l'incrédulité, du dégoût ?

— Je croyais que ma peur avait disparu, mais elle est revenue. Quand nous nous sommes rencontrés et que notre belle histoire a commencé, j'ai voulu empêcher par tous les moyens que tu l'apprennes. Je ne voulais pas te perdre.

— C'est pour cela que tu ne voulais pas m'épouser ?

— J'ai pensé que, si je t'épousais, je serais obligée de fournir certains documents de famille. J'ignorais si la date de la mort de mon père, 1946, y était indiquée ou non. Si l'on y indiquait son... métier. Par ailleurs, j'aurais été obligée de te présenter à ma mère et à mes sœurs, à ma grand-mère Felicia et à tout le clan. Tôt ou tard, quelqu'un t'en aurait parlé. Je ne voulais pas prendre ce risque. Je voulais que les choses continuent comme cela entre nous. Dans le bonheur et la sérénité. Mais j'aurais dû savoir que ça me rattraperait un jour ou l'autre.

— Pourquoi me l'as-tu raconté maintenant ? Je ne t'ai pas menacée.

— Quelque chose a changé entre nous. Je vois bien que tu t'éloignes. Et, ces derniers jours, j'ai compris la fragilité de cette existence que j'espérais pouvoir faire durer une vie entière. Depuis les bombardements, je sais qu'on ne peut pas se construire un monde à part. On reste toujours vulnérable. On ne peut pas se dissimuler la vérité. En tout cas, moi, je ne le peux pas. Tu avais raison, tu mérites la franchise.

Elle se versa un Campari.

— Disons plutôt que j'ai soudain compris que je n'avais plus rien à perdre.

Elle croisa son regard et crut y découvrir de l'étonnement.

— John..., murmura-t-elle, timide.

— Tu as traîné cette peur avec toi pendant toutes ces années ? demanda-t-il, incrédule. Cette peur panique que ton père pourrait nous séparer ?

— Tu es juif. Juif polonais. Ta famille tout entière a été assassinée. J'ai pensé que tu ne pourrais pas vivre avec mon passé.

John prit une cigarette, l'alluma et aspira une longue bouffée. Il s'appuya contre le mur à côté de la fenêtre. La lampe de la table de chevet l'éclairait faiblement.

— Désormais, je comprends beaucoup mieux ta vie et le curieux personnage que j'ai rencontré lors de notre excursion dans le désert. Quand tu es montée dans la Jeep, je me suis demandé comment je pourrais attirer l'attention de cette jolie femme. Je suis tombé amoureux de tes cheveux blonds et de tes yeux verts. Plus tard, j'ai été étonné de découvrir que tu n'avais jamais eu d'amant. Tu étais magique et personne ne l'aurait remarqué avant moi ? Puis, tu m'as parlé de ta mère compliquée, de ta vie retirée, mais j'ai toujours pensé qu'il devait y avoir autre chose.

Sigrid tremblait légèrement.

— Pourquoi ne t'es-tu pas confiée plus tôt à moi ? Pour quel genre d'homme me prenais-tu ?

Elle eut les larmes aux yeux.

— Le meilleur homme que j'ai jamais rencontré. Mais un homme malgré tout. J'ai pensé que tu ne pourrais pas accepter que mon père ait été responsable de destins tragiques comme le tien et celui de ta famille. Je n'en suis toujours pas convaincue. Peut-être est-ce que cela va commencer à te ronger ? Tu me tiendras la nuit dans tes bras et tu te demanderas si quelqu'un de ta famille a été abattu par le père de cette femme qui dort à côté de toi. Comment pourras-tu l'accepter ?

John éteignit sa cigarette à peine entamée et attira Sigrid dans ses bras. Elle respira l'odeur du tabac et sentit les mains de John dans son dos.

— Ma chérie, c'est toi qui m'importes, pas ton père. Tu es quelqu'un de différent. Tu as peut-être hérité de ses yeux ou de son nez, je n'en sais rien, mais certainement pas de ce qui en avait fait un bourreau de Hitler. On n'hérite pas de ces choses-là. Tu peux affronter le souvenir de ton père de manière impartiale. Ne le refoule plus. C'est pour cette raison qu'il pèse si lourd.

— Crois-tu vraiment pouvoir vivre avec moi en le sachant ? Tu ne penseras pas tout le temps à lui ?

— C'est à toi que je pense, ma chérie. Pas à un homme mort depuis plus de quarante ans. Mais quand tu voudras me parler de lui, je t'écouterai. Aussi souvent que nécessaire. Je t'ai confié mes émotions et mes inquiétudes et tu m'as beaucoup aidé. Permets-moi de te rendre la pareille. Arrête de te torturer inutilement. (Il la scruta avec attention.) Je suis si heureux que tu me l'aies dit.

Soudain, elle se mit à sangloter. Cette affreuse angoisse qu'elle portait depuis des années, enfouie au plus profond d'elle-même, la quittait peu à peu. Elle serra John dans ses bras, découvrant, pour la première fois de sa vie, le pouvoir libérateur des larmes. On devait éprouver la même chose quand on venait au monde, la douleur et la peur, puis la lumière et la vie.

— John, quand cette guerre sera terminée, nous irons en Allemagne. J'aimerais que tu rencontres ma famille.

12

Peu de temps avant l'atterrissage, Belle se réfugia une nouvelle fois aux toilettes. Elle se brossa les cheveux qu'elle faisait teindre du brun foncé de sa jeunesse, se poudra le visage et rajouta du rouge à lèvres, mais sa mine était toujours aussi flétrie. Elle ressemblait à une vieille dame soucieuse des apparences qui n'avait pas toujours fait attention dans sa vie. L'alcool l'avait marquée, lui dessinant des poches sous les yeux, lui donnant une peau ridée, aux pores élargis, qu'aucun maquillage ne pouvait dissimuler. Elle pesait vingt kilos de trop. La robe-manteau bleu ciel d'Armani camouflait un peu sa taille et ses hanches, mais n'arrivait pas à corriger l'image d'une femme trop lourde.

Elle revint s'asseoir à côté d'Andreas.

— Je suis tellement excitée. Pourquoi donc ? Parce que mon fils se marie ? Si seulement j'étais restée à la maison !

Andreas plia son journal et lui serra la main pour la rassurer.

— Tu n'as aucune raison d'être nerveuse. Tu vas voir tes enfants, ta belle-fille.

— Qu'est-ce qu'elle pensera de moi ? J'aimerais que Chris soit fier de moi. Je me sens tellement imparfaite. Grosse et vieille... Le pire, c'est que ma mère sera encore une fois plus belle que moi. Je me demande comment elle a fait pour rester aussi mince. Je vais avoir l'impression d'être une matrone à côté d'elle.

— Belle, ne te mets pas dans tous tes états. Tu es une jolie femme. Chris sera très fier de toi. Et Laura t'a appréciée quand ils sont venus nous voir.

— Je ne suis plus jolie. Mais je l'étais autrefois, n'est-ce pas ?

Andreas sourit.

— La plus jolie fille de Berlin. Sinon, pourquoi t'aurais-je couru après ?

Elle froissa la serviette en papier que l'hôtesse de l'air lui avait donnée avec son café.

— 1939. C'était il y a une éternité.

— Oui, avoua-t-il avec précaution.

La voix de Belle oscillait entre la nervosité et l'irritation, et dans ce cas-là, un seul mot suffisait pour provoquer une explosion. Il espérait que le mariage se déroulerait sans incident. Belle n'avait plus touché un verre d'alcool depuis des années, mais le risque n'était jamais exclu. Par ailleurs, elle avait fait un régime draconien depuis des semaines, ce qui la rendait encore plus nerveuse. Elle sortit à nouveau son poudrier.

— J'aimerais bien que ce soit déjà derrière nous.

Andreas commençait à souhaiter la même chose.

Chris n'avait jamais vu sa sœur aussi maigre et blême. Ses jambes flottaient dans son jean et elle disparaissait dans son pull-over. Ses cheveux, qu'elle avait longtemps portés courts comme un garçon, lui arrivaient à nouveau aux épaules. Son visage n'en paraissait que plus pointu. Elle fumait cigarette sur cigarette. Les doigts légèrement jaunis de la main droite trahissaient son accoutumance. Ils étaient tous deux assis en tailleur sur le grand lit d'une chambre du *Hessischer Hof* à Francfort. Des rayons rougeoyants du soleil de mai striaient le plafond.

— C'est comme autrefois, dit-il. Tu te souviens ? À Los Angeles, nous passions des nuits entières à discuter.

— Nous étions si sérieux, alors que nous n'avions aucune idée de ce qui était important.

Chris acquiesça. Qui le savait mieux que lui ? Mais, pour le moment, le destin lui montrait un visage heureux. Le lendemain, il allait épouser Laura.

La grand-mère de Laura, romantique et vieux jeu, avait insisté pour que Laura passe sa dernière nuit de célibataire chez elle et pas avec son futur mari, pour préserver un semblant de bienséance. Comme la vieille dame était très déçue qu'il n'y eût ni robe blanche ni mariage à l'église, Laura avait accepté. Aussi, en fin d'après-midi, Chris l'avait accompagnée chez ses grands-parents avant de revenir à Francfort pour dîner avec sa famille. Belle et Andreas étaient arrivés le matin des États-Unis, Felicia, Nicola, Alex et Julia dans l'après-midi de Munich. Ils habitaient tous le *Hessicher Hof*. Susanne était venue de Berlin, mais elle avait choisi un autre hôtel dont elle n'avait pas donné le nom. Elle voulait à tout prix éviter que sa mère n'y fît une apparition et elle avait refusé l'invitation à dîner.

Comme toujours, rien n'est simple dans cette famille, songea Chris.

À son arrivée à l'hôtel, il était monté retrouver sa sœur dans sa chambre. Alex venait de lui apprendre qu'elle renonçait également au dîner car elle ne se sentait pas bien.

— Il faut que j'y aille, dit-il en regardant sa montre. Nous avons rendez-vous à 19 h 30 dans le hall. Tu as des soucis, n'est-ce pas ? ajouta-t-il en lui caressant le bras.

— J'ai tout misé sur une seule carte, Chris, et j'ai perdu. J'ai des dettes vertigineuses que je ne peux pas rembourser. Avec l'incendie de l'usine, tous mes investissements de ces dernières années sont partis en fumée. Avant la fin de cette année, je vais devoir déposer le bilan.

— La situation est vraiment si mauvaise ?

— Oui.

— Mais Felicia pourrait...

— Les montants sont trop importants pour un particulier. Ni Felicia ni papa ne peuvent m'aider.

— Et tout ça à cause de Dan Liliencron ! s'emporta

Chris. Parce qu'il t'a soudain vendu ses parts ! Si tu avais cet argent maintenant...

— De toute façon, je n'en aurais pas disposé, répliqua-t-elle en allumant une cigarette. Je l'aurais sûrement investi. Non, Dan n'est en rien responsable.

— Ce Grawinski ! Il se prend pour un expert. Il aurait dû te prévenir que...

— Chris, c'est inutile de rendre les autres coupables. Je suis adulte et responsable de mes actes. J'ai pris des décisions et elles n'auraient pas été mauvaises si cet incendie n'avait pas eu lieu. Personne ne pouvait le prévoir. C'est un coup de malchance. Il faut seulement que je l'accepte.

Chris ne l'avait jamais vue aussi résignée. Elle n'avait plus cet esprit combatif, ni cette force ou cette lueur sévère dans son regard qu'il n'aimait pas car elle lui rappelait leur grand-mère. Elle était redevenue une jeune fille désemparée, épuisée d'avoir vécu pendant des années au-dessus de ses forces.

— Tu dois y aller, Chris. Tu ne peux pas les faire attendre. Ils sont venus pour toi.

Il se leva à regret.

— Je ne veux pas te laisser seule...

— Ne t'inquiète pas pour moi. Je vais prendre un somnifère et dormir.

Soucieux, il comprit qu'elle avait besoin de rester seule. Quand il l'embrassa et la serra contre lui, il sentit ses côtes et les os de ses hanches. Elle tremblait légèrement.

— Commande-toi au moins un sandwich.

— Oui, oui, répondit-elle, agacée.

Malgré le somnifère, elle ne réussit pas à s'endormir. Elle était encore éveillée quand on frappa vers 23 heures à sa porte. Julia avait dit que Caroline pouvait dormir avec elle, mais la petite avait peut-être envie de retrouver sa mère. Alex ouvrit la porte.

— C'est bien que tu sois encore réveillée, déclara Felicia en entrant dans la chambre.

Alex étouffa un soupir. Elle n'avait pas envie de discuter avec sa grand-mère, mais Felicia ne partirait pas sans avoir dit ce qu'elle avait sur le cœur.

La vieille dame – très élégante dans une robe en soie vert pâle avec une broche d'émeraudes épinglée au décolleté – étudia d'un air sévère sa petite-fille, vêtue d'un tee-shirt et d'une culotte, les cheveux en bataille.

— Je crois qu'il est temps que nous ayons une petite discussion.

— Chris t'a parlé ?

— Non, bien que j'aie essayé par tous les moyens de lui tirer les vers du nez. Mais je sais additionner deux et deux. Comme tu as l'air d'un fantôme, tu dois avoir de gros soucis.

— En effet. Si tu veux le savoir, je suis sur le point de mettre la clé sous la porte.

— Combien d'argent dois-tu ?

— Ça me regarde. De toute façon, mes dettes sont trop importantes pour que tu puisses m'aider, au cas où tu y aurais songé. (Elle croisa les bras dans un geste de défi.) Tu as eu tort de me choisir comme successeur, Felicia. Je suis en train de couler.

— On le dirait, en effet. Et comment comptes-tu réagir ?

— Comme les rats. En sautant du navire. Je vais mettre l'entreprise en vente et espérer m'en tirer.

— Je vois.

Felicia n'ajouta rien de plus, mais son ton de voix toucha un nerf sensible chez Alex.

— Évidemment, tu me méprises. Toi, tu as toujours tout réussi. Felicia, la femme remarquable ! Malheureusement, les générations suivantes ne sont pas aussi réussies. Mais c'est ainsi dans beaucoup de familles. Il y a toujours quelqu'un de fantastique qui paralyse pendant un siècle tous ceux qui essaient de l'imiter.

— C'est pratique d'avoir quelqu'un à blâmer.

— Je ne te blâme pas. Mais tu m'as entraînée dans quelque chose... Oh, et puis quelle importance ! Je ne vais pas me disculper. J'ai échoué.

— Peut-être..., dit Felicia, indécise.

Alex passa ses doigts dans ses cheveux.

— Ne m'en veux pas, mais il est tard et je suis très fatiguée. J'aimerais bien dormir.

— Comment peux-tu dire que tu as échoué ? poursuivit Felicia, comme si elle n'avait rien entendu. J'ai été deux fois dans la même situation que toi. Cela peut arriver à tout chef d'entreprise. La question est de savoir comment réagir.

— Felicia...

— En 1929, j'ai littéralement tout perdu lors du krach de la Bourse. À l'époque, je dirigeais la fabrique de textiles des Lombard, mais je n'avais pas pu m'empêcher de spéculer. J'avais acheté des actions à ne plus savoir qu'en faire. Puis, du jour au lendemain, la Bourse s'est effondrée et tout a filé entre mes doigts.

Alex connaissait l'histoire. Un homme riche, Peter Liliencron, avait acheté la fabrique... Liliencron... Elle ne put empêcher son visage de changer d'expression et elle sut que sa grand-mère l'avait remarqué.

— As-tu eu des nouvelles de Dan Liliencron ?

— Il m'a écrit une ou deux fois d'Angleterre. Il va bien. Il est conseiller financier pour une maison de production de disques.

— Il doit être très riche puisque tu lui as racheté ses parts...

Alex lui jeta un regard noir.

— C'est hors de question, Felicia. Je ne vais pas courir derrière Dan pour lui demander de l'argent.

— Qu'y a-t-il de mal à lui demander s'il aimerait investir dans la société ? Il a certainement déjà placé sa fortune, mais il est possible qu'il puisse en disposer. Tu ne perds rien à le lui demander.

— Cela te semble tellement facile... Sache qu'à l'époque il avait des raisons de partir, et elles n'ont sûrement pas changé.

Felicia poussa un soupir. Elle était restée debout pendant leur discussion, mais elle finit par s'asseoir. Cette fichue vieillesse ! C'était si fatigant de se lever, de marcher, et parfois même de parler. Les jeunes gens ne pouvaient pas comprendre. Autrefois, elle ne l'avait pas deviné non plus. Elle qui avait toujours souhaité connaître une seconde jeunesse se demandait désormais si ce serait une bonne chose. Elle s'imaginait avec tous les tracas de la jeunesse et les fatigues de l'âge, et elle n'avait plus envie d'échanger sa place avec Alex.

Peut-être devient-on vraiment vieux quand on ne souhaite même plus être jeune ? songea-t-elle.

— Es-tu certaine que rien n'a changé ?

— Que veux-tu dire ?

— Entre Dan et toi. En ce qui concerne tes sentiments pour Dan.

— Felicia, pardonne-moi, mais tu ignores de quoi tu parles.

Felicia éclata de rire.

— J'ai été au courant de ton premier amour et je sais que vous étiez fous l'un de l'autre. De son côté, rien n'avait jamais changé, chacun pouvait le constater. En ce qui te concerne, tu étais trop jeune et curieuse pour te fixer et je le comprends. Mais aujourd'hui, tu n'es plus si jeune. Parfois, j'ai l'impression que tu es paralysée depuis la mort de Markus. Tu ne t'engages plus avec personne. Ce n'est pas bien. Bon ! conclut-elle en se levant avec difficulté. Je n'ai plus rien à ajouter.

À la porte, elle se retourna une dernière fois.

— Je déteste les platitudes, Alex, mais parfois on ne peut pas les éviter car elles sont vraies. Crois-moi, la vie est courte. À plus de quatre-vingt-dix ans, j'ai une perspective d'ensemble. La vie ne nous réserve pas beaucoup de cadeaux. Il ne faut pas gaspiller trop de temps. Il faut essayer de comprendre le plus vite possible ce que l'on veut vraiment. Parfois, on laisse filer une chance parce qu'on n'a pas compris son importance. Puis un jour, on se découvre vieux, et on se demande pourquoi on est passé à côté de tant de choses.

Elle se tut un instant et dans son regard défilèrent les années et une foule de gens.

— En ce qui me concerne par exemple, les hommes...

— Je t'en prie ! s'écria Alex. Quand Markus est mort et que je suis allée en Californie, ma mère m'a aussi tenu un long discours sur ses erreurs passées... Je parie que tu as une histoire semblable à me raconter avec ce Lombard, et avec Lavergne qui s'est suicidé, grâce à qui nous avons le parallèle évident avec Markus, n'est-ce pas ? Et quel rôle a joué ce socialiste qui est venu mourir ici il y a sept ans – Maksim ? Maksim Marakov ? Une jolie palette. Je suis sûre que tu aurais beaucoup de choses à dire.

Elle scruta sans pitié sa grand-mère.

— Tu tressailles encore aujourd'hui quand on

mentionne le nom de Marakov. Tu ne te remettras visiblement jamais de cette histoire.

— Je croyais que tu ne voulais rien savoir.

— En effet. Tu as eu ta vie, maman la sienne et moi, j'ai la mienne. Mon époque est complètement différente. Aujourd'hui, une femme n'a pas peur de rester seule, d'élever seule son enfant, de dominer son métier et sa vie sans personne. Nous ne nous définissons plus à travers les hommes.

— Crois-moi, je ne l'ai jamais fait non plus. Mais ce n'était pas de cela que je voulais parler. Par ailleurs, ajouta Felicia en ouvrant la porte, tu es libre de vivre à ta guise. Il me semble seulement qu'une jeune femme comme toi devrait être plus heureuse. Et si tu décides tout de même de demander à Dan Liliencron d'investir, ne perds pas une minute. Dans ces cas-là, c'est souvent une question d'heures. Au mieux, prends le premier avion demain matin pour Londres.

— Mais c'est le mariage de Chris demain ! s'exclama Alex, choquée.

Felicia laissa échapper un rire dédaigneux.

— Et alors ? Lorsqu'on est comme toi dans les problèmes jusqu'au cou, il y a des choses plus importantes qu'un mariage. On ne peut pas toujours se permettre d'être sentimental. C'était déjà comme ça de mon temps.

Puis, elle disparut.

L'avion avait eu du retard. Sigrid et John manquèrent la cérémonie et arrivèrent au beau milieu du déjeuner qui était donné à l'Hôtel Hardtwald de Bad Homburg. Felicia avait décidé d'offrir la réception et elle avait été très généreuse. Elle voulait réunir toute la famille autour d'elle dans un joli cadre. Chris, un peu inquiet, avait fini par céder. Il avait deviné que sa grand-mère se disait que ce serait l'une des dernières fêtes qu'elle pourrait organiser.

Sigrid et John entrèrent dans la salle à manger, alors qu'on présentait les asperges et les pommes de terre nouvelles. Sigrid avait promis de venir, mais elle avait demandé à Chris de ne rien dire à sa mère.

Au début, personne ne les remarqua, puis Julia s'exclama :

— Oh, on a des invités !

Tous se retournèrent vers la porte. Ils eurent du mal à reconnaître Sigrid. Dans la famille, on l'avait toujours trouvée effacée. « La pauvre vieille fille, disait-on. Comment une personne peut-elle être aussi grise ? Les vêtements, bon. Mais les cheveux, les yeux, les lèvres, la peau ! »

La personne dans l'embrasure de la porte n'avait plus rien de gris. Les yeux verts pétillaient sous des cils noirs, la bouche rouge souriait. Elle avait une peau bronzée, de longs cheveux blonds, des boucles d'oreilles en or et un collier de perles. Une robe en soie rouge qui soulignait un corps mince.

— Sigrid ! s'exclama Susanne, abasourdie.

La nouvelle Sigrid était accompagnée d'un homme séduisant en costume sombre.

— C'était comme dans un film, raconta plus tard Nicola à sa fille Anne au téléphone. Sigrid a fait une entrée incroyable. Il y a eu un silence de mort dans la pièce. Tout le monde la dévisageait. Elle portait une robe superbe. Elle était merveilleusement maquillée. On n'en croyait pas nos yeux.

— Qu'a dit Susanne ?

— C'était ce qu'il y avait de mieux. Sigrid s'est approchée de sa mère, suivie par cet homme magnifique. Elle s'est plantée devant elle et elle lui a dit :

« Maman, puis-je te présenter Jonathan David ? Nous allons nous marier cet été. » Susanne est devenue blanche comme un linge.

— Jonathan David ?

— Un Américain. Un Juif d'origine polonaise.

— Mon Dieu !

— On pensait que Susanne allait s'évanouir ou se mettre à hurler. Elle ne s'est jamais remise des crimes de son mari et encore aujourd'hui, elle ne peut pas prononcer le mot « juif ». Mais elle s'est maîtrisée. Elle s'est levée, elle a tendu la main à ce Jonathan David en disant : « Je suis heureuse de vous connaître. » Hélas, ajouta Nicola un peu tristement, elle n'a pas fait de scandale.

Les membres de la famille s'éparpillèrent dans l'après-midi ensoleillé. Au grand soulagement de Chris et de Laura, personne ne se sentit obligé de faire des sketches ni de lire des poèmes.

Felicia fut accaparée par les grands-parents de Laura, des gens simples et honnêtes, très fiers de leur petite-fille. Ils avaient commencé à lui raconter la vie de Laura depuis sa naissance, et Felicia, résignée, songea qu'elle en avait jusqu'au soir. Elle répétait de temps à autre « vraiment ? » ou « est-ce possible ? », tout en pensant à la faillite annoncée de *Wolff & Lavergne*.

Belle ignorait avec superbe le vin, le schnaps et les liqueurs, et sirotait son cinquième verre de jus d'orange, en parlant avec Nicola qui lui racontait les soucis que lui causait sa petite-fille Stefanie et se plaignait de son gendre Richard :

— J'avais pensé qu'à la chute du Mur, ces deux-là tomberaient dans les bras l'un de l'autre en oubliant les années sombres. Mais rien du tout ! Il ne lui pardonne pas, se fait un drame d'avoir été abandonné. De toute façon, il ne m'avait jamais vraiment plu.

Susanne était assise, toute raide, dans un fauteuil près du buffet des desserts, une assiette de gâteau aux cerises intacte sur les genoux. John avait approché une chaise pour s'asseoir à côté d'elle. Il parlait dans un anglais lent, entrecoupé de mots allemands, feignant d'ignorer le malaise de Susanne. Il racontait son métier de journaliste, expliquait qu'il allait rester encore deux ans en Israël, puis retourner avec Sigrid à New York.

— J'espère que vous viendrez à notre mariage en juillet à Jérusalem, dit-il, et Susanne faillit laisser tomber l'assiette.

— On verra, répondit-elle tout en sachant qu'elle ne pourrait pas le manquer.

Julia s'était éclipsée et se promenait à la lisière de la forêt. Il faisait beau, presque chaud, les lilas embaumaient. Elle réfléchissait. Elle avait écrit à sa sœur Anne au Kentucky pour lui parler de Stefanie et elle venait de recevoir une réponse. « Pourquoi est-ce que tu ne m'enverrais pas la petite pour un an aux États-Unis ? écrivait sa sœur. Elle sera obligée de redoubler une classe, mais vu le chemin qu'elle prend, cela n'a guère d'importance. Ici, elle oubliera ces sornettes. Mes fils s'occuperont d'elle. Il y a des chevaux, des barbecues, des fêtes et toutes sortes de choses. C'est probablement ce qu'il lui faut pour se changer les idées. Je serais heureuse de la recevoir... »

C'est une perche à saisir, songea Julia, en s'asseyant sur un banc au soleil. Si elle arrivait à convaincre Stefanie.

Dans le salon, tout le monde entourait Sigrid. Dans

sa belle robe rouge, elle parlait de la guerre du Golfe. « On nous a distribué des masques à gaz, mais si on les ajuste de travers, on peut se tuer avec ces machins-là... » racontait-elle à ses sœurs et leurs époux. Andreas, avec Caroline sur ses genoux, les mariés, des collègues de Chris, des amis de Laura l'écoutaient, fascinés... Sigrid avait l'impression de boire du champagne, en mieux !

Personne ne s'étonnait plus d'une absence qui avait pourtant suscité une certaine excitation à la mairie. Alex n'était pas apparue au mariage de son frère ! Pourtant, elle avait été présente la veille dans l'hôtel.

— Elle m'a prévenu, avait précisé Chris pour les rassurer. Tout va bien.

Et il ne semblait pas le moins du monde contrarié.

13

Quand Alex descendit de l'avion à Londres, il pleuvait. Le thermomètre affichait dix degrés de moins qu'à Francfort. Vêtue d'un pantalon d'été et d'un léger pull-over, elle n'était pas équipée pour le temps morose anglais.

Sa valise mit du temps à arriver et les taxis se firent attendre. Lorsqu'elle parvint enfin à son hôtel, le luxueux *Royal Manor*, elle était trempée jusqu'aux os et on la regarda de travers alors qu'elle se dirigeait vers la réception dans ses chaussures trempées. Elle avait réservé une chambre depuis Francfort. Sa montre indiquait 11 h 30. Le mariage de Chris avait débuté une demi-heure plus tôt et devait être désormais terminé. Elle l'avait appelé à l'aube.

« Chris, je t'ai expliqué hier ma situation dramatique. Je pense qu'il me reste une chance infime pour ne pas sombrer, mais je dois agir tout de suite et partir pour Londres. Je sais que...

— Ne t'excuse pas, Alex. Tu dois prendre ton avion. Je croiserai les doigts pour toi. »

Dans sa chambre, elle défit rapidement sa valise. Elle prit une douche, se lava les cheveux et choisit un pull-over plus chaud dans ses affaires. Elle aurait eu besoin d'un manteau. Elle se débrouillerait sans. Et si tout se déroulait comme elle l'espérait, le succès aurait bien mérité un rhume.

Elle avait réfléchi toute la nuit, mais en donnant l'adresse de Dan au taxi, elle ne put s'empêcher d'hésiter une nouvelle fois. S'était-elle trop précipitée ? Dan allait probablement la prendre pour une folle. Maintenant qu'il avait changé de vie, elle lui courait après. Il serait peut-être furieux, ou pire encore, il chercherait une excuse pour lui expliquer poliment pourquoi il ne pouvait pas l'aider. Le cas échéant, elle se retirerait le plus dignement possible.

Dan habitait Belgravia, un quartier huppé, dans une typique maison anglaise décorée de pignons et de clochetons, avec des fenêtres à croisillons et des persiennes bleues. On traversait un jardin fleuri pour accéder à la porte d'entrée. Il y avait deux sonnettes.

Elle appuya sur celle du bas, devinant que la maison était divisée en deux appartements. Quelques instants plus tard, une dame aux cheveux gris lui ouvrit.

Alex se présenta et lui expliqua qu'elle voulait voir M. Liliencron.

— Je suis désolée, monsieur Liliencron n'habite plus ici. Il a déménagé fin février.

Alex eut comme un vertige.

— Je n'en savais rien... Connaissez-vous sa nouvelle adresse ? Est-ce qu'il habite toujours Londres ?

Seigneur Dieu, faites qu'il ne soit pas parti pour l'Écosse ou l'Amérique ou l'Afrique...

La dame marqua une pause. Alex comprit qu'elle connaissait son adresse mais hésitait à la lui donner.

— Je suis l'une de ses anciennes associées. Je viens d'Allemagne. C'est très important que je le retrouve. Je vous en prie, dites-moi où il habite. À moins qu'il ne vous ait expressément demandé de ne rien dire.

— Non, mais...

— Je vous en prie ! C'est très important.

La dame hocha la tête, disparut dans sa maison puis revint avec un papier qu'elle tendit à Alex.

— Tenez, c'est sa nouvelle adresse. Leigh-on-Sea est un quartier de Southend, qui se trouve à l'est de Londres, près du canal. Vous devriez prendre le train, le taxi vous coûtera une fortune. Il vous faudra au moins une heure.

— Mille mercis, vous m'avez beaucoup aidée. Au revoir.

— Au revoir, dit la dame avant de refermer la porte.

À Southend, il pleuvait encore. Le train avait traversé tout l'est de Londres, ces quartiers ouvriers moroses qui rappelaient les pires époques de l'exploitation capitaliste. Lorsqu'il avait atteint l'Essex, le paysage était devenu beaucoup plus charmant. La campagne était verte et fleurie, mais Alex se sentait profondément déprimée.

Pourquoi suis-je si consternée par son déménagement ? songea-t-elle dans le taxi qui la conduisait chez

Dan. J'ai eu de la chance. Il aurait pu partir élever des moutons en Australie. Mais pourquoi n'a-t-il pas jugé utile de me prévenir ?

Le taxi s'arrêta. Au même moment, la pluie cessa. Le vent de la mer déchira les nuages et le soleil illumina la campagne, faisant miroiter des millions de gouttes d'eau. Alex découvrit une grande maison en pierres rouges, entourée d'un vaste jardin où poussaient des lilas, des cytises, du jasmin, ainsi que des cerisiers et des pommiers. Des pissenlits parsemaient la pelouse. Elle avait raison d'avoir peur : c'était une maison idéale pour une famille, un jardin destiné à des enfants. Elle se rappela ce qu'elle avait cru deviner dans la lettre de Dan du mois de décembre : il y avait une femme dans sa vie. Et la relation était sérieuse. Assez sérieuse pour lui faire quitter Londres et s'installer dans cette maison. Puis, elle comprit qu'elle n'était pas venue pour l'argent de Dan, mais pour lui.

C'était peut-être trop tard. Felicia avait eu raison. La vie ne vous faisait pas tellement de cadeaux.

Elle poussa la barrière du jardin.

Dan et Helen rentrèrent à 17 heures à la maison. Ils avaient fait des courses et portaient des sacs et des cartons. Helen lui racontait en riant une anecdote amusante de son bureau, mais elle se tut en voyant la silhouette recroquevillée sur le seuil. La jeune femme se leva lentement à leur arrivée.

— Dan, je crois que nous avons de la visite.

Dan regarda Alex, ébahi.

— Bonjour, Dan.

Ils ne pouvaient pas se serrer la main car Dan et Helen étaient encombrés de paquets.

— Nous devrions rentrer, fit Helen pour rompre le

silence. La clé de la maison est dans ma poche. Pourriez-vous avoir la gentillesse de la prendre ?

Alex prit la clé dans la poche droite de Helen et ouvrit la porte. Helen entra la première, suivie par Alex qui se retrouva dans un petit vestibule au parquet recouvert d'un tapis blanc. Sur une table il y avait un grand bouquet de fleurs. Alex pensa à l'appartement munichois de Dan, tout en chrome, acrylique et art moderne. C'était complètement différent. Elle se demanda, inquiète, quelle influence cette femme avait sur lui.

Helen revint les mains vides de la cuisine, Dan posa ses sacs et fit les présentations :

— Alexandra Leonberg, Helen Pembroke.

Elles se serrèrent la main. Helen vit une Alex fatiguée, dont les cheveux frisottaient à cause de l'humidité, ce qui lui donnait un air exotique que soulignaient son teint pâle et ses yeux clairs. Alex vit une Helen quelque peu fatiguée elle aussi, une blonde d'environ trente ans, qui ne ressemblait en rien aux filles que Dan avait fréquentées autrefois. À peine maquillée, elle portait un vieux jean, des chaussures de marche et un blazer bleu marine. Elle était jolie, mais du genre à passer inaperçue. Elle semblait intelligente et solide.

Alex avait remarqué le nom de famille. Ainsi, Dan et Helen n'étaient pas mariés.

— Es-tu venue à Londres pour affaires ? demanda-t-il.

— Pas vraiment.

Elle trouva bizarre de parler anglais avec lui, mais c'était plus poli vis-à-vis de Helen.

— J'ai des difficultés. Je voulais t'en parler.

— Tu as eu de la chance. Helen et moi partons

demain en voyage pour quinze jours. Dans une petite maison perdue de la région des Lacs. D'où toutes ces provisions...

Une maison isolée ! Dan qui aimait le luxe et la mondanité ! Puis, Alex se rappela qu'ils avaient passé ensemble de longues journées romantiques dans des endroits solitaires. Ce Dan était le Dan authentique, l'homme qui était en train de découvrir ce qu'il désirait vraiment de la vie.

Helen les regardait tour à tour. Elle semblait deviner que la tension entre eux était trop forte pour de simples connaissances. Aux lèvres serrées de Dan, au visage pâle d'Alex, elle comprit qu'il y avait autre chose.

— Resterez-vous dîner ? s'enquit-elle froidement, espérant visiblement qu'Alex s'en irait bientôt.

Ne sachant que répondre, Alex regarda Dan. Il semblait crispé.

— Alex est mon ancienne associée, Helen. Je t'ai parlé d'elle.

Visiblement, il ne lui avait rien dit de plus.

— Allons au pub, proposa-t-il. La mère d'Helen va passer dans une demi-heure...

Il ne termina pas sa phrase et Alex trouva plutôt cavalière la manière dont il fit comprendre à Helen qu'il voulait rester seul avec elle.

— D'accord, dit Helen. Mais sois de retour pour 19 h 30. Tu sais que maman aime dîner à l'heure. Et moi aussi.

— Bien sûr.

Il prit ses clés de voiture.

— Tu viens, Alex ?

— Cette femme est une ancienne associée, dis-tu ? demanda Mme Pembroke à 19 h 45, alors que Dan n'était toujours pas revenu.

Helen avait mis le repas au chaud et sirotait son vin. Elle avait mauvaise mine.

— Ils ont dirigé ensemble une entreprise de jouets en Allemagne. Il y a deux ans, Dan lui a vendu sa part de l'affaire avant de venir en Angleterre.

— Pourquoi ?

Helen haussa les épaules.

— Il m'a dit qu'il ne voulait pas faire la même chose toute sa vie.

— Hum, fit Mme Pembroke en regardant sa montre. Je trouve qu'il manque d'égards. Qu'a-t-elle à lui raconter de si important ?

— Elle a dit qu'elle avait des difficultés. Je me suis souvenue que Dan m'avait parlé d'un incendie dans une usine en Chine qui appartenait à son ancienne associée. C'était dans les journaux.

— Alors, elle est probablement ruinée et elle cherche un sauveur. Espérons que Dan ne se laissera pas embobiner.

— Il ne va sûrement pas tarder, maman.

Helen essayait de paraître détendue, mais Mme Pembroke la connaissait bien. Helen était soucieuse. Or Mme Pembroke souhaitait de tout cœur un avenir heureux à sa fille. Helen avait été fiancée une première fois, mais elle s'était aperçue trois semaines avant le mariage que son fiancé avait une liaison avec une femme mariée plus âgée que lui. Lors d'une confrontation dramatique, il lui avait avoué qu'il ne quitterait jamais cette femme. Le mariage avait été annulé. Helen, qui avait vingt-trois ans à l'époque, avait fait une grave dépression. Devenue anorexique, elle avait dû être hospitalisée. Elle s'était ensuite remise, mais sa mère s'inquiétait toujours pour elle. Elle espérait que Dan Liliencron ne la ferait pas souffrir.

Il arriva vers 20 heures, essoufflé.

— Pardonnez-moi, dit-il avant d'embrasser Helen et sa future belle-mère. Mais j'ai ramené Alex à la gare et je n'ai pas pu la laisser attendre le train toute seule.

Moi en revanche, tu n'as pas eu de scrupules à me faire patienter, songea Helen, avant d'aller chercher le repas.

— J'ai aidé Helen à faire les valises, dit Mme Pembroke sur un ton de reproche.

— Je m'en serais occupé après le dîner. Je suis désolé, mais Alex était venue d'Allemagne et elle a attendu des heures devant la porte. Je ne pouvais pas la renvoyer en lui disant que je n'avais pas le temps de la voir.

Mme Pembroke ne dit rien, mais on voyait à son visage qu'elle n'y aurait vu aucun inconvénient.

Ils mangèrent en silence, puis la mère de Helen rentra chez elle après leur avoir souhaité un bon voyage. Lorsqu'elle fut partie, Dan se sentit soulagé. Sa méfiance avait été pénible. Il aimait beaucoup Helen, mais il se serait volontiers passé de sa mère.

— Aimerais-tu boire encore quelque chose ? proposa Helen. Une grappa, peut-être ?

— Bonne idée.

Ils se trouvaient au salon. Dan se tenait près de la cheminée. Helen s'approcha du bar. Alors qu'elle lui tournait le dos, elle murmura :

— Vous avez eu une liaison autrefois, n'est-ce pas ?

Il se demanda en quoi il s'était trahi, mais décida de ne pas lui mentir.

— Oui. Il y a très longtemps.

Elle lui donna son verre.

— Pourquoi ne m'en as-tu jamais parlé ?

— Parce que c'était il y a très longtemps. Cela ne m'a pas semblé capital.

— Elle est très attirante.

Il vida son verre d'une lampée.

— Et alors ? Il y a des choses plus importantes dans la vie.

— Elle est plus jolie que moi.

— Helen, bon sang, où veux-tu en venir ? Ce n'est pas une rivale. Notre histoire est vraiment terminée.

Helen s'assit dans un fauteuil.

— Que voulait-elle ? C'était sûrement important puisqu'elle est venue te voir au lieu de téléphoner.

— Elle m'a proposé de devenir son associé, répondit-il en jouant avec son verre vide.

— Quoi ?

Dan sembla quelque peu agacé.

— Qu'y a-t-il de si surprenant ?

— Dan, tu me l'as raconté toi-même ! Cette femme a ruiné son entreprise. Elle n'a plus rien. Comment peut-elle t'offrir quelque chose ?

— Pardonne-moi, mais je ne suis pas un imbécile et Alex non plus. Elle ne m'a rien caché et de toute façon, je connais la situation. Il s'agit de mon argent, non ?

Helen passa ses deux mains dans ses cheveux.

— Ce n'était pas une coïncidence. Je l'ai compris au premier regard. Elle est astucieuse et dépourvue de scrupules. Je suis sûre qu'elle s'est débrouillée pour te présenter l'affaire comme si elle t'offrait vraiment quelque chose. En vérité, elle est au bord du gouffre et elle devrait plutôt te supplier à genoux de lui avancer de l'argent. Mais elle feint de t'offrir l'affaire du siècle. Comme c'est aimable à elle !

— Helen, je ne comprends pas pourquoi tu l'attaques comme ça. Aimerais-tu encore un verre ?

— Non. Ou plutôt si. Que lui as-tu répondu ?

— Je lui ai dit que c'était utopique car j'habitais désormais l'Angleterre et que je voulais investir mon argent ici.

— L'as-tu aussi avertie que nous allions nous marier ?

Elle remarqua qu'il était en colère.

— Qu'est-ce que tu sous-entends ?

— Lui as-tu dit ? insista-t-elle.

— Oui.

— Et comment a-t-elle réagi ?

— Comment voudrais-tu qu'elle réagisse ? Elle m'a écouté.

Soudain, Helen se sentit malheureuse et épuisée. Elle se leva.

— Pardonne-moi. Je suis idiote de te faire subir cet interrogatoire. Mais j'ai tellement peur. Quand je vous ai vus tous les deux... C'était tellement évident qu'il y avait encore quelque chose entre vous. Tu vas me dire que je suis folle...

Elle se tut, comme si elle attendait qu'il lui donne raison. Mais il resta silencieux.

— On voit que c'est une battante, poursuivit-elle. C'est quelqu'un qui retombe toujours sur ses pieds. As-tu vu son regard ? Ce gris impassible... (Elle eut un rire sarcastique.) Quelle remarque idiote ! Tu connais son regard par cœur.

— Helen, reprit-il sur un ton chaleureux et décidé. Tu savais qu'il y avait eu des femmes dans ma vie avant toi. Autrefois, j'ai aimé Alex, c'est vrai. Je l'avoue. Mais c'est terminé.

Rien n'était terminé. Rien du tout. Il se demanda

comment il pouvait mentir aussi effrontément sans rougir.

— Est-ce qu'elle t'a dit s'il y avait quelqu'un dans sa vie ? questionna Helen, et il fut frappé de sa perspicacité.

— Elle en a parlé, mais pourquoi...

— Elle est du genre à se battre par tous les moyens. Elle sait comment te toucher.

— Rien ne m'a touché, répliqua-t-il, en formulant son deuxième mensonge.

Grawinski. Bien sûr qu'elle lui avait parlé de lui. « J'ai eu une liaison avec lui. Ou plutôt, je l'ai encore... Je ne sais pas comment ça a commencé. »

Après tout ce temps, il avait ressenti une telle douleur, une si grande jalousie, qu'on aurait dit qu'ils s'étaient séparés la veille. Même si Alex avait été calculatrice, il avait su qu'elle ne mentait pas. Elle couchait vraiment avec Grawinski. Pourquoi se sentait-il tellement abattu ? Il aurait dû y être parfaitement insensible. Il était parti de son côté, elle du sien. La vie d'Alex ne le concernait plus.

Il donna le verre à Helen qui l'accepta mais ne le porta pas à ses lèvres.

— Je n'aurais pas dû parler comme ça, marmonna-t-elle, résignée. Pardonne-moi, Dan.

— Je n'ai rien à te pardonner.

Il était soulagé qu'Helen parût décidée à changer de sujet. Même si elle avait passé la nuit à le harceler de questions, il aurait tout nié et elle n'avait aucune preuve pour vérifier ses pressentiments. D'un seul coup, il se détesta pour les sentiments contradictoires qu'Alex avait réveillés chez lui. Helen n'avait pas mérité qu'il pensât une seconde à une autre femme. Et d'autant moins à une femme qui n'en voulait probablement qu'à son argent.

Il la serra dans ses bras.

— Ne t'inquiète pas, ma chérie. Tu n'as aucune raison d'avoir peur, je te le promets. Demain, nous partons en vacances et nous allons bien nous amuser. Allons, souris-moi.

Elle éclata en sanglots.

— Je suis désolée, Dan, je suis désolée !

Il comprit qu'il avait réveillé le vieux traumatisme d'Helen. Il la tint serrée contre lui, lui caressa les cheveux, essayant désespérément d'oublier Alex, ce rire qui n'effleurait jamais ses yeux, cette voix qui, même en lui exposant sa situation désastreuse, ne s'avouait pas vaincue, et ce geste – pourquoi était-il hanté par le souvenir de ce geste ? – avec lequel elle secouait ses cheveux humides avant d'entrer dans le pub, les agitant si fort que des milliers de gouttelettes de pluie étincelaient un bref instant, tels des diamants où se brise la lumière.

14

— Je ne comprends pas comment tu peux encourager un projet aussi saugrenu, dit Susanne à sa sœur. Maman est beaucoup trop âgée pour faire un voyage pareil. Par ailleurs, il y a des paperasseries interminables à remplir. Malgré la Glasnost et tout ce qui s'ensuit. Et si elle tombait malade là-bas ! Tu ne trouverais jamais un médecin convenable.

— Je sais, répliqua Belle, mais elle y tient absolument. Et nous ne savons pas combien de temps elle a encore à vivre. Je n'ai pas eu le courage de lui dire non.

Les deux vieilles dames se trouvaient à Berlin, dans le salon de Susanne, et buvaient du café. C'était le 1er juin, une belle journée ensoleillée.

— Pourquoi est-ce qu'Andreas ne t'a pas accompagnée ?

— Il a voulu rester à Munich avec Alex. Elle doit vendre sa société et il voulait être là pour la soutenir.

— Je vois, dit Susanne, désintéressée.

Elle n'avait jamais eu d'affinités avec sa sœur et elle se sentait aussi inconfortable avec Belle qu'avec Felicia.

Tout cela est absurde, songea-t-elle. Et elle veut m'y entraîner !

Après le mariage de Chris, Belle et Andreas avaient décidé de rester quelques semaines en Allemagne, puis Felicia avait eu l'idée d'emmener ses deux filles à Lulinn, en ancienne Prusse-Orientale. Désormais, c'était possible mais compliqué, et Susanne ne voyait pas l'intérêt d'une telle expédition. À quoi bon revoir une vieille propriété qui leur avait appartenu autrefois ? Quarante-six ans plus tôt, en janvier 1945, Felicia l'avait quittée par une nuit glaciale et enneigée, fuyant devant les Russes, et ce chapitre était clos. Si jamais la maison et les écuries étaient encore debout, elles seraient devenues depuis des décennies le siège d'une quelconque coopérative et probablement dégradées ou à l'abandon.

Bien qu'elle eût passé de nombreux mois dans cette maison, Susanne n'y était pas attachée. Elle ne gardait que des souvenirs malheureux de son enfance. Belle, en revanche, avait aimé Lulinn, mais après la guerre, elle s'était résignée à ce que cette époque fût révolue. Or les deux femmes savaient que leur mère avait toujours conservé l'espoir d'y retourner un jour.

— Quand voulez-vous partir ? demanda Susanne.

— Dès que tu auras obtenu ton visa.

— Est-ce que vous ne pouvez pas y aller sans moi ?

Belle versa de la crème dans son café. Au diable avec les calories ! De toute façon, elle ne retrouverait jamais sa taille de guêpe.

— Maman le veut. Elle n'en a plus pour longtemps. Elle ne va pas très bien.

— C'est elle qui te l'a dit ?

— Non. Elle prétend qu'elle est en pleine forme, mais elle le dira jusqu'à sa mort. Je trouve qu'elle a mauvaise mine.

Susanne ne sembla pas affectée outre mesure.

— Encore du gâteau ?

— Non merci, fit Belle en regardant sa montre. Je dois y aller. J'ai promis à maman d'être de retour à 18 heures à l'hôtel.

Felicia s'était allongée après déjeuner pour une heure, mais à son réveil, elle s'aperçut qu'il était déjà 17 h 30. Ce genre de choses l'exaspérait. C'était déjà assez pénible de ne plus pouvoir se passer d'une sieste, mais quand celle-ci se prolongeait jusqu'en début de soirée, c'était très mauvais signe. Cela voulait dire qu'on ne se maîtrisait plus.

Elles étaient descendues au *Seehof*, au cœur de Berlin. C'était ici, à Charlottenburg, que Felicia avait grandi. Elle s'y sentait chez elle. Quoique la ville eût beaucoup changé depuis les bombardements de la Seconde Guerre mondiale, elle retrouvait des traces du Berlin d'autrefois. Le sable du Havelufer, les pins noirs sous un ciel mélancolique, Sans-souci et ses jardins en terrasse, le Kurdamm ou encore l'accent berlinois émouvaient Felicia bien davantage que des arbres de Noël, des bouquets de roses ou des couchers de soleil.

Berlin bouillonnait. La ville s'était réveillée de son calme insulaire de l'époque du Mur. Une foule s'y pressait, le trafic était chaotique. Le commerce de la drogue explosait, de même que les agressions dans la rue. Ce n'était pas un beau visage pour inaugurer ces temps nouveaux, mais il était probablement inévitable.

Pourvu que Susanne reçoive bientôt ses papiers, comme ça nous pourrons partir, songea Felicia. Elle se demanda s'il serait possible d'emprunter le même chemin qu'autrefois, remonter par Dantzig, Königsberg – aujourd'hui rebaptisé Kaliningrad – jusqu'à Insterburg... Oh, ces noms tant aimés ! Ils provoquaient chez elle la même excitation qu'à l'époque où, petite fille, elle se retrouvait dans le train poussif avec sa mère et ses deux frères – son père avait toujours eu du mal à quitter son cabinet de médecin. Elle demandait sans cesse : « Sommes-nous bientôt arrivés ? » Ou encore : « Penses-tu que Jadzia a fait cuire du pain au cumin ? » À l'époque, la bonne polonaise ne s'était pas enfuie avec les autres, elle était restée à Lulinn, butée tel un vieux général. Felicia n'avait plus jamais eu de ses nouvelles.

Quand elle se leva de son lit, elle ressentit soudain une terrible douleur. Elle se plia en deux et porta la main à son sein gauche. Instinctivement, elle comprit que c'était le cœur. Une crampe brusque et sournoise. La souffrance lui coupa le souffle et dévasta son corps tout entier. Son cœur s'emballa, ses mains se mirent à trembler, ses genoux fléchirent. Un instant, elle pensa avoir la nausée, mais son estomac s'apaisa au dernier moment. Elle voulut saisir le téléphone qui lui échappa deux fois des mains. Les touches se brouillaient sous ses yeux. Il lui fallut un long moment avant d'atteindre la réception. D'une voix rauque, elle donna son numéro de chambre. La jeune fille impatiente lui demanda par deux fois ce qu'elle voulait, jusqu'à ce que Felicia réussisse à faire appeler un médecin. Puis, l'écouteur glissa sur la table de chevet et elle se laissa choir sur le lit. Sa dernière pensée, avant de perdre connaissance, fut qu'elle était en train de mourir et que ce ne serait pas si grave si cette terrible douleur pouvait au moins s'arrêter.

Elle ne mourut pas, et ce n'était pas un infarctus, comme l'avait redouté la femme de chambre affolée. À l'hôpital, le médecin lui expliqua qu'elle avait eu une alerte cardiaque, que cela pouvait se reproduire, ce qui l'obligerait désormais à mener une vie prudente.

— Est-ce que vous fumez ?

— Oui.

— C'est interdit. Vous buvez ?

— De temps à autre.

— Interdit aussi. Par ailleurs, il faudra éviter le stress et ne pas vous énerver. Attention aux escaliers. On va vous prescrire des médicaments, et si vous menez une vie plus tranquille, je ne pense pas que quelque chose se produira à court terme.

Bien sûr, on lui défendit le voyage en Prusse-Orientale. Le médecin fut consterné lorsqu'il comprit qu'elle continuait à l'envisager.

— Seigneur, vous ne pouvez même pas retourner à Munich avant une semaine ! Vous resterez ici ou à l'hôtel, mais seulement si vous promettez de demeurer allongée ou assise et de ne pas faire de bêtises.

Felicia décida aussitôt de rentrer à l'hôtel. Physiquement, elle se sentait mieux, mais elle était triste de devoir annuler son voyage. L'idée de se reposer l'ennuyait. D'un autre côté, elle devait se montrer reconnaissante. La mort l'avait frôlée de près. C'était même la première fois qu'elle lui faisait signe. Désormais elle ne la lâcherait plus. En cette chaude journée de juin, Felicia comprit que les aiguilles de l'horloge de sa vie indiquaient minuit moins une.

Le *Seehof* disposait d'une merveilleuse terrasse qui donnait sur le lac de Lietzen. Felicia s'y installait tous les matins pour son petit déjeuner, et y demeurait jusqu'à ce que les rayons du soleil couchant lui effleurent le visage. Le lac frémissait sous la brise, les enfants jouaient avec des chiens sur la rive. Dans les maisons aux alentours, les fenêtres grandes ouvertes laissaient entrer le parfum des fleurs. Le soir, on respirait des odeurs de viande grillée, on entendait de la musique et des éclats de rire, le temps devenait lourd, annonçant l'orage, et les fleurs dégageaient un parfum sucré et entêtant. Felicia regardait et écoutait. Ses filles inquiètes ne la quittaient pas, même pas Susanne qui, autrefois, ne l'avait pas supportée plus de cinq minutes. Belle et Susanne n'arrivaient pas à concevoir que leur mère était souffrante. La raison leur disait que c'était inévitable chez une femme de plus de quatre-vingt-dix ans, mais elles ne pouvaient s'empêcher d'être choquées et affolées. Elles ne se souvenaient pas d'avoir connu Felicia malade.

L'après-midi du cinquième jour après la crise cardiaque, elles étaient assises ensemble comme d'habitude. Susanne buvait un thé, Belle un panaché bière-limonade et Felicia semblait somnoler. Soudain, elle déclara d'une voix limpide :

— Je crois que je vais rester ici.

— Pardon ? sursauta Susanne.

— Quoi ? s'exclama Belle.

— Vous m'avez bien comprise. Je vais vivre à Berlin le temps qu'il me reste.

— C'est absurde ! rétorqua Susanne. Tu as une grande maison en Bavière...

— Mais je suis berlinoise.

— Tu habites depuis... (Susanne fit un rapide calcul et s'effraya elle-même du temps écoulé.) Tu habites la Bavière depuis 1914, c'est-à-dire soixante-dix-sept ans. Depuis le temps, tu aurais dû t'y être habituée.

— Justement pas. Je m'y suis toujours sentie en exil.

— Maman, un déménagement pareil serait épuisant, protesta Belle. Tu ne peux pas t'imposer ça après ce que tu viens de subir. Seulement pour...

Elle hésita, mais Felicia termina sa phrase pour elle.

— Seulement pour vivre encore six mois, tu veux dire ? À mes yeux, cela vaudrait le coup même pour quatre semaines. J'appartiens à cet endroit. C'est ici que je veux mourir.

Susanne lança un coup d'œil à sa sœur qui voulait dire : et voilà qu'elle devient bizarre !

— Pourquoi dois-tu toujours faire la difficile, maman ? se plaignit-elle. Tu présumes toujours de tes forces. Imagine un peu que tu sois partie pour la Prusse-Orientale et que tu aies eu cette alerte là-bas. Tu y serais morte !

— Au moins, j'aurais revu Lulinn, s'obstina Felicia. Mais je suppose que chaque chose a un sens caché. Peut-être ne devais-je jamais y retourner pour en conserver le souvenir intact. J'aurais probablement été effondrée de voir ce qu'ils en ont fait.

— Sûrement, renchérit Belle. Tu sais bien comme ils ont tout laissé s'écrouler. Le Lulinn d'aujourd'hui... ce n'est sûrement plus notre Lulinn, *mami*.

Elle n'utilisait presque plus jamais le tendre « *mami* », ce qui la trahit aussitôt. Elle était encore émue par le souvenir d'un lieu qui avait représenté pendant très longtemps le cœur de la famille. Quand elle croisa le regard de sa mère, elles comprirent toutes les deux qu'elles pensaient à la même chose et ressuscitaient un tableau du passé : une allée de chênes, des champs à perte de vue, des chevaux dans des pâturages, une vieille maison recouverte de lierre, des rosiers multicolores, un verger sauvage, des centaines de voix qui remplissaient la maison et la cour, des oies sauvages dans le ciel et le parfum de la mer emporté par le vent. Le portrait n'avait pas vieilli d'un jour depuis ces temps heureux, il leur souriait à travers les années, puis il se dissipa, révélant la réalité d'une soirée d'été à Berlin, le petit lac bordé d'immeubles.

— Ces dames aimeraient-elles voir la carte ? demanda le garçon en s'approchant.

— Avant tout, je voudrais un cognac, déclara Felicia d'une voix rauque.

— Tu ne dois pas boire d'alcool..., murmura Susanne, alors que le garçon était déjà reparti.

— J'en ai besoin. Ne me regarde pas comme ça, Susanne. Un cognac ne me tuera pas sur le coup !

— Pour en revenir à ton étrange idée..., dit Belle, mais Felicia ne la laissa pas poursuivre.

— N'essaie pas de me dissuader. C'est inutile. Heureusement, je n'ai pas besoin de votre permission.

— Tu ne trouveras jamais un appartement ici, lança Susanne.

— Je ne suis pas pauvre. Avec de l'argent, on trouve toujours tout. Ne t'inquiète pas, je ne vais pas être pendue à tes basques. La ville est assez grande pour nous deux. Tu ne seras pas obligée de me voir si tu ne le veux pas.

Susanne s'empourpra, car Felicia avait lu dans ses pensées.

— Et que va devenir la maison à Breitbrunn ? demanda Belle.

— Comme pour tout le reste, vous êtes mes deux héritières, mais je ne pense pas que l'une d'entre vous voudra y habiter. C'est pourquoi Alex devrait avoir le droit d'y résider. Le moment venu, si elle souhaite y rester pour toujours, Belle trouvera un arrangement avec elle et Susanne pourra lui vendre sa part.

— Mais que ferait Alex toute seule dans cette immense maison ?

— Elle n'est pas toute seule. Elle a une fille. Et Nicola et Serguei y habitent. Julia y emménagera peut-être aussi, quand Stefanie partira pour les États-Unis et que Michael entrera à l'université dans un an ou deux. Par ailleurs...

— Oui ?

— Je n'ai pas perdu espoir qu'Alex en finisse un jour avec sa vie solitaire. Elle est assez jeune pour se remarier et avoir d'autres enfants. Breinbrunn est un endroit idéal pour une famille.

Susanne eut un rire moqueur.

— C'est typique de toi, maman. Le grand général qui planifie tout. Comme d'habitude, tu déplaces les membres de la famille comme des pions sur un échiquier.

Felicia prit une expression froide et distante.

— Tu ne me pardonneras jamais de ne pas avoir été

la mère idéale, n'est-ce pas, Susanne ? Mais tu ferais bien de mesurer tes paroles. Pendant toutes ces années, tu n'as pas remarqué le malaise de Sigrid, et tu peux remercier le ciel qu'elle ne se soit pas pendue avant d'avoir rencontré Jonathan David. Alors, qu'as-tu décidé ? ajouta-t-elle d'une voix méchante. Iras-tu en juillet au mariage à Jérusalem ?

Le visage de Susanne était devenu blême.

— Je n'ai pas de comptes à te rendre, ni en ce qui concerne mes enfants, ni en ce qui concerne mes projets. Tu ne t'es jamais intéressée à moi. Ne commence pas maintenant alors que tu as un pied dans la tombe.

— Susanne ! s'exclama Belle, choquée.

Susanne se leva et faillit renverser le garçon qui apportait le cognac de Felicia.

— Je ne vois pas l'intérêt de dîner ce soir avec vous. De toute façon, je n'ai pas faim.

Elle tourna les talons et se fraya un chemin vers la sortie parmi les tables et les parasols, sa silhouette décharnée raide de colère.

— Je me demande pourquoi cette fille fait toujours un drame de tout, murmura Felicia.

— Cette fille a soixante-dix ans, lui rappela Belle. Et vous êtes désormais trop âgées pour vous comprendre. Il est vrai que c'était inutile d'évoquer Jérusalem. Tu sais que cette vieille histoire continue à la hanter.

Felicia n'avait jamais mesuré l'étendue de la tragédie.

— Seigneur Dieu, elle aurait dû pourtant s'en remettre depuis le temps !

— Il y a des choses dont on ne se remet jamais.

— Tu as raison, dit Felicia en buvant son cognac avant d'ouvrir la carte. Allons, choisissons un bon dîner. Quelque chose de typiquement berlinois pour fêter mon retour.

Un chien sauta dans le lac. Des enfants poussèrent des cris de joie. Un rire de femme heureuse retentit dans les jardins. Belle, tout en rondeurs, lourde et molle, regarda sa vieille mère avec envie et admiration. Qu'est-ce qui mettrait un jour un terme à sa vitalité et à son éternel enthousiasme ?

— Heureusement que nous ne sommes pas à Lulinn. Sinon, tu aurais décidé de finir tes jours là-bas, et je parie que tu aurais réussi à reprendre la propriété et à mettre à la porte les malheureux paysans du kolkhoze !

— De cela, tu peux être certaine, déclara Felicia.

15

C'était un lundi, le 19 août 1991, par une chaude journée ensoleillée, alors que les premières couleurs de l'automne se laissaient deviner. Le monde entier avait les yeux braqués sur Moscou. À l'aube, la radio avait annoncé la déposition du président Gorbatchev et son remplacement par un prétendu comité d'urgence. Les putchistes se composaient essentiellement de hauts fonctionnaires qui n'appréciaient pas les réformes de Gorbatchev. Celui-ci serait retenu dans sa datcha en Crimée, on n'en avait pas de nouvelles. Les chars étaient entrés dans Moscou, l'état d'urgence déclaré dans tout le pays. Mais les premières manifestations contre le putsch se déployaient sous la direction du président Eltsine. La majorité de la population semblait le soutenir.

Alex avait écouté les informations et compris l'enjeu, mais elle était obsédée par ses propres problèmes. Depuis son retour, elle étudiait les possibilités pour sauver son entreprise, mais c'était sans espoir. Elle avait vendu des parties de la chaîne de production, or comme chacun connaissait sa situation, elle n'en avait pas retiré de bons prix.

Vers 19 heures, alors qu'elle était la dernière au bureau, elle rassembla ses affaires. Grawinski avait appelé à midi de Rome où il se trouvait pour des projets immobiliers. Comme elle s'était absentée pour déjeuner, il avait laissé le message afin qu'elle le rappelle. Elle souleva l'écouteur, avant de le reposer. Elle n'avait pas envie de lui parler. Elle songea à l'expression sur le visage de Dan quand elle lui avait parlé de Grawinski. Il n'avait pas pu cacher sa peine. Mais Helen avait sûrement réussi à le consoler. Depuis, il n'avait plus donné de ses nouvelles.

Alex sortit dans la Maximilianstrasse. Toutes les tables du café *Kulisse* étaient occupées et la foule déambulait dans les rues étouffantes. L'essence, l'asphalte, l'huile solaire et les cigarettes se mélangeaient en cette odeur particulière des grandes villes en été. D'ordinaire, Alex aimait le parfum de la rue et des pierres saturées de soleil, mais ce soir-là, elle se sentait triste. Ce parfum lui rappelait des époques insouciantes, Los Angeles, la plage de Santa Monica, les soirées entre amis, lorsque leur plus grand souci était de savoir quelle note on allait obtenir à l'école et si l'on parviendrait à attirer l'attention de tel ou tel garçon.

Alex quitta la ville et prit l'autoroute. Un mal de tête remontait lentement le long de sa nuque jusqu'à ses tempes. Depuis six mois, ces douleurs étaient devenues une partie intégrante de sa vie. Elle s'y était presque habituée, mais parfois elle se sentait si mal qu'elle avait des nausées et devait s'allonger dans une chambre obscure.

Elle aimait parcourir ce chemin jusqu'au lac, surtout en été, quand la campagne fleurie s'étendait autour d'elle. La brise dessinait des vagues dans les champs de blé. Ici et là, la récolte avait déjà été ramassée et le chaume jaune évoquait déjà les ciels couverts, le brouillard, les pommes de terre grillées au feu de bois et les feuilles craquant sous les pas.

C'est encore l'été, songea Alex.

Même si cet été l'attristait, elle redoutait encore plus la venue de l'automne. Elle évitait de penser aux journées plus courtes, aux nuits sombres et froides. Elle ne voulait surtout pas envisager son avenir.

Cependant, lorsque l'Ammersee apparut devant elle, la jeune femme éprouva un sentiment de sérénité. Le soleil étincelait sur l'eau et des voiliers couraient sur le lac. De nombreuses voitures étaient garées près des jardins à bière. Personne n'avait envie de rester chez soi en cette belle soirée.

Alex avait été étonnée par la décision de Felicia de rentrer à Berlin, mais elle avait compris que la vieille dame ne changerait pas d'avis. Felicia avait trouvé un agent immobilier et choisi les objets qu'elle voulait emporter. Elle avait l'intention d'acheter de nouveaux meubles, mais elle ne se séparerait pas du tableau de Lulinn, de quelques livres ni des photographies. Elle laissait les chevaux derrière elle et n'emmenait que sa vieille chienne de berger presque aveugle. Elle ne voulait pas imposer aux chiens plus jeunes un petit appartement en ville après la grande propriété.

« Tu t'en occuperas, n'est-ce pas, Alex ? lui avait-elle demandé. Tu es la seule personne à qui je puisse confier ma maison sans me faire de soucis. »

Alex avait eu le sentiment d'être une nouvelle fois écrasée par la responsabilité, mais elle n'avait pas eu la force de se rebeller et pas vraiment l'envie. Breitbrunn était un nid où elle pouvait se réfugier pour y panser ses plaies.

En juillet, l'agent immobilier avait trouvé un appartement de quatre pièces à Charlottenburg. Après l'avoir visité, Susanne avait conseillé à sa mère de le prendre, « puisqu'elle s'obstinait dans ce projet insensé ». Felicia avait quitté la maison où elle habitait depuis 1946, le cœur léger, pour retrouver ses racines. La famille l'avait regardée faire, à la fois irritée et fascinée.

Alex entra dans le garage, coupa le moteur et descendit de voiture. Il commençait à faire plus frais. C'en était terminé des bains de minuit et des nuits où l'on pouvait rester assis dehors.

Elle entendit des éclats de voix dans la cuisine, reconnut celles de Nicola, de Julia, de Michael et de Caroline. Julia avait emménagé avec son fils dans l'appartement sous les combles, car Alex l'avait convaincue de quitter son logement en ville.

Julia avait accepté la proposition avec joie, mais elle avait insisté pour payer un loyer. Et Alex était heureuse car Caroline était très attachée à Julia. Lorsqu'elle devait s'absenter, elle laissait sa fille entre de bonnes mains. Tout allait pour le mieux. Excepté que les fondements de sa vie se craquelaient sous ses pieds.

Ils discutaient à la cuisine des événements à

Moscou. Caroline, que cette discussion ennuyait, geignait. À cause de sa migraine, Alex n'eut pas la force d'aller la voir. Elle avait besoin de se reposer cinq minutes et de prendre un médicament. Sur la pointe des pieds, elle se dirigea vers le bureau qui avait été celui de sa grand-mère. Elle y avait à peine touché, accrochant seulement quelques tableaux. Peut-être ferait-elle recouvrir le canapé. Elle avait remarqué un beau tissu blanc à fleurs vertes. Elle fit dissoudre un comprimé dans un verre d'eau et se massa les tempes. Le courrier était posé sur le bureau. Une lettre de Chris : il allait bien et Laura venait d'obtenir une place d'étudiante en droit à l'université de Francfort. Il était pressé qu'elle devînt avocate pour qu'ils puissent ouvrir ensemble un cabinet. « Viens bientôt nous voir, et appelle-moi si tu as des soucis », concluait-il.

— Hélas, tu ne peux pas m'aider, marmonna Alex. Personne ne peut m'aider.

Il y avait aussi une carte postale de Sigrid et John qui passaient leur voyage de noces à Dubai. Et une de ses parents de Rome. Ils faisaient un voyage en Europe avant de repartir en septembre pour les États-Unis.

Les autres lettres étaient des factures, des factures et encore des factures. Une lettre recommandée de la banque. Elle la mit de côté sans l'ouvrir. Le temps d'une soirée, elle voulait oublier la banque et ses réclamations sans fin.

Le crépuscule tombait. Le soleil glissait derrière les collines de la rive opposée. Alex eut envie de sortir respirer l'humidité de la nuit et écouter le clapotis du lac. Elle se faufila jusqu'à sa chambre. Dieu merci, la conversation à la cuisine était si animée qu'ils ne l'avaient pas entendue rentrer. Elle retira son tailleur, enfila un jean et un tee-shirt, se brossa les cheveux, prit un chandail sur les épaules et quitta la maison par une porte arrière.

Elle s'engagea sur un sentier qui descendait jusqu'au lac. Elle ouvrit la barrière qu'on ne voyait presque plus, tant elle était cachée sous la verdure et se retrouva sur la petite plage qui avait autrefois appartenu à la propriété. Au-dessus de sa tête, les arbres étaient si épais qu'elle ne voyait presque pas le ciel. Elle continua en direction du sud, vers le ponton où l'on pouvait rester des heures à bronzer, lire ou somnoler.

Alors qu'elle s'en approchait, elle remarqua un homme assis, les bras autour des genoux. On aurait dit qu'il avait froid. Alex hésita. Elle ne voulait pas déranger l'inconnu et elle n'avait envie de parler à personne. Mais il avait dû l'entendre approcher car il tourna la tête. C'était Dan.

Il se leva et vint vers elle. Bien qu'elle fût abasourdie de le voir, il lui sembla plus familier que deux mois plus tôt. En Angleterre, il avait été un inconnu, ici il redevenait le vieux Dan. Cette image de lui, le lac sombre en arrière-plan, avait l'intensité presque douloureuse de nombreux souvenirs. Seize ans auparavant, aux premiers temps de leur amour, ils se donnaient toujours rendez-vous sur ce ponton. Dan venait de Munich, garait sa voiture un peu plus loin et descendait jusqu'au lac, tandis qu'Alex disait à sa grand-mère qu'elle allait se promener. Ces mois avaient été les plus heureux de son existence.

En dépit du crépuscule, elle remarqua qu'il était plus bronzé qu'en juin. Puis, elle se rappela qu'il avait pris des vacances.

— Est-ce qu'elles t'ont dit que je voulais aller jusqu'au lac ? s'informa-t-il.

— Pardon ?

— Ta tante et tes cousines. J'ai demandé où tu étais et elles m'ont répondu qu'elles ne savaient pas à quelle heure tu allais rentrer. Alors, j'ai décidé de faire une promenade.

— Non, je ne leur ai même pas encore parlé. Je voulais être seule.

— Oh, ma pauvre, et voilà que tu tombes sur moi !

— Pourquoi n'es-tu pas en Angleterre ?

Il esquiva sa question.

— J'ai eu de la peine à te trouver. Je suis d'abord allé Prinzregentenstrasse. La concierge m'a dit que tu habitais désormais l'Ammersee. J'ai pensé que ce ne pouvait être que la maison de Felicia. Ici, j'ai appris que la vieille dame vivait désormais à Berlin.

Il éclata de rire.

— Décidément, on ne pourra jamais l'arrêter !

— Elle a plus d'énergie que toute la famille réunie.

— On marche un peu ?

En silence, ils longèrent la rive. Ils devaient faire attention de ne pas trébucher sur les racines. La nuit promettait d'être claire et remplie d'étoiles.

Des centaines de questions se bousculaient dans la tête d'Alex. Que faisait-il ici ? Pourquoi était-il venu ? Et Helen ?

— Comment se sont déroulées tes vacances ? demanda-t-elle poliment.

— Bien, répondit-il, avant de se corriger. Non. Ce n'est pas vrai. Ce fut un cauchemar.

Elle s'inquiéta de l'entendre si sérieux.

— Tu as pourtant bonne mine.

— Le temps a été merveilleux. Du soleil toute la journée, dans le nord de l'Angleterre, tu te rends compte. Mais autrement...

Il passa la main dans ses cheveux.

— C'est fini entre Helen et moi.

— Mais en septembre vous vouliez...

— Nous marier, oui. J'étais très sûr de moi. Mais après ta visite, tout a changé. Elle s'en est aperçue et elle a fait le rapprochement. Notre voyage a été une succession de crises de larmes, de discussions, de reproches... Le pire, c'était qu'elle avait raison. Je me suis mal comporté avec elle.

Il fouilla la terre avec la pointe de son soulier.

— Je lui ai fait croire que je l'aimais. Moi aussi, j'ai voulu le croire. Mais j'aurais dû savoir que...

Il interrompit sa phrase et curieusement, Alex n'eut pas envie de lui demander ce qu'il avait voulu dire. Elle se sentait attristée.

— J'ai décidé de revenir en Allemagne. Si tu le désires, j'aimerais bien devenir ton associé chez *Wolff & Lavergne*.

Les choses allaient trop vite pour qu'elle pût vraiment se réjouir. Après avoir tellement espéré obtenir ce résultat, elle s'était résignée à l'échec. Désormais, elle se sentait troublée, fatiguée et incrédule.

— Tu peux revenir quand tu veux. Dans ce qui reste de la société. De toute façon, nous allons devoir recommencer très petits.

— Nous nous rattraperons.

— Les temps vont être difficiles en Allemagne. La réunification engloutit des milliards. Nous la sentirons passer nous aussi.

— Nous y parviendrons quand même.

Elle ne put s'empêcher de rire.

— C'est agréable de parler à nouveau avec un optimiste.

— Je dis ce que je pense, tu le sais bien. Nous formions une bonne équipe. Nous réussirons à nouveau.

Ils revinrent lentement sur leurs pas. Entre les arbres, le ciel était strié de lueurs rouges.

— Pourquoi ? demanda-t-elle.

Il réfléchit un moment.

— Ces deux vieilles dames, obstinées et avides de puissance, nous ont transmis le travail de leur vie. Et nous l'avons accepté. Nous ne devons pas le détruire. Cette idée n'a pas cessé de me hanter. Nous ne devons pas être ceux qui échouent.

Et c'est la seule raison de ton retour ? se demanda Alex.

Mais elle ne dit rien. Il était encore trop tôt. Beaucoup trop tôt.

Ils poussèrent la barrière grinçante du jardin. Les arbres dégageaient un parfum de fruits mûrs. Une maison à la campagne, des animaux, des champs, un lac... Soudain, Alex comprit ce que sa grand-mère lui avait offert. Elle n'était pas seulement partie à Berlin par caprice. Elle lui avait cédé sa place. Elle lui avait donné un endroit où bâtir sa propre vie. Désormais, Alex pouvait agir à sa guise avec l'entreprise et la maison. Felicia avait enfin lâché les rênes.

— Tu restes dîner avec nous, Dan ?

— Volontiers. Si je ne dérange pas.

— Bien sûr que non.

Ils traversèrent le jardin, furent accueillis par les aboiements des chiens et les voix joyeuses de la famille. Alex pensa à Felicia, qui était plus âgée que le siècle, qui avait survécu à tant de catastrophes tout en demeurant coriace et imperturbable. Pour la première fois depuis longtemps, elle sentit un peu de cette force revenir en elle. Dan avait raison : ils ne capituleraient pas.

Comme s'il avait deviné qu'elle songeait à sa grand-mère, il ajouta :

— Nous devrions téléphoner à Felicia pour lui dire que nous avons décidé de continuer, tu ne trouves pas ?

— Absolument, acquiesça Alex, mais nous n'allons pas l'appeler. Nous allons nous rendre à Berlin et le lui annoncer de vive voix.

— Vraiment ?

— Oui. Elle le mérite. Plus que toute autre personne. Elle se réjouira et elle boira du champagne avec nous. Son médecin le lui a interdit et c'est ce qui lui fera le plus plaisir.

Dans sa voix perçaient à nouveau la force et la joie. Elle avait retrouvé son élan et son énergie.

— C'est d'accord, Dan ? Demain, on part pour Berlin.

— D'accord.

Ils parcoururent les derniers mètres jusqu'à la maison en silence. Ils savaient qu'ils auraient tout le temps pour se parler.

ÉPILOGUE

Été 1994

— Tu es sûr que c'est par là ? demanda Alex. Je crois que nous sommes allés trop loin.

— Il doit y avoir une route qui part sur la droite, mais je ne l'ai pas encore repérée, répondit Chris. Pourtant, on n'a pas pu la manquer.

— Qui sait si cette carte est encore valable ? Elle est tellement vieille qu'elle tombe en morceaux.

Alex tenait la carte en papier jauni sur les genoux et essayait de déchiffrer l'écriture à l'encre passée. La carte avait été rangée dans les papiers de Felicia. Elle indiquait Königsberg, Insterburg et le domaine de Lulinn. Et le chemin pour y parvenir.

— Je ne crois pas que les choses aient beaucoup changé par ici. Les indications sont sûrement encore exactes. Nous ne sommes pas loin de Lulinn.

— Tourne là-bas et reviens très lentement. Nous avons sûrement raté la route.

Chris lui obéit. Ils roulaient sur une route de campagne cabossée, bordée de champs qui s'étendaient à perte de vue. À l'horizon se dressait une forêt. Le ciel était dégagé, il faisait chaud. C'était une magnifique journée d'été. Il ne manque qu'une bière fraîche, songea Chris. Le long voyage lui avait donné soif. Il se sentait sale et poussiéreux.

— Arrête-toi ! cria Alex. Voilà la route. Je savais bien qu'on l'avait dépassée. Regarde !

Chris vit un chemin envahi par les herbes qui semblait se perdre dans la nature. Çà et là, des morceaux d'asphalte apparaissaient entre la terre et les mauvaises herbes et prouvaient l'existence d'une ancienne route.

— C'est sûrement par là ! reprit Alex, tout excitée. Nous allons tomber directement sur Lulinn.

— Si nous ne restons pas coincés dans les broussailles, marmonna-t-il. Personne n'a dû emprunter ce chemin depuis des années.

— On va essayer. Nous sommes déjà venus si loin. Nous arriverons bien à franchir ce dernier bout.

Comme elle est impatiente, se dit-il. Il l'observa du coin de l'œil. Avec sa courte jupe en jean, son tee-shirt blanc, les jambes et les bras nus, le regard étincelant, elle avait l'air très jeune. Une nouvelle fois, il songea comme Felicia et Alex avaient été proches. Autrefois, on ne l'avait jamais vraiment remarqué, car toutes deux avaient eu du mal à exprimer leur affection. Alex n'avait probablement compris ses sentiments pour sa grand-mère qu'après sa mort. Quoi qu'il en soit, elle avait soudain insisté pour voir Lulinn, prétextant qu'il s'agissait d'exaucer un dernier vœu, bien que Felicia n'ait plus reparlé de son voyage en Prusse-Orientale lors des mois, des semaines et des heures qui avaient précédé sa mort.

« Elle aurait voulu que nous y allions, Chris. Cela aurait été son désir le plus cher. »

La voiture avançait lentement. Des herbes griffaient le pare-brise et des buissons épais de pieds-d'alouette bleu foncé se pressaient contre les fenêtres. Autour d'eux, le blé poussait dans les anciens champs. En fermant les yeux, Alex pouvait imaginer le pays tel qu'il avait dû être autrefois. Elle voyait les chevaux, les vaches, les paysans, les charrues, les chariots à gerbes, les chiens et les enfants joyeux, les belles maisons aux jardins soignés, les écuries et les granges, les pâturages où broutaient les Trakhener.

— Nous devrions tomber d'un moment à l'autre sur l'allée de chênes, dit-elle. On ne peut pas éviter une allée, n'est-ce pas ?

— Elle aussi doit être envahie de mauvaises herbes. Où serait-elle à ton avis, à droite ou à gauche ?

— À gauche. Mais les chênes sont sûrement encore debout. Ils nous guideront...

Brusquement, elle s'interrompit et posa une main sur le bras de son frère.

— Chris, voilà des chênes. Mais alors pourquoi... ?

Une nouvelle fois, elle ne termina pas sa phrase. Chris comprit pourquoi. Quelques chênes restaient debout, mais ils ne formaient pas une allée. La plupart avaient probablement été abattus pour leur bois. Un sentier d'herbes folles remplaçait ce qui avait dû être la grande allée ombragée.

Chris coupa le moteur.

— Nous n'arriverons plus à avancer avec la voiture. Il faut continuer à pied.

Ils descendirent. La chaleur leur tomba dessus. Avec difficulté, ils suivirent le chemin qui, par endroits, disparaissait sous l'herbe et les plantes sauvages. Ils contournèrent des buissons épineux de mûres. Des branches leur fouettaient le visage, des racines enchevêtrées se répandaient sur le sol et ils devaient prendre garde de ne pas trébucher. Un instant, Alex souhaita s'être trompée, mais ils voyaient surnager des morceaux de la clôture qui avait dû entourer les pâturages des chevaux. Ils avaient atteint leur but : ils bataillaient pour remonter l'allée seigneuriale de Felicia.

Ils n'avaient certes pas pensé trouver la grande cour

dégagée devant la porte d'entrée ni la roseraie, mais ils furent tout de même surpris que la nature sauvage fût arrivée jusqu'à la maison, qu'il ne restât rien de l'espace où s'étaient autrefois arrêtées les calèches, puis les voitures, où s'étaient pressés des personnes et des animaux. La cour était truffée d'orties, de chardons, de fleurs sauvages et de buissons piquants. La maison émergeait des broussailles comme la dernière voile d'un bateau qui sombrait dans la tempête : courageuse, récalcitrante et en piteux état.

Alex s'arrêta, essoufflée par la marche et la chaleur. Griffées par les ronces, ses jambes nues saignaient par endroits.

— C'est Lulinn.

Les mauvaises herbes grimpaient le long des murs, pénétraient par les fenêtres des étages supérieurs. Au rez-de-chaussée, on avait cloué des planches sur les fenêtres et la porte d'entrée. Seules quelques tuiles garnissaient encore le toit. Il ne restait que les fondations carbonisées d'une aile de la maison, les murs restants étaient noirs de suie. Sur un panneau effrité, une inscription en russe interdisait probablement l'accès aux ruines.

Alex secoua lentement la tête.

— Tout est dévasté.

— Voilà des roses, dit soudain Chris en montrant des roses rouges qui s'agitaient dans la brise. Elles sont magnifiques. Elles doivent venir de la roseraie.

— Tu as raison. Elle a dû être immense. Ce n'est pas étonnant qu'il en reste quelque chose. Mais où sont les écuries ? Et les granges ? Et les maisons des employés ? Cette propriété était comme un petit village. Tout ne peut pas avoir disparu.

— Si. On voit bien qu'il y a eu un incendie. Et les

mauvaises herbes ont envahi les ruines. Si c'est arrivé juste après leur fuite, la nature a eu presque cinquante ans pour tout recouvrir.

— C'est fou... Heureusement que Felicia n'a pas vu ça, conclut-elle avec un soupir.

Ils s'assirent sur deux souches d'arbre et allumèrent des cigarettes. Même Chris qui n'avait pas fumé depuis des années. En avançant vers la maison, un peu à l'écart, ils avaient remarqué ce cimetière familial abrité par de vieux sapins. Ils avaient failli trébucher sur une pierre tombale, puis ils en avaient découvert une autre, et ils en avaient déduit qu'il s'agissait du cimetière qui était envahi par les herbes folles comme le reste du domaine.

Désormais, ils demeuraient silencieux, écoutant le bourdonnement des abeilles et observant la fumée de leur cigarettes.

— Je crois que je peux comprendre grand-mère, dit Alex.

— Comment cela ?

— Je comprends qu'elle ait tellement aimé cet endroit. Il était très important pour elle. Même si tout est détruit aujourd'hui, je sais exactement comment étaient l'allée, les chênes et les pâturages. Je vois les calèches s'arrêter devant le portail...

— ... et les dames en tenue de soirée descendre avec leurs boas autour du cou et leurs bijoux étincelants, poursuivit Chris d'un air moqueur.

— Et alors ? C'était une autre époque.

— Que tu ne devrais pas enjoliver.

— Je n'essaie pas de l'enjoliver. C'était l'époque de Felicia. Et ici, c'était sa maison. Elle a puisé ses forces dans cette terre. Même si elle menait une vie trépidante, elle en avait besoin. Ici, elle pouvait reprendre son souffle avant de se jeter dans une nouvelle bataille.

— Ce pays est magnifique, c'est vrai. L'air a vraiment un parfum particulier, tu ne trouves pas ? Comme le racontait Felicia.

— C'est l'odeur de la mer Baltique.

— Mais c'est un parfum différent des autres mers.

— Ah... Est-ce que tu remarques aussi que tes racines sont ici ?

Chris sourit d'un air moqueur.

— Je suis assis sur les tombes de mes aïeux. Il faut croire que ça m'inspire.

— Tais-toi ! s'écria-t-elle en lui lançant une pomme de pin qui lui effleura l'épaule. Avoue que tu es ému, toi aussi !

Il tira sur sa cigarette.

— Bien sûr. Il y a indéniablement quelque chose.

— Ce n'est pas seulement cette terre, Chris. C'est surtout ce qu'elle a représenté pour la famille. Je crois que c'est ce que Felicia a voulu protéger par-dessus tout, ce qu'elle a essayé de rebâtir en Bavière. Un endroit pour la famille où tout le monde pourrait se retrouver. Une maison où chacun aurait sa place et où l'on reviendrait tout naturellement. Felicia ne voulait pas que la famille s'éparpille et qu'on se perde de vue.

— Elle n'y est pas parvenue, ajouta-t-il après avoir réfléchi. Malgré ses efforts, elle n'a pas réussi à créer un deuxième Lulinn.

— Ce n'était pas pareil, bien sûr.

— C'était impossible. Rien ne sera jamais plus pareil, mais ici aussi, les choses auraient évolué. Les temps ont changé. Si on avait gardé Lulinn, crois-tu que la famille viendrait y passer ses vacances ? Autrefois, c'était différent. Ils habitaient Berlin. Pour eux, c'était un rêve de quitter la ville bruyante et poussiéreuse pour venir à la campagne. Un long voyage à l'époque – il aurait été difficile d'aller plus loin, car ils auraient eu besoin de vacances plus longues. Mais aujourd'hui... Nous envoyons nos enfants apprendre les langues en Amérique et nous allons aux Caraïbes ou faire des safaris en Afrique. L'année prochaine, Laura et moi voulons visiter l'Australie. Notre génération a d'autres possibilités. Nous aurions l'impression de rater trop de choses en revenant toujours au même endroit.

— Mais nous devons tout de même essayer de maintenir un peu ce qui était important pour elle. Nous sommes ses héritiers, Chris. Pas seulement de ses biens, mais de ce qu'elle était, des principes qu'elle défendait, de ce qui faisait sa personnalité.

Les héritiers de son histoire. De l'histoire de notre famille.

Chris resta silencieux.

— Est-ce que tu m'as comprise ? insista Alex.

Il lui répondit par une autre question :

— Pourquoi est-ce que tu n'épouses pas Dan ? C'est ce qu'elle aurait souhaité.

— Pourquoi parles-tu de cela maintenant ?

Il haussa les épaules.

— Parce que tu parles tout le temps de la famille.

— Dan, Caroline et moi formons une famille.

— Oui, mais j'aurais pensé... Je ne comprends pas pourquoi vous ne vous mariez pas.

Alex rit doucement.

— Tu es devenu bien traditionnel. Autrefois, que je sois mariée ou non t'aurait été complètement indifférent.

— Oui, autrefois..., hésita-t-il.

Alex regarda le sol. Les pointes de ses chaussures s'enfonçaient dans la mousse.

— Pour le moment, c'est bien ainsi. Nous n'avons pas besoin de plus.

Chris se leva.

— Tu sais ce dont j'ai besoin, moi ? De nourriture. Je meurs de faim.

Elle percevait son impatience et son malaise. Il voulait s'en aller. Ici, il ne savait pas de quoi parler, excepté de choses concrètes. De l'avenir. Le passé ne lui disait rien. Il avait imaginé les choses différemment, il avait pensé que le domaine serait encore exploité, qu'il y aurait toujours la maison, les écuries, les champs, les animaux. Des paysans à qui ils auraient expliqué qui ils étaient et pourquoi ils étaient venus. Ils se seraient exprimés avec des gestes, dans un jargon incompréhensible. On leur aurait peut-être permis de visiter. Tout en sachant que les choses avaient été différentes autrefois, ils auraient retrouvé des traces. Un vieux banc dans le jardin, des arbres fruitiers, une laiterie près de l'étable. Des choses dont ils auraient pu dire : « Regarde, Felicia a dû dîner ici autrefois. Et voilà l'arbre où maman avait sa cabane. Et ici ils ont fait cela et là-bas...

Or ils n'avaient trouvé qu'une maison incendiée et des pierres tombales effritées. C'était trop différent de ce que s'était imaginé Chris.

— Tu viens ? On peut peut-être trouver quelque chose à manger à Insterburg. Il n'y a plus rien à faire ici.

— Retourne à la voiture. J'arrive tout de suite.

Elle le regarda s'éloigner. Des cris d'oiseaux menaçants s'élevèrent dans le ciel. Un escargot rampait lentement sur le tronc d'un sapin. Soudain, Alex se sentit comme une intruse. Elle se leva, éteignit avec grand soin sa cigarette. Chris avait raison, il n'y avait plus rien à faire ici.

Mais ils avaient bien fait de venir, comme ils faisaient bien de repartir. En jetant ce regard sur une époque révolue, elle avait l'impression d'avoir découvert une partie d'elle-même. Les racines de Felicia étaient aussi les siennes. C'étaient des racines profondes et indestructibles. La question était de savoir si elle serait assez solide pour transmettre cette force aux générations futures. Seul l'avenir le dirait.

Elle quitta le vieux cimetière et se dirigea vers la voiture sans se retourner une seule fois.

Cet ouvrage a été composé par Nord Compo
59650 Villeneuve-d'Ascq

Aubin Imprimeur
LIGUGÉ, POITIERS

Achevé d'imprimer en juillet 2004
pour le compte de France Loisirs
123, bd de Grenelle, 75015 Paris
N° d'édition 41110 / N° d'impression L 67167
Dépôt légal, novembre 2003
Imprimé en France